포참군집주 4

鮑參軍集注

An Annotated Translation of "Baocanjunjizhu : or Annotations on the Collection of Bao Zhao' Works"

옮긴이

송영정 宋永程, Song Youngjong
서울대학교 인문대학 중어중문학과를 졸업하고, 동 대학원 중어중문학과에서 문학석사와 문학박사 학위를 취득했다. 육군사관학교 교수부 아주어과에서 중국어 교관으로 군 복무를 마친 후, 계명대학교 중국어문학과 교수로 재직했다. 재직 중 대만 대북의 대만국립사범대학 국문연구소와 중국 상해의 부단대학 중문과에서 방문학자로 연구했다. 주요 연구 논저로는 박사학위 논문인 「포조 시 연구」 외에 다수 논문을 발표했고, 『음갱(陰鏗) 시』(계명대학교 출판부), 『포조시선(鮑照詩選)』(문이재), 『하손(何遜) 시 역주』(중문), 『중국어문학의 이해』(공저, 신아사) 등의 저·역서가 있다.

포참군집주 4

초판인쇄 2023년 10월 20일 **초판발행** 2023년 10월 31일
지은이 포조 **옮긴이** 송영정 **펴낸이** 박성모 **펴낸곳** 소명출판 **출판등록** 제1998-000017호
주소 서울시 서초구 사임당로14길 15 서광빌딩 2층
전화 02-585-7840 **팩스** 02-585-7848
전자우편 somyungbooks@daum.net **홈페이지** www.somyong.co.kr

값 39,000원
ISBN 979-11-5905-837-0 94820
ISBN 979-11-5905-833-2 (전4권)

이 저서는 2017~2019년 대한민국 교육부와 한국연구재단의 지원을 받아 수행된 연구임(NRF-2017S1A5A7021130)

한 국 연 구 재 단
학술명저번역총서

포참군집주 4

鮑參軍集注

An Annotated Translation of "Baocanjunjizhu : or Annotations on the Collection of Bao Zhao's Works"

포조 저
전중련 증보 집설 교감
송영정 역

일러두기

1. 이 책은 1980년 11월 상해고적출판사(上海古籍出版社)의 초판본 『포참군집주(鮑參軍集注)』(전중련(錢仲聯) 증보집설교(增補集說校))를 우리말로 옮긴 것이다.
2. 작품 원문의 번역은 직역을 위주로 했다. 시부(詩賦)는 가능한 한 압운과 음수율에 맞추어 번역하려고 노력했으며, 부의 경우 부득이한 경우 산체(散體)로 번역했다.
3. 주석과 평설에 인용된 자료는 중간송본(重刊宋本) 『십삼경주소(十三經注疏)』, 점교본(點校本) 『이십사사(二十四史)』, 중간송순희본(重刊宋淳熙本) 『문선(文選)』 등을 비롯해, 중국・대만과 국내에서 출판된 자서(子書)・별집(別集) 및 전산 자료 등을 통해 교감하여, 원서에 오류가 있는 경우 이를 수정해 번역했다. 다만 『문선』 이선 주에 인용된 문장은 통행본과 다르더라도 가능한 한 그대로 번역하고, 통행본의 해당 문장을 역주에 인용해 번역했다.
4. 이 책의 작품별 번역 체제와 문장부호 등은 다음과 같다.
   (1) 역주는 기본적으로 원문 전문을 제시한 다음 번역문을 붙이고, 이어서 해제와 주석을 달았다. 다만 권2의 「황하가 맑아짐을 기리는 송—서와 함께(河淸頌—幷序)」는 '서'와 '명'이 모두 너무 길어서 '서'와 '명'을 분리했고, '해제'는 '서'의 번역 뒤에 붙였다.
   (2) 원서의 제목에 대한 주석이 '주석 1'인 경우 이를 '해제'로 처리했다. 작품의 주제, 창작 시기 등에 대한 보충 설명은 '해제'의 역주로 처리했다. 원서에 제목 주석이 없는데 보충 설명이 필요한 경우 '해제' 난 제목만 적고 거기에 역주를 달았다.
   (3) 원서의 전진륜 '주(注)'는 [전진륜]으로 처리하고, 권3-6의 황절 '보주(補注)'와 '집설(集說)'은 [황절]로, 권1-2의 전중련 '보주(補注)'와 '집설(集說)' 및 권3-6의 전중련 '증보(增補)'와 '보집설(補集說)'은 [전중련]으로 각각 표기했다.
   (4) 원서의 주석에서 인용한 문장은 출처마다 행을 바꾸어 번역하고, 원서에서 '왈(曰)'로 인용한 문장은 모두 '『설문해자』: "'彤(동)'은 붉은색 장식이다."'처럼 출처와 내용 사이에 '쌍점(:)'을 넣어 처리했다.
   (5) 원서에서는 출처가 서명(書名)만 제시된 경우가 대부분인데, 번역에서는 편명이나 작품명을 확인해 밝혔다. 또 원서에서 출처가 "漢書注(한서주)"처럼 제시된 경우, 구체적인 용례를 찾아 '『한서』 「○○전」 '원문(번역문)'' 형식으로 제시했다.

(6) 원서에서 『옥편(玉篇)』이나 『강희자전(康熙字典)』 등 자서(字書)에서 인용한 재인용을 원전의 직접인용처럼 처리한 것으로 보이는 경우가 상당히 많은데, 원전에서 일일이 확인하려고 했으며, 확인하지 못한 것은 역주에서 자서 인용인 것 같다고 밝혔다.

(7) 역주는 모두 각주로 처리하되 별도 표시를 하지 않았다. 머리말과 책머리에서 전중련의 원주가 각주로 처리된 경우는 이를 '**[원주]**'로 표기하여 역주와 구별했다.

(8) Robert Shanmu Chen(진산목, 陳山木)의 박사학위논문 부록에 실린 「포조 연표」를 번역하여 권말 부록에 실어서 원서의 부록에 실린 전중련의 「포조 연표」와 비교할 수 있게 했다.

(9) 번역문은 한글전용 원칙을 지키되, 고유명사와 동음이의어로 혼돈의 여지가 있거나 특별히 한자의 제시가 필요한 경우, '**포조**鮑照', '**공력**功力'처럼 위첨자로 처리했다. 단 『이아(爾雅)』·『설문해자(說文解字)』·『강희자전(康熙字典)』 등의 뜻풀이를 인용하는 경우는, '彤동'처럼 한자를 먼저 적고 우리 음을 위첨자로 처리했다. 또 위첨자에서 우리말과 한자를 같이 적는 경우, '조조曹肇 : 자 장사(長思)'처럼 괄호로 구분했다.

(10) 주석에 인용된 작품의 제목은 관용적으로 써오거나 단순한 어구로 된 것은 '「**감천부(甘泉賦)**」'처럼 원제목의 발음으로 표기하고, 서술식 문장의 경우에는 '「**화자강에 들어서니 마원의 제삼곡이다[入華子岡是麻源第三谷]**」'처럼 번역했다.

(11) 한자어의 독음은, 우리말을 먼저 적고 한자를 괄호에 적을 경우는 '**역(歷)**'처럼 두음법칙을 적용하되, 한자를 먼저 적는 경우는 '**歷(력)**'처럼 원음을 적었다.

(12) 원서의 인용에는 빠졌지만 필요하다고 판단하여 원문을 추가해 번역한 것은 대괄호('[ ]') 안에 넣어 구분하되, 그 양이 많지 않을 때는 별도로 구분하지 않았다. 원문에 없지만 역자가 보충 설명을 가한 부분은 필요한 경우 소괄호('( )')로 처리했다.

(13) 원서에는 '절록(節錄)' 즉 발췌 인용이 모두 전문 인용으로 처리되어 있는데, 번역에서는 생략된 부분은 모두 (…**중략**…)으로 처리했다. 또 '의인(意引)' 즉 간접인용이나 개요설명이 직접인용으로 처리된 곳도 적지 않은데, 모두 인용부호를 없애 '의인'으로 처리하고 역주에서 밝혔다.

(14) 저자의 주석은 본문의 주석문으로 처리했고, 옮긴이의 주석은 각주로 처리했다.

역자 서문

포조鮑照, 414?~466는, 문벌귀족시대에 한문寒門과 다름없는 몰락 사족의 후예로서, '연작燕雀'처럼 평범하게 살기를 거부하고, 문인을 애호했던 임천왕臨川王 유의경劉義慶을 찾아가 시를 바쳐 지우를 받고 막료가 됨으로써 관리 생활을 시작했을 정도로, 적극적이고 진취적인 기상을 품은 문인이었다. 그러나 비가 새는 지붕을 손수 수리하기 위해, 병환 중인 모친의 간병과 또 본인의 치료를 위해 장기간의 휴가를 청원했을 정도로, 여전히 가난과 질병에서 벗어나지 못했다. 관직도 주로 지방의 현령이나 제후왕의 시랑·참군 등 중·하급 관리로 전전했고, 그 와중에 동료들의 무고를 받기도 하고 몇 차례 금지형을 당하기도 하는 등 벼슬길도 그다지 평탄치 못했다. 그래서 수없이 진퇴를 고민하던 중, 마지막으로 모시고 있던 주군이 가담한 반란 사건의 와중에서 아이러니하게도 반란군에게 살해당함으로써 파란만장한 생을 마감했다. 그는 남북조의 극심한 대립과 왕실 내부의 살벌한 권력 투쟁 등 내우와 외환이 점철된 시대를 살다 간, 때를 못 만난 시인이었다.

포조의 시문 특히 시는 대부분 이러한 여의치 못한 삶에서 오는 수많은 고뇌와 갈등을, 때로는 격정적으로 때로는 체념적으로 토해낸 불평지명不平之鳴이다. 그의 시는 생전에도 어느 정도는 평가를 받았고 사후 남북조 후기에도 그를 배우려는 시인들이 있었지만, 주류 평단의 평가는 험속險俗한 변체變體라는 것이 대세였다. 긍정적인 평가가 나온 것은 사후 3백 년 가까이 지난 뒤 성당의 대시인 두보杜甫, 712~770로부터였다. 두보는 이백李白, 701~762의 시를 "필적할 사람이 없다無敵"라고 극찬하면서 "준일한 면에 있어서는 포조와 같다俊逸鮑參軍"라고 하여, 포조 시의 '준일'을 인정했다.

파란만장한 삶 때문에 그의 시는 내용과 형식을 막론하고 매우 다양하고 복잡하며 난해하다. 우선 시어와 수사 면에서 정교한 대우와 수많은 전고를 활용하여 사물의 모습을 형상적으로 그려내는 이른바 '형사形似'에 주력하여, 경물의 형상화와 정감의 구상화 추구가 주조를 이루는데, 이것은 원가 문단을 휩쓴 일반적 경향이었다. 반면 남조 민가에 흔히 사용되는 구어·속어·방언도 피하지 않아서 속되다는 평가를 받기도 했다. 시의 제재도 사회의 여러 문제에서부터 자연 경물에 이르기까지 다양하다. 적극적인 포부의 피력과 우국지심憂國之心의 토로, 왕실과 주군에 대한 찬송 등이 있는가 하면, 실의와 좌절로 인한 불평지명과 사회의 부패와 부조리에 대한 풍자와 비판도 있고, 소극적인 은퇴와 명철보신明哲保身 사상을 드러낸 것도 있다. 또 자연 속에서 현실에 지친 심신의 안식을 추구하려고 하는가 하면, 어떤 때에는 경물 묘사 속에 자신의 파란 많은 인생 역정을 투영하거나 인생의 고독감을 이입하기도 하고, '입세入世'와 '출세出世' 사이의 갈등을 드러내기도 했다.

포조의 시문은 어렵기로 정평이 나 있다. 중화민국 초기의 학자 황절黃節, 1873~1935은 북경대학 문학원 교수 시절 출판한 『포참군시주鮑參軍詩注』의 서문에서, 포조의 시의 난독성難讀性을 언급하고, 주석 달기 어려운 이유 두 가지를 제시했는데, 그중의 하나가 불우한 일생으로 인해 사용한 전고가 너무 은미隱微한 데다가 독창적인 시어와 신기하고 변화가 많은 장법章法이 많은 점이다. 포조 시에 대한 해석은 학자마다 다른 경우가 많고 심지어 시의 주제를 정반대로 설명하는 상황도 왕왕 있다. 포조의 시에는 번역조차 잘 안 되는 경우도 허다하고 번역을 하고서도 무슨 의미인지 내용 파악이 어려운 경우도 적지 않다. 황절의 말을 빌리면, 전자는 대체로 포조가 창안한 어휘와 낯선 장법 때문이고 후자는 은미한 전고를 많이 사용한 것 때문이라고 할 수 있다.

역주자가 포조 시에 관심을 기울이게 된 지는 퍽 오래되었고, 선후배 동료 학자들의 도움도 매우 많았다. 석사 시절이던 1978년 가을 당시 중화민국 대사관 앞의 한 중국서점에서 대만臺灣 세계서국世界書局에서 출판한 황절黃節의 『포참군시주鮑參軍詩注』『도정절집주(陶靖節集注)』와 합본한 1974년4판를 구입하여 86수의 악부시를 중심으로 읽으면서 포조 시를 처음 접했다. 그 후 육군사관학교 교관으로 군 복무 중이던 1981년 여름 홍콩의 삼련서점三聯書店에서 이 역주의 저본이 된 전중련錢仲聯의 『포참군집주鮑參軍集注』를 우편으로 구입하여, 파일 노트에 시문의 원문을 옮겨 적어놓고 이따금 번역을 채워넣기 시작한 것이 이 역주 작업의 출발이 되었다. 그러나 작업 진척이 무척 더딘 데다 처음 맡는 강의의 준비에도 적잖은 시간이 필요한 등의 여러 이유로 사실상 원문만 정리한 채 번역은 말 그대로 작심삼일로 끝나고 말았다. 전역하고 계명대학교 중문과로 부임한 후 박사과정을 다니면서, 포조의 시를 학위논문 주제로 확정하게 되었다. 그것이 80년대 후반인데, 당시 국립대만사범대학國立臺

灣師範大學 국문연구소國文硏究所에 유학 중이던 제해성 선생현 계명대 교수이 오덕풍吳德風의 「포조생평급기작품교정鮑照生平及其作品校正」과 임승산林嵩山의 『포조악부휘해鮑照樂府彙解』를 비롯한 수많은 중요 자료의 사본을 구입해 주었다. 이것이 이 역주 작업을 본격적으로 시작한 계기가 되었다. 제 교수는 그 후에도 북경사범대학北京師範大學 박사과정 재학 중일 때와 학위 취득 후 중국의 학회 출장 때마다 많은 연구자료를 구해 주었으니 사부비요四部備要 본 『포씨집鮑氏集』선장본(線裝本)과 정복림丁福林·총영령叢玲玲의 『포조집교주鮑照集校注』는 앞의 두 대만 자료와 함께 이 역주 작업에 불가결한 자료가 되었다. 1989년 캐나다 밴쿠버의 브리티시컬럼비아 대학교에서 Robert Shanmu Chen진산목(陳山木)이 포조 시를 주제로 박사학위논문을 발표했는데, 논문의 제2부가 포조 시 완역이라는 정보를 입수하고, 마침 90년대 초 당시 영남대학교에 재직 중이던 선배 박운석 교수가 연구년에 미국 시애틀을 방문하게 되어서, 부탁드려 논문 사본을 우편으로 받았다. 이 자료를 바탕으로 포조의 시 원문에 대한 번역은 일차로 완성을 보게 되었다. 또 계명대학교에 함께 근무할 적에 필자의 성가신 질문에 정성을 다해 응해주며 특히 주석의 독해에 많은 도움을 준 팽철호 교수현 국민대 교수의 도움 역시 매우 크다. 팽 교수는 또 이 역주 작업이 진행 중이던 2018년 연말 저서 『우리가 잘못 알고 있는 중국문학 속의 동식물』을 보내주어, '蘭란'·'蓬봉'·'柏백'·'薇미' 등 우리가 잘못 알고 있는 식물의 명칭을 바로잡는 데도 도움을 주었다. 1999년경 만든 중국 경사자집經史子集의 주요 문헌 전산화 자료 CD를 선물해

준 강민호 선생현서울대교수과 2003년 연구년으로 대만사범대학에 머물 때 국문연구소에서 박사학위논문을 작성 중이던 김이식 선생현영진전문대교수도 자료 구입에 큰 도움을 주었다. 이 역주 작업에는 이분들의 도움이 매우 컸기에 이 기회를 통해 특별히 깊은 감사를 드린다. 비슷한 시기에 같은 대학에 전임이 되었고, 93년 초여름부터 한 해 남짓 밤늦도록 학교 연구실에 남아 '동구동작同究同酌'하면서 박사학위논문을 작성하여 같은 학기에 학위를 취득했으며, 한 학기 차이로 정년을 맞은 익우益友 임진수 교수의 격려에도 감사를 드린다.

이처럼 오랜 시간에 걸쳐 이처럼 많은 분의 도움과 격려에도 불구하고 이 졸역이 이렇게 늦어진 것은 순전히 역주자의 천학비재淺學菲才와 나태함 탓이다. 필자의 이 작업은 그야말로 다그칠 때는 하루 반짝 일하고 아흐레는 쉰 '일일구치구일한一日驅馳九日閑'이요, 느슨할 때는 하루 반짝 일하고 한 달을 쉰 '일일구치삽일한一日驅馳卅日閑'으로 진행되었다. 이처럼 더딘 작업임에도 주밀周密하지도 못하고 소루疏漏한 점이 한두 군데가 아니어서 '호랑이는 근처에도 못 가고 개 비슷하게 되고畫虎不成反類狗' 말았다. 독자 제현의 따끔한 질정叱正과 후현後賢들의 완벽한 보완을 진심으로 바란다. 아울러 이 책의 편집에 정성을 다한 소명출판 편집부 여러분과 사장님에게도 감사를 드린다.

2023년 9월

송영정

일찍이 대시인 두보杜甫, 712~770로부터 '준일俊逸'[1]이라는 칭호를 받은 포조는 중국 남조 유송劉宋의 저명한 문학가이다. 그는 남조 문단의 쇠미한 기풍 속에서 "자못 스스로 떨쳐 일어나",[2] 현실주의 문학의 전통을 계승하고 발전시켰다. 그의 창작은 문학 동산, 특히 고대 시가의 동산에서 놀랄 만큼 신기한 꽃을 피웠다.

포조는 자는 명원明遠이고 본적은 상당上黨[3]사람으로 뒤에 동해東海[4]

---

1) **[원주]** 두보, 「봄날 이백을 그리며(春日憶李白)」: "청신한 면은 유신(庾信)이요, 준일한 면은 포조이다[清新庾開府, '俊逸'鮑參軍]."
[역주] 두보가 여기서 말한 '준일(俊逸)'은 단순히 시의 풍격만을 개괄한 것은 아니다. '준일'은 처음에는 재주가 출중하다는 의미로 사용되었다. '俊'은 '俊才(준재)'로, 『회남자』「태족훈(泰族訓)」에서 "지혜가 만 사람을 초과하는 것을 '英(영)'이라고 하고, 천 사람을 초과하는 것을 '俊(준)'이라고 하며, 백 사람을 초과하는 것을 '豪(호)'라고 하고, 열 사람을 초과하는 것을 '傑(걸)'이라고 한다[智過萬人者謂之英 千人者謂之俊 百人者謂之豪 十人者謂之傑]"라고 한 '준'이다. '逸'은 회의자로 토끼처럼 잘 달리는 것이 본뜻인데(『설문해자』: "从辵·兔, 兔謾訑善逃也"), 출중하다는 뜻이 파생되었다. 의미가 비슷한 두 글자를 합친 복합어로 쓰인 용례는 『후한서』「원소전(袁紹傳)」에 보인다. "구강태수 변양은 탁월한 재주가 '준일했다'[九江太守邊讓, 英才'俊逸']"라고 한 '준일'이다. '준일'은 문학 풍격으로는 "준발(峻拔)하고 간련(幹練)하며 표일(飄逸)하고 쇄탈(灑脫)한 것[峻拔幹練 飄逸灑脫]"(오회동(吳懷東), 『두보와 육조 시가 관계 연구[杜甫與六朝詩歌關係研究]』, 合肥: 安徽教育出版社, 2002, 157쪽)을 가리킨다. '청신'은 남달리 맑고 산뜻한 느낌을 주는 것을 말한다.
2) **[원주]** 왕응린(王應麟), 『시수(詩藪)』: "頗自振拔."
3) **[원주]** 상당은 남조(南朝)에 교치(僑置)한 현 이름으로, 서주(徐州) 회양군(淮陽)에 속했는데, 지금의 강소성 숙천현(宿遷: 1987년 12월에 시로 승격) 지역이다.
4) **[원주]** 동해군은 서주에 속한다.

로 옮겼다. 살았던 연대약414~466는 같은 시대의 저명한 시인 도연명陶淵明, 365~427보다 약간 뒤진다. 그는 한문寒門 가정에서 태어났으며, 자칭 "가래를 멘 하층 농민"[5]이면서 "밭 갈기를 그만두고 글을 배운"[6] 사람이다. 그는 포부를 지닌 재사로 당시의 문벌 제도에 굴종하기를 거부하고 정치상의 지위를 쟁취하려고 했다. 그러나 세족 호문豪門의 억압 아래에서, 그는 정치적으로 줄곧 뜻을 얻지 못했다. 20여 세 때, 임천왕臨川王 유의경劉義慶에게 시를 지어 바치고, 임천왕국의 시랑侍郎으로 발탁되었는데, 그것은 가장 낮은 사무원이었다. 이어서 형양왕衡陽王 유의계劉義季와 시흥왕始興王 유준劉濬의 왕국에서 시랑侍郎을 맡았는데, 늘 빈곤과 질병에 시달리는 생활을 해야 했다. 나중에 유송 왕조 직속의 관부官府에서 태학박사太學博士·중서사인中書舍人·해우령海虞令·말릉령秣陵令·영가령永嘉令 등의 관직을 역임했다. 재사를 시기하던 유송 세조世祖 효무제孝武帝, 453~464 재위의 시기를 피하려고, 일찍이 고의로 "비루하고 하자 있는 표현"[7]의 문장을 지음으로써 목숨을 구차하게 보전했다. 마지막으로 임해왕臨海王 유자욱劉子頊의 참군參軍을 맡아, 통치 계급의 내부 투쟁 중에 반란군에게 살해되었다. 봉건 통치자의 억압과 박해가 포조의 비극적 일생을 빚어내었다.

5) **[원주]** 「삼베옷을 벗고 시랑이 됨을 감사하는 표[解褐謝侍郎表]」: "負鍤下農."
6) **[원주]** 「시랑의 임기 만료를 보고하고 궁문을 떠나며 올리는 소[侍郎報滿辭閤疏]」: "廢耕學文."
7) **[원주]** 『송서(宋書)』「임천열무왕전(臨川烈武王傳)」 부(附) 「포조전(鮑照傳)」: "鄙言累句."

포조는 시인이면서 변문騈文 작가인데, 주요한 성취는 시가 창작 방면에 있다. 그가 살았던 시대는 민족 간의 갈등과 계층 간의 갈등이 매우 첨예했다. 그의 "가문은 대대로 빈천했기"[8] 때문에, 그는 하층 백성들과 비교적 가까이 다가가서 그들과 접촉한 생활면이 비교적 넓었다.

그 때문에 그의 작품은 먼저 그 시대의 현실을 반영했다. 「'지독한 무더위'를 본떠代苦熱行」, 「'동무의 노래'를 본떠代東武吟」, 「'갈 길은 험난하고'를 본떠擬行路難」 제14수, 「'고시'를 본떠擬古」 제3수 등의 작품에서는, 불리佛貍가 양자강揚子江 이남을 엿보는[9] 위협 아래, 전쟁이 백성들에게 가져다준 고통과 통치 계층의 사병들에 대한 잔혹한 압박을 묘사하고, 외적을 제어하고자 하는 자기의 굳은 포부를 토로했다. 「'고시'를 본떠」 제6수에서는 귀족 대지주가 농민들의 머리 위에 가하는 많고 무거운 조세와 요역을 폭로했다. 「'갈 길은 험난하고'를 본떠」 제3수에서는 통치자 간의 내분으로 인한 전쟁이 민간 가정에 가져다준 이별의 슬픔과 원한을 호소했다. 이러한 작품들은 포조의 전체 작품 중에서 가장 빛나는 부분으로, 그것은 당시의 민족 간의 갈등과 계층 간의 갈등을 어느 정도 반영하고 백성들의 사상 감정을 드러내었다.

다음으로, 비교적 많은 것은 불합리한 문벌 제도에 대한 폭로이다. 「'갈 길은 험난하고'를 본떠」 제6수, 「'소년 협객들의 노래'를 본떠代結

---

8) **[원주]** 우염(虞炎), 「포조집서(鮑照集序)」: "家世貧賤."

9) **[원주]** 불리(佛貍)는 북위 태무제 탁발도(拓跋燾)의 아명이다. 유송 문제 원가(元嘉) 27년(450), 탁발도는 송을 남침하여 곧장 양자강 북안의 과보(瓜步)에까지 왔다.

客少年場行」, 「'목 놓아 부르는 노래'를 본떠代放歌行」 등의 작품에서는 한문寒門 지식인의 회재불우懷才不遇의 울분과 어두운 현실에 대한 불만을 토로했다.

이것을 제외하면, 일부분은 자연 경물을 묘사한 작품이다. 그 중 "솔빛은 들판 따라 깊어지는데, 달빛 이슬 풀에 맺혀 새하얗구나松色隨野深, 月露依草白",[10] "안개 서린 나무는 파르라니 어둡고, 하늘 등진 바위는 높다랗게 건너온다靑冥搖煙樹, 穹跨負天石",[11] "나뭇잎 떨어지니 강은 추위 건네오고, 기러기 돌아오니 바람은 가을 보내온다木落江渡寒, 雁還風送秋",[12] "바람 일어 모래톱은 쌀쌀해지고, 구름 피어 태양은 빛을 잃었다風起洲渚寒, 雲上日無輝",[13] "서광은 수중 족속 밝게 비추고, 새벽 기운 수풀 위로 퍼져나간다晨光被水族, 曉氣歇林阿",[14] "첩첩한 골짝 물엔 솔바람이 숨어 있고, 겹겹의 벼랑에는 구름 빛을 간직했다複澗隱松聲, 重崖伏雲色",[15] "차갑게 이는 먼지 너른 둔치 어둑하고, 솟구치는 파도는 키 큰 나무 가린다. 외로운 햇빛은 저 홀로 배회하고, 허공의 구름은 순식간에 명멸한다凉埃晦平皐, 飛潮隱修樾. 孤光獨徘徊, 空煙視升滅",[16] "들쭉날쭉 북두칠성 높이 오르고, 어둑어둑 정수는 잠기어 간다. 널따란 강기슭엔 저녁 구름 모여들

---

10) [원주] 「동산을 지나며 황정을 캐다[遇銅山掘黃精]」를 볼 것.
11) [원주] 「향로봉을 시종하여 오르며[從登香爐峯]」를 볼 것.
12) [원주] 「황학기에 올라[登黃鶴磯]」를 볼 것.
13) [원주] 「오흥 황포정에서 유 중랑을 송별하며[吳興黃浦亭庾中郎別]」를 볼 것.
14) [원주] 「서울로 돌아오는 길에 삼산에 이르러 석두성을 바라보며[還都至三山望石頭城]」를 볼 것.
15) [원주] 「경구로 가는 길에 죽리에 이르러[行京口至竹里]」를 볼 것.
16) [원주] 「후저를 출발하며[發後渚]」를 볼 것.

고, 깎아지른 절벽에는 지는 달이 걸려 있다差池玉繩高, 掩靄瑤井沒. 廣岸屯宿陰, 懸厓棲歸月"[17] 등은 모두 형상이 선명하고 신기하다.

일부 나그네의 심정을 그린 시편, 이를테면 「'동문의 노래'를 본떠代東門行」, 「황혼 녘 강을 바라보며 - 순 좌승에게日落望江贈荀丞」, 「오흥 황포정에서 유 중랑을 송별하며吳興黃浦亭庾中郞別」, 「부 도조와의 이별에 부쳐贈傅都曹別」, 「심양에서 서울로 돌아오는 길에上潯陽還都道中」, 「후저를 출발하며發後渚」, 「양기에서 바람이 잦아들기를 기다리며岐陽守風」 등도 모두 애수가 처절한 정경을 생동감 넘치게 그려서 감동적인 매력이 있다.

포조의 시는 내용 면에서 사회 현실을 반영하고 개인의 진실한 감정을 표현할 수 있어서, 동시대의 일반 귀족 시인들이 짐짓 현언玄言을 농하고 산수 간에 탐닉하는 것과 달랐을 뿐만 아니라, 형식 면에서도 사영운謝靈運, 385~433과 안연지顔延之, 384~456가 과도하게 화려한 수사를 다듬고 전고를 겹쳐 쌓은 것과는 다른 길을 갔다. 포조는 민간 시가를 잘 학습하여 "내용 없이 화려하기만 함을 제거하고 혼후渾厚하고 질박함으로 돌아가고자"[18] 했다. 그의 시가 창작은 한위漢魏시대의 악부와 동시대 강남의 오가吳歌 및 형초荊楚의 서곡西曲에서 얻은 바가 많다. 오가와 서곡의 학습으로 말하자면, 그는 역시 육조에서 첫 번째 인물이다. 그는 민간 시가로부터 영양을 섭취하여, 시가의 어휘를 풍부히 하고, 시가의 표현 형식을 발전시켜, 대량의 악부시를 창작했다. 그는 적잖

17) [원주] 「양기에서 바람이 잦아들기를 기다리며[岐陽守風]」를 볼 것.
18) [원주] 호응린(胡應麟), 『시수(詩藪)』: "欲汰去浮靡, 返於渾樸."

은 오언 악부를 지었을 뿐만 아니라, 20여 편의 칠언 악부도 지어 칠언 시를 성숙의 단계로 발전시켰다. 이로부터 칠언시라는 새 형식은 점차 시인들에게 광범하게 채용되었다. 당대唐代에 이르러 칠언시는 중국 고대 시가의 주요 형식이 되었다. 중국 시가 발전의 역사에 있어서, 그는 "위로는 조식曹植, 192~232과 유정劉楨, 186~217의 뛰어난 발걸음을 이어받고, 아래로는 이백李白, 701~762과 두보의 선구적 역할을 한"[19] 중요한 시인이라고 말할 수 있다. 포조의 창작은 도연명과는 다르다. 도연명은 악부시를 짓지 않고 전력을 기울여 오언시를 발전시켰고, 포조는 악부와 오언고시를 동시에 창작했는데, 두드러진 성취는 바로 악부 쪽에 있다. 포조가 악부를 지은 것은 또 육기陸機, 260~303와 다르다. 육기의 모의 악부는 모두 모방일 뿐이지만, 포조는 창조적으로 새로운 제목을 스스로 만들거나, 옛 제목을 빌려 새로운 주제를 담아낼 수 있었다. 그는 현실주의적 창작 수법을 운용하고 민간 시가의 풍격을 녹여 넣어, 생동감 넘치고 활발하면서 세련되고 참신한 대량의 시가 언어를 창조했다. 이로써 그의 작품은 안연지·사영운 일파의 "전아·단정하여 취할 만한 것도 있지만, 정리情理에는 매우 부합하지 않는"[20] 형식주의 경향과는 취지를 달리한다. 당시에 그가 형식주의 흐름을 거스른 것은 사실은 투쟁을 진행한 것이었다. 그는 일찍이 당시 시단의 지도적 위치에 있던 안연지의 시작을 "비단을 펼치고 수를 늘어놓아 아름

---

19) [원주] 위의 책 : "上挽曹劉之逸步, 下開李杜之先鞭."
20) [원주] 『남제서(南齊書)』「문학전론(文學傳論)」: "典正可採, 酷不入情."

다운 무늬가 눈에 가득한 것 같다"[21]라고 대놓고 비평했다. 그래서 안연지가 "평생토록 그것을 원망하도록"[22] 했다. 이것 때문에 그도 안연지의 폄훼와 배척을 더욱 받았다. 안연지는 평소에 승려 탕혜휴湯惠休의 작품을 "뒷골목의 노래일 뿐"[23]이라고 평가했는데, 또 고의로 포조와 탕혜휴 두 사람을 함께 열거하면서 "'휴·포休·鮑'라는 논리를 세워"[24] 포조를 탕혜휴의 뒤에 놓아 폄하의 뜻을 드러내었다. 이렇게 해서 "재주는 뛰어났으나 사람이 미천하여 당대에 인멸해버린"[25] 포조는 남조 시단에서 더욱 많은 경시를 받게 되었다. 『남제서南齊書』「문학전론文學傳論」을 지은 대귀족 소자현蕭子顯, 489~537은, 비록 객관적으로 포조의 시풍이 이미 당시 세 유파[26]의 하나가 되었음을 인정하지 않을 수 없었지만, 그러나 여전히 "사조詞藻를 조탁함이 지나치게 염려艶麗하여, 사람의 영혼을 뒤흔들어 어질하게 만드니, 역시 정색인 오색五色 가운데에 간색間色인 진홍색과 자주색이 섞여 있는 것 같고, 정성인 팔음八音 가운데에 변성變聲인 정성鄭聲과 위성衛聲이 섞여 있는 것과 같다"라고 평가했다. 『시품詩品』을 지은 종영鍾嶸, 468?~518?도 포조 시를 「중품」에 넣고, 그가 "매우 흡사하게 묘사하는 것을 귀중히 여겨 숭상하면서, 위

21) [원주] 『남사(南史)』「안연지전(顔延之傳)」: "如鋪錦列繡, 雕繢滿眼."
22) [원주] 위의 글: "終身病之."
23) [원주] 위의 글: "委巷中歌謠耳."
24) [원주] 종영(鍾嶸), 『시품(詩品)』: "立休·鮑之論."
25) [원주] 위의 책: "才秀人微, 取湮當代."
26) 소자현은 당시의 문학 유파를 사영운파, 부함(傅咸)·응거(應璩)파, 포조파의 셋으로 나누었다. 부록의 「제가 평론」 참조.

태롭고 편벽된 표현도 피하지 않아서 청아한 정조를 상당히 해쳤다. 그래서 험하고 속된 표현을 중시하는 사람들이 대부분 포조에게 귀의한다"라고 했다. 이러한 지적은 포조가 민간 시가를 학습하여 애정을 묘사한 작품을 가리키는 것이 분명하다. 사실상 포조 악부 중에 애정을 묘사한 작품은 주로 민간 가요에 연원을 두어, 진지한 정감이 풍부하고 내용은 건강한 것이다. 그러나 '지나치게 고운', '진홍색과 자주색'이라고 일컬을 만한, 건강하지 못한 작품은 오히려 저 남조 귀족들이 지은 궁체시宮體詩이다. 포조의 안연지에 대한 비평과 안연지 등의 포조에 대한 폄하와 배척으로부터, 당시 문학 영역 안에서의 두 개의 창작 노선 간의 투쟁을 알 수 있다.

포조 시의 내용에도 어느 정도 봉건적 잔재가 남아 있다는 점은 반드시 지적해야 할 것이다. 포조는 평생 뜻을 얻지 못했고 지위는 낮고 미미했다. 물론 이 때문에 그는 사회의 하층에 비교적 가까이 다가가고 백성의 질고에 동정을 느껴, 백성들의 사상 감정을 표현하는 적잖은 현실주의 시편을 썼지만, 동시에 사상 면에서 갈등을 빚기도 했다. 그는 한편으로는 낮은 지위에 머물고 불우한 상황에 머물 수밖에 없는 자신의 처지에 대하여 분노와 불평을 느끼면서도, 다른 한편으로는 오히려 시에서 "구중궁궐 심궁을 출입하면서, 조상曹爽·하안何晏 무리와 교유를 하고, 수레와 말 함께 타고 질주하는데, 손님과 벗 용모 모두 수려한出入重宮裏, 結友曹與何. 車馬相馳逐, 賓朋好容華",[27] 그러한 생활을 동경하는 마음을 표현하

27) [원주] 「'당상의 노래'를 본떠[代堂上歌行]」를 볼 것.

고 있다. 자신의 "십 년을 배워도 성취가 없음十載學無就"으로 인해, "좋은 관직에 하루아침에 오르는善官一朝通" 사람을 대하면, 선망의 마음을 똑같이 드러내기도 했다. 따라서 그는 또 귀족 번왕에게 충성을 드러냄으로써, 시에는 "운명은 복된 세상 만나 넘치는 은총 입어, 황금 비녀 비단옷으로 궁중 연회에 올랐구나. 그대의 후덕함이 산처럼 두터움을 생각하면, 맑고 깨끗한 정성 다해 죽도록 갚으리니, 까마귀 하얘지고 말머리에 뿔 돋는 것 말할 필요 있는가命逢福世丁溢恩, 簪金藉綺升曲筵. 思君厚德委如山, 潔誠洗志期暮年. 烏白馬角寧足言"[28]라거나 "견마가 주인을 그리는 정犬馬戀主情"[29] 같은 유의 아첨하는 말도 들어 있다. 문집에는 또 연회와 유람을 시종하면서 지은 작품도 있다. 「시종하여 옛 궁궐에 들러서從過舊宮」, 「임해왕을 시종하고 형주로 가려고 막 신저를 출발하며從臨海王上荊初發新渚」, 「복주산의 연회에 시종하여侍宴覆舟山」, 「배릉에 시종하여 경현산에 올라서從拜陵登京峴」, 「산산에서 시흥왕의 명으로 짓다蒜山被始興王命作」 등이 그것이다. 그와 동시에, 뜻을 실현하지 못하는 환경의 자극으로 숙명론적인 사상이 생겨, "술을 대하고 긴 노래를 하면서, 궁핍함과 운명은 하늘에 맡기려對酒敍長篇, 窮途運命委皇天"[30]는 슬픈 한탄을 자아내기도 했다. 이러한 사상의 영향 아래, 그는 어두운 사회 현실 앞에서 자신의 안위를 걱정하는 명철보신과 소극적이고 은퇴를 고려하는 태도를 보이면서, "사슴은 깊은 풀숲에

---

28) [원주] 「'흰 모시 춤의 노래'를 본떠[代白紵舞歌辭]」 제4수를 볼 것.
29) [원주] 「임해왕을 시종하고 형주로 가려고 막 신저를 출발하며[從臨海王上荊初發新渚]」를 볼 것.
30) [원주] 「'갈 길은 험난하고'를 본떠[擬行路難]」 제18수를 볼 것.

서 울음을 울고, 매미는 높은 가지에 숨어서 운다鹿鳴在深草, 蟬鳴隱高枝"[31]라고 함으로써 자신의 처지를 빗대고, "후생들에 내 말을 전하려 하네, 즐기는 것 마땅히 청춘에 할 거라고寄語後生子, 作樂當及春",[32] "덧없는 인생살이 얼마나 이어질까, 즐겁게 마신 술에 마음 홀연 벅차오른다浮生會當幾, 歡酌忽盈衷",[33] "막다른 길에서 계책 부족 뉘우치고, 만년의 생각은 불로장생 중시한다窮途悔短計, 晚志重長生"[34] 등과 같이 일종의 퇴폐적 정서를 표현하기도 했다. 이런 것들은 그의 작품에서는 찌꺼기이다. 형식 면에서, 시를 아름답게 다듬는 원가元嘉시대의 기풍이 포조에게도 닥쳐오지 않을 수 없었다. 일부의 오언시에 사영운에 가까운, 지나치게 꾸며 부자연스러운 일부 어구도 있고, 어떤 때에는 몇몇 동음의 대체자代替字를 사용하여 신기함을 즐겨 드러내기도 했다. 이 점은 후세에 일부 부정적인 영향을 끼쳐, 한유韓愈, 768~824와 맹교孟郊, 751~814 일파처럼 낯설고 편벽되고 기이한 표현에 진력하는 자들이 본받는 바가 되었다. 그러나 이러한 형식상의 결점은 결코 포조의 '준일'한 풍격에 심각한 손실을 초래하지는 못했다.

포조의 변문은 종래 문예 이론가들에게 추앙되어, "구름과 바람을 조각하고 가지와 꽃을 새겨 넣어", "그 기운이 솟아오르고, 그 꽃이 찬

31) [원주] 「'짝 잃은 학의 노래'를 본떠[代別鶴操]」를 볼 것.
32) [원주] 「'변방 생활의 노래'를 본떠[代邊居行]」를 볼 것.
[역주] 이 2구는 「'변방 생활의 노래'를 본떠」가 아니라, '소년에서 노쇠하기까지의 노래'를 본떠[代少年時至衰老行]의 마지막 2구이다.
33) [원주] 「외로운 바위를 바라보며[望孤石]」를 볼 것.
34) [원주] 「'승천의 노래'를 본떠[代昇天行]」를 볼 것.

란하게 피었으니",[35] "사조詞藻가 찬란히 빛나는 데다가 풍골風骨을 갖춰 높이 솟아올랐다"[36]라는 좋은 평가를 들었다. 지금은 마땅히 합당한 평가를 해야 한다. 변문이라는, 귀족 계층의 호사스러운 생활과 서로 어울리는 이 문학 형식은 진晉 이래 세족 호문豪門 세력의 발전을 따라서 발전했다. 모순茅盾은 "이 한 바탕의 바람은 모든 문자 영역에 불어닥쳤다. 기사·철학이나 문학 이론과 실용문을 막론하고 모두 변체駢體를 사용했다. 이로 인해 선진 제자백가와 사마천司馬遷, 145 B.C.~?이 발전시킨 산문의 좋은 전통은 돌연 중단되고, 동시에 문언과 구어의 거리는 갈수록 벌어지게 되었다"[37]라고 했다. 유감스러운 것은, "육조의 걸출한 시인들이 비록 일찍이 의식적으로, 내용 없이 아름답기만 한 당시의 시 스타일에 반대하고, 아울러 민간 가요로부터 깨우침을 받아 당시 유행하던 기풍과 달리했으나, 그들은 변문에 대해서는 아직 크게 기치를 내걸고 반대하지 않았다는 것"[38]이다. 한문 출신의 진보적 시인 포조도 역시 이러한 변려駢儷 형식을 답습하여, 시대 풍조의 한계를 전혀 뛰어넘지 못했다. 예를 들어, 유송 왕조의 '공덕'을 찬양한 「황하가 맑아짐을 기리는 송河淸頌」, 귀족 통치자의 은혜에 감사하고 보답을 도모하는 「거위 부野鵝賦」, 「시랑 직을 제수하심에 올리는 소拜侍郎上疏」, 「좌상

35) [원주] 장혜언(張惠言), 「칠십가부초서(七十家賦鈔序)」.
[역주] 부록의 「제가 평론」 참조.
36) [원주] 이상(李詳), 「손덕겸(孫德謙)에게 보낸 편지[與孫隘堪書]」.
[역주] 부록의 「제가 평론」 참조.
37) [원주] 모순(茅盾), 「야독우기(夜讀偶記)」, 『문예보(文藝報)』 1958년 제1기.
38) [원주] 위와 같음.

시로 전임시켜주심에 감사하는 상소轉常侍上疏」, 불교 사상을 선전하는 「불영을 기리는 송佛影頌」과 같은 작품들은 의심할 것 없이 많은 봉건적 잔재가 섞여 있다. 그렇지만, 포조 변문의 내용은 결국 남조 어용 문인의 작품과 완전히 일치하지는 않는다. 그의 문집에서 더욱 많이 보이는 것으로는, 문벌 제도의 불합리함을 대담하게 폭로한 「과보산 갈문瓜步山楬文」이 있고, 통치 집단의 내전이 백성들에게 가져다준 중대한 재난을 반영한 「황폐한 성 부蕪城賦」 등이 있는데, 이러한 작품들은 모두 어느 정도의 현실적 의의를 지니고 있다. 「자벌레 부尺蠖賦」에서는 명철보신明哲保身의 소극적 사상의 먼지를 털어내고 "정의를 보면 용기 있게 지키려는見義而守勇" 정의감을 의연히 드러내었다. 「불나방 부飛蛾賦」에서는 현실에 대담하게 맞서는 앙양된 정신 상태를 표현했다. 그밖에 예술적으로 비교적 높은 성취를 지닌 몇 편의 작품이 있다. 「대뢰안에 올라서 누이에게 부친 편지登大雷岸與妹書」는 여산廬山의 경색을 묘사했는데, 채색이 곱고 아름다워 마치 휘황찬란한 누대와 같다. 「석범산 명石帆銘」은 또 기이하게 돌출한 산천의 형상을 잘 그려내었다. 이러한 회화화繪畫化한 서경문은, 남조에는 도홍경陶弘景과 오균吳均의 서경 서찰의 창작에 영향을 주었고, 북방에서는 역도원酈道元, 472~527이 쓴 『수경주水經注』에 어느 정도 영향을 주었다. 또 「비백서의 필세 명飛白書勢銘」은 중국 고대 서법의 예술적 경계를 형상적으로 묘사했다. 포조의 변문은 그의 문학 창작의 한 중요한 구성 성분으로, "멀리 양웅揚雄, 53 B.C.~18 A.D.과 사마상여司馬相如, 179?~118 B.C.를 좇고",[39] "기세와 풍격이 활달하고 웅장한"[40] 가작이다.

포조 문집의 판본 문제와 돌아가신 조부전진륜께서 주를 달기 시작한 후 나의 교감과 증보에 이르기까지의 과정에 관해서는, 돌아가신 조부의 원서와 황절黃節, 1873~1935 선생의 서문과 나의 부지附識에 이미 상세히 밝혀져 있어, 여기서는 다시 췌언을 보태지 않겠다.

1958년 9월 전중련錢仲聯이 강소사범대학江蘇師範學院에서 쓰다.

39) [원주] 오여륜(吳汝綸), 「『하청송』 평어(評河淸頌語)」: "遠追揚馬."
40) [원주] 손덕겸(孫德謙), 『육조여지(六朝麗指)』: "氣體恢宏."

전진륜서錢序

나는 『번남문집보편樊南文集補編』 주를 달아서 이미 출판한 뒤, 명 장부張溥, 1602~1641의 『한위육조백삼가집漢魏六朝百三家集』에서, 강엄江淹, 444~505과 포조 두 시인을 뽑아내어 스스로 서序를 짓고 주를 달려 했으나, 실천하지 못했다. 기력이 쇠약해진 데다 오吳 제부制府[1]도 떠나버려 책조차 빌릴 수 없게 되었다. 그 중 『포명원집鮑明遠集』은 더욱이 진심으로 아끼는 것이다. 그러나 늘 틈을 낼 수가 없어서, 생각나는 바가 있으면 그때그때 서미書眉에 표지를 가했다. 오래되어 점차 많아지고 고치고 보충한 것이 빼곡히 차자, 한 차례 따로 필사하여 책을 만들었다. 포조의 시와 문장 중 『문선文選』에 보이는 것은 이선李善, 630~689의 주를 수록했다. 시 중 『옥대신영玉臺新詠』에 보이는 것은 근인近人 오조의吳兆宜, 1672 전후의 주가 있고, 왕사정王士禛, 1634~1711의 『고시선古詩選』에 들어 있는 것은 문인담聞人倓의 주가 있어서, 모두 그대로 수록하되 그들의 이름을 빠뜨리지 않았다. 이선이 『문선』에 주를 달면서 설종薛綜・유규

---

1) '制府'는 총독에 대한 존칭이다. 이 무렵 절강성(浙江省)과 복건성(福建省)은 민절총독(閩浙總督)이 관장했다. 전진륜이 이 글을 쓸 무렵에 재임한 '오씨 총독'으로는, 이 서를 쓴 동치 7년이 되기 직전에 민절총독 직을 떠난 오당(吳棠)이 있다. 그는 동치(同治) 5년(1866)에 민절총독으로 부임해 동치 7년에 사천총독(四川總督)이 되어 이임했다.

劉逵 등의 주를 채용했는데, 그 체례體例는 원용할 만하기 때문이다. 『수서隋書』「경적지經籍志」와 『당서唐書』「예문지藝文志」에 의하면, 『포조집鮑照集』은 모두 10권이라고 적고 있다. 하작何焯, 1661~1722은 「황폐한 성부蕪城賦」를 비주批注하면서, "'重江複關之隩중강복관지오'는 송각본 『포씨집鮑氏集』에는 '重關複江중관복강'으로 되어 있다"라고 했으니, 그는 당연히 송본을 보았을 것이다. 지금 『사고전서』에 들어 있는 『포참군집』 10권 통행본은 명대 도목都穆, 1458~1525이 집일輯佚한 것이어서, 기윤紀昀, 1724~1805이 본 것은 이미 송본이 아니다. 권수만 10권으로 『수서』「경적지」나 『당서』「예문지」와 우연히 일치하지만, 송본보다 잔결이 얼마나 많은지도 알 수 없다. 이 밖에 또 정덕正德 경오년庚午(1510) 주응등朱應登의 간행본이 있는데, 도목본과 같다. 장부 역시 명나라 사람인데 수록한 시문은 2권에 불과하니, 또 여타 판본들보다 얼마나 결루가 있는지도 모른다. 『한위육조백삼가집』에는 원서原序를 수록했는데, 장부는 우염虞炎, 488 전후의 서가 있는 것을 알면서도 채록하지 않은 것도 이해가 안 된다. 예전 항주杭州에서 강의할 때를 생각해보면, 진급珍笈을 찾을 때마다 문란각文瀾閣[2]에서 빌려 보았다. 당시 송본은 얻을 수 없어도 통행본은 그래도 얻을 수 있었다. 이제 고향은 아득히 멀어지고 병란으로 소실되어 알아볼 길조차 없게 되었다. 간혹 계해計偕[3]로 서울에

2) 청 『사고전서』 수장 장서각의 하나로, 건륭(乾隆) 49년(1784) 절강성 항주(杭州) 서호(西湖) 북서쪽 고산(孤山)에 건축했는데, 함풍(咸豐) 10년(1860) 무너져 광서(光緒) 6년(1880) 중건했다.

3) 거인(擧人)으로 서울에 과거 보러 가는 사람을 말한다.

가는 사람이 있으면, 책방을 찾아보도록 부탁했으나 전혀 구할 수가 없었다. 이 단편잔간短篇殘簡만 끌어안고 부지런히 전주箋註해도 도저히 마칠 수가 없었다. 그렇지만 『번남문집』도 애초에는 유서類書에서 주워 모아 이룬 것일 뿐인데, 서徐와 풍馮의 주가 나오면서[4] 수집이 점차 풍부해졌다. 그런데 내가 흠정欽定 『전당문全唐文』에서 채록하고 보완하여 주를 단 것이 수량 면에서 거의 동등하다.[5] 책 만든다는 것이 이처럼 쉽지 않다. 앞으로 누군가가 『포조집』의 완본完本을 구하여 완성한다면, 이것으로 태로大輅의 추륜椎輪으로 삼으면 좋고, 그렇지 않다면 가난한 집안의 해진 빗자루가 되어도 좋다. 이로써 서에 가름한다.

동치同治 7년1868 10월

귀안歸安 전진륜이 원포袁浦: 항주(杭州) 강사講舍에서 적다

---

4) 서형(徐炯) · 서수곡(徐樹谷)의 『이의산문집전주(李義山文集箋注)』 10권과 풍호(馮浩)의 『번남문집상주(樊南文集詳注)』 8권 및 『옥계생시집전주(玉溪生詩集箋注)』를 말한다.

5) 전진륜은 아우 전진상(錢振常)과 함께 1864년에 『번남문집보편병전주(樊南文集補編并箋注)』 12권을 편찬했다.

*

선조고先祖考의 『포참군집주鮑參軍集注』 6권은 만년에 손으로 쓰신 것이다. 1923년에 순덕順德: 지금의 광동성 불산시(佛山市) 황절黃節, 1873~1935 선생이 우리 집에서 초본抄本을 빌려 가서, 시집 부분 4권에 '보주補注'와 '집설集說'을 추가하여, 북경대학北京大學에서 인쇄하여 출판했는데, 널리 유포되지는 못했다. 나는 강의 틈틈이 원주原注에다 '보주'와 '집설'을 보태되, 체례體例는 황 선생과 똑같이 했다. 시주詩注 부분에는, 황절의 보주에도 아직 하루罅漏가 있어서 아울러 보충을 하고 또 '집설' 중에도 빠진 것을 보태었다. 나아가 함분루涵芬樓[6]에서 영인한 모의毛扆 교감 송본, 『육신주문선六臣註文選』 영송본影宋本, 엄가균嚴可均, 1762~1843의 『전송문全宋文』 및 『예문유취藝文類聚』·『초학기初學記』·『태평어람太平御覽』 등에 인용된 것을 취하여, 전집을 한 차례 교감하고, 주문註文의 뒤에 교어校語를 보태었다. 선조고의 '원주'에 "○로 쓴 곳도 있다一作某"라고 한 것은, 여전히 그대로 두었다. 권1·2의 2권은 내가 주를 보탠 부분에 '보주補注' 2자를 보태어 '원주'와 구분했다. 글 뒤에 '집설'을 첨가한 것 역시 내가 보탠 것이다. 권3-6의 4권은 황 선생의 '보주'를 원래 매 시의 뒤에 따로 실었는데, 지금은 각 해당 시구의 아래에 흩어 넣고 '보주' 2자를 보태어 '원주'와 구별했으며, 내가 주를 더 보탠 것은 '증보增補' 2자를 보

6) 상해(上海) 상무인서관(商務印書館)에서 선본(善本) 도서를 수장한 장서루(藏書樓)인데, 1932년 일본의 침략으로 훼멸(毁滅)되었다.

태어 '황절의 보주'와 구별했다. 시 뒤의 '집설'은 황 선생이 모은 것이며, '보집설補集說'은 내가 보탠 것이다. 권말에는 내가 엮은 '연표'를 첨부하여, 독자들이 시대 배경과 작가의 생애를 통하여 작품을 이해하는 데 도움이 되도록 했다. '집설' 외에 별도로 선인들이 포조 시문을 총괄적으로 평론한 것을 골라 모아 권말에 첨부했는데, 역시 원주 및 황절의 보주에는 없는 것이다.

1957년 7월

전중련 적다

황절서黃序

신유辛酉, 1921 12월에 나는 사영운의 시에 주를 다는 일을 마치고, 포조의 시가 어렵기가 사영운보다 심하다는 것을 생각하고, 계속하여 주를 달려고 했다. 강산江山 : 절강성 구주시(衢州市)의 하급 시 유육반劉毓盤, 자 자경(子庚), 1867~1927 선생에게 말씀드렸더니, 귀안歸安 전진륜 선생께 주를 단 원고가 있는데 아직 간행하지는 않았으며, 전순錢恂, 1853~1927[7]이 보관하고 있다고 말씀하셨다. 속으로 포조의 시에 나보다 먼저 주를 단 사람이 있다는 것이 다행이라고 생각하면서, 유 선생께 대신 좀 빌려달라고 부탁을 드려, 전편을 베껴 적었다. 전진륜錢振倫, 1816~1879이 주를 단『포참군집』은 문장이 2권, 시가 4권이고 포조의 여동생 포영휘鮑令暉 시 6수를 책 끝에 첨부했다. 나는 마침 대학에서 시를 강의하고 있어서, 시주詩註만을 취하여 정리했다. 학생들에게 강습하면서 때때로 증주增註를 하고, 또한 선인들이 포조 시를 논한 여러 주장을 모아서 덧붙였다. 이렇게 한 지가 어느덧 2년이 되었다.

포조 시에 주를 다는 데에는 대체로 두 가지 어려움이 있다. 전진륜이 주를 달면서 근거로 삼은 판본은 장부張溥, 1602~1641. 자 천여(天如)의『한위육조백삼명가집漢魏六朝百三名家集』본『포참군집鮑參軍集』인데, 송본은 보지 못했다고 이미 탄식했다. 이제 내가 전에 베껴 적어둔, 왕이王伊가 교감한 송본 및 함분루涵芬樓에서 영인한 모의毛扆, 자 계부(季斧) 교감 송본을 근거로

7) 전진륜의 아우인 전진상의 장남으로, 자가 염구(念劬)이다.

살펴보니, 문자상의 오류는 송본 역시 피할 수가 없었다. 「'동무의 노래'를 본떠」의 "倚杖牧雞豚의장목계돈"은 송대의 왕안석王安石의 시[8] 및 주희朱熹의 말[9]에 보이는 것인데, 송본에는 '杖牧장목'이 '仗族장족'으로 되어 있다. 「오지방 노래吳歌」 제2수의 "曹公却月樓조공각월루"는 송본에는 '曹조'가 '魯로'로, '公공'은 '都도'로, '月월'은 '丹단'으로 되어 있다. 「그윽한 택란幽蘭」 제3수의 "抱梁輒乖忤포량첩괴오"는 송본에는 '梁량'이 '渠거'로 되어 있다. 「삼짇날 남원을 유람하며三日遊南苑」의 "騰蒨溢林疏등천일림소"는 송본에는 '騰蒨등천'이 '勝舊승구'로 되어 있다. 「후저를 출발하며發後渚」의 "華志分馳年화지분치년"은 송본에는 '分분'이 '公공'으로 되어 있다. 「장송을 출발하면서 눈을 만나發長松遇雪」의 "土牛旣送寒토우기송한"은 송본에는 '土토'가 '出출'로 되어 있고, "冥陸方浹馳명륙방협치"는 송본에는 '冥陸명륙'이 '尊陵존릉'으로 되어 있다. 「임천왕의 복상을 마치고 고향으로 돌아가며臨川王服竟還田里」의 "送舊禮有終송구례유종"은 송본에는 '舊구'가 '佳가'로 되어 있다. 「단비喜雨」의 "何用知柏皇하용지백황"은 송본에는 '皇황'이 '篁황'으로 되어 있다. 이러한 예가 셀 수 없을 정도로 많다. 이것은 그래도 알기 쉬운 것이다. 「정원에서 가을 시름을 달래며園中秋散」의 "復切夏蟲酸부절하충산"이 송본에는 '夏하'가 '夜야'로 된 것, 「'백마의 노래'를 본떠代白馬篇」의 "要途問邊急요도문변급"이 '송본에는 '問문'이 '間간'으로 된 것, 「마름을 따며採菱歌」의 "含傷捨泉花함상

8) 왕안석의 「두순 선생을 애도함(悼四明杜醇)」의 제5구가 "藜杖牧雞豚[명아주 지팡이로 닭과 돼지를 친다]"이다.

9) 『주자어류(朱子語類)』에 실린 포조 시평에 인용되어 있다.

사천화"가 송본에는 '捨사'가 '拾습'으로 된 것 등은 시 전편을 깊이 따져보지 않으면, 그 잘못을 알 수가 없다. 아마도 당唐 이후로 포조 시를 읽는 사람이 적어져서 작품이 많이 산일散佚되었고, 문자상으로 와오訛誤가 생겼기 때문에, 완전한 판본을 구할 수 없게 되었을 것이다. 따라서 모든 판본을 다 교감한들 어느 판본을 따라야 할 것인가? 하물며 모든 판본이 다 틀린 것도 있으니, 「오 지방 노래」 제2수의 "觀看水流還관간수류환" 같은 것은 교감을 할 도리가 없다. 주를 달기 어려운 첫 번째 이유가 바로 이것이다.

포조는 태어난 때를 잘 못 만나, 그의 시에는 우려하고 두려워하는 말이 많고 공명의 뜻은 적은 데다가, 또 시기심 많은 군주를 만나 전고의 인용이 지나치게 은미隱微하다. 게다가 스스로 조어를 잘하고 문장 구성 방법이 신기하고 변화가 많아 『이소離騷』와 유사한 점이 있다. 「뽕을 따며採桑」에서 "길게 한숨짓는綿歎" 사람이 누구이며, "소리 높여 노래하는揚歌" 것이 의미하는 것은 무엇인가? 「'뱃노래'를 본떠代櫂歌行」에서는 왜 진퇴가 여의치 않음을 탄식하는가? 「'백마의 노래'를 본떠」에서는 왜 군신君臣이 오랑캐를 잊어버리고 있는 것을 마음 아파하는가? 「'승천의 노래'를 본떠」에서는 왜 세상을 피해 돌아오지 않겠다는 생각이 견고한가? 「'밝은 달의 노래'를 본떠代朗月行」에서는 왜 사대부의 부끄러움을 모르는 풍조를 드러내 보이는가? 「'당상의 노래'를 본떠」와 「부풍의 노래扶風歌」에서는 왜 감개에 젖어 중원을 생각하는가? 「중흥의 노래中興歌」에서는 왜 조야를 풍자하는가? 또 「배릉에 시종하여 경현산에 올라서」에서의 배릉이 황후의 장례인 것, 「유 중랑을 따라 원산의 석실에 놀러 가서從庾中郞遊園

山石室」의 원산이 화림원華林園: 남경 소재인 것, 「봄날의 유랑春羈」이 팽성왕彭城王 유의강劉義康을 슬퍼한 것, 「주역을 말함講易」이 빈한한 선비를 존숭하는 것 등은 전고의 의미가 불분명하다. 이와 같은 것 역시 셀 수 없을 정도로 많다. 주를 다는 사람이 단지 전고만을 찾을 뿐 시인의 마음에 연결하지 않는다면, 담긴 뜻이 드러나지 않아 모두 수사적인 시어만 되고 말 것이다. 이것이 주를 달기 어려운 두 번째 이유이다.

전진륜 선생은 천여 년 이래 아무도 말하지 않은 포조 시에 의연히 주를 달았는데, 해박하고 상세하면서도 확실하여 후학의 존경을 받는다. 내가 강습하는 틈틈이 그때그때 그 내용을 찾아서 학생들에게 제시한 것은 전진륜의 주에서 얻은 바가 적지 않았다. 옛날 남송의 왕십붕王十朋, 1112~1171. 자 귀령(龜齡)이 소식蘇軾, 1037~1101. 호 동파거사(東坡居士)의 시에 주를 달았는데, 시원지施元之, 1102~1174가 그 상략에 따라 가감하고 또 따로 천착하여 별도로 수록하는 근거로 삼았다.[10] 내가 전진륜의 주에 감히 가감할 수는 없지만, 별도로 수록할 만한 다른 견해가 없을 수는 없다. 원고가 막 판각을 끝내자마자 이미 가감할 것이 생겼지만, 손댈 겨를이 없는 것을 안타까워하며 후일을 기약한다.

계해년1923 12월 23일

순덕順德 황절黃節

10) 각각 『집주분류동파시(集注分類東坡詩)』 25권과 『주동파선생시(注東坡先生詩)』 42권을 말한다.

우염서虞炎序

포조는 자가 명원明遠으로, 본래 상당上黨 사람인데 가문이 대대로 빈천했다. 어려서부터 문재文才가 있었다. 유송의 임천왕臨川王 유의경劉義慶이 그 재주를 아껴 임천왕국의 시랑侍郎으로 삼았다. 임천왕이 죽자 시흥왕始興王 유준劉濬이 또 시랑으로 불러서 썼다. 효무제 초에 해우령海虞令을 제수받고, 태학박사太學博士로 전임하여 중서사인中書舍人을 겸임했다.[11] 그 후 외직으로 나가 말릉령秣陵令이 되었고, 또 영가령永嘉令으로 전임했다. 대명大明 5년461 전군행참군前軍行參軍에 제수되었다. 임해왕臨海王 유자욱劉子頊을 시종하여 형주荊州 : 치소[12]는 지금의 호북성 강릉시(江陵市)에 부임하여 내명內命을 관장하는 일을 맡았으며, 얼마 후 전군형옥참군사前軍刑獄參軍事로 옮겼다. 유송 명제明帝, 465~472 재위 초에 강북에서 항명했다.[13] 유자훈劉子勛의 반란이 실패하자 형주 지역도 소란스러워졌는데, 강릉 사람 송경宋景이 혼란을 틈타 성을 약탈했다. 포조는 이때 송경에게 살해되었는데, 당시 나이 50여 세였다. 몸이 환난을 입자 문

---

11) [원주] 다른 판본에는 "당시 군주가 질투가 많고 스스로 문장이 뛰어나다고 자부하여, 좌우의 시종들이 그 뜻을 잘 알아서, 그 때문에 글을 지을 때 그 재사(才思)를 다하지 않았다"라고 했다.

12) '치소(治所)'는 지방정부 소재지의 옛 칭호이다.

13) 명제 태시(泰始) 2년(466) 당시 강주자사(江洲刺史)이던 진안왕(晉安王) 유자훈(劉子勛)이 심복 등완(鄧琬) 등의 추대를 받아 심양(尋陽 : 지금의 강서성 구강시(九江市))에서 칭제(稱帝)하고 연호를 의가(義嘉)로 고쳤는데, 유자욱도 이에 동조한 사건을 말한다.

장도 유실되어 버렸다. 사람들 사이에 흘러 떠도는 것이 왕왕 아직도 남아 있다. 태자[14]께서 여러 사람의 저술을 두루 채집하고 문예를 애호하시어, 한 마디 문장이라도 수집하지 않는 것이 없다. 포조가 지은 것은 비록 정치精緻하고 전아한 점은 결핍되어 있지만, 초일超逸하고 화려한 점은 있다. 명령을 받들어 배종하면서 꼼꼼하게 찾아다녔다. 연대가 차츰 멀어져 없어져 버린 것이 많으니, 지금 남아 있는 것은 절반이나 될 수 있을지 모르겠다.

산기시랑散騎侍郎 우염이 교지를 받들어 짓다

14) 제 문혜태자(文惠太子) 소장무(蕭長懋, 458~493)를 말한다. 그는 무제(武帝) 소색(蕭賾, 440~493)의 태자로 영명(永明) 10년(493)에 죽었고, 아들 소소업(蕭昭業)이 즉위한 후 문황제(文皇帝)로 추증되었다. 우염은 문혜태자와 경릉왕(竟陵王) 소자량(蕭子良, 460~494)과 사이가 좋았다.

장부제사張溥題辭

포조는 재능은 빼어났으나 출신이 미천하여 정사正史에 전기가 별도로 실리지 않았다. 그래서 관직의 임면任免 연월年月은 고찰할 근거가 없다. 그런대로 의거할 만한 것이 산기시랑 우염虞炎이 칙령을 받들어 지은 「서」 하나뿐이다. 포조의 「송백의 노래」의 서에서, 위급한 병중에 『부휴혁집傅休奕集』을 읽으면서 영원히 떠나가는 말을 보니 구슬퍼 마음이 쓰리다고 스스로 말했다. 또 시에서는 무덤 위 풀은 갈수록 우거지고 무덤 앞 찾아오는 사람은 자취가 스러진다고 하면서, 생명에 대해 우려하는 것이 참으로 깊다. 나중에 임해왕의 서기직을 맡았다가 끝내 반란군에게 살해되었다. 사영운謝靈運은 "요절의 슬픔은 보통 죽음의 배天枉兼常"[15]라고 했는데, 이 사람이 바로 그런 사람이 아닌가! 임천왕 유의경은 문학文學을 애호했는데, 포조는 스스로 연작燕雀이 되는 것을 부끄러워하며 시를 지어 바쳐 포부를 피력했다.[16] 문제文帝[17]가 자신의 글재주를 자랑하자 또 자신을 낮추었다. 시기를 살펴 주군에게 의탁하여 자신의 장점을 잘 활용했으니, 예형禰衡, 173~198. 자 정평(正平) · 양수楊修, 175~219. 자 덕조(德祖)의 부류는 아니다.[18] 문집에 실린 문장에는 기실 "비

15) 사영운의 「여릉왕의 묘에서 짓다[廬陵王墓下作]」 시에서 "약하고 촉급함은 실로 애처로운 것, 요절하는 슬픔은 보통 죽음의 배이다[脆促良可哀, 夭枉特兼常]"라고 했다.

16) 『남사(南史)』「포조전」에 실린 일화이다.

17) '문제(文帝)'는 『송서』에 의하면 '효무제(孝武帝)'의 잘못이다. 『송서』「포조전」에는 '世祖'로 되어 있는데, '효무제'이다.

루하고 하자 있는 표현"은 없다. 그런데 당시 어떻게 이런 말이 보태졌는지 모르겠다. 강엄江淹, 444~505. 자 문통(文通)은 양 무제武帝, 502~549 재위를 만난 것이 만년을 바라볼 때이지만, 감히 문장으로 임금을 능가하지 못했다. 그 내용이 포조와 같아서 재주가 다했다는 기롱譏弄을 받았지만, 사신史臣이 그 일을 드러내어 전기에 밝히지 않았다. 심약沈約, 441~513. 자 휴문(休文)이 후인을 몰래 비웃을 것이다.[19] 포조의 문장으로 가장 유명한 것은 「황폐한 성 부」와 「황하가 맑아짐을 기리는 송」 및 「대뢰안에 올라서 누이에게 부친 편지」이다. 『남제서』「문학전론」에서 말한, "노래하는 기세가 놀랄 만큼 힘차고, 시어의 가락이 험하고 급박하며, 사조詞藻를 조탁함이 지나치게 염려艶麗하여, 사람의 영혼을 뒤흔들어 어질하게 만든다"라는 것이 아마도 이를 두고 말한 것은 아닌지 모르겠다. 시편은 매우 참신하니, 악부와 오언시는 이백과 두보의 먼 원조이

---

18) 예형은 공융(孔融)과 친하여 공융이 조조(曹操)에게 추천했으나 나아가지 않았다. 재주를 믿고 오만하게 굴다가 강하태수(江夏太守) 황조(黃祖)에게 살해되었다. 양수는 재능이 뛰어났고 한때 조조의 신임을 받았으나, 조비(曹丕)와 조식(曹植)의 갈등 등 복잡한 정치적 상황에서 결국 조조에게 살해되었다.

19) 『송서』의 저자 심약은 「포조전」에서 포조가 제왕의 시기 때문에 고의로 비루한 문사로 글을 지었다고 한 데 반해, 요사렴(姚思廉)이 편찬한 『양서』「강엄전」에는 강엄이 젊어서는 문재(文才)가 뛰어났으나 노년에 재주가 다했다는 정도만 언급했고, 『남사』「강엄전」에는 종영(鍾嶸) 『시품(詩品)』「중품(中品)·제광록 강엄(齊光祿江淹)」에 나오는 꿈 이야기만 수록했을 뿐, 제왕의 시기를 언급하지 않은 것을 말한다. 『시품』과 『남사』에는, 강엄이 선성(宣城) 태수를 그만둔 뒤, 꿈에 스스로 곽박(郭璞)이라고 하는 미남자가 나타나, 빌려준 붓을 돌려달라고 하여 돌려준 이후, 글재주가 다하여 '江淹才盡'이라는 말이 나왔다는 일화가 실려 있다.

다. 안연지顔延之가 사영운과 이름을 나란히 했는데, 포조에게 사적으로 우열을 물어 포조는 성심으로 판단해주었다. 선비는 재능이 어떤지를 따질 뿐이지 관작과 벌열閥閱을 어찌 논해야 하겠는가!

누동婁東 : 강소성 태창시(太倉市) 소재 장부 쓰다

사고전서총목제요四庫全書總目提要

『포참군집』 10권은 포조가 지었다. 포조의 자는 명원明遠으로 동해東海 사람이다. 조공무晁公武, 1105~1180의 『군재독서지郡齋讀書志』에 상당上黨 사람이라고 했는데, 아마도 우염 「서」의 "'본래' 상당 사람"이라는 말을 잘못 읽은 것 같다. '照'를 '昭소'로도 적는데, 대개 당대唐代 사람들이 측천무후則天武后의 이름[20]을 피하려고 바꾼 것이다. 위장韋莊, 836?~910?의 「강가를 걸으면서 서쪽을 바라보다江行西望」 시에 "西望長安白日遙, 半年無事駐蘭橈. 欲將張翰松江雨, 畫作屏風寄鮑'昭' 서쪽으로 장안 보니 태양은 아득한데, 반년 동안 일없이 작은 배에 머물렀네. 장한의 고향 오송강에 내리는 비를, 병풍에 그려 넣어 포조에게 부칠까"라고 하여, 평성zhāo으로 압운을 했으니, 사실에서 너무 멀어져 버렸다.[21] 심약의 『송서』와 이연수李延壽의 『남사』·『북사北史』는 측천무후가 칭제하기 전에 지어진 것이어서, 사실 모두 '照'로 적었지 '昭'로 적지 않았다. 포조는 임해왕 유자욱劉子頊의 참군이 되었다가 반란군의 손에 목숨을 잃었다. 유고는 흩어졌는데 제 산기시랑 우염虞炎이 처음으로 편차를 정하여 문집을 완성했다. 『수서』 「경적지」에 10권으로 밝혀 적으면서 주에 "양梁대에는 6권"이라고 했으니, 후인이 또 이어서

20) 측천무후는 본명은 '珝(후)'인데, 뒤에 '照(조)'로 개명했고, 다시 글자를 '曌(조)'로 바꾸었다.

21) **[원주]** 송대 예부(禮部)의 공거(貢擧) 규정에 따르면, '齊桓(제환 : 제 환공)'은 (송 흠종(欽宗) 조환(趙桓의) 이름을 피하여) '齊威(제위)'로 적었는데, 이것은 시구의 중간에 쓸 수는 있어도 '微(미)' 운으로 압운할 수는 없었다.

보탰을 것이다. 이 판본은 명 정덕正德 경오년庚午(1510)에 주응등朱應登이 간행한 것으로 도목都穆, 1458~1525의 집에서 얻었다고 했다. 권수卷數는 『수서』「경적지」와 합치하고 우염의 「서」를 첫머리에 넣었으나, 『수서』「경적지」에 기록한 구본舊本인지는 확실하지 않다. 그 편차를 살펴보면, 이미 악부를 별도로 1권으로 독립시키고서도, 「뽕을 따며」와 「매화는 지고梅花落」, 「'갈 길은 험난하고'를 본떠」 등도 모두 악부인데도 고시에 넣었다. 당 이전 문인들은 모두 성률을 다 알고 있었으니, 이처럼 어그러졌을 리가 없다. 또 「'갈 길은 험난하고'를 본떠」 제7수 '蹲蹲준준' 아래의 주에서 "'문집集'에는 '樽樽준준'으로 되어 있다"라고 하고, '啄탁' 자 아래의 주에서 "'문집集'에는 '逐축'으로 되어 있다"라고 했는데, 만약 정말로 원집原集이라면 어째서 "'문집集'에는 ◯로 되어 있다"라고 할 수 있겠는가? 이는 후인이 다시 모아서 만들었다는 명백한 증거이다. 그러나 문장은 이미 모두가 수미首尾가 갖춰져 있고, 시부詩賦 역시 왕왕 포조의 자서自序와 자주自註가 있어서, 육조의 다른 문집이 유서類書에서 뽑아낸 것과는 다르다. 아마도 구본이 전해져 내려오면서 차츰차츰 고쳐지고 바뀌었기 때문이 아닌가 여겨진다. 종영의 『시품』은 "포조를 배우면서 겨우 '日中市朝滿한낮에 번화가가 사람으로 가득 차니' 정도밖에 못 미치고, 사조謝朓, 464~499를 배우면서 겨우 '黃鳥度青枝꾀꼬리가 푸른 가지를 건너간다'를 얻었다"라고 했다. 지금의 문집에는 이 구절이 없으니 아마도 양나라 때의 판본은 아니리라는 것은 알 수 있다.[22)]

---

22) 『시품』 인용문은 「서」에 나오는 말인데, 표현에 다소 차이가 있다. 『시품』의 문

장은 "포조를 스승으로 삼지만 끝내 포조의 '日中市朝滿'에는 못 미치고, 사조를 배우지만 '黃鳥度靑枝'를 겨우 얻었다[師鮑照, 終不及'日中市朝滿'; 學謝朓'黃鳥度靑枝']"로 되어 있다. 『제요』는 『시품』의 글을 잘못 읽은 것으로 보인다. 『시품』의 본뜻은, 당시 일반인들이 포조와 사조를 존중하여 그들을 배웠지만, 포조의 「소년 협객들의 노래」 중의 '日中市朝滿' 수준에는 못 미쳤고, 사조의 「옥섬돌에서의 비원(玉階怨)」을 본떠 우염이 겨우 '黃鳥度靑枝' 같은 졸렬한 구절만 얻었다는 것을 말한 것이다. 부록의 「제가 평론」 참조.

포참군집주 전체 차례

부첨 : 포영휘 시(鮑令暉詩)

부록

『포참군집주(鮑參軍集注)』와 포조의 시문

포조 연표(鮑照年表)

첨부 : 송본 『포씨집』 목차宋本鮑氏集目錄[1]

권1

권2

권3

---

1) **[원주]** 송본의 문집 명칭과 분권 및 차례는 모두 장부본과 다르다. 「시흥왕에게 '흰 모시 춤의 노래'를 바치는 계[奉始興王白紵舞曲啓]」가 「'흰 모시 춤의 노래'를 본떠[代白紵舞歌辭]」 4수 앞에 실려 있지, 별도로 산문 부분으로 뽑아내지 않았다. 장부본의 「부풍의 노래[扶風歌]」 1수, 「오 지방의 노래[吳歌]」 제1수, 「늙음에 부쳐[詠老]」 1수, 「봄에 부쳐[春詠]」 1수, 「묵조참군 고 아무개에게[贈顧墨曹]」 1수 등 5수는 송본에는 없다. 여기에 송본 목차를 첨부하여, 상호 참고에 도움이 되도록 한다.

2) 이하는 포씨집의 목차에 실린 원주이다.
[원주] 이하 작품에 모두 '代(대)' 자가 없는 판본도 있다.

「지독한 무더위의 노래」를 본떠[代苦熱行]
「흰머리 될 때까지」를 본떠[代白頭吟]
「호리의 노래」를 본떠[代蒿里行]
「목놓아 부르는 노래」를 본떠[代放歌行]
「승천의 노래」를 본떠[代昇天行]
「짝 잃은 학의 노래」를 본떠[代別鶴操]
「꿩은 아침부터 나는데」를 본떠[代雉朝飛]
「회남왕」을 본떠 2수[代淮南王二首]
「황성의 참새」를 본떠[代空城雀]
「기러기는 우는데」를 본떠[代鳴鴈行]
「밤에 앉아 읊조리며」를 본떠[代夜坐吟]
「북풍은 쌀쌀하고」를 본떠[代北風涼行]
「봄날의 노래」를 본떠[代春日行]
「소장에서 노쇠하기까지의 노래」를 본떠[代少壯時至衰老行]
「봄날 형산에 올라」를 본떠[代陽春登荊山行][3]
「밝은 달의 노래」를 본떠[代朗月行]
「당상의 노래」를 본떠[代堂上歌行]
「빈천의 고통」을 본떠[代貧賤愁苦行]
「변방 생활의 노래」를 본떠[代邊居行]
「대문 밖에 수레 탄 손님이 있어」를 본떠[代門有車馬客行]
「슬픔의 노래」를 본떠[代悲哉行]
「뱃노래」를 본떠[代櫂歌行]
「규가의 노래」를 본떠[代邽街行][4]
진사왕 조식의 「백마의 노래」를 본떠[代陳思王白馬篇]
진사왕 조식의 「낙양의 노래」를 본떠[代陳思王京洛篇]
육기의 「군자가 생각할 것」을 본떠[代陸平原君子·有所思行]
「흰 모시의 노래」를 본떠 2수[代白紵曲二首]
「흰 모시 춤의 노래」를 본떠 4수[代白紵舞歌辭四首][5]

3) [원주] '荊(형)'은 '京(경)'으로 된 판본도 있다.
4) [원주] 「去邪行(거사행)」으로 된 판본도 있다.
5) [원주] 시흥왕의 명을 받들어 짓다—계(啓)와 함께.

권4

권5

---

6) [원주] 의흥태수 왕승달의 시에 삼가 창화하여.

7) [원주] 「北風雪(북풍설)」로 된 판본도 있다.

8) 이 제목은 저본 목차에는 빠져 있다.

시종하여 옛 궁궐에 들러서[從過舊宮]
배릉에 시종하여 경현산에 올라서[從拜陵登京峴]
임천왕의 복상을 마치고 고향으로 돌아가며[臨川王服竟還田里]

권6

경구로 가는 길에 죽리에 이르러[行京口至竹里]
번거현에 올라[登飜車峴]
겨울날[冬日]
역사를 읊다[詠史]
유 중랑을 따라 원산의 석실에 놀러 가서[從庾中郎游園山石室]
여산에서 동쪽으로 진택을 바라보며[自廬山東望震澤]
운양의 구리보에 올라[登雲陽九里埭]
오 시랑과 이별하며[與伍侍郎別]
오흥 황포정에서 유 중랑을 송별하며[吳興黃浦亭庾中郎別]
선성 태수 왕승달(王僧達)을 송별하며[送別王宣城]
종제 포도수를 송별하며[送從弟道秀別]
부 도조와의 이별에 부쳐[贈傅都曹別]
부 대농의 「동료와 이별하며」에 화답하여[和傅大農與僚故別]
성 시랑을 전송하며 후정에서 전별연을 베풀어[送盛侍郎餞候亭]
순 중서와 이별하며[與荀中書別]
단비[喜雨][9]
소사에 부쳐[詠蕭史]
벗 마자교에게 6수[贈故人馬子喬六首]
마름을 따며 7수[採菱歌七首]
산길을 가면서 외로운 오동나무를 보고[山行見孤桐]

권7

옥기 파는 사람을 보고-서와 함께[見賣玉器者-幷序]
향로봉을 시종하여 오르며[從登香爐峯]
꿈속의 귀향[夢歸鄉]

---

9) [원주] 칙명을 받들어 짓다.

임해왕을 시종하고 형주로 가려고 막 신저를 출발하며[從臨海王上荊初發新渚]
외로운 바위를 바라보며[望孤石]
황학기에 올라[登黃鶴磯]
양기에서 바람이 잦아들기를 기다리며[岐陽守風]
강릉에서 세월을 탄식하고 늙음을 슬퍼하며[在江陵歎年傷老]
성 서문의 관아에서 달을 감상하며[翫月城西門廨中]
「만가」를 본떠[代挽歌]
밤에 가기(歌妓)의 노래를 듣고[夜聽妓]
매화는 지고[梅花落]
옛 체의 시[古辭]
사랑스러운 것[可愛]
밤에 소리를 들으며[夜聽聲]
술 마신 뒤에[酒後]
『주역』을 말함[講易]
왕소군(王昭君)
중흥의 노래 10수[中興歌曲十首]
오 지방 노래 2수[吳歌二首]
상서 사장(謝莊)과의 세 번째 연구[與謝尙書莊三連句]
형주에서 장 사군, 이 거사와의 연구[在荊州與張史君李居士連句]
달빛 아래 누각에 올라서 지은 연구[月下登樓連句]
글자수수께끼 3수[字謎三首]

권8

「갈 길은 험난하고」를 본떠 19수[擬行路難十九首]
송백의 노래－서와 함께[松柏篇－幷序]
복주산의 연회에 시종하여 2수[侍宴覆舟山二首][10)]
여산에 올라 2수[登廬山二首]
장송을 출발하면서 눈을 만나[發長松遇雪]
산산에서 시흥왕의 명으로 짓다[蒜山被始興王命作]
동지(冬至)
촉의 네 현인을 읊다[蜀四賢詠]

10) [원주] 칙명으로 유원경을 위해 짓다.

가을날—혜휴 스님에게[秋日示休上人]
의흥태수 왕승달의 「칠석」 시에 화답하여[和王義興七夕]
시랑 포조에게[贈鮑侍郞][11]
혜휴 스님에게 답함[答休上人]
호군장군 왕승달(王僧達)의 「가을 저녁」 시에 화답하여[和王護軍秋夕]
멀리 있는 이를 그리며[懷遠人]
봄날의 유랑[春覊]
삼짇날[三日]
궂은비[苦雨]
삼짇날 남원을 유람하며[三日游南苑]
세밑 슬픔[歲暮悲]
정원에서 가을 시름을 달래며[園中秋散][12]
가을에 부쳐[詠秋]
가을 저녁[秋夕]
물을 바라보며[望水]
흰 눈에 부쳐[詠白雪]

권9

유원경을 위해 쓴 표기장군직의 제수에 감사하는 표[爲柳令謝驃騎表]
삼베옷을 벗고 시랑이 됨을 감사하는 표[解褐謝侍郞表]
말릉령 직의 제수에 감사하는 표[謝秣陵令表][13]
치료약을 하사하심에 감사하는 계[謝賜藥啓]
영안령 직에서 금지령을 해제하심에 감사하는 계[謝永安令解禁止啓]
왕국의 제도를 논하는 계[論國制啓]
승직 조칙을 거둬주시기를 청하는 계[謝上除啓]
세자에게 해직을 간청함[通世子自解]
거듭 세자에게 올리는 계[重與世子啓]
휴가에 감사하는 계 2수[謝假啓二首]
시랑으로 올리는 소[侍郞上疏]

11) [원주] 釋惠休(석혜휴).
12) [원주] 「園中載散(원중재산)」으로 된 판본도 있다.
13) [원주] 이때 중서사인(中書舍人)이었다.

권10

포참군집
鮑參軍集

권6

귀안 전진륜 주

순덕 황절 보주집설

전중련 증보집설

시詩

擬古(1)

魯客事楚王, 懷金襲丹素.[1] 旣荷主人恩, 又蒙令尹顧.[2]

日晏罷朝歸, 鞍馬塞衢路.[3] 宗黨生光輝, 賓僕遠傾慕.

富貴人所欲, 道得亦何懼.[4] 南國有儒生, 迷方獨淪誤.[5]

伐木淸江湄, 設罝守毚兎.[6]

「고시」를 본떠(1)

노에서 온 객이 초왕을 섬겨

금인金印 품고 붉은 깃의 흰옷 입었네.

군주의 은혜를 이미 입었고

재상의 보살핌도 함께 받았네.

날 저물어 조회 끝나 돌아올 때면

수레와 말 길거리를 가득 메웠네.

종족과 향당鄕黨에는 광채 넘치고

손님과 하인들도 우러러봤네.

부귀는 사람들이 바라는 바니

정도로 얻는다면 무엇이 두려우리.

남국에 유생이 하나 있는데

길을 잃고 저 홀로 잘못되었네.

맑은 강 물가에서 나무를 베고

그물을 쳐놓고 잽싼 토끼 기다리네.

【해제】

[전진륜] 제1·2·3수는 『문선』 이선 주를 수록한다. 제4·6·7·8수는 『고시전古詩箋』 문인담 주를 수록한다. 제2수는 문인담 주를 참고하고, 제7수는 『옥대신영』 오조의 주를 참고했다.

【주석】

1 **[이선]** '魯客(로객)'은 가정하여 말한 것이다.

양자법언(揚子法言)』「학행(學行)」: "만약 내가 붉은 옷을 두르고 '황금 도장을 품는다면[懷金]', 그 즐거움은 헤아릴 수 없을 것이다." 이궤(李軌) 주: "'金(금)'은 금인(金印: 장군이나 귀인이 차는 황금 도장)이다."

사마상여 「상림부」 '襲朝服(조복을 입고)' 사마표(司馬彪) 주: "'襲(습)'은 입는 것[服]이다."

『모시』「당풍(唐風)·양지수(揚之水)」 제1장: "흰옷에 붉은 수를 놓은 깃을 달다[素衣朱襮]." 모장(毛萇): "붉은색 수를 놓은 중의이다[丹朱中衣也]."[1)]

---

1) 저본에서 '丹朱(단주)'가 '中衣(중의)'라는 뜻으로 "丹朱, 中衣也"로 단구(斷句)한 것은 옳지 않다. 이선의 주는 '素衣朱襮(소의주박)'이 '丹朱中衣'라는 뜻이다. 이 구에 대한 모전의 전문은 "襮, 領也. 諸侯繡黼丹朱中衣(박은 옷깃이다. 제후는 붉은색 수를 놓은 중의의 깃에 도끼 무늬를 수놓는다)"이다. 이선이 인용한 '繡黼

[황절] '魯客'은 황하 이북 인사를 비유한다. '楚王(초왕)'은 삭로(索虜)를 비유한다. 이 시는 대개 황하 이북에서 온 인사가 삭로의 신하가 된 것을 슬퍼하여 지은 것이다.[2)]

2 **[전진륜]** '荷(하)'는 이선 본 『문선』에는 '賀(하)'로 되어 있다.[3)]

[이선] '主人(주인)'은 군주를 말한다.

왕찬(王粲) 「공연시(公讌詩)」: "나의 '어진 주군'을 돌아본다[顧我'賢主人']."

『한서』 「고제기(高帝紀)·상」 신찬(臣瓚) 주: "제후의 '경(卿)'을 오직 초나라에서만 '영윤(令尹)'이라고 했고, 나머지 나라에서는 모두 '상(相)'이라고 불렀다."

3 **[전중련]** 『문선』 육신본에는 '鞍(안 : 안장)'이 '輿(여 : 수레)'로 되어 있다.[4)]

4 **[전진륜]** '得(득)'은 이선 본 『문선』에는 '德(덕)'으로 되어 있다.

[이선] 『논어』 「이인(里仁)」: "부와 귀는 사람들이 바라는 바이다. 그러나 '올바른 도리로 그것을 얻지 않으면[不以其道得之]' 거기에 머물지 않는다. [빈과 천은 사람들이 싫어하는 바이다. 그러나 올바른 도리로 그것을 얻지 않았더라

丹朱中衣(수보단주중의)'는 『예기』 「교특생(郊特牲)」에 나오는 문장이다. '중의'는 제복이나 조복의 안에 입는 옷이다.

2) '索虜'는 본래 변발한 오랑캐라는 뜻으로, 남북조시대에는 남조 사람이 모든 북조 사람을 욕하는 말이었다. 『송서』에 「삭로전」이 있다. 황절이 초왕(楚王)을 삭로라고 한 것은, 중원에 사는 한족 이외의 모든 종족을 삭로로 지칭했다는 뜻이다. '丹素(단소)'는 붉은 수를 놓은 깃을 단 흰옷을 말한다. 이 2구는 북방 노나라 출신이 남방 초나라의 왕을 모시는 고급 관리가 된 것을 말한다.

3) 호극가 간행 이선본 『문선』에는 '荷'로 되어 있다. '荷恩(하은, hèēn)'은 은혜를 입는다는 뜻이다. '賀'도 '荷(hè)'처럼 짊어진다[擔]는 뜻으로 쓰이는 경우가 있다.

4) 『고시원(古詩源)』도 같다. '鞍馬'는 안장을 지운 말로, 車馬(거마)를 가리킨다.

도 떠나지 않는다.]"

[전중련] 손지조 『문선고이』 : "'德'을 오신은 '得'으로 적었다. 주에서 『논어』를 인용한 것을 살펴보면, 이선 본도 마땅히 '得'이 되어야 한다. '德'자는 전사(傳寫)하면서 생긴 잘못인 듯하다."[5)]

5 **[이선]** '儒生(유생)'은 시인 자신을 말한다.

『한서』 「숙손통전(叔孫通傳)」 : "[숙손통에게 봉상(奉常)을 제수하고 금 오백 근을 하사했다. 숙손통이 이에 나아가] 아뢰었다. '여러 제자와 "유생(儒生)"들이 저를 따른 지 오래되어 [함께 더불어 거동했습니다. 폐하께서 그들에게도 관직을 내려주시기를 바랍니다.' 고제(高帝, 유방(劉邦))는 그들을 모두 낭관(郎官)으로 삼았다.]"

『장자』 「변무(騈拇)」 : "'작은 미혹은 방향만 바꾸지만[小惑易方]' 큰 미혹은 본성을 바꾼다." 곽상 주 : "동쪽과 서쪽의 방향을 바꿔도, 대체(大體)[6)]에 있어서는 허물이 되지 않는다."

『상서』 「입정(立政)」 '其勿"誤"于庶獄庶愼([지금부터 문왕의 자손으로서], 여러 옥송과 여러 재판을 그릇되게 하지 말고, [오로지 법관[大正]이 관할하도록 해야 합니다])' 공안국 전 : "'誤(오)'는 그릇되게 하는 것[謬]이다."

---

5) 이선이 주에 인용한 『논어』의 내용을 보면, 이선이 본 것은 '道得(도득)'이었음이 틀림없다. 호극가도 『문선고이』 권6에서, 이를 근거로 각 판본에서 본 것이 틀렸고, '得'으로 된 것이 매우 확실한데 전사 과정에서 오류가 생긴 것이라고 했다. 『예문유취』에는 '德'으로 되어 있다. 오덕풍도 '德'은 전사(傳寫) 과정의 오류라고 했는데(84b쪽), 앞의 '道'자로 인해 생긴 오류로 보인다.

6) 저본에는 '禮(례)'로 되어 있는데, 통행본 『장자』에는 '體(체)'로 되어 있어서 고쳤다. '禮'는 '體'와 통용하는 경우가 있다.

[‘淪誤(륜오)’는] 그릇된 것에 빠지는 것이다[沈淪謬誤].[7]

[황절] 호침천(胡枕泉) : “‘方’은 ‘道(도)’와 같다. 『예기』「악기(樂記)」에 ‘올바른 음악이 행해지면 백성들은 “방”을 지향한다[樂行而民鄕“方”]’라고 했고, 「경해(經解)」에 ‘[예를 숭상하고 예를 따르는 것] 그것을 일러 “有方之士(도가 있는 인사)”라고 한다’라고 했는데, 정현 주에 ‘“方”은 “道”와 같다’라고 했다. 포조 시는 도에 어두워 홀로 오류에 빠진다는 의미이니, 방향의 뜻으로 풀이하지 않아야 할 듯하다.”

[전중련] ‘方(방)’은 道(도)로 풀이하는 것이 옳다. 앞 구 ‘儒生(유생)’을 받고 있으니, ‘迷方(미방)’은 아마 『주역』「곤괘」의 “남보다 앞서면 어릿거려 길을 잃는다[先迷失道]”라고 한 뜻을 활용한 것 같다. 이정조(李鼎祚)의 『주역집해(周易集解)』에 하타(何妥)[8]를 인용하여, “음의 도[陰道]는 앞서기를 싫어하니, 앞서면 어릿거려 ‘잃게 되는 것[迷失]’이다”라고 했다.

6 **[이선]** 『모시』「위풍(魏風)·벌단(伐檀)」 제1장 : “쾅쾅 박달나무 베어, ‘황하 물가’에 놓고 보니, 황하 물만 맑게 잔물결 친다[坎坎伐檀兮, 寘之‘河之干’兮, 河水淸且漣猗].”

『모시』「주남·토저(兎罝)」 제1장 : “얼기설기 ‘토끼그물’, 쩡쩡 울리는 말뚝 박는 소리[肅肅‘兎罝’, 椓之丁丁].”

---

7) 저본에는 “沈淪, 謬誤也”로 되어 있는데 옳지 않다. 황절의 『포참군시주』에는 옳게 되어 있다. 문인담의 『고시전』에는 『장자』의 곽상 주 바로 뒤에 이선 주를 인용하여, “淪誤, 沈淪謬誤也(‘윤오’는 오류에 빠지는 것이다)”라고 했다.

8) 양(梁) 멸망 후 후주(後周)로 들어갔다가 수(隋) 때까지 산 학자이다. 『수서(隋書)』「경적지(經籍志)」에 저서로 『주역강소(周易講疏)』 13권이 저록되어 있다.

『모시』「소아 · 교언(巧言)」 제4장 : "깡충깡충 '잽싸고 약은 토끼'도, 개를 만나면 잡히고 만다[躍躍'毚兎', 遇犬獲之]."

[전진륜] 『한비자』「오두(五蠹)」: "송나라 사람 중에 밭을 가는 자가 있었는데, 밭 가운데에 나무그루터기가 있어서, 토끼가 달리다가 거기에 부딪혀 죽었다. 그래서 쟁기를 놓고 '나무그루터기를 지키며, 다시 토끼를 얻기를 바랐다[守株, 冀復得兎]'. 토끼는 얻을 수 없었고 자신은 송나라의 웃음거리가 되었다."

[황절] 유리 『선시보주』 권7 : "'伐木(벌목)'은 대개 『모시』「벌단」의 뜻을 활용한 것이다. 박달나무를 베어 수레를 만들어 육지를 가야 하는데, 지금은 황하의 물가에 버려두고 쓰지 않는다는 뜻이다. '罝(저)'는 토끼그물이다. '毚(참)'은 교활한 것이다."

여향 : "그물을 치고 토끼를 지킨다는 것은 '덕을 지니고 녹을 기다리는 것[懷德待祿]'을 비유한다.

양장거 : "오신(여향)은 '懷德待祿'이라고 했는데, 그렇다면 『묵자』「상현(尙賢) · 상」에 실린, '문왕(文王)이 굉요(閎夭)와 태전(太顚)을 "그물 치는 데[罝網之中]"서 천거한' 일을 암용(暗用)하고 있다."

[전중련] 양장거 『문선방증』: "우무(尤袤, 1127~1194) 간본 『문선』은 '淸(청)'을 '靑(청)'으로 잘못 적었다."

【평설】

[황절] 오기 : ['노에서 온 객魯客' 운운한 것은 인간의 부귀를 있는 대로 그려내어,

사람들에게 열중하도록 했다. 그리고 끝 4구를 그려내는 데까지 이르렀는데,] 이것은 "불의하면서 부하고 귀함은 나에게는 뜬구름과 같다"『논어』「술이(述而)」에서 온 것이다. 그런데 오히려 또다시 한 걸음 더 나아가 정당한 도리로 얻었더라도, 오히려 거기에 머물지 않는다고 했으니, 하물며 불의하게 얻었음에랴!『육조선시정론』 권13

[전중련] 이광지 : 제1수는 '노객魯客'의 영예가 이와 같음을 보여준다. 그러나 올바른 방도로써 그것을 얻었다면 무엇을 두려워하랴? 그런데 남국의 유생이 홀로 쇠락하고 스스로 그르쳐서, 기꺼이 토끼그물 치는 야인이 되고자 함은 무엇 때문인가? 대의가 「'목 놓아 부르는 노래'를 본떠代放歌行」와 가깝다.『용촌수필』 권2

방동수 : 절조를 지키는 것을 말했다. 앞에서는 권세와 지위가 있는 사람을 형상화함으로써 서로 대비했다. [이 시는 준일한 곳이 많다.]『소매첨언』 권6

왕개운 : ["남국에 유생이 하나 있는데, 길을 잃고 저 홀로 오류에 빠졌다. 맑은 강 물가에서 나무를 베고, 그물을 쳐놓고 잽싼 토끼 기다린다."] 이것은 바로 "상수가엔 신령스러운 새가 살고 있다湘濱有靈鳥"[9]와 같은 체재와 정조局調[10]이다. 저것은 늠름하고 당당하며, 이것은 심원하고 온건하다.[11] 포조

---

9) 권5의 「벗 마자교에게[贈故人馬子喬]」 제4수의 제7구인데, 저본의 '歸(귀)'는 '靈(령)'의 오자여서 고쳤다.

10) 저본의 '局度(국도)'는 '局調(국조)'의 잘못이어서 고쳤다.

11) 명 육시옹(陸時雍)은『고시경(古詩鏡)』 권14에서, 이 시를 "정치(情致)가 심원하고 온건하니, 한대 시의 기세가 매우 많다[意致深穩, 絶有漢氣]"라고 평했다. 청 진조명도『채숙당고시선』 권19에서 "경박한 가락과 날카로운 말을 전혀 쓰지

가 창안한 가락이다.『상기루설시』 권8

오여륜 : 이 작품은 「역사에 부쳐詠史」와 같은 취지이다.『고시초』 권4

않고, 청신하고 기발하게 표현하여, 시구의 격조가 완곡하고 함축적이라 매우 고아하다[偏不作薄聲利語, 翻新出奇, 句調宛轉, 甚古雅]"라고 했다. 청 성서(成書)는 『다세당고시존』에서 "운필이 이미 원숙한 경지에 다가갔다. 그런데 청신하고 유창한 가운데 고아한 정취를 함유하고 있다[用筆已近圓熟, 然淸新流利中自含古趣]"라고 했다.

擬古(2)

十五諷詩書, 篇翰靡不通.[1] 弱冠參多士, 飛步遊秦宮.[2]
側觀君子論, 預見古人風.[3] 兩說窮舌端, 五車摧筆鋒.[4]
羞當白璧貺, 恥受聊城功.[5] 晩節從世務, 乘障遠和戎.[6]
解佩襲犀渠, 卷袠奉盧弓.[7] 始願力不及, 安知今所終.[8]

「고시」를 본떠(2)

열다섯에 시서의 글 암송을 했고
시문을 짓기에도 통달했었다.
스무 살에 많은 현사 방문하였고
걸음을 재촉하여 서울 궁궐 찾았다.
곁에서 군자 논쟁 자세히 보고
참여하여 고인 풍도 살펴보았다.
두 주장의 혀끝도 궁하게 하고
다섯 수레 붓끝도 꺾을 수 있었다.
백벽을 내려줌이 부끄러웠고
요성聊城의 공 받기도 부끄러웠다.
만년에는 세상의 일 좇기로 하고
융적을 달래려고 변방 장벽 올랐다.
패옥 풀고 무소 갑옷 차려입고서
책을 덮고 검은 활을 움켜쥐었다.

첫 바람엔 내 힘이 못 미쳤는데

종국이 어떠할지 알 수 있을까?

【주석】

1 **[이선]** 『논어』 「위정(爲政)」 : "나는 열다섯 살에 배움에 뜻을 두었다[吾十有五而志于學]."

『한서』 위소(韋昭) 주 : "'翰(한)'은 붓이다."12)

[황절] 완적 「영회시」 제15수 : "옛날 내 나이 열너덧 살 적에는, 뜻이 유가의 시와 서를 숭상했었다[昔年十四五, 志尙好詩書]."

2 **[이선]** 화핵(華覈, 219~278) 「설영에게 주는 시[與薛瑩詩]」 : "남은 것이 지금은 셋밖에 없는데, '잰걸음으로 달리는 건' 수말 한 필 있지요[存者今惟三, '飛步'有匹特]."13)

[문인담] "'秦宮(진궁)'은 서경(西京)의 궁궐이다."

[황절] 『모시』 「대아 · 문왕」 제3장 : "'빛나는 많은 신하가[思皇多士]', [이 왕국에 태어났다.]" 공영달 소 : "'多士(다사)'는 대대로 현혁(顯赫)한 사람이다." 즉 제후 및 공경대부를 모두 아우른다.

---

12) 『문선』 권9 양웅의 「장양부(長楊賦) · 서」의 '翰林(한림)'에 대한 이선 주에도 인용되어 있다. 『한서』 「양웅전(揚雄傳) · 하」에 수록된 「장양부」의 주로 보이지만, 지금의 표점교감본 『한서』에는 없다.

13) 저본의 '四特(사특)'은 『문선』 여러 판본에 모두 '匹特(필특)'으로 되어 있다. 출구의 '셋밖에 없다(惟三)'라는 말에 부합하려면 '匹'이 옳다. '特'은 짐승의 수컷이며 특히 수소를 뜻하지만 '飛步'에 알맞게 수말로 풀이했다.

[전중련] 송본 '秦宮' 주 : "'紫宮(자궁)'으로 된 판본도 있다."[14)]

3 **[이선]** 『삼국지』 「위서・모개전(毛玠傳)」 : "태조(조조(曹操))가 모개에게 말했다. '그대에게는 "고인의 풍모[古人之風]"가 있소. [그래서 그대에게 고인의 기복(器服)을 주는 것이오.']"[15)]

4 **[이선]** '兩說(량설)'은 노중련(魯仲連)이 신원연(新垣衍)을 설복한 것과 요성(聊城)을 함락한 것 두 가지를 말한다.

『사기』 「노중련추양열전(魯仲連鄒陽列傳)」 : "진(秦)이 마침내 동으로 조(趙)의 수도 한단(邯鄲)을 포위했다. (…중략…) 위왕(魏王)이 객장군(客將軍) 신원연을 시켜 한단에 들어가서, 평원군(平原君)에게, '[(…중략…) 조가 진실로 사신을 보내] 진 소왕(昭王)을 황제로 추존하면, 진은 반드시 [기뻐하며] 군사를 물릴 것'이라고 [조왕을] 유세하도록 했다. [평원군은 망설이며 결정하지 못했다. 이때 마침] 노중련이 [조에 유세 와서 (…중략…) 위의 장수가 조를 시켜 진왕을 황제로 추존하도록 하려 한다는 말을] 듣고, [이에 평원군을 만나서 말했다. '(…중략…) 신원연은 어디 있습니까? 제가 그대를 위해 그를] 꾸짖어 [돌려보내겠습니다.' (…중략…).] 신원연이 말했다. '(…중략…) 저는 물러났으며, 감히 다시 진왕을 황제로 모시라고 말하지 못했습니다.' 진의 장

---

14) '紫宮'은 '紫微宮(자미궁)' '紫微垣(자미원)'이라고도 하며, 본래 천제(天帝)가 산다는 하늘의 별자리인데, 천자가 거처하는 궁궐을 가리키기도 한다. 좌사(左思) 「영사시(詠史詩)」 제5수의 "列宅紫宮裏('자궁'에는 저택들이 늘어서 있다)"의 이주한 주에 "'紫宮'은 천자가 거처하는 곳이다"라고 했다.

15) 저본의 '謂毛玠曰'은 표점교감본에는 "平柳城, (…중략…) 以素屛風素馮几賜玠, 曰(요성을 평정하고, (…중략…) 특히 흰 병풍과 흰 빙궤(憑几 : 몸을 기댈 수 있도록 만든 궤안)를 모개에게 하사하면서 말했다)"로 되어 있다.

수가 듣고 [군대를] 50리 퇴각했다."

위의 글 : "[제(齊)의] 전단(田單)이 요성(聊城)을 [일 년 남짓] 공격하여 [사졸이 많이 죽었지만 요성은] 함락되지 않았다. 노중련은 이에 편지를 써서 화살에 묶어 요성 안으로 쏘아 [연(燕)의 장수에게 주었다. (…중략…)] 연의 장수는 노중련의 편지를 보고 (…중략…) 자살했다."

『한시외전』 권7 : "따라서 군자는 세 가지 끝[三端]을 피한다. 문사(文士)의 붓끝[筆端]을 피하고, 무사(武士)의 칼끝[鋒端]을 피하고, 변사(辯士)의 '혀끝[舌端]'을 피한다."

『장자』「천하(天下)」: "혜시(惠施)는 그 책이 '다섯 수레[五車]'나 되지만, 도는 뒤죽박죽이다."

[황절] 주천(朱琦) : "이선 주에서 '"兩說"은 노중련이 신원연을 설복한 것과 요성을 함락한 것을 말한다'라고 했는데, 내가 살핀 바로, 이야(李冶, 본명 치(治), 1192~1279)는 이선 주가 소략하다고 보았다. 그리고 또 말했다. '오신본에서 유량이 "兩說"을 본말(本末)의 설이라고 하면서, 혀끝[舌端]이 문사의 붓끝을 꺾을 수 있다는 뜻이라고 한 것도 틀렸다. "兩說"이라는 것은 "양가지설(兩可之說 : 이래도 좋고 저래도 좋은 말)"이다. "양가지설"은 혀끝을 궁하게 할 수 있고, "오거지독(五車之讀 : 다섯 수레의 책을 읽은 것)"은 붓끝을 꺾을 수 있다는 것은, "천 마리 토끼의 털을 벗긴다[禿千兎之毫]"라고 말하는 것과 같다.'[16] 나는 이선의 주는 아마도 그 아래의 글 "백벽을 하사해주는 것이 부

16) 이야(李冶)의 『경재고금주(敬齋古今黈)』 권9에 실린 말이다. '천 마리 토끼털을 벗긴다'라는 것은 토끼털로 만든 수많은 붓을 써서 닳아 없어지게 한다는 뜻이다.

끄러웠고, 요성의 공으로 상을 받는 것도 부끄러웠다[羞當白璧貺, 恥受聊城功]"가 있어서, 그렇게 말한 것이라고 여겨진다. 위에서 젊어서 비록 편한(篇翰)에 뛰어났지만 무익하기가 마치 앞 작품(제1수)에서 말한 "남국에 유생이 하나 있는데, 길을 잃어 저 홀로 잘못되었다[南國有儒生, 迷方獨淪誤]"라고 한 것과 같다고 했다. 여기서는 변설(辯舌)로 분쟁을 해결하여, 다섯 수레의 책을 읽은 사람더러 그 붓끝을 꺾게 할 수 있다고 한 것이, 마침 제1구의 "시와 서를 암송하고[諷詩書]"와 호응한다. 뒤에 또 "패옥을 풀어놓고 갑옷을 차려입고, 책을 덮어두고 검은 활을 움켜쥔다[解佩襲犀渠, 卷袠奉盧弓]"라고 한 것에는, 대체로 '투필종융(投筆從戎 : 문인으로서 종군을 함)'이라는 뜻이 있다. 3수를 종합해서 보면 모두 장대한 말을 한 것이니, 이선 주가 소략하여 틀렸다고 할 수는 없을 듯하다. 근래 손지조는 고대소(顧大韶 : 자 중공(仲恭))를 인용하여 "'兩說"은 마땅히 "종횡(縱橫)"의 뜻으로 해석해야 한다. 『장자』(「서무귀(徐无鬼)」)에 "횡으로 말할 때는 『시』『서』『예』『악』으로 하고, 종으로 말할 때는 『금판(金版)』과 『육도(六韜)』로 한다"[17]라고 했다'라고 했는데, 역시 통한다. 그러나 노중련을 지정(指定)하지 않는다면, 나타내려는 것이 무엇인가?"

---

17) 인용문의 '縱說(종설)'과 '橫說(횡설)'은 금본 『장자』에는 바뀌어 있는데, 번역은 이를 따랐다. 또 '六韜'는 '六弢(륙도)'로 되어 있다. 성현영 소에 '橫'은 먼 것, '縱'은 가까운 것이라고 했다. 『금판』과 『육도』는 왕인지의 『석문』에서는 사마표의 주를 인용하여, 『주서(周書)』의 편명이라고 했고, 진고응(陳鼓應)은 임희일(林希逸)의 견해를 인용하여 『태공병법』이라고 했다. 이 2구는 아무리 뛰어난 변설과 해박한 식견을 지닌 사람의 말과 글이라도 자신이 꺾을 수 있었음을 강조한 것이다.

5 **[이선]** 『한시외전』 : "초 양왕(襄王)은 사자를 보내, 황금 천 근과 '백벽(白璧)' 백 쌍을 가지고 가서, 장자(莊子)를 초청하여 재상으로 삼고자 했으나, 장자는 고사했다."[18)]

『사기』 「노중련추양열전」 : "전단(田單)은 '요성(聊城)'을 도륙하고 돌아와, 노중련을 언급하면서 벼슬을 주고자 했으나, 노중련은 해상으로 숨으면서 [말했다. '나는 부귀하면서 남에게 굴종하는 것보다는, 차라리 빈천하더라도 세속을 경시하면서 내 뜻대로 살고 싶다.']"

6 **[이선]** 추양(鄒陽) 「오왕에게 올리는 글[上書吳王]」[19)] : "[진(秦)이] 그 '말기[晩節末路]'에 이르러 [장이(張耳)와 진승(陳勝)이 귀순해온 병사의 도움을 끌어들여, 함곡관(函谷關)을 치고 들어가니, 진의 수도 함양(咸陽)이 마침내 위태로워졌습니다.]"

『한서』 「주부언전(主父偃傳)」 : "[이때 (…중략…)] 엄안(嚴安) 역시 상서하여 '치세의 일[世務]'을 언급했다."

『한서』 「장탕전(張湯傳)」 : "[흉노가 화친을 청했다. (…중략…)] 박사 적산(狄山)이 [말했다. '화친을 하는 것이 이롭습니다.' 황상이 물었다. (…중략…) 이에 적산을 파견하여] '변경 장벽으로 가서 지키게[乘鄣]' 했다."

이기(李奇)[20)] : "'乘(승)'은 수비하는 것[守]이다."

---

18) 『태평어람』 「진보부(珍寶部)·벽(璧)」에 인용된 문장이다. 『예문유취』 권84 「보옥부(寶玉部)·벽(璧)」에는 '千斤(천근)'이 '十斤(십근)'으로 되어 있다.

19) 저본에는 '上書(상서)'로 되어 있는데,『문선』 권39의 제목을 따랐다. 『한서』 「추양전」에도 실려 있다. 『예문유취』 권24 「인부(人部)·간(諫)」에는 뒷부분만 수록했다. 오왕은 고조 유방(劉邦)의 형인 유중(劉仲)의 아들 유비(劉濞)이다. '晩節(만절)'은 '晩年(만년)'이다.

『좌전』「양공·11년」: "진후(晉侯)가 (…중략…) 위강(魏絳)에게 말했다. '그대가 과인더러 "융적과 화친함으로써[和諸戎狄]" 중원의 제후들을 정돈하라고 했소.'"

7 **[이선]** 『국어』「오어(吳語)」: "[비호(肥胡 : 좁고 긴 기치)를 세우고,] '무늬 있는 무소의 가죽으로 만든 방패[文犀之渠]'를 받쳐 들었다."

『상서』「문후지명(文侯之命)」: "평왕(平王)이 진(晉) 문후(文侯)에게 [검은 기장 술과 옥 주기(酒器)를] 하사했다. [(…중략…) 왕이 말했다. '족숙(族叔) 의화(義和 : 진 문후)여! (…중략…) 그대에게 검은 기장 술 한 병과 붉은 활 한 개와 붉은 화살 백 개,] "검은 활[盧弓]" 열 개[21][와 검은 화살 백 개와 말 네 필을 내리는 바요.']"

[황절] 이주한 : "'佩(패)'는 의복이고, '犀渠(서거)'는 갑옷이다. '袠(질)'은 책갑이고, '盧弓(노궁)'은 정벌에 사용하는 활이다."

8 **[이선]** 『좌전』「성공(成公)·18년」: "[진(晉)의 난서(欒書)와 중항언(中行偃)은 (…중략…) 주자(周子 : 손주(孫周))를 주나라 서울에서 맞아들여, 임금(도공(悼公))으로 세웠다. (…중략…)] 주자(周子)가 말했다. '나의 "처음 바람[始願]"은 이에 미치는 것(진의 제후가 되는 것)이 아니었소. 비록 이에 이르렀지만, 그 또한 하늘의 뜻이 아니겠소!']"

『장자』「인간세(人間世)」: "만약 그렇게 되는 이유를 모른다면, 그 '종국[所

---

20) 안사고의 「한서서례(漢書序例)」에 제시한 『한서』 주석자 중 한 명이다. 표점교감본에는 '안사고 주'로만 표시되어 있다.

21) '十(십)'은 중간송본에는 '一(일)'로 되어 있다.

終]'이 어떻게 될지 누가 알겠는가?" 사마표 주 : "재앙의 종국이 어떻게 될지 누가 알겠는가?"

[황절] 여연제 : "처음 바람[始願]은 문(文)인데 힘이 이미 미치지 못했고, 이제 무사(武士)가 되었으나 그 종경(終竟 : 종국)을 알 수 없다."

【평설】

[전중련] 이광지 : 제2수는, 젊어서 유자儒者였으나 만년에 종융從戎하게 되면서, 처음의 소원을 어기게 되었는데, 그 마무리할 바를 염려하는 것을 말했다.『용촌수필』 권2

오기 : ['수장首章'은 무武를 말했고,] '이장二章'은 문文을 말했다. [(…중략…) '삼장三章'은 윗글을 이어받아][22] '열다섯十五' 2구는 그 배움學을 말하고, '요성의 공훈恥受' 2구는 물음問을 말했다. '고인의 풍도古人風'는 삼대三代의 영웅이지, 인상여藺相如와 노중련魯仲連 무리가 아니니, 아래의 '羞수'와 '恥치' 2자를 보면 알 수 있다. '두 주장兩說' 2구는 나의 혀끝舌端과 필력筆力은 모두 타고난 것이어서, 합종과 연횡의 일을 내가 하지 못할 바도 없지만, 다만 수치스러워서 하지 않을 뿐임을 말했다. '요성聊城' 구는 '붓끝筆鋒'과 호응하여, 편지를 화살에 묶어 쏘아 보낸 일을

22) 『문선』 권31 '잡의(雜擬)·하'에는 포조의 「의고」가 3수 수록되어 있는데, 저본의 제1·2·3수가 제3·1·2수의 순서로 수록되어 있다. 오기가 말한 '首章(수장)'은 저본의 제3수이고, '二章(이장)'은 제1수이며, '三章(삼장)'이 제2수이다. 저본에서 '二章'을 제2수로 본 것은 옳지 않다. 뒤에 나오는 '요성의 공훈[恥受]'은 '스무 살[弱冠]'의 잘못임이 틀림없다

가리킨다. '백벽白璧'은 바로 인상여의 일로, '혀끝舌端'과 호응한다. 구주舊注에 『장자』를 인용한 것은 틀렸다. '만년晩節' 운운한 것은 학문으로는 세상에 드러나지 않으니, 차라리 세속의 일을 좇아 문文을 버리고 무武를 취한다는 것이다. 즉 너는 삼군三軍의 뜻을 행해야지, 결코 종횡縱橫의 일을 해서는 안 된다는 것이다. 그러나 문을 버리고 무를 취하는 것은, 시세가 부득이함에서 나온 것이지, 처음의 바람은 아니다. '처음의 바람'은 바로 '고인의 풍도' 운운한 것 그것이다. '이제今'는 현재를 가리키며, '힘이 미치지 못함力不及'은 시세에 막혔음을 말한다. 나에게는 문이 중하고 무는 가볍지만, 시세로는 무가 중하고 문이 가볍다. 문을 경시하는 것은 도를 경시하는 것이니, 소위 군자의 도가 없어진 것이다. 스러지고 또 스러지면 어디까지 갈지 알 수 없다. 그래서 '이제 종국이 어떠할지 어찌 알리오?'라고 한 것이다.『육조선시정론』 권13

방동수 : 자기의 문무文武가 충분히 갖춰졌음을 말함에 불과하니, 좌사左思의 뜻과 대체로 같다.[23] 이러한 것은 오늘날에는 모두 익숙한 내용이고 진부한 말이어서 다시 본떠서는 안 된다. 본뜬다면 알맹이 없는 수사일 뿐이고 실체 없는 허상일 뿐이다. 두보의 「위제에게 주는 시贈韋濟」[24]는 바로 울타리를 크게 깨뜨렸다.『소매첨언』 권6

23) 「영사시(詠史詩)」 8수 중 단간목(段干木)과 노중련을 찬양한 제3수가 주제와 표현 면에서 포조의 이 시와 흡사하다.

24) 두보가 장안에 머물던 천보(天寶) 7년(748), 당시 상서좌승(尙書左丞)이던 위제에게 보낸 시는, 「삼가 위 좌승 어른에게 드리는 22운[奉贈韋左丞丈二十二韻]」과 「좌승 어른 위제에게[贈韋左丞丈濟]」 2수이다. 모두 자신의 재학과 포부를 밝힌 사교(社交) 시이지만, 자기의 심정을 숨김없이 토로했다.

擬古(3)

幽幷重騎射, 少年好馳逐.[1] 氈帶佩雙鞬, 象弧揷雕服.[2]
獸肥春草短, 飛鞚越平陸.[3] 朝遊雁門上, 暮還樓煩宿.[4]
石梁有餘勁, 驚雀無全目.[5] 漢虜方未和, 邊城屢飜覆.
留我一白羽, 將以分符竹.[6]

「고시」를 본떠(3)

유주와 병주에선 기사騎射를 중시하여
소싯적에 이미 말 달리기 좋아하네.
모전毛氈 요대에는 동개 한 쌍 차고 있고
상아 장식 활과 화살 그림 전통에 꽂혀 있네.
짐승은 살지고 봄풀은 짧은데
말을 달려 평지를 가로지르네.
아침에는 안문의 산을 달리고
저녁에는 누번에 돌아와 쉬네.
돌다리엔 넘치는 힘 아직 남았고
놀란 참새는 성한 눈이 온전히 없네.
한족과 오랑캐는 화친하지 못하여
변방 성은 번갈아 뺏고 뺏기네.
나에게 화살 하나 남겨준다면
대나무 부절을 나눌 수 있을 텐데.

【주석】

1 **[이선]** 『사기』「흉노열전(匈奴列傳)」: "조(趙) 무령왕(武靈王) 역시 습속을 바꿔 호복(胡服)을 입고 '말을 타고 활을 쏘는 것[騎射]'을 익혔다."

매승 「칠발(七發)」: "말을 타고 질주하며 서로 다툰다[馳騁角逐]."

[황절] 조식 「백마의 노래[白馬篇]」: "백마에 황금 굴레 장식을 하고, 쉬지 않고 북서쪽으로 '내달려 간다'. 묻노니 누구네 아들이신가? '유주와 병주의 유협 건아네'[白馬飾金羈, 連翩西北'馳', 借問誰家子, '幽幷遊俠兒']."[25)]

2 **[이선]** 『수신기』 권7: "태강(太康, 280~289) 중에 [천하 사람들은 (…중략…)] '모전[氈]'으로 머리 싸개[貊頭]와 '허리띠[帶身]'와 바짓단[袴口]을 만들었다."[26)]

『삼국지』「위서·동탁전(董卓傳)」: "동탁은 무력(武力: 마구 욱대기는 힘)이 있어,[27)] (…중략…) '두 개의 동개를 쌍으로 차고[雙帶兩鞬]', 달리면서 좌우로 활을 쏘았다."

『방언』: "화살을 간직하는 데 사용하는 것을 服(箙(복): 전통)이라고 하고, 활을 넣어두는 것을 '鞬(건: 동개)'이라고 한다."

---

25) 유주와 병주는 『상서』「우공」의 기주(冀州) 지역으로, 지금의 산서성 전부와 하북성 북서부 및 하남성 북부 등지이다. 『상서』「순전(舜典)」"肇十有二州(비로소 12주가 있게 되었다)"의 주에 "우(禹)가 치수한 뒤에 순(舜)은 기주(冀州)를 '유주(幽州)'와 '병주(幷州)'로 나누었다"라고 했다.

26) 청 장인붕(張仁鵬)의 '학진토원(學津討原)'본 『수신기』에는 '貊(맥)'은 '絔(맥: 두건, 백: 깁다)'으로, '帶身(대신)'은 '絡帶(락대)'로 되어 있다. '貊'은 육가본 『문선』에는 '帕(파: 머리동이)'로 되어 있다.

27) '武力(무력)'은 표점교감본에는 '才武(재무: 재지와 무력)'로 되어 있다.

『모시』「소아·채미(采薇)」 제5장: "사마는 가지런히 달리는데, '상아 장식 활고자에 어피 전통이라'[四牡翼翼, '象弭魚服']." 정현 전: "'弭(미)'는 활이 반대로 휜 끝[28]의 뒤틀린 부분으로, 코끼리 뼈로 만든다. (…중략…) '服(복)'은 전통[矢服·矢箙]이다."

'韃'은 居(거)와 言(언)의 반절 즉 '건(jiān)'이다.

[황절] 유리: "'象弧(상호)'라는 말은 『주례』「동관고공기(冬官考工記)」('주인(輈人)')에서 나왔는데, 그것은 천상의 호성(弧星)을 본뜨는 것을 말한다. '雕(조)'는 그림을 그린 것[畵]이다. '服(복)'은 화살을 넣는 도구이다. 지금 '弧(호)'라고 한 것은 호문(互文)이다."[29]

3 **[이선]** 조비 『전론』「자서(自敍)」: "[건안 10년 (…중략…)] 활은 건조하고 손은 부드러운데, '풀은 야트막하고 짐승은 살져서[草淺獸肥]', [족형 조진(曹眞)과 업성(鄴城) 서쪽에 사냥을 나갔다.]"

『비창(埤蒼)』: "'鞚(공)'은 말의 굴레[勒鞚]이다."

---

28) 저본의 '弓之末'은 중간송본에는 '弓反末'로 되어 있다. 「모전」에서는 "'弭'는 '弓反末'이다"라고 했다. 이것은 시위를 메우는 활의 양 끝머리 즉 '활고자'를 말한다.

29) '주인(輈人)'에 "弧旌枉矢, 以象弧也(호정에 왕시를 그린 것은 '象弧(상호)'를 한 것이다)"라는 문장이 있고, 가공언(賈公彦) 소에 "'象弧'를 했다는 것은, 천상의 '弧星(호성)'을 본떴다는 것인데, 호성은 바로 '矢星(시성)'이다"라고 했다. '호성'은 지금은 '호시성(弧矢星)'이라고 하는데, 화살을 시위에 먹인 모양과 같은 형상을 한 아홉 개의 별로, 남극노인성의 북쪽에 있다. 포조 시에서 '象弧'는 '상아로 장식한 활'이라는 뜻으로 사용되어서, 「고공기·주인」에서의 의미와 다르다. 유리가 포조 시에서의 '弧'가 호문이라고 한 것은, '弧'에 '弧·矢(활과 화살)'의 의미가 다 포함되어 있다는 뜻이다. 포조 시의 이 구절을 직역하면 활이 전통에 꽂혀 있는 것이 되어 사실에 부합하지 않게 되기에, 황절은 호문으로 본 것이다. 뒤의 '服' 역시 '韃'의 의미가 포함된 호문으로 보아야 한다.

『손자(孫子)』「행군(行軍)」: "'平陸(평륙)'은 평탄한 곳이다[平處]."[30]

'鞚'은 口(구)와 送(송)의 반절 즉 '공(kòng)'이다.

4 **[이선]** 『한서』「지리지·하」'안문군(雁門郡 : 안문은 지금의 산서성 우옥현(右玉縣) 남쪽에 있으며 옛날의 변방 요새임)'에 '누번현(樓煩縣)'이 있다.

[황절] 유리 : "'樓煩'은 옛 북방 소수민족 거주지로, 조(趙) 무령왕(武靈王)이 탈취하여 현을 설치했으며, 한대에는 안문군에 속했는데, 지금의 태원(太原) 곽주(崞州 : 지금의 산서성 원평시(原平市) 곽양진(崞陽鎭))이다."

5 **[이선]** 『감자(闞子)』: "송 경공(景公)이 장인에게 활을 만들도록 했는데 9년 만에 완성했다. 공이 '왜 그렇게 늦었는가?' 하고 물었다. 장인이 '저는 다시는 임금을 볼 수 없습니다. 저의 정기(精氣)를 모두 이 활에 소모했기 때문입니다.' 대답하며 활을 바치고는 돌아가 3일 만에 죽었다. 경공이 호권대(虎圈臺)에 올라가 활을 당겨 동쪽을 보고 쏘자, 화살은 서상산(西霜山)을 넘어 팽성(彭城)의 동쪽에까지 이르렀으며, 그 여력은 더욱 세어서 돌다리에 화살의 깃까지 완전히 박혔다."

『제왕세기(帝王世紀)』: "유궁국(有窮國) 임금 예(羿)[31]는 오하(吳賀)와 북쪽으로 유람갔는데, 오하가 예에게 참새를 쏘아보라고 했다. 예가 말했다. '살릴까? 죽일까?' 오하가 말했다. '왼쪽 눈을 쏘십시오.' 예가 활을 당겨 쏘았는

30) 저본의 '平處(평처)'는 금본에는 '處易(처이)'로 되어 있다. '平陸處易'는 평원에서는 평탄한 개활지에 주둔해야 한다는 뜻이다.

31) 중국 고대 전설에 등장하는 명궁 예(羿)는 세 명이 있다. 첫째는 제곡(帝嚳) 때의 사사(射師) 예이고, 둘째는 요(堯) 임금 때 열 개의 태양 중 아홉 개를 쏘아 떨어뜨린 예이며, 셋째는 하(夏)나라 때 유궁국 군주인 후예(后羿)이다.

데, 잘못하여 오른쪽 눈을 맞혔다. 예는 고개를 들고 부끄러워하며 평생토록 잊지 않았다. 그래서 예가 활을 잘 쏜다고 지금까지도 칭송되는 것이다."[32]

[전중련] 허손행 『문선필기』: "이선 주에서 『闞子』를 인용했는데, 『수경주』에는 『闕子(궐자)』로 되어 있다. 『한서』 「예문지(藝文志) · 제자략(諸子略)」의 종횡가에 『궐자』 1편이 있다."[33]

장운오 『선학교언(選學膠言)』: "활을 쏘아 화살 뒷부분의 새 깃까지 돌에 박힌 일은, 『사기』 「이장군열전(李將軍列傳)」의 '이광(李廣)', 『여씨춘추』 「계추기(季秋紀) · 정통(精通)」의 '양유기(養由基)', 『한시외전』 권6 및 『신서(新序)』 권4의 초(楚) '웅거자(熊渠子)' 등에게 모두 있다. 아마도 『감자』의 기록에 근거해, 마침내 활을 잘 쏜 사람의 일로 취해 와서, 실화처럼 만든 것일 것이다."

6 **[전진륜]** '符(부)'는 이선 본에는 '虎(호)'로 되어 있다.

[이선] '白羽(백우)'는 화살 이름이다.

『국어』 「오어」: "오[왕이 (…중략…) 1만 명으로 방진(方陣)을 치고, 모두 흰 치마를 입고, 흰 기치를 들고,] 흰 갑옷을 입고, '흰 깃[白羽]'으로 만든 주살을 들게 했는데, 멀리서 바라보면 마치 씀바귀 같았다."

---

32) 『태평어람』 권82에 수록된 내용은 다소 다르다.
33) 『예문유취』 권60에도 '闕子'로 되어 있고, 문장도 다소 차이가 있다. 『군서찰기(群書札記)』에 수록된 것은 이선 주와 같다.

【평설】

[황절] 유리 : 이것도 옛일에 기탁寄託하여 지금을 풍자한 시이다. 북방의 기풍은 굳세고 용맹하여, 습속이 말 타고 활쏘기를 숭상했기 때문에, 그곳 사람들은 어려서부터 그것이 몸에 익숙하게 배어, 말 달리기가 민첩하고 기예가 정묘하기가 이처럼 된 것임을 말했다. 또 지금은 한漢과 오랑캐가 아직 강화講和하지 못해 변방의 성은 위급하니, 바로 나에게 화살을 하나 남겨 그것으로 공을 세워, 부절符節을 나눠 받아, 군郡을 지켜야 할 때라고 했다. 이로써 당시의 조정이 무공武功을 많이 숭상했기 때문에 말 타고 활쏘기에 정예하다면, 자사와 군수는 쉽게 될 수 있었음을 알 수 있다.『선시보주』 권7

오기 : [전편이 오로지 '騎射기사' 2자를 중심으로 했는데, 그 일事을 나누어 말하면 '말타는 것騎'과 '활 쏘는 것射'이며, 그 활용을 합쳐 말하면 '질주하여 뒤쫓는 것馳逐'이다. 유주와 병주는 말을 타고 활을 쏘는 지역으로 그것이 풍속이 되었기에, '중시한다重'라고 했고, '소년 시절부터少年'라고 했다. 말을 타고 활을 쏘는 시기에는 그것이 성품性品이 되어, '좋아한다好'라고 했다. 아래의 '모전 요대氈帶' 2구는 말을 타는 것을 묘사했고, '돌다리石梁' 2구는 활을 쏘는 것을 묘사했다. '모전 요대' 2구는 소년의 마상 차림새를 묘사하여, 말을 타는 것을 정면에서 그리면서, 활 쏘는 묘사를 암암리에 함께 담았다. '짐승은 살지고獸肥' 2구는 질주하여 뒤쫓는 것을 정면에서 묘사하면서, 활을 쏘는 묘사를 함께 담았다. '아침에는朝遊' 2구는 전적으로 질주하는馳 것을 묘사하여 말을 타는 재주를 드러내었고, '돌다리' 2구는 전적으로 뒤쫓는逐 것을 묘사하여 활쏘기의 묘기를 드러내었다. 마지막 4구는 또 활 쏘는 것을 진지하게 서술했

다.] 생각해 보면, 옛날에는 육예六藝의 과목 중에서 활쏘기射와 수레 몰기御를 같이 중시했다. 여기서 유독 활쏘기만을 중시하여 말한 것은, 말을 타고 달리는 일은 춘추시대 진晉의 장수 순오荀吳, ?~519 B.C. 즉 중항목자(中行穆子)가 전차부대를 없애고 보병을 동원한 이후부터,[34] 말 모는 도는 이미 없어져서, 오직 오늘날의 활쏘기만이 옛날의 도와 같았을 뿐이었기 때문이다. [그래서 장차 옛날의 도로 우리 임금에게 보답할 뿐이라는 것이다. 이것은 시인이 여지를 남겨둔 것이다.]『육조선시정론』 권13

진조명 : '돌다리石梁' 2구는 전고 인용 가운데에 장대한 기운이 있다. 이렇게 전고를 사용하는 것, 이것이 내가 전고를 운용하는 까닭이다.『채숙당고시선』 권19

[전중련] 방동수 : 두 번째 작품을 이어 자기가 말 타고 활쏘기가 정교하여 제후에 봉해질 만하다는 것을 읊었다. 시구의 풍격이 준일하면서 신기하고 빼어나다. 두보가 칭찬한 것은 바로 이러한 것들에 있다.『소매첨언』 권6

왕개운 : 마지막 구는 용병用兵하여 전공戰功을 가로채고자 하는 자가 많음을 언외에 조소하고 조롱했다.

---

34) 『좌전』「소공·원년(541 B.C.)」 기록에 의하면, 중항목자가 태원(太原)에서 '보병[步卒]을 중하게 동원해서[崇卒]' 무종(無終) 및 여러 부족의 적인(狄人)을 물리쳤는데, 그것은 본래에는 적군은 보병이고 우리는 전차부대 중심이어서, 험지에서의 전투에는 불리하므로 보병으로 개편하자는, 위서(魏舒)의 견해를 받아들여, '전차부대를 없애고[毁車]' 보병으로 개편했기 때문이라고 했다.

擬古(4)

鑿井北陵隈, 百丈不及泉.[1] 生事本瀾漫, 何用獨精堅.[2]

幼壯重寸陰, 衰暮及輕年.[3] 放駕息朝歌, 提爵止中山.[4]

日夕登城隅, 周廻視洛川.[5] 街衢積凍草, 城郭宿寒煙.

繁華悉何在, 宮闕久崩塡. 空謗齊景非, 徒稱夷叔賢.[6]

「고시」를 본떠(4)

북릉의 외진 곳에 우물을 파는데
백 장을 파 봐도 수맥에 못 이르렀네.
생계 거리 본래부터 지천으로 널렸는데
전일하고 굳게 함이 무슨 소용 있으리.
한창때엔 촌각도 귀중히 여겼지만
늘그막엔 한 해마저 경시하게 되었네.
수레 멈춰 조가에서 쉬기도 하고
술잔 들며 중산에도 머물러 봤네.
저물녘에 성 모퉁이 올라가서는
두루두루 낙천을 바라보았네.
한길에는 언 풀이 가득 쌓였고
성곽에는 찬 연기가 어리어 있네.
번화함은 모두 다 어디 있는가?
궁궐은 무너진 지 이미 오래네.

제 경공 그르다고 공연히 비방하고

백이 숙제 어질다고 부질없이 칭찬하네.

【주석】

1 **[문인담]**『송서』「주군지 · 1」'남팽성태수(南彭城太守)' 조 : "'北陵令(북릉령)'은 본래 [『진태강지지(晉太康地志)』에는] 남하비군(南下邳郡)에 속해 있었는데, 본래 이름은 '陵(릉)'이다. 그런데 광릉군(廣陵郡 : 지금의 강소성 양주(揚州))에 옛날부터 '陵縣(릉현)'이 있었다. 진 태강 2년(281)에 하비(下邳)의 '陵縣'이 옛 땅이 아니면서 이름이 같았기 때문에 '北陵'이라고 고쳤다."[35)]

[황절]『맹자』「진심(盡心) · 상」: "'우물을 9인(仞)이나 팠어도 샘물이 나오는 데까지 이르지 못했다면[鑿井九仞而不及泉]',[36)] 그것은 우물을 포기한 것이나 마찬가지다."

[전중련] 처음 2구는 비유로 도로무익함을 말했다. '北陵'은 지명이다.『이아』「석지(釋地)」에서는 안문산(雁門山 : 지금의 산서성 대현(代縣) 북서쪽)을

---

35) '本屬南下邳'는 표점교감본에는 '『晉太康地志』屬下邳'로 되어 있다. 또 인용문의 '陵(릉)' 자는 표점교감본에는 모두 '淩(릉)'으로 되어 있고, '北淩令'의 주에서, "모든 판본이 다 '北陵'으로 되어 있다. 아래에서 '『진태강지지』에는 하비(치소는 하비현으로, 지금의 강소성 수녕현(睢寧縣) 북부 고비진(古邳鎭) 동쪽)에 속했는데, 본래 이름은 "淩"이다'라고 했으니, 바로 '淩縣'이다. 대체로 저것(광릉군)이 '淩'縣이기 때문에 이것(하비군)에는 '北' 자를 붙여 '北淩'縣이라고 한 것이다"라고 했다. 그러나 포조 시의 '북릉'은 북방의 웅달진 산자락이라는 의미로 보는 것이 좋다. 정복림,『교주』, 315쪽 참조.

36) '仞'은 통행본에는 '軔(인)'으로 되어 있다. 조기(趙岐) 주에 1인은 8척이라고 했다.

'北陵'이라고 했다.[37]

2 **[문인담]** 『화양국지(華陽國志)』「촉지(蜀志)·덕양현(德陽縣)」: "산간 고원 지역이 비옥하고 소택에서 물고기를 잡는 소득이 있다. [남녀가 정절이 있고 효성스럽다. 토지는] '생계'를 영위하기에 수월하다[易爲'生事']."

왕포「퉁소 부[洞簫賦]」: "조용하게 '뿔뿔이 흩어지니', 짝도 잃고 벗도 잃은 것 같다[悼恅'瀾漫', 亡耦失疇]." 이선 주: "'瀾漫(란만)'은 흩어지는 것[分散]이다."

3 **[문인담]** 『회남자』「원도훈(原道訓)」: "성인은 지름이 한 자가 되는 벽옥(璧玉)을 귀중히 여기지 않고 '해시계의 한 치 그림자를 중히 여겼으니[重寸之陰]', 시간은 얻기는 어렵고 잃기는 쉽기 때문이다."

[전중련] 송본에는 '及(급: 미치다)'이 '反(반: 도리어)'으로 되어 있다.[38]

4 **[문인담]** '山(산: 산)'은 '僊(선)'으로 된 판본도 있다.[39]

『지리직음(地理直音)』: "'조가(朝歌)'는 지금의 하남성 기현(淇縣)이다."

'提爵(제작)'은 '提壺(제호: 술병을 휴대하다)'와 같다.

『주례』「천관총재(天官冢宰)·주정(酒正)」'三曰淸酒(세 번째를 청주라고 한다)' 정현 주: "청주(제사에 쓰는 술)는 지금의 '중산(中山)'에서 겨울에 빚어 여름이 되면 완성된다." 가공언(賈公彦) 소: "'中山(중산)'은 군(郡) 이름이다."

---

37) 『이아』「석지·팔릉(八陵)」에서는 "'북릉(北陵)'은 서유(西隃)로 '안문(雁門)'이 그것이다"라고 했고, 곽박 주에 바로 '안문산(雁門山)'이라고 했다.

38) '幼壯(유장)'과 '衰暮(쇠모)'의 대비이므로 '反'이 옳다. 오덕풍, 85a쪽 참조.

39) '僊'은 『고시전』과 『전송시』에 모두 '仙(선: 신선)'으로 되어 있다. '僊'은 '仙'과 같다. '中山'은 앞 구의 '朝家'와 함께 지명이므로, '山'이 옳다. 오덕풍, 85b쪽 참조.

『수신기』 권19 : "적희(狄希)는 '중산(中山)' 사람인데, 천일주(千日酒)를 빚을 줄 알았다. [그것을 마시면 천 일 동안 취할 것이다.]"

[황절] 『좌전』 「양공 · 23년」 : "제후(齊侯)가 진(晉)을 쳐서 '조가(朝歌)'를 수중에 넣었다."

『한서』 「추양전(鄒陽傳)」 : "읍 호칭이 조가(朝歌 : 아침에 노래함)여서, 묵자(墨子)는 '수레를 돌려[迴車]' 돌아갔습니다."[40]

『좌전』 「정공(定公) · 4년」 : "'중산(中山)'이 복종하지 않고 있다." 두예 주 : "'中山'은 선우(鮮虞)[41]이다."

『원화군국지(元和郡國志)』 : "정주(定州)는 춘추시대에 선우(鮮虞)와 백적(白狄) 나라였고, 전국시대에는 '중산국[中山]'으로, 육국(六國)[42]과 함께 제후왕을 칭했는데, 조(趙) 무령왕(武靈王)에게 멸망되었다."

'朝歌'와 '中山'을 활용한 것은, 아마도 망국의 땅이기 때문에, 그것으로 '낙천(洛川)'에 빗댄 것 같다. '放駕(방가)'는 묵자가 수레를 돌린 일을 뒤집어 활용한 것이고, '提爵'은 술을 빚은 일을 은근히 활용한 것으로, 이로써 위의 '늘그

---

40) 안사고 주에 '朝歌'는 은(殷)의 읍 이름이라고 했다. 『한서』 「지리지 · 상」의 '하내(河內)' 조에 "'朝歌'는 주(紂)가 도읍으로 삼은 곳"이라고 했다. 『수경주』 「기수(淇水)」의 '朝歌城' 조 주에, 동진(東晉) 왕은(王隱)의 『진서(晉書)』 「지도기(地道記)」를 인용하여, "은왕 무정(武丁)이 처음 옮겨 거주한 곳으로, 은나라 도읍이다"라고 했다. 은나라 말기 멸망까지의 수도이다. '放駕(방가)'는 수레를 멈추는 것이다. 문집 권3 「'슬픔의 노래'를 본떠[代悲哉行]」 주석 1 참조.

41) 옛 종족 이름이다. 지금의 하북성 경내의 정정현[正定] 일대에 분포했으며, 춘추 말기에 중산국[中山]을 세웠다.

42) 전국시대 산동(효산(崤山) 동쪽 지역)의 여섯 제후국으로, 초(楚) · 연(燕) · 제(齊) · 한(韓) · 위(魏) · 조(趙)이다.

막에 세월을 경시하게 된 것[衰暮輕年]'을 받았다.

5 **[문인담]** 『모시』「패풍 · 정녀(靜女)」 제1장 : "얌전한 아가씨 어여쁜데, 나를 '성 모퉁이'에서 기다리기로 했네[靜女其姝, 俟我於'城隅']."

장협(張協) 「낙수에서의 수계 부[洛禊賦]」 : "[긴 삼각주의 포구에 모이니,] '낙수의 물굽이'에서 밝게 빛난다[曜乎'洛川之曲']."

6 **[문인담]** 심덕잠 『고시원』 권11 : "마지막 구는 현명한 이나 우매한 이나 모두 다 죽음을 피할 수 없다는 뜻이다."

[전진륜] 도연명 「술 마시며[飮酒]」 제2수 : "선행을 쌓으면 응보 있다 하지만, '백이와 숙제'는 수양산에서 아사했지[積善云有報, '夷 · 叔'在西山]."

[황절] 『논어』「계씨(季氏)」 : "제 경공은 말이 1천 사(駟)나 있었지만, 죽는 날에 백성들이 칭송해줄 만한 덕을 지니지 못했다. '백이와 숙제[伯夷叔齊]'는 수양산(首陽山 : 지금의 하남성 낙양시 언사구(偃師區) 망령향(邙嶺鄕)에 있는 망산(邙山) 즉 북망산의 산봉) 아래에서 굶어 죽었지만, 백성들이 지금까지도 칭송한다."

【평설】

[황절] 진조명 : 매번 새롭게 입론할 수 있으며, 그 감개의 기탁은 더욱 깊다. 『채숙당고시선』 권19

장옥곡 : '瀾漫란만'은 매우 많다는 뜻이다. 인생의 일은 본래 종극이 없는데, 하필 그 뜻을 학문에만 굳게 집중할 필요가 있는가 하는 뜻이다. '朝歌'는 위衛 땅으로, 옛날에는 은 주왕紂王의 도읍이었는데, 그곳

풍속은 술 마시고 흥에 겨워 노래 부르기를 즐긴다.『고시상석』 권16[43)]

방동수 : 처음 4구는 앞제1수의 '길을 잃고迷方'로부터 생긴 것으로, 두보의 원조이다.[44)] 배움을 축적하여 재목이 되었으나 귀하게 되어 드러날 수 없다면, 하필 한길만을 오로지 지킬 필요가 있는가 하는 뜻이다. 한 길만을 판 그 괴로움을 뉘우치면서도 계책을 고칠 줄은 몰랐다. '한 해마저 경시함輕年'은 존음을 아끼지 않는 것이다. 지금 계책을 고쳐 아

---

43) 이 인용문은 평어가 아니고, '瀾漫'과 '朝歌'에 대한 주석이다. 이 시에 대한 평론은 다음과 같다.
"이것은 노년에 마음껏 즐기려는 것을 본뜬 시이다. 처음 6구는 돌연히 북릉에서 우물을 파도 물이 솟는 곳까지 이르지 못한다는 것으로, 생계를 꾸릴 일들은 무궁함과 비교했다. 힘들여 노력만 하고 소득이 없었으니, 장년 시기에는 이미 잘못되었다. 어찌 노년을 함부로 던져버릴 수 있겠는가? 우뚝 빼어나 기세가 넘친다. '수레 멈춰[放駕]' 4구는 마음껏 노는 것[放懷]을 정면으로 묘사했다. '한길에는[街衢]' 4구는 눈에 보이는 풍경에서 부귀란 붙들어 두기 어렵다는 사실을 깨우쳤다. 마지막 2구는 옛사람에게서 증험하고 옛 사안을 뒤집어서, 앞 단락의 부귀는 붙들어 두기 어렵다는 것을 아우르고, 아울러 첫 단락의 학문이 무익했음과 완전히 호응하면서 홀연히 멈추었으니, 지극히 팽팽하고 지극히 가파르다."

44) 두보는, 안사의 난 시기 반란군의 '왕' 사조의(史朝義, ?~763)가 대종(代宗) 보응(寶應) 원년(762) 관군의 공격에 낙양에서 패주했다는 소식을 듣고, 광덕(廣德) 원년(763) 봄에 지은(구조오(仇兆鰲), 『두시상주(杜詩詳註)』, 上海古籍出版社, 1992, 382쪽) 「원유(遠遊)」에서, "이 천한 몸 어느 누가 기억해주랴, 길 잃으니 가는 곳이 모두 집이네. 댓잎에 이는 바람 야색으로 이어지고, 강물의 물거품은 봄 백사장을 안고 있다. 약초 심어 노쇠한 몸 부지하면서, 시 읊으며 한숨을 풀어보노라. 오랑캐 기병 떠났다는 소식 들은 듯하여, 나도 몰래 기쁨 일어 서울 소식 물어본다[賤子何人記, 迷方著處家. 竹風連野色, 江沫擁春沙. 種藥扶衰病, 吟詩解歎嗟. 似聞胡騎走, 失喜問京華]"라고 했다. 양륜(楊倫)은 이 시 제2구의 주에, 포조의 「고시를 본떠」 제1수의 "남국에 유생이 하나 있는데, 길을 잃고 저만 홀로 잘못되었네" 2구를 인용했다(양륜(楊倫), 『두시경전(杜詩鏡銓)』, 臺北 : 里仁書局, 1981, 434쪽).

래의 마음껏 노닒을 일으킨다는 뜻이다. '수레 멈춰放駕' 이하는, 자기가 계책을 바꾼 까닭은, 옛날의 두 망국을 보고 비로소 현명한 이나 우매한 이나 모두 죽음을 피할 수 없고, 책을 보던 장臧 : 사내종이나 박혁을 하던 곡穀 : 계집종이나 모두 양을 잃어버린 것은 같은데,[45] 억지로 분별을 하면 무슨 소용 있는가 하는 뜻이다. 이 작품은 표현이 기경奇警한 데다가 의미도 심원하여, 아직 한 · 위시대 시인의 필치가 있으니, 안연지顔延之의 「북쪽 낙양으로 출사하다北使洛」[46]와 표현은 같아도 담긴 취

---

45) 『장자』 「변무(駢拇)」에 나오는 이야기이다.

46) 『송서』 「안연지전」에 의하면, 이 시는 "의희(義熙) 12년(416) 고조(高祖 : 유유(劉裕))가 북벌하여 (후진(後秦)을 멸망시킨 일로) 송공(宋公)의 작위를 받자(의희 14년)", 예장공부(豫章公府 : 지금의 강서성 남창(南昌))에서 그것을 축하하기 위해 사절을 파견하기로 해, 안연지가 "같은 공부의 왕참군(王參軍)과 함께 낙양으로 들어가면서" 도중에 지은 것이다. 이 시는 "문사가 조려(藻麗)하여, 사회(謝晦)와 부량(傅亮)의 칭찬을 받았다"라고 했다. 제1수의 전문은 다음과 같다.

改服飭徒旅	여행복 갈아입고 일행을 신칙(申飭)하여
首路跼險艱	처음 길 험난하여 움츠리고 걸었다.
振楫發吳洲	노 저어 오의 고을 건강(建康)을 떠나
秣馬陵楚山	말 먹이 먹이며 초나라 산 올랐다.
塗出梁宋郊	갈 길은 양과 송의 교외(하남성 동부 지역)를 벗어나
道由周鄭間	여정은 주와 정의 사이(하남성 북부 지역)를 지났다.
前登陽城路	전방으로 양성(하남성 등봉현 주변)으로 가는 길에 올라서
日夕望三川	날 저물자 세 강의 합수머리(낙양 부근) 보였다.
在昔輟期運	그 옛날에 서진 왕조 기운이 멈추어
經始闕聖賢	왕업을 시작함에 어진 인재 없었다.
伊瀔絶津濟	(전란으로) 이수와 곡수(瀔水)는 나루가 다 없어졌고
臺館無尺椽	누대와 궁관(宮館)에는 성한 서까래 하나 없다.
宮陛多巢穴	궁궐 섬돌에는 새와 짐승 집을 짓고
城闕生雲煙	성의 문루에는 구름 연무 피어오른다.
王猷升八表	송(宋)의 왕도가 팔방 끝까지 퍼지는데

지는 다르다.『소매첨언』 권6

[전중련] 왕부지 : 포조는 악부에 있어서, 특히 상탕爽宕 : 거리낌 없이 호탕함 한 면에서 뛰어나다. 그런데 고시를 본뜬 시는 번다하고 중복된 점이 많으며, 전환에는 왕왕 뼈를 드러낸다. 중복되지만 뼈를 드러내는 결점이 없는 것은, 이 한두 편뿐이다.『고시평선』 권5

嗟行方暮年　　아, 나의 여정 바야흐로 세모로다.
陰風振涼野　　찬바람은 황량한 들판에 떨쳐 불고
飛雲沓窮天　　흐르는 구름은 선달 하늘 뒤덮었다.
臨塗未及引　　여정을 앞두고 출발을 하기 전에
置酒慘無言　　주연을 마련해도 비통하여 말도 없다.
隱憫徒御悲　　근심과 한숨으로 종자들은 슬퍼하고
威遲良馬煩　　길은 구불구불 좋은 말도 힘이 든다.
遊役去芳時　　여정은 꽃필 철에 떠나왔는데
歸來屢徂譽　　돌아오면 걸핏하면 정한 기한 넘겼다.
蓬心旣已矣　　망초처럼 세속 좇는 마음 이미 없앴지만
飛薄殊亦然　　정처 없이 떠도는 몸 어쩌면 이 같은가.

擬古(5)

伊昔不治業, 倦遊觀五都.[1] 海岱饒壯士, 蒙泗多宿儒.[2]

結髮起躍馬, 垂白對講書.[3] 呼我升上席, 陳觶發瓢壺.[4]

管仲死已久, 墓在西北隅. 後面崔嵬者, 桓公舊塚廬.[5]

君來誠既晚, 不覩崇明初.[6] 玉椀徒見傳, 交友義漸疎.[7]

「고시」를 본떠(5)

옛날에는 산업에는 종사하지 않고서

물리도록 유람하며 다섯 도읍 보았지.

바다 태산 사이에는 장사들이 넘치고

몽산 사수 지역에는 대학자가 많았지.

성년 되면 떨쳐 일어 말을 달리고

늙어서도 마주 보고 강론을 했지.

나를 불러 상석으로 오르게 하고

술잔을 진열하고 단지 열었지.

관중管仲은 죽은 지 이미 오랜데

그 무덤은 북서쪽의 구석이라네.

그 뒤에 우뚝하게 높이 솟은 건

제 환공 무덤가의 옛 여막이라네.

그대는 실로 너무 늦게 오셔서

고귀하고 밝은 시작 못 보셨다네.

옥 주발만 부질없이 전해지고 있을 뿐
친구 간의 우의는 점점 멀어졌다네.

【주석】

1 **[전진륜]** 『국어』「노어(魯語)·하」: "공보문백(公父文伯 : 계강자(季康子)의 종숙)의 어머니가 [(…중략…) 계강자에게 (…중략…) 말했다. '(…중략…)] 침문(寢門)의 안쪽은 부인들이 "그들의 산업을 하는 곳입니다[治其業]".'"
『사기』「사마상여전」: "[형제 제공(諸公)이 탁왕손(卓王孫)에게 말했다.] '(…중략…) 장경(長卿 : 사마상여)이 옛날에는 "물리도록 객지 벼슬을 겪었는데[倦游]", 비록 가난하기는 하지만 그 학식과 재능은 족히 의지할 만합니다.'"
'五都(오도)'는 「역사를 읊다[詠史]」(주석 1)에서 보았다.
[황절] 『한서』「정당시전(鄭當時傳)」: "성품이 청렴결백한 데다, 또 '산업을 경영하지도 않았다[不治產]'."

2 **[전진륜]** 『사기』「화식열전(貨殖列傳)」: "태산(泰山)의 남쪽은 노(魯)이고, 그 북쪽은 제(齊)이다. (…중략…) 임치(臨淄) 역시 '발해와 태산[海岱]' 사이의 한 도회지이다. [그 습속은 (…중략…)] 여럿이 싸우기는 두려워하고, 혼자 싸우기에는 용감하여, 남을 협박하는 자들 즉 강도가 많다. (…중략…) 그러나 추(鄒)와 노는 '수수와 사수[洙泗]'에 임하여, 아직도 주공(周公)의 유풍이 남아 있다. 풍속이 '유학[儒]'을 좋아하고 예의를 꼼꼼하게 갖추어 알고 있다."
『모시』「노송(魯頌)·비궁(閟宮)」 제6장 : "이에 '구산(지금의 산동성 사수현(泗水縣)에 있는 산)과 몽산(산동성 몽음현(蒙陰縣)에 있는 산) 지방' 다스리셨다[奄有'龜蒙']."

3 **[전진륜]** 『사기』 「주부언전(主父偃傳)」: "'성년이 되어' 고향을 떠나 공부하여['結髮'遊學][47] 40여 년이 되었다."

좌사 「촉도부(蜀都賦)」: "공손술(公孫述, ?~36)은 '말을 타고 달려' 황제를 칭했다[公孫'躍馬'而稱帝]."

4 **[전진륜]** 『설문해자』: "'觶(치)'는 향음주례에 사용하는 뿔 술잔[鄕飮酒角]이다."[48]

5 **[전진륜]** 『사기』 「제태공세가(齊太公世家)」 '이 해(환공 41년)에 관중(管仲)과 습붕(隰朋)이 다 죽었다' 「정의(正義)」: "『괄지지(括地志)』에서 말했다. '관중의 무덤은 청주(青州) 임치현(臨淄 : 지금의 산동성 치박시(淄博市) 동부) 남쪽 21리의 우산(牛山) 위에 있어서, 환공(桓公)의 무덤과 이어져 있다.'"[49]

---

47) 이 '結髮(결발)'은 성년이 되는 것을 말한다. 고대에 남자는 20세에 머리를 묶고 관을 쓰고, 여자는 15세에 머리를 묶고 비녀를 꽂았다. 이 2구는 각각 앞 연의 장사(壯士)와 숙유(宿儒)의 모습을 묘사한 것이다. '講書'는 유가 경전의 의미를 강론하는 것이다.

48) '瓢壺(표호)'는 빚은 술을 담아두는 술그릇의 총칭이다. 이 2구는 그 사람들이 시인을 접대하는 것이고, 이하는 그들의 말이다.

49) 관중(719~645 B.C.)은 춘추시대 법가의 인물로 제의 병법가이자 정치가이다. 희성(姬姓)으로 주 목왕(穆王)의 후예이다. 이름은 이오(夷吾)이고 자는 중(仲)이며 시호는 경(敬)이다. 포숙아(鮑叔牙)의 추천으로 제 환공의 상경(上卿)이 되어, 환공을 '춘추오패(春秋五霸)'의 하나가 되게 했다. 환공(?~643 B.C.)은 성은 강(姜)이고 씨(氏)는 여(呂)이며 이름은 소백(小白)이다. 강태공(姜太公) 여상(呂尙)의 12세손이고, 제 희공(僖公) 녹보(祿甫)의 셋째 아들이다. 춘추시대 제의 제15대 제후(685~643 B.C. 재위)로 '춘추오패'의 하나가 되었다. 관중을 재상으로 임명해 개혁을 추진하여 제를 점차 강성하게 했고, 기원전 681년에 견

『이아』「석산」: “돌산이면서 위에 흙이 덮여 있는 것으로 ‘崔嵬(최외)’라고 한다.”[50)]

6 **[황절]** 『상서』「홍범(洪範)」: “의지할 곳 없는 외로운 사람을 학대하지 마시고, ‘지위가 높고 존귀한 사람[高明]’을 경외하십시오.”

‘高明(고명)’은 지위가 높은 존귀한 사람이다.[51)]

『주역』「계사상전」: “‘높은 것[崇高]’은 부귀보다 더 큰 것이 없다.”

‘崇明(숭명)’은 ‘高明’과 같다.

지금 만날 수 있는 사람은 장사(壯士)와 숙유(宿儒)뿐이고, 환공과 관중처럼 신분이 높고 존귀한 사람은 볼 수가 없다는 뜻이다.

7 **[전진륜]** 『사기』「효무본기(孝武本紀)」: “[이소군(李少君 : 한 무제 때의 방사)이 황상을 알현하니, 황상이 옛 동기(銅器)를 가지고 이소군에게 물었다. 이소군이 말했다. ‘이 그릇은 제 환공 10년에 백침대(柏寢臺 : 춘추시대 제의 누대)에 진열했던 것입니다.’ 잠시 후 그 각자(刻字)를 살펴보니 과연 제 환공의 그릇이었다. 온 궁궐 사람들이 다 놀라며, 이소군은 신(神)으로 수백 년을 산 사람이라고 했다.”

혜강 「‘양생론’에 대한 상수(向秀)의 반박에 답함[答難養生論]」: “이소군(李少君)이 환공의 ‘옥 주발[玉椀]’을 알아보았는데, 완생(阮生)[52)]은 그것을 점

(甄 : 지금의 산동성 견성(鄄城))에서 송(宋)·진(陳) 등 4개국 제후와 회맹(會盟)했다.

50) 이것은 ‘崔嵬’의 본뜻이고, 여기서는 높고 험준하다는 뜻이다.
51) 『상서』 공영달 「소」에서는 “지위가 높고 총애를 받는 사람[貴寵之人]”이라고 했다.
52) 성명은 완종(阮種)으로, 효렴(孝廉)으로 공부(公府)의 하급 관리가 되었고, 현량대책(賢良對策)에 일등으로 발탁되어 중서랑(中書郎)으로 승천했다. 젊어서부

을 쳐서 안 것이라고 했습니다."

『사기』「관안열전(管晏列傳)」: "관중이 말했다. '(…중략…) 나를 낳은 사람은 부모님이시지만, 나를 알아준 사람은 포숙아[鮑子]이다.'"[53]

[전중련] 송본에는 '椀(완)'은 '琬(완)'으로 되어 있고, '交(교)'는 '支(지)'로 되어 있는데, 모두 오자이다.

【평설】

[전중련] 왕개운 : 도연명과 약간 흡사하다. 『상기루설시』 권6

터 조행이 뛰어나 혜강이 중시했다.

53) 이 2구는, 관중과 그를 환공에게 추천한 포숙아의 교우, 즉 '관포지교(管鮑之交)' 같은 신의는 점차 사라지고, 환공의 옥 주발[玉椀] 같은 유물만 부질없이 전해질 뿐임을 말했다.

擬古(6)

束薪幽篁裏, 刈黍寒澗陰.[1] 朔風傷我肌, 號鳥驚思心.[2]
歲暮井賦訖. 程課相追尋.[3] 田租送函谷, 獸藁輸上林.[4]
河渭冰未開, 關隴雪正深.[5] 笞擊官有罰, 呵辱吏見侵.[6]
不謂乘軒意, 伏櫪還至今.[7]

「고시」를 본떠(6)

어두운 대숲에서 땔나무 묶고
추운 골짝 응달에서 기장을 베네.
북풍은 나의 살을 매섭게 에고
우는 새는 시름 마음 놀라게 하네.
연말에 전부田賦를 다 바쳤는데
각종 세금 연이어 독촉해 오네.
토지세를 함곡관으로 실어 보내고
짐승 꼴은 상림원으로 실어 나르네.
황하 위수 얼음은 아직 녹지 않았고
관중 농산 쌓인 눈은 여전히 깊네.
몽둥이로 때리면서 관원은 벌 내리고
고함치고 욕하면서 관리는 모욕 주네.
누가 알랴, 초헌 탈 생각 품은 채
여태까지 마구간에 엎드렸는데.

【주석】

1 **[문인담]**『모시』「당풍 · 주무(綢繆)」제1장 : "'땔나무 다발'을 묶어놓고 나니[綢繆'束薪'], [삼성이 하늘에 반짝이네.]"

『초사』「구가 · 산귀(山鬼)」: "나는 '깊고 어두운 대숲'에 처해있어서, 종일토록 하늘도 보이지 않네[余處'幽篁'兮, 終不見天]."

『초사』「이소」: "[가지와 잎이 크고 무성해지기를 기다려,] 때가 되면 나는 장차 '수확하려' 했습니다[願竢時乎吾將'刈']." 왕일 주 : "'刈(예)'는 수확하는 것[穫]이다."

[황절]『설문해자』: "'薪(신)'은 산야에 자라는 땔감용 잡목[柴]이다."

『주례』「천관총재 · 전사(甸師)」'薪蒸(신증)' 정현 주 : "나무가 큰 것을 '薪'이라고 하고, [작은 것을 '蒸'이라고 한다.]"

어두운 대숲 속에는 '薪'이 자랄 수 없다.

『예기』「월령 · 중하지월」: "농사로는 '기장[黍]'이 여문다."

추운 골짜기의 응달에서는 기장이 자랄 수 없다.

"어두운 대숲에서 땔나무를 묶고, 추운 골짝 응달에서 기장을 벤다"라는 것은 사물이 의지할 곳을 잃었음을 말한다.

2 **[황절]**『진서(晉書)』「배수전(裴秀傳)」: "[무제가] 조칙을 내려 말했다. '[(…중략…) 상서령(尙書令) · 좌광록대부(左光祿大夫) 배수는] 아량이 매우 넓고, "사려[思心]"가 통달하고 고원하여, [선제께서 임용하시어 전조(前朝)에서 일을 맡았다.']"

3 **[문인담]**『주례』「지관사도 · 소사도(小司徒)」: "이에 토지를 측량하여 그 전

야(田野)를 '井(정)'과 牧(목)으로 경계를 나누는데,[54] (…중략…) 지사(地事)[55]에게 맡겨, '공물과 세금[貢賦]'을 부과하게 한다."

『광운』: "'程(정)'은 일정한 기일[期]이고 한정한 시기[限]이다."

『광운』: "'課'는 세금을 부과하는 것[稅]이고, [시험하는 것[試]이고,] 등급을 매기는 것[第]이다."

완적 「영회시」 제11수: "(채(蔡)의 영후(靈侯)는 미색을 좋아하여) 고와 채 지역을 번갈아 '찾아다녔다'[高·蔡相'追尋']."

4 **[문인담]** 『후한서』「화제기(和帝紀)」: "(영원(永元) 14년 가을) 조칙을 내렸다. '연주(兗州 : 주로 산동성 남부 지역)·예주(豫州 : 하남성 대부분 지역)·형주(荊州 : 호북·호남성 대부분과 하남성 남부 일부 지역)'에 비가 지나치게 많이 내려 농사를 많이 훼손했다. 그 피해가 4/10 이상인 경우, '전조와 건초[田租芻藁]'를 모두 반만 거두도록 하라."

『염철론(鹽鐵論)』「험고(險固)」: "진(秦)은 동쪽에 '崤函(효함 : 효산과 함곡관)'이 있고, [서쪽에 농산(隴山) 비탈이 있다.]" 위소 주: "['函(함)'은] '함곡관(函谷關)'이다."

『사기』「소상국세가(蕭相國世家)」: "[(한(漢) 12년) 황상이 경포(鯨布)의 군대를 격파하고 돌아가는데] 백성들이 [길을 막고] 상서하기를, 상국(소하(蕭

54) 정현 주에 "습지나 언덕의 땅은 아홉 장정[夫]이 관리하는 땅을 1목(牧)으로 하고, 2목을 1정(井)으로 한다"라고 했다. 가공언(賈公彥) 소에 "'井'은 사방 1리(里)인데, 목지(牧地)를 아울러 말한 것은, 차등(次等) 전답 2목이 상등 토지 1정에 해당한다는 것이다"라고 했다.

55) 농·목축업에 종사하고, 산택(山澤)과 원포(園圃)를 관장하는 관리이다.

何))이 헐값에 백성의 전택(田宅)을 강제 매입했는데 그 값어치가 수천만에 이른다고 했다. 황상이 이르자, 상국이 알현했다. 황상이 웃으며 말했다. '상국께서는 백성 재물을 취하여 자신의 이익을 채웠구려!' 백성들이 올린 글을 모두 상국에게 보여주면서, 말했다. '그대가 직접 백성들에게 사과하시오.' 상국은 그로 인해 백성들을 위해 청원했다. '장안(長安)은 땅이 협소한 데다, "상림원[上林]" 안에는 버려져 있는 빈터가 많습니다. 바라건대 백성들에게 거기로 들어가 농사를 짓도록 하되, "볏짚[稿]"은 거둬가지 못하도록 하여, 상림원 "짐승[獸]"의 사료로 먹이게 하십시오.'"

5 **[문인담]**『사기』「유후세가(留侯世家)」: "제후가 안정되면 '황하와 위수[河渭]'를 통해 천하에서 조운하여 서쪽으로 수도에 공급할 수 있고, [제후에 변고가 생기면 하류로 수송하여 물자를 공급해 줄 수 있습니다.]"

『후한서』「공손술전(公孫述傳)」: "외효(隗囂)가 (…중략…) 공손술(公孫述)에게 권하여 말했다. '(…중략…) 한 황제에게 "관・롱(關隴 : 지금의 섬서성 관중(關中) 지역과 감숙성 및 영하회족자치구(寧夏回族自治區) 일대) 지역에서의 우려를 내려놓도록 할 수 있습니다."'"

6 **[문인담]**『사기』「장승상열전(張丞相列傳)」: "[경조윤(京兆尹) 조광한(趙廣漢)이] 서리(胥吏)와 군졸을 발동하여 [승상 위상(魏相)의 집으로 가서] 노비를 포박하여 '매질을 하면서[笞擊]' 신문했다."

『진서(晉書)』「도간전(陶侃傳)」: "[선물이 들어온 것이 있으면, 모두 그 보내온 곳을 물었다. (…중략…) 만약 도리에 어긋나게 받았다면] 엄격하고 매섭게 '꾸짖어 치욕스러움을 깨닫게 하여[訶辱]', [그 선물을 돌려보내게 했다.]"

7 **[문인담]** 『좌전』「희공(僖公)·28년」: "진(晉) 문공(文公)이 (…중략…) 조(曹)로 들어가 조 공공(共公)을 꾸짖었는데, 대부 희부기(僖負羈)[56]를 등용하지 않고 '초헌을 타는 고급 관원[乘軒]'이 삼백 명이나 되었기 때문이다."

조조, 「보출하문행(步出夏門行)·귀수수(龜雖壽)」: "늙은 준마는 '마구간에 엎드려 있어도', 뜻은 천 리를 달리는 데 있다[老驥'伏櫪', 志在千里]."

[황절] 마지막 2구는 '초헌을 타는 것[乘軒]'과 '마구간에 엎드린 것[伏櫪]'으로 대(對)를 이루어 문장을 지었는데, 역시 사람이 의지할 곳을 잃었음을 보여준다.

【평설】

[황절] 진조명 : 물론 실제 있었던 일로서 지극히 진실하다. 이러한 것들은 두보가 가장 잘 본떴다.『채숙당고시선』 권19

방동수 : 지극히 천한 노예가 당하는 비천한 모욕을 통하여, 뜻을 펼쳐 세상에 크게 쓰이지 못한 감개를 실었다. 그런데 시가 정련되고 함의가 깊으며 미묘美妙한 점은, 모두 두보와 한유가 법칙으로 취했고, 유종원의 선구도 되었다.『소매첨언』 권6

---

56) 조(曹)의 대부이다. 진 문공이 태자 중이(重耳) 시절 망명을 하면서 조에 들렀는데, 당시 제후인 공공(共公)이 무례하게 대하는 것을 보고 간했으나 듣지 않자, 희부기가 개인적으로 중이를 예우했다. 나중에 진 문공은 즉위한 후, 조를 공격할 때 군대가 희부기와 그의 가족을 범하지 않도록 함으로써 보답했다.

擬古(7)

河畔草未黃, 胡雁已矯翼.[1] 秋蛩扶戶吟, 寒婦成夜織.[2]

去歲征人還, 流傳舊相識.[3] 聞君上隴時, 東望久歎息.[4]

宿昔改衣帶, 朝旦異容色.[5] 念此憂如何, 夜長愁更多.[6]

明鏡塵匣中, 瑤琴生網羅.[7]

「고시」를 본떠(7)

물가의 풀 아직도 안 시들었는데
북방의 기러기는 벌써 날개 치며,
가을철 귀뚜라미 문에 기대 울어대고
외로운 부인은 밤을 새워 베를 짜네.
작년에 종군한 이 돌아와서는
전부터 그대를 알고 있다 말했지.
듣자니 그대가 농산을 오르면서
동쪽 보고 오래도록 한숨을 쉬었으며,
밤사이에 옷과 띠가 느슨해지고
아침 되자 용색이 초췌해졌다 하네.
이 생각에 이는 시름 어찌하려나
밤은 길어 근심 더욱 많아지는데.
거울은 상자에서 먼지 쌓이고
금琴에는 거미줄이 가득 생겼네.

【주석】

1 **[전진륜]** 여기에는 『옥대신영』 오조의 주와 『고시전』 문인담 주를 아울러 인용한다.

[문인담] 『한서』 「양웅전」 : "새가 '날개를 들어' 힘껏 펼치며, 마음에 간직한 생각을 마음껏 펼치듯 해야 합니다['矯翼'厲翮, 恣意所存]."57)

[황절] 「고시」 : "푸릇푸릇 물가에 풀은 우거져[靑靑河畔草]."58)

2 **[전진륜]** '扶(부)'는 '挾(협 : 끼다)'으로 된 판본도 있다. '成(성 : 온)'은 『옥대신영』에는 '晨(신 : 새벽)'으로 되어 있다.

[문인담] 왕포(王褒) 「성군이 현신을 얻음을 기리는 송문[聖主得賢臣頌]」 : "귀뚜라미는 가을이 되면 운다[蟋蟀俟秋吟]."59)

『초씨역림』 「승지중부(升之中孚)」 : "[백초와 가훼(嘉卉)가, 싹이 곧 나올 것이다.] '곤충이 방문으로 다가오니[昆蟲扶戶]', 양명(陽明)이 그렇게 한 것이다[陽明所得]."60)

---

57) 「해조(解嘲)」의 문장으로, 『문선』 권45 '설론(設論)'에도 실려 있다.
58) 『문선』에는 이 시구를 지닌 시가 2수 실려 있다. 하나는 권29 「잡시」 조에 「고시십구수」의 하나로 실린 「푸릇푸릇 물가에 풀은 우거져[靑靑河畔草]」이고, 하나는 권27 「악부」 조에 실린 「악부」 '삼수(三首)' '고사(古辭)' 중의 「장성의 굴에서 말에게 물 먹이며[飮馬長城窟行]」이다. 전자는 '탕자(蕩子)'의 아내가 집 떠나 돌아오지 않는 남편을 그리는 시이고, 후자는 행역 중인 남편을 그리는 사부(思婦)의 노래이다. 시의 주제로 보면 후자가 더 알맞다. 이선은 후자의 '古辭' 주에서 "'고시(古詩)'라고 한 것은, 작자의 성명을 알 수 없는 것이다"라고 했다.
59) '吟(음)'은 표점교감본 『한서』 「왕포전(王褒傳)」에는 '唫(음·금)'으로 되어 있는데, 독음이 '음'일 경우는 '吟'과 통용한다.
60) '양명(陽明)'은 여기서는 동방과 봄을 관장하는 동방청제(東方靑帝)를 말한다. '所得(소득)'은 '得所(득소 : 제자리를 찾다)'로 된 판본도 있다. 『주역』의 「승괘(升卦, ䷭ : 지풍승(地風升))」는 땅[坤] 밑에서 눈을 뜬 어린나무[巽]가 하늘을

내 견해는 이렇다. "'扶'는 '依(의 : 기대다)'와 같다."

[오조의] 『고금주』「어충(魚蟲)」: "귀뚜라미[蟋蟀]는 일명 '吟蛩(음공)'이라고 하고, [일명 '蛩(공)'이라고도 하는데, '가을[秋]'에 처음 나와서 추워지면 '운다[鳴]'. 제남(濟南)에서는 '嬾婦(란부 : 게으른 여자)'라고 한다.]"

『모시』「당풍(唐風) · 실솔(蟋蟀)」 육기 소 : "유주(幽州 : 지금의 북경시 전역과 천진시(天津市) 북부와 하북성 북부 지역) 사람들은 그것을 "趨織(촉직(cùzhī) : 베 짜기를 재촉한다)"[61]이라고 한다. (…중략…) 속담에 "'베 짜기를 재촉하는 귀뚜라미[趨織]"가 울면 "게으른 여자[嬾婦]"가 놀란다'[라고 한 것이, 그것이다.]"

3 **[문인담 · 오조의]** 종군한 사람이 돌아와 '그대와 일찍이 서로 알았다'라고 말을 전했다는 뜻이다.

4 **[문인담]** 『한서』「지리지 · 하」: "천수군(天水郡)은 [(…중략…) 현(縣)이 열여섯인데, (…중략…)] 농현(隴), (…중략…)."

[황절] 『후한서』「외효전(隗囂傳)」: "[광무제(光武帝) 건무(建武) 2년(26) (…중략…)] 적미군(赤眉軍)[62]이 장안(長安)을 떠나 '서쪽으로 농산을 오르

향해 쑥쑥 뻗어 올라오는 모습을 나타낸 괘이다.

61) '趣織(취직)'은 중간송본『모시정의』에는 '趨織(촉직)'으로 되어 있어서 고쳤다. 『방언』 제11 "'蜻蛚(청렬 : 귀뚜라미)'은 초 지방에서는 '蟋蟀(실솔)' 또는 '蛬(공)'이라고 한다"라고 했는데, 곽박 주에서 "바로 '趨織'이다"라고 했다. 대진(戴震)은『방언소증(方言疏證)』에서, "'趨'은 음이 '促(촉)'이다"라고 했다. '趨'은 '재촉한다'라는 뜻일 때에는 '促(촉)'과 통용한다. 이상 2구는 가을의 전령사 귀뚜라미 울음소리에 생과부는 행역 중인 남편에게 부쳐 줄 겨울옷을 지으려고 밤새워 배를 짠다는 뜻이다.

62) 왕망의 신(新)나라 말기 번숭(樊崇) 등을 수령으로 한 농민 반란군을 말한다. 눈

려[西上隴]' 하자, 외효(?~33)는 장군 양광(楊廣)을 파견하여 그들을 맞아 공격하여 격파했다."

[전중련] 『악부시집』「횡취곡사(橫吹曲辭)·'농산에 흐르는 물' 가사[隴頭流水歌辭]」 제2수 : "'서쪽으로 농산을 오르려 하니', 산길은 양의 창자처럼 굽이굽이 감돈다['西上隴阪', 羊腸九回]."

5 **[전진륜]** 『옥대신영』에는 이 2구가 '宿昔衣帶改, 旦暮異容色'으로 되어 있다.

[문인담] 「고시십구수·가고 가고 거듭하여 가고 가서[行行重行行]」 : "[헤어져 나날이 멀어져 가니,] '옷과 띠 나날이 느슨해진다[衣帶日以緩]'."[63)]

[황절] 「고시십구수·싸늘하게 세월은 저물어가고[凜凜歲云暮]」 : "독수공방 기나긴 밤 연이어지니, 꿈에라도 '임의 얼굴' 보고 싶구나[獨宿累長夜, 夢想見'容輝']."

[전중련] 오여륜 : "'朝旦(조단 : 아침)'은 '旦暮(단모 : 아침저녁)'가 되는 것이 옳다."

6 **[전진륜]** '愁更(수갱)'은 『옥대신영』에는 '憂向(우향)'으로 되어 있다.[64)]

7 **[전진륜]** '瑤琴(요금)'은 『옥대신영』에는 '寶瑟(보슬)'로 되어 있다.[65)]

[오조의] 『한서』「김일제전(金日磾傳)」 : "망하라(莽何羅, ?~88 B.C.)는 [(…중략…) 역모를 도모했다. (…중략…) 김일제를 보자 낯빛이 변하여, 달아나

썹을 붉게 칠했기 때문에 이렇게 불렀다. 이들의 난을 '적미의 난[赤眉之亂]'이라고 한다.

63) '以(이)'는 『문선』 권29에는 '已(이)'로 되어 있다.

64) 『전송시』도 같다. '憂向'이 되면 '근심이 많아진다'라는 뜻이 된다.

65) 『전송시』도 같다. 송본에는 '寶琴(보금)'으로 되어 있다. 모두 '琴'과 '瑟'의 미칭이다.

면서 내실로 들어가려고, 가다가] '슬에 부딪혀[觸寶瑟]' 쓰러졌다. [김일제는 망하라를 포박했다.]"

『양자(楊子)』[66] : "거미는 거미줄에 몸을 맡기고 산다[蜘蛛投網]."

[황절] 조식 「칠애시(七哀詩)」 : "머릿기름 누굴 위해 바를 것인가, '밝은 거울' 때 끼어도 닦지 않는데[膏沐爲誰容, '明鏡'闇不治]."[67]

[전중련] 송본에는 '瑤(요)'가 '寶(보)'로 되어 있다.

【평설】

[황절] 진조명 : '扶부'는 '依의'와 같다. 문자가 참신하고 감정의 묘사가 곡절이 있다. 본래 사부思婦를 말한 것인데, 굳이 부군夫君을 말하고, 또 이야기를 전해주는 입을 통해 서술해내니, 얼마나 얽히고 에둘렀는가! 『채숙당고시선』 권19

[전중련] 방동수 : 또 규중의 부인이 먼 데를 생각하는 데 기탁하여, 그 기려羈旅의 고달픔을 실어내었다. [수련首聯은 날아오르는 기세가 있다.] '밤사이에宿昔' 2구는 농산隴山에 머무르는 사람을 가리킨 표현이다. '이 생각에念此' 4구에 이르러 비로소 자신을 말했다. 『소매첨언』 권6

왕개운 : 사부思婦의 처지에서 말했는데, 생각은 괴로우나 서술은 완곡하다. 『상기루설시』 권19

---

66) 저본의 '揚子(양자)'는 『고시전』 문인담 주에는 '楊子(양자)'로 되어 있어서 고쳤다. '楊子'는 양주(楊朱)이다.

67) 이 2구는 『문선』 권31 「잡의(雜擬)·하」 유삭(劉鑠)의 「'가고 가고 거듭하여 가고 가서'를 본떠[擬行行重行行]」 시의 이선 주에 인용된 잔구(殘句)이다.

擬古(8)

蜀漢多奇山, 仰望與雲平.[1] 陰崖積夏雪, 陽谷散秋榮.[2]

朝朝見雲歸, 夜夜聞猿鳴.[3] 憂人本自悲, 孤客易傷情.

臨堂設樽酒, 留酌思平生. 石以堅爲性, 君勿輕素誠.[4]

「고시」를 본떠(8)

촉한에는 기이한 산 많기도 한데
쳐다보면 구름 위로 높이 솟았네.
응달 벼랑에는 여름 눈이 쌓여 있고
양달 골짝에는 가을꽃이 늘려 있네.
아침마다 구름이 가는 모습 보이고
밤마다 원숭이가 우는 소리 들리네.
시름겨운 사람은 본래 절로 슬프고
외로운 나그네는 쉽사리 상심하지.
대청에 술 한 동이 갖다두고서
술 따르며 평생을 생각해 보네.
돌은 본래 단단함이 그 본성이니
그대 부디 본디 성품 가벼이 말게.

【주석】

1 **[문인담]** 『사기』「육국표(六國表)」: "주(周)는 풍(豐)과 호(鎬)에서 왕업을 일으켰고, 한(漢)은 '촉한(蜀漢)'에서 일어났다."[68)]

좌사 「촉도부(蜀都賦)」: "산봉우리가 서로 이어지며[山阜相屬], [계곡을 끌어안았습니다.] 산맥은 이리저리 얽혀 있고[崗巒糾紛], [돌에 부딪혀 구름이 솟구칩니다.]"

2 **[문인담]** 반악(潘岳) 「서정부(西征賦)」: "화산의 '북쪽 절벽'을 조망한다[眺華頂之'陰崖']."[69)]

『모시』「소남·은기뢰(殷其雷)」 제1장 '在南山之陽(남산의 남쪽에 있다)' 모전: "산의 남쪽을 '陽(양)'이라고 한다."

『한서』「경방전(京房傳)」: "[경방이 말했다. '(…중략…) 폐하께서 즉위하신 이래로, (…중략…)] 봄에 식물이 시들어 조락하고, "가을에는 꽃을 피우며[秋榮]", [서리가 내려도 식물을 죽이지 못합니다.']"

3 **[전진륜]** 송옥(宋玉) 「고당부(高唐賦)·서」: "저는 무산(巫山)의 남쪽, 고구산(高丘山)의 험준한 곳에 있으며, '아침에는 아침 구름이 되고[旦爲朝雲]' 저녁에는 내리는 비가 되어 '아침마다[朝朝]' 저녁마다 양대(陽臺) 아래에 있을

---

68) '蜀漢'은 蜀郡(촉군)과 漢中(한중)이다. '촉군'은 진(秦)이 옛 촉국(蜀國)을 멸하고 설치한 군으로, 사천성 중부의 대부분을 포함하며 치소는 성도(成都)에 두었다. '한중'은 섬서성 남부와 사천성 북동부 및 호북성 북서부에 걸친 지역이다. 항우(項羽)가 진을 멸한 후 제후를 분봉하면서 유방(劉邦)을 한왕(漢王)으로 봉했는데, 치소는 남정(南鄭: 지금의 섬서성 한중시 한태구(漢台區))에 두었고, 한중과 파촉(巴蜀)을 통할했다. 지금의 사천성 동부지역이 파이고 서부지역이 촉이다.

69) '華頂(화정)'은 『문선』 권10에는 '華岳(화악)'으로 되어 있다.

것입니다."

『당류함(唐類函)』: "「의도산천기(宜都山川記)」에 있다. '협곡에는 원숭이가 날이 샐 때까지 우는데, 모든 산골짜기에 그 메아리가 전해져 끊임없이 울린다. 행인이 노래하기를, "파동의 삼협에는 원숭이 울음 슬프니, 원숭이 울음 서너 소리에 눈물이 옷을 적신다[巴東三峽猿鳴悲, 猿鳴三聲淚霑衣]"라고 했다.'"[70)]

4 **[문인담]** 조식 「낙신부(洛神賦)」: "'간절한 마음'이 먼저 전해지기를 바라서 [願'誠素'之先達兮], [옥패(玉佩)를 풀어 그녀에게 정표로 보내었다.]"

[황절] 오여륜: "방동수는 '"君(군)"이 무엇을 가리키는지 모르겠다'라고 했다. 내 생각은 이렇다. 이 작품은 이별하여 서로 잊어버린 것에 의탁하여 감개를 실어내었다. '君'은 이별한 사람을 말한다."[71)]

[전중련] 송본에는 '輕(경)'이 '慙(참)'으로 되어 있다.[72)]

---

70) 『당유함』은 명 유안기(俞安期, 1596 전후)가 『예문유취』를 중심으로 『북당서초』·『초학기』 등 당대(唐代)의 유서(類書)에 실린 내용을 모은 유서이다. 인용한 글은 『예문유취』 권95 '원(猨)' 조에 실려 있다. 『수경주』 권34 「강수」에도 비슷한 내용이 실려 있다. 인용문 중의 '파동(巴東)'은 사천성 동부지역(지금의 중경시 봉절현(奉節縣))에서 시작하여 중경시 무산현(巫山縣), 호북성의 파동현(巴東縣)과 자귀현(秭歸縣)을 거쳐 호북성 의창시(宜昌市)까지 이어지는 삼협(三峽) 지역을 가리킨다. 행정 지명으로서 파동현(巴東縣)은 호북성 남서부에 위치하여 서쪽으로 중경시 무산현(巫山縣), 동쪽으로 호북성 자귀현과 인접한다.

71) 「후저를 출발하며[發後渚]」의 마지막 구 "聲爲君斷絶(음악 소리 그대 때문에 끊겨 버렸다)"의 '君'에 대해, 황절은 "자신을 가리키는 것"이라고 했다(주석 7). 여기서도 그렇게 보아, 자신의 마음을 다잡는 것으로 볼 수 있다. 도연명 「술 마시며[飮酒]」 제5수의 "問君何能爾(묻노니 그대 어찌 그럴 수 있나)"의 '君'과 같은 경우이다.

72) 송본의 원주에 "'輕'으로 된 판본도 있다"라고 했다.

【평설】

[전중련] 왕부지 : 기흥寄興으로 일관했다. 시작은 얼핏 별것 아닌 것처럼 가벼우니, 거의 다가오는 것은 단초가 없고, 돌아가는 것은 다함이 없는 것 같다. 대저 인정이 본디 이와 같은 것이니, 시가 어찌 그렇지 않을 수 있겠는가?『고시평선』 권5

심덕잠 : 「'고시'를 본떠擬古」 여러 작품은 조식과 좌사가 남겨놓은 취지를 살렸다.『고시원』 권11

방동수 : 또 나그네로 머무는 지역에서 앞 작품제7수의 근심을 거듭 펼쳤으나, 내용이 회삽晦澁하여 분명하지 않으니, '그대君'가 무엇을 가리키는지 모르겠다.『소매첨언』 권6

왕개운 : 포조의 시에도 느긋하고 여유로운 것도 있으니, 이와 같은 작품들如此等이 그러하다.『상기루설시』 권6[73)]

---

73) 저본의 '如此等(여차등)'은 원문은 "如'臨堂設尊酒, 留酌思平生'·'石以堅爲性, 君無輕素誠'之類('대청에 술 한 동이 갖다두고서, 술 따르며 평생을 생각해본다.' '돌은 본래 단단함이 그 본성이니, 그대 부디 본디 성품 가벼이 말게' 같은 부류)"로 되어 있다.

紹古辭(1)

橘生湘水側, 非陋人莫傳.[1] 逢君金華宴, 得在玉几前.[2]
三川窮名利, 京洛富妖姸.[3] 恩榮難久恃, 隆寵易衰偏.
觀席妾悽愴, 覩翰君泫然.[4] 徒抱忠孝志, 猶爲葑菲還.[5]

「옛 시」를 이어(1)

귤이 상수 가에 자라고 있지만
조악하여 언급하는 사람도 없었는데,
지금은 임금님의 금화전 연회에서
옥 안석 앞자리에 놓일 수 있게 됐네.
삼천三川에선 명예와 이익만을 파고들고
낙양에는 아름답고 예쁜 여인 많은데,
은혜로운 영광도 오래 믿기 어렵고
성대한 총애도 시들기는 쉽다네.
해진 자리에 첩의 맘은 처연해지고
붓을 보면 그대 눈물 줄줄 흐르리.
부질없이 충효의 뜻을 품은 채
오히려 순무와 무 되어버렸네.

【해제】

[전진륜] 제1·2·3·4·6·7수는 문인담 주를 수록한다.

[전중련] 방동수 『소매첨언』 권6 : "모두 이별의 정을 기탁하여 말한 것이다."[74)]

---

74) '紹(소)'는 계승한다는 뜻으로, 『한서』 「서전·하」의 "漢'紹'堯運, 以建帝業(한나라는 요의 운을 '이어받아', 제업을 세웠다)"의 '紹'와 같다. 『한서』 「고제기(高帝紀)·찬」의 "漢'承'堯運, 德祚已盛(한나라는 요의 운을 '이어받아', 복조가 이미 성했다)"에는 '承(승)'으로 되어 있다. 이곳의 '古辭(고사)'는 '古詩(고시)'와 같은 뜻이다. 뒤의 「古辭」 시의 제목도 마찬가지다. 일반적으로 말하는, '작가를 알 수 없는 옛 악부'(『문선』 권27 「악부·상」 '古辭' 조 여연제 주 : "한 무제는 교사(郊祀)의 예를 정하고 악부를 설립했다. (…중략…) 이름이 마멸되어 그 작자를 알 수 없는 것을 '古辭'라고 한다.")와는 다르다. 정복림은, 이 7수는 모두 이별의 언사를 빌려, 때를 만나지 못한 감개'를 싣고, 포부를 실현하기 어려운 신산과 고초를 토로했는데, 일시에 지어진 작품은 아닐 것이지만, 내용이 유사하고 풍경이 비슷하여, 같은 제목으로 합친 것일 것이라고 했다(『교주』, 348쪽).
포조의 모의시(模擬詩)는 제목에서 모의를 명시한 것이 모두 79수인데, 원시 제목 앞에 '代(대)'·'擬(의)'·'紹(소)'·'學(학)' 자를 붙인 4종으로 나뉜다. 수적으로 가장 많은 것이 '代'자를 붙인 것인데, 대부분 한위(漢魏) 고악부와 일부 위진남북조의 문인 악부를 모의한 것으로, 한대 이후 악부시가 일반적으로 '代'자를 붙여 모의를 표시하던 관례와 무관하지 않으면서도, 모의 대상 작자나 작품의 인물과 서정·서사 등을 '대체한다'는 뜻을 담고 있다. 그다음이 '擬'자를 붙인 것인데, '擬'자에는 모의 대상을 '본보기'로 삼되 자신의 의작(擬作)도 원작에 비견할 만한 수준임을 자부하는 마음도 담겨 있다. 따라서 '代'체에 비해서는 겸손하지만 역시 모의자의 자부심이 담긴 표현이라고 할 수 있다. '紹'자를 붙인 것에는 원작을 '계승한다'는 의미가 있으므로 모의 대상에 대한 태도가 '擬'자를 붙인 것보다 더 겸손하다고 할 수 있다. '學'자에는 '모방'의 의미 외에 '본받는다'라는 의미와 '학습한다'라는 의미도 담고 있어서, 원작에 대한 존경의 마음이 다른 세 유형에 비해 한결 많다.

【주석】

1 **[문인담]** 『한서』「화식전(貨殖傳)」[75] : "[촉군(蜀郡)과 한수(漢水)와] '강릉 지역에는 귤나무 천 그루가 있다[江陵千樹橘]'."

『초사』「구장・'귤송(橘頌)'」: "타고난 품성 바꾸지 않고, '남국에서 자라네' [受命不遷, '生南國兮']."

[황절] 고시「귤과 유자는 꽃과 열매 드리우고[橘柚垂華實]」: "'귤'과 유자는 꽃과 열매 드리우고, 깊은 산 곁에서 자라고 있다. 그대가 나의 단맛 좋아한다기에, 남몰래 스스로 꾸며 가꿨다. 내 몸을 옥쟁반에 맡겨 둔 채로, 오랜 세월 흐르도록 먹히기를 바랐다. 향기는 있어도 서로 맞지 않으니, 푸른색이 노랗게 홀연히 바뀌었다. 사람들이 혹여 나를 알게 하려면, 그대가 내 날개가 되어 줬으면['橘'柚垂華實, 乃在深山側. 聞君好我甘, 竊獨自雕飾. 委身玉盤中, 歷年冀見食. 芳菲不相投, 青黃忽改色. 人倘欲我知, 因君爲羽翼]."[76]

포조의 이 시는 취지가 이「고시」를 은밀하게 계승했다.

2 **[문인담]** 『한서』「서전・상」: "당시 황제께서 바야흐로 향학열이 높아서, 정관중(鄭寬中)과 장우조(張禹朝)는 저녁에 조정에 들어가 '금화전(金華殿)'에서 각각 『상서』와 『논어』를 강설했다."[77]

『상서』「고명(顧命)」: "왕이 (…중략…) '옥 안석[玉几]'에 기대앉았다."

---

75) 『사기』「화식열전」에도 같은 기록이 있다.

76) 심덕잠의 『고시원』과 정복보(丁福保)의 『전한시(全漢詩)』에 모두 '고시 3수(古詩三首)'의 제1수로 수록되어 있다. 『고시기』・『예문유취』 및 『문선』 권31 강엄 「잡체시」 이선 주 등에는 앞 4구만 실려 있다. 이 시는 화자가 자신을 귤과 유자에 빗대어 회재불우(懷才不遇)의 심정을 토로한 작품이다.

77) 문집 권4 '악부'「부풍의 노래[扶風歌]」 주석 1 참조.

[전진륜] "귤이 상수 가에 자라나지만[橘生湘水側]" 4구는 『장무선집(張茂先集)』에도 보이는데 제목을 「귤시(橘詩)」라고 했다.[78]

[황절] 두예(杜預) 「칠규(七規)」 : "온갖 음식 다른 데다, 오미가 번갈아 올라온다. '붉은 귤'을 섞었고, 맛있는 생선도 넣었다[庶羞旣異, 五味代臻. 糅以'丹橘', 雜以芳鱗]."

옛날에는 귤로 여러 가지 음식의 맛을 돋우었다.

『상서』 「우공」 : "[회수(淮水)와 바다 사이가] 양주(揚州)이다. (…중략…) 그들은 꾸러미로 '귤과 유자[橘柚]'를 싸서 공물로 바쳤다."

『급총주서(汲冢周書)』 : "가을에는 '산사와 배와 귤과 유자[樝梨橘柚]'를 먹는다." 그래서 "금화전의 임금의 연회를 만나, 옥 안석 앞자리에 놓일 수가 있었다"라고 한 것이다.

3 **[문인담]** '三川(삼천 : 낙양)'은 「역사를 읊다[詠史]」(주석 1)에서 보았다.

4 **[문인담]** 『전국책』 「초책(楚策) · 1」 : "'굄을 받는 여인도 자리가 해질 때까지 사랑받으면서 앉아 있을 수는 없고[嬖女不敝席]', '총애를 받는 신하[寵臣]'도 초헌[軒]이 망가질 때까지 총애를 받으면서 탈 수는 없다."

『한서』 주 : "'翰(한)'은 붓[筆]이다."[79]

5 **[문인담]** 『모시』 「패풍 · 곡풍(谷風)」 제1장 : "'순무를 캐고 무를 캐는 것은', 뿌리만을 위한 것은 아니니['采葑采菲', 無以下體], [언약을 어기지 않았다면,

---

78) 이 4구는 『예문유취』 권86에도 제목은 없이 '장화(張華)의 시'로 수록되어 있다.

79) 『문선』 권9 양웅 「장양부(長楊賦)」 이선 주에, 위소(韋昭) 주로 인용되어 있고, 『강희자전』에도 『한서』 「양웅전」 주로 인용되어 있다. 표점교감본 「양웅전」에는 해당 부분의 주가 없다. '붓'은 '문장'을 뜻한다.

그대와 죽을 때까지 함께하려 했지요.]"[80]

[황절] 조식 「귤 부(橘賦)」: "천연의 타고난 본디의 분수를 지니어, 다른 곳으로 옮기지 않는다[體天然之素分, 不遷徙於殊方]."

마지막 구는 대체로 이 뜻을 활용했다.

[전중련] 송본에는 '還(환)' 자가 '遷(천)'으로 되어 있다.[81]

【평설】

[황절] 진조명 : [흥이면서 비이다.] 흥의興意와 비의比意가 분리된 듯하면서도 통합되어 있으니 대단히 훌륭하다.『채숙당고시선』 권19

방동수 : 굴원의 「구장·귤송」에서 나왔다. '삼천三川' 이하는 총애를 다투는 사람이 많음을 말했다. 결구結句는 자신을 말했다. 나의 글을 보면 그대는 틀림없이 눈물 줄줄 흐를 것이라는 뜻이다. 문사가 예스러울 뿐 아니라 의미는 더욱 예스럽다.『소매첨언』 권6

---

80) 모전에 "'葑(봉)'은 '須(수)'이고, '菲(비)'는 '芴(물)'이다"라고 했다. 반부준은 '葑'을 '蕪菁(무청 : 순무)' '菲'를 '蘿蔔(라복 : 무)'이라고 했다(『시경식물도감(詩經植物圖鑑)』, 66~69쪽). 이 2구의 의미에 대해 정현 전에서 "이 두 채소는 잎과 뿌리를 모두 먹을 수 있다. 그러나 그 뿌리는 좋을 때도 있고 나쁠 때도 있는데, 그것을 캐는 사람이 그 뿌리가 나쁠 때 잎까지 버려서는 안 된다는 뜻이다"라고 했다. 자기의 처가 나이 들어 얼굴이 시든 것만 생각하고, 옛날 고생했던 일이나 그녀의 미덕까지도 버리고, 딴 여자에게 다시 장가가면 안 된다는 뜻이다(김학주 『시경』). 포조 시에서는 버림받은 처지를 비유한다.

81) 장씨원간본과 『전송시』, 『고시선』 및 『고시원』도 같다. '遷'이 옳다. '還'은 원래대로 돌아가는 것이고, '遷'은 조식 「귤 부」의 '遷徙(천사)'처럼 뜻이나 방향을 옮기는 것이다. 운부도 傳·前·姸·偏·然·'遷'은 '先(선)'운인데, '還'은 '刪(산)'운이다.

紹古辭(2)

昔與君別時, 蠶妾初獻絲.[1] 何言年月駛, 寒衣已擣治.[2]

絛繡多廢亂, 篇帛久塵緇.[3] 離心壯爲劇, 飛念如懸旗.[4]

石席我不爽, 德音君勿欺.[5]

「옛 시」를 이어(2)

옛날에 그대와 이별할 적에
양잠하는 여종이 생사를 막 바쳤지.
해와 달은 어쩌면 그리 빠른지
겨울옷 지을 때가 벌써 되었네.
꼬아놓은 수실은 어지럽게 늘렸고
짜놓은 비단에는 먼지 검게 쌓였네.
이별하는 마음은 대단히 참혹한데
날아가는 내 생각은 매달린 깃발 같네.
돌과 자리처럼 내 마음은 안 변할 터
우리 간의 좋은 말씀 어기지 마시길.

【주석】

1 **[문인담]** 『좌전』 「희공 · 23년」 : "(태자 중이(重耳)는 제(齊)에서 떠나려고) 뽕나무 아래에서 모의했다. '양잠하는 여종[蠶妾]'이 뽕나무 위에서 듣고 강씨

(姜氏 : 중이가 제나라에서 맞아들인 아내)에게 일러바쳤다."

[황절]『예기』「월령」: "계춘의 달에 (…중략…) 누에를 치는 일이 이미 이루어진다."

따라서 생사를 바치는 것은 대체로 3월 무렵이다.

2 **[문인담]** '何言(하언)'은 '不意(불의 : 뜻밖)'와 같다.

『문선』 권30 사혜련(謝惠連)「다듬이[擣衣]」 시 유량 주 : "부인이 '비단을 다듬이질하여[擣白]' 옷을 지어서, [멀리 있는 남편에게 부치려는 것이다.]"

[황절]「고시십구수」(「싸늘하게 세월은 저물어가고[凜凜歲云暮]」) : "서늘한 바람은 빠르고 거센데, 나그네는 추위에 입을 옷 없다[凉風率已厲, 遊子寒無衣]."

'해와 달[年月]' 2구의 의미는 여기에 바탕을 두었다.

3 **[문인담]**『광운』: "'絛(조)'는 명주실을 꼰 끈이다."

『설문해자』: "'繡(수)'는 오채(五彩)가 갖춰진 것이다."

『설문해자』 서왈(徐曰) : "'篇(편)'은 연속되는 것[連]이다."[82]

[황절]『초씨역림』「태지감(兌之坎)」: "굶주린 누에가 집을 지으면 '실에 헝클어진 실마리가 많아[絲多亂緒]'[83] 끄트머리를 찾을 수 없다."

---

82) '連(련)'은 『고시전』에는 '聯(련)'으로 되어 있다. 남당 서개(徐鍇, 920~974)의 『설문해자계전(說文解字繫傳)』 권9의 '篇' 자 해설 중의 글이다. 원 웅충(熊忠)의 『고금운회거요(古今韻會擧要)』 권6 「평성(平聲)·하」 '先' 조의 '篇' 자 설명, 명 용인부(龍仁夫)의 『주역집전(周易集傳)』 권2 「태괘(泰卦)·육사」 중의 '翩翩(편편)'에 대한 설명, 명 하부징(賀復徵)의 『문장변체휘선(文章辨體彙選)』 권630의 「篇」에 대한 해설 등에도 모두 '聯'으로 인용되어 있다. '絛繡'는 색색의 명주실을 꼬아 만든 끈이고, '篇帛(편백, 篇帛)'은 다 짜서 말아놓은 비단이다.

육기 「고영(顧榮)을 위해 지어준, 아내에게 주는 시[爲顧彦先贈婦詩]」 : "서울에는 '바람에 날리는 먼지'가 많아, 흰옷이 '변하여 검은 옷이 된다'[京洛多'風塵', 素衣'化爲緇']."[84)]

[전중련] 송본에는 '淄(치)' 자가 '緇(치)'로 되어 있다.[85)]

4 **[문인담]** 『설문해자』 : "'壯(장)'은 큰 것[大]이다."

『옥편』 : "'劇(극)'은 심한 것[甚]이다."

『전국책』 「초책 · 1」 : "[과인은 누워도 잠자리가 편치 않고, 음식을 먹어도 맛이 없으며,] '마음은 매달린 깃발처럼 불안하여[心搖搖如懸旌]', 안착시킬 데가 없소."

[전중련] 심덕잠 『고시원』 권11 : "'旌(정)'을 '旗(기)'로 바꿨으니, 고인에게도 이러한 강압(强押 : 억지 압운)이 있었다."[86)]

5 **[문인담]** 『모시』 「패풍 · 백주(柏舟)」 제3장 : "'내 마음 돌이 아니니', 굴릴 수도 없고; '내 마음 돗자리가 아니니, 말아치울 수도 없다['我心匪石', 不可轉也. '我心匪席', 不可卷也]."[87)]

---

83) 저본에는 '緖多亂纏(서다란전)'으로 되어 있는데 통행본을 따라 고쳤다.

84) 문집 권5 「양기에서 바람을 기다리며[岐陽守風]」 주석 6 참조.

85) 모든 판본이 다 같다. '緇'가 옳다. 『설문해자』에 "'緇'는 비단[帛]이 흑색인 것이다"라고 했다. 오덕풍, 86b쪽 참조.

86) 서인보(徐仁甫, 1901~1988)는 『고시별해(古詩別解)』(上海古籍出版社, 1984)에서, 포조가 『전국책』의 '懸旌(현정)'을 '懸旗(현기)'로 바꿔 쓴 것처럼 글자를 바꿔 협운(協韻)을 하는 것은, 『시경』 이래 수사(修辭)의 수단이 된 것이므로, '强押'이 아니라고 했다. 『교주』, 352쪽 참조. '離心(리심)'은 이별하는 심정이고, '飛念(비념)'은 먼 곳에 있는 사람을 그리는 마음이다. 이 구는 자신의 마음이 바람에 펄럭이는 깃발처럼 남편이 있는 곳으로 멀리 날아간다는 뜻이다.

87) 이 4구의 뜻을, 정현 전에서는 "자기의 심지(心志)가 돌과 돗자리보다 더 굳건함

『모시』「정풍 · 유녀동거(有女同車)」 제2장 : "[어여쁜 저 강씨댁 맏딸이여,] '기리는 말' 끊임이 없었네['德音'弗忘]."88)

[황절] 「고시십구수 · 초겨울에 한기가 닥쳐오는데[孟冬寒氣至]」 : "한결같은 마음을 변함없이 품었지만, 두려운 건 그대가 알아주지 못하는 것[一心抱區區, 懼君不察識]."

마지막 2구의 의미는 여기에 바탕을 두었다.

【평설】

[황절] 방동수 : 헤어지는 것 때문에 서로 잊어버리지는 말자는 뜻이다. 사구辭句가 청신하고 경발警拔하다. 『소매첨언』 권6

을 말한다"라고 풀이했다.

88) 이곳의 '德音(덕음)'은 좋은 평판이라는 뜻이다. 이 예보다 「패풍 · 곡풍(谷風)」 제1장의 "[순무를 캐고 무를 캐는 것은[采葑采菲]', 뿌리만을 위한 것은 아니니,] '언약을 어기지 않았다면, 그대와 죽을 때까지 함께하려 했지요[德音莫違, 及爾同死]'"(제1수 주석 5 참조)의 '德音'이 '좋은 말' 즉 '부부간의 언약'이라는 뜻이어서 더 낫다. 이 시의 정현 전은 "부부간의 말을 서로 어기지 않았다면, 그대와 오래도록 함께 지내며 죽을 때까지 가겠다는 것을 말한다"라고 풀이했다.

紹古辭(3)

琹琹凉海風, 竦竦寒山木. 紛紛羈思盈, 慊慊夜絃促.[1]

訪言山海錄, 千里歌別鵠.[2] 絃絶空咨嗟, 形音誰賞錄.[3]

辛苦異人狀, 美貌改如玉.[4] 徒畜巧言鳥, 不解款心曲.[5]

「옛 시」를 이어(3)

쏴아쏴아 바닷바람 서늘한 데다
우뚝우뚝 산 나무는 쓸쓸하다네.
뒤숭숭 객수는 넘쳐나는데
둥당둥당 밤 금현은 휘몰아치네.
산길과 바닷길을 두루 찾으며
천 리 밖에 「외고니」를 노래 부르네.
현 끊어져 공연히 한숨 쉬지만
이 모습 이 소리를 누가 감상하려는지.
신산함은 보통과는 매우 다르고
곱던 모습 다시는 옥 같지 않네.
말하는 새 부질없이 길러봤지만
내 마음 깊은 속을 못 알아주네.

【주석】

1 **[문인담]**『집운』: "'慊(겸)'은, 발음은 謙(겸)이고 뜻은 찐덥지 아니한 것[不足]이다."

[황절] '瑟瑟(슬슬)'은 서늘한 모양이고, '竦竦(송송)'은 차가운 모양이다. '紛紛(분분)'은 가득한 모양이고, '慊慊'은 촉급한 모양이다.

『모시』「위풍(衛風)·석인(碩人)」 제4장 '河水"洋洋", 北流"活活". 施罛"濊濊", 鱣鮪"發發", 葭菼"揭揭", 庶姜"孽孽", 庶士有朅(황하 물은 "넘실넘실", 북쪽으로 흐르며 "콸콸", 고기 그물은 "촬랑촬랑", 잉어와 붕어가 "파닥파닥", 갈대와 물억새는 "하늘하늘". 뒤따르는 여러 시녀 "화사하고", 수행 관원들도 늠름하다)'에서, '洋洋(양양)'은 물을 형용했고, '活活(괄괄)'은 흐름을 형용했으며, '濊濊(활활)'은 그물을 치는 소리를 나타내었고, '發發(발발)'은 잉어와 붕어의 지느러미를 형용했으며, '揭揭(게게)'는 갈대와 물억새가 자라는 모양을 나타냈고, '孽孽(얼얼)'은 강씨 성의 여러 여인의 성대함을 형용했다.

(첩자연면사(疊字聯綿詞)로 구성된 의성·의태어를 활용한) 이 시의 첫머리 4구의 구법(句法)과 자법(字法)은 여기에서 나왔다.

2 **[전진륜]** 혜강 「금부(琴賦)」: "「왕소군」·「초비탄」·'천리별학'(王昭·楚妃, '千里別鶴')은, [그래도 일시적으로 고아한 곡을 연결하는 사이에 기회를 빌려 메꾸는 것으로서, 또한 볼 만한 것이 있다[猶有一切, 承間簉乏. 亦有可觀者焉].]"

[황절]『설문해자』: "'訪(방)'은 두루 알아보는 것[汎謀]이다."

'言(언)'은 云(운)과 같으며 어조사이다.『모시』「소아·대동(大東)」 제1장의

'睠言顧之(아련하게 되돌아보니)'를 『순자』「유좌(宥坐)」에서는 '睠焉(권언)'으로 인용했고, 『후한서』「유도전(劉陶傳)」에서는 '睠然(권연)'으로 적었다. '焉'과 '然'이 모두 어조사이니 '言'도 어조사이다.

내 견해는 이렇다. 혜강 「금부」의 '千里別鶴(천리별학)'은 이선본과 오신본 모두 '鵠'으로 적지 않았다. 다만 '鶴'과 '鵠'은 옛날엔 통용했다. 악부 슬조곡(瑟調曲) 「염가하상행(艷歌何嘗行)」은 「비학행(飛鵠行)」이라고도 하는데, 그 고사(古辭)는 다음과 같다. "날아오네 한 쌍의 백학이, 북서쪽에서 날아온다네! 열 마리씩 다섯 마리씩, 늘어서서 대열을 지었네. 암컷이 졸지에 병이 들어, 함께 따라갈 수 없게 되었네. 5리마다 한 번 뒤돌아보고, 6리마다 한 번 배회하네. 나는 당신을 물고 가고 싶지만, 입이 닫혀있어 열 수 없구려. 나는 그대를 업고 가고 싶지만, 깃털은 또 얼마나 상했는지. 즐거웠지 처음 서로 알게 됐을 땐, 슬프다네 생이별을 하게 됐으니. 주저주저 여러 짝을 뒤돌아보며, 눈물이 흘러도 알지 못하네[飛來雙白鵠, 乃從西北來. 十十五五, 羅列成行. 妻卒被病, 行不能相隨. 五里一反顧, 六里一徘徊. 吾欲銜汝去, 口噤不能開. 吾欲負汝去, 毛羽何摧頹. 樂哉新相知, 憂來生別離. 躊躇顧群侶, 淚下不自知."

[전중련] 송본에는 '錄(록)' 자가 '路(로)'로 되어 있다.[89]

3 **[문인담]** 『여씨춘추』「본미(本味)」: "종자기(鍾子期)가 죽자 백아(伯牙)는 금(琴)을 부수고[90] '현을 끊어버리고[絶絃]' 죽을 때까지 다시는 금을 연주하

89) 모든 판본이 다 같다. 문맥상 '路'가 옳다. 오덕풍, 86b쪽 참조. '山海路(산해로)'는 산길과 바닷길이다.

90) 저본의 '擗(벽 : 치다)'은 통행본에는 '破(파 : 부수다)'로 되어 있는데, 번역은 이를 따랐다.

지 않았는데, 세상에 금을 연주해줄 만한 사람이 없다고 여겼기 때문이다."

[황절] 문집 권3의 「'짝 잃은 학의 노래'를 본떠[代別鶴操]」: "[끝없이 해와 달은 달려가는데,] 아득히 '소리와 모습' 사라졌다[遠矣絶'音儀']."[91)]

4 **[문인담]** 『산해경』 「대황동경(大荒東經)」 '帝俊生黑齒(제준이 흑치를 낳았다)' 곽박 주: "'특이한 종류의 이상한 형상[殊類異狀]'을 한 사람이다."

『모시』 「위풍(魏風)·분저여(汾沮洳)」 제3장: "저 우리 임은, '아름답기가 옥과 같네'[彼其之子, '美如玉']."

[황절] '신고함은[辛苦]' 2구는 '모습[形]'을 말한다.[92)]

5 **[문인담]** 『예기』 「곡례·상」: "'앵무새는 말을 할 수 있지만[鸚鵡能言]' 날아다니는 새의 부류에서 벗어나지 못한다."

[황절] '말 잘하는[巧言]' 2구는 '소리[音]'를 말한다.

[전중련] 송본에는 '款心(관심)'이 '心款'으로 되어 있다.[93)]

【평설】

[전중련] 방동수: 이 작품은 마지막 구가 청신하고 경발警拔하다. 『소매첨언』 권6

---

91) '賞錄(상록)'은 상찬(賞讚)하여 녹용(錄用: 임용·채용)하는 것이다. 여기서는 알아주거나 수용한다는 뜻이다.

92) '人狀(인상)'은 다른 사람의 상황이고, '改如玉(개여옥)'은 옥 같았던 모습이 바뀌어 달라졌다는 뜻이다.

93) 모든 판본이 같다. '心款'이 옳다. 오덕풍, 86b쪽 참조. '款曲(관곡)'은 '衷情(충정)'의 뜻으로, 이 구는 말하는 새도 내 마음속의 간절한 충정을 알아주지는 못한다는 뜻이다.

紹古辭(4)

孤鴻散江嶼, 連翩遵渚飛.[1] 含嘶衡桂浦, 馳顧河朔畿.[2]

攢攢勁秋木, 昭昭淨冬暉.[3] 牕前滌歡爵, 帳裏縫舞衣.[4]

芳歲猶自可, 日夜望君歸.[5]

「옛 시」를 이어(4)

외기러기 강섬에서 무리를 잃고

퍼덕이며 모래톱을 배회하네요.

형주衡州 계양桂陽 포구에서 목메어 울며

황하 북녘 기내 지역 돌아보네요.

빽빽이 가을 나무 꿋꿋하고요

소소히 겨울 햇빛 깨끗하네요.

창 앞에서 기쁨의 잔 헹구어두고

휘장 안에서 무의舞衣를 재봉하지요.

꽃다운 해 그래도 괜찮으니까

밤낮으로 그대 귀환 기다리지요.

【주석】

1 **[문인담]** 육기 『문부』: "화려한 문사가 '펄펄 날아'[浮藻'聯翩'], [주살에 맞은 새가 높은 하늘에서 떨어지듯 신속하게 생각난다.]"

『모시』「빈풍 · 구역」 제2장 : "'기러기 날아와 모래톱에 노니네[鴻飛遵渚]'. [공께서 돌아가면 계실 곳 없으랴? 그대들에게 잠시간 머무는 거네.]"

2 **[문인담]** 『한서』「왕망전(王莽傳) · 중」 '大聲而嘶(고함을 지르면 목소리가 갈라진다)' 안사고 주 : "'嘶(시)'는 목소리가 갈라지는 것이다."

육씨(陸氏) : "'형주(衡州)'는 춘추시대 초(楚) 땅으로 한대에는 '계양군(桂陽)'에 분속(分屬)되었다."

조식 「양수(楊修)에게 보낸 편지[與楊德祖書]」 : "[중선(仲宣) 왕찬(王粲)은 한수 이남[漢南]에서 독보적이고,] 공장 진림(陳琳)은 '황하의 북쪽'에서 위세를 떨치고 있소[孔璋鷹揚於'河朔']."

3 **[문인담]** 한(漢) 「쯧쯧 노래[咄唶歌]」 : "대추나무 아래에 어찌 저리 '모여 있나'[棗下何'攢攢'], [꽃 피는 것 제각각 때가 있다네.]"

육기 「'까마득한 견우성'을 본떠[擬迢迢牽牛星]」 : "'밝디밝은' 맑은 은하 빛을 내면서['昭昭'淸漢輝], [찬란하게 밝은 하늘 배회를 한다.]"

4 **[문인담]** 『회남자』「전언훈(詮言訓)」 : "'잔을 씻은[滌杯]' 뒤에 밥을 먹고, '잔을 씻은[洗爵]' 뒤에 술을 마시며, [깨끗이 씻은 뒤에 음식을 올린다.]"[94]

5 **[황절]** 이 시가 본뜬 대상은 다양하다. 대체로 『초사』[95]의 "용선을 몰아서 북

94) '杯(배, 盃)'는 주로 원통형이나 나팔 모양의 잔으로 나무 · 금속 · 유리 · 도자 등으로 만든다. '爵(작, 雀)'은 새 모양으로 앞쪽에 술을 따르는 '流(류)'가 있고, 뒤쪽에 뾰족한 꼬리가 있으며 아래에 가늘고 긴 다리가 셋[三足]이 있는데, 일반적으로 천자가 제후를 분봉하는 데 사용되었다.

95) 순서대로 「구가 · 상군」의 "駕飛龍兮北征, 邅吾道兮洞庭", 「구장 · 섭강」의 "乘鄂渚而反顧兮, 欸秋冬之緖風", 「구가 · 동황태일」의 "奠桂酒兮椒漿"과 "靈偃蹇兮姣服", 「구가 · 산귀」의 "留靈脩兮憺忘歸, 歲旣晏兮孰華予"이다.

쪽으로 가다가, 내 길을 동정호로 돌린다", "악저(鄂渚)에 올라가 돌아보니, 추동(秋冬) 여풍이 여전히 차가워 한숨 쉰다", "계피술[桂酒]과 산초 술[椒漿]을 바친다"와 "신령[靈]은 고운 옷 너울거리며 춤을 춘다", "신[靈脩]께서 머물러 즐기며 돌아가지 않길 기다리는데, 세월 이미 저물었으니 누가 나를 아름답게 해줄까" 등의 의미를 섞어서 본떠, 어느 것도 닮지 않았으며, 더욱이 글자를 바꾸는[換字] 방법을 썼다. 추동(秋冬)이 이미 지나가자, 은근히 '기쁨의 술잔과 무의[歡爵舞衣]'로, 꽃다운 시절에 임의 귀가를 기다린다는 것을 말했다.[96]

96) '芳歲(방세)'는 꽃이 아름답게 피는 봄철이 본뜻이며, 한창때의 젊은 시절을 가리킨다.

紹古辭(5)

憑楹翫夜月, 廻眺出谷雲.1 還山路已迷, 往海不及群.2

徘徊淸淮汭, 顧慕廣江濆.3 物情乖喜歇, 守操古難聞.4

三越豊少姿, 容態傾動君.5

「옛 시」를 이어(5)

기둥에 기대서서 밤 달을 감상하고

골짝에서 피는 구름 아득히 바라보네.

산으로 돌아가려니 길을 이미 잃었고

바다로 가려 해도 무리 이미 놓쳤네.

맑디맑은 회수 굽이 배회하는데

넓디넓은 양자강변 그리워지네.

물정이 달라지면 총애도 시들며

절조를 지키는 이 예로부터 드물었지.

삼월三越에는 젊은 미녀 많기도 하여

그 용자容姿에 그대 마음 경도되려니.

【주석】

1 **[전중련]** 송본에는 '廻(회)'가 '逈(형)'으로 되어 있다.[97)]

97) 『전송시』도 같다. '廻望'은 고개 돌려 바라본다는 뜻이고, '逈望'은 '遠望(원망 :

2 **[전중련]** 송본에는 '迷(미 : 헤매다)'가 '遠(원 : 멀다)'으로 되어 있다.[98)]

3 **[전중련]** 『상서』「요전」: "요임금은 두 딸(아황(娥皇)과 여영(女英))을 '규수 어귀[嬀汭]'[99)]로 내려보내 [우순(虞舜)에게 아내로 주었다.]" 공안국 전 : "'汭(예)'는 물이 굽이지는 안쪽[水內]이다."

'濆(분 : 물가)'은 「서울로 돌아오는 길에[還都道中]」(제1수 주석 2)에서 보았다.

[황절] 물굽이를 '汭'라고 한다.

『좌전』「정공 · 4년」: "[겨울에] 채후(蔡侯)와 오자(吳子)와 당후(唐侯)가 초(楚)를 정벌하려고 '회수 물굽이[淮汭]'에서 배에서 내려 상륙하여 [예장(豫章)에서 초의 군대와 한수(漢水)를 사이에 두고 대치했다.]"

4 **[황절]** 부현(傅玄)「기러기 북쪽 변방에서 나오네[鴻鴈生塞北行]」: "언제나 두려운 건 '사물이 쇠미해져 쉽게 사라져', 하루아침 잊혀 버리는 것이라네[常恐'物微易歇', 一朝見棄遺忘]."

『광아』: "歡(환)은 '기쁜 것[喜]'이다."

'喜歇(희헐)'은 '歡歇'과 같다.

안연지「태상 왕승달(王僧達)에게[贈王太常]」: "즐거움이 떠나가면 실로 '기쁨 사라지지만'[豫往誠'歡歇'], [슬픔 와도 즐거움이 끝나는 건 아니라오.]"[100)]

멀리 바라보다)'과 같다.

98) 장씨원간본과 『전송시』도 같다. 번역은 앞 연의 '廻'를 '迥'으로 풀이하고 이곳은 '迷'로 풀이했다. 포조는「왕 비서승의 시에 화답하여[和王丞]」시에서 "은둔하러 바다로 같이 나가고, 약초 캐러 '산으로 함께 돌아가려' 한다[遯迹俱浮海, 採藥'共還山']"라고 했다.

99) 규수(嬀水)는 지금의 산서성 영제시(永濟市) 남쪽을 흐르는데, 우순(虞舜)이 이곳에 살았다고 한다.

100) '喜歇'은 좋아하는 마음이 다해 버린다는 뜻이다. '物情(물정)'은 세상의 형편이

5 **[전중련]** 완적 「정충을 위해 사마염(司馬炎)에게 진왕 작위와 상국(相國)의 직책을 받을 것을 권하는 글[爲鄭沖勸晉王牋]」: "[위세는 남중국해에 떨치고] 명성은 '삼월(三越 : 지금의 절강·복건·광동·광서성 등 남동 연해 지역)'을 두렵게 했소." 이선 주 : "『한서』에 '三越'이 있는데, 오월(吳越)과 남월(南越)과 민월(閩越)을 말한다."

[황절] 『광운』: "'豊(풍)'은 많은 것[多]이다."

'少姿(소자)'는 젊은 여인의 자태를 말한다.

양자강은 회수 남쪽에 있고 '三越'은 또 양자강 남쪽에 있다.

조식 「잡시(雜詩)」: "'남국에는 미인이 많은데, 고운 용모 복숭아 자두와 같다.' 아침에 양자강 북쪽 기슭에 노닐고, 저녁에 소수 상수 가에서 잔다['南國有佳人, 容華若桃李.' 朝遊江北岸, 夕宿瀟湘沚]."

'三越'은 '南國(남국)'이라고 하는 것과 같다.

나 인심이고, '乖(괴)'는 달라지는 것이다. 이 2구는 세상의 물정이 달라지면 총애도 끝나니, 예로부터 절조를 굳게 지켜 변하지 않은 사람은 거의 없었다는 뜻이다. 다음 연의 '三越'은 남편이 머무르고 있는 곳이다.

紹古辭(6)

開黛覩容顔, 臨鏡訪遙塗.[1] 君子事河源, 彌祀闕還書.[2]

春風掃地起, 飛塵生綺疏.[3] 文袿爲誰設, 羅帳空卷舒.[4]

不怨身孤寂, 但念星隱隅.[5]

「옛 시」를 이어(6)

눈썹을 그리면서 얼굴 모습 살펴보고
거울 앞에 앉아서 먼 곳 소식 물어보네.
임은 황하 발원지로 일하러 가서
한 해가 다 가도록 답서도 없네.
봄바람이 땅을 쓸고 거세게 이니
나는 먼지 격자창에 가득 쌓이네.
자수 웃옷 누굴 위해 마련할 건지
비단 휘장 공연히 말았다 폈다 하네.
이 몸이 외로운 건 원망하지 않지만
밤 깊어 별 지는 게 걱정될 뿐이네.

【주석】

1 **[문인담]** '容(용)' 자는 '朝(조)'로 된 판본도 있다.

『석명』「석수식(釋首飾)」: "'黛(대 : 눈썹 먹)'는 대신하는 것[代]이다. 눈썹을 뽑아버리고 이것으로 그곳에 눈썹을 그리는 것이다."

내 견해는 이렇다. '먼 길을 물어본다[訪遙塗]'라고 한 것은 '그리운 사람은 머나먼 길에 있다[所思在遠道]'[101]라고 하는 것과 같다.

[황절] '訪(방)'은 묻는 것[問]이다.

『습유기』: "주 영왕(靈王) 때 한방(韓房)이라는 자가 있어서, 거서국(渠胥國)에서 왔는데, 화제경(火齊鏡)이라는 거울을 바쳤다. 그것은 너비가 석 자나 되는데, 어둠 속에서 물건을 비추어 보면 대낮같이 잘 보였다. 거울을 향해 말을 하면, 거울 속의 그림자가 소리에 응하여 답을 했다."

왕건(王建) 「거울 점[鏡聽詞]」[102]: "시집올 때 가져온 거울 거듭 쓰다듬으며, 남편이 먼 길 갈 때 거울 대답 듣는다[重重摩挲嫁時鏡, 夫婿遠行憑鏡聽]."

역시 이러한 취지이다.

2 **[문인담]** 『한서』 「장건전(張騫傳) · 찬」: "장건은 사신으로 (…중략…) '황하

---

101) 「고시십구수 · 강물을 건너서 연꽃을 따네[涉江采芙蓉]」의 제4구이다. 이 시 전편은 다음과 같다.

涉江采芙蓉	강물을 건너서 연꽃을 따네
蘭澤多芳草	택란 우거진 못가에는 방초도 많네.
采之欲遺誰	따 와서 누구에게 주려는 건지
所思在遠道	그리운 이 머나먼 길에 있다네.
還顧望舊鄉	고개 돌려 고향을 바라보아도
長路漫浩浩	머나먼 길 끝도 없이 아득하다네.
同心而離居	한마음에 서로 멀리 떨어져 있으니
憂傷以終老	그리움에 아파하며 늙어가야 한다네.

102) 시 제목의 '鏡聽(경청)'은 '청경(聽鏡)'이라고도 하는데, 제야나 세초(歲初)의 밤에 거울을 안은 채 행인이 무심코 하는 말을 몰래 듣고, 길흉화복을 점치던 민간 풍속이다.

의 원천[河源]'까지 다 가보았다."[103]

『석명』「석천(釋天)」: "['歲(세)'는 (…중략…)] 은(殷)에서는 '祀(사)'라고 한다. '祀'는 巳(사)이다. 새 기운이 올라오고[新氣升] 묵은 기운이 끝나는[故氣巳] 것이다."[104]

[황절] 『후한서』「대량전(戴良傳)」: "[효렴(孝廉)에 천거되었으나 나아가지 않았다.] 다시 사공부(司空府)로 초빙되었지만 '한 해가 지나도록[彌年]' 가지 않았다."

'彌祀(미사)'는 '彌年(미년 : 한 해가 지나감)'과 같다.

3 **[문인담]** '綺疏(기소 : 공심 무늬 조각을 한 창문)'는 「'흰 모시 춤의 노래'를 본떠[代白紵舞歌辭]」(제2수 주석 2)에서 보았다.

[황절] 『문선』 권29 「고시십구수 · 북서쪽에 높은 누대 있는데[西北有高樓]」 '交疏結綺窓(꽃무늬를 엇갈려 새겨 넣은 격자창)' 이선 주: "『설문해자』에 '"綺"는 수놓은 비단[文繒]이다'라고 했다." 이선 주: "설종(薛綜)의 「서경부」 주에서 '"疏"는 무늬를 새기는 것[刻穿]이다'라고 했다."[105]

4 **[문인담]** 양수(楊修) 「신녀부(神女賦)」: "'고운 명주 무늬 웃옷', 바람 따라 휘날린다['纖縠文袿', 順風揄揚]."

『석명』「석의복(釋衣服)」: "부녀자의 겉옷을 '袿(규)'라고 한다."[106]

---

103) 문집 권3 「'동무의 노래'를 본떠[代東武吟]」 주석 2 참조.
104) 『석명』「석천」에 "'巳(사)'는 已(이)이다"라고 했다.
105) 이상 두 주는, 『문선』 권29 주에는 앞뒤가 바뀌어 잇달아 인용되어 있다. 뒤의 주는 권2 장형(張衡) 「서경부(西京賦)」 '交綺豁以疏寮(무늬 새긴 창문을 널찍하게 내다)'의 설종(薛綜) 주인데, 권11 손작(孫綽) 「천태산 유람 부[遊天台山賦]」 '曒日炯晃於綺疏(밝은 태양 조각창에서 환히 빛난다)'의 이선 주에도 인용되어 있다.

무명씨 「자야사시가(子夜四時歌)·추가(秋歌)」: "[가을바람 창문으로 불어 들어와,] '비단 휘장' 솟구쳐 펄럭거린다['羅帳'起飄揚]."

5 **[문인담]** 『모시』 「당풍(唐風)·주무(綢繆)」 제2장 : "[꼴 다발 묶고 나니,] '삼수(參宿)가 남동쪽으로 기울어졌네[三星在隅]'."

[황절] 『모시』 「당풍·주무」 제2장 : "三星在隅" 모전 : "'隅(우)'는 남동쪽 구석이다." 황혼에 나타나는 별이 여기까지 왔다면 밤이 이미 깊은 것이다.[107] 외롭고 쓸쓸한 것은 원망하지 않지만, 이별이 오래되어 그리울 뿐이라는 뜻이다. 이것이 올바른 감정이다.

【평설】

[황절] 방동수 : [춘사春思의 서사敍寫가 청신하고 경발警拔하다. 처음 4구는 석명釋明이다.] '별이 하늘 구석으로 숨는다星隱隅'라고 한 것은, 밤이 이슥해진 것에서 흐르는 세월을 느낀 것이다. 필세가 막힘없이 단숨에 떨치고 일어났으니, 사영운처럼 막히고 껄끄럽지는 않다. 『소매첨언』 권6

[전중련] 오여륜 : '봄바람春風' 구는 이어받는 방식이 매우 급박하다. 『고시초』 권4

---

106) '袿'는 고대 여인의 화려한 웃옷으로 기장과 소매가 길다. '文袿'는 화려하게 수놓은 '규'이다.

107) 주희 『시집전』의 풀이이다.

紹古辭(7)

暖歲節物早, 萬萌競春達.[1] 春風夜娅娟, 春霧朝晻靄.[2]

軟蘭葉可采, 柔桑條易捋.[3] 怨咽對風景, 悶瞀守閨闥.[4]

天賦愁民命, 含生但契闊.[5] 憂來無行伍, 歷亂如覃葛.[6]

「옛 시」를 이어(7)

따스운 해엔 철 사물이 일찍 나와서
온갖 식물 봄 싹을 다퉈 틔운다.
봄바람은 지난 밤에 부드러웠고
봄 안개는 이 아침에 자욱하구나.
연한 택란 잎사귀는 따기 알맞고
부드러운 뽕 가지는 훑기에 좋다.
목메어 원망하며 풍경 보면서
답답하고 심란하게 규방 지킨다.
타고난 성품은 운명 걱정뿐이고
사는 동안 언제나 이별뿐이라.
근심은 제멋대로 마구 찾아와
뻗어나간 칡넝쿨인 양 뒤엉켰구나.

【주석】

1 **[문인담]** 육기 「'밝은 달 어찌 저리 맑고 밝은지'를 본떠[擬明月何皎皎]」 : "'철 사물'에 느끼어 배회하노니[踟躕感'節物'], [날 떠난 지 벌써 오래되었네.]"
『예기』 「월령」 : "[계춘의 달에는 (…중략…)] 굽게 나오는 것도 다 나오고, '곧게 나오는 것도 모두 움튼다[萌者盡達]'."

2 **[문인담]** 『집운』 : "'嫓娟(편연)'은 아름다운 모양이다."
『설문해자』 : "'晻(엄)'은 밝지 않은 것이다."
『운회(韻會)』 : "'靄(애)'는 자욱하게 낀 구름[氛]이다."

3 **[문인담]** 『시고(詩詁)』 : "'捋(랄)'은 손가락으로 훑어 따는 것이다."108)

4 **[문인담]** 『집운』 : "'咽(열)'은 목이 메는 것이다."
『초사』 「구장 · 석송」 : "[거듭 혼란스럽고 어지러우니,] 마음은 '답답하고[悶瞀]' 근심스럽네."
하안(何晏) 「경복전 부(景福殿賦)」 : "청색의 사슬 무늬 창살과 은제의 포수(鋪首), 이것이 '궁궐 내문'의 장식이다[靑瑣銀鋪, 是爲'閨闥']."109)

5 **[문인담]** 악부 : "'타고난 운명'에는 궁통이 있다['賦命'有窮通]."110)

---

108) 『강희자전』에서 '捋(랄)' 자의 용례로, 『모시』 「주남 · 부이(芣苢)」 제3장의 '薄言捋之'를 인용하고, 그에 대한 주석으로 인용한 글이다.

109) 이 '閨闥(규달)'은 경복전의 내문(內門)이고, 나아가 궁궐을 가리키기도 한다. 포조 시에서는 규방(閨房)이라는 뜻이므로, 『문선』 권27 악부고사 「상가행(傷歌行)」의 "微風吹'閨闥', 羅帷自飄颺(미풍이 '안방'으로 불어 들어와, 비단 휘장 저절로 펄럭거리네)"이 더 알맞은 예이다.

110) 어느 작품인지 알 수 없다. 『악부시집』에 수록된 작품 중에는, 양 유효위(劉孝威)의 「성 위의 까마귀[城上烏]」에 "丁年'賦命有窮通'(성년과 '부명(賦命)에는 궁통이 있다')"이 있는데, 포조 이후의 작품이다. '賦命(부명)'의 용례는, 포조 문집 권4

내 견해는 이렇다. '含生(함생)'은 '有生(유생 : 생명이 있다)'과 같다.

『모시』「패풍 · 격고(擊鼓)」 제4장 : "죽거나 살거나 만나거나 헤어지거나[死生契闊]"

[황절] 『모시』「패풍 · 격고(擊鼓)」 제4장 : "'죽거나 살거나 만나거나 헤어지거나', 그대와 함께하자고 언약했었지. 그대의 손을 잡고서, 그대와 해로하자고 했지[死生契闊, 與子成說. 執子之手, 與子偕老]."

「격고」는 역사(役事)에 나간 사람이 아내를 생각하는 시이다.

포조의 시는 부인이 역사에 나간 사람을 생각하는 것을 말했다. '목숨이 있는 동안 만나거나 헤어지거나[含生契闊]'만 말했을 뿐, 한 마디도 죽음[死]에 대해서는 언급하지 않았으니, 그 감정을 잃어버리지 않았다고 할 수 있다.

[전중련] 송본에는 '賦(부)'가 '傳(전)'으로 되어 있다.[111)]

「격고」 시 모전에 "'契闊(결활)'은 마음과 몸을 다하여 애쓰는 것[勤苦]이다"라고 했다.

내 견해는 이렇다. '契'는 모이는 것[合]이요, '闊'은 헤어지는 것[離]이니, 모이고 헤어지는 것[聚散]이라는 뜻이다. 후에는 통상 '契闊'로 '오랜 이별[久別]'을 일컫게 되었다.

『후한서』「범염전(范冉傳)」 : "길 가는 중이라 창졸간에 '오랜 이별의 회포

「'황성의 참새'를 본떠[代空城雀]」에 "'賦命'有厚薄, 長嘆欲如何('타고난 운명'은 두터움과 엷음이 있는 법, 길게 탄식한들 무슨 소용 있는가)"가 있다. 포조 이전의 용례로는, 도연명의 「아들 엄 등에게 주는 편지[與子儼等疏]」에 "'天地賦命', 生必有死('천지가 목숨을 부여함'에는, 태어나면 반드시 죽게 되어 있다)"가 있다.

111) 의미상 '賦'가 낫다. 오덕풍은 '傳'은 틀린 것 같다고 했다(87a쪽).

[契闊]'를 풀 장소가 아니니, 함께 앞의 정자에 가서 하룻밤 쉬면서 이별의 회포를 풉시다."

이것은 오랜 이별의 정을 말한다. 포조 시의 대의도 오랜 이별을 말한다.[112)]

6 **[문인담]** 장형 「서경부」: "부곡을 결성하고 '대오'를 정돈한다[結部曲, 整'行伍']."[113)]

내 견해는 이렇다. 이것은 ('군대의 대오'라는 의미를 빌려와서, '일정한 방향'의 뜻으로) 전용(轉用)한 것이다.

악부: "새 꽃이 '흐드러지게' 피었다[新花'歷亂'開]."[114)]

『모시』「주남·갈담(葛覃)」 제1장: "'칡덩굴 뻗어서[葛之覃兮]', [산골짜기까지 뻗쳤다.]"

[황절] 「갈담」은 후비(后妃)의 시이니, 이 시가 그것을 활용한 것은 부인[婦人]

---

112) 정복림도 전중련의 견해에 동조했다(『교주』, 361쪽). '含生'은 본래 생명을 지닌 것이라는 뜻으로 주로 인류를 지칭하는데, 포조 시에서는 살아오는 동안의 뜻으로 보는 것이 좋다. '有生'에는 살아 있는 동안이라는 뜻도 있다. 이 2구는 태어나면서부터[天賦] 늘 운명에 대해 근심했고, 살아오는 동안 이별밖에 없었다는 뜻이다.

113) 대장군영(大將軍營)은 5부(部)로 편성되는데, 부 아래에 곡(曲)이 있으며(사마표(司馬彪), 『속한서』), 항(行)은 25인(『좌전』 두예 주), 오(伍)는 5인(『주례』)이다. '行伍'는 군대를 편성한 대오이다.

114) 어느 작품인지 알 수 없다. 『악부시집』에 수록된 작품 중에는, 양 간문제(簡文帝) 소강(蕭綱)의 「채상(採桑)」에 "[細萍重疊長,] 新花'歷亂'開([좀개구리밥 첩첩이 자라나서,] 새 꽃이 '흐드러지게' 피었다)"라고 했는데, 포조 이후의 작품이다. 포조의 문집 권4 「'갈 길은 험난하고'를 본떠[擬行路難]」 제9수에 "剉蘗染黃絲, 黃絲'歷亂'不可治(황벽나무 베어 누런 명주실 물들이는데, 누런 실 '헝클어져' 가지런히 할 수 없소)"라고 하여 '歷亂'의 용례가 있다. '歷亂'의 포조 시에서의 의미는 어지럽고 어수선한 것이고, 앞 구의 '行伍'는 포조 시에서는 일정한 방향이나 질서의 뜻으로 쓰였다.

에게 부합된다. 또한 「갈담」 첫 장은 초여름의 풍경을 묘사했는데, 위의 '春(춘)' 자에서 순서대로 내려오는 것이 이치가 있다. '覃'은 뻗는다는 뜻이다.

【평설】

[황절] 방동수 : [처음 6구는 봄 풍경에 감촉되는 것에서 기흥起興하여, 철 따라 나오는 사물을 아울러 묘사했다. '목메어 원망하며怨咽' 이하는 봄 풍경에 촉발된 감정의 표현으로 들어갔는데,] 글자마다 다 산뜻하다. 그러나 전편의 조어造語는 거칠면서 발랄하다. 이 시에서 '契闊'이라는 말을 사용한 것은, 『모시』 「격고」 시와는 그 의미가 다르니, 생명 받은 이후로 언제나 이별뿐이었다는 뜻이다. 이 시는 맹교孟郊, 751~814. 자 동야(東野)를 열었다. 『소매첨언』 권6

學古

北風十二月, 雪下如亂巾.[1] 實是愁苦節, 惆愴憶情親.[2]

會得兩少妾, 同是洛陽人.[3] 嬛綿好眉目, 閑麗美腰身.[4]

凝膚皎若雪, 明淨色如神.[5] 驕愛生盼矚, 聲媚起朱脣.[6]

衿服雜緹繢, 首飾亂瓊珍.[7] 調絃俱起舞, 爲我唱梁塵.[8]

人生貴得意, 懷願待君申. 幸値嚴冬暮, 幽夜方未晨.

齊衾久兩設, 角枕已雙陳.[9] 願君早休息, 留歌待三春.[10]

「고시」를 본받아

북풍이 몰아치는 세모 섣달에
펄럭이는 패건처럼 눈이 내린다.
슬프고도 괴로운 계절이어서
상심하여 친한 이를 그리워한다.
어린 첩 두 명을 마침 얻으니
모두 다 낙양의 사람이로다.
좋은 용모 산뜻하고 곱기도 하며
고운 몸매 날씬하고 날렵하구나.
피부는 눈처럼 희디흰 데다
안색은 선녀인 양 맑기도 하다.
곁눈질로 살그머니 교태부리고
빨간 입술로 아름다운 목소리 낸다.

의복에는 비단 무늬 아롱져 있고
머리꾸미개엔 구슬 진주 영롱하구나.
현 고르고 함께 일어 춤을 추면서
나를 위해 정성 다해 노래 부른다.
인생에선 뜻을 이룸 제일 귀하니
맘속 바람 그대 통해 펼 수 있으랴.
다행히 엄동설한 저녁이라서
고요한 밤 아직도 새지 않았다.
고운 이불 두 채 벌써 가지런히 펴있고
뿔 베개 두 개도 나란히 놓여 있다.
바라건대 그대 일찍 휴식하면서
노래하며 오는 봄을 기다리시라.

【해제】

[전중련] 송본 주 : "제목이 「北風雪북풍설」로 된 판본도 있다."

【주석】

1 **[황절]** 『설문해자』 : "'巾(건)'은 패건(佩巾 : 허리에 차는 수건)이다." 양웅 『방언』 : "'幏(몽)'은 '巾'이다. [진영(陳潁 : 지금의 하남성 동부 주구시(周口市) 일대) 지역에서는 큰 건[大巾]을 '幏'이라고 한다.]" 곽박 주 : "'巾'은

덮는 것을 주로 하는 것이다. 그래서 '幪(덮어씌우는 것)'이라고 부른다."

시에서는 눈이 마치 패건을 덮듯이 많이 내리는 것을 말했다.

2 **[전진륜]** '憶(억)'은 '別(별 : 이별하다)'로 된 판본도 있다.[115)]

[황절] 『광아』 : "'惆愴(추창)'은 마음이 아픈 것[痛]이다."

3 **[전진륜]** 『동관한기』 : "광무제(光武帝) 건무(建武) 원년(25) [시월에] 임금의 거가(車駕)가 '낙양(洛陽)'으로 들어가서, 마침내 그곳을 도읍으로 확정했다."[116)]

[황절] 채옹(蔡邕) 「독단(獨斷)」 : "경과 대부는 '일처 이첩(一妻二妾)'이다."

4 **[전진륜]** 송옥 「등도자 호색 부(登徒子好色賦)」 : "송옥은 사람됨이 몸매와 생김새는 '우아하고 아름다우며'[玉爲人, 體貌'閑麗', [입으로는 미묘(微妙)한 말을 많이 하고, 성품은 여색을 매우 좋아합니다.]"

5 **[전진륜]** 『장자』 「소요유」 : "아득히 먼 고야산(姑射山)에 신인(神人)이 살고 있는데, '살결이 빙설처럼 희고[肌膚若冰雪]' 아름답기가 처녀 같다."

6 **[전진륜]** 송옥 「신녀부(神女賦)」 : "'눈으로 살짝만 곁눈질해도[目若微盼]'[117)] [정신과 광채를 받는 것 같다.]"

송옥 「신녀부」 : "'붉은 입술'은 선명하여 마치 단사와 같다['朱脣'的其若丹]."

『광운』 : "'矚(촉)'은 보는 것[視]이다."

---

115) 송본의 원주도 같다.

116) 『문선』 권1 반고 「동도부(東都賦)」의 '建都河洛(하락에 도읍을 세웠다)'의 이선 주에 인용된 문장인데, 통행본과는 차이가 있다. 금본 『후한서』 「광무제기(光武帝紀)·상」에는, '十月(시월)' 뒤에 '癸丑(계축일에)'이 있고, '洛陽' 뒤에 '幸南宮却非殿(남궁의 각비전에 행행하다)'가 있다.

117) 통행본 『문선』 권19에는 '目略微眄(목략미면)'으로 되어 있는데 번역은 이를 따랐다.

7 **[전진륜]** 『설문해자』: "'緹(제)'는 적황색 비단이다."

『설문해자』: "'繢(궤 · 회 · 귀)'는 베를 짠 끄트머리[織餘 : 토끝]이다."

『설문해자』: "'瓊(경)'은 붉은 옥이다."

조식 「낙신부(洛神賦)」: "머리에는 황금과 취옥(翠玉)의 머리 장식을 하고 [戴金翠之首飾], [아름다운 구슬을 매달아 온몸을 빛나게 했다.]"

8 **[전진륜]** 육기 「의고시 · '동성은 어찌 저리 높은가'를 본떠[擬東城一何高]」 '再唱梁塵飛(다시 부르니 대들보의 먼지가 난다)' 이선 주 : "『칠략(七略)』에 있다. '한(漢)이 흥기할 때, 노인(魯人) 우공(虞公)은 전아한 악가(樂歌)를 잘 불렀는데, 노래를 시작하면 "대들보의 먼지를 다 날렸다[盡動梁上塵]".'"118)

9 **[전진륜]** 『모시』「당풍 · 갈생(葛生)」 제3장 : "'뿔 베개'는 영롱하고, '비단 이불'은 아름답다['角枕'粲兮, '錦衾'爛兮]."

『초사』「초혼」: "물총새 깃과 진주를 장식한 이불은, 찬란하게 '어우러져 빛난다'[翡翠珠被, 爛'齊光'些]."

[황절] 『설문해자』: "'齎(제)'는 '緶(편 : 옷의 가선을 두름)'이다. (…중략…) '緶'은 옷 가장자리를 꿰매는 것[緁衣]이다."

『설문해자』: "'緁(첩)'은 (…중략…) 혹은 習(습)을 구성요소로 취하여 '縶(첩 : 산뜻한 옷)'으로 쓰기도 한다."

『후한서』「응소전(應劭傳)」: "(응소가) [율령을 다듬어] 『한의(漢儀)』를 만

118) '梁塵(량진)'의 본뜻은 대들보 위에 쌓인 먼지인데, 『칠략』의 고사 이후 대들보의 먼지가 날릴 정도로 낭랑하고 우렁차게 부르는 노래를 뜻하게 되었다. '唱梁塵(창량진)'은 정성을 다해 노래한다는 뜻이다. 다음 연의 '懷願(회원)'은 품고 있는 소원 즉 포부를 말한다.

들어 [건안(建安) 원년 그것을] 상주했다. '[(…중략…) 송(宋)의 어리석은 남자 역시 연산(燕山)의 돌을 보석이라고 생각하고,] "'제첩'을 열 겹으로 했습니다[緹縚十重]".'" 주 : "['縚'은 음이 '褺(습)'이고[119] '緹(제)'는 붉은 비단이다.] 『초사』(왕포 「구회(九懷) · 소세(昭世)」)에 '褺英衣兮緹縚(아름다운 윗옷 붉고 곱게 걸쳐 입었다)'이라고 했는데, '산뜻하고 고운 옷'을 말한다."

이상을 정리하면, '縚'은 '緁'이고 '緶'이고 '齎'이다. 또 『석명』에서 '齎'는 '齊'라고 했다. 따라서 '齊衾(제금)'은 '산뜻하고 고운 이불'을 말한다.

10 **[전진륜]** 반고 「종남산 부(終南山賦)」: "'늦봄'이 끝나가고, 초여름이 시작될 즈음['三春'之季, 孟夏之初], [날씨는 상쾌하고 맑으니, 팔방의 끝까지 두루 유람한다.]"

119) 『광운』에서는 '縚'의 독음을 "'七(칠)'과 '接(접)'의 반절이니 독음이 '妾(첩)'이다"라고 했다.

古辭

容華不待年, 何爲客遊梁.[1] 九月寒陰合, 悲風斷君腸.[2]
歎息空房婦, 幽思坐自傷.[3] 勞心結遠路, 惆悵獨未央.

옛 체의 시

홍안은 세월을 기다리지 않는데
무엇 하러 양 땅을 나그네로 떠도는지?
구월에 추운 기운 밤기운과 하나 되어
슬픈 바람 그대 애를 끊을 터인데.
텅 빈 방에 한숨짓는 외로운 부인
생각에 깊이 잠겨 홀로 앉아 상심하네.
노심초사 타는 마음 먼 곳에 맺혀있어
슬프고 아린 심정 끝날 길이 바이없네.

【주석】

1 **[전진류]** 조식 「미녀편(美女篇)」: "'아름다운 용모'는 아침 해처럼 빛나는데 ['容華'曜朝日], [누구인들 고운 얼굴 바라지 않으리.]"

『한서』「사마상여전」: "[사마상여는 (…중략…) 경제(景帝)를 모셨다. (…중략…) 경제는 사부(辭賦)를 좋아하지 않았다. 이때] 양효왕(梁孝王)이 내조했는데, 유세객인 제(齊) 출신 추양(鄒陽), 회음(淮陰)의 매승(枚乘), 오(吳) 출신 엄기(嚴忌) 선생 등을 데리고 왔다. 사마상여는 그들을 보고서 기뻐했다. [병을] 핑계로 [벼슬을 그만두고] '양(지금의 하남성 상구(商丘) 남동쪽 일대)으로 객유하여[客遊梁]', 제후의 세객들과 교유하게 되었다. [몇 년이 지난 후 「자허부(子虛賦)」를 지었다.]"

2 **[전진륜]** 조비 「잡시(雜詩)」 제1수 : "바람 향해 기나긴 한숨 내쉬니, '이 내 애간장은 끊어지누나'[向風長歎息, '斷絕我中腸']."

3 **[전진륜]** 반첩여 「흰 비단 다듬이질 부[擣素賦]」[120] : "'텅 빈 방에 돌아와' 얼굴을 감싸 안고 오열한다['還空房'而掩咽]."

【평설】

[황절] 왕부지 : 정갈하고 창쾌함에 순전히 부합한다. 포조의 단시短詩에는 본래 이처럼 옛 법도를 잃지 않은 것이 있다. [그러나 80자만 넘어가면 그럴 수 없게 된다.]『**고시평선**』 **권5**

120) 저본의 '擣(도)'는 『고문원』과 『예문유취』에 '擣(도)'로 되어 있어서 고쳤다. 두 글자는 '다듬이질한다'라는 뜻일 때는 통용한다.

擬靑靑陵上柏

涓涓亂江泉, 綿綿橫海煙.[1] 浮生旅昭世, 空事歎華年.[2]

書翰幸閒暇, 我酌子縈絃.[3] 飛鑣出荊路, 鶩服指秦川.[4]

渭濱富皇居, 鱗館帀河山.[5] 輿童唱秉椒, 櫂女歌采蓮.[6]

孚愉鸞閣上, 窈窕鳳楹前.[7] 娛生信非謬, 安用求多賢.

「푸르고 푸른 언덕 위의 측백나무」를 본떠

졸졸졸 강의 원천 어지러이 흐르고

자욱이 바다 안개 아득히 뻗쳐 있다.

부질없는 인생으로 밝은 세상 떠돌며

일도 없이 젊은 시절 탄식만 했다.

글을 쓰고 다행히 짬을 좀 내어

나는 술 따르고 그대는 현 뜯는다.

재갈 날려 형주 길을 벗어나서는

말을 몰아 진천 지역 향해 달린다.

위수의 물가에는 황제 거처 즐비하여

비늘 같은 저택들 강과 산을 뒤덮었다.

수레 끄는 소년들은 「동문지분東門之枌」 읊조리고

노 젓는 소녀들은 「채련가採蓮歌」를 노래한다.

난조鸞鳥 누각 위에서 즐겁게 놀고

봉황 기둥 앞에서 아리땁구나.

인생을 즐기는 것 실로 잘못 아닌데

수많은 어진 이를 구할 필요 있으랴?

【해제】

[전진륜] 이 제목은 「고시십구수」 제3수 「靑靑陵上柏(청청능상백)」에 있는 구절이다.

【주석】

1 **[전진륜]** 도연명 「귀거래혜사(歸去來兮辭)」: "[나무는 싱그럽게 무성해지고,] '샘물은 졸졸졸 흐르기 시작한다[泉涓涓而始流]'."

2 **[전진륜]** 왕포의 「구회(九懷)」에 '「밝은 세상[昭世]」'편[121]이 있다.

장재(張載)[122] 「우현도에게 주는 시[贈虞顯度詩]」: "[예전에는 유란(幽蘭) 같은 그대 모시고,] '젊은 시절' 서로 함께 어울렸지요[繾綣在'華年']."

3 **[전진륜]** '縈紘(영현)'은 「운양의 구리보에 올라[登雲陽九里埭]」(주석 4)에서 보았다.[123]

---

121) 「구회」는 왕포가 "굴원의 글을 읽고 (…중략…) 그가 혼탁한 세상을 만나 알아주는 사람도 없는 것을 떠올리며 애석히 여겨"(왕일 「장구」), 그 취지를 보충하고자 지은 것이고, 제4장인 '밝은 세상[昭世]'은 "세상은 혼탁하고 어두우니, 혼군(昏君)을 떠나서 참됨을 추구하고자[世溷兮冥昏, 違君兮歸眞]" 하는 것을 노래했다.

122) 저본의 '張協(장협)'은 '張載'의 잘못이어서 고쳤다. 인용 시구는 「우현도에게 주는 시」의 제2구이다.

4 **[전진륜]** 『설문해자』: "'鑣(표)'는 말 재갈[馬銜]이다."

『설문해자』: "'服(복)'은 [사용하는 것[用]이다. 일설에는] 수레 우측의 '곁마[騑]'[124]라고 한다."

『삼국지』 「촉서 · 제갈량전」: "[제갈량이 유비에게 대답했다. '익주(益州)[125]는 지세가 험준하고 사방이 막혀 있으며, 비옥한 평야가 천 리에 뻗친 천부지토(天府之土)입니다. (…중략…) 만약 형주(荊州)와 익주를 다 차지한다면, (…중략…) 천하에 변고가 생길 경우, 상장군 1인에게 형주의 군대를 이끌고 완(宛 : 지금의 하남성 남양(南陽))과 낙양으로 향하게 하고,] 장군께서 친히 익주(益州)의 무리를 이끌고 "진천(秦川 : 지금의 섬서성과 진령산맥(秦嶺山脈) 이북의 관중평원(關中平原) 일대)"으로 출격하시면, [어느 백성이 단사호장(簞食壺漿)을 준비하여 장군을 환영하지 않겠습니까?]"

[전중련] 송본에는 '指(지 : 향하다)'가 '入(입 : 들어가다)'으로 되어 있다.[126]

5 **[전진륜]** '渭濱(위빈 : 위수 가)'은 「황하가 맑아짐을 기리는 송[河淸頌]」 '홍하(洪河)' 주(주석 148)에서 보았다.

[황절] 하안 「경복전 부」: "[경복전이라는 신비한 궁전을 건립하니,] '황제의

---

123) '縈紘'은 '엉기어 구부러진 현'인데, 이 시에서는 내용상 현을 조율한다는 뜻이다.

124) 저본의 '騎(기)'는 경운루장판본에는 '騑(비)'로 되어 있어서 고쳤다. 단옥재는 "'騑'는 모각본(毛刻本)에는 '騎'로 되어 있는데, 틀렸다. '馬(마)'부에서 '"騑"는 "驂(참)"이니, 곁마[旁馬]이다'라고 했다. 옛날 끌채[輈]를 멘 것을 '服馬(복마)'라고 하고, 그 곁의 것을 '驂馬'라고 한다"라고 주를 달았다.

125) 한 무제가 설치한 13주의 하나이다. 삼국시대에는 사천성 · 중경시 · 운남성 · 귀주성과 한중(漢中)의 대부분 지역 및 호북성과 하남성 일부를 포함했다. 치소는 촉군(蜀郡) 성도(成都 : 지금의 사천성 성도시)에 있었다.

126) 사고본과 『고시기』에는 '指'로 되어 있다.

거처'로서의 제도를 갖추었다[備'皇居'之制度]."

장형 「서경부」 : "이에 곤명지 아름다운 호수를 만드니, 검은 물 가운데 검은 섬이라[迺有昆明靈沼, 黑水玄阯]. [바윗돌로 제방을 두르고, 버들과 갯버들을 심어 놓았다.] 예장관 아름다운 누관(樓觀)이, 가운데에 우뚝 솟아 있는데[豫章珍館, 揭焉中峙], [견우의 상을 그 왼쪽에 세우고, 직녀의 상을 오른쪽에 두었다. 해와 달이 거기서 뜨고 지니, 부상(扶桑)과 몽사(濛汜 · 蒙汜)를 본떴다.] 그 안에는 자라와 악어와 큰중국자라, 드렁허리와 잉어, 백련어와 가물치, 철갑상어와 도롱뇽, 동자개와 문절망둑, 이마 긴 놈과 목 짧은 것, 입 큰 놈과 코 휘어진 것, 괴상한 부류와 특이한 종류가 다 있다[其中則有黿鼉巨鼈, 鱣鯉鱮鮦. 鮪鯢鱨鯊, 脩額短項. 大口折鼻, 詭類殊種]."

'鱗館(린관)'은 (「서경부」에서 말한 것처럼) 온갖 어류들[衆鱗]이 모여 있는 집[館]을 말한다.

사마상여 「상림부」 '登龍臺(용대에 오른다)' 주 : "장읍(張揖)은 말했다. 대관(臺觀)의 이름이다, 풍수(豐水)의 북서쪽 '위수 가까운 곳[近渭]'에 있다."

'龍臺'를 '鱗館'으로 적은 것은, 아마도 대자법(代字法)을 쓴 것 같다. 이 시의 앞 구에서 '渭濱(위빈)'이라는 말을 사용하고, 뒤 구에서 '鱗館'이라는 말을 썼으니, 틀림없이 실제의 지명일 것이다. 한유(韓愈)의 시에서 말한 '候館同魚鱗(역관(驛館)은 물고기 비늘 같다)'와는 같지 않다.[127]

127) '대자법'은 중국에서는 일반적으로 '借代(차대)'라고 하는 환유법(대유법)을 말한다. 용의 주요한 특징인 '비늘[鱗]'로 '용'을 대체하여 '용 누대[龍臺]'를 '비늘 집[鱗館]'이라고 표현했다는 것이다. 그런데 이 경우에는 뒤의 술부 '강가와 산을 뒤덮었다[帀河山]'와 연결이 어색하다. '鱗'은 어떤 사물이 물고기 비늘처럼

6 **[전진룬]** 『모시』 「진풍(陳風)·동문지분(東門之枌)」 제3장 : "[그대를 보니 금규화[荍] 같은데,] '내게 한 줌의 산초를 준다[貽我握椒]'."

반고 「서도부」 : "'노 젓는 아가씨들 노래를 하니', 풍악 소리 드높이 울려 퍼진다['櫂女謳', 鼓吹震]."

『악부시집』 「상화가사·강남(江南)」 : "'강남에선 연밥을 딸 만하다네', 연잎은 또 어쩌면 저리 많은지['江南可采蓮', 蓮葉何田田]."128)

7 **[전진룬]** 『집운』 : "'孚(부)'는 옥의 광채[玉采]이다."

『이아』 「석궁(釋宮)」 : "[궁중의 문을 闈(위)라고 하고, 작은 闈를 閨(규)라고 하며,] 작은 閨를 '閤(합)'이라고 한다."

『모시』 「주남·관저(關雎)」 제1장 : "'아리땁고' 정숙한 아가씨는['窈窕'淑女], [군자의 좋은 배필이로다.]"

[황절] '孚愉(부유)'는 '怤愉(부유)'이다. '孚'와 '怤'는 모두 芳(방)과 無(무)의 반절로 음은 敷(부)이다. 『방언』에 "'怤愉(부유)'는 기쁜 것[悅]이다"라고 했고, 곽박 주에 "'怤愉'는 '呴喻(구유 : 화락하고 온순한 모양)'와 같다"라고 했

배열된 것을 묘사하는 데도 사용된다. 양웅의 「우렵부(羽獵賦)」의 '鱗羅布列'이 그러한 예인데, 이선 주에서 "'鱗羅'는 물고기 비늘처럼 벌여있는 것[若鱗之羅也]"이라고 했다. 포조도 「역사를 읊다[詠史]」에서 "飛甍各鱗次(날아 갈듯 솟은 건물 비늘처럼 즐비하다)"라고 하여 '鱗次'를 사용했다. 따라서 이 시의 '鱗館'도 '물고기 비늘처럼 즐비하게 늘어선 집'으로 보는 것이 더 낫다. Chen은 이렇게 풀이했다(364쪽, "집들은 물고기 비늘처럼 언덕과 강에 널리 퍼져 있다(Houses go all over the hills and the river like fish scales)"). 인용된 한유의 시구는 「하남부(河南府) 공조 배도(裴度)가 부의 서역을 순행하는 도중 부쳐온 시에 답하는 시[酬裴十六功曹巡府西驛途中見寄]」의 제10구이다.

128) 금본 『악부시집』 권26에는 '采(채)'가 '採(채)'로 되어 있다.

다. '孚愉'와 '窈窕(요조)'는 모두 첩운연면자(疊韻聯綿字)이다. 글자는 간혹 '敷愉(부유)'로 쓰기도 한다.

고악부 「농서행(隴西行)」: "[아름다운 부인이 손님을 맞이하는데,] 얼굴빛 바야흐로 '꽃처럼 화사하다'[顔色正'敷愉']."

나중에는 '歈愉(구유)'로 바뀌어 쓰였다.

혜강(嵇康) 「금부(琴賦)」: "[그 편안하고 즐거운 자가 들으면], '기뻐서' 가슴을 활짝 열고['歈愉'歡釋], [펄쩍펄쩍 뛰며 덩실덩실 춤을 춘다.]"

이것들도 다 '孚愉'와 같은 뜻이다.

[전중련] 송본에는 '閤(합)'이 '閣(각)'으로 되어 있다.[129]

---

129) 『전송시』도 같다. '閤'은 '누각(樓閣)'의 뜻일 때는 '閣'과 통용한다.

學劉公幹體(1)

欲宦乏王事, 結主遠恩私. 爲身不爲名, 散書徒滿帷.[1]

連氷上冬月, 披雪拾園葵.[2] 聖靈燭區外, 小臣良見遺.[3]

공간 유정劉楨의 체를 본받아(1)

벼슬을 하려 해도 나랏일 없고

주군에게 다가가려니 은총이 멀고,

몸 챙기고 명예는 버리려 하니

쓸모없는 책만 그저 휘장 안을 메웠소.

얼음이 이어지는 초겨울 시월

눈 헤치고 남새밭의 아욱을 줍소.

성군의 덕 세상 밖도 다 비추는데

소신만은 참으로 버림 받았소.

【해제】

[전진륜] 제3수는 이선 주를 수록한다.

『삼국지』「위서·왕찬전王粲傳」: "동평東平 : 지금의 산동성 태산시(泰山市) 동평현의 유정劉楨, 186~217은 자가 공간公幹이다 (…중략…) 태조에게 발탁되어 승상의 연속掾屬이 되었다. (…중략…) 문장과 부 수십 편을 지었다."[130)]

130) '學(학)'자는 『설문해자』에 의하면, 본래 '斅(효)'의 생략자로 '覺悟(각오)'의 뜻

【주석】

1 **[전진륜]** 『사기』 「유림전」: "동중서(董仲舒)는 효경제(孝景帝, 157~141 B.C. 재위) 때에 박사가 되어 휘장을 내리고 강독을 하며, [삼 년 동안 정원을 내다보지 않았다.]"

[황절] 유정 「잡시(雜詩)」: "직무가 번잡하게 쌓여 있으며, 글 짓는 일 어지러이 흩어져 있다[職事煩塡委, 文墨紛消散]."131)

2 **[전진륜]** '園葵(원규)'는 「남새밭 아욱[園葵賦]」에서 보았다.

이라고 했는데, 이는 '가르쳐서 깨달아 알게 하다'는 의미이다. '斅'에는 또 '效法(효법)'의 의미가 있으니 원작의 정신을 '본받는다'라는 뜻이 담겨 있다. 이 글자에는 또 생략자인 '學'이 지닌 '학습하다'라는 의미도 들어 있다. 즉 '學'자에는 '모방'의 의미 외에 '본받는다'라는 의미와 '학습하다'라는 의미도 담고 있어서, 원작에 대한 존경의 태도가 다른 모의시보다 더함을 보여준다. 「'옛 시'를 이어[紹古辭]」 제1수 '해제'의 역주 1 참조. 포조가 유정에 경도된 주요 이유는 바로 '경직(耿直)'한 인품과 "의기를 믿고 기발함을 애호하여 매번 탁월함을 떨치는 것이 많으며, 곧은 골기가 서리를 이기고 고상한 풍도가 시속을 초월하는[仗氣愛奇, 動多振絶. 眞骨凌霜, 高風跨俗]"(종영, 『시품』 「상품」 '위문학 유정(魏文學劉楨)' 조) 시풍에 매료되었기 때문으로 보인다. 「공간 유정의 체를 본받아」 5수는 화려한 수사보다는 『모시』 이래의 전통적인 간결한 비유를 통하여 주제를 분명하게 드러내고 있고, 내용 면에서도 불우감의 토로와 함께 고직(孤直)한 한사(寒士)의 고고한 절조를 노래하고 있어서, 유정의 시풍이 분명하게 드러나고 있음을 알 수 있다.

131) '爲身(위신)'은 내 몸을 위해 행동하는 것이고 '爲名(위명)'은 명성이나 명예를 위하는 것이다. '散書(산서)'는 쓸모없는 책이다. 쓸모없는 재목이나 사람을 '散材(산재)'라고 하는 것과 같다. 앞 연의 '王事(왕사)'는 왕명으로 수행하는 공적인 일이다. 『모시』 「패풍·북문(北門)」 제2장에 "'王事'適我, 政事一埤益我('왕사'는 나에게 던져지고, 정사도 모두 나에게 맡겨지네)"의 대의를 설명하면서 정현은 "國有王命役使之事(제후국에 '왕명으로 부리는 일'이 있으면)"이라고 했다. '國事(국사)'·'公事(공사)'와 같은 뜻이다. '結主(결주)'는 제후와 가까워지는 것이고 '恩私(은사)'는 은혜·은총이다.

[황절] 유정「종제에게[贈從弟]」 제1수 : "남새밭에 아욱이 어찌 없으랴, 아름답다 개구리밥은 깊은 못에서 나오니[豈無園中葵, 懿此出深澤]."

3 **[전진륜]** 반악(潘岳)「적전부(藉田賦)」: "큰 종의 소리가 '구역 밖 먼 곳'까지 울려 퍼진다[洪鐘越乎'區外']."

유정「오관중랑장에게 주는 시[贈五官中郎將]」 제4수 : "소신은 실로 완고하고 어리석으니, 노력한들 어찌 좇을 수 있으리오[小臣信頑鹵, 僶俛安能追]?"[132)]

132) 유정의「오관중랑장에게 주는 시」 4수는 조비가 병문안을 온 것에 대한 답례로 지은 것이다. 인용한 시는 제4수의 마지막 2구이다.

學劉公幹體(2)

噎噎寒野霧, 蒼蒼陰山柏.[1] 樹迥霧縈集, 山寒野風急.

歲物盡淪傷, 孤貞爲誰立. 賴樹自能貞, 不計迹幽澁.[2]

공간 유정劉楨의 체를 본받아(2)

어둑어둑 찬 들판에 안개가 자욱하고

푸릇푸릇 음산에는 송백이 울창하다.

나무는 우뚝한데 안개 서렸고

산은 차가운데 바람 거세다.

세밑에는 온갖 사물 다 시드는데

꿋꿋하게 누굴 위해 홀로 섰는가.

나무는 저 스스로 올곧을 수 있으니

자취가 쓸쓸한 것 아니 따진다.

【주석】

1 **[전진륜]** 『모시』「패풍 · 종풍(終風)」 제4장 : "'어둑어둑 음산한 날씨[噎噎其陰]', [우르릉우르릉 천둥이 울리네.]"

『한서』「흉노전 · 하」 : "낭중(郎中) 후응(侯應)이 말했다. '(…중략…) 저는, 북방 변새에서 요동(遼東)에 이르기까지, 밖으로는 "음산(陰山)"이 있어서 동서로 천여 리가 되는데, [초목이 무성하고 날짐승과 길짐승이 많다]고 들었습니다.'"[133]

2 **[황절]** 유정「종제에게」 제2수 : "산 위의 소나무는 우뚝 솟았고, 골짜기의 바람은 소슬하구나. 바람 소리 어찌 저리 맵고 거세며, 솔가지는 어찌 저리 굳건한 건가. 얼음 서리 바야흐로 매섭지마는, 일 년 내내 언제나 단정하구나. 매운 추위 어찌 아니 만나겠느냐, 송백은 본디 그런 본성 있단다[亭亭山上松, 瑟瑟谷中風. 風聲一何盛, 松枝一何勁? 氷霜正慘悽, 終歲常端正. 豈不罹凝寒, 松柏有本性]."

포조의 이 작품은 대체로 이것을 본떴다.[134]

---

133) 다음 연 '樹逈(수형)'의 '逈'은 '高(고)'의 뜻이다. 그다음 연의 '歲物(세물)'은 초목을 말한다. 마지막 구의 '幽澁(유삽)'은 적적하고 답답한 것이다.

134) 유정의「종제에게」 제2수는 혹한의 계절에도 꿋꿋하고 푸르게 서 있는 '음산의 송백'을 통해, 자신의 고고하고도 강직한 성품을 비유하면서, 상황이 아무리 여의치 못해도 '세한송백(歲寒松柏)'처럼 꿋꿋하게 본심을 바꾸지 않겠다는 강렬한 의지를 표명한 작품이다.

學劉公幹體(3)

胡風吹朔雪, 千里度龍山.1 集君瑤臺上, 飛舞兩楹間.2
玆晨自爲美, 當避艶陽天.3 艶陽桃李節, 皎潔不成姸.4

공간 유정劉楨의 체를 본받아(3)

북풍이 북방의 눈 휘몰아쳐서
천 리 먼 길 용산을 넘어오는데,
그대의 옥 누대에 모여들어서
두 기둥 사이에서 날며 춤추네.
이 시기는 저절로 아름다우니
아름답고 따스한 철 피해야 하네.
아름답고 따스한 건 도리의 계절
결백함도 고운 것이 될 수 없다네.

【주석】

1 **[이선]** 범엽『후한서』「열녀전(列女傳)・동사 처 채염(董祀妻蔡琰)」: "채염의 시에 있다. '처소에는 "서리와 눈 많이 내리고", "북풍"은 봄여름에 일어나지요[處所"多霜雪", "胡風"春夏起].'"135)

135) 저본의 '蔡炎詩曰' 부분은 표점교감본에는 '蔡邕之女也, 名炎, 字文姬. (…중략…) 後感傷亂離, 追懷悲憤, 作詩二章. 其辭曰(채옹의 딸로 이름은 염이고 자는 문희이

『초사』「초혼(招魂)」: "층층 얼음 까마득하고, '날리는 눈 천 리에 가득'[增冰峨峨, '飛雪千里']."

『초사』「대초(大招)」: "북방에 '차가운 산'이 있으니, '탁룡'은 붉기도 하다[北有'寒山', '逴龍'赩赩]." 왕일 주: "'逴龍'은 산 이름이다."

2 **[전진륜]** '上(상: 위)'은 이선 주 『문선』에는 '裏(리: 안)'로 되어 있다.[136)]

[이선] 『초사』「이소」: "'옥 누대' 까마득히 솟은 것 바라보면서[望'瑤臺'之偃蹇兮], [유융국(有娀國)의 미녀를 생각해본다.]"

『예기』「단궁·상」'予疇昔之夜, 夢坐奠於兩楹之間(내(공자(孔子))가 어젯밤 두 기둥 사이에 앉아서 음식을 흠향하는 꿈을 꾸었다)' 정현 주: "'두 기둥 사이[兩楹之間]'는 [남향의 밝은 곳을 향하니] 임금이 정사에 관한 신하의 보고를 받고, 정좌하여 정무를 처리하는 곳이다."[137)]

3 **[전진륜]** '晨(신: 때)'은 이선 주 『문선』에는 '辰(신: 때)'으로, '天(천: 철)'은 이선 주 『문선』에는 '年(년: 때)'으로 되어 있다.

[이선] 『신농본초경(神農本草經)』: "봄·여름이 양이다[春夏爲陽]."

다. 후에 전란으로 인한 이별에 슬픔을 느껴, 비분을 떠올리며 시 2수를 지었다. 그 가사는 이렇다)'로 되어 있다. 「비분시(悲憤詩)」를 말한다. 인용 시구는 제1수에 들어 있다.

136) 『예문유취』에도 '裏'로 되어 있다. 『초학기』에는 '下(하)'로 되어 있다.

137) 공자가 자기 죽음을 예감한 꿈을 꾼 후, 그것을 제자 자공(子貢)에게 말한 대목이다. 이 앞에 이런 말이 있다. "하(夏) 때에는 동쪽 계단 위에 빈소를 만들었으니 아직 살아있는 주인처럼 대하는 것이고, 은(殷)은 두 기둥 사이에 만들었으니 주인과 손님 사이에 끼어 있게 한 것이며, 주(周)는 서쪽 계단 위에 만들었으니 사자를 손님처럼 대하는 것이다." 본래 집의 동쪽 계단은 주인이 이용하고 서쪽 계단은 손님이 이용하며, 두 기둥 사이는 그 중간으로 당상(堂上)의 가장 중요한 자리이고, 궁궐에서는 임금이 정사를 돌보는 장소이다.

4 **[이선]** 『여씨춘추』 「중춘기(仲春紀)」 : "중춘의 달에 (…중략…) '복숭아 자두가 꽃을 피운다[桃李華]'."

[황절] 유정 「종제에게」 제3수 : "봉황새 남악에 모여들어서, 외로운 대 뿌리를 배회하는데, 마음속에 찐덥지 않은 점 있어, 날개 치며 붉은 구름 너머로 가네. 어찌 항상 고달프지 않을까마는, 참새와 함께하기 부끄럽겠지. 언제쯤 그 거동을 보여주려나, 성명한 군주를 기다리겠지[鳳皇集南嶽, 徘徊孤竹根. 於心有不厭, 奮翅凌紫氛. 豈不常勤苦, 羞與黃雀群. 何時當來儀? 將須聖明君]." 포조의 이 시는 비유 및 구성과 체재를 대체로 여기에서 본떴다.[138)]

【평설】

[황절] 유리 : 이것은 포조가 이간을 당해 소외된 후 지은 것으로, 북방의 눈朔雪을 빌려 비유했다. 문장은 비록 간단하고 짧으나 탁의託意는 완곡하다. 대체로 그는 정세를 살피어 순응했기 때문에, 비록 원망은 하고 있어도 더욱 겸손한 것이다. 그러나 이른바 '곱고 따뜻함艷陽'과 '희고 깨끗함皎潔'이라는 것은 본디 당연히 구별이 있는 것이다. 『선시보주』 권7

방회 : "이때에는 저절로 아름다우니玆辰自爲美" 1구는 훌륭하다. 눈의 성질은 차가울 때라야 아름다운 것이지만, 복숭아와 자두의 계절이 되면 그 '교결皎潔'함을 받아들일 곳이 없게 된다. 사물은 본디 각자 한때

138) 유정 시의, '참새'와 어울리기 싫어 힘들고 고달프지만 외로운 대 뿌리를 배회하다가 날개 떨쳐 하늘 높이 날아오르는 '鳳凰'의 이미지가, '桃李'의 계절을 피해 혹한에 음산을 넘어 '瑤臺'로 날아 춤추는 포조 시의 '朔雪'의 이미지와 유사하고 시의 구성도 매우 흡사하다.

의 아름다움이 있는 것이다.『문선안포사시평』 권4

오기 : 이 시는 고주古註에서 눈을 소인에 비유하고 도리桃李를 군자에 비유했는데,139) 옳지 않다. 한 세대의 소인이 있으면 한 세대의 소인 행위가 있다. 전인前人의 재주가 교묘하면 후인은 더욱 교묘한 자가 있으니, 전인은 반드시 후인에게 뒤집히게 된다. 따라서 소인이 창궐하여 분별없이 날뛰는 것도 각자 그러할 때가 있는 것이다.『육조선시정론』 권13

[전중련] 왕부지 : 광채와 음향은 전혀 유정과 같지 않다. 유정도 준일하고 포조도 물론 본래 준일하여서, 포조는 즐겨 그를 본뜬 것이다. 그러나 첫머리 두 마디는 사로思路가 심원하고 시구의 구성에도 신운神韻이 있으니,140) 본디부터 이미 초절超絶하다.『문선안포사시평』 권5

방동수 : 전반 4구는 서제敍題했고, 후반 4구는 두 번 전환하여 촉급하고 힘차다. 이것은 모두 중당의 맹교孟郊가 계승한 방법이다. 양 종영鍾嶸은 유정을 평론하여, "의기意氣를 믿고 기발함을 애호하여 매번 탁월함을 떨치는 것이 많다. 다만 기세가 문사를 지나치고 조탁이 너무 적다"라고 했다. 포조는 종영보다 앞서 살았는데, 그 시체詩體가 기세에 의지함은 유정과 대단히 흡사하지만, 조탁은 유정보다 더 심하다.『소매첨언』 권6

왕개운 : [「공간 유정의 체를 본받아」 제3수에서 "胡風吹朔雪, 千里度龍山"이라

139) 『문선』 권31 장선(張銑) 주에 "풍설(風雪)은 영인(佞人)을 비유하고, 도리(桃李)는 충직(忠直)을 비유한다. 지극히 밝은[至明] 시대를 만나지 못하면, 충직한 사람이라 하더라도 아첨꾼에게 어지럽혀져, 그 아름다움을 이루지 못한다는 뜻이다"라고 했다. 오기가 지적한 것은 이것인 것 같다.

140) 저본에서 '遠遣, 句有'로 단구(斷句)한 것은 옳지 않다. '遣句(견구)'는 한 단어로, '遣辭(견사)'와 동의어이니 '시어의 운용'을 뜻한다.

고 했는데] 역시 율구律句로 시작했으니, 육기의 시 '驅馬涉陰山말 몰아 음산을 넘는다'과 동조同調이다.『상기루설시』 권8[141]

141) 『악부시집』 권38 「상화가사·슬조곡」에는 '涉(섭)'이 '陟(척)'으로 되어 있다. 「장성의 굴에서 말에게 물 먹이며[飮馬長城窟行]」 시의 제1구이다. 첫 2구는 "驅馬陟陰山, 山高馬不前(말 몰아 음산을 넘어가는데, 산이 높아 말이 나아가지 못한다)"이다. '평측측평평, 평평측측평'으로 '측기평수(仄起平收)'의 오언율시 격식이다. 포조 이 시의 첫 2구는 '평평평측측, 평측측평평'으로 '평기측수(平起仄收)'의 오언율시 격식이다.

學劉公幹體(4)

荷生淥泉中, 碧葉齊如規.[1] 廻風蕩流霧, 珠水逐條垂.[2]

彪炳此金塘, 藻耀君玉池.[3] 不愁世賞絶, 但畏盛明移.[4]

공간 유정劉楨의 체를 본받아(4)

연꽃이 맑은 물에 자라고 있는데
푸른 잎 동그란 게 그림쇠 같네.
회오리가 어린 안개 흩어버리니
구슬방울 줄기 타고 굴러 내리네.
이곳의 금당에서 표범 무늬 아롱지고
그대의 옥지에서 아름답게 빛나네.
세상이 몰라줘도 걱정 없지만
아름다움 사라질까 두려울 뿐이네.

【주석】

1 **[황절]** 후한 민홍(閔鴻) 「부용 부(芙蓉賦)」: "[긴 줄기는 물결 위에 우뚝 솟았고,] 초록 잎은 '그림쇠처럼 동그랗게' 서 있다[建綠葉之'規圓']."

2 **[황절]** 조식 「부용 부」: "'부드러운 꽃가지는 진주를 매달고[緌條垂珠]', [붉은 꽃송이는 비췻빛을 머금었다.]"[142)]

142) 문집 권1 「연꽃[芙蓉賦]」 주석 23에도 인용되어 있다.

3 **[전진륜]** 이 2구의 주는 문집 권1 「연꽃[芙蓉賦]」(주석 10, 17 등)에서 상세히 살펴봤다.

장형 「남도부(南都賦)」 : "그 호택(湖澤)으로는 겸려와 '옥지'가 있다[於其陂澤, 則有鉗盧'玉池']."143)

[황절] 문집 권1 「연꽃」 : "'표범처럼 빛나고 아름다우며[彪炳以蒨藻]', [비취의 빛깔에 붉은 물결이다.]"

4 **[전진륜]** 이 작품은 『예문류취』 권82에는 장화(張華)의 작품으로 실려 있다.

[황절] 『한서』 「예악지(禮樂志)」 '교사가(郊祀歌)' 「주명(朱明)」 : "'햇볕이 밝게 비추는 여름철에 무성하게 자라', 만물을 두루 퍼지게 한다['朱明盛長', 旉與萬物]."144)

유정 「공연시(公讌詩)」 : "부용꽃 사방으로 빛을 발하고, 연꽃은 금빛 못에 넘쳐흐르오[芙蓉散其華, 菡萏溢金塘]."

이 작품은 대체로 유정의 이 시의 뜻을 확장한 것이다.145)

---

143) 이주한 주에 "'겸려'와 '옥지'는 모두 못[陂澤] 이름이다"라고 했다. 포조 시에서 '玉池'는 못의 미칭으로 사용되었다.

144) '盛明(성명)'은 창성하고 밝은 것, 또는 그러한 세상을 뜻한다. 반첩여(班婕妤)의 「자신을 애도하는 부[自悼賦]」 "성황의 도타운 은총을 입고, 일월의 '성대한 밝음'을 만났다[蒙聖皇之渥惠兮, 當日月之'盛明']"가 그러한 용례이다. 포조 시에서는 연꽃이 한창 번성하고 아름다운 것을 나타낸다.

145) 「공연시」는 오관중랑장 조비(曹丕)가 베푼 연회를 묘사한 시이다. 황절이 인용한 것은, 연회가 끝난 뒤에 서원(西園)의 연못 주변 풍경을 보고 찬탄하는 대목 중 제11·12구이다. 포조는 그 뜻을 확대하면서, '盛明'이 사라지는 것을 두려워하는 심정을 토로했다.

學劉公幹體(5)

白日正中時, 天下共明光. 北園有細草, 當晝正含霜.[1]

乖榮頓如此, 何用獨芬芳. 抽琴爲爾歌, 絃斷不成章.[2]

공간 유정劉楨의 체를 본받아(5)

흰 태양 하늘 복판 다다를 적에

천하는 밝은 빛을 함께 나누네.

북쪽 동산 자그마한 풀이 있는데

한낮에도 서리를 머금고 있네.

소외와 영예 어긋남이 이와 같은데

나 홀로 향기로운들 무슨 소용 있으리.

금을 당겨 그댈 위해 노래하지만

현 끊어져 한 악장도 못 이룬다네.

【주석】

1 **[전진륜]** 『모시』「진풍(秦風)·사철(駟驖)」 제3장 : "'북쪽 동산'을 유람하는데[遊于'北園'], [네 필 말은 길도 잘 들었다.]"

『회남자』 : "추연(鄒衍)은 연(燕) 혜왕(惠王)에게 충성을 다했지만, 왕이 참언을 믿고 그를 잡아 가뒀다. 추연이 하늘을 우러러 통곡을 하자, '여름인데도 하늘에서는 그 때문에 서리가 내렸다[正夏而天爲之降霜]'."[146)]

2 **[전진륜]** '抽琴(추금 : 금을 당기다)'은 「황폐한 성[蕪城賦]」(주석 38)에서 보았다. '絃斷(현단 : 현이 끊어짐)'은 「옛 시를 이어」(제3수 주석 3 '絃絶')에서 보았다.

[황절] 유정 「서간에게[贈徐幹]」 제1수 : "대궐 북문 바깥으로 걸어 나가서, 서원 뜰을 아득히 바라본다오. 가는 버들 양 길가에 줄지어 섰고, 모난 연못 맑은 샘물 가득 고였소. 가벼운 잎 바람 따라 굴러다니고, 나는 새는 어찌 저리 펄펄 나는고. 헤어지니 쉽사리 감동되어서, 눈물 흘러 옷깃까지 이어진다오. 우러러 밝은 햇빛 바라보노니, 환하게 높이 높이 달려 있구려. 팔방을 두루두루 모두 비추어, 온갖 사물 치우침이 전혀 없지요. 나는 홀로 깊은 감회 끌어안으니, 끼어들어 어울릴 수가 없구려[步出北寺門, 遙望西苑園, 細柳夾道生, 方塘含清源. 輕葉隨風轉, 飛鳥何翻翻, 乖人易感動, 涕下與衿連, 仰視白日光, 皦皦高且懸, 兼燭八紘內, 物類無頗偏. 我獨抱深感, 不得與比焉]."

포조의 이 시는 유정의 이 시의 뜻을 바탕으로 했다.[147)]

146) 『문선』 권39 「상서(上書)」 강엄(江淹) 「건평왕 유경소(劉景素)에게 나아가 올리는 글[詣建平王上書]」의 '昔者賤臣叩心, 飛霜擊於燕地(옛날 미천한 신하 추연이 가슴을 치고 후회를 하자, 날리는 눈이 연나라 땅을 뒤덮었습니다)'의 이선 주에 인용한 문장이다. 금본 『회남자』에는 없다. 『초학기』 권2에도 『회남자』에서 인용한 비슷한 표현이 있다.

147) 「서간에게[贈徐幹]」 제1수는 유정이 불경죄로 처벌되었다가 다시 문학(文學)으로 복귀한 뒤의 불평과 답답한 심정을 토로한 시이다. 황절이 인용한 부분은 제9구 이하이다. 전반 8구는 다음과 같다. "誰謂相去遠, 隔此西掖垣. 拘限清切禁, 中情無由宣. 思子沉心曲, 長歎不能言. 起坐失次第, 一日三四遷(서로 멀리 떨어졌다 누가 말하나, 서액의 이 담장만 막을 뿐이오. 제한이 매우 엄한 금중이어서, 속마음을 털어놓을 길이 없구려. 그대 생각에 마음속이 잠겨버려서, 장탄식에 말조차 할 수 없구려. 일어났다 앉았다 두서도 없이, 하루에도 서너 번씩 옮겨 다니오)."

擬阮公夜中不能寐

漏分不能臥, 酌酒亂繁憂. 惠氣憑夜淸, 素景緣隟流.[1]
鳴鶴時一聞, 千里絶無儔.[2] 佇立爲誰久, 寂寞空自愁.[3]

완적阮籍의 「밤중에 잠 이룰 수 없어」를 본떠

물시계도 끝난 한밤 잠 못 이루고
술 마시며 많은 시름 흩뜨려 본다.
부드러운 바람은 밤 되어 맑고
흰 달빛은 문틈 새로 흘러가누나.
학 울음 잠시 한 번 들려오는데
천 리 멀리 떨어져 짝 잃은 거라.
뉘 때문에 오래도록 우두커니 서
쓸쓸하게 공연히 슬퍼하는가?

【해제】

[전진륜] 완적阮籍의 「감회를 읊다詠懷詩」에 보인다.

[황절] 완적 「감회를 읊다詠懷詩」 제1수 : "한밤중이 되어도 잠 못 이루어, 일어나 앉아서 금을 켜본다. 얇은 휘장 통하여 밝은 달 비치고, 맑은 바람 내 옷깃을 펄럭거린다. 외기러기 바깥의 들에서 울고, 나는 새 북쪽의 숲에서 운다. 서성이며 무엇을 보려 하는지? 근심으로 홀로이

상심만 한다夜中不能寐, 起坐彈鳴琴. 薄帷鑒明月, 淸風吹我襟. 孤鴻號外野, 翔鳥鳴北林. 徘徊將何見? 憂思獨傷心."

【주석】

1 **[전진륜]** 『초사』「천문(天問)」: "백강(악한 기운을 주재하는 신)은 어디에 있으며, '온화한 기운'은 어디 있는가[伯强何處, '惠氣'安在]?"

『습유기』: "소제(昭帝) 시원(始元) 원년에 임지(淋池 : 물이 사철 흘러 들어가는 못)를 팠다. [궁인(宮人)을 시켜 노래하게 했다.] '가을의 밝은 달빛에 큰 물결 넓은데[秋素景兮泛洪波]', [섬섬옥수 들어서 연꽃을 딴다.]"

[황절] 왕일 「천문」 주: "'惠氣(혜기)'는 따스하고 화창한 기운이다."

청 주공진(周拱辰) 『천문별주(天問別注)』: "'惠氣'는 바람이다."

이 구는 완적 시의 "淸風吹我襟(맑은 바람 내 옷깃에 펄럭거린다)"를 본떴다. 주공진의 주가 근거로 삼은 것도 이것이다.

육운 「날이 개는 것을 반기는 부[喜霽賦]」: "'밝은 달빛' 규방에 흘러넘친다['素景'衍乎中闈]."

'素景(소경)'은 달이다.

2 **[황절]** 『주역』「중부(中孚) · 구이」: "'우는 학[鳴鶴]'이 그늘에 있으니, 그 새끼가 화답한다."

3 **[황절]** 『모시』「패풍 · 연연(燕燕)」 제2장: "바라보아도 보이지 않으니, '우두커니 서서' 눈물 흘린다[瞻望不及, '佇立'以泣]."

【평설】[148]

148) 진조명(陳祚明)은 "'흰 달빛[素景]' 구는 아름다운데, 이것으로 완적(阮籍)을 본떴으니 역시 포가(鮑家)의 완조(阮調)이다. 옛 명수(名手)의 임첩법(臨帖法)을 얻었다"라고 평했다(『채숙당고시선』 권19). '임첩'은 서화첩(書畫帖)의 글씨나 그림을 본떠서 쓰거나 그리는 것이다.

學陶彭澤體

長憂非生意, 短願不須多.[1] 但使尊酒滿, 朋舊數相過.[2]
秋風七八月, 淸露潤綺羅. 提瑟當戶坐, 歎息望天河.[3]
保此無傾動, 寧復滯風波.[4]

도연명陶淵明의 체를 본받아

긴 시름은 삶의 의미 전혀 아니고
짧은 소원 많아야 할 필요가 없다.
술동이에 가득히 술이 차 있고
오랜 친구 자주자주 찾으면 된다.
가을바람 불어오는 칠팔월에는
맑은 이슬 비단옷을 촉촉이 적신다.
슬을 당겨 문 앞에 가만 앉아서
한숨 쉬며 은하수를 바라보노라.
이를 지켜 방해받지 않기만 하면
어찌 다시 풍파에 머물겠는가.

【해제】

[전진륜] "삼가 의흥태수 왕승달王僧達에 화답하다奉和王義興."[149)]

149) 이 시가 왕승달의 시에 화창(和唱)한 것임을 밝힌 원주로, 본래 제목 아래에 있었다.

『진서晉書』「은일전隱逸傳·도잠陶潛」: "[어버이가 연로하고 가세가 빈한해지자 처음으로 강주江州의 좨주祭酒가 되었다. 관리의 직무를 감당하지 못하고 며칠 안 돼 집으로 돌아왔다. 주에서 주부主簿로 초빙했으나 나아가지 않았다. 몸소 농사를 지으며 생계를 꾸렸으나 마침내 질환을 앓게 되자, 다시 진군장군鎭軍將軍과 건위장군建威將軍의 참군이 되었다. 친척과 친구들에게 말했다. '현령 같은 일이나 하면서 먹고 살 정도의 돈이나 좀 벌고 싶은데, 가능할까?' 실무담당자가 그 이야기를 듣고서 그를] '팽택령彭澤令'으로 삼았다."

『송서』「왕승달전王僧達傳」: "[모친상을 마치고 선성宣城 태수가 되었다. (…중략…)] 원가 28년451에 북위의 오랑캐가 침노하여 도읍이 위태롭게 되자, '왕승달'은 들어가 서울을 호위하기를 자청하여, 허락을 받았다. 도적이 물러가자 또 선성 태수에 제수되었다. 잠시 후에 '의흥義興 태수'로 전임했다."

[전중련] 문집 권5「선성 태수 왕승달을 송별하며送別王宣城」시의 오여륜 주에, "왕승달이 다시 선성 태수로 부임한 것은 원가 28년451이고, 임지를 떠난 것은 29년이다"라고 했다. 그렇다면 왕승달이 의흥 태수가 된 것은, 마땅히 원가 29년452부터 이듬해 2월 원흉 유소劉劭가 시역弑逆을 일으켜 세조 효무제가 서울로 들어가 토벌하자 세조에게 귀의할 때까지의 사이이다. 이 시에 "가을바람 불어오는 칠팔월 달"이라는 말이 있으니 원가 29년452 작이다.[150]

150) 정복림도 이 견해를 취해 원가 29년 가을에 지은 것으로 보았다(『교주』, 344~346쪽). 오여륜의 견해는「선성 태수 왕승달을 송별하며」시 해제 중 황절 주에 인용돼 있다. 종영은『시품』「중품」에서, 도연명의 시를 '문체가 간소하고 조용함[文體省靜]'과 '독실한 생각이 참되고 고아함[篤意眞古]', '수사적인 비유

【주석】

1 **[전진륜]** 『진서』「은중문전(殷仲文傳)」: "[대사마부(大司馬府)에 오래된 회화나무 한 그루가 있었다. 은중문은 한참 동안 바라보더니 한숨을 쉬며 말했다.] '이 나무는 지엽이 무성하기는 하지만, 다시는 "생기[生意]"가 없구려.'"151)

[황절] 도연명 「중양절에 홀로 지내며[九日閒居]」: "인생은 짧은데도 생각은 늘 많아, 이 사람들 오래 살기 즐겨 바란다[世短意常多, 斯人樂久生]."

2 **[전진륜]** 『후한서』「공융전(孔融傳)」: "한직으로 물러나게 되었는데도 빈객들이 날마다 그의 대문을 가득 채웠다. 공융은 늘 탄식하며 말했다. '좌석에 손님이 언제나 가득하고, "술동이에 술이 비지가 않는다면[尊中酒不空]", 나는

가 완곡하면서도 흡족함[辭興婉愜]'을 특징으로 지적하면서, 아울러 '질박하고 솔직함[質直]'이라는 세평도 소개했다. 도연명의 이러한 시풍은 서진 이후의 '화미(華靡)'를 추구하던 조류와는 전혀 부합하지 않아서, 당시 문단에서 그다지 주목받지 못했을 뿐만 아니라 심지어 '전가어(田家語 : 시골 사람들의 투박한 말)'라고까지 폄훼되었다. 당대(唐代)에 들어와서야 도연명에 대한 평가는 높아졌다. 성당의 왕유(王維)와 맹호연(孟浩然), 이백과 두보, 중당의 백거이(白居易) 등이 모두 도연명의 시문을 극찬했다. 그러나 무엇보다 도연명을 존중한 문인은 북송의 소식(蘇軾, 1037~1101)이다. 그는 동생 소철(蘇轍, 1039~1112)에게 보낸 글에서, "나는 시인들에 대해 그다지 좋아함이 없지만 유독 도연명의 시만은 좋아한다. 도연명은 시를 그다지 많이 짓지는 않았지만, 그의 시는 질박하면서도 사실은 아름답고 여위면서도 사실은 살지다. 조식과 유정, 포조와 사영운, 이백과 두보 등이 모두 미치지 못한다. 내가 전후하여 그의 시를 창화하여 지은 것이 모두 109수인데, 원시의 의미를 드러낸 점에 있어서는 도연명에게 그다지 부끄럽지 않다고 생각한다"라고 했다. 포조의 이 시는, 도연명의 시를 '陶彭澤體'로 명명하여 그를 '일가(一家)'로 인정한 최초의 작품이라는 점에 의의가 있다.

151) 「은중문전」의 '生意(생의)'는 '生機(생기)', '生氣(생기)'와 같은 의미로 '왕성한 생명력'을 뜻하지만, 포조 시에서는 '삶의 의미', '살아가는 목적' 등의 뜻으로 보아야 한다. 도연명 시에서 '意'는 생각·걱정 등의 뜻이다. Chen은 이 단어를 "내 삶의 목적(the intent of my life)"이라고 풀이했다(367쪽).

걱정할 게 없겠다.'"

[황절] 도연명 「이사를 하고[移居]」 제2수 : "대문을 지나다가 서로 불러서, 술 있으면 술잔을 기울인다네[過門更相呼, 有酒斟酌之]."

3 **[전진륜]** 『예기』 「단궁 · 상」 : "[공자는 노래를 마치고 들어가서는] '지게문을 마주하고 앉았다[當戶而坐]'."

[황절] 도연명 「옛 시를 본떠[擬古]」 : "가인은 맑은 밤을 좋아하여서, 날 새도록 술 마시며 노래하누나. 노래가 끝이 나면 기나긴 탄식, 이로 인해 이는 감회 많기도 하다[佳人美淸夜, 達曙酣且歌, 歌竟長歎息, 持此感人多]."

포조의 이 시는 마땅히 이상의 몇 편을 섞어서 본떠 완성한 것이다.[152)]

[전중련] 송본에는 '瑟(슬)'이 '琴(금)'으로 되어 있다.

4 **[전진륜]** 『공자가어』 「곤서(困誓)」 : "공자가 말했다. ['높은 낭떠러지를 보지 않고서 추락하는 환난을 어떻게 알고, 깊은 샘물가에 가보지 않고서 물에 빠지는 환난을 어떻게 알며,] 거대한 바다를 보지 않고 "세찬 바람과 험한 물결의 환난[風波之患]"을 어떻게 알겠는가?'"

---

152) 제1 · 2구에서 「중양절에 홀로 지내며」에 보이는 도연명의 '광달(曠達 : 활달(豁達))'한 인생 태도를 표현했고, 제3 · 4구에서는 「이사를 하고」 시 제2수에서 흔한 '음주(飮酒)' 모습을 통한 소박하고 자연스러운 삶의 모습을 그렸으며, 제5~8구는 「옛 시를 본떠」 시 제7수의 의경(意境)을 살려 도연명의 '염정(恬靜 : 편안하고 고요함)'한 삶의 태도를 끌어왔다. 마지막 2구에서는 이러한 삶이 영위될 수만 있다면 굳이 세속 '풍파(風波)'에 머물 필요가 없다는 말로 마무리를 지었다. 포조가 본 '도팽택체(陶彭澤體)'의 핵심 키워드는 '광달(曠達)'과 '음주(飮酒)'와 '염정(恬靜)'이라고 할 수 있다.

數詩

一身仕關西, 家族滿山東.[1] 二年從車駕, 齋祭甘泉宮.[2]

三朝國慶畢, 休沐還舊邦.[3] 四牡曜長路, 輕蓋若飛鴻.[4]

五侯相餞送, 高會集新豊.[5] 六樂陳廣坐, 組帳揚春風.[6]

七盤起長袖, 庭下列歌鍾.[7] 八珍盈彫俎, 綺肴紛錯重.[8]

九族共瞻遲, 賓友仰徽容.[9] 十載學無就, 善宦一朝通.[10]

수시

'한一' 몸은 관서에서 벼슬을 하고

가족들은 산 동쪽을 가득 메웠네.

'두二' 해 동안 천자 수레 시종하여서

감천궁에서 재계하고 제사 지냈네.

'세三' 아침에 설맞이 축하 행사 끝나고

휴가 얻어 고향으로 돌아간다네.

'네四' 필 말은 먼 길에 번쩍거리고

빠른 수레는 날아가는 기러기 같네.

'다섯五' 제후 서로를 전송하느라

성연 열어 신풍에 운집한다네.

'여섯六' 음악 광좌廣座에서 베풀어지니

술 장식의 휘장이 봄바람에 펄럭이네.

'일곱七' 반고盤鼓 즈려밟고 긴 소매로 춤추니

뜰 아래엔 노래 반주 편종이 늘어섰네.

'여덟八' 음식 산해진미 화려한 상 꽉 채우니

맛있는 고기 요리 갖가지로 즐비하네.

'아홉九' 친족 다 함께 쳐다보며 기다리고

손님과 벗들도 멋진 용모 우러르네.

'열十' 해 동안 배워 봐도 아무 성취 없는데

벼슬 재주 좋은 이는 하루아침 출세하네.

【해제】

[전진륜] 이선 주를 수록한다.[153]

---

153) '수시'는 '수명시(數名詩)'라고도 하는데, '一(일)'에서 '十(십)'까지의 숫자를 출구(出句)의 첫 자에 사용하는 장두체(藏頭體)의 잡체시이다. 『예문유취』에는 포조의 시 외에 제 우희(虞羲)와 양 범운(范雲)의 시가 1수씩 수록되어 있고, 『시체명변(詩體明辯)』에는 우희와 범운의 시 각 1수씩만이 수록되어 있다. 명 진무인(陳懋仁)은 『속문장연기(續文章緣起)』「명시(名詩)」 조에 '수명시'를 '자미시(字謎詩)'·'사색시(四色詩)'·'약명시(藥名詩)'·'괘시(卦詩)'·'성명(姓名)'·'궁전(宮殿)'·'장군(將軍)'·'침혈(鍼穴)'·'귀조(龜兆)'·'가곡(歌曲)'·'현명(縣名)'·'옥명(屋名)'·'거명(車名)'·'선명(船名)'·'조명(鳥名)'·'수명(獸名)'·'초명(草名)'·'수명(樹名)' 등과 함께 넣고, '수명시'와 '자미시'의 기원을 포조로 명시했다(임방(任昉), 진무인 주, 『문장연기주(文章緣起註)』, 臺北 : 廣文書局, 1970, 77~78쪽 참조). 포조 시는 『예문유취』와 『고시기』에는 제목이 '數名詩'로 되어 있다.

【주석】

1 **[이선]** 『공자가어』「현군(賢君)」: "[안회(顔回)가 서쪽으로 송나라로 가려 하면서 공자에게 물었다. '무엇으로 수신을 합니까?'] 공자가 말했다. '공손·경건·충실·신의[恭敬忠信] [뿐이다. 공손하면 환난에서 멀어지고, 경건하면 남들이 자신을 사랑하며, 충실하면 대중들과 화합하고, 신의가 있으면 남들이 나를 신임한다. 이 네 가지에 힘쓰면] 나라를 올바로 다스릴 수 있으니 어찌 "자기 한 몸[一身]"뿐이겠는가.'"

『한서』「소하전(蕭何傳)」: "[위위(衛尉) 왕씨(王氏)가 말했다. '폐하께서 초(楚)와 수년간 싸우는 동안, 진희(陳豨)와 경포(鯨布)가 반란을 일으켰을 때, 폐하께선 친히 병사를 이끌고 가셨는데, 이때] 상국 소하(蕭何)는 관중(關中)을 지켰습니다. 만약 관중이 동요하게 되면, "관서(關西)"는 폐하의 소유가 아니게 되었을 것입니다. [상국은 이때에도 이익을 취하지 않았는데, 어찌 장사치의 돈을 취했겠습니까?']"

『한서』「누경전(婁敬傳)」: "고조가 여러 신하에게 물었다. 여러 신하는 모두 '산동(山東 : 효산(崤山)과 함곡관 이동 지역)' 사람이어서, [(낙양에 도읍을 두었던) 동주(東周)는 수백 년을 유지했지만, (관내(關內)에 도읍을 두었던) 진(秦)은 이세(二世 : 호해(胡亥)) 때에 망했으니, 주의 도읍인 낙양이 좋다고 앞다퉈 말했다.]"

2 **[이선]** 『한서』「성제기(成帝紀)」: "원연(元延) (…중략…) '2년 [봄 정월에] 감천궁(甘泉宮)에 행차하여[二年春正月, 行幸甘泉]' [태치단(泰畤壇)에서 교제(郊祭)를 지냈다.]"

양웅 「감천부(甘泉賦)」 '서' : "정월에 황상을 시종하여 '감천궁[甘泉]'에 올라갔다."

채옹 「독단(獨斷)」 : "천자는 감히 직접 지칭하지 못하기 때문에, '거가(車駕)'라고만 호칭한다."

『한서』 「교사지 · 상」 : "무제는 (…중략…) '감천궁(甘泉宮)'을 지어 중앙에 대(臺)를 만들어 (…중략…) 제구를 갖추어 놓고 천신에 제사를 올렸다."

[전중련] 양장거 『문선방증』 : "이선 주에서 '行幸甘泉賦曰'이라고 했는데, '甘泉' 2자는 마땅히 중복돼야 한다. 모든 판본이 다 빠져 있다."[154)]

3 **[이선]** 『한서』 「곡영전(谷永傳)」 : "곡영이 상서하여 말했다. '삼조(三朝)'의 모임이 있는데 일식이 있었습니다.'"[155)]

『주례』 「추관사구(秋官司寇) · 소행인(小行人)」 : "나라에 복된 일이 있으면, 그것을 경하하게 한다[國有福事, '則令慶'賀之]."

『한서』 「장탕전(張湯傳) · 장안세(長安世)」 : "장안세는 (…중략…) '공적인 휴가 기간[休沐]'에도 나간 적이 없었다."

왕찬(王粲) 「채목(蔡睦)에게 주다[贈蔡子篤]」 시 : "[내 벗이 이곳을 떠나,] '고향'으로 가려고 한다[言戾'舊邦']."

[황절] 『문선』 육신 주 : "여향이 말했다. '"三朝(삼조)"는 설날 아침[正朝]이

154) 앞선 『한서』 「성제기」의 인용에서 "감천궁에 행차했다[行幸甘泉]"라고 하고, 이어서 "(양웅의) 「감천부(甘泉賦)」에 이르기를"이라고 해야 한다는 뜻이다.

155) 표점교감본에는 "永對曰 '(…중략…) 日有食之, 三朝之會'"([황제의 질문에] 곡영이 대답하여 말했다. [또 금년 정월 기해 초하루에] 일식이 있었는데, 삼조의 모임이 있었습니다)로 되어 있다. 이 글은 『전한문』에 '災異對(재이에 대한 답변)'라는 제목으로 실려 있다.

다. 한 해의 아침이요, 한 달의 아침이요, 하루의 아침이기 때문이다.'"[156)]

[전중련] 양장거『문선방증』: "이선 주에서 '卽慶賀之'라고 한 것은, 금본『주례』「소행인」에는 '則令慶賀之'로 되어 있다."

4 **[이선]**『모시』「소아·채미(采薇)」제5장 : "'저 네 필의 말로 수레를 모는데[駕彼四牡]', ['네 필 말'은 튼튼하기도 하네.]"

석숭(石崇)「서울로 돌아가며[還京]」시 : "질풍이 수레에 날개를 달아, '기러기 날아가듯 가뿐히 가네'[迅風翼華蓋, '飄颻若鴻飛']."

5 **[이선]**『한서』「원후전(元后傳)」: "성제(成帝)는 외삼촌 왕담(王譚)·왕립(王立)·왕근(王根)·왕봉(王逢)·왕상(王商)을 모두 열후(列侯)로 봉했는데, 다섯 사람이 같은 날 봉해져 세상에서는 '오후(五侯)'라고 했다."

『한서』「항적전(項籍傳)」: "한왕(漢王 : 유방(劉邦))은 (…중략…) [날마다] 주석을 마련하여 '성대한 연회[高會]'를 열었다."

『삼보구사(三輔舊事)』: "태상황(유방의 부친 유태공(劉太公))이 고향 마을을 그리워하자, 고조(유방)는 풍(豐 : 풍현)과 패(沛 : 패군)의 상인(商人)들을 이사시켜 '신풍(新豐 : 신풍현, 지금의 섬서성 서안시(西安市) 임동구(臨潼區) 신풍가도)'을 건립했다."

6 **[이선]**『주례』「춘관종백(春官宗伯)·대사악(大司樂)」: "[악무(樂舞)로 공경대부의 자제를 교육하는데「운문대권(雲門大卷)」·「대함(大咸)」·「대소

---

156)『한서』「공광전(孔光傳)」에서도 "새해 첫날 아침을 '삼조'라고 한다[歲之朝, 曰三朝]"라고 했고, 안사고 주에 "새해의 아침이고, 새달의 아침이고, 새날의 아침이기 때문에 '삼조'라고 한다[歲之朝, 月之朝, 日之朝, 故曰三朝]"라고 했다.

(大韶)」·「대하(大夏)」·「대호(大濩)」·「대무(大武)」를 춤추게 한다. (…중략…)] 무릇 '육악(六樂)'은 오성(五聲 : 오음)으로 무늬를 이룬다." 정현 주 : "이것은 주(周)에서 보존하고 있는 육대(六代)의 음악이다."157)

『사기』「위공자열전(魏公子列傳)」: "위의 은사(隱士) 후영(侯嬴)이 [위 공자(무기(無忌))에게] 말했다. '[(…중략…) 저는 이문(夷門 : 위 도성 동쪽 성문)을 지키는 사람에 불과한데,] 공자께서 [친히 행차하시어,] 군중(群衆)이 "널리 앉아 있는 가운데서[廣坐之中]" 저를 직접 마중해주셨습니다.'"158)

혜강「참군이 된 수재 형님 혜희(嵇熹)에게[贈秀才入軍詩]」제15수 : "[미풍에 옷자락이 펄럭거리고,] '화려한 휘장' 높이 말려 오른다['組帳'高褰]."

[전중련] 송본에는 '組(조)'가 '祖(조)'로 되어 있다.159)

7 **[이선]** 장형「무부(舞賦)」: "'일곱 개의 반고'를 밟고 지나가며 발로 북을 치네[歷'七盤'而屣躡]."160)

『한비자』「오두(五蠹)」: "[속담에 있다.] '소매가 길면 춤을 잘 추고[長袖善舞]', [돈이 많으면 장사를 잘한다.]"

---

157) 이선 주에 인용된 정현 주 중 '固所以存'은 중간송본에는 '周所存'으로 되어 있어서, 번역은 이를 따랐다. 또 정현 주는 번역문 중 [ ] 안에 열거한 여섯 가지 악무, 즉「운문대권」·「대함」·「대소」·「대하」·「대호」·「대무」에 대한 주이다. 이 여섯 악무는 '육대 악무(六代樂舞)'라고도 하고 줄여서 '육악'이라고도 하는데, 순서대로 황제(黃帝), 당(唐)의 요(堯), 우(虞)의 순(舜), 하(夏)의 우(禹), 상(商)의 탕(湯), 주(周)의 무왕(武王) 때의 음악이다(양음류(楊蔭瀏),『중국고대음악사고(中國古代音樂史稿)·상』, 北京 : 人民音樂出版社, 1981, 35~36쪽 참조).

158) '群衆(군중)'은 표점교감본에『사기』에는 '衆人(중인)'으로 되어 있다.

159) '祖帳(조장)'은 길가에 장막을 치고 전별하는 것, 또는 그러한 장막을 말한다.

160) '칠반무'는 지상에 일곱 개의 반고(盤鼓)를 늘어놓고, 무용수가 긴소매 옷을 입고 이 반고 주위을 돌거나 그 위에 올라가서 추는 춤이다.

『국어』「진어 · 7」: "[진 도공(悼公) 12년(559 B.C.) (…중략…)] 정(鄭) 간공(簡公) [희가(姬嘉)가] (…중략…) 여악(女樂) 8인 2팀과 '가종(歌鍾 : 편종(編鐘))' 2사(肆),[161] (…중략…) 를 바쳤다. 도공은 대부 위강(魏絳)에게 여악 8인 1팀과 '가종' 1사를 하사했다."

8 **[이선]** 응거 「만병(滿炳)에게 준 편지[與滿公琰書]」[162] : "'풍성한 안주는 낭자하게 차려져 있고[繁俎綺錯]', 빠르게 오가는 술잔 높이 날아오른다."

[전중련] 송본에는 '彫(조)'가 '雕(조)'로 되어 있다.[163]

『주례』「천관총재 · 선부(膳夫)」: "[무릇 왕에게 올리는 음식으로, 양식은 여섯 가지 곡식을 쓰고, 육식으로는 여섯 가지 가축을 쓰며, 음료로는 여섯 가지 매실청을 쓰고, 서수(庶羞)로는 120품(品)을 쓰고] '진미(珍味)로는 여덟 가지 음식물을 쓰며[珍用八物]', [장류로는 스무 가지 장독에 든 것을 쓴다.]"

정현 주 : "'珍(진)'은 순오(淳熬 : 쌀밥에 볶은 젓갈을 얹고 기름을 두른 것), 순모(淳母 : 기장밥에 볶은 젓갈을 얹고 기름을 두른 것), 포돈(炮豚 : 통돼지 구이), 포장(炮牂 : 통암양 구이), 도진(擣珍 : 소 · 양 · 사슴 등의 등심 육회), 지(漬 : 술지게미에 잰 쇠고기), 오(熬 : 쇠고기 육포), 간료(肝膋 : 개 간 발기름 볶음)의 여덟 가지를 말한다."

9 **[이선]** 『상서』「고요모(皐陶謨)」: "구족을 화목하고 질서 있게 하다[敦敍九

161) '肆'는 고대 편종(編鐘)이나 편경(編磬) 같은 악기의 구성단위이다. 1사는 16개의 종이나 경을 상하로 나누어 각 8개씩 매달아 배치한다.
162) 저본의 '公琰(공염)'은 『문선』 권42에는 '滿公琰(만공염)'으로 되어 있어서 고쳤다. '公琰'은 위 장군 만총(滿寵)의 아들 만병(滿炳)의 자이다.
163) 장씨원간본에도 '雕(조)'로 되어 있다. 아로새기다, 화려하다는 뜻일 때 통용한다.

族]" 공안국 전 : "'九族(구족)'은 고조(高祖)에서 현손(玄孫)에 이르는 친족, 즉 고조·증조·조·부·자신·자·손·증손·현손의 아홉 친족을 말한다."

장재(張載) 「종 참군을 전송하며[送鍾參軍詩]」 : "마음속에 잘 세워 뽑을 도리 없으니, 뚜렷한 도는 '아름다운 용의'에 드러난다[善建理不拔, 闡道播'徽容']."[164]

10 **[이선]** 『한서』 「장석지전(張釋之傳)」 : "장석지는 (…중략…) 문제(文帝)를 모셨는데, '십 년이 되어도 승진하지 못했다[十年不得調]'."

『한서』 「급암전(汲黯傳)」 : "사마안(司馬安)은 (…중략…) '교묘하게 벼슬을 잘하여[巧善宦]' 네 번 구경(九卿)에 올랐다."

[황절] 여향 : "10년을 배우면 대성(大成 : 큰 성과를 이루는 것 또는 그러한 성과)이라고 하는데, 성취가 없다고 한 것은 겸사(謙辭)이다."

【평설】

[황절] 방동수 : 이것은 유희의 작품이다. [금석사죽金石絲竹 등의 팔음八音 건제만평建除滿平 등의 십이진十二辰, 각항저방角亢氐房 등의 이십팔수二十八宿는 모두] 어렵게 짓고 교묘하게 하는 것을 잘 짓는 것으로 여기니, 시詩로서 자연스러운 것은 아니다. 수數라는 것은 1에서 10까지이다. 처음에 "'한' 몸은 관서에서 벼슬을 하고, 가족들은 산 동쪽에 가득하다"라고 하고,

164) 장재의 이 시는 『문선』 권30의 포조 시 주에 인용된 이 2구밖에 없다. '善建(선건)'은 이선 본에는 '善見(선견)'으로 되어 있는데, 육신본을 따라 '善建'이 되어야 할 것 같다. 이 말은 『노자』 제54장에 나오는 "善建者不拔, 善抱者不脫(도라고 하는 것은 마음속에 잘 세워져 있는 것이라 뽑을 수 없고, 가슴속에 잘 안겨 있는 것이어서 벗길 수 없다)"을 활용한 것으로 보이기 때문이다.

끝에서 "'열' 해 동안 배워 봐도 아무 성취 없는데, 벼슬 재주 좋은 이는 하루아침에 출세한다"라고 했는데, 시의 주제가 전적으로 여기에 있다. 한사寒士의 배움은 10년이 되어도 이루어지지 않지만, 벼슬에 교묘한 사람은 하루아침에 현달顯達하게 되는 것은, 앞의 9운 18구에서 말한 바와 같다는 뜻이다.『문선안포사시평』 권4

[전중련] 범희문范晞文 : 괘명卦名·인명人名·건제建除 등의 체재는 세상에 많이 있지만, 유독 이것수명(數名)으로 유희를 한 것은 없다.『대상야어(對牀夜語)』 권1

建除詩

建旗出燉煌, 西討屬國羌.[1] 除去徒與騎, 戰車羅萬箱.[2]

滿山又塡谷, 投鞍合營牆.[3] 平原亘千里, 旗鼓轉相望.

定舍後未休, 候騎勑前裝.[4] 執戈無暫頓, 彎弧不解張.[5]

破滅西零國, 生虜郅支王.[6] 危亂悉平蕩, 萬里置關梁.[7]

成軍入玉門, 士女獻壺漿.[8] 收功在一時, 歷世荷餘光.[9]

開壤襲朱紱, 左右佩金章.[10] 閉帷草太玄, 玆事殆愚狂.[11]

건제시

깃발을 '세우고建' 돈황을 나서
서쪽으로 속국인 강족 나라 토벌했지.
보병과 기병을 '제외하고除'도
전차가 만 량이나 늘어섰었지.
산을 가득 '채우고滿' 골짝을 메워
안장을 던지면 군영 담장 됐었지.
'평평한平' 들판이 천 리에 뻗쳐
기와 북으로 전달해야만 보였더랬지.
막사를 '정한定' 뒤에도 못 쉬었는데
척후 기병은 전진 채비 재촉을 했지.
창은 '잡은執' 채로 놓을 틈 없고
활은 당긴 채로 풀지 못했지.

서령의 나라를 '깨어破' 없애고
흉노의 질지 선우 사로잡았지.
'위태롭고危' 혼란함을 완전히 평정하고
만 리에 걸쳐서 관문 교량 설치했지.
'성공한成' 군대가 옥문관을 들어오니
남녀가 병에 담은 술을 올렸지.
공을 '거둔收' 것은 한때였지만
대대로 남은 영광 누리게 됐지.
변방을 '개척하여開' 붉은 폐슬 차고서
좌우로는 황금 인장 차게 되었지.
휘장을 '닫아걸고閉'『태현경』을 짓는 것
이야말로 우둔하고 미친 짓이지.

【해제】

[전진륜] 고염무顧炎武『일지록日知錄』권30 '건제建除' : "'建除'라는 이름은 북두칠성에서 시작된 것으로,『태공육도太公六韜』에 처음 보이는데, '아문牙門 : 대장군의 군문을 열 때는 항상 "건建"을 등지고 "파破"를 향해야 한다'라고 했다.[165]『월절서越絶書』에 '황제黃帝가 제위에 오름에 진辰을

165) 지금의『육도』에는 없는 일문으로, 두우(杜佑)의『통전(通典)』권157,「병전(兵典)·10」에 태공(太公)의 말로 인용되어 있다.

"잡고執" 사巳를 "깨었으니破", 패왕霸王의 기운이 지호地戶에 나타났다'[166]라고 했다. 『회남자』「천문훈」에 '태음이 인寅의 위치에 이른 달은 "建"이요, 묘卯는 "除"요, 진辰은 "만滿"이요, 사巳는 "평平"이니, [생장生을 주관하고], 오午는 "정定"이요, 미未는 "집執"이니, [함닉陷을 주관하며], 신申은 "파破"이니, [평형을 주관하고], 유酉는 "위危"이니, [소세小歲를 주관하며], 술戌은 "성成"이니, [소덕少德을 주관하고], 해亥는 "수收"이니, [대덕大德을 주관하며], 자子는 "개開"이니, [태세太歲를 주관하고], 축丑은 "폐閉"이니, [태음太陰을 주관한다]'라고 했다. 『한서』「왕망전」에 '11월 임자壬子는 "建"에 해당하고 무진戊辰은 "定"에 해당한다'라고 했다. 대체로 전국시대 이후의 말이다. 『사기』「일자전日者傳」에 '건제가建除家'가 있다."

【주석】

1 **[전진륜]** 『사기』「회음후열전(淮陰侯列傳)」: "한신(韓信)은 '대장의 기치와 전고를 설치했다[建大將之旗鼓]'."

---

166) 십이지에서 '辰'은 오행으로는 '토(土)'에 해당하고, '巳'는 '화(火)'에 해당한다. 황제(黃帝)가 토덕(土德)을 바탕으로 염덕(炎德)의 왕인 신농씨(神農氏)를 대신한 것을 말한다. 『사기』「오제본기(五帝本紀)」에 의하면, 신농씨의 세력이 약해지면서 제후들이 서로 다투자, 황제가 이들을 정벌하여 복속시키고, 끝까지 저항한 치우(蚩尤)를 탁록(涿鹿 : 지금의 하북성 장가구시(張家口市) 탁록현)에서 물리친 뒤(탁록지전(涿鹿之戰)) 신농씨를 대신해 왕이 되었다. 사마정(司馬貞)의 『사기색은』에서, '黃帝'에 대해 "토덕의 상서로움을 지녔는데, 흙빛은 누러므로 '黃帝'라고 한다. 신농씨가 염덕의 왕이어서 '炎帝'라고 일컫는 것과 같다"라고 했다. '지호(地戶 : 땅의 문)'는 '천문(天門 : 하늘의 문, 서북방(西北方))'에 대응하는 것으로 동남방(東南方)을 가리킨다.

『한서』「지리지 · 하」: "'돈황군(敦煌郡)'은 무제(武帝) 후원년(後元年)[167] 에 주천군(酒泉郡)을 쪼개어 설치했다."

『한서』「조충국전(趙充國傳)」: "이때 광록대부(光祿大夫) 의거안국(義渠安國)이 '여러 강족 부락[諸羌]'에 사신으로 갔다. '선령(先零)'[168]이, 자기들이 원하는 때에 황수(湟水)의 북쪽으로 건너겠다고 큰소리쳤다. (…중략…) 이후 강족 사람들은 전에 한 말에 근거해 반역하여 황수를 건너왔다. (…중략…) 선제(宣帝) 신작(神爵) 원년(61 B.C.) 봄, 이때 조충국의 나이 70여 세였는데, 임금은 [그가 늙었다고 여겨 어사대부(使御史大夫) 병길(丙吉)에게,] 누구를 장수로 삼을 만한지 물었다. [병길이] 대답했다. '늙은 신하보다 뛰어난 자는 없습니다.' (…중략…) 조충국은 군대를 이끌고 '선령'이 있는 곳에 이르렀다. 오랑캐들은 오래도록 주둔하여 해이해져서, 대군을 바라보고는 전차를 버리고 다시 황수를 건너려고 했다. 길은 좁은데, 조충국은 서서히 몰아붙였다. (…중략…) 물로 뛰어들어 익사한 오랑캐가 수백 명이었고, 투항자 및 참수한 자가 5백여 인이었다."

2 **[전진륜]** 『좌전』「은공 · 4년」: "[제후의 군대는] '정나라의 보병을 패퇴시키

167) '後元年(후원년)'은 의미가 분명치 않아서 그대로 두었다. 무제의 마지막 연호인 '後元(88~87 B.C.) 원년'을 '후원년'이라고 한 경우도 있지만, 「무제본기」의 '돈황군' 설치에 관한 기록과 시기가 일치하지 않는다. 「무제본기」에서는, "원정(元鼎) (…중략…) 6년(111 B.C.) (…중략…) 가을 (…중략…) 무위군(武威郡)과 주천군(酒泉郡) 땅을 나누어, 장액군(張掖郡)과 돈황군(敦煌郡)을 설치했다"라고 했다.

168) '先零'은 강족 부락의 하나로 처음에는 지금의 감숙성과 청해성 황수(湟水) 유역에 살다가 나중에 차츰 북서의 여러 부족과 융합했다. 황수는 황하 상류의 중요한 지류로 청해성 동부에서 감숙성에 이르는 지역을 흐른다.

고[敗鄭徒兵]'[그 곡식을 거두어 돌아왔다.]"

『예기』「곡례(曲禮)·상」: "전방에 '수레와 말의 대오[車騎]'가 있으면, [비홍(飛鴻 : 날아가는 기러기 행렬을 그려 넣은 기)을 내건다.]"

'箱(상 : 수레 칸 양쪽 가로나무)'은 「번거현에 올라[登翻車峴]」(주석 3)에서 보았다.

3 **[전진륜]** 『한서』「오행지(五行志)·하지상(下之上)」: "진시황(秦始皇)은 [(…중략…) 육국을 병합하고 (…중략…)] 영토를 넓히고자 하여 (…중략…) '산을 깎고 골짜기를 메웠는데[塹山塡谷]', [서쪽의 임조(臨洮 : 지금의 감숙성 정서시(定西市) 임조현)에서 시작하여, 동쪽으로 요동(遼東)에 이르기까지 수천 리를 거쳤다.]"

『한서』「한안국전(韓安國傳)」: "[어사대부 한안국이 말했다. '(…중략…) 신은 들었습니다.] 고황제(高皇帝)께서 [일찍이] 평성(平城 : 지금의 산서성 대동시(大同市))을 포위하셨는데, 흉노로서 투항한 자가 "안장을 던져 성처럼 높이 쌓인 것[投鞍高如城者]"이 여러 곳이었습니다.'"

『급총주서(汲冢周書)』「왕회(王會)」: "성주(成周 : 지금의 하남성 낙양시(洛陽市))에서의 성왕의 제후 조회에서 (…중략…) 주공단(周公旦)이 동방에서 온 공물을 주관했는데, 그곳에서 온 갈기가 검은 청색의 말은 이름을 모아(母兒)라고 불렀으며, '둘러친 담장[營牆]'을 방어하는 자들은 청색 옷을 입고 활과 창을 잡고 있었다."

4 **[전진륜]** 『사기』「흉노전」: "[문제(文帝) 14년] 흉노의 '척후 기병[候騎]'이 옹주(雍州)의 감천궁(甘泉宮 : 지금의 섬서성 순화현(淳化縣)에 위치)에까지

이르렀다." '색은' 최호(崔浩) 주 : "'候(후)'는 순라를 도는 기병[邏騎]이다."

[전중련] '候騎(후기)'는 송본에는 '候驛(후역)'으로 되어 있다.[169]

5 **[전진륜]** 『예기』「단궁·하」: "[노나라 사람들이 미성년으로 전사한 왕기(汪踦)의 죽음을 중시하여, 성년의 예(禮)로 장사지내고자 하면서, 공자에게 물었다. 공자가 말했다.] "'방패와 창을 잡고[執干戈]' 사직을 지켜낼 수 있었으니, [미성년자의 예가 아닌 성년의 예로 장사지내고자 하더라도, 그 또한 괜찮지 않겠는가!]""

『좌전』「양공·4년」: "[덕으로 융(戎)을 어루만져준다면, 장수와 병졸들이 수고하지 않아도 되고,] '갑옷과 병장기를 전투하느라 망가뜨리지 않아도되[甲兵不頓]' 됩니다." 두예 주 : "'頓(돈)'은 망가지는 것[壞]이다."

반고 「유통부」: "관중(管仲)은 '활시위에 화살을 메기어' 원수 환공(桓公)을 죽이려 했으나[管'彎弧'欲斃讐兮], [원수는 제후가 된 뒤에 자기를 성취하도록 해 주었다.]"[170]

[전중련] 송본에는 '戈(과)'가 '戟(극)'으로 되어 있고, '頓(돈)'은 '傾(경 : 기울

---

169) 사고본, 『고시기』, 『예문유취』에 모두 '候騎'로 되어 있다. 오덕풍은 『사기』「흉노전」의 기록을 근거로 송본의 '候驛'은 틀린 것 같다고 했다(88a쪽). 사부비요본 송본에는 '後驛(후역)'으로 되어 있다. 정복림은 이를 근거로 하면서, '繹(역)'자의 의미를 '진술하는 것[陳]'으로 보고 '後繹勅(후역칙)'을 "뒤에서 전해오는 칙령[由後所傳之勅令]"으로 풀이했는데(『교주』, 460쪽), 시구의 구조나 내용 면에서 무리한 풀이라는 느낌이 든다. 주둔지를 막 정리하고 아직 휴식을 취하기도 전에 척후의 기병이 전방 상황을 살핀 후 전령을 보내와 전진 채비를 갖추도록 계칙(戒飭)하는 것으로 보면, 매우 자연스럽다.

170) 관중이 환공과 권력을 다투던 환공의 형 공자 규(糾) 편에 섰다가 패전하여 노(魯)로 망명했는데, 포숙아(鮑叔牙)의 진언으로 환공의 재상이 된 것을 말한다.

다)'으로 되어 있다.[171]

6 **[전진륜]** '西零(서령)'은 앞(주석 1 '先零')에서 보았다.

『한서』「진탕열전(陳湯列傳)」: "[감연수(甘延壽)와 진탕이 상소하여 말했다. '(…중략…)] 흉노의 호한야선우(呼韓邪單于)는 이미 북쪽 번왕[北藩]을 칭했지만, 오직 "질지선우(郅支單于)"만이 반역하여 그 죄를 인정하지 않았습니다. (…중략…) 신 감연수와 신 진탕이 의병을 이끌고 하늘의 정벌을 감행했습니다. (…중략…) 질지의 머리 및 명왕(名王) 이하를 베었으니, 마땅히 고가(槀街)의 주택 사이에 머리를 매닮으로써,[172] [만 리에 보여주어 강력한 우리 한나라를 침범하면, 아무리 멀어도 반드시 주살한다는 것을 분명히 하셔야 합니다.]"

[황절] 사잠(史岑)「출사송(出師頌)」: "서령이 순종하지 않는다[西零不順]."

이선 주: "'西零'은 바로 '先零'이다.

『사기』「조세가(趙世家)」'先俞(선수)' 정의: "['俞'는 음이 '戍(수)'이다. 곽주(郭注)에 "'西隃(서수)"는 안문산(雁門山)이다'라고 했다.] '西'와 '先'은 발음이 서로 가깝다."[173]

---

171) 사고본, 『고시기』, 『예문유취』는 모두 장부본과 같다. 오덕풍은 '戈'는 '戟'의 괴자(壞字)로 보고 송본이 옳다고 보았고, '頓'은 『좌전』의 용례를 근거로 틀리지 않았다고 했다(88a쪽). '戟'은 끝이 두 가닥으로 갈라진 창이다.

172) '名王'은 흉노의 여러 왕 중 위계가 높은 왕이고, '槀街'는 한대에 장안(長安)에 있던 만이(蠻夷)의 거류지였다.

173) '집해'에는 『이아』를 인용하여 "'西俞(서수)'는 안문(雁門)이다"라고 했는데, '西俞'는 금본 『이아』「석지(釋地)」에는 '西隃(서수)'로 되어 있다. '西' 자에 대해 『당운(唐韻)』은 "'先'과 '稽(계)'의 반절"이라고 했으니, 두 글자의 성모는 일치한다.

『신자(愼子)』「위덕(威德)」: "모장과 '서시(西施)'[毛嬙 · '先施']는 천하의 미인이다."[174] 여기서도 '西'를 '先'으로 적었다.

7 **[전진륜]** 『사기』「효문본기(孝文本紀)」: "효문황제께서 천하에 군림하시자, '관문과 교량을 개통했는데[通關梁]', 원방(遠方)도 다르지 않게 하셨다."

8 **[전진륜]** 『좌전』「희공 · 5년」: "[남방의 별 순화(鶉火 : 중앙의 유(柳) · 성(星) · 장(張)의 세 별자리)가 큰 새처럼 나타날 때, 천책(天策 : 서방 규(奎)에 속하는 별자리)은 빛을 잃는다네.] '순화가 빛나는 가운데 군대는 성취하리니[火中成軍]', [괵(虢)의 제후는 도망을 친다네.]"

『후한서』「반초열전(班超列傳)」: "반초는 스스로 오래도록 절역(絶域)에 머물러 있었기에, 연로해지자 고향이 그리워져, (…중략…) 상소하여 말했다. '(…중략…) 신은 감히 주천군(酒泉郡)까지 가는 것은 바라지 못하니, 다만 "살아서 옥문관으로 들어가기[生入玉門關]"를 원할 뿐이옵니다.'"[175]

9 **[전진륜]** 『한서』「양웅전」: "인상여(藺相如)는 진나라 수도의 장대(章臺) 위에서 완벽귀조(完璧歸趙)의 '공적을 거두었소[收功]'."

10 **[전진륜]** '朱紱(주불 : 주홍색 폐슬)'은 「정북세자께 왕자의 탄생을 축하하며 올리는 표[征北世子誕育上表]」(주석 5)에서 보았다.

공치규(孔稚圭) 「북산이문(北山移文)」 '鈕金章, 綰墨綬(금장을 차고 검정

---

174) 『문선』 권19 송옥 「신녀부(神女賦)」와 권51 왕포 「사자강덕론(四子講德論)」 이선 주에 인용된 문장이다. 금본 『신자』에서는 "毛嬙 · '西施', [天下之至姣也]"로 교감했다.

175) 반초는 부풍군(扶風郡) 평릉현(平陵縣) 사람인데, 평릉은 지금의 섬서성 함양시 진도구(秦都區) 평릉향 일대이다. 주천군은 지금의 감숙성 주천시 일대이며, 옥문관은 그 서쪽에 있다.

인끈을 맨다)' 이선 주 : "'金章'은 구리로 만든 도장[銅印]이다."

11 **[전진륜]** 『한서』 「양웅전」 : "[애제(哀帝)] 때에 정명(丁明) · 부안(傅晏)과 동현(董賢)이 권력을 잡았는데, 빌붙는 자들 중 어떤 이는 초빙되어 관품(官品)이 2천 석에까지 이르렀다. 이때 양웅(揚雄)은 막 '『태현경』을 초하면서[草太玄]' 자수(自守)하여, 마음이 담박할 수 있었다."

白雲

探靈喜解骨, 測化善騰天.[1] 情高不戀俗, 厭世樂尋仙.[2]
錬金宿明館, 屑玉止瑤淵.[3] 鳳歌出林闕, 龍駕戾蓬山.[4]
凌崖采三露, 攀鴻戲五煙.[5] 昭昭景臨霞, 湯湯風媚泉.[6]
命娥雙月際, 要媛兩星間.[7] 飛虹眺卷河, 汎霧弄輕絃.[8]
笛聲謝廣賓, 神道不復傳.[9] 一逐白雲去, 千齡猶未旋.

흰 구름

신령함을 찾아서 뼈 벗기를 좋아하고
조화를 헤아려서 하늘을 잘 오른다.
뜻 고상해 속세에 연연해하지 않고
세속 싫어 신선을 즐겨 찾는다.
운명관雲明館에 묵으면서 연금을 하고
요연瑤淵에 머물면서 옥가루를 만든다.
봉 노래는 임궐林闕에서 흘러나오고
용 수레는 봉산으로 다가가누나.
절벽을 지나가서 삼색 이슬 받아오고
기러기를 타고서 오색구름에 노닌다.
도렷하게 태양은 노을로 다가가고
쏴아쏴아 바람은 샘물을 일렁인다.
두 개의 달 사이에서 항아에게 명령하고

두 점의 별 사이에서 미인과 약속한다.
무지개 타고 날며 굽은 강 바라보고
안개에 떠올라서 가벼운 현 퉁긴다.
피리 소리는 수많은 객을 하직했으니
신비한 도는 다시는 전해지지 않는다.
흰 구름 뒤를 쫓아 떠나간 뒤로
천 년 지난 아직도 안 돌아온다.

【주석】

1 **[전진륜]** 『사기』 「봉선서」: "송무기(宋毋忌) · 정백교(正伯僑) · 충상(充尚) · 선문자고(羨門子高)는 (…중략…) 방선도(方仙道)[176]로 '육신이 해체되어 사라져 없어졌는데[形解銷化]', 귀신의 일로 치부했다." 복건(服虔) 주: "('形解銷化(형해소화)'는) 시해(尸解)를 말한다."

고개지(顧覬之) 「정명론(定命論)」: "성인은 사리에 밝고 심원한 미덕을 지녔으며, 올바른 도리를 실천하고 '조화를 헤아려[測化]', [천지와 일체가 되고 일월과 한마음이 된다.]"

[황절] 『주역』 「문언전(文言傳) · 건괘 · 구오」: "'구름은 용을 좇고[雲從龍]'

176) '방선도'는 춘추전국 시기에 형성된, 방술(方術)과 방기(方技) 등의 도술에 전문적으로 종사하는 사람들인데, 당시에는 방사(方士)라고 불렸다. '시해(尸解)'는 도교에서 도사가 장생의 비술을 닦은 뒤, 육신을 버리고 혼백만 빠져나가 신선이 되는 것을 말한다.

[바람은 범[虎]을 따른다.]"

'뼈를 허물처럼 벗어버리고 하늘에 오르는 것[解骨騰天]'은 '용'을 말한다.

『습유기』: "방장산(方丈山) 동쪽에 '용장(龍場)'이 있어, '용이 벗어놓은 껍질과 뼈[龍皮骨]'가 산더미처럼 쌓여 있는데, 수백 경(頃)에 걸쳐 흩어져 늘려 있다. 그것이 '뼈를 허물처럼 벗을[蛻骨]' 때에 보게 되면 마치 '용을 낳는[生龍]' 것처럼 보인다."

『설문해자』: "'용'은 춘분에 하늘로 날아오르고, 추분에 물속으로 들어간다."

2 **[전진륜]** 『장자』「천지(天地)」: "화(華) 봉인(封人)이 요임금에게 말했다. '(…중략…) 천 년 이후에 "세상이 싫어지면[厭世]" 떠나서, "신선이 되어 하늘로 올라가[上仙]", 저 "흰 구름[白雲]"을 타고 천제가 사는 곳으로 가면 되오.'"[177]

3 **[전진륜]** 『위서(魏書)』「석로지(釋老志)」: "'쇠를 달구어 황금을 만들고 옥을 용해하여 연단을 하고[化金銷玉]', 부적을 붙이고 정화수를 활용하여 벽사와 치료를 하는 것 등, 기이한 방기(方技)와 신묘한 술수(術數)가 수천수만 가지 등급과 조목이 있다."[178]

곽헌(郭憲) 『동명기(洞冥記)』 권3: "[동방삭이 말했다. '(…중략…)] 명경초(明莖草)가 [있는데 밤에는 금등(金燈)을 켠 것 같으며, 가지를 꺾어 횃불을 만들면 귀물(鬼物)의 형체도 환히 보입니다. (…중략…) 이름을 동명초(洞冥草)

177) '封人'에 대해서는 「정북세자께 왕자의 탄생을 축하하며 올리는 표[征北世子誕育上表]」 주석 2 참조.

178) '鍊金'은 전설에서 신선이나 이인(異人)이 황금이 아닌 금속을 단련하여 황금으로 만들었다는 것을 말한다. '屑玉(설옥)'은 선가(仙家)가 불로장생을 위해 옥을 가루로 만들어 복용한 것을 말한다.

라고도 합니다.'] 무제(武帝)는 이 풀을 베어 즙을 만들어 '운명관(雲明館)'에 바르도록 했다. 밤에 이 관에 앉아 있으면 등불을 켜지 않아도 되게 되었다."

'瑤淵(요연 : 옥 연못)'은 「여산에 올라 석문을 바라보며[登廬山望石門]」(주석 7 '瑤波(요파)')에서 보았다.

4 **[전진륜]** '鳳歌(봉가)' : 「'회남왕'을 본떠[代淮南王]」(주석 4 '鸞歌鳳舞(란가봉무)')에서 보았다.

손작 「천태산 유람 부[遊天台山賦]」 : "'붉은 궐문은 숲속에서 영롱하게 찬란하고[朱闕玲瓏於林間]', [주옥 전당은 높은 산 구석에서 희미하게 빛난다.]"

『초사』 「구가 · 운중군(雲中君)」 : "'용이 끄는 수레를 타고' 오방 상제의 복식을 하고['龍駕'兮帝服], [잠시 날아올라 사방을 두루 유람한다.]"

'蓬山(봉산 : 봉래산)'은 「연꽃[芙蓉賦]」(주석 19)에서 보았다.

[전중련] 송본에는 '戾(려)'가 '渡(도 : 건너다)'로 되어 있다.179)

5 **[전진륜]** 곽헌 『동명기』 권2 : "무제가 동방삭에게 물었다. (…중략…) '오색감로(甘露)를 구할 수 있는가?' 동방삭은 동쪽으로 가서 저녁이 되자 돌아왔는데, 현로(玄露) · 황로(黃露) · 청로(青露)를 구해 와서 유리그릇에 담아 무제에게 주었다. 무제는 신하들에게 두루 하사했는데, 감로를 받아서 먹은 자는 늙은이는 다 젊어지고, [병든 자는 모두 나았다.]"180)

---

179) 사고본과 『고시기』에는 '戾'로 되어 있다. 오덕풍은 '渡'가 되어야 앞 구의 '出(출)'과 호응하며, '戾'로는 뜻이 통하지 않으므로, '渡'가 옳다고 보았다(88a쪽). 그런데 『모시』에는 「대아 · 한록(旱麓)의 "鳶飛'戾'天, 魚躍于淵(솔개는 날아올라 하늘에 이르고, 고기는 깊은 물에서 뛰고 있다)"을 비롯해, 「소아」의 「채기(采芑)」 · 「소완(小宛)」 · 「사월(四月)」에도 '戾天'이라는 표현이 있는데, 모전에서 모두 '戾'를 '이르는 것[至]'이라고 풀이했고, 『이아』 「석고」의 풀이도 같다.

『송서』「부서지·하」: "'구름에 오색이 있는 것[雲有五色]'은 태평한 시대의 감응으로 나타나는 것인데, 이를 경운(慶雲)이라고 한다. 구름 같기도 하지만 구름이 아니고, '연기 같기도 하지만 연기가 아니면서[若煙非煙]', 오색이 찬란하면, 그것을 경운이라고 한다." 나머지는 「진사왕 조식의 '낙양의 노래'를 본떠[代陳思王京洛篇]」(주석 5 '紫煙(자연)', '綠雲(록운)')에서 보았다.

6 **[전진륜]** '昭昭(소소 : 밝은 모양)'는 「옛 시를 이어[紹古辭]」(제4수 주석 3)에서 보았다.

『상서』「요전(堯典)」: "넘실거리는 큰물이 널리 해를 끼친다[湯湯洪水方割]." 공안국 전 : "'湯湯(상상)'은 물이 세차게 흐르는 모양이다."[181]

7 **[전진륜]** 『회남자』「남명훈(覽冥訓)」: "예(羿)는 서왕모(西王母)로부터 불사약을 얻었는데 '항아(姮娥·嫦娥)'[182]가 훔쳐서 '달로 달아났다[奔月]'."

『설문해자』: "'媛(원)'은 미녀이다."

『초림대두기(焦林大斗記)』: "은하수의 서쪽에 반짝반짝 빛나는 별이 있어 삼수(參宿)와 함께 나오는데, 이것을 견우성이라고 한다. 은하수의 동쪽에 희미한 별이 있어 저수(氐宿) 아래에 있는데, 이것을 직녀성이라고 부른다. 세상에서는 이 둘을 합쳐서 '쌍성(雙星)이라고 부른다."

[황절] 『동명기』 권3 : "영아지(影娥池) 가운데에는 '유월선(遊月船)·촉월선

---

180) 『태평어람』 권12에 인용된 『동명기』에는 '玩器(완기)'가 '琉璃器(류리기)'로 되어 있고, '老者嘗之皆少'는 '得露嘗者, 老者皆少'로 되어 있다. 번역은 이를 따랐다."

181) '湯湯'은 물이 흐르는 소리를 나타내는 의성어로도 쓰이는데, 포조 시에서는 바람 부는 소리를 표현했다.

182) 저본의 '嫦娥(항아)'는 금본에는 '恒娥(항아)'로 되어 있다. 통용한다.

(觸月船)'・[홍모선(鴻毛船)・원패선(遠貝船)]이 있어서, [수백 명을 태울 수 있다.]"

'要媛(요원 : 미인과 약속하다)'은 「마름을 따며[採菱歌]」 [황절] (제4수 주석 1 '要艶(요염)')에서 보았다.

8 **[전진륜]** 왕포 『초사』「구회・주소(株昭)」: "'수무지개를 타고 암무지개를 곁말로 삼고서[乘虹驂霓]',183) [구름을 타니 변화가 무궁하다.]"

『한무제내전(漢武帝內傳)』: "동방삭은 구름을 타고 날아갔는데, 올려다보니 '짙은 안개가 뒤덮어서[大霧覆之]' 자신이 어디 있는지 알 수 없었다."

[황절] 『모시』「대아・권아(卷阿)」 제1장 : "'구부러진 큰 언덕에[有卷者阿]', [회오리바람 남쪽에서 불어온다.]" 모전 : "'卷(권)'은 구부러진 것[曲]이다."

9 **[전진륜]** 유향(劉向) 『열선전(列仙傳)』 권상 : "왕자교(王子喬)는 동주 영왕(靈王)의 태자 희진(姬晉)이다. '생황 불기[吹笙]'를 좋아하여 생황으로 '봉황새 울음소리[鳳凰鳴]'를 내었다. 이수(伊水)와 낙수(洛水) 사이에 노니는데, 도사 부구공(浮丘公)이 그를 맞이하여, 숭고산(嵩高山)으로 올라갔다. 30여 년 뒤에 산 위에서 찾았더니, 환량(桓良)을 보고 말했다. '우리 집에 가서 7월 7일 구씨산(緱氏山 : 지금의 하남성 언사현(偃師縣)에 있는 산) 꼭대기에서 나를 기다리라고 전하라.' 때가 되자 과연 백학(白鶴)을 타고 산꼭대기에 머물러 있는데, 바라볼 수는 있어도 다가갈 수 없었다. 손을 들어 당시 사람들에게 하직하고 며칠 뒤에 떠났다."

---

183) 금본에는 '霓(예)'가 '蜺(예)'로 되어 있다. 무지개라는 뜻일 때는 통용한다.

臨川王服竟還田里

送舊禮有終, 事君慙懦薄.[1] 稅駕罷朝衣, 歸志願巢壑.[2]
尋思邈無報, 退命愧天爵. 捨耨將十齡, 還得守場藿.[3]
道經盈竹笥, 農書滿塵閣.[4] 愴愴秋風生, 戚戚寒緯作.[5]
豐霧粲草華, 高月麗雲崿.[6] 屏跡勤躬稼, 衰疾依芝藥.[7]
顧此謝人群, 豈直止商洛.[8]

임천왕의 복상을 마치고 고향으로 돌아가며

가신 분을 보내는 예 끝이 났지만
생전 모심에 박약했음 부끄럽구나.
수레를 풀어놓고 관복도 벗어놓고
돌아가 산골짝에 둥지를 틀려 한다.
곰곰이 생각하니 큰 은혜 못 갚았는데
관직을 물러나며 고상한 덕에 참괴하다.
괭이를 놓아둔 지 십 년이 다 됐는데
돌아가서 콩밭을 지킬 수 있겠구나.
대나무 상자에는 도경이 가득하고
먼지 쌓인 집안에는 농서가 꽉 차 있다.
처량하게 가을바람 불어오는데
애처롭게 귀뚜라미 울음을 운다.
짙은 안개 풀과 꽃을 곱게 만들고

높은 달은 구름 벼랑 빛나게 한다.
자취 숨겨 힘써 몸소 농사를 지으면서
늙고 병든 이 몸을 영약에 맡기련다.
이를 위해 사람들을 떠나려는 것이니
어찌 단지 상산商山에만 머물 것이랴.

【해제】

[전진륜] 『송서』 「임천열무왕도규전臨川烈武王道規傳 · 자의경子義慶」 : "유의경劉義慶은 광릉廣陵 : 지금의 강소성 양주시(揚州市)에서 병이 생겼는데, 흰 무지개가 성을 관통하고 야생 노루가 관부官府로 들어오자, 마음속으로 매우 언짢아 환도還都를 간절히 요청했다. 태조문제(文帝)는 주 자사의 직책을 해임하고, 본래의 관호官號로 조정으로 돌아오도록 허락했다. 원가 21년444 서울에서 서거했다. 이때 나이 42세였다. 시중侍中과 사공司空을 추증하고 시호를 강왕康王이라고 했다."

(포조와 임천왕 유의경의 관계 등) 나머지는 「거위野鵝賦」 주석1에서 보았다.

『의례儀禮』 「상복喪服」 : "소최疏衰 : 자최(齊衰)[184]는 상복의 상 · 하의 가장자리를 거칠게 꿰매고, 모마牡麻 : 대마의 수 그루로 질絰을 만들며, 더 낮

184) 저본에는 '疏 : "衰裳齊"'로 되어 있는데, '"疏衰裳齊"'의 잘못이어서 고쳤다. '疏衰(소최)'는 '齊衰(자최)'로 '五服(오복)' 중의 하나이다. '질(絰)'은 상복을 입을 때 머리에 쓰는 수질(首絰)과 허리에 두르는 요질(腰絰)이다. '傳曰(전왈)'은 정현의 '전'을 말한다.

은 복을 계속하지 않는 것이다. (…중략…) 구군舊君을 위해서이다. (…중략…) 정현 전에서 말했다傳曰. '"구군을 위해서이다"라고 한 것은 누구를 말하는 것인가? 그에게 벼슬을 하고 물러난 사람이다. 어떻게 자최 석 달을 입는가? 일반 백성과 같다는 말이다.'"

[황절] 오여륜 : "유의경은 원가 21년에 죽었으니 복상이 끝난 것은 23년의 일이다. 17년 강주江州를 진수鎭守한 이후부터 이때까지 비로소 8년이다. 시에서 '쟁기 놓아둔 지 10년이 되어간다'라고 했으니, 포조가 임천왕을 시종한 것이 어떻게 강주에서 시작되지 않았겠는가? 그렇지 않다면 아직 유의경을 만나기 전에 이미 고향을 떠났기에, 시에서 그것도 함께 계산한 것인가?"

[전중련] 시에서 "쟁기 놓아둔 지 10년이 되어간다"라고 한 것은 성수成數를 든 것이니, 얽매일 필요가 없다. 대체로 '將장' 자는 차지 않았다는 뜻이다. 오여륜이, 이 시를 원가 23년 작이라고 한 것은, 아마도 구군을 위해서 삼년상을 입어야 한다고 생각했기 때문인 것 같다. 『의례』「상복」에 의하면, 구군을 위해서는 자최 석 달을 복상한다.

『송서』「예지 · 2」 : "위대魏代에 혹 구군을 위해 삼 년을 복상한 것이 있다. 그러나 서진 무제 태시泰始 4년268에 이르러, 상서 하정何楨이 '따라서 임금이 초빙하거나 천거하여 임용한 강기리綱紀吏 : 군현에서 중요업무를 총괄하던 관리도, 떠나간 신하와 재임 중인 신하를 따지지 않고, 모두 구군을 위해 돌아와 자최 석 달의 복을 입도록 하자'라고 상주上奏했다. 그래서 이 상주에 대해 조서詔書가 내려져, 재임 중인 사람은 귀천 없이 모두 함께 옛 전례典禮를 따랐다."[185]

그렇다면 진 태시 이후에는 고대 전례에 따라 석 달 상을 시행했으며, 유송劉宋에서도 마땅히 그 제도를 계승했을 것이다. 그래서 임천왕이 죽자, 포조는 석 달의 상을 입고 복이 끝난 후, 고향에 돌아온 것이다. 『송서』「문제기文帝紀」에 의하면, 임천왕 유의경은 원가 21년444 정월에 죽었으므로, 이 시는 응당 원가 21년444에 지어진 것이다.[186]

【주석】

1 **[전진륜]** '有終(유종 : 상기를 마침)'은 「죽은 이를 애도하며[傷逝賦]」 주(주석 12)에서 보았다.

[황절] 『맹자』「진심장구(盡心章句)·하」: "백이(伯夷)의 풍도를 들은 자는 (…중략…) '나약한 사람[懦夫]'도 뜻을 세우게 되고, 유하혜(柳下惠)의 풍도를 들으면, '각박한 사람[薄夫]'도 도타워진다."

[전중련] 송본에는 '舊(구 : 고인)'가 '往(왕 : 떠나감)'으로 되어 있다.[187]

---

185) 『전진문(全晉文)』에는 「떠난 신하가 돌아가신 옛 주군을 위해 복상할 것을 건의하는 상소[爲舊君反服議]」라는 제목으로 수록돼 있다. 저본에 인용된 부분은 "今以爲辟擧正職之吏, 宜依古爲舊君服, 不論違適之異, 皆齊衰三月(이제 임금이 부르거나 천거를 통해 정직(正職)에 임용된 관리는 마땅히 옛 법도에 의하여 구군을 위해 복상하되, 떠나간 신하와 재임 중인 신하의 차이를 따지지 않고 모두 자최 석 달이 되어야 한다고 생각한다)"로 되어 있다.

186) 정복림은 이 시의 "처량하게 가을바람 불어오는데, 애처롭게 귀뚜라미 울음을 운다" 2구에 근거하여, 이해 가을에 지은 것이라고 했다(『교주』, 477쪽).

187) 사고본과 『고시기』에는 '舊'로 되어 있다. 오덕풍은 '往'이 옳으니, '送往(송왕)'은 '送死(죽은 이를 떠나보냄)'의 뜻이라고 했다. 그는 『좌전』「희공·9년」의 "送往事居(죽은 이를 장송하고 살아 있는 이를 섬김)"와 『예기』「상례(喪禮)」(「상

2 **[전진륜]** '稅駕(탈가)'는 「유원경을 위해 쓴 표기장군 직의 제수를 사양하는 표[爲柳令讓驃騎表]」(주석 10 '脫駕')에서 보았다.[188)]

3 **[전진륜]** 『모시』 「소아 · 백구(白駒)」 제2장 : "새하얀 흰 망아지, '내 텃밭의 콩 싹을 먹었네'[皎皎白駒, '食我場藿']."

4 **[전진륜]** 『한서』 「예문지」 : "'도가(道家)'의 유파는 대체로 '기록을 담당하는 관리[史官]'에서 나왔다."

『한서』 「예문지」 : "'농가(農家)'의 유파는 대체로 '농업을 담당하는 관리[農稷之官]'에서 나왔다."

『설문해자』 : "'笥(사 : 대상자)'는 밥과 옷을 담는 그릇이다."

[전중련] 송본에는 '閣(각)'이 '閤(합)'으로 되어 있다.[189)]

5 **[전진륜]** '寒緯(한위 : 귀뚜라미)'는 「가을날-혜휴 스님에게[秋日示休上人]」(주석 2 '絡緯(락위)')에서 보았다.

6 **[전진륜]** '崿(악 : 벼랑)'은 「여산에서 동쪽으로 진택을 바라보며[自礪山東望震澤]」(주석 1)에서 보았다.

복소기(喪服小記)」를 말함)의 "喪不過三年, 苴衰不補, 墳墓不培. 祥之日鼓素琴, 告民有終也(상은 3년을 넘기지 않으며, 삼베 상복을 꿰매지 않고 분묘도 북돋우지 않는다. 상일(祥日)에 소금(素琴)을 치면서 백성들에게 끝이 났음을 알린다)"를 "送往禮有終"의 출전으로 제시했다. 또 아래 구는 반드시 이 구와 짝이 되기 때문에 '事君(사군)'도 틀림없이 '事居(사거)'의 잘못으로, '送往事居'는 죽은 이를 장송하고 살아 있는 이를 섬긴다는 뜻이며, 노문초는 '居'로 교감했는데, 옳다고 했다(88a쪽). 번역은 이를 따랐다. 송본도 '事居'로 되어 있다. '懦薄(나박)'은 의지나 재주가 박약하다는 뜻이다.

188) '稅'은 '脫'과 통한다. '脫駕(稅駕)'는 벼슬을 그만두는 것이다.

189) 사고본과 『고시기』에는 '閣'으로 되어 있다. '閤'은 '누각(樓閣)'의 뜻일 때는 '閣'과 통용한다.

7 **[황절]** 『사기』 「봉선서」 : "다시 방사(方士)를 파견하여 신괴(神怪)한 사물을 구하고 '지초와 영약[芝藥]'을 채취하게 하여, 천년의 수를 누리고자 했다."

8 **[전진륜]** 『한서』 「장량전(張良傳)」 안사고 주 : "[네 사람은] 원공(園公 : 동원공(東園公)) · 기리계(綺里季) · 하황공(夏黃公) · 녹리선생(甪里先生)[을 말하는데,] 이른바 '상산사호(商山四皓)'이다."

반고 「서도부(西都賦)」 : "'상락'이 그 기슭으로 뻗어 있다['商洛'緣其隈]."

여연제 주 : "'상락'은 산 이름이다.[190]

190) '商洛'은 '商雒(상락)'으로도 쓰는데, 상현(商縣)과 상락현(上雒縣)을 합친 표현으로, 상산(商山)과 낙수(洛水 · 雒水)에서 유래한 명칭이며, 지금의 섬서성 상락시(商洛市)이다. '상산사호'에 대해서는, 『한서』 「양웅전 · 하」의 「해조」에 "'四皓'采榮於南山(상산사호는 상락(商洛)의 남산에서 꽃을 채취해 먹었다)"라고 언급되어 있고, 『문선』 권14 반고 「유통부(幽通賦)」의 유량(劉良) 주에도 『한서』를 인용하여, "園公 · 綺里季 · 夏黃公 · 甪里先生, 當秦之世, 避亂而入商洛山, 養志不見傾喪(동원공 · 기리계 · 하황공 · 녹리선생은 진나라의 세상을 만나자 난세를 피해 '상락산'으로 들어가서, 심지(心地)를 고상하게 지키면서 세상의 도의가 사라지는 것을 보지 않았다)"라고 했다.

行藥至城東橋

鷄鳴關吏起, 伐鼓早通晨.[1] 嚴車臨迥陌, 延瞰歷城闉.[2]
蔓草緣高隅, 脩楊夾廣津.[3] 迅風首旦發, 平路塞飛塵.[4]
擾擾遊宦子, 營營市井人.[5] 懷金近從利, 撫劍遠辭親.[6]
爭先萬里塗, 各事百年身.[7] 開芳及稚節, 含綵吝驚春.[8]
尊賢永照灼, 孤賤長隱淪.[9] 容華坐消歇, 端爲誰苦辛.[10]

약효를 위한 걷기로 성 동쪽 다리까지 가면서

닭이 우니 관문 관리 일어나서는
북을 쳐서 이른 아침 통행 알리네.
수레를 채비하여 먼 길을 앞에 두고
목을 빼고 바라보며 성문을 지나가네.
덩굴풀은 높은 성벽 감아 오르고
큰 버들은 광나루 양편에 줄지어 섰네.
질풍이 이른 아침 세차게 일어
넓은 길에 먼지가 자욱이 이네.
떠돌이 벼슬아치 부산스레 설치고
시정의 장사치는 아득바득 애쓰며,
황금 품고 근처에서 이익을 좇고
칼을 잡고 먼 곳으로 가족을 뜨네.
만 리 먼 길 앞서려고 승강이하고

백 년 한 생 제 몸만을 각자 돌보네.
꽃 피는 것 이른 봄 제철에 맞추면서
광채를 머금은 채 한봄 될까 걱정하네.
존귀하고 현명한 이 영원히 빛나고
고단하고 미천한 자 언제나 영락하지.
고운 용모 저절로 시들어 가는데
참으로 누굴 위해 고초를 겪었는지.

【해제】

[전진륜] 이선 주를 수록한다.

[황절] 『북사北史』 「형만전邢巒傳」: "북위의 효문제孝文帝, 471~499 재위가 '행약行藥'을 하다가, 사공부司空府의 남쪽에 이르러 형만의 집을 보았다. [그리고 형만에게 말했다. '아침에 "행약"을 하느라 여기까지 왔는데, 경의 집이 이곳에 있는 걸 보았소.']"

이 '行藥'은, 틀림없이 오신 주에서 유량劉良이 말한 것처럼, "복약한 뒤 걸으면서 약을 소통시키는宣導 것"이다.

양장거: "반악潘岳이 '약효를 노동으로써 두루 퍼지게 한 것藥以勞宣'[191]도 대체로 이 의미에 근거한 것이다."

---

191) 반악 「한거부(閑居賦)」의 한 구인데, 저본의 '宣勞(선로)'는 『문선』 권16에는 '勞宣'으로 되어 있어서 고쳤다.

두보「바람이 거세어 배에서 베개에 엎드려 감회를 적다風疾舟中伏枕書懷」시의 "'약을 먹고 걸어 봐도' 병은 그저 괴로울 뿐'行藥'病涔涔"도 틀림없이 여기에 바탕을 둔 것이다. 유리劉履가 '行樂행락'이라고 한 것은 틀렸다.192)

[전중련] 송본에는 '藥약'이 '樂락'으로 되어 있다.

【주석】

1 **[이선]** 『사기』「맹상군열전(孟嘗君列傳)」: "[맹상군은 함곡관(函谷關)에 도착했는데] 당시의 관법(關法)에는 '닭이 울어야[雞鳴]' 길손을 관문 밖으로 내보내 주게 되어 있었다. [맹상군은 추격병이 뒤쫓아올까 봐 두려워했는데, 문객의 아랫자리에 있는 자 가운데 닭 울음소리를 낼 수 있는 자가 있어, 닭울음을 흉내 내자 닭들이 일제히 따라 울어서 마침내 봉전(封傳 : 관문 통행증)을 제시하고 관문을 벗어났다.]"

2 **[이선]** 왕일 『초사』「구사(九思)·봉우(逢尤)」: "[마음이 답답하고 즐겁지 않

192) 유리는 『선시보주』 권7에서 이 시는 포조가 '행락'을 하면서 느낀 바를 읊은 것[明遠因'行樂'有感而作]이라고 했다(저본의 '평설'에서는 '行樂' 2자가 누락됨). 이에 대해 오덕풍은, 닭이 울고 통행금지를 해제하는 북을 울리는 이른 새벽에 유람을 나서 행락을 한다는 것은, 매우 불합리하므로 『문선』 권22의 유량의 주가 옳다고 했다(89a쪽). 정복림도 장부본과 『문선』, 『고시기』를 근거로 '樂(락)'을 '藥'으로 고쳤다(『교주』, 407쪽). 두보 시 인용문의 '頭(두)'는 '病(병)'의 잘못이어서 고쳤다. '行藥'은 '복약 후 약효를 높이기 위해 걷는 것'이다(「송백의 노래[松柏篇]」 주석 11의 역주를 볼 것). 본래 위진남북조 사대부들이 오석산(五石散)을 복용한 후 약성을 '산발(散發 : 발산)'하려고 걷는 것을 '행약'이라고 하고, '행산(行散)'이라고도 했다. 포조는 병으로 복약한 후 약효를 높이기 위해 '행약'한 것이다.

아,] '수레를 준비하여 타고' 놀러 나간다['嚴車駕'兮戲遊]."[193]

송옥 「신녀부(神女賦) : "'나의 휘장을 향해 지긋이 바라보는데'[望余帷而'延視'], [(그 눈빛이) 흐르는 물결이 일려는 것 같네.]"

『광아』 : "'瞰(감)'은 바라보는 것[視]이다."

『모시』 「정풍·출기동문(出其東門)」 제2장 '出其闉闍(그 성문 밖을 나서니)' 모전 : "'闉(인 : 옹성(甕城))'은 성이 구부러진 것[城曲]이다."[194]

3 **[이선]** '隅(우)'는 성 모퉁이이다.

4 **[이선]** 『초사』 「원유(遠遊)」 : "'빠른 바람'을 앞질러 맑고 서늘한 곳에 이르고[軼'迅風'於淸涼],[195] [전욱(顓頊)을 좇아 북방 얼음이 겹겹이 쌓인 곳에 왔다.]"

『초사』 「원유」 : "[조화의 신 검영(黔嬴)을 불러 살피게 하여,] 나를 위해 먼저 가서 '길을 정비하게' 하네[爲余先乎'平路']."

[황절] '旦發(단발)'은 '明發(명발 : 여명)'과 같다.[196]

『모시』 「소아·소완(小宛)」 제1장 : "'날 샐 때'까지 잠 못 이루며['明發'不寐], [부모님을 그리워한다]." 공영달 소 : "[밤에는 땅이 어두워졌다가] 아침이 되어 밝아지면 땅을 밝혀 연다[則地開發].[197] [그래서 '밝혀서 연다[明發]'라고 한

193) '車駕(거가)'는 금본에는 '載駕(재가)'로 되어 있다. '嚴車(엄거)'는 수레를 정비하는 것이다.

194) 중간송본 『모시정의』에는 '城曲'은 '曲城(곡성 : 굽은성)'으로 되어 있다.

195) '淸涼(청량)'은 금본에는 '淸源(청원 : 맑은 바람의 원천)'으로 되어 있고, 왕일 주에 "'源'은 '涼'으로 된 판본도 있다"라고 했다.

196) '明發(명발)'은 「육기의 '군자가 생각할 것'을 본떠[代陸平原君子有所思行]」 주석 6을 볼 것.

197) 저본의 '則地開發(즉지개발)'은 중간송본에는 '明地開發(명지개발)'로 되어 있다. 저본에 생략되어 보충한 뒷부분의 설명과 호응하려면 '明地開發'이 되어야

것이다.]"

5 **[이선]** 매승 「칠발」 : "'뒤숭숭하고 어수선하기'는 삼군이 행장을 꾸리는 듯하다['擾擾'若三軍之騰裝]."[198]

『한서』 「회남여왕장전(淮南厲王長傳)」 : "박소(薄昭)가 화남왕 유장(劉長)에게 편지를 보내 말했다.[199] '[(…중략…) 제후에게 망명하고,] "타국으로 가서 벼슬 하면서[游宦]" 다른 사람을 모시며, [범죄자를 은닉한 자는, 그 죄를 논하는 데에 모두 법이 있습니다.']"

『열자』 「천서(天瑞)」 : "임류(林類)가 말했다. '(…중략…) 내가 또, "부지런히 애쓰며[營營]" 삶을 추구하는 것이 미혹(迷惑)되지 않은 것인지를 어찌 알겠는가? [또 나의 지금의 죽음이 과거의 삶보다 더 낫지 않을지 어찌 알겠는가?']"[200]

『장자』 : "공자가 말했다. '장사치는 날이 새면[商賈且][201] "시정(市井)"에서 그 이익을 추구한다.'" 사마표(司馬彪) 주 : "구부(九夫 : 아홉 장정이 경작하는 토지)가 '정(井 : 사방 1리의 땅)'이고, '정'에는 '저재[市]'가 있다."

한다. 번역은 이를 따랐다.

198) '若(약)'은 『문선』 권33 매승 「칠발」의 본문에는 '焉如(언여)'로 되어 있다.

199) 표점교감본에는 이 부분이 "[時帝舅薄昭爲將軍, 尊重,] 上令昭予厲王書諫數之([당시 문제(文帝)의 외숙부 박소는 장군으로 존귀했는데,] 상께서 박소를 시켜 여왕에게 편지를 보내 여러 차례 간했다)'로 되어 있다. 여왕은 문제의 아우로 회남왕 유안(劉安)의 부친이다.

200) '擾擾(요요)'는 뒤숭숭하고 어수선한 모양을 나타내고, '營營(영영)'은 세력이나 이익 등을 얻으려고 골똘하거나 분주한 것 또는 그러한 모양을 나타낸다.

201) 저본의 '且(차)'는 『문선』과 『포참군시주』에는 모두 '旦(단)'으로 되어 있다. '且'는 오식(誤植)으로 보인다.

[전중련] 양장거『문선방증』: "이선 주에서 '『장자』운운'했는데, 금본『장자』에는 이 말이 없다. 다만「서무귀(徐無鬼)」편에 '商賈無市井之事[則不比](장사치가 시정의 일이 없으면 [즐겁지 않다])'라고 하는 말이 있을 뿐이다."

6 **[이선]** 범엽『후한서』「경엄열전(耿弇列傳)」: "[이때 광무제는 한단궁(邯鄲宮)에 거처했는데, 낮에도 온명전(溫明殿)에서 누워 지냈다.] 경엄이 [침상 아래로 나아가 조용히 말씀을 여쭙기를 청해, 권하여] 말했다. ['지금 경시(更始 : 유현(劉玄), 23~25 재위)는 실정을 하여, (…중략…) 재물을 노략질하고 부녀자를 겁탈하며,] "황금과 보옥을 지닌 사람들[懷金玉者]"은 살아서 돌아가지 못하는 지경에 이르렀습니다.'"

『포박자(抱朴子)』「교제(交際)」: "저 정정(程鄭) · 탁왕손(卓王孫) · 나부(羅裒) 같은 무리[202]는 살진 말이 끄는 수레를 타고, 가볍고 따뜻한 옷을 입고, '황금을 품고 보옥을 끼고 다니는[懷金挾玉]' 자들이니, [비록 붓을 잡고 서찰을 쓸 줄도 모르고, 콩과 보리도 구별하지 못하지만,] 그들을 위해 신발을 거꾸로 신고 뛰어나가 맞이하고, [먹던 음식을 뱉고 감던 머리카락을 움켜쥐면서 접대해야 한다.]"

『설문해자』: "'懷(회)'는 간직하는 것[藏]이다."

『좌전』「양공 · 26년」: "진(秦) 경공(景公)의 아우 침(鍼)이 진(晉)으로 가서 화의를 청했다. 양설힐(羊舌肸 : 자 숙향(叔向))이 행인(行人 : 조현(朝見)과 빙문(憑問)을 담당하는 관리) 자원(子員)을 불러오라고 명령했다. 행인 자주

---

202) 모두 서한시대 촉군(蜀郡 : 지금의 사천성 성도시(成都市))의 상인으로 대부호이다.

(子朱)가 '제가 맡아서 가겠습니다'라고 했다. 세 번이나 말했지만, 양설힐이 대답하지 않았다.] 자주가 화가 나서 ['저와 자원은 관작(官爵)과 위계(位階)가 같은데, 왜 저를 조정에서 내쫓으려 하십니까?'라고 하면서] '칼을 잡고[撫劍]' 양설힐을 따라나섰다."

『열녀전』「노추결부(鲁秋潔婦)」: "[결부(潔婦)는 노나라] 추호자(秋胡子)의 아내이다. (…중략…) 추호에게 말했다. '(…중략…) 그대는 "어버이를 하직하고[辭親]" 벼슬을 떠난 지 [5년 만에 돌아왔습니다.]'"

7 **[이선]** 왕희지(王羲之)「허순에게 답하는 시[答許詢]」: "'앞서기를 다투는 것'은 내 일이 아니요, 고요히 관조함은 추구함을 잊는 데 있다['爭先'非吾事, 靜照在忘求]."

『양생경(養生經)』: "황제(黃帝)가 말했다. 상수(上壽)는 '백년(百年)'이다."[203]

8 **[전진륜]** '合綵(합채)'는 이선본『문선』에는 '含采(함채)'로 되어 있다.[204]

---

203) 『문선』 이선 주의 원문은 "'百年', 已見上文('백년'은 앞의 글에서 이미 보았다)"로 되어 있다. 『문선』 권20 손초(孫楚)의 「정서대장군 사마준(司馬駿)의 관속들이 척양정에서 전송하기에 지은 시[征西官屬送於陟陽候作]」의 '三命(삼명)' 이선 주에서, 『양생경』의 황제의 말을 인용하여, "上壽百二十, 中壽百年, 下壽八十(상수는 120년을 사는 것이고, 중수는 100년이며, 하수는 80년이다)"이라고 했고, 권22 조비(曹丕)의 「부용지에서 짓다[芙蓉池作]」의 '百年'의 주에는 역시 『양생경』의 황제의 말을 인용했는데, '中壽百年'으로 되어 있다. 또 권53 혜강 「양생론(養生論)」의 '或云上壽百二十年(어떤 이는 상수는 120년을 사는 것이라고 한다)'의 이선 주에는 "『養生經』, 黃帝問天老曰: 人生上壽一百二十年, 中壽百年, 下壽八十年, 而竟不然者, 皆夭耳(『양상경』에 있다. 황제(黃帝)가 천로(天老)에게 물었다. '사람이 태어나서 상수는 120년 이상 사는 것이고, 중수는 100년이며, 하수는 80년인데, 끝내 그렇지 못한 것은 모두가 다 요절일 뿐이다')"로 되어 있다. 따라서 저본의 '上壽'는 '中壽'가 되어야 한다.

204) 육신본『문선』에는 '含彩(함채)'로, 송본과 주응등본에는 '含綵'로 되어 있다. 오

[이선] 풀로 사람을 비유했다. 풀이 꽃을 피우는 것은 마땅히 젊은 시절에 맞춰서이다. 이미 아름다운 광채를 머금었다면, 난만한 봄을 안타까워하는 것이 정리이다. 풀이 난만한 봄을 안타까워하는 것은, 그때에는 꽃과 잎이 반드시 무성해지는데, 무성하면 반드시 쇠퇴하기 때문이니, 본디 당연히 안타까워하는 바이다.

육기 「상부(桑賦)」: "'이른 시절'을 틈타서 일찍이 무성해져, 거센 바람을 맞고도 나중에 시드는구나[亹'稚節'以夙茂, 蒙勁風以後凋]."[205)]

조비(曹毗) 「야성부(冶城賦)」: "'고운 광채 머금고 있으니' 진귀한 보물로 여길 만하다['含彩'可以珍寶]."

『상서』 공안국 전 : "'吝(린)'은 아끼는 것[惜]이다."[206)]

[황절] 『주역』「계사상전」: "'뉘우치고 안타까워하는 [悔吝]' 것은 근심하고 걱정하는 것의 상징이다.[207)]

[전중련] 송본에는 '合'이 '含'으로 되어 있다.

9 **[이선]** 『설원(說苑)』「정리(政理)」: "복자천(宓子賤)이 [단보재(單父宰 : 단보는 지금의 산동성 하택시(荷澤市) 단현(單縣))가 되었다. (…중략…) 이때]

덕풍은 '合'은 '含'의 오자이고, '綵'·'彩'·'采'는 통용할 수 있다고 했다(88b쪽).

205) 여기에만 인용된 일구(逸句)이다. 육기의 「상부」는 『예문유취』 권88 '상(桑)' 조에 인용되어 있지만, 이 2구는 없다. '稚節(치절)'은 '유치한 시절'로 시에서는 이른 봄을 뜻하면서 젊은 시절을 비유했다. '驚春(경춘)'은 초목이 봄이 오자 일시에 흐드러지게 꽃을 피우는 것이다. 이 2구는 '떠돌이 벼슬아치[遊宦子]'와 '시정 장사치[市井人]'의 모습과 심리를 비유한 표현이다.

206) 「중훼지고(仲虺之誥)」 '改過不吝'의 공안국 전에, "허물이 있으면, 고치는데 '아까워하는 바가 없게 한다[無所吝惜]'"로 되어 있다.

207) 「송백의 노래」 주석 30을 볼 것.

단보(單父)로 가서, 나이와 덕망이 풍부하고 '고귀하면서 현능한 사람들[尊賢]'을 청하여, 함께 고을을 다스렸다."

범엽 『후한서』 「황향전(黃香傳)」 : "황향이 상소하여 [사양하여] 말했다. '[신은] 양자강과 회수 사이의 "고단하고 미천한 사람이며[孤賤]", 우둔하고 몽매한 소생(小生)으로 [경전에 관한 학식과 품행 · 재능이 취할 만한 것이 없습니다.']"

'隱淪(은륜)'은 알려지지 않고 은둔하여 가라앉아 버리는 것[幽隱沈淪]을 말한다.

10 **[이선]** 육기 「장가행(長歌行)」 : "'고운 얼굴' 조만간에 시들어버려, 까닭 없이 저절로 '사라지리라'['容華'宿夜零, 無故自'消歇']."[208]

「고시십구수 · 오늘 이 좋은 연회는[今日良宴會]」 : "[빈궁하고 미천함을 지키고 앉아[無爲守窮賤],] 뜻 못 이루고 언제나 '신고를 겪진' 말지라[轗軻長'苦辛']."

【평설】

[황절] 유리 : 이것은 포조가 ['행락行樂'을 하면서] 감회가 있어 지은 것이다. 그 대의는 이러하다. 이른 아침에 유람하러 나가려 하면서, 먼 교외를 바라보고 성 동문에 이르러, 막 고개를 빼고 경물을 살피니, 행인이 일으키는 먼지는 이미 자욱이 일어 길을 막았다. 벼슬을 하고 이익을 좇는 저 무리를 보니, 부산을 떨고 아득바득 애쓰며 만 리 길을

208) 『문선』 권28 육기 「장가행」에는, 앞 구의 '宿夜(숙야)'는 '夙夜(숙야)'로 되어 있고, 뒤 구는 '體澤坐自捐(윤택한 몸매는 까닭 없이 절로 여윈다)'으로 되어 있는데, 이선 주에 "無故自捐曰坐也(까닭 없이 절로 손상되는 것을 '坐'라고 한다)'고 했다. '宿夜'는 조만간이라는 뜻일 때는 '夙夜'와 통용한다.

앞서기를 다투는 것이, 각자 백 년 한 생의 육신에 얽히지 않은 것이 없다. 백 년이라는 세월이 얼마 안 되는 덧없는 것이니, 오직 이 젊고 건장한 시기에 [덕행을 증진하고 공업功業을 닦아서] 향기로운 꽃을 피워야 함을 전혀 모르고, 어찌 다만 고운 문채만 지니려 하고, 성년盛年이 사라지는 것에 놀라기만 할 것인가. 또 존귀하고 유덕한 자는 비록 먹고 사는 데 급급함을 면치 못하더라도 후세에 이름을 날릴 수 있지만, 고단하고 미천하여 명성이 알려지지 않은 사람은 또 그 사이에서 분주히 설치지만 부질없이 늙어가기만 할 뿐이니, 진정 누구를 위해 고생을 하는 것인지도 모르겠다. 대체로 역시 사람들에게 때맞춰 자신을 세우도록 권면하는 것이다.『선시보주』 권7

방회 : 『문선』은 '咨' 자의 주에 특히 힘을 썼다. (…중략…) 위에 "백 년의 몸을 각자 돌본다各事百年身"가 있기에 여기서는 '各' 자를 피하여 '咨' 자를 쓴 것이 왜 아니겠는가? 어리석은 내 견해로 결론을 내리자면, 마땅히 "개화는 이른 시절에 때를 맞추어, 광채를 머금고 '각자' 봄에 난만하다開芳及稚節, 含采'各'驚春"가 되어야 한다. 시인은 행약行藥을 할 때, 꽃을 피우고 무늬를 머금은 저 약물藥物 : 약초이 아직 시들기 전에 때맞춰, 모두 봄날 한창때를 누리는 기색이 있는 것을 본 것이다. (이 시는 대체로 시인이 이에 느낀 바가 있어서, 그러한 약물을,) 벼슬을 살면서 칼을 움켜쥐고 시정에서 황금을 품는 것에 비유한 것일 것이다. 그러나 당시의 소위 존귀하면서 현능한 자는 영구히 빛나는데, 우리처럼 고단하면서 미천한 자는 끝내 알려지지 못한 채 침몰하여 저절로 노쇠해 버리는데,

누구를 위해 공연히 수고할 것인가? 그래서 이것을 '뜻을 이루지 못한 심정을 읊은 시不得志之詩'라고 하는 것이다.『문선안포사시평』 권1

오기 : '닭이 우는鷄鳴' 운운한 것은 일찍 일어난 것이고, '부산스럽다擾擾' 운운한 것은 더욱 일찍 일어난 사람이다. 그런데 내가 닭이 울 때 일어나 길거리에 나서 성문을 지나가는 것은 행약行藥만을 위한 것이지, 전혀 이익을 위한 게 아니다. 저들 부산스럽고 아득바득하는 무리는 모두가 이익을 위해 부지런히 애쓰는 자들이다. '덩굴풀蔓草' 4구는 경물을 묘사한 것이 아니라, 바로 사람을 묘사한 것이니, 높은 성 모퉁이는 사람이 갈 수 없는 곳이어서 덩굴풀이 자라는 것이다. 키 큰 버드나무가 길을 끼고 있는 것은 바로 사람이 다니는 한길이며, '길을 메우고 날리는 먼지'는 바로 부산하고 아득바득 애쓰는 사람들이 밟아 일으키는 것이다. (…중략…) '꽃 피우는 것開芳' 2구는 구주舊注에서는 사람은 마땅히 빛을 감추고 밖에 나타내지 않아야 한다는 뜻이라고 보았는데, 앞의 글과 문의文義가 통하지 않는다. 내가 포조의 「역사를 읊다詠史」 시를 보니 "繁華及春媚화려한 꽃 때맞춰 곱게 피었다" 5자가 있어서, 홀연히 이 구의 의미를 해석할 수 있었다. 이 시의 '及' 자와 '春' 자는 바로 「역사를 읊다」의 '及' 자와 '春' 자이다. '이른 시절稚節' 역시 '春'이다. '꽃 피우는 것開芳'은 바로 '화려한 꽃繁華'이다. 사람이 만약 뜻한 바를 이루어 요진要津에 있다면, 소년 시절에 얼마나 번화할 것인가. 다른 사람이 이러한 번화함을 보고 놀라지 않을 사람이 없을 것이다. 만약 그 광채를 감춘 사람이라면 뉘우치고 안타까워하지 않는 사람이 드물 것

이다. 그래서 "무르익은 봄 안타까워한다吝驚春"라고 한 것이다.『육조선시정론』 권13

진조명 : 행약을 하여 몸을 편안히 하면서, 한길에서 사람들이 분주한 것을 보고, 자신은 무엇을 하는 사람인가 되돌아본다. 부귀를 잊지 못한 사람이라면 어찌 탄식하지 않을 수 있겠는가?『채숙당고시선』 권19

[전중련] 이광지 : 꽃을 피우는 것은 마땅히 봄에 때맞춰야 하는 것, 이를 지나치면 어그러지게 되는 것이니, 이것이 세상 사람들이 봄에 초목이 일제히 흐드러지게 무르익기를 바라는 까닭이다. 오직 문채文彩를 간직한 사람만은 아끼어, 봄에 일시에 무르익으려 하지 않는다. 그 또한 당대唐代 시인이 말한 "마음속에 기다리는 사람 있으니, 봄 경물에 어긋나도 감내하려고心自有所待, 甘爲物華誤" 하는 것이 아닌가?[209] 끝 4구는 이 뜻을 펼친 것이다. 그리고 그것으로 스스로 찬란히 빛나는 것을 부러워하지 않고, 숨어 침몰하는 것을 기꺼이 받아들이겠다고 말한 것이다. 아름다운 용모가 시들도록 고생한 것은 누구를 위한 것인지 모르겠다. 이른바 "광채를 머금고 난만한 봄 아까워한다含綵吝驚春"라는 것

---

209) 독고급(獨孤及, 725~777)의 「잡시(雜詩)」 제5·6구이다. 전편은 다음과 같다.

百花結成子	온갖 꽃 열매를 맺어버리고
春物舍我去	봄 경물 날 버리고 떠나간다네.
流年惜不得	흐르는 세월 안타까워도 어쩔 수 없어
獨坐空閨暮	텅 빈 규방에 홀로 앉아 저물어가네.
心自有所待	마음속에 기다리는 사람 있으니
甘爲物華誤	봄 경물 어긋나도 감내하리니.
未必千黃金	천금의 황금으로 사들여 두고
買得一人顧	혼자만 봐야 할 필요는 없지.

은 이것이다. 『용촌시선』 권2

왕개운 : '황금을 품고懷金' 4구는 바로 대우가 거침이 없다. 후인들이 고인을 본뜰 때는 먼저 대우에 주의해야 한다. 시속의 견해로 일찍부터 육조의 변려체를 금해야 한다는 주장이 있어서, 사람들에게 총명함을 억누르고 글짓기를 그만두게 했으니, 슬프다! 『상기루설시』 권6

園中秋散

負疾固無豫, 晨衿悵已單.[1] 氣交蓬門疏, 風數園草殘.[2]

荒墟半晚色, 幽庭憐夕寒.[3] 旣悲月戶淸, 復切夏蟲酸.[4]

流枕商聲苦, 騷殺年志闌.[5] 臨歌不知調, 發興誰與歡.[6]

儻結絃上情, 豈孤林下彈.[7]

정원에서 가을 시름을 달래며

오랜 병에 본디부터 편치 못한데
새벽 옷은 처량히도 너무 얇구나.
철 바뀌어 망초 대문 황량해지고
바람 잦아 정원 풀은 시들어간다.
황량한 터에는 저녁 빛이 반 내리고
어둑한 정원은 밤 추위에 가련하다.
달빛 어린 문호가 청량하여 슬픈데
밤벌레 울음소리 구슬퍼 시큰하다.
베개 베고 있으니 가을 소리 괴로운데
나이 포부 쇠미해져 풀이 죽는다.
노래를 하려 해도 가락 알지 못하니
흥취가 돋는대도 뉘와 함께 즐기랴?
현 위의 우정을 맺어두었더라면
어찌 홀로 숲 아래서 퉁기려 하랴.

【해제】

[전진륜] 문인담 주를 수록한다.

[문인담] 『설문해자』: "'散산'은 흩어지는 것分離이다."

내 견해는 이렇다. 그 근심스러운 생각을 흩어지게 한다는 것이다.

[전중련] 송본 목차 제하題下 주: "'園中散원중산'으로 된 판본도 있다."[210]

【주석】

1 **[문인담]** '負疾(부질 : 병을 지고 있다)'은 '抱疾(포질 : 병을 안고 있다)'과 같다.

『상서』「금등(金縢)」: "[상(商)을 멸한 지 2년째 되던 해에,] 무왕께서 병환이 나서 편안치 못하셨다[王有疾弗豫]."

『통지』「육서략(六書略)」: "'衿(금)'은 '襟(금 : 옷깃)과 같다."

『광운』: "'襟'은 두루마기와 저고리 등 윗옷[袍襦]의 앞섶[前袂]이다."

[황절] 방동수: "'晨衿(신금)'은 '初心(초심)', '宿心(숙심 : 숙원)'이라고 하는 것과 같다."

방동수의 견해는, 시에서 이미 '저녁 빛[晩色]'·'밤 추위[夕寒]'·'달빛 어린 문호[月戶]'·'밤벌레[夜蟲]'를 말했으므로, 첫머리에서 '새벽 옷[晨衿]'이라고 했을 리가 없다고 여겨, '초심'·'숙심'으로 풀이한 것인데, 틀렸다. 이 시가 서술한 것은, 새벽부터 밤중까지이니, 사영운의 「석벽정사에서 호수를 돌아오며[石壁精舍還湖中作]」가 아침부터 저녁까지 하루의 경물을 그려낸 것과 같다.

---

210) 주응등본 주와 사고본 제하 주에는 "'園中載散(원중재산)'으로 된 판본도 있다"라고 했다. 이때 '載'는 어조사이다.

하물며 새벽 옷이 이미 얇아져 가을 추위를 느끼기 시작했으니, '병이 든[負病]' 정태(情態)가 더욱 절실하여, 아래의 '눈물이 베개에 흐른다[流枕]' 구와도 서로 호응한다.

2 **[문인담]** 사장(謝莊) 「고향 그리는 노래[懷園引]」: "[푸른 이끼 돌길에 잔뜩 끼었고,] 묵은 풀은 '봉문'을 뒤덮고 있다[宿草塵'蓬門']."[211]

『설문해자』: "'疏(소)'는 통하게 하는 것[通]이다."[212]

『광운』: "'數(삭)'은 잦은 것[頻數(빈삭)]이다."

[황절] 『설문해자』: "'氣(기)'는 절후[候]이다."

『주례』「지관사도·대사도(大司徒)」: "[하지에 해그림자가 한 자 다섯 치가 되는 곳을 지중(地中 : 땅의 한복판)이라고 한다. 이곳은 (…중략…)] 네 계절이 서로 '교차하는' 곳[四時之所'交']이다." 가공언(賈公彦) 소: "네 계절이 서로 교차한다는 것은, 여름이 봄과 교차하고, (…중략…) 가을이 여름과 교차하며, 겨울이 가을과 교차하고, 봄이 겨울과 교차하는 것을 말한다."

3 **[문인담]** 황량한 공터에서는 경색(景色) 저무는 것이 더욱 쉽게 느껴지기에, '반(半 : 벌써 반이 넘었다)'이라고 했다.

4 **[문인담]** 달빛이 문에 비치고 있어서 '月戶(월호)'라고 했다.

간보(干寶) 「진기 총론(晉紀總論)」(『문선』 권49): "[경박하고 강기(綱紀)를 범하는 인사가 간교한 지혜를 짜내어 시정(時政)에 뛰어드는 것이,] 마치 '밤

---

211) '蓬門(봉문)'은 망초 줄기를 얽어서 만든 대문으로 가난한 집안을 비유하며, 남에게 자신을 겸손하게 표현할 때 쓰기도 한다.

212) 대문의 망초 대 사이사이가 듬성듬성해진다는 뜻이다.

벌레[夜蟲]'가 불에 달려드는 것과 같았다."

[황절] 『장자』 「추수(秋水)」 : "[북해(北海)의 해신 약(若)이 말했다. '「우물 안 개구리에게 바다의 드넓음을 말할 수 없는 것은, 그것이 공간에 구속받기 때문이고,] "여름벌레[夏蟲]"에게 얼음의 차가움을 말할 수 없는 것은, 그것이 시절에 얽매여 있기 때문이며, [시골구석의 인사에게 대도(大道)에 대해 말할 수 없는 것은, 그가 예교(禮敎)에 속박되어 있기 때문이다.]"

[전중련] 송본에는 '夏(하 : 여름)'가 '夜(야 : 밤)'로 되어 있다.[213]

5 **[문인담]** 『공양전(公羊傳)』[214] : "'상성(商聲)'을 들으면 사람을 반듯하고 바

---

213) 다른 판본도 모두 '夜'로 되어 있다. '夜'가 옳다.

214) 인용문은 『공양전』에는 없고, 『사기』 「악서(樂書)」의 마지막 부분 '태사공론(太史公論)'에 들어 있다. '商聲'은 오음(五音) 중의 '상음(商音)'을 말하는데, 『사기』의 원문은 '商音(상음)'으로 되어 있고, '則(즉)' 자는 없다. 인용 부분의 「악서」 기록은 이렇다. "따라서 궁음(宮音)을 들으면 사람을 온화하고 여유 있으며 넓고 크게[溫舒而廣大] 하고, 상음을 들으면 사람을 반듯하고 바르며 의로움을 좋아하게[方正而好義] 하며, 각음(角音)을 들으면 사람을 측은지심을 가지고 사람을 사랑하게[惻隱而愛人] 하고, 치음(徵音)을 들으면 사람을 선한 것을 즐기고 베풀기를 좋아하게[樂善而好施] 하며, 우음(羽音)을 들으면 사람을 몸가짐을 가지런히 하고 예를 좋아하게[整齊而好禮] 한다." '商聲'은 또 '가을철의 바람 소리[秋聲]'를 가리킨다. 『관자(管子)』 「유관(幼官)」의 '聽商聲治濕氣(상성을 들으면, 축축한 기운을 다스린다)'의 방현령(房玄齡) 주에 "가을에는 장마의 빗물[霖雨水]이 많아서 축축함을 다스리는 것이다"라고 했다. 『문선』 권23 완적의 「영회시(詠懷詩)」 제10수(步出上東門) 중 "素質遊'商聲', 悽愴傷我心(하얘져 시드는 것 '상성'에 말미암으니, 처창히 내 마음을 상하게 된다)"의 이선 주에, "『예기』(「월령」)에 '맹추(孟秋)의 달에 그 음은 상(商)이다'라고 했는데, 정현 주에 '가을 기운이 화하면 상성이 조화된다[秋氣和則商聲調]'라고 했다"라고 했다. '流枕(류침)'의 용례는 반악(潘岳) 「과부부(寡婦賦)」의 "涕交橫而'流枕'(눈물 종횡으로 마구 '흘러 베개를 적신다')"에서 찾을 수 있다. '商聲'에 대해서는, 문집 권5의 「황학기에 올라[登黃鶴磯]」 주석 2를 참조할 것. 다만 이 시에서는 '秋聲(추성 : 가을철 바람 소리)'의 뜻으로 보는 것이 좋다.

르며 의로움을 좋아하게 한다."

장형 「동경부(東京賦)」: "[승화전(承華殿) 마구간의 준마 포초(蒲梢)를 결 마로 붙이고] 오색 털 갈기를 드날려 '드리워 나부끼게 한다'[飛流蘇之'騷殺']."

내 견해는 이렇다. '騷殺(소살)'은 일어나지[翹起] 않는다는 뜻이다.[215]

『좌전』 「소공·13년」: "[우리 선군 문공(文公)은 (…중략…)] 망명한 지 19년이 되었지만[亡十九年], '지조 지키기[守志]'를 더욱 돈독히 하셨소."[216]

『증운(增韻)』: "'闌(란)'은 쇠락하는 것[衰]이다."

6 **[문인담]** 『광운』: "'韻(운 : 조화롭고 아름다운 소리)'은 '調(조 : 가락)'이다."

『증운』: "'音調(음조)'는 음악의 가락[樂律]이다."

7 **[황절]** 조식 「친척과 왕래할 수 있게 해주기를 간구하는 표[求通親親表]」[217] : "[황극(皇極 : 황실)에 마음을 쏟아붓고,] 궁정에 '정을 얽어매는' 것['結情'紫闥][에 대해서는, 신명(神明)께서 알아주실 것입니다.]"

[전중련] 송본에는 '紘(현 : 현)'이 '延(연 : 늘이다)'으로 되어 있고, '情(정 : 정)'이 '淸(청 : 맑다)'으로 되어 있는데, 틀렸다.[218]

---

215) 베개를 베고 누운 채 일어나지 않는다는 뜻이다. '騷殺'은 본래 축 처져서 흔들리는 모습을 나타내는 의태어이다. 장형(張衡) 「동도부(東都賦)」의 '飛流蘇之騷殺(술이 바람에 날려 흔들린다)'의 '騷殺'에 대해 이선 주는 "드리워진 모양[垂貌]"이라고 했고, 유량(劉良)의 주는 "바람에 흔들리는 모양[飀颾貌]"이라고 했다. '流枕(류침)'은 베개를 베고 누워있는 것이다. '流'는 '留(류)'와 통용한다.

216) 저본의 '二十九(이십구)'는 '十九'의 잘못이어서 고쳤다.

217) 권3 「송백의 노래[松柏篇]」 역주 40 참조.

218) 『고시기』는 장부본과 같다. 정복림은 이에 근거하여 '絃上情(현상정)'으로 고쳤다(『교주』, 784쪽).

【평설】

[전중련] 왕부지 : 압운의 운용과 문자의 사용이 모두 새롭고 낯선 데로 나아갔으니, 일찌감치 송릉松陵과 서곤西崑의 일파를 열었다.219) 그 부앙俯仰을 기탁寄託하는 데는 심치深致 : 심원한 운치를 갖추었으니, 여전히 고시의 풍도가 쇠하지 않았다.『고시평선』 권5

방동수 : 처음 2구는 먼저 '시름愁思'을 묘사하여, 제목의 '散산' 자를 위한 근거를 깔아 놓았는데, 매우 훌륭하다. '기후가 바뀐다氣交' 4구는 '정원園中'의 풍경을 묘사했다. '달빛 어린 문호月戶' 2구는 '散' 자를 긴박하게 취했고, '베개 베고流枕' 4구는 정식으로 '散' 자를 묘사했는데, 흩으려 했으나 흩을 수가 없다. 결미에서는 상음賞音 : 지음을 만날 수 있다면 내가 어찌 옛 가락을 퉁기지 못할 것인가라는 뜻을 말했으니, 바로 흩어버리고자 하는 것이다. 이 시는 마음속 생각과 눈에 보이는 풍경을 사실적으로 그렸는데, 정경情景이 교융交融하고 자구字句가 청신하고 경발하니, 진정 맹교孟郊가 본받은 바이다. 그러나 맹교는 재주가 적

219) '송릉(松陵)'은 만당의 피일휴(皮日休)와 육구몽(陸龜蒙)의 시를 말한다. 이들이 의종(懿宗) 함통(咸通) 10년(869)에서 12년(871) 사이에 창화(唱和)한 시 6백여 수를 수록한 시집 『송릉집(松陵集)』에서 취한 명칭이다. 이들의 창화 시는, 내용보다는 '화운(和韻)' 자체를 중시했으며, 그 제재는 주로 술·차·낚시·꽃 감상 등의 사소한 일과 한가로운 정치를 읊는 데 집중되었다. '서곤(西崑)'은 북송 초기 만당의 이상은(李商隱) 시풍을 표방한 양억(楊億)·유균(劉筠)·전유연(錢惟演)을 대표 작가로 하는 시파를 말한다. 이들의 창화시를 모은 시집 『서곤수창집(西崑酬唱集)』에서 취한 명칭이다. 여기에 수록된 시는 모두 율시로, 내용은 연음(宴飮)·영물(詠物)·영사(詠史) 및 남녀의 염정(艷情)을 위주로 하고, 지나친 전고(典故)와 정교한 대우(對偶)를 추구하고 모방에 치중했다.

어 때때로 몹시 군색한 모습을 드러내지만, 포조는 의상意象 : 의경(意境)과 재조才調 : 문재(文才)가 본래 유창하다. [이 시는 오히려 사영운과 흡사하지만, 필력은 절로 준일하다.] 『소매첨언』 권6

觀園人藝植

善賈笑蠶漁, 巧宦賤農牧.[1] 遠養徧闤市, 深利窮海陸.[2]

乘軺實金羈, 當壚信珠服.[3] 居無逸身伎, 安得坐粱肉.[4]

徒承屬生幸, 政緩吏平睦.[5] 春畦及耘藝, 秋場早芟築.[6]

澤閱既繁高, 山營又登熟.[7] 抱鍤壠上餐, 結茅野中宿.[8]

空識已尙醇, 寧知俗䆐覆.[9]

농부가 채소 심는 것을 보고

능란한 장사치는 양잠 어업 비웃고

교묘한 벼슬아치 농업 목축 천시한다.

먼 양재養財를 위해서 관문 저자 두루 돌고

깊은 이익 찾아서 바다와 뭍 다 뒤진다.

초헌을 탔다 하면 실로 황금 굴레요

목로에 행차하면 진정 진주 복식이라.

평소에 몸 편케 할 기량조차 없으면서

어찌하여 일은 않고 쌀밥에 고기 먹나.

다만 그저 바란다네, 살아가며 행운 만나

정령이 완화되고 벼슬아치 부드럽길.

봄 밭은 제때 갈아 곡식을 심고

가을마당 일찍이 풀을 베고 다진다.

소택지의 곡식은 풍성하고 충실하며

산간의 농작물도 잘 익어 여문다.

가래 안고 밭둑에서 들 밥을 먹고

띠 풀 엮어 들판에서 들 잠을 잔다.

순박함을 숭상할 줄만 괜히 알았지

어찌 알랴, 세속 사람 반복이 무상함을.

【해제】

[전진륜] 문인담 주를 수록한다.

[전중련] 송본에는 '園원'이 '圃포'로 되어 있다.[220)]

220) 장부본을 제외한 모든 판본이 같다. 오덕풍은 '園'은 '圃'와 자형이 비슷하여 틀린 오자로 보면서, 이 시의 "봄 밭은 제때 갈아서 곡식 심고, 가을마당 일찍이 풀 베고 다진다[春畦及耘藝, 秋場早芟築]"라고 한 것은, 『모시』「빈풍·칠월」의 "구월엔 채소밭에 마당을 닦는다[九月築'場圃']"를 바탕으로 한 것이고, '圃' 자는 여기서 나온 것이라고 했다(89a쪽). 『모시』「제풍(齊風)·동방미명(東方未明)」 제3장에도 "折柳樊'圃', 狂夫瞿瞿(버들가지 꺾어서 '남새밭'에 울을 치면, 어리석은 이도 두려워 조심한다)"라고 했고, 모전에 "'圃'는 채소밭[菜園]이다"라고 했다. 『논어』「자로(子路)」에도 "樊遲請學稼. 子曰 : '吾不如老農.' 請學爲圃. 曰 : '吾不如老圃'(번지가 농사짓는 법 배우기를 청하자, 공자는 '나는 늙은 농부만 못하다'라고 했다. '채소 가꾸는 법'을 배우기를 청하자, '나는 늙은 "채소 농부"만 못하다'라고 했다)"라는 내용이 있는데, 하안(何晏)의 『집해(集解)』에, 마융(馬融)의 견해를 인용하여, "오곡(五穀)을 심는 것을 '稼(가)'라고 하고, 채소(菜蔬)를 심는 것을 '圃'라고 한다"라고 했다.

【주석】

1 **[문인담]** 『사기』 「범수채택열전(范睢蔡澤列傳) · 논」 : "[한비(韓非)가] '소매가 길면 춤을 잘 추고, 돈이 많으면 장사를 잘한다[長袖善舞, 多錢善賈]'(『한비자』 「오두(五蠹)」)고 하더니, [정말이구나, 이 말이!]"

『진서』 「반악전(潘岳傳)」 : "[벼슬살이가 뜻대로 되지 않자 「한거부(閑居賦)」를 지어 말했다. '내가 「급암전(汲黯傳)」을 읽는데, 사마안(司馬安)이 네 번이나 구경(九卿)에 오른 데까지 읽었더니, 훌륭한 사관이 그것을 적으면서,] "교묘하게 벼슬을 잘하는 사람[巧宦]"이라는 제목을 붙였는데,[221] [개탄하면서 책을 덮고 한숨을 쉬지 않은 적이 없었다.']"

2 **[문인담]** 『공양전』 「선공(宣公) · 12년」 : "[대부 중 죽은 자가 여러 명이고,] 풀 베고 물 길으며 '말 돌보고 밥 짓는[廝養]' 병사 중 [죽은 자가 수백 명입니다.]"

『주례』 「천관총재 · 태재(太宰)」 : "아홉 가지 부세[九賦]로 재물을 거두어들이는데, (…중략…) 일곱 번째가 '관문과 저자에서 징수하는 세금[關市之賦]'이다."

이우(李尤) 「함곡관 부(函谷關賦)」 : "[그 남쪽으로는 창오(蒼梧)와 여포(荔浦), 이수(離水)와 사목(謝沐),] 애포와 영중의 관문이, '바다와 뭍으로 두루 미쳤다'[涯浦零中, 以'窮海陸']."

[황절] 『상서』 「주고(酒誥)」 : "수레와 소를 끌고 '멀리 장사를 나가서[遠服

221) 『사기』 「급암전(汲黯傳)」에 "급암 고모의 아들인 사마안은 (…중략…) '교묘하게 벼슬을 잘하여[巧善宦]' 네 번이나 구경(九卿)에 올랐다"라고 했다. 『한서』 「급암열전」에도 같은 기록이 있다. 「수시(數詩)」 주석 10 참조.

買]', 그로써 그대들 부모를 '효도로 봉양하라[孝養]'."

『사기』「화식열전(貨殖列傳)」: "[옛날 월왕 구천(句踐)이 회계(會稽 : 지금의 절강성 소흥시(紹興市))에서 곤경에 처하자, 범려(范蠡)와 계연(計然)을 등용했다.] 계연이 말했다. '평조(平糶)를 하여 물가를 고르게 하고,[222] "관문과 저자[關市]"에 물자가 결핍되지 않게 하는 것이, 나라를 다스리는 도리입니다.' 범려는 [회계에서의 치욕을 씻어버리고, (…중략…)] 거룻배를 타고 강호를 떠돌았다. (…중략…) 도(陶 : 지금의 산동성 하택시(荷澤市) 정도구(定陶區))로 가서 주공(朱公)이 되었다. 도(陶)가 천하의 중심이어서, 제후가 사방으로 통행하고 화물이 교역되는 곳이라고 생각하여, 생업을 다스려 재산을 늘려 축적했다. (…중략…) 마침내 거만(巨萬)의 재산에 이르렀다. 그래서 부(富)를 언급하는 사람들이 모두 도주공(陶朱公)을 언급한다."

3 **[문인담]** 『사기』「계포열전(季布列傳)」: "노(魯)의 협객 주가(朱家)는 이에 '말이 끄는 경쾌하고 편한 수레인 초헌을 타고[乘軺車]' 낙양(洛陽)으로 가서, [여음후(汝陰侯) 등공(滕公 : 하후영(夏侯嬰))을 만났다.]"

조식「백마편(白馬篇)」: "백마는 '황금 굴레' 장식을 하고, 쉬지 않고 북서쪽을 향해 달린다[白馬飾'金羈', 聯翩西北馳]."[223]

『한서』「사마상여전」: "사마상여는 [탁문군(卓文君)과 함께] 임공(臨邛 : 지금의 사천성 성도시의 공래시(邛郲市))으로 가서, 수레와 말 등을 모두 팔아

---

222) '平糶'는 쌀값이 비쌀 때 관미(官米)를 싼값에 팔아, 시가(市價)를 조절하고 기근을 구제하는 것을 말한다.

223) 저본의 '聯翩飾金羈'는 '白馬飾金羈, 聯翩西北馳'의 잘못이어서 고쳤다.

술집을 사서, 탁문군에게 '술청을 맡아서 술을 팔게[當壚]' 하고, 사마상여 자신은 독비곤(犢鼻褌 : 쇠코잠방이)을 입고 잡역부들과 함께 일하면서, 저자에서 그릇을 씻었다."

좌사 「오도부」 : "그 한가로이 지냄을 자랑하니, '진주 장식 복장'이요 진귀한 음식이다[矜其宴居, 則'珠服'玉饌]."

[황절] 『사기』 「화식열전」 : "자공(子貢)은 조(曹)나라와 노(魯)나라 사이에서 시세를 보아 물건을 매매하여 이익을 얻고 재물을 팔아, 사마(駟馬)에 타고 종자들을 줄지어 따르게 하며 속백(束帛)[224]의 폐백을 가지고 제후를 방문하여 바쳤다."

『사기』 「화식열전」 : "촉(蜀)의 탁(卓) 씨는 (…중략…) 철광산에서 쇠붙이를 불리고, 책략을 운용하여, 전(滇 : 지금의 운남성)과 촉(蜀 : 지금의 사천성)의 백성들을 귀순시켜, 하인 천 명을 거느린 부자가 되었다."

'먼 양재(遠養)' 4구는, 대개 계연・범려・자공・탁씨를 인용하여, 이들이 모두 '양잠업과 어업, 농업과 목축업[蠶漁農牧]을 중시하지 않고, 달리 술수로 이익을 취한 자들이라고 본 것이다.

'술집에 행차하면 진주 복식[當壚珠服]'이라고 한 것은, 또한 고사(古辭) 「우림랑(羽林郎)」을 활용했다.

신연년(辛延年) 「우림랑(羽林郎)」 : "(…중략…) 북방의 아가씨 나이는 열다섯, 봄날 홀로 '술청을 지키네'. 긴 옷섶에 연리 매듭 고름을 묶고, 넓은 소매 합환화를 수놓은 저고리. 머리 위에는 남전산의 옥이요, 귀 뒤에는 대진국의 진

224) '束帛'은 비단 5필을 각각 양 끝에서 마주 말아 한 묶음으로 만든 것을 말한다.

주로다[胡姬年十五, 春日獨'當壚'. 長裾連理帶, 廣袖合歡襦. 頭上藍田玉, 耳後大秦珠]."

탁문군(卓文君)을 빌려 탁씨의 일을 서술한 것이지, 사마상여를 말하려 한 것은 아니다.

4 **[문인담]** 『전국책』「조책(趙策)·3」: "[대저 존귀해지면, 부유함을 기대하지 않아도 부유함이 찾아올 것이고,] 부유해지면, '기장밥과 고기반찬[粱肉 : 진수성찬]'을 기대하지 않아도 '기장밥과 고기반찬'이 찾아올 것이며, [기장밥과 고기반찬을 누리면, 교만과 사치를 기대하지 않아도 교만과 사치가 찾아올 것이고, 교만과 사치가 오면, 사망(死亡)을 기대하지 않아도 사망이 찾아올 것이다.]"

내 견해는 이렇다. 편안히 살고 이익을 창출할 기술도 없는데, 어떻게 아무것도 하지 않으면서 쌀밥과 고기반찬이 생길 수 있는가라는 뜻이다.

5 **[문인담]** 『좌전』「성공(成公)·2년」'下臣不幸屬當戎行(저는 불행히도 때마침 그대의 군대를 만났습니다)' 두예 주 : "'屬(촉)'은 '適(적 : 마침)'의 뜻이다.

'生幸(생행)'은 내가 살아가는 것이 다행(多幸)이라는 뜻이다.

'平睦(평목)'은 '和平(화평 : 온화하다)'과 같다.

6 **[문인담]** 『설문해자』: "전답 50묘(畝 : 1 묘는 약 667m²)를 '畦(휴)'라고 한다."

『모시』「빈풍·칠월」 제7장 : "구월엔 '채소밭에 마당을 닦는다'[九月'築場圃']."

7 **[문인담]** 『풍속통의』「산택(山澤)」'택(澤)' : "물풀이 뒤덮고 있는 것을 이름하여 '澤(택 : 늪지)'이라고 한다."

『설문해자』: "'閱(열)'은 살피는 것[察]이다."

『월절서』「외전기(外傳記)·오왕점몽(吳王占夢)」: "[옛날 오왕 부차(夫差)

때에 백성들이 많이 늘고,] 곡식이 '잘 영글었으며[登熟]', [무기는 견고하고 예리했다.]"

[황절] 『주례』「천관총재·태재」: "아홉 가지 직업[九職]으로 [만민을 도와 보살피는데] 첫째는 삼농(三農)으로 구곡(九穀 : 기장·피·차조·벼·삼·콩·팥·보리·밀)을 생산하는 것이다." 정현 주 : "'三農'은 평지농·산농·'택농'[平地·山·'澤']이다."

8 **[문인담]** 『염철론』「국질(國疾)」: "쟁기를 잡고 '가래를 안고[抱鍤]' [몸소 밭을 갈고 베를 짜는 사람은 적다.]"

『습유기』 권6 : "[임말(任末)은 (…중략…) 때로는 숲의 나무 아래에 기대어] '띠 풀을 엮어[編茅]' 초막을 짓고, [싸리나무를 깎아 붓을 만들고 나무즙을 짜내어 먹물을 만들었다.]"

[황절] 『석명』: "'鍤(삽 : 가래)'은 '插(삽)'이니, 땅에 꽂아[插] 흙을 파내는 도구이다."

9 **[문인담]** '尙(상)'은 숭상하는 것[崇]이며, 귀중히 여기는 것[貴]이다.

[황절] '己(기)'는 자기를 말한다.

『노자』 제58장 : "정치가 관대하면, 그 백성들이 '순박하고 도타워진다[淳淳·醇醇]'."[225]

[전중련] 송본에는 '醇(순)'이 '淳(순)'으로 되어 있다.[226]

---

225) 하상공본에는 '醇醇'으로 되어 있고, 왕필본에는 '淳淳'으로 되어 있다.
226) 장씨원간본도 같다. '醇'과 '淳'은 통한다. 두텁고 질박하다는 뜻이다. 오덕풍, 89a쪽 참조.

【평설】

[황절] 방동수 : 이 시는 장법이 단정하여서, 문맥이 순탄하고 말이 조리가 있다고 할 만하다. 그런데 후인들이 그것을 본뜨면서, 또 순서대로 전개하여 판에 박은 듯이 평범하게 되었다. 사영운은 이 점에 있어서, 반드시 그것에 이합離合과 단속斷續의 변화를 주었다. 두보와 한유는 모두 작문의 법식이 매우 절묘하다. 그것은 미언微言이기에 수백 년 동안 아무도 깨달은 사람이 없었다. 요컨대 포조의 시는 필세가 소매疏邁 : 소탈하고 호매함함은 또한 사영운과 비슷하지만, 사영운의 준俊함을 지닐 수는 없었다.『소매첨언』 권6

遇銅山掘黃精

土肪閟中經, 水芝韜內策.[1] 寶餌緩童年, 命藥駐衰曆.[2]

矧蓄終古情, 重拾煙霧迹.[3] 羊角棲斷雲, 榼口流隘石.[4]

銅溪晝深沈, 乳竇夜涓滴.[5] 旣類風門磴, 復像天井壁.[6]

蹀蹀寒葉離, 灇灇秋水積.[7] 松色隨野深, 月露依草白.

空守江海思, 豈懷梁鄭客.[8] 得仁古無怨, 順道今何惜.[9]

동산을 지나며 황정을 캐면서

땅 비옥함 『중경』에 간직돼 있고

물 지초는 『내책』에 숨겨져 있다.

진귀한 음식은 어린 나이 늦춰주고

목숨을 지키는 약 노년을 멈춰준다.

영원히 살고픈 맘 또한 길러서

연무 속에 숨은 자취 거듭 찾았다.

양 뿔 같은 산봉에는 조각구름 깃들이고

병목 같은 산골 물은 좁은 돌 틈 흐른다.

구리 계곡은 낮에도 어둠침침하고

종유굴은 밤새도록 물방울진다.

풍문산의 돌길과 유사한 데다

천정관의 절벽을 닮기도 했다.

하늘하늘 차가운 잎 떠나가는데

찰랑찰랑 가을 물은 쌓이고 있다.
솔 빛은 들판 따라 깊어지는데
달빛은 이슬 풀에 새하얗게 맺혔다.
강과 바다 생각을 공연히 지키는데
양과 정의 나그네를 어찌 그리랴?
인仁을 얻으면 고인은 원망 안 했지
도道에 따르니 이제 뭐가 아까워지랴?

【해제】

[전진룬] 문인담 주를 수록한다.

[문인담] 유중옹庾仲雍 「강도江圖」: "고숙姑孰 : 지금의 안휘성 마안산시(馬鞍山市) 당도현(當塗縣)에서 직독直瀆 : 지금의 강소성 남경시 북부 양자강 연안 관음산풍경구(觀音山風景區)에 이르는 10리 사이에는, 동쪽으로 단양호丹陽湖 : 지금의 안휘성 동부 석구호(石臼湖)를 비롯한 늪지 일대와 통하고, 남쪽에 '동산銅山'이 있는데, 일명 구정산九井山이라고 한다."[227]

『박물지』: "태양초太陽草를 '황정黃精'이라고 하는데, 이것을 먹으면 장생할 수 있다."

[황절] 『한서』「지리지 · 상」: "단양丹陽은 고장군故鄣郡인데, 무제 원봉

227) 『문선』 권22 은중문(殷仲文) 「남주의 환현 구정산에서 짓다[南州桓公九井作]」 시 이선 주에 인용된 문장이다. '구정산'은 지금의 안휘성 마안산시 당도현 남쪽에 있다.

元封 2년 이름을 바꾸었다. (…중략…) 동관銅官이 있다."[228]

환관桓寬 『염철론』 「통유通有」 : "단양丹陽과 장산章山에 품질 좋은 구리金銅가 나는 산이 있다."[229]

따라서 포조 시의 '銅山'은 단양지금의 안휘성 마안산시 당도현의 '銅山'이다.

방동수 『소매첨언』 권6 : "대동산大銅山과 소동산小銅山이 양주부揚州府 양자현揚子縣 : 지금의 강소성 의징시(儀徵市)에 있다."[230]

[전중련] 송본에는 '遇우'가 '過과'로 되어 있다.[231]

---

228) '丹陽'은 표점교감본에는 '丹揚(단양)'으로 되어 있다. '단양군' 17개 현 중에 '丹陽縣(지금의 안휘성 마안산시 당도현)'이 있다. '故鄣郡'은 지금의 강소성의 양자강 이남 지역과 안휘성 수양강(水陽江) 유역 이동 지역, 강소성 모산(茅山)과 절강성 천목산(天目山) 이서 지역과 안휘·절강성의 신안강(新安江) 유역이다. '銅官'은 고대에 구리광산의 업무를 맡아보던 관직이다.

229) 『한서』 「지리지·하」에 "오지(吳地)의 동쪽에는 해염과 '장산(章山 : 지금의 절강성 천목산)'의 구리가 있다[吳東有海鹽章山之銅]"라고 했다. 이 글은 『사기』 「화식열전」에는 "동쪽에는 '해염'의 풍요로움과 '장산'의 구리가 있다[東有海鹽之饒, 章山之銅]"로 되어 있다. '해염'은 '바닷물로 만든 소금'으로 볼 수도 있고, 지명인 '해염현'으로 볼 수도 있다. 서한 시기 해염현은 지금의 절강성 평호시(平湖市) 동쪽 해안 지역이었다. 지금의 해염현은 절강성 가흥시 속현으로 평호시 남쪽 연해 지역에 있다.

230) 남송 주응합(周應合)의 『경정건강지(景定建康志)』 권17 「산부(山阜)」 '동산(銅山)' 조의 기록은 이렇다. "강녕(江寧) 남동 70리에 있다. 둘레가 119리이고 높이가 100장이다(『구지(舊志)』). 사적(事跡) : 옛사람이 이 산에서 구리를 채굴했기 때문에 이런 이름이 붙었다. 진헌(陳軒)의 『금릉집(金陵集)』에 포조의 「동산을 지나며 황정을 캐면서[過銅山掘黃精]」 시에 '구리산은 낮에도 어둠침침하고, 종유굴은 밤새도록 물방울 떨어진다'라고 했는데, 바로 이곳이다. 강녕현에 속한다. 구용현(句容縣) 북쪽과 율수현(溧水縣) 서쪽에도 각각 '銅山'이 있는데, 모두 옛날 구리를 채굴한 곳이다." 포조 시의 '銅山'이 어느 동산인지는 확정할 수 없다.

231) 『고시선』도 같다. 사고본과 『고시기』는 제목이 장부본과 같다. 『예문유취』와 『초학기』에는 제목이 '過銅山採藥[동산을 지나다가 약초를 채취하다]'로 되어 있다. 방동수는 『소매첨언』 권6에서 '過'가 되어야 맞을 것 같다고 했다. Chen도

【주석】

1 **[문인담]** '策(책)'은 '籍(적)'으로 된 판본도 있다.[232)]

「설문해자」: "'肪(방)'은 살진 것[肥]이다."

숨어서 드러나지 않는 것을 '閟(비)'라고 한다.

『수서』「경적지(經籍志)·경부(經部)」: "위(魏) 비서랑(秘書郞) 정묵(鄭默)이 『중경(中經)』[233)]을 처음 지었다. 비서감(秘書監) 순욱(荀勖)이 또 「중경」에 근거하여, 『신부(新簿 : 중경신부(中經新簿))』를 다시 지어 사부(四部)로 나누었는데, 군서(群書)를 총괄했다."

양공(羊公) 『복황정법(服黃精法)』[234)] : "'황정(黃精)은 지초(芝草)[235)]의

"Digging Sealworts When Passing by Mount Tong(동산을 지나며 둥굴레를 캐면서)"으로 번역했다(372쪽). 송본을 따라 '過'를 취했다. '過'는 '들르다, 찾아가다'의 뜻으로 보아도 된다. 포조는 질병을 많이 앓았으므로 황정 채취를 목적으로 동산을 찾았을 수도 있기 때문이다.

232) 『예문유취』에 '籍'으로 되어 있다. '土(토)'는 『초학기』에는 '玉(옥)'으로 되어 있다. '肪(방)'은 송본에는 '昉(방 : 밝다)'으로 되어 있는데, 정복림은 장부본을 근거로 '肪'으로 고쳤다. '水(수)'는 『예문유취』에는 '朮(출 : 창출, 삽주)'로 되어 있다.

233) 조정의 장서 목록으로, 원명은 『위중경부(魏中經簿)』이며 『中經簿』라고도 한다. 지금은 망실되었다.

234) 『고시전(古詩箋)』의 문장부호에 따라 '양공'은 인명으로 보았다. 인용문은, 북송 당신미(唐愼微)의 『경사증류비급본초(經史證類備急本草 : 증류본초(證類本草))』 권6 '黃精' 조에는 '隋羊公『服黃精法』云'으로 되어 있고, 명 노지이(盧之頤) 『본초승아반게(本草乘雅半偈)』 권8의 '황정' 조에는 '隋羊公云'으로 되어 있다.

235) '황정'과 '지초'는 현재의 명칭으로는 서로 다른 식물이다. '황정'은 흔히 '둥굴레'라고 옮기지만, 엄격하게는 '죽대' 또는 '층층갈고리둥굴레'이다. '지초'는 균류(菌類) 식물로 지금은 일반적으로 '영지(靈芝)'를 지칭하는데, 고대에는 서초(瑞草)로 여겼으며 복용하면 신선이 된다고 했다. 제2구의 '水芝(수지)'는 일반적으로 연꽃이나 동아[冬瓜(동과)]를 말하는데, 여기서는 '黃精'을 가리킨다. '黃精'

정수이다."

『광운』: "'韜(도)'는 간직한다는 뜻이다."

『의례』「빙례(聘禮)」'百名以上書于策(백 자(字) 이상의 긴 글은 간책에 적는다)' 정현 주: "'策'은 '簡(간 : 간책(簡策))'이다."

[황절] 방동수『소매첨언』권6: "'中經'은 틀림없이『산해경』「중산경(中山經)」을 활용한 것이다. [주석자가 순욱의『중경부』를 인용한 것은 심히 어둡다. 그리고 포조가『중산경』을 잘라서『중경』이라고 한 것은, 두찬(杜撰)인 것 같으니 본받아서는 안 된다.] 동한에는 칠위(七緯)[236]를 '내학(內學)'이라고 했다. 이 '황정'을 복약하는 것은 어쩌면 위서(緯書)에서 나왔을 것이다. [양공에게『복황정법』이 있다. 그러나 그것을] '內策(내책)'이라고 한 [것, 역시 경솔하게 견강부회한 것으로 도리에 맞지 않는다.]"

2 **[문인담]**『옥편』: "'餌(이)'는 음식[食]이다."

'童年(동년)'은 '弱年(약년 : 어린 나이)'과 같다.

『사기』「삼황본기(三皇本紀)」[237]: "염제(炎帝) 신농씨(神農氏)가 (…중략…) 백초(百草)를 맛봄으로써, 비로소 '의약(醫藥)'이 생기게 되었다."

'命藥(명약)'은 목숨을 이어주는 약이다.

은 한약재 이름으로는 '황정'이라고 하는 관례를 따라, '황정'으로 번역했다.

236) '七緯'는『역위(易緯)』·『서위(書緯)』·『시위(詩緯)』·『예위(禮緯)』·『악위(樂緯)』·『춘추위(春秋緯)』·『효경위(孝經緯)』를 말한다. '中經'에 대한 문인담의 견해는 방동수의 지적처럼 전혀 시의 의미와 부합하지 않는다. Chen은 '中經'과 '內策'에 대해 황절의 견해를 따랐다(432~433쪽).

237)「보삼황세가(補三皇本紀)」라고도 한다. 문집 권2「황하가 맑아짐을 기리는 송[河淸頌]」주석 75 참조.

'衰曆(쇠력)'은 노쇠해가는 나이[衰年]이다.

3 **[문인담]** 불사(不死)를 추구하여 '황정'을 캔다는 뜻이다.

4 **[문인담]** 왕포 「구회(九懷)·소세(昭世)」: "'양 뿔 같은 산' 빙빙 돌아 올라서[登'羊角'兮扶輿], [은하수에 날아올라 스스로 즐겨본다.]" 왕일 주: "저 높은 산을 올라가서[陞彼高山], 서서히 돌아본다."[238)]

『회남자』 「범론훈(氾論訓)」: "저 낙숫물은 충분히 '병과 물통[壺榼]'을 넘치게 할 수 있다."

'榼口(합구: 물통·술통 등의 주둥이)'는 산골 물이 얕은 것을 비유한다.

또 양의 뿔 같은 산은 봉우리가 높아서, 구름은 끊어질 듯하면서 거기에 깃들기를 바라고, 병 주둥이 같은 물은 적어서 돌에 막히자 그 흐름을 소통하고자 한다. 이것으로써 목숨이 길지 못하니 금단(金丹) 같은 대약(大藥)이라도 얻어서, 혹 오래 살고자 하는 마음을 위로할 수 있게 될까 하는 것을 비유했다.[239)]

5 **[문인담]** '深(심)'은 '森(삼)'으로 된 판본도 있다.

『문선』 권7 반악 「자전부(藉田賦)」 '森奉璋以階列(성대하게 장(璋)을 받쳐 들고 순서대로 늘어서다)' 이선 주: "'森'은 성한 모양[盛貌]이다."

『풍속통의』 「산택(山澤)」: "'沈(침)'은 '莽(망)'이니, [그것이 평평하고 아득

238) '羊角(양각)'은 『장자』 「소요유」의 '摶扶搖羊角而上者九萬里(회오리바람을 치고 올라가는 것이 9만 리이다)'의 경우처럼, '회오리바람'으로 풀이하기도 한다.
239) 도교의 양생에서 기공(氣功) 등의 방법으로 몸 안의 정기(精氣)와 정신을 결합하여 단(丹)을 이루는 수련을 내단(內丹)이라고 한다. 반면 납·수은 등의 광물에 때로는 초약(草藥)도 섞어서 장생불사의 단약(丹藥)을 제조하여 복용하는 것을 외단(外丹)이라고 하는데, 단사(丹沙)가 주요 원료이므로 흔히 연단(煉丹)이라고도 부른다. 이러한 약을 '대약(大藥)'이라고 한다.

하여] 한없이 넓어 끝이 없는 것[을 말하는 것]이다."[240]

'乳竇(유두 : 종유 동굴)'는 「향로봉을 시종하여 오르며[從登香爐峯]」(주석 8)에서 보았다.

『증운』: "'涓滴(연적)'은 물방울[水點 : 매우 적은 물]이다. 또 방울방울 떨어지는 것[瀝下]이다."

[전중련] 송본에는 '深沈'이 '沈森(침삼)'으로 되어 있다.[241]

6 **[문인담]** 『무릉기(武陵記)』: "'풍문산(風門山)'에 석문(石門)이 있는데, 땅으로부터 백여 장 떨어져 있다. 바람이 일어나려고 하면, 희미하게 검은 기운이 솟아올라 삽시간에 하늘에 이른다.[242]

육기 「만가시(挽歌詩)」 제2수 : "[귀 기울여 개울물 흐르는 소리 듣고,] 누워서 '천정'에 매달린 것(천체 현상) 살펴본다[臥觀'天井'懸]."

[황절] 방동수 『소매첨언』 권6 : "'風門'에 대해, 주석자는 『무릉기』를 인용했

---

240) 왕이기(王利器) 『풍속통의교주』에서는 "『설문해자』를 좇아 '沆(항)'으로 적어야 한다"라고 한 『군서습보』의 견해에 근거하여, '沈'을 '沆(항)'으로 고쳤다. 『설문해자』 '沆' 조에서 "'沆'은 '莽沆'이니 물이 많은[水大] 모양이다"라고 했고, '沈' 조에서는 "'沈'은 뭍에 고인 장마 빗물[陸上滈水]이다. (…중략…) 일설에는 더러운 때[濁黕]라고 한다"라고 했다. 『풍속통의교주』에는 또 '莽莽無涯際(망망무애제)' 앞에 '言其平望(언기평망)' 4자가 더 있다.

241) 장씨원간본 · 주웅등본 · 사고본 · 『고시선』 · 『전송시』 · 『예문유취』 · 『고시기』 · 『초학기』에는 '森沈'으로 되어 있다. '涓'은 『예문유취』에는 '瀝(력)'으로 되어 있다. '深沈'은 깊이 가라앉은 것이고, '森沈'은 숲이 우거져 어두운 것이다. '沈森'은 '深森(심삼 : 임목이 어둡게 우거지다)'과 같다.

242) 『태평어람』 권49에 인용된 문장은 '將欲'은 '每欲'으로 되어 있고, '隱隱' 이하는 '此門先有黑氣, 若煙隱而上, 斯須風起竟日(이 문에 먼저 검은 기운이 있어, 마치 연기처럼 솟아올라, 삽시간에 바람이 일어 종일토록 이어진다)'로 되어 있다.

다. 『광동통지(廣東通志)』에 의하면, '소주부(韶州府) 유원현(乳源縣 : 지금의 광동성 소관시(韶關市))에서 북행하여, "風門"을 나서서 상하 여러 봉우리를 사다리로 건너는데, 돌 비탈길이 험하고 위험하여 한 치 앞이 깎아지른 절벽이다'라고 했다. ['天井壁(천정벽)' 역시 미상이다. 주에서 육기 시를 인용하여 성상(星象)으로 본 것은 틀린 것 같다.]"243)

『한서』 「성제기(成帝紀)」 : "양삭(陽朔) (…중략…) 2년(23 B.C.) (…중략…) 조칙을 내렸다. (…중략…) 가을에 관동(關東 : 함곡관 이동 지역)에 큰 물이 졌는데, 유민(流民)으로 함곡(函谷)·'천정(天井)'·호구(壺口)·오완(五阮)의 관(關)으로 들어오려는 자는, 가혹하게 억류하지 않았다." 주 : "응소가 말했다. '천정관(天井關)'은 상당군(上黨郡) 고도현(高都縣 : 지금의 산서성 진성시(晉城市))에 있다."

7 **[문인담]** 송옥 『초사』 「구변」 '衆踥蹀而日進(소인배들 종종걸음치며 나날이 몰려든다)' 홍흥조 보주 : "'[踥]蹀(첩접)'은 걷는 모양이다."

내 견해는 이렇다. '蹀蹀'은 움직이는 모양이다.

사영운 「남산에서 북산으로 가면서 호수를 건너며 바라보다[於南山往北山經湖中瞻眺]」 : "[키 큰 나무의 우듬지를 내려다보고,] '큰 골짝 모여 흐른 물소리'를 우러러 듣는다[仰聆'大壑灇']."

8 **[문인담]** 열자(列자)는 '정(鄭)나라' 사람이다. '정나라'는 전국시대 '양나라 땅

243) 육기 시의 '天井'은 '하늘의 정수(井宿)'라는 뜻으로 나아가 '하늘'을 가리켜서, 포조 시의 '天井'과는 부합하지 않는다. 출구의 '風門'이 산 이름이므로, 『한서』를 좇아 관문 이름으로 보는 것이 좋다.

[梁地]'이다.

[전진륜] 장자(莊子)는 몽(蒙) 사람인데, 몽은 '양나라 땅[梁地]이니, 장자와 열자를 아울러 가리킨다고 보아도 된다. 그러나 ('梁鄭客'이라는) 말은 끝내 난해하다.

『사기』「장의열전(張儀列傳) : "'정에서 양까지[從鄭至梁]'는 2백여 리 되는데, [거마가 질주하고 병사가 달려서, 힘들이지 않고 도착했다.]"

아마 이것은 포조가 자신의 행적을 적은 것 같다. 상세한 것은 다음 작품 「옥기 파는 사람을 보고[見賣玉器者]」(주석 5)를 볼 것.

[전중련] 송본에는 '懷(회)'가 '愧(괴 : 부끄러워하다, 탓하다)'로 되어 있다.[244]

9 **[문인담]** 『삼국지』「위서 · 종요전(鍾繇傳)」: "'도에 순응하는[順道]' 사람은 창성하고, 덕을 거스르는[逆德] 사람은 망한다."[245]

[황절] 『논어』「술이(述而)」: "인을 구하여 '인을 얻었는데, 또 무엇을 원망하리오'[求仁'得仁, 又何怨']."

【평설】

[전중련] 심덕잠 : 맑고도 그윽하다. 사영운의 시에는 이러한 것은 없다. 이것은 당대唐代 시인의 선구이다.『고시원』 권11

방동수 : 처음 6구는 '황정'에서 일으켜 '掘굴' 자로 역입逆入했다.[246]

---

244) 오덕풍은 이 구의 의미가 우회(迂晦)하므로, '愧'가 옳은 것 같다고 했다(89b쪽). Chen은 장부본대로 '그리워한다(yearn for)'라고 번역했다(372쪽).
245) 배송지 주에 인용된 사마표(司馬彪) 『전략(戰略)』의 말이다.
246) '역입(逆入)'은 거꾸로 들어간다는 뜻인데, 본래 한자를 쓰는 운필법의 하나로,

'양 뿔羊角' 6구는 '동산'을 묘사했다. '하늘하늘蹀蹀' 4구는 캘 때의 풍경을 묘사했는데, 매우 묘하다. '공연히空守' 4구는 작의作意를 자술했는데, 어려워 분명하지 않다.『소매첨언』 권6

왕개운 : '積적' 자로 물을 읊은 것이 매우 섬세하다.『상기루설시』 권8

기필(起筆)할 때 붓끝을 쓰려고 하는 반대 방향으로 종이에 댄 후 붓끝을 돌려 운필하여 필획 가운데에 장봉(藏鋒)을 하도록 하는 것이다.

見賣玉器者－幷序

見賣玉器者，或人欲買，疑其是珉，不肯成市.[1] 聊作此詩，以戲買者.

涇渭不可雜，珉玉當早分.[2] 子實舊楚客，蒙俗謬前聞.[3]
安知理孚采，豈識質明溫.[4] 我方歷上國，從洛入函轅.[5]
揚芳十貴室，馳譽四豪門.[6] 奇聲振朝邑，高價服鄉村.[7]
寧能與爾曹，瑜瑕稍辨論.[8]

옥기 파는 사람을 보고－서와 함께

옥기 파는 사람을 보고 있는데, 어떤 사람이 사려고 하다가도 그것이 옥 비슷하게 생긴 돌이라고 의심하여 매매를 성사시키려 하지 않는다. 잠시 이 시를 지어 사려는 사람을 놀린다.

경수와 위수는 뒤섞어선 안 되고
옥돌과 진짜 옥은 구분해야 하지요.
그대 실로 옛 초나라 나그네이니
속설에 현혹되어 소문 잘못 들었구려.
옥의 결 고운 무늬 어떻게 알아보며
본바탕의 밝고 따스함 어찌 알겠소?
나는 막 천자 도읍 두루 거쳐서
낙수 따라 함원函轅으로 들어왔다오.

명성을 열 귀족에게 드날렸었고
명예를 네 호족에 떨쳤었지요.
신기한 성가는 조정 도읍 진동하였고
높은 가치는 향리 촌락 감복시켰소.
어떻게 그대들과 함께 다투며
무늬와 흠집 잠시라도 변론하겠소?

【주석】

1 **[전진륜]** 『예기』 「빙의(聘義)」: "[자공(子貢)이 공자에게 물었다.] 군자가 옥을 귀중히 여기면서[貴玉] '옥돌을 천시하는[賤碈]' 것은, 무엇 때문입니까? [옥은 적고 옥돌은 많기 때문입니까?]" 정현 주: "'碈(민)'은 옥 비슷한 돌이다."[247)]

2 **[전진륜]** 『모시』 「패풍·곡풍(谷風)」 제3장: "'경수 때문에 위수가 탁해지지만[涇以渭濁]', [파랗게 맑을 때도 있다.]"

3 **[전진륜]** 『금조(琴操)』: "변화(卞和)는 [초의 시골 사람인데,] 옥박(玉璞: 옥 원석)을 얻어 회왕(懷王)에게 바쳤다. 회왕은 악정자(樂正子)에게 그것을 살펴보도록 했는데, '옥 비슷한 돌'이라고 하자[言'玉石'],[248)] 기만했다고 생각하

247) '碈'과 '珉'은 이체자이다. 『강희자전』 '碈' 자 풀이에 『정자통(正字通)』을 인용하여 "'砇'·'琘'·'珉'·'玟'은 모두 같다"라고 하고, 이 『예기』 「빙의」를 용례로 인용했다. 이 시는 '화씨지벽(和氏之璧)'의 고사를 전고로 인용하여, 외형적 조건으로 인물을 평가하는 시류(時流)를 풍자했다.

248) 왕소영(汪紹楹) 교감 『예문유취』 권83에는 '石(석)' 자가 없고 '言玉(언옥)' 아래에 "여기까지가 구절이다. 탈문(脫文)이 있다"라고 했다. 『한비자』 「화씨(和

여 변화의 다리 하나를 베었다. 회왕이 죽고 아들 평왕(平王)이 서자, 변화는 다시 그것을 바쳤는데, 또 기만했다고 하여 그 다리 하나를 베었다. 평왕이 죽고 아들이 즉위하여 형왕(荊王)이 되었는데, 그것을 바치려다가, 또 해를 입을까 두려워 옥을 안고 울어, 눈물이 다하고 이어서 피를 흘렸다. 형왕이 [사람을 보내어 까닭을 물었다. 그래서 변화는 사신을 따라가서 옥을 바쳤다. 왕이] 그것을 쪼개도록 했는데, 속에 과연 옥이 있었다. 그래서 변화를 능양후(陵陽侯)에 봉했으나, 사양하고 받지 않았다."

4 **[전진륜]** 『예기』「빙의」: "[공자가 말했다. '옥돌은 많아서 천히 여기고, 옥은 적어서 귀히 여기는 것이 아니다. 옥의 광채는 사방으로 드러난다[孚尹旁達]. 대저 옛날에는 군자를 옥의 덕에 빗대었다. 따스하고 윤기가 있으면서 광택이 나는 것은 인이요[溫潤而澤仁], (…중략…)] 그 채색이 겉으로 드러나는 것은 신이다[孚尹旁達信].'"[249] 정현 주: "'孚(부)'는 '浮(부)'의 뜻으로 읽고, '尹(윤)'은 '竹箭之筠(대나무의 껍질)'[250]의 뜻으로 읽는다. '浮筠(부윤)'은 옥의 채색을 말한다."

氏)」에도 비슷한 내용이 실려 있는데, 해당 대목은 '玉人曰石也(옥 감별사가 "돌입니다"라고 말했다)'로 되어 있다. '前聞(전문)'은 변화(卞和)가 초(楚)의 제후에게 바친 옥박(玉璞)에 관한 소문이다. 『한비자』「화씨(和氏)」에는 초의 군주 회왕(懷王)·평왕(平王)·형왕(荊王)이 여왕(厲王)·무왕(武王)·문왕(文王)으로 되어 있는데, 재위 순서로는 이것이 옳다.

249) 주석 1에 인용한 자공의 질문에 이어지는 공자의 대답이다.

250) 『예기』「예기(禮器)」에 "其在人也, 如'竹箭之有筠'也, 如松栢之有心也(예가 사람 몸에 있는 것은 '대나무에 푸른 껍질이 있어서 겉을 아름답게 만드는 것' 같고, 송백에 심이 있어서 속을 곧고 굳게 만드는 것과 같다)"라고 했는데, 정현 주에 "'箭(전)'은 '篠(소: 조릿대)'이다"라고 했다. '明溫(명온)'은 옥이 광채가 밝으면서 촉감이 따뜻하고 부드러운 것이다.

5 **[전진륜]** 『좌전』「성공 · 7년」: "[만이(蠻夷)로서 초(楚)에 속하던 자들을 오(吳)가 모두 탈취했다.] 그래서 비로소 강대해져, 오를 '중원의 상국(上國)'과 통교하게 했다."

『수경주』「낙수(洛水)」: "'낙수'는 [지류에서] 또 동쪽으로 관애(關隘)를 벗어나면, 혜수(惠水)가 서쪽에서 유입하는데, 세상에서는 그것을 팔관수(八關水)라고 한다. (…중략…) 영제(靈帝) 중평(中平) 원년(184) (…중략…) '함곡(函谷)' · 광성(廣城) · 이궐(伊闕) · 대곡(大谷) · '환원(轘轅)' · 선문(旋門) · 평진(平津) · 맹진(孟津) 등 팔관(八關)을 설치했는데, 도위관(都尉官)이 이를 다스렸다."

내 견해는 이렇다. 앞의 「임천왕의 복상을 마치고 고향으로 돌아가며[臨川王服竟還田里]」에서 "이를 위해 사람들을 떠나려는 것이니, 어찌 단지 '상락'에만 머물 것이랴[顧此謝人群, 豈直止'商洛']"라고 했다. 또 「동산을 지나며 황정을 캐면서[過銅山掘黃精]」에서 "강과 바다 생각을 공연히 지키는데, 양과 정의 나그네를 어찌 그리리[空守江海思, 豈懷梁鄭客]"라고 했다. 이를 이 시에서 말한 것과 종합해 보면, 포조는 실제로 낙수(洛水)에 유람한 자취가 있다.[251] 『송서』「형양문왕의계전(衡陽文王義季傳)」에 의하면, 형양왕 유의

251) 정복림은, 포조가 낙수 유역을 유람한 자취는 사서에서는 증거를 찾을 수가 없으므로, 전진륜의 주장은 억단(臆斷)일 뿐 근거로 삼기에 부족하다고 했다(『교주』, 571쪽). '上國(상국)'은 춘추 시기 중원의 각 제후국을 부르는 명칭인데, 이 시에서는 낙양 서쪽 상류 지역의 강대한 제후국을 가리키는 것으로 보인다. 『좌전』「소공 · 14년」에 "夏, 楚子使然丹簡'上國'之兵於宗丘(여름에 초나라 제후가 연단을 파견하여 종구에서 '상국'의 군대를 검열하도록 했다)"의 두예 주에 "'上國'은 국도의 서쪽에 있다. 서쪽은 상류에 위치하기 때문에 '상국'이라고 한 것이다[上

계는 원가 21년(444) 남연주(南兗州)·서주(徐州)·연주(兗州)·청주(青州)·기주(冀州)·유주(幽州) 등 6주의 제 군사 업무를 도독하고, 북정대장군(征北大將軍)·개부의동삼사(開府儀同三司)·남연주 자사가 되었다. 22년(445)에 예주(豫州)의 양군(梁郡 : 지금의 하남성 상구시(商丘市) 일대로 치소는 상구시)을 통치하고 서주(徐州) 자사로 옮겼다. 24년(447) 팽성(彭城)에서 죽었다. 임천왕 유의경이 죽자 포조는 바로 유의계에게 의지했기에, 먼저 「정북세자께 왕자의 탄생을 축하하며 올리는 표[征北世子誕育上表]」라는 글이 있었고, 형양왕을 시종하여 양주(梁州)로 갔다가 얼마 지나지 않아 시종하여 서주로 갔기에, 다시 「시종하여 옛 궁궐에 들러서[從過舊宮]」라는 시가 있었는데, 황하가 맑아지자 송(「황하가 맑아짐을 기리는 송[河淸頌]」)을 지은 것이 어찌 시흥왕의 조정에 처음 벼슬한 때이겠는가?[252] 애석하게도 사서에 독립된 전기가 없으니 그 사환 경력을 상세히 알 수 없을 따름이다.

國, 在國都之西, 西方居上流, 故謂之上國]"라고 했다. Chen은 '경사(京師)'의 뜻(the imperial capital)으로 풀이했다(373쪽). '函轅(함원)'은 '函谷關(함곡관)'과 '轘轅關(환원관)'의 병칭(竝稱)으로 낙양을 가리킨다. 이 2구는 서쪽 여러 강대한 제후국을 거쳐 낙수를 따라 낙양으로 들어왔다는 뜻이다.

252) 「황하가 맑아짐을 기리는 송문[河淸頌]」은 원가 24년(447)에 지은 것이 명확하다. 전진륜은 「정북세자께 왕자의 탄생을 축하하며 올리는 표」를 형양왕 유의계에게 올린 상소로 보았기에, 유의계의 막료 시절 지은 작품의 순서를 「정북세자께 왕자의 탄생을 축하하며 올리는 표」, 「시종하여 옛 궁궐에 들러서」, 「황하가 맑아짐을 기리는 송문」으로 본 것이다. 그러나 전중련·조도형·정복림 등은 「정북세자께 왕자의 탄생을 축하하며 올리는 표」를 시흥왕(始興王) 유준(劉濬)에게 올린 것으로 보았다(「정북세자께 왕자의 탄생을 축하하며 올리는 표」 해제 및 역주 1 참조). 다만 「시종하여 옛 궁궐에 들러서」는 전진륜·황절·전중련이 모두 원가 22년 형양왕을 시종하여 팽성으로 갈 때 지은 것으로 보았다(해제 및 역주 4 참조). 전중련은 「옥기 파는 사람을 보고」도 원가 22년 작으로 보았다.

6 **[전진륜]** 반악 「서정부(西征賦)」: "한(漢) 조정에서 '일곱 귀족[七貴]'을 본다." 이주한 주: "한나라 조정의 '일곱 귀족[七貴]'은 여(呂)·곽(霍)·상관(上官)·정(丁)·조(趙)·부(傅)·왕(王)씨인데, 모두 황후의 친족이다."

'十貴(십귀)'는 잘 모르겠다.[253]

『한서』 「유협전(游俠傳)」: "열국(列國)의 공자(公子)로, 위(魏)에는 신릉군(信陵君: 위무기(魏無忌))이 있고, 조(趙)에는 평원군(平原君: 조승(趙勝))이 있으며, 제(齊)에는 맹상군(孟嘗君: 전문(田文))이 있고, 초(楚)에는 춘신군(春申君: 황헐(黃歇))이 있는데,[254] 모두 왕공(王公)의 권세를 믿고 유협(遊俠)을 다투어 행했으니, [계명구도(鷄鳴狗盜)의 보잘것없는 재주를 가진 이도 예의를 갖추어 다 받아들였다.]"

[황절] 『사기』 「효경본기(孝景本紀)」: "중원(中元) 5년(145 B.C.) 여름, 황자 유순(劉舜)을 상산왕(常山王)으로 정하고, '열 명의 후[十侯]'를 봉했다."[255]

'十貴'는 이를 가리키는 것이 아닌지 모르겠다.

[전중련] 송본에는 '芳(방)'이 '光(광)'으로 되어 있다.[256]

---

253) 오덕풍은 '十貴'는 '七貴'의 잘못으로 보았다. '七'과 '十'은 자형이 근사하여 고서에서 왕왕 서로 바뀌어 쓰인 예가 있는 것을 근거로 했다(89b쪽).

254) 당시 이들을 '사공자(四公子)'라고 불렀다.

255) 장수절은 『사기정의』에서, 『사기』의 「혜경 연간 후자 연표[惠景間侯者年表]」에 근거하여, 아곡후(亞谷侯) 노타지(盧他之)를 비롯한 5인이 중원 5년에 봉해졌는데, 나머지는 찾을 수 없다고 하고, 중원 3년에 흉노왕 2인이 항복하여 후로 봉해졌고, 「혜경 연간 후자 연표」에 흉노 왕으로 항복하여 후가 된 자가 7인이 있다고 했으니, 이 중 5인이 '十侯'에 들어갈 것이라고 했다.

256) 오덕풍은 「이소」의 "芳與澤其雜糅兮(방향과 윤기[악취]가 뒤섞여 있다)"의 왕일 주에서 "'芳'은 덕의 향기[德之臭]이다"라고 한 것을 근거로, 도덕과 성예(聲譽)의 아름다움을 '芳'이라고 하는데, '揚芳(양방)'이 다음 구의 '馳譽(치예)'와 서

7 **[전진륜]** 『후한서』「문원전(文苑傳)・변양(邊讓)」: "[의랑(議郎) 채옹(蔡邕)이 대장군 하진(何進)에게 추천했다. '(…중략…) (변양은) 직급과 품계에도 초연합니다.] 만약 다시 무리의 뒤를 따라 들어가게 한다면, 진기한 보옥의 "높은 가치[高價]"를 드러내고 사람을 알아보는 절세의 안목을 밝히는 바가 아닙니다.'"

8 **[전진륜]** 『예기』「빙의」: "[공자가 말했다. (…중략…)] '흠집이 아름다운 광채를 가리지 않고, 아름다운 광채가 흠집을 가리지 않는 것[瑕不揜瑜, 瑜不揜瑕]'은 충(忠)이다."[257]

로 잘 어울리므로, '芳'이 옳고 송본은 틀렸다고 했다(89b쪽).

257) 주석 4에 인용된 공자의 대답에서 생략한 부분 중의 일부이다.

懷遠人

哀樂生有端, 離會起無因. 去事難重念, 恍惚似如神.[1]
屬期眇起遠, 後遇邈無辰.[2] 馳風掃遙路, 輕羅含夕塵.[3]
思君成首疾, 欲息眉不伸.[4]

멀리 있는 이를 그리며

슬픔과 즐거움은 단서라도 있지만
헤어짐과 만남은 까닭조차 없구려.
지난 일은 다시 생각하기도 어려운데
흐릿하고 희미하여 홀렸던 듯하구려.
만날 시기 까마득히 멀기만 하니
훗날 만남 아득하여 기약도 없소.
몰아치는 바람이 먼 길을 휩쓸어
담쟁이덩굴에는 저녁 먼지 덮였소.
그대를 그리는 맘 두통이 되어
쉬려 해도 눈썹도 펼 수 없구려.

【주석】

1 **[전진륜]** 『노자』 제21장 : "[큰 덕의 모습은 오직 도(道)에 따라 정해진다. 도라는 것의 모습은] '어슴푸레하고 흐릿하다[惟恍惟惚]'."[258)]

2 **[황절]** 장형 「동경부(東京賦)」 : "(제왕이 대악(岱嶽)을 순수하면서) '하늘가를 아득히 바라보며' 먼 후일을 기약하고['眇天末'以遠期], [만세(萬世)를 도모하여 큰 법식을 마련코자 하셨습니다.]"

[전중련] 송본에는 '起(기)'가 '已(이)'로 되어 있다.[259)]

3 **[전진륜]** 유향 「구탄 · 원유(遠游)」 : "꼬리를 흔들고 날개를 떨치며, '바람을 부리고' 비를 몰아, 끝없는 하늘에서 놀 것이다[搖翹奮羽, '馳風'騁雨, 遊無窮兮]."

[전중련] 송본에는 '羅(라)'가 '蘿(라 : 담쟁이덩굴)'로 되어 있다.[260)]

4 **[전진륜]** 『모시』 「위풍(衛風) · 백혜(伯兮)」 제3장 : "[내 임을 그리워하고자 하니,] '머리 아픈 것' 기꺼이 감수하네[甘心'首疾']."

사마천 「임안(任安)에게 보내는 답서[報任少卿書]」 : "[지금은 육신을 망가뜨려 오물이나 치우는 노예가 되어, 비천한 가운데 처해 있으니,] 또한 고개를 들

---

258) '惟恍惟惚'은 미묘하여 알기 어렵다는 뜻이다. 『한비자』 「충효(忠孝)」에서는 "세속의 이른바 열사(烈士)라는 자들은 (…중략…) 염담(恬淡 : 무욕하고 담박함)한 학문을 닦고, '황홀(恍惚)'한 언설(言說)을 익히는데, 제 생각으로는 염담한 것은 아무 실용성이 없는 가르침이고, '황홀(恍惚)'한 것은 법강(法綱)을 무시하는 언설입니다"라고 하여 '恍惚(황홀)'이라는 단어가 나오는데 이것은 『노자』의 '惟恍惟惚(유황유홀)'에 바탕을 둔 표현이다. '恍惚'은 흐릿하여 확실하게 포착하기 어려운 것을 말한다. '神(신)'은 '神幻(신환 : 신기하고 허황됨)'의 의미이다. 『노자』 인용문은 권4 「'갈 길은 험난하고'를 본떠[擬行路難]」 제4수 주석 4를 볼 것.

259) 사고본과 『고시기』에는 '起'로 되어 있다. 오덕풍은 뒤 구가 "後遇邈無辰"이므로 마땅히 '已'가 되어야 서로 대우가 되므로, '起'는 오자라고 했다(89b~90a쪽). 의미상으로도 '已'가 낫다. 번역은 이를 취했다. '屬期(촉기)'는 모이는 기약이고, '後遇(후우)'는 장래의 만남이다.

260) 오덕풍은 '羅'는 '蘿'의 오자인 것 같다고 했다(90a쪽). 번역은 이를 취했다. Chen은 '輕羅(경라)'를 '비단 버선(my silk socks)'이라고 풀이하여 '羅'로 보았다(373쪽).

고 '눈썹을 펴고[伸眉]', [시비를 논하고자 해도, 조정을 경시하고 당세의 인사들을 치욕스럽게 하는 게 아니겠습니까?]"[261]

261) '伸眉(신미)'는 사마상여 편지에서는 '뜻하는 바를 이루는 모양'을 형용했고, 포조 시에서는 '근심을 벗어나는 모양'을 형용했다.

夢還鄉

衒淚出郭門, 撫劍無人逵.[1] 沙風暗空起, 離心眷鄉畿.[2]

夜分就孤枕, 夢想暫言歸.[3] 孀婦當戶歎, 繅絲復鳴機.[4]

慊款論久別, 相將還綺闈.[5] 歷歷簷下凉, 朧朧帳裏暉.[6]

刈蘭爭芬芳, 採菊競葳蕤.[7] 開奩奪香蘇, 探袖解纓徽.[8]

夢中長路近, 覺後大江違.[9] 驚起空歎息, 恍惚神魂飛.[10]

白水漫浩浩, 高山壯巍巍.[11] 波瀾異往復, 風霜改榮衰.[12]

此土非吾土, 慷慨當告誰.[13]

꿈속의 귀향

눈물을 머금은 채 성문을 나가

검을 쥐고 사람 없는 한길 나서네.

모래바람 변방 하늘 뒤덮고 이니

나그네 맘 고향이 그리워지네.

한밤중에 외로운 베개에 기대

꿈속에서 잠시간 돌아가 보네.

생과부는 문 앞에서 한숨지으며

실을 뽑아 또다시 베 짜고 있네.

기꺼워 오랜 이별 이야기하고

서로 부축하고 비단 휘장 돌아가네.

처마 밑의 추위는 뚜렷하였고

휘장 안의 밤빛은 흐릿하였네.
택란을 베어서 향기 견주고
국화를 꺾어서 고움 다퉜네.
화장 상자 열어서 향 술을 뺐고
옷소매를 더듬어 향낭 풀었네.
꿈속에선 먼 길도 가까웠는데
깨어나니 큰 강이 가로막았네.
놀라 일어 공연히 한숨을 쉬니
아득하여 넋마저 날아간다네.
흰 물은 까마득히 넓기만 하고
높은 산은 우뚝하게 높기만 하네.
물결은 썰물 밀물 서로 다르고
풍상은 영고성쇠 바꿔놓았네.
이곳은 내가 살던 고향 아니니
북받치는 이 심정 뉘게 말하리.

【해제】

[전진륜] 『옥대신영』에는 제목이 「夢還詩몽환시」로 되어 있다. 오조의 주를 수록한다.

[전중련] 송본에는 '還환'이 '歸귀'로 되어 있다.[262)]

【주석】

1 **[오조의]** 유삭(劉鑠) 「수양악(壽陽樂)」 제9곡 "'눈물을 머금고 동문을 나가[銜淚出傷門]', [수양(壽陽)을 떠나도, 반드시 돌아올 텐데 몇 년 후일까.]"

「고시십구수 · 떠난 세월 나날이 멀어져가고[去者日以疏]」: "'성곽 문을 나서서' 똑바로 보니['出郭門'直視], [구릉과 봉분만 보이는구나.]"

『좌전』 「양공 · 26년」: "자주(子朱)가 화가 나서 (…중략…) '칼을 잡고[撫劍]' 양설힐을 따라나섰다."[263]

『설문해자』: "'逵(규)'는 사통팔달의 큰길이다."

2 **[전진륜]** 『옥대신영』에는 '空(공 : 하늘)'이 '塞(새 : 변새)'로 되어 있다.[264]

---

262) 『옥대신영』 오조의 주에는 "「夢歸鄉」으로 된 판본도 있다"라고 했다. 오덕풍은 이를 근거로 송본을 좇아 제목을 「夢歸鄉」으로 하는 것이 좋을 것 같다고 했다(90a쪽). 이 시는 고향을 떠나 있으면서 꿈속에 고향으로 돌아가 아내를 만난 것을 그린 작품이다. 조도형은 시의 내용으로 보아 포조가 강북에 있을 때, 그의 생애와 사환 경력 등을 종합하면, 영안령(永安令) 재임 중이던 원가 29년에서 30년 사이(45~453)에 지어졌을 가능성이 크다고 보았다(「창작 시기」, 390~391쪽). 정복림은 강북에 머물 때 지었다고 한 조도형의 견해에는 동의하지만, 영안령 임직 기간과 영안의 지명에는 이견을 제시하고, 임해왕 유자욱(劉子頊)이 형주(荊州) 자사가 되었을 때, 포조가 전군참군(前軍參軍)으로 형주로 따라간 대명 6년(462) 이후부터, 태시 원년(465) 그곳에서 「강릉에서 세월을 탄식하고 늙음을 슬퍼하며[在江陵歎年傷老]」를 짓기 이전 사이로 보았다(『교주』, 578~582쪽). 「강릉에서 세월을 탄식하고 늙음을 슬퍼하며」 해제 참조.

263) 인용문의 자세한 내용은 「약효를 위한 걷기로 성 동쪽 다리까지 가면서[行藥至城東橋]」 주석 6을 볼 것.

264) 『전송시』도 같다. 오덕풍은 시의 뜻을 살펴보면, 자신이 변새(邊塞)에서 모래바람이 일어나는 것을 보고 고향을 그리워하고, 아울러 아래의 꿈속 귀향[夢歸]을 일으키는 것이기 때문에, '空'은 '塞'의 오자인 것 같다고 했다(90a쪽). 다음 구의 '鄉畿(향기)'와 대비하면, '塞'가 낫다. '鄉畿'는 경기 지역에 있는 고향이다. '空'이라도 내용상 변방의 하늘[塞空]이므로 '변방 하늘'로 번역했다.

3 **[오조의]** 『후한서』「광무제기(光武帝紀)」: "매일 아침에 조회를 보고 해가 기울어야 파했다. 자주 공경(公卿)과 낭장(郎將) 등을 불러 경서의 의리를 강론했는데, '한밤중[夜分]'이 되어야 잠을 잤다."265)

4 **[전진륜]** '歎(탄)'은 『옥대신영』에는 '笑(소)'로 되어 있다.266)

'繅絲(소사 : 실을 켜다)'는 '騷首(소수 : 머리를 긁다)'로 된 판본도 있다.

[오조의] 『춘추번로』「심찰명호(深察名號)」: "[성품은 누에고치와 같고 알과 같다. 알은 덮는 것을 기다려서 병아리가 되고,] 누에고치는 켜는 것을 기다려 명주실이 되며[繭待繅而爲絲], [성품은 가르침을 기다려 착해진다.]"

[황절] 『광운』: "'孀(상)'은 과부이다."

고시에서 부인(婦人)을 언급할 때, 반드시 남편이 죽어야만 과부[寡]라고 호칭한 것은 아니다.

진림(陳琳) 「장성의 굴에서 말에게 물 먹이며[飮馬長城窟行]」: "변방 성엔 건장한 젊은이 많고, 안채에는 "홀로된 부인"이 많다. 편지 써서 안채로 보내어서는, 시집가고 머물지 말라고 했다[邊城多健少, 內舍多"寡婦". 作書與內舍, 便嫁莫留住]."

---

265) 이현 주에 "'分(분)'은 '半(반)'이다"라고 했다. '夜分(야분)'은 '夜半(야반 : 한밤중)'과 같다.

266) 오덕풍은, 이 2구는 꿈속에 본 규부(閨婦)의 처량하고 괴로운 모습을 그린 것이므로, '笑'는 사리에 맞지 않고, 아래의 '기꺼워 오랜 이별 이야기하고, 부축하고 비단 휘장 돌아가 쉰다'라고 한 것과도 부합하지 않으므로, '笑'는 '歎'의 오자임이 틀림없다고 했다. 그는 '歎'은 '嘆'으로도 적는데, 육조 시기 '嘆'의 속서체(俗書體)가 '嘆'으로, '笑'의 속자인 '咲(咲)'와 자형이 매우 비슷하여, '嘆'의 속자를 '咲'로 잘못 적게 된 데서 비롯된 것이라고 했다(90a쪽).

홀로 지내기[獨居]만 해도 과부(寡婦)라고 한 것이다. 이 시의 '상부(孀婦)'는 꿈속에서 본 자신의 아내를 가리키는 말이다.[267)]

[전중련] 송본에는 '繅(소 : 고치를 켜다)'가 '搔(소 : 긁다)'로 되어 있다.[268)]

5 **[전진륜]** '闈(위 : 쪽문)'는 『옥대신영』에는 '帷(유 : 휘장)'로 되어 있고, '幃(위 : 휘장)'로 된 판본도 있다.[269)]

[오조의] 조식 「조카 조개(曹喈) 애사[曹仲雍哀辭]」 : "'비단 휘장과 고운 깁 방장[羅幬綺帳]'은, [(버려진 후직(后稷)을 덮어줬던) 날짐승의 날개보다 따뜻한데 (…중략…) 끝내 돌도 채우지 못하고 예순 날 만에 요절했구나.]"

『설문해자』 : "옆으로 두르는 것[旁][270)]을 '帷'라고 하고, 위를 덮는 것을 '幕(막)'이라고 한다."

『광아』 : "'帷'는 '幕'이고 '帳(장 : 지붕이 있는 휘장)'이다."

[황절] 진림 「장성의 굴에서 말에게 물 먹이며」 : "머리 묶고 시집와서 그대를 모셨는데, '정성껏' 마음 다해 그대 걱정했다오[結髮行事君, '慊慊'心意關]."[271)]

번흠(繁欽) 「정정시(定情詩)」 : "속마음 '충실하고 충실해진' 뒤, 그런 뒤에

---

267) 문집 권4 「'갈 길은 험난하고'를 본떠[擬行露難]」 제13수 주석 7 참조.

268) 주응등본도 '搔'로 되어 있다. 정복림은 장부본에 근거하여 '繅'로 고쳤다(『교주』, 582쪽). 오덕풍은 '繅'를 '搔'로 적은 것은 음이 유사한 데서 비롯된 오자로, '搔絲'는 의미가 통하지 않는다고 했다(90a쪽).

269) 오덕풍은 '帷'와 '幃'는 고문으로는 '匱(위)'로 적었으며, 『석문(釋文)』에 "'闈'는 혹 '帷'로 적기도 한다"라고 했으니, '闈'·'帷'·'幃'는 통용할 수 있다고 했다(90b쪽).

270) 저본의 '房(방)'은 '旁(방)'의 오자여서 고쳤다.

271) '關(관)'은 저본에는 '間(간)'으로 되어 있는데, 『악부시집』 권38에는 '關'으로 되어 있어서 고쳤다.

기약을 할 수 있었소[中情旣'款款', 然後剋密期]."

'慊(겸)'은 성심으로 자족하는 것이다. '款(관)'도 정성(精誠)이다.

6 **[전진륜]** '歷歷(력력 : 뚜렷한 모양)'은 『옥대신영』에는 '靡靡(미미 : 느린 모양, 점점)'로 되어 있다.

'帳'은 『옥대신영』에는 '窗(창 : 창)'으로 되어 있다.

'暉(휘)'는 『옥대신영』에는 '輝(휘)'로 되어 있다.

[전중련] 송본에는 '暉(휘)'가 '輝(휘)'로 되어 있다.[272)]

7 **[오조의]** 『좌전』「선공 · 3년」: "[정 목공(穆公)이 병이 들자 말했다. '난(蘭)이 죽으면 내가 아마 죽게 될 것이다. 나는 그 난 때문에 태어났느니라.'] '시든 난을 베자[刈蘭]' 목공은 죽었다."

도연명「음주(飮酒)」제5수 : "동쪽 편 울타리서 '국화 따는데'['採菊'東籬下], [아련하게 남산이 눈에 들오네.]"

왕찬(王粲)「공연시(公讌詩)」: "[하늘이 풍요로운 우로(雨露)를 내려,] 온갖 화훼 '무성하게 움을 틔운다'[百卉'挺葳蕤']."[273)]

8 **[전진륜]** '奪(탈 : 뺏다)'은 『옥대신영』에는 '集(집 : 모으다)'으로 되어 있다.[274)]

---

272) 주응등본에도 '輝'로 되어 있다. '暉'와 '輝'는 통용한다. '帳'은 『전송시』에도 '窗'으로 되어 있다.

273) '葳蕤(위유)'는 초목이 무성하게 우거진 모양을 나타내는 의태어이다. '萎蕤'로도 적는다. 이 2구는 시인과 부인이 꿈에 만나 각자 택란과 국화를 꺾어 누구 것이 더 향기롭고 무성한지를 겨뤄 보는 장면의 묘사이다. 꺾어 온 택란의 향과 국화의 무성함으로 아내의 체취와 용모를 견주는 것으로 볼 수도 있다. Chen은 그렇게 풀이했다("The cut orchid contends with her aromatic sweetness, the plucked chrysanthemum competes with her flushed freshness." 374쪽).

274) 오덕풍은 『자휘보(字彙補)』의 "'奞'은 고문 '奪' 자이다"라고 한 것을 근거로,

[오조의]『방언』: "'蘇(소)'·'芬(분)'·'莽(망)'은 풀[草]이다. 강회(江淮)와 남초(南楚) 지방에서는 '蘇'라고 하고, 함곡관 이서 지역에서는 '草'라고 한다."275)

혜강「금부」: "[겨울밤 서늘하고, 달빛 밝게 비추는데,] 새 옷은 스르륵스르륵, '향낭'에선 방향을 풍긴다[新衣翠粲, '纓徽'流芳]."

속석(束晳)「은거에 대한 석명[玄居釋]」: "[시골 동산에서 소박한 생활[素履] 온전히 지키며,] '관대와 관모'는 등지고 오래도록 편안히 산다[背'纓緌'而長逸]."

매승「칠발」: "가을에 누렇게 된 '차조기'[秋黃之'蘇'], [흰 이슬 맞은 채소.]"

[황절] 혜강「금조」이선 주: "『이아』에 있다. '부녀자의 "徽(휘)"를 "縭(리 : 패건, 향끈)"라고 한다.' 곽박 주에서 말했다. '오늘날의 "향영(香纓 : 향낭)"이다.'" 『이아』「석기(釋器)」에서는 '褘(위 : 패건)'로 적었지 '徽'로 적지 않았다. '徽'는 '琴徽(금휘 : 기러기발)'인 것 같다. '纓(영)'은 끈[系]이다. "화장 상자 열어서 향 술을 빼고, 옷소매를 더듬어 향낭 풀었다[開奩奪香蘇, 探袖解纓徽]"라고 한 것은, 진가(秦嘉)의「병든 아내에게 주는 시[贈婦詩]」의 "좋은 향은 더러운 때 제거해 주고, 소박한 금은 맑은 음악 소리를 들려줄 거요[芳香去垢穢, 素琴有淸聲]"의 의미를 활용한 것이다.

'棄' 자가 깨져 '集'으로 잘못 쓰게 된 것이라고 했다(90b쪽).

275)『강희자전』에서 인용한 것으로 보이는데, '芬'은 '芥(개)'의 오자이고, '莽'은 연자(衍字)이다. 통행본『방언』권3에는 "'蘇'·'芥', 草也. 江淮南楚之間曰'蘇', 自關而西或曰'草', 或曰'芥', 南楚江湘之間謂之'莽'('蘇'·'芥'는 풀이다. 강회(양자강 중하류에서 회수에 이르는 강소성과 안휘성 중부 지역)와 남초(지금의 안휘성 중부와 남서부, 하남성 남동부, 호북성 동부 및 강서성 일대) 사이 지역에서는 '蘇'라고 하고, 함곡관 이서 지역에서는 혹은 '草'라고 하고 혹은 '芥'라고 하며, 남초와 강상 사이 지역에서는 '莽'이라고 한다)"로 되어 있다.

9 **[전진륜]** 『옥대신영』에는 '夢(몽 : 꿈)'이 '寐(매 : 잠)'로 되어 있다.

[오조의] 『초사』「구가 · 상군」: "[잠양(涔陽)의 먼 포구를 바라보면서,] '대강'을 건너서 내 정성 드러내고 싶다[橫'大江'兮揚靈]."

[전진륜] 『한비자』: "육국(六國) 시기, 장민(張敏)과 고혜(高惠) 두 사람은 친구였는데, 매번 보고 싶었지만 만날 수가 없어서, 장민은 '꿈속에 찾아갔다[夢中往尋]'. 그러나 중간쯤 갔을 때, 길을 잃고 찾을 수가 없어 마침내 돌아왔다. 이처럼 한 것이 여러 번이었다."276)

[황절] 「고시십구수 · 싸늘하게 세월은 저물어가고[凜凜歲云暮]」: "홀로 자며 기나긴 밤 쌓이고 쌓여, '꿈에라도 그대 모습 보고 싶어요'[獨宿累長夜, '夢想見容輝']."

악부고사 「장성의 굴에서 말에게 물 먹이며[飮馬長城窟行]」: "머나먼 길 생각조차 할 수 없는데, 어젯밤 꿈속에서 보았답니다. 꿈에 볼 땐 내 곁에 계시었지만, 홀연 깨니 타향에 계시는군요[遠道不可思, 夙昔夢見之. 夢見在我傍, 忽覺在他鄕]."

이상은 모두 꿈속 상황을 묘사했는데, 대체로 포조의 이 시가 바탕으로 삼은

276) 금본에는 없다. 『문선』 권20 심약(沈約)의 「안성내사(安成內史) 범수(范岫)와 헤어지며[別范安成詩]」의 '夢中不識路, 何以慰相思(꿈속에선 찾아갈 길 알지 못하니, 어떻게 그리운 맘 위로하리오)' 이선 주에 인용되어 있다. 『문선』에는 '便於(변어)' 앞에 '敏' 자가 있고, '塗'는 '道'로 되어 있으며, '如是者再三'은 '如此者三'으로 되어 있다. 송 범희문(范希文)의 『대상야어(對床夜語)』 권1에도 출처를 『한비자』로 하여 '迷不知路'까지가 실려 있고, 명 팽대익(彭大翼)의 『산당사고(山堂肆考)』 권105에는 이선 주의 인용대로 수록돼 있다. 송 호계종(胡繼宗)의 『서언고사(書言故事)』「붕우류(朋友類)」에도 '夢中相尋(몽중상심)'이라는 제목으로 같은 내용이 실려 있다.

것이다.

[전중련] 송본에는 '夢'이 '寐'로 되어 있다.[277]

10 **[오조의]** 사마상여 「상림부」: "[이에 사방을 두루 살펴보니, 초목이 무성하게 우거지고,] '일망무제 아득하여 눈이 아찔하다[芒芒恍忽]'."

부현(傅玄) 「원가행(怨歌行)-조시편(朝時篇)」: "'넋'이라도 만 리 길 달려가서는['魂神'馳萬里], [기꺼이 한 구덩이 들어갔으면.]"

11 **[전진륜]** 『열녀전』 권6 「제관첩정(齊管妾婧)」: "[첩 청(婧)은, 제나라 재상 관중(管仲)의 첩이다.] 영척(甯戚)이 환공(桓公)을 만나고 싶었지만, [방도가 없어서 하인으로 분장하고 수레를 몰아] 제 도성의 동문 밖에서 잤다. [환공이 나오자 영척이] 쇠뿔을 두드리며 상성(商聲)으로 노래를 불렀는데, 매우 슬펐다. 환공이 기이하게 여겨 관중더러 가서 물어보도록 했다. 영척은 '호호탕탕하구나, 흰 물이여[浩浩乎白水]'라고 외쳤다. [관중은 무슨 뜻인지 몰라, 닷새나 조회에 나가지 않았다. (…중략…) 그 첩 청이 물었다. (…중략…) 영척이 '호호탕탕하구나, 맑은 물이여'라고 했는데, 나는 그것이 무슨 뜻인지 모르겠소. 그 첩이 웃으며 말했다. '(…중략…) 옛날 「맑은 물[白水]」이라는 시가 있는데, 시에서 말하지 않았습니까?] "'드넓은 맑은 물이여', 유유히 헤엄치는 물고기여. 임금이 나를 부르러 오면, 나는 장차 어디서 살 것인가. 나라가 안정되지 않았으니, 내가 어디로 가야 하는가['浩浩白水', 儵儵之魚. 君來召我, 我將安居. 國家未定, 從我焉如]." 이것은 영척이 나라를 위해 일하고자 하는 뜻입니다.'"

277) 오덕풍은 황절 주를 근거로 '夢'이 되어야 한다고 했다(90b쪽).

[황절] "흰 물은 까마득히 넓기만 하고, 높은 산은 우뚝하게 높기만 하다[白水漫浩浩, 高山壯巍巍]" 역시 진가의 「병든 아내에게 주는 시[贈婦詩]」의 "강물은 넓은데 배와 다리 없으며, 뜬구름은 높은 산에 솟아 오른다[河廣無舟梁, 浮雲起高山]"라고 한 의미를 활용한 것이다.

12 **[전진륜]** '瀾(란 : 물결)'은 『옥대신영』에는 '潮(조 : 조수)'로 되어 있다.[278)]

[오조의] 곽박 「강부(江賦)」 : "'자연스럽게 밀려가고 밀려오니', 저녁엔 석수(汐水)요 아침엔 조수(潮水)이다['自然往復', 或夕或朝]."

『포박자』 : "'朝(조)'라고 하는 것은 아침에 맞춰 오는 것이요, '夕(석)'이라고 하는 것은 저녁에 맞춰 이르는 것이다."[279)]

『한서』 「한안국전(韓安國傳)」 : "한안국이 말했다. '(…중략…) 대저 성(盛)하면 "쇠(衰)함"이 있는 것은, 아침[朝]이 오면 반드시 저녁[莫(모)]이 오는 것과 같습니다.'"

[전중련] 송본에는 '霜(상 : 서리)'이 '雲(운 : 구름)'으로 되어 있다.[280)]

13 **[전진륜]** '告(고 : 알리다)'는 『옥대신영』에는 '訴(소 : 알리다, 하소연하다)'로 되어 있다.

[오조의] 왕찬 「등루부(登樓賦)」 : "비록 정말 아름답지만 '내 머물 고향 땅이 아니니'[雖信美而'非吾土'兮], [일찍이 어찌 잠시라도 머물 만했던가?]"

---

278) 『전송시』도 같다.
279) 금본에는 없다. 『문선』 권12 「강부」 이선 주의 인용문이다.
280) 『옥대신영』과 『고시기』에는 '霜'으로 되어 있다.

【평설】

[전중련] 왕개운 : '옷소매 더듬어探袖' 구는 외설에 가까우니, 서술이 너무 상세하다. 고인은 다만 "오셔서는 얼마간도 머물지 않는다既來不須臾"「고시십구수 · 싸늘하게 세월은 저물어가고」라고만 했지, 이처럼 세세하게 묘사하려 하지 않았다.『상기루설시』 권6

春羈

征人歎道遐, 去鄉悵路邇.[1] 佳期每無從, 淮陽非尺咫.[2]

春日起游心, 勞情出徙倚.[3] 岫遠雲煙綿, 谷屈泉靡迤.[4]

風起花四散, 露濃條□□. 暄妍正在玆, 摧抑多嗟思.

嘶聲名邊堅, 豈我箱中紙.[5] 染翰餉君琴, 新聲憶解子.[6]

봄날의 유랑

나그네는 길이 멀면 한숨을 쉬고

고향을 떠날 때면 길 가깝길 바라지.

좋은 기약 언제나 좇을 길 없고

회양은 지척에 있지도 않네.

봄날에 노닐고픈 마음이 일어

슬픈 마음 안고 나와 서성인다네.

산봉은 아득하고 구름은 끝없으며

골짝은 구불대고 샘물은 굽이치네.

바람 일어 꽃들은 사방으로 흩어지고

이슬 짙어 가지는 묵직하게 흔들리네.

아름다운 풍광은 바로 여기 있는데

꺾이고 억눌린 맘 시름만 가득하네.

말 울음이 변방 수비 재촉하는데

어떻게 상자 속의 종이가 되리.

이 시 지어 그대 금琴에 실으려 하니

새 곡조가 지음知音을 생각게 하네.

【해제】

[황절] 『좌전』 「희공 · 24년」 '臣負羈紲從君巡於天下 신은 말굴레와 말고삐를 메고 임금을 모시고 천하를 돌았습니다' 두예 주 : "'羈기'는 말굴레이다."281)

【주석】

1 **[전진륜]** 『이아』 「석언(釋言)」 : "'愒(게)'는 탐내는 것[貪]이다."

장화 「정시(情詩)」 제3수 : "'즐거울 땐 밤 짧은 것 아쉬웠는데', 외로우니 밤 긴 것을 원망하지요['居歡愒夜促', 在戚怨宵長]."

2 **[전진륜]** 『초사』 「구가 · 상부인」 : "[개구리밥 막 돋아서 평평하게 보일 적에,] 저녁에 장막치고 '가인과 기약하네'['與佳期'兮夕張]."282)

---

281) 『좌전』 「소공 · 7년」의 '單獻公棄親用羈(선헌공은 친척을 버리고 나그네를 등용했다)'의 두예 주에서는 "'羈'는 객지에 머무는 것[客居]이다"라고 했다. 말을 타고 객지를 떠돈다는 의미이다. 봄날 타향에서 일어나는 심회를 읊은 작품이다. '□□' 부분은 사고본에는 '耀彩(요채 : 아름답게 빛나다)'로 되어 있다. 노문초본에는 '旖旎(의니)'로 되어 있고, 그 아래 주에서 "2자가 빠졌다"라고 했다. 오덕풍, 91a쪽 참조. '旖旎'는 무성한 모양 또는 바람에 나부끼는 모양을 나타내는 의태어이다. 『초사』 「구변(九辯)」의 "竊悲夫蕙華之曾敷兮, 紛'旖旎'乎都房(몰래 슬퍼하네, 저 패란 꽃이 겹겹이 피어, 크고 화려한 꽃집에서 분분하게 '의니'한 것을)"에 대해 왕일은 "'旖旎'는 무성한 모양[盛貌]"이라고 했고, 홍흥조는 『집운』의 견해를 바탕으로 "깃발이 바람에 따라 흔들리는 모양[旌旗從風貌]"이라고 했다. 오덕풍의 견해를 참고하여 번역에 추가했다.

『설문해자』: "'尺(척)'은 [열 치[十寸]이다. (…중략…)] 주나라 제도로 寸(촌)·'尺(척)'·'咫(지)'·尋(심)·[常(상)·仞(인)]은 모두 사람의 신체로써 법식으로 삼는다. [무릇 '尺(길이)'에 속하는 것은 모두 '尺(자)'에서 나왔다. '咫'는] 보통 여인의 손 길이로 여덟 치[八寸]를 '咫'라고 한다. 주척(周尺)이다."

'淮陽(회양)'은 「선성 태수 왕승달(王僧達)을 송별하며[送別王宣城]」(주석 5)에서 보았다.

[황절] 송의 '회양군' 서주(徐州)는 지금의 강소성 회안부(淮安府) 청하현(淸河縣 : 지금의 회안시(淮安市) 회음구(淮陰區)) 남동쪽이다. 포조는 동해(東海) 사람이다. 동해는 지금의 강소성 회안부 안동현(安東縣 : 지금의 강소성 회안시 연수현(漣水縣)) 북쪽이다.

"회양은 지척에 있지도 않다[淮陽非尺咫]"라고 한 것은 고향을 그리는 것이다.

3 **[전진륜]** 『초사』 「원유」: "'이리저리 배회하며' 멀리 생각해보니['步徙倚'而遙思], [슬프고 실의에 빠져 포부가 다 어그러졌구나.]"

4 **[전진륜]** 장형 「서경부」: "[뒤로는 높은 구릉과 넓은 평원이 위수(渭水)와 경수(涇水)에 의지하여,] '널따랗게 아득히 뻗었으니', 가까운 곳에 수비 요처를 마련했다['澶漫靡迤', 作鎭于近]."

5 **[황절]** 『옥편』: "'嘶(시)'는 말이 우는 것이다."

'嘶聲(시성)'은 「'대문 밖에 수레 탄 손님이 있어'를 본떠[代門有車馬客行]」(주석 6)에서 보았다.[283]

---

282) 「구가·상부인」 인용문에 대해서는, 문집 권5 「선성 태수 왕승달(王僧達)을 송별하며」 주석 2 및 역주 참조.

『사기』「율서(律書)」: "문제가 말했다. '바라건대 잠시 "변방을 견고하게[堅邊]" 하고 초소를 설치하여, 화친을 맺고 사신을 보내어 북방을 안녕케 하면, [성과는 크게 될 것이고 또한 군사 문제를 더는 논의할 필요도 없을 것이오.]"

『진서(晉書)』「민회태자전(愍懷太子傳)」: "[혜제(惠帝) 9년(299) (…중략…) 12월] 가후(賈后)는 장차 태자를 폐하려고, (…중략…) 황문시랑(黃門侍郎) 반악(潘岳)을 시켜, 신에게 기도하는 글처럼 서초(書草)를 쓰게 했는데, [평상시 태자의 생각을 취중에 쓴 것처럼 쓰도록 했다.] 어린 시비(侍婢) 승복(承福)을 시켜, 종이와 붓 및 서초를 주어 태자더러 그대로 쓰도록 했다. (…중략…) 태자가 폐위되게 되어 (…중략…) 허(許) 땅에 이르러 (…중략…) 태자비에게 편지를 보내어 말했다. '(…중략…) 한 어린 시비가 "밀봉된 상자[封箱]"를 가지고 와서, 조칙으로 이 글을 쓰라고 했다고 했소. 내가 깜짝 놀라 일어나 보니, "백지 한 장과 청지 한 장[一白紙一靑紙]"이 있었소. 폐하께서 머물러 기다리고 계신다고 재촉했소. 또 어린 시비 승복이 붓·벼루·먹과 황지(黃紙)를 가지고 와서 쓰도록 했는데, 급히 서두르느라 다시 볼 겨를이 없어서, 사실은 종이 위의 말의 경중(輕重)을 따지지도 못했소.'"

내 견해는 이렇다. 포조의 이 시는 아마도 팽성왕(彭城王) 유의강(劉義康)의 폐위를 슬퍼한 것 같다. 시는 말[馬]에 탁흥(託興)했는데, 『진서』「민회태자전」에서 증거를 찾을 수 있다. "이보다 앞서 동요가 있었는데, '동궁의 망아지야 힝힝 울지마라, 섣달이 닥쳐오면 네 갈기가 묶이리라[東宮馬子莫聾空, 前

283) 「'대문 밖에 수레 탄 손님이 있어'를 본떠[代門有車馬客行]」 주석 6에서는 '嘶'를 목이 메는 것[噎]이라고 했는데, 여기서 '嘶聲'은 말 울음소리이다.

至臘月纏汝鬟]'라고 했다"라고 했는데, 혹시 시의(詩意)를 취한 바가 이것이 아닌가 한다. 이런 뜻이다. 봄은 마침 따사롭고 아름다운데도 말은 억눌린 것이 많아서, 그 울음소리로 변방을 견고하게 지키라고 알리는 것 같다. 나 홀로 슬퍼하는 것은, 반악이 쓴 서초가 상자 속 종이(로 옮겨 적히게) 된 것 때문만은 아니다.

[전중련] 송본에는 '名(명 : 명성)'이 '召(소 : 부르다)'로 되어 있다.[284]

6 **[전진륜]** 반악 「추흥부(秋興賦) · 서」[285] : "잠시 '붓에 먹을 묻혀' 감회를 실어 본다[聊'染翰'以寄懷]."

『국어』 「진어(晉語) · 8」 : "진 평공(平公)이 '위(衛)에서 들어 온 새로운 음악[新聲]'을 좋아했다."

[황절] 『송서』 「형양왕의계전(衡陽王義季傳)」 : "팽성왕 유의강이 폐위된 이후, 마침내 긴 밤을 술을 마시게 되어 취하지 않은 날이 적었다."

---

284) 사고본과 『고시기』에는 '名'으로 되어 있다. 오덕풍은 "장씨원간본 주에는 '召'로 된 판본도 있다고 했다. '召'가 되어야 할 것이다. 『옥편』에 '嘶'는 말이 우는 것이라고 했다. '말 울음소리는 변방의 견고함을 부른다[嘶聲召邊堅]'라는 것은 말의 울음소리가 변방을 견고하게 하도록 소집할 수도 있다는 뜻이다"라고 했다(91a쪽). Chen은 '名'으로 보고, 이 2구를 "나는 변새의 방어에서 명성을 얻고 있는 말이지, 상자 속 종이 위의 시들은 아니다(I am a horse neighing for reputation in frontier defences, not just the poems written on papers in my book cases)"라고 번역했다(375쪽). 이 2구는 변방에 위급상황이 발생하고 있는데, 시문이나 짓고만 있을 수는 없다는 뜻으로 보았다.

285) 『문선』 권13 반악 「추흥부 · 서」에는 "於是染翰操紙, 慨然而賦(그리하여 '붓에 먹을 묻히고[染翰]' 종이를 잡고서, 감개에 젖어 읊노라)"로 되어 있다. 이 구절은 당 위징(魏徵)의 「도관 안의 측백나무 부[道觀內柏樹賦－並序]」와 당 송경(宋璟)의 「매화 부(梅花賦)」 끝부분에 보인다. 『문선』의 시문에는 없다.

이에 의하면, 유의강의 폐위를 형양왕 유의계도 이미 슬퍼했다. 전진륜 주에서 이미 포조가 일찍이 형양왕에 의지했을 것이라고 했는데,[286] 내(황절)가 『송서』 「은일전·대옹(戴顒)」에서 확인하니, 형양왕 유의계가 경구(京口)를 진수(鎭守)할 때, 대옹은 "유의계를 위해 금(琴)을 연주했는데, 모두 '신성(新聲)'의 곡조를 개편한 것"[287]이라고 했으니, 이 시 마지막 구의 '君(군)' 자와 '子(자)' 자는 마땅히 대옹을 가리켜 말한 것이며, 더욱이 포조가 형양왕을 의지한 증거가 될 수 있다.

[전중련] 유의계가 경구를 진수한 기간에 유의강은 아직 폐위되지 않았는데, 마지막 구가 어찌 대옹을 가리킬 수가 있다는 말인가? 황절의 주장은 옳지 않다.[288]

---

286) 앞의 「옥기 파는 사람을 보고[見賣玉器者]」 주석 5 참조.

287) 이 뒤의 문장은 "그 세 곡조인 「유현」·「광릉」·「지식」 등은 모두 세속의 곡과는 달랐다[其三調「遊絃」·「廣陵」·「止息」之流, 皆與世異]"이다. 이 곡조들은 『문선』 권18 혜강의 「금부」에 나오는 금곡(琴曲) 곡명이다.

288) 『송서』 「팽성왕의강전」에 의하면, 유의강은 원가 22년(445)에 서인으로 폐해졌고("二十二年, (…중략…) 免義康 (…중략…) 爲庶人"), 「대옹전」에 의하면 대옹은 원가 18년(441)에 죽었다("十八年, 卒, 時年六十四").

歲暮悲

霜露迭濡潤, 草木互榮落. 日夜改運周, 今悲復如昨.

晝色苦沈陰, 白雪夜迴薄.[1] 皦潔冒霜雁, 飄揚出風鶴.[2]

天寒多顏苦, 姸容逐丹壑.[3] 絲罥千里心, 獨宿乏然諾.[4]

歲暮美人還, 寒壺與誰酌.

세밑 슬픔

서리 이슬 갈마들며 적셔 주어서

풀과 나무 성과 쇠를 되풀이한다.

밤과 낮은 바꾸어 찾아오는데

오늘 슬픔은 또다시 어제 같구나.

한낮 햇빛 몹시도 가라앉더니

흰 눈이 한밤중에 회오리친다.

서리 뚫는 기러기는 하야말갛고

바람 타는 두루미는 훨훨 맴돈다.

날씨 추워 온갖 모습 괴로운 데다

고운 얼굴 붉은 골로 넘어가누나.

마음은 천 리 멀리 매어둔 채로

언약 없이 이 밤을 혼자 새운다.

세밑에 미인은 돌아갔으니

차가운 술 뉘와 함께 따라 마시랴.

【주석】

1 **[전진륜]** 『갈관자(鶡冠子)』「세병(世兵)」: "정기(精氣)와 신기(神氣)는 '끊임없이 순환하고'[精神'回薄'], 진동과 자극은 번갈아 돌고 돈다."

2 **[전진륜]** 반첩여 「원가행(怨歌行)」: "[제(齊) 지방 고운 비단 새로 재단했는데,] '깨끗하고 희기가 서리와 눈 같다[皎潔如霜雪]'."

좌사 「오도부」: "[대나무의 녹색 잎과 비취색 줄기가] '서리를 뚫고 눈 위에 높이 솟았다[冒霜停雪]'."

송자후(宋子侯) 「동교요(董嬌饒)」: "[섬섬옥수 고운 손이 도리(桃李) 가지 꺾으니,] 떨어지는 꽃잎은 어찌 저리 '나부끼나'[花落何'飄颺']."

3 **[전진륜]** 손작(孫綽) 「태평산 명(太平山銘)」: "[위로는 푸른 노을 낀 하늘을 꿰뚫고,] 아래로는 '붉은빛 골짝'을 뒤덮는다[下籠'丹壑']."

[황절] 육기 「죽은 벗들을 애도하는 부[歎逝賦]」: "마음을 즐겁게 하려 해도 방도가 적어 한스럽고, 눈에 떠오르는 '수많은 얼굴'이 한스럽구나. 실로 '수많은 얼굴'이 눈에 떠오르니, 정신은 어디로 가야 즐거울 수 있으려나?[毒娛情而寡方, 怨感目之'多顏'. 諒'多顏'之感目, 神何適而獲怡]" 이선 주: "'多顏(다안)'은 [죽은 사람이 많아서] 한 가지 모습이 아니라는 뜻이다."

'丹壑(단학)'은 해가 지는 곳이다.

4 **[전진륜]** '罥(견 : 맺다)'은 「황폐한 성[蕪城賦]」(주석 17)에서 보았다.

『사기』「유협열전(游俠列傳)·서」: "그러나 평범한 일반 백성의 무리는, 주고받음에 '그렇게 하겠다고 약속하고 지키는[然諾]' 기풍을 세워, [천 리 밖에서도 의리를 칭송하여, 그것을 위해 죽더라도 세속에 초연하다. 이 또한 장점인 바이니 아무렇게나 해서 되는 것은 아니다.]"

[황절] 『옥편』: "'罥'은 걸어두는 것[挂]이다."

[전중련] 송본에는 '絲罥(사견)'이 '係冒(계모)'로 되어 있다.[289)]

---

289) 정복림은 장부본과 『고시기』를 따라 '絲罥'으로 고쳤다(『교주』, 782쪽). '絲罥'은 실로 묶어두는 것이다. 오덕풍, 91a쪽 참조. 이 구는 고향에 대한 그리움을 표현했다. '然諾(연낙)'은 그러하겠다고 승낙하는 것 즉 약속하는 것이다. 마지막 구의 '寒壺(한호 : 차가운 술병)'는 혼자 마셔야 하는 술을 말한다.

在江陵歎年傷老

五難未易夷, 三命戒淵抱.[1] 方瞳起松髓, 頳髮疑桂腦.[2]

役生良自休, 大患安足保.[3] 開簾窺景夕, 備屬雲物好.[4]

翾翾燕弄風, 嫋嫋柳垂道.[5] 池瀆亂蘋萍, 園楥美花草.[6]

節如驚灰異, 零落就衰老.[7]

강릉에서 세월을 탄식하고 늙음을 슬퍼하며

다섯 가지 어려움은 없애기가 어렵고
세 가지 운명은 깊이 간직해야 한다.
모난 눈동자엔 송진이 생겨나고
새빨간 머리카락 계수나무 껍질인가.
고단한 삶 참으로 절로 끝날 터
걱정거리 이 육신을 어찌 지키나.
발 걷고 저녁 경치 바라보면서
구름처럼 많은 사물 두루 살핀다.
포올포올 제비는 바람을 희롱하고
하늘하늘 버들은 길가에 드리웠다.
연못과 도랑에는 개구리밥 어지럽고
동산과 울타리엔 화초가 아름답다.
계절은 재가 날 듯 달라졌으니
영락하여 노쇠로 향하는구나.

【해제】

[전진륜] 『송서』「주군지 · 3」: "'형주자사荊州刺史'는 [(…중략…) 위진 시기에는] 치소가 '강릉江陵'이었다."

내 견해는 이렇다. 포조의 생년은 상고할 수 없다. 임해왕臨海王 유자욱劉子頊은 대명大明 5년461에 '형주' 자사로 부임했다. 이 시는 '세월을 탄식하고 늙음을 슬퍼하는歎年傷老' 것을 제목으로 했다. 대략 50세를 '노년老'이라고 불러서 계산하면, 동진 말 유송 초에 태어난 것 같다. 유자욱이 반란에 실패한 것은 태시泰始 4년468으로 대명 5년461과는 모두 6년의 차이가 나니, 나이가 거의 60세에 미치는 것 같지만, 다만 그 정확한 수를 확정할 수 없을 뿐이다.

[전중련] 『송서』「효무제기孝武帝紀」에 의하면, 임해왕 유자욱이 형주 자사가 된 것은 대명 6년462 7월이지, 5년이 아니다. 이 시가 묘사한 것은 봄 경치이니, 그 창작 시간은 대명 7년463 봄보다 이를 수는 없다. 유자욱의 거사가 실패하여 포조가 반란군에게 피살된 것은 태시 2년466이지, 4년이 아니다. 대명 7년을 포조의 나이 50세로 하여 추산하면, 죽을 때의 나이는 53세밖에 안 되니, 60세와는 차이가 크다.[290)]

---

290) 전중련은 이에 따라, 이 시를 대명 7년(463)에 넣었다. 다만, 「포조 연표」에서는 유자욱이 형주 자사가 된 것과 포조가 그의 참군이 된 것을 모두 대명 6년에 넣었다. 정복림은 이 시가 임해왕을 시종하여 형주로 간 후에 지은 것에 대해서는 기본적으로 전중련의 견해에 동의했다. 다만 반드시 50세여야 하고 형주로 부임한 직후에 지어야 한다는 점에는 이의를 제기했다. 그리고 포조가 형주에서 임해왕 막료로 머문 것은 명제 태시(泰始) 2년(466) 8월까지이고, 그해 8월에 반란군에게 살해되었지만, 그해 봄에는 효무제의 아들들이 명제(明帝)에게 반란을 일으

【주석】

1 **[전진륜]** '五難(오난)'은 「치료약을 하사하심에 감사하는 계[謝賜藥啓]」(주석 2)에서 보았다.

『효경원신계(孝經援神契)』: "'명(命)에는 세 가지[三科]'가 있다. '수명(受命)'이 있으니 생명을 받아 누리는 경사를 지키는 것이고, '조명(遭命)'이 있으니 선한 일을 해도 흉한 일을 만나는 것이며, '수명(隨命)'이 있으니 독실하게 행동하는 것이다."[291]

2 **[전진륜]** 『포박자』「미지(微旨)」: "만약 내 눈이 '모난 눈동자[方瞳]'[292]를 지니고 귀가 정수리까지 자라 나왔으며, 또한 날아가는 용을 몰아 상서로운 구름을 타고, 휘몰아치는 번개를 타고 하늘 밖에 이른다면, [그대는 장차 어떻게 나에게 힐문할 것인가?]"

『박물지(博物志)』 권4: "[『신선전(神仙傳)』에 있다.] '송백(松柏)'의 기름이

켜 내전이 치열한 시기여서, 개인적으로 '세월을 탄식하고 늙음을 슬퍼하는' 시를 짓지는 않았을 것이기에, 가능성이 큰 시기는 463년에서 465년 사이의 봄이라고 보았다. 그중에서도 포조 나이가 50세인 태시 원년(465) 봄일 가능성이 가장 크다고 했다(『교주』, 604~605쪽). 50세의 시기가 다른 것은, 전중련은 포조 생년을 동진(東晉) 안제(安帝) 의희(義熙) 10년(414)으로 보았고, 정복림은 의희 12년(416)으로 보았기 때문이다.

291) 『예기』「제법(祭法)」'司命(사명)'의 정현 주에 "司命은 '삼명(三命)'을 독찰(督察)하는 일을 주관한다"라고 했고, 공영달 소에서 『효경원신계』의 이 문장을 인용한 뒤, "'受命'은 부여받은 수명을 말하고, '遭命'은 선행을 하지만 흉한 일을 만나는 것을 말하며, '隨命'은 그 선악의 행위에 따라 보응이 있는 것이다[受命謂年壽也, 遭命謂行善而遇凶也, 隨命謂隨其善惡而報之]"라고 했다.

292) '方瞳(방동)'은 고대 선인의 한 특징이다. 『습유기(拾遺記)』 권3에는 노자가 "귀가 정수리까지 나왔고 양쪽 눈동자는 모두 네모졌다[耳出于頂, 瞳子皆方]"라고 했다.

땅에 들어가 천년을 지나면 복령(茯苓)이 된다."

혜강 「양생론에 대한 반박에 답함[答難養生論]」: "적부(赤斧)는 연단을 통해 '머리카락이 붉어졌고[赬髮]', 연자(涓子)는 백출(白朮 : 삽주 뿌리)로 만든 약으로 생명을 오래도록 유지했다."

『해내십주기』: "창해도(滄海島)는 북해 가운데에 있다. [(…중략…) 섬 상부는] 모두가 큰 산으로, 층층이 쌓인 돌이 [매우 많은데, 돌은 팔석(八石)[293]을 닮았다.] 석뇌(石腦) · 석계영(石桂英) · 유단(流丹) · 황자(黃子) · 석담(石膽) [등 백여 종]이 모두 섬에서 난다."

3 **[전진륜]** 『노자』 제13장 : "나에게 '큰 근심'이 있는 이유는[吾所以有'大患'][294] 내가 육신을 지니고 있기 때문이다. [내가 육신이 없어진다면 또 무슨 환난이 있겠는가?]"

4 **[전진륜]** '雲物(운물)'은 「시종하여 옛 궁궐에 들러서[從過舊宮]」(주석 7)에서 보았다.[295]

---

293) 도가(道家)에서 연단(煉丹)할 때 복용하는 8가지 광물 즉 주사(硃砂) · 웅황(雄黃) · 자황(雌黃) · 공청(空青) · 운모(雲母) · 유황(硫黃) · 융염(戎鹽) · 초석(硝石)을 말한다. 「유 중랑을 따라 원산의 석실에 놀러 가서[從庾中郎遊園山石室]」 주석 9의 '八瓊(팔경)'과 역주를 볼 것.

294) 저본의 '所(소)'는 통행본에는 '所以有(소이유)'로 되어 있어서 고쳤다.

295) 「시종하여 옛 궁궐에 들러서」 전진륜 주에서는 길흉과 수·한재 등을 예측하는 데 활용한 '구름의 빛깔'을 뜻하는 예를 들었지만, '景物(경물)'의 뜻으로 번역했다. 이곳도 그렇게 보는 것이 더 낫다. 후대의 시이지만 당 유장경(劉長卿)의 「처사 최선이 월로 가는 것을 전송하며[送崔處士先適越]」에 '好雲物(아름다운 경물)'이라는 표현이 있다("山陰'好雲物', 此去又春風 : 산음(지금의 절강성 소흥시)은 경물이 아름다운 곳, 이번에 떠나실 제 봄바람이 또 부네"). Chen은 '雲物好'를 "아름다운 풍광(the beautiful scenery)"으로 번역했다(376쪽).

5 **[전진륜]** 『설문해자』 : "'翾(현)'은 낮게 나는 것[小飛]이다."

'嫋嫋(뇨뇨 : 나부끼는 모양)'는 「마름을 따며」(제4수 주석 2 '褭褭(뇨뇨)')에서 보았다.

[황절] 『한시외전』 권9 : "대저 봉황(鳳凰)이 처음 날아오를 때는, 열 걸음을 '파닥파닥[翾翾]' 나는데, 울타리의 참새가 [그것을 보고 키득키득 웃는다. 그것이 높이 날아올라 천천히 날개를 치며 구름 속으로 이르자, 울타리 나무의 참새는 자신은 그렇게 멀리 이를 수 없음을 창연히 깨달았다.][296]

『초사』 「구가·상부인」 : "'산들산들' 가을바람 부니['嫋嫋'兮秋風], [동정호에 물결 일고 나뭇잎 떨어진다.]" 왕일 주 : "'嫋嫋'는 가을바람[秋風][297]이 나무를 흔드는 모양이다."

6 **[전진륜]** 『이아』 「석수(釋水)」 : "[물이 천(川)으로 흘러드는 것을 계(谿)라고 하고, 계(谿)로 흘러드는 것을 곡(谷)이라고 하며, 곡(谷)으로 흘러드는 것을 구(溝)라고 하고, 구(溝)로 흘러드는 것을 회(澮)라 하며,] 회로 흘러드는 것[注澮][298]을 '瀆(독 : 도랑)'이라 한다."

『이아』 「석초(釋草)」 : "'苹(평)'은 '萍(평 : 개구리밥)'인데, 큰 것은 '蘋(큰 개구리밥, 네가래)'이다."[299]

'楥(원 : 느티나무)'은 마땅히 '援(원 : 울타리)'이 되어야 할 것 같다. 사영운에

---

296) 뇌염원(賴炎元)은 『태평어람』 권922의 인용에 근거하여, '之雀(지작)' 앞에 '藩籬(번리)' 2자를 추가하고, 그 앞에서 단구했는데, 번역은 이를 따랐다.
297) 저본의 '風(풍)'은 통행본에는 '秋風(추풍)'으로 되어 있어서 고쳤다.
298) 저본의 '『爾雅』注'의 '注' 자는 다음의 '澮' 자와 이어지는 『이아』 본문이다.
299) 문집 권5 「삼짇날 남원을 유람하며[三日遊南苑]」 주석 1의 역주 참조.

게 「전가의 남쪽에 정원을 만들고 여울을 따라 '울'을 세우다[田南樹園激流植'援']」 시가 있다.

[전중련] 송본에는 '楥'이 '援'으로 되어 있다.

『석명』: "'垣(원 : 담장)'은 '援'이니, 사람이 의지하여 '지키는 데 끌어 쓰는[援衛]' 것이다."

내 견해는 이렇다. 『진서(晉書)』「상우전(桑虞傳)」에 "상우는 '과채 밭 울타리[園援]'에 가시가 많아서, [도둑이 사람을 보고 놀라 달아나다가 다칠까 염려하여, 하인더러 길을 내도록 했다]"라고 했고, 『양서』「하윤전(何允傳)」에, "숲으로 '울을 만들고[成援]', [돌로 담을 삼았다]"라고 했으며, 『태평어람』 권472에 『유명록』을 인용하여, "돈을 뿌리니 날아가 울타리[籬援]에 부딪혔다"라고 했다. 이들은 모두 의미부로 '手'를 취했다.

『집운』과 『유편(類篇)』의 경우, 잘못하여 '木' 방을 취하여 '楥'으로 쓰고 '籬(리 : 울타리)'라고 풀이한 것이다.[300]

7 **[전진륜]** 『속한서』「율력지(律曆志)」: "기(氣)의 길흉을 살피는 방법은 이렇다. 집을 삼중으로 지어 [문을 닫고 사방에 진흙을 바르고] 명주를 빽빽이 둘러치고 [방안에] 나무로 책상을 만들어, 십이율마다 각각 하나씩 안은 낮고 밖은 높게 하여, 그 방위에 따라 책상 위에 율관(律管)을 놓고, '갈대 줄기의 박막을 태운 재[葭莩灰]'를 그 안쪽에 다져 넣고 십이율에 따라 살피는데, 기(氣)가 이르면 '재가 없어진다[灰去]'."

300) 『유편』의 경우 권16 「목부(木部)」 '楥(원)' 자 풀이에 "一曰籬也(울타리라고도 한다)"라고 했다.

夜聽妓(1)

夜來坐幾時, 銀漢傾露落.[1] 澄滄入閨景, 葳蕤被園藿.[2]
絲管感暮情, 哀音繞梁作.[3] 芳盛不可恒, 及歲共爲樂.[4]
天明坐當散, 琴酒駛絃酌.[5]

밤에 가기歌妓의 노래를 듣고(1)

밤 되어 얼마간을 앉아 있으니
은하수는 기울고 이슬이 내려,
서늘하게 규방 빛에 섞여 들오고
무성하게 정원 콩잎 가득히 덮네.
관현악이 저녁 정조에 자극받아서
슬픈 곡조 대들보에 감돌며 이네.
꽃다운 한창때는 영원할 수 없으니
좋은 세월 가기 전에 함께 즐기세.
날이 새면 모임은 흩어지리니
금과 술은 서둘러서 켜고 마시세.

【주석】

1 **[전진륜]** 백거이(白居易) 『백씨육첩(白氏六帖)』 권2 '천하(天河)' : "천하(天河 : 은하수)는 '은한(銀漢)'이라고 하고, 또한 은하(銀河)라고도 한다."[301)]

2 **[전진륜]** 『설문해자』: "'滄(창)'은 추운 것[寒]이다."

'葳蕤(위유 : 무성한 모양)'는 「꿈속의 귀향[夢還鄉]」(주석 7)에서 보았다.

'園藿(원곽 : 정원 콩잎)'은 「죽은 이를 애도하며[傷逝賦]」(주석 20)에서 보았다.[302]

[전중련] 송본에는 '滄'이 '愴(창)'으로 되어 있다.[303]

3 **[전진륜]** 『진서(晉書)』「왕희지전(王羲之傳)」: "사안(謝安)이 일찍이 왕희지에게 말했다. '중년 이래 희로애락의 감정에 몸이 상하고 친우들과 이별했으니, 번번이 얼마나 많은 날을 심사가 불편하셨습니까.' 왕희지가 말했다. '노년이 되면 자연스레 이렇게 되지요. 요새는 마침 "현악기와 관악기[絲竹 : 음악]"에 의지해 번민을 풀고 있는데, 자식들한테 들켜 그 즐거운 정취가 없어질까 그게 늘 걱정이오.'"

『열자』「탕문(湯問)」: "진청(秦靑)이 벗을 돌아보고 말했다. '옛날 한아(韓娥 : 춘추 초 한(韓)의 여인)는 [동쪽으로 제(齊)나라로 갔는데, 양식이 떨어졌소. 그래서] 옹문(雍門 : 춘추 제의 성문)을 지나가면서 노래를 팔아 밥을 얻어먹었는데, 떠나고 난 뒤에도 여음(餘音)이 "대들보를 감돌며[繞梁欐]" 사흘 동안 끊어지지 않았다고 했소.'"

4 **[황절]** 「고시십구수 · 한평생 백 년을 못 채우는데[生年不滿百]」: "즐기는 것

---

301) 통행본은 "天河謂之天漢 · 銀漢 · 銀河 · 河漢 · 天津 · 絳河 · 明河(천하는 천한 · '은한' · 은하 · 하한 · 천진 · 강하 · 명하라고 한다)"로 되어 있다.

302) '桃李之零落'의 주석으로 인용한, 완적의 「영회시(詠懷詩)」 제3수 4구 중에 "秋風吹'飛藿'(가을바람 불어와 콩잎이 날리니)" 구가 있다.

303) 사고본과 『고시기』는 '滄'으로 되어 있고, 주석찬과 노문초는 '愴'으로 교감했다. '澄滄(징창(澄愴))'은 맑고 서늘한 것[淸寒]이다.

모름지기 '때맞추어야지', 내년까지 어떻게 기다릴 수 있겠소[爲樂當'及時', 何能待來玆]."

5 **[황절]** 『설문해자』: "'騃(사)'는 빠른 것[疾]이다."

夜聽妓(2)

蘭膏消耗夜轉多, 亂筵雜坐更絃歌.[1] 傾情逐節寧不苦, 特爲盛年惜容華.[2]

밤에 가기歌妓의 노래를 듣고(2)

난향 기름 닳는 것은 밤 깊자 더 많은데
요란한 연석 섞여 앉아 현가 다시 시작하네.
감정 쏟아 장단 좇기 어찌 아니 괴로우랴?
한창때의 고운 용모 아껴둬야 하는데.

【주석】

1 **[전진륜]** '蘭膏(란고 : 난향 기름)'는 「'흰 모시 춤의 노래'를 본떠[代白紵舞歌辭]」(제1수 주석 7)에서 보았다.

『초사』「초혼」: "'남녀가 뒤섞여 앉아', '난잡하여' 구분이 없다['士女雜坐', '亂'而不分些]."

2 **[황절]** 소무(蘇武) 「이릉에게 답함[答李陵]」: "고개 숙여 생각하니 자신이 가련하네, '한창때'는 지나가고 벌써 늙어졌으니[低頭還自憐, '盛年'行已衰]."[304)]

---

304) 『문선』 권29 조식 「미녀편(美女篇)」 이선 주에 인용된 내용이다. 송 장초(章樵) 주 사고본 『고문원(古文苑)』 권8에는, '소무의 「답시(答詩)」'로 전편이 실려 있다. 『문선』, 『옥대신영』, 『고문원』 등에 이릉(李陵)과 소무의 시라고 실린 작품들은, 이들의 이름에 가탁한 후인의 작품이라는 혐의가 크다. '逐節(축절)'은 악기 반주에 맞추는 것이다. 『예문유취』 권73 '盤(반)' 조에 진 주처(周處)의 『풍토기(風土記)』를 인용하여, "월(越)의 풍속은, 연음(宴飮) 시에 '반을 두드리며[鼓

盤]' 연주하는데, 커다란 흰색 둥근 쟁반[圜盤]을 들어 안아서 배에 바짝 붙이고 오른손 다섯 손가락으로 두드리면서 박자[節]를 치면, 춤추는 사람은 박자에 맞추어 움직인다"라고 했다. 육기(陸機)의 「칠징(七徵)」에 "가는 허리 들어서 박자를 쫓아가고, 하얀 발로 장단 맞춰 반을 두드린다[盤嬌纖腰以逐節, 頓皓足於鼓盤]"라고 했다. '節'은 장단을 맞추는 북으로 볼 수도 있다. 권4 「'갈 길은 험난하고'를 본떠」 제1수 주석 4 '七盤(칠반)'을 참고할 것.

翫月城西門廨中

始出西南樓, 纖纖如玉鉤.[1] 末映東北墀, 娟娟似娥眉.[2]
娥眉蔽珠櫳, 玉鉤隔瑣窻.[3] 三五二八時, 千里與君同.[4]
夜移衡漢落, 徘徊帷戶中.[5] 歸華先委露, 別葉早辭風.[6]
客游厭苦辛, 仕子倦飄塵.[7] 休澣自公日, 宴慰及私辰.[8]
蜀琴抽白雪, 郢曲發陽春.[9] 肴乾酒未闋, 金壺啓夕淪.[10]
廻軒駐輕蓋, 留酌待情人.

성 서문의 관아에서 달을 감상하며

처음에 남서쪽 누각 떠오를 적엔
가냘픈 모양이 옥 갈고리 같더니,
나중에 북동쪽 지대 비칠 때에는
고운 모습 미인의 눈썹 닮았네.
미인 눈썹 구슬 창에 가리어지고
옥 갈고리 조각창에 막혀버려도,
삼오야 보름과 열엿새 되면
천 리 먼 길 그대와 나 함께 비추지.
밤 깊어 북두칠성 은하수 져도
휘장 친 방 안에서 배회한다네.
지는 꽃은 이슬에 먼저 시들고
시든 잎은 바람에 일찍 진다네.

나그네로 온갖 고생 잔뜩 겪었고
벼슬로 방랑 생활 실컷 물렸다.
휴가로 공무에서 풀린 날이요
편히 쉬며 사삿일을 챙기는 때라,
촉금蜀琴으로 「백설가」를 퉁기어보고
영곡郢曲으로 「양춘곡」을 연주해본다.
안주는 없어져도 술은 아직 남았는데
구리 누호 저녁 물결 이미 다 떨어졌다.
수레를 되돌리어 잠시 멈추고
머물러 술 마시며 그리운 이 기다린다.

【해제】

[전진륜] 『문선』 이선본에는 '廨해: 관아'가 '解해'로 되어 있다. 『옥대신영』에는 '廨中해중' 2자가 없다. 이선 주를 수록한다. 오신 주와 오조의 주를 함께 활용한다.[305)]

[오신] 이주한: "'廨'는 관아이다. 이때 포조는 말릉령秣陵令이었다."[306)]

305) 『예문유취』와 『태평어람』에는 제목이 '翫月詩(완월시)'로 되어 있다.
306) 오비적의 『포조연보』와 전중련의 「포조 연표」는 이에 근거하여, 효무제 효건(孝建) 3년(456) 작품으로 보았다. 정복림은 포조가 말릉령이 된 시기를 대명(大明) 원년(457)으로 보고 '밤 깊어[夜移]' 4구가 가을 절기라는 점에 근거해, 이해 가을이라고 보았다(『교주』, 608쪽).

[전중련] 허손행許巽行 『문선필기文選筆記』: "'解'는 공관이다. 좌사의 「오도부」에 '관공서가 바둑판처럼 널리 퍼져 있다解署棊布'라고 했다. 허가덕許嘉德307)은 이렇게 생각한다. '公廨공해'의 '해' 자는 옛날에는 '解'로 썼고 지금은 '廨'로 쓴다. 『옥편』과 『광운』에는 '"廨"는 居거와 賣매의 반절이며 공해公廨: 관공서이다'라고 했고, 『집운』에는 '"廨"는 공사公舍: 관사이다'라고 했으며, 『옥편』에는 또 '"解"는 古고와 隘애의 반절이며 관서署이다'라고 했다. 이 '解'는 '廨'와 같다."308)

【주석】

1 **[전중련]** '出(출: 나오다)'은 『문선』 이선본에는 '見(견: 보인다)'으로 되어 있다.

[이선] 『서경잡기』: "공손승(公孫乘)이 「월부(月賦)」[를 지었는데, 그 글은] 이렇다. '둥근 바위를 만나면309) "갈고리 같아지고", 높은 성가퀴에 가려지면 깨어진 거울 같다[直圓巖而"似鉤", 蔽修堞如分鏡].'"

『초사』 「초혼」 '砥室翠翹, 挂"曲瓊"些(간 돌로 만든 벽에 물총새 깃 장식을 하고, "곡옥을 다듬어 갈고리처럼 만든 장식"을 걸었다)' 왕일 주: "'曲瓊(곡경)'은 '옥 갈고리[玉鉤]'이다."

[전중련] 송본에는 '出' 자가 '見'으로 되어 있다.310)

---

307) 저자 허손행의 현손(玄孫)으로 『문선필기』의 교감과 판각을 했다.
308) 『옥편』·『광운』·『집운』의 반절은 현대음과는 차이가 있다. 이 시에서 '解'와 '廨'의 현대음은 '해(xiè)'이다.
309) '直(치, 値)'는 사고본에는 '隱(은: 가리다)'으로 되어 있다.
310) 송본과 주응등본도 같다. 『문선』 육신본에는 '出'로 되어 있다.

2 **[전진륜]** '娥(아 : 예쁘다)'는 이선본에는 '蛾(아 : 나방)'로 되어 있다.[311)]

[이선] 『설문해자』 : "'墀(지)'는 칠을 한 땅[塗地]이다."

『예기』 : "천자(의 지대)는 '붉은 칠을 한 지대[赤墀]'이다."[312)]

사마상여 「상림부」 : "'긴 눈썹 가늘고 길게 구부러지고[長眉連娟]', [실눈으로 보는 눈길 아득히 멀다.]"

『모시』 「위풍·석인(碩人)」 제2장 : "털매미의 이마에다 '나방이 더듬이의 눈썹'[螓首'蛾眉']."

[황절] 오신 주 여향 : "달이 남서쪽에서 나오면 북동쪽 섬돌을 비추기에 꼭 알맞다."

[전중련] 송본에는 '末(말 : 끝)'이 '未(미 : 아니다)'로 되어 있다.[313)]

양장거 『문선방증』 : "기윤(紀昀 : 시호 문달(文達))이 말했다. "'蛾眉玉鉤(미인 눈썹과 옥 갈고리)" 4자는 이 시에 처음 등장하여 마침내 초승달을 지칭하는 전고가 되었다.'"[314)]

3 **[전진륜]** 『옥대신영』에는 '櫳(롱 : 창살 있는 창)'이 '籠(롱 : 대바구니)'으로, '瑣(쇄 : 사슬 무늬)'가 '綺(기 : 무늬)'로 되어 있다.

[이선] '珠櫳(주롱)'은 진주로 창을 꾸민 것이다.

---

311) 『옥대신영』·『예문유취』·『태평어람』도 같다. 나방의 더듬이처럼 가늘고 긴 아름다운 미인의 눈썹은 본래는 '蛾眉'로 적지만 아름답다는 의미에서 '娥眉'로도 적는다. 『초사』 「대초(大招)」에 "娥眉曼只(고운 눈썹 윤기 있다)"라고 했다.
312) 『옥편』의 인용이다. 통행본에는 없다.
313) 『문선』·『옥대신영』·『고시기』에 모두 '末'로 되어 있다. 정복림은 이를 근거로 '末'로 고쳤다.
314) 우리나라에서도 음력 초사흘 경 떠오르는 초승달을 '아미월(蛾眉月)'이라고도 부른다.

'瑣窗(쇄창)'은 창문에 사슬 무늬를 새긴 것이다.

범엽 『후한서』 「양통열전(梁統列傳)·양기(梁冀)」: "양기는 저택을 [크게 건축했는데, (…중략…)] 창문[窗牖]에는 모두 '공심 화문을 그린 창과 푸른 사슬 무늬[綺疎靑瑣]'가 있었다."

4 **[이선]** '二八(이팔)'은 16일이다.

『석명』: "'望(망 : 보름)'은 달이 가득 차는 것의 이름으로, 큰달에는 16일이고, 작은달에는 15일이다."

『회남자』 「제속훈(齊俗訓)」: "도덕에 관한 이론은 (…중략…) '해와 달[日月]'과 같아서, (…중략…) '천 리(千里)'를 달려가더라도 그 장소를 바꿀 수 없다."

5 **[전진륜]** '戶(호 : 방문)'는 『옥대신영』에는 '幌(황 : 휘장)'으로 되어 있다.[315)]

[이선] '衡(형)'은 북두칠성의 가운데 별이다. '漢(한)'은 은하수이다.

『한서』 「천문지(天文志)」: "'북두칠성(北斗七星)': (…중략…) 황혼 때에 인(寅)의 방향을 가리키는 것은 북두칠성의 표(杓 : 북두칠성 제5~7성 즉 두병(斗柄))이고, (…중략…) 한밤중에 인의 방향을 가리키는 것은 북두칠성의 형(衡 : 북두칠성 제5성)이다."[316)]

『대대예기』 「하소정」: "칠월에는 (…중략…) '은하수가 방문을 마주한다[漢案戶]'."[317)]

---

315) 『전송시』도 같다.

316) 『문선』 권30 사혜련(謝惠連) 「도의(擣衣)」 시 이선 주에 인용된 글인데, '見(견)'은 모두 '建(건)'으로 되어 있다. 『한서』 「천문지」와 『사기』 「천관서(天官書)」에도 모두 '建'으로 되어 있는데, '建'은 북두칠성의 두병(斗柄)이 가리키는 것을 말한다. '寅'은 북동쪽이다.

317) 『문선』 권13 사장(謝莊) 「월부(月賦)」의 이선 주이다. 인용문 뒤에 "'漢'은 은하

조식 「칠애시(七哀詩)」 : "보름달 높은 누각 환히 비추어, '흐르는 빛 바야흐로 배회하누나'[明月照高樓, '流光正徘徊']."

[전중련] 송본에는 '帷(유 : 휘장)'가 '入(입 : 들어가다)'으로 되어 있다.[318]

6 **[이선]** 돌아가는 꽃이 먼저 시들어 이슬에 의해 떨어지고, 떠나가는 잎이 일찍 떠나가며 바람에 의해 떨어진다는 뜻이다. 꽃은 떨어져 뿌리를 향하기 때문에 '원래 있던 곳으로 돌아가는 꽃[歸華]'이라고 했고, 잎은 떨어지며 가지를 떠나기 때문에 '떠나가는 잎[別葉]'이라고 했다.

『초사』 「이소」 '委厥美以從俗(아름다운 바탕을 버리고 시속을 좇는다)' 왕일 주 : "'委(위)'는 버리는 것[棄]이다."

익씨(翼氏) 『풍각(風角)』 : "'나무는 잎이 지면 뿌리로 돌아가고', 물은 흐르면 끝으로 돌아간다['木落歸本', 水流歸末]."[319]

7 **[전진륜]** '苦辛(고신)'은 『옥대신영』에는 '辛苦'로 되어 있다.

[이선] 육기[320] 「장사연에게 답하는 시[答張士然詩]」 : "[쉬지 않고 떠나서 긴 내를 건너고,] '표표히 떠돌면서 풍진을 무릅쓴다[飄飄冒風塵]'."[321]

8 **[전진륜]** 『옥대신영』에는 '宴(연 : 편안하다)'이 '晏(안 : 편안하다)'으로, '辰(신 : 때)'이 '晨(신 : 때)'으로 되어 있다.

수[天漢]이고, '案戶(안호 : 방문을 쓰다듬음)는 방문에 다다르는 것[直戶]이다"라는 주석이 달려 있다.

318) 송본·주응등본과 오신주 『문선』 및 노문초 교감본도 같다.

319) 『한서』 「익봉전(翼奉傳)」의 맹강(孟康) 주에 인용된 문장이다.

320) 정복보의 『전진시(全晉詩)』 권3 육기의 시에는 없고, 육운(陸雲)의 같은 제목 시의 제1·2구로 수록돼 있다. 녹흠립의 『진시(晉詩)』도 같다.

321) '飄塵(표진)'은 회오리바람에 날리는 먼지로, 떠돌이 생활을 비유한다.

[이선]『예기』「예기(禮器)」: "안자(晏子)[322]는 [조상의 제사를 지낼 때 돼지 다리가 제기를 덮지 않을 정도로 양이 적었고] '옷을 빨아 입고[澣衣]' [관모를 세탁해 쓰고] 조회에 나갔다."

『자림(字林)』: "'醧(어)'는 '사사로이 잔치를 열어 마시는 것[私宴飮]'이다."

『방언』: "'慰(위)'는 거주하는 것[居]이다."

[오조의]『초학기(初學記)』「정리부(政理部) · 가(假)」: "'急(급)' · '告(고)' · '寧(녕)'은 모두 휴가의 이름이다. (…중략…) 서적과 기록에서 督休(독휴)[323]라고 부른 것이며, 또한 吉休(길휴) · '休澣(휴한)' · 取急(취급) · 請急(청급)이라고도 하며, 또 長假(장가) · 併假(병가)도 있다."

9 **[전진륜]** '抽(추 : 당기다)'는 '搊(추)'로 된 판본도 있다.[324]

'發(발 : 노래하다)'은『옥대신영』에는 '繞(요 : 에우다)'로 되어 있다.

[이선] 사마상여는 금(琴)을 잘 연주하는데, 촉(蜀)에서 거처했기 때문에 '촉의 금[蜀琴]'이라고 했다. 손님이 영(郢 : 춘추전국 시기 초의 수도)에서 노래했기 때문에 '영의 곡[郢曲]'이라고 불렀다.

송옥「적부(笛賦)」: "[명성이 높은] 사광(師曠)이 장차 [「양춘(陽春)」·「북

---

322) '晏子'는 중간송본『예기』에는 '晏平仲(안평중)'으로 되어 있다. 안자는 이름이 嬰(영)이고, 자가 仲(중)이며, 시호가 平(평)이다.

323) '督休'는 금본에는 '歸休(귀휴)'로 되어 있다. '休澣(휴한)'은 휴가이고 '自公(자공)'은 공무에서 벗어난다는 뜻이다.『모시』「소남 · 고양(羔羊)」제2장에 "退食'自公'('관청으로부터' 퇴근하다)"이라고 했다. '宴慰(연위)'는 '燕居(연거)'와 같으며 하는 일 없이 한가롭게 지내는 것이다 '及私(급사)'는 사적인 것을 돌보는 것이다.

324)『강희자전』에 "'搊'는 (…중략…)『간류정속(刊謬正俗)』에 '"抽" 자이다. 주문(籀文)은 여기서 나왔다'라고 했다"라고 했다. '搊'는 '抽'의 이체자이다.

비(北鄙)」·]「백설(白雪)」의 곡을 지으려 했다."

송옥 「대초왕문(對楚王問)」: "손님 중에 '영에서 노래를 부르는[歌於郢中]' 자가 있었는데, (…중략…) 그가 「양춘(陽春)」과 「백설(白雪)」을 부르자 서울에서 이어받아서 화답하여 노래하는 자가 수십 인에 지나지 않았다."[325)]

10 **[전진륜]** '闋(결 : 다하다)'은 이선 주 『문선』에는 '缺(결 : 모자라다)'로 되어 있다. '啓夕淪(계석륜)'은 『옥대신영』에는 '淪夕輪(륜석륜)'으로 되어 있다.[326)]

[이선] 안주는 비록 말랐으나 술 마시기는 아직 끝나지 않았고, 물시계의 새는 물도 이미 밤물결을 열기 시작했다.

『좌전』「성공·12년」'享以訓恭儉(예를 중시하는 향례로 공손하고 검소함을 가르친다)' 두예 주 : "[궤안(几案)이 마련되어 있어도 기대지 않고, 잔이 가득 차 있어도 마시지 않으며,] '안주가 말라도[肴乾]' 먹지 않는다. [그래서 공검(恭儉)을 가르친다고 한 것이다.]"

『이아』「석수」: "[큰 물결이 瀾(란)이고,] 잔물결이 '淪(륜)'이다."

육기 「물시계 부[漏賦]」[327)] : "두꺼비를 엎드리게 하여 떨어지는 물결을 받게 하니, 일정하게 흐르는 물을 삼키는 것이 마치 물을 퍼내는 것 같다[伏陰蟲以承波, 吞恒流其如挹]."

[황절] 『광아』: "'啓'는 쭈그리고 앉는 것[踞]이다."[328)]

---

325) 저본의 '數人'은 '數十人'의 잘못이다. 유향(劉向, 77?~6 B.C.) 『신서(新序)』「잡사(雜事)·1」에도 같은 내용이 실려 있다. 뽕을 따며[採桑]」 주석 9를 볼 것.

326) 이 부분은 연문(衍文)이다. 『포참군시주』에는 없다. 『옥대신영』에는 '淪'만 '輪'으로 되어 있고, '闋'이 '缺'로 되어 있다.

327) 『예문유취』 권68에는 제목이 '漏刻賦(누각부)'로 되어 있다.

328) 『이아』「석언(釋言)」에도 있다.

『모시』「소아·채미(采薇)」 제1장 : "'편히 앉아 쉴' 겨를 없는 것도[不遑'啓居'], [험윤(玁狁) 오랑캐들 때문이다.]"

왕념손(王念孫)『광아소증(廣雅疏證)』「석고(釋詁)」 : "'居'와 '踞'는 음 역시 서로 비슷하다. 『설문해자』에 "'居"는 "蹲(준 : 쭈그려 앉는다)"이다. "踞"는 "蹲"이다'라고 했으니, '居'와 '踞'는 일성지전(一聲之轉)[329]으로 그 의미도 서로 비슷하다."[330]

장형「누수제(漏水制)」 : "황금 선인(仙人)을 주조하여 왼쪽 병에 설치하고, 황금 서도(胥徒 : 하급 관리)를 만들어 오른쪽 병에 설치한다."

"구리 병 밤 물방울 이미 다 떨어진[金壺啓夕淪]" 것은 주조해 놓은 금인(金人)이 쭈그리고 앉아 저녁 물방울[夕漏]을 받는다는 뜻이다. 유량 주 : "'淪'은 '盡(다한다)'과 같다."

만약 이선 주를 따르면, 위에서 이미 "북두칠성과 은하수 기울었다[衡漢落]"라고 하여, 밤이 이미 깊었다고 했는데, 어째서 또 저녁 물결이 열리기 시작한다고 하겠는가?

[전중련] 호극가『문선고이』 : "('壺(호)'는) 원본(袁本)에서는 '이선본에는 "臺(대)"로 되어 있다'라고 했고, 다릉본(茶陵本)에는 '臺'로 되어 있으면서, '오신본에는 "壺"로 되어 있다'라고 주를 달았다. 내 견해는 이렇다. 두 판본이 본 것은 옳지 않다. 우무본은 주에 근거하여 교감하여 개정했다."[331]

329) 성모가 같거나 비슷한 상황에서 운모의 변화로 일어난 문자의 파생·분화·통가(通假) 등의 현상을 말한다.

330) 왕념손이 "啓, 踞也" 다음에 『모시』「채미」 제1장의 인용 부분을 인용한 다음에 보탠 설명이다.

【평설】

[황절] 오기 : 처음 6구는 보름이 되기 전의 초승달은 달빛이 아직 가득 차지 않아 멀리 비출 수 없다는 의미를 술회했다. 보름과 기망既望 밤이 되자 달은 차서 비추지 않는 곳이 없게 된다. 그래서 "천 리 먼 길 그대와 나 함께 비춘다千里與君同"라고 한 것이다. '그대君'가 누구를 가리키는가? 바로 마지막 구의 '그리운 이情人'가 그 사람이다.『육조선시정론』 권13

[전중련] 심덕잠 : 두보가 준일하다고 언급한 것은 틀림없이 이러한 시를 가리키는 것일 것이다.『고시원』 권11

왕개운 : 초승달이 처음 돋을 때인데, 그 광경이 신비스럽고 몽롱하다. 이것은 실경 묘사로 허경을 전했는데, 후인이 더는 착어著語[332]할 수 없었다. 이 작품은 훌륭한 것이 첫머리 8구에 있는데도, 원진元稹은 '돌아가는 꽃歸華' 2구를 뽑아 취하여, 진晉 이후의 시를 개괄했으니, 소인의 식견 좁음이 이와 같다.『상기루설시』 권6

---

331) '원본'은 명대 오군(吳郡) 원경(袁褧)이 송본을 번각한 육가본(六家本 : 오신주를 앞에 배치한 판본)이고, '다릉본'은 원 대덕(大德) 연간 다릉 진인자(陳仁子)가 간행한 육신본 즉 『증보육신주문선(增補六臣註文選)』이다. '우본'은 남송 우무(尤袤)가 간행한 이선본이다. 호극가는 우본을 저본으로 하고 원본과 다릉본을 비교해 이동(異同)을 정리했다.

332) 선원(禪院)에서, 공안(公案)에 붙이는 짤막한 평(評)을 말한다.

喜雨

營社達群陰, 屯雲揜積陽.[1] 河井起龍蒸, 日魄斂游光.[2]

族雲飛泉室, 震風沈羽鄕.[3] 升雰浹地維, 傾潤瀉天潢.[4]

平灑周海嶽, 曲潦溢川莊.[5] 驚雷鳴桂渚, 廻涓流玉堂.[6]

珍木抽翠條, 炎卉擢朱芳.[7] 闟市欣九賦, 京廩開萬箱.[8]

無謝堯爲君, 何用知柏皇.[9]

단비

토지신 제단에 온갖 음기 몰려와
모여 쌓인 구름이 해를 가린다.
강과 우물에 용 같은 수증기 일어
태양은 퍼진 햇살 거둬들인다.
무리 지은 구름은 천실 위로 날아가고
떨쳐 이는 바람은 우인 마을 갈앉힌다.
떠오르는 안개는 땅의 밧줄 적시고
기우는 물기는 하늘 못서 쏟아진다.
고르게 뿌린 빗물 바다와 산에 퍼지고
구불구불 흐르는 물 내와 한길에 넘친다.
작렬하는 천둥은 계수 섬을 울리고
굽이치는 물줄기는 옥당에 흐른다.
진귀한 나무는 푸른 가지 내밀고

불타는 화훼는 붉은 향기 씻어낸다.
관문과 저자에선 세금 9종 즐겨 내고
서울의 창고에선 상자 만 개 개방한다.
요임금이 군주임도 감사할 것 없는데
백황씨는 알아서 무엇에 쓰랴.

【해제】

[전진륜] 원주 : "칙명을 받들어 짓다[奉勅作]."

【주석】

1 **[전진륜]** '屯雲(둔운 : 모여 쌓인 구름)'은 '連宮(련궁 : 연이어진 집)'으로 된 판본도 있다.[333)]

『예기』「교특생(郊特牲)」: "천자의 '태사(太社)'가 반드시 '서리와 이슬과 바람과 비[霜露風雨]를 맞게 하는 것은, '하늘과 땅의 기운이 서로 통달하게[達天地之氣]' 하기 위한 것이다."

좌사 「위도부(魏都賦)」: "쌓이면 '머무는 구름'이 되고, 쏟아지면 내리는 비가 된다[蓄爲'屯雲', 泄爲行雨]."

333) 정복보의 『전송시』 주에서 "『예문유취』에는 '連宮'으로 되어 있다"라고 했고, 녹흠립 『송시』에서는 "『예문유취』에는 '屯宮(둔궁)'으로 되어 있다"라고 했다. 왕소영(汪紹楹) 교본 『예문유취』 권2 「천부(天部)·하」에는 '屯宮(둔궁)'으로 되어 있다. '營社(영사)'는 토지신에게 제사를 지내는 사단(社壇)을 짓는 것이다.

『회남자』「천문훈」: "'축적된 양기[積陽]'의 열기는 화(火)를 생성하는데, 화의 정기가 태양[日]이 된다."

2 **[전진륜]** 『당유함(唐類函)』「인개부(鱗介部)」: "신(辛) 씨의 『삼진기(三秦記)』에 있다. '"하진(河津)"은 일명 "용문(龍門)"이라고 한다. 큰 물고기가 용문 아래에 수천 마리가 모여 있으나 올라갈 수 없는데, 올라가는 것은 "용(龍)"이 된다.' 『제지기(齊地記)』에 있다. '창평성(昌平城)에 "우물[井]"이 있어서 형수(荊水)와 통하는데, "신룡(神龍)"이 있어서 그곳을 출입했기 때문에 "용성(龍城)"이라고 부른다.'"

『춘추번로』「심찰명호(深察名號)」: "음기의 운행은 봄과 여름에는 간여할 수 없고, '달빛은 항상 햇빛에 눌린다[月之魄常厭於日光]'."[334)]

3 **[전진륜]** 『장자』「재유(在宥)」: "[광성자(廣成子)가 말했다. '(…중략…) 그대(황제(黃帝))가 천하를 다스리고부터는] "구름은 모이기도 전[雲氣不待族]"에 비가 되고, [초목은 시들기도 전에 낙엽이 지고, 일월(日月)의 빛은 더욱 어두워질 것이오.']"

『양자법언(揚子法言)』「오자(吾子)」: "'질풍과 폭우[震風凌雨]'를 겪어야 집이 장막이라는 것을 알게 되고, [포학한 정치와 세상을 만나야 성인(聖人)이 성곽이라는 것을 알게 된다.]"

---

334) '龍蒸(룡증)'은 수면에서 솟아오르는 운기(雲氣)이다. '日魄(일백)'은 태양을 가리키는데, '日魂(일혼)'의 잘못이 아닌지 모르겠다. 『주역참동계(周易參同契)』「양성입명장(養性立命章)」에 "양의 신은 '일혼'이고, 음의 신은 '월백'인데, 혼과 백의 관계는 상호 의거하는 집이 된다[陽神日魂, 陰神月魄, 魂之與魄, 互爲室宅]"라고 했다. '游光(유광)'은 본래 전설 속 불의 신인데(『광아』「석천(釋天)」: "火神謂之'游光"), 여기서는 태양에서 퍼져나가는 햇살을 가리킨다.

'泉室(천실 : 물)'은 황하가 맑아짐을 기리는 송[河清頌]」(주석 128)에서 보았다.

'羽鄕(우향 : 신선의 마을)'은 「향로봉을 시종하여 오르며[從登香爐峯]」 주(주석 2 '羽人宅(우인택)')에서 보았다.[335)]

4 **[전진륜]** 『옥편』 : "'雰(분)'은 안개[霧氣]이다."

'地維(지유 : 땅을 얽어 묶은 밧줄)'와 '天潢(천황 : 은하수)'은 「과보산 갈문(瓜步山楬文)」(각각 주석 14, 주석 6 '천궁(天宮))에서 보았다.[336)]

[보주] 『사기』 「천관서」 : "왕량성(王良星) [앞 책성(策星)이 동요하면, 천하에 전쟁이 일어난다.] 곁에는 여덟 개의 별이 은하수를 가로지르는데 '천황(天潢)'이라고 한다."

5 **[전진륜]** '莊(장 : 육거리)'은 「황폐한 성[蕪城賦]」(주석 4)에서 보았다.

[황절] 채옹 『월령장구(月令章句)』 : "바다로 흘러드는 온갖 내가 '천(川)'이다."

6 **[전진륜]** 『수경주』 「광수(洭水)」 : "광수는 계양현(桂陽縣 : 지금의 호남성 침주시(郴州市)) 노취산(盧聚山)에서 발원하여, 남동쪽으로 함광현(含洭縣 : 지금의 광동성 영덕시(英德市) 북서 함광진(浛洸鎭))을 지나, 남쪽으로 광포관(洭浦關 : 지금의 광동성 영덕시 남서쪽)을 벗어나면 '계수(桂水)'가 된다."[337)]

『설문해자』 : "'涓(연)'은 실개천[小流]이다."

'玉堂(옥당 : 신선의 거처)'은 「산산에서 시흥왕의 명으로 짓다[蒜山被始興王命作]」(주석 7)에서 보았다.

---

335) '族雲(족운)'은 모여 쌓인 구름이고, '震風(진풍)'은 질풍이다.

336) '천황'은 「과보산 갈문(瓜步山楬文)」에서는 하늘의 서궁에 있는 서방 필수(畢宿) 중의 다섯 개의 별을 말했는데, 여기서는 하늘의 물웅덩이 즉 은하수를 가리킨다.

337) '桂渚(계저)'는 계수나무가 자라는 섬이다.

7 **[전진륜]** 반니(潘尼) 「석류부(石榴賦)」[338] : "'붉은 꽃향기'는 대단히 아름답고['朱芳'赫奕], [빨간 꽃송이는 들쑥날쑥하다.]"

[전중련] 송본에는 '擢(탁 : 뽑다)'이 '濯(탁 : 씻다)'으로 되어 있다.[339]

8 **[전진륜]** 『주례』 「천관총재 · 태재(太宰)」 : "태재는 '아홉 가지 부세[九賦]'로 재화[財賄]를 거두어들인다."[340]

『논형』 「정재(程材)」 : "구릉처럼 '높다란 곳집[京廩]'과, 모래섬처럼 쌓아둔 것은 어느 것이 더 높은가?"

『모시』 「소아 · 보전(甫田)」 제4장 : "[이에 천 개의 창고 마련하고,] 이에 '만 개의 짐수레'를 마련한다[乃求'萬斯箱']."

9 **[전진륜]** 『장자』 「거협(胠篋)」 : "옛날 용성씨(容成氏) · 대정씨(大庭氏) · '백황씨(柏皇氏)' · (…중략…) 헌원씨(軒轅氏) · 존로씨(尊盧氏) · 복희씨(伏羲氏) (…중략…) 와 같은 시대는 지극히 잘 다스려진 시대이다."[341]

[전중련] 송본에는 '皇'이 '篁(황)'으로 되어 있다.[342]

---

338) 『예문유취』 권86에는 제목이 '安石榴賦(안석류부)'로 되어 있다.

339) 사고본과 『고시기』는 '擢'으로 되어 있고, 『예문유취』에는 '耀(요)'로 되어 있다. 오덕풍은 "'濯'이 옳을 것 같다. (…중략…) 반니 「석류부」에서 '붉은 꽃향기는 대단히 아름답다'라고 했고, 시에서는 '아름다운 꽃은 붉은 향기를 씻는다[炎卉濯朱芳]'라고 했으니, '炎卉(염훼)'는 석류를 가리키고, 석류가 비로 인해서 그 붉은 향기를 씻는다는 뜻이다"라고 했다(93a쪽).

340) 「농부가 채소 심는 것을 보고[觀園人藝植]」 주석 2 참조.

341) '柏皇氏'는 통행본 『장자』에는 '伯皇氏'로 되어 있다. 『문선』 권49 진 간보(干寶) 『진기(晉紀)』 중 「진 무제의 혁명을 논함[論晉武帝革命]」에는 '柏皇'으로 되어 있다("古之有天下者, '柏皇' · 栗陸以前, 爲而不有, 應而不求, 執大象也 : 고대에 천하를 다스린 사람으로 '백황씨'와 율륙씨 이전에는, 다스리되 자신의 공으로 돌리지 않고, 덕에 호응하되 보답을 구하지 않았으며, 큰 도리만 지켰을 뿐이다").

342) 주응등본도 '篁'으로 되어 있다. 『고시기』는 '皇'으로 되어 있다. 오덕풍은 『장

자』「거협」을 근거로 '皇'이 옳으며, '백황'은 상고시대 제왕의 이름인데, 이 시는 칙명을 받들어 지은 것이어서, 마지막 2구에는 아유(阿諛)의 뜻이 있기 때문이라고 했다(93a쪽). 정복림은 장부본과 『고시기』를 좇아 '皇'으로 고쳤다(『교주』, 539쪽).

苦雨

連陰積澆灌, 滂沱下霖亂.[1] 沈雲日夕昏, 驟雨淫朝旦.[2]

蹊濘走獸稀, 林寒鳥飛晏.[3] 密霧冥下溪, 聚雲屯高岸.

野雀無所依, 群鷄聚空館.[4] 川梁日已廣, 懷人邈渺漫.[5]

徒酌相思酒, 空急促明彈.[6]

궂은비

연이은 음기가 축축한 습기 모아
주룩주룩 장맛비를 쏟아붓는다.
가라앉은 구름은 밤낮으로 어둡고
퍼붓는 소낙비는 아침부터 질펀하다.
산길은 질척거려 길짐승도 드물고
수풀은 쌀쌀하여 날짐승도 늦는다.
자욱한 안개로 낮은 골짝 어둑하고
모여든 구름은 높은 산에 진을 친다.
들판의 참새는 돌아갈 곳 없어지고
무리 지은 닭 떼는 빈집에 모여 있다.
하천의 다리는 나날이 넓어지고
그리운 사람은 아득히 멀어진다.
부질없이 잔을 채워 상사주를 마시면서
공연히 급박하게 날 새도록 탄주한다.

【해제】

[전진륜] 양 원제元帝 『찬요纂要』: "오랜 비를 '고우苦雨'라고 하며 또 수림愁霖이라고도 한다."[343]

【주석】

1 **[전진륜]** 『모시』 「소아 · 점점지석(漸漸之石)」 제3장 : "달이 필성을 만났으니, '세차게 콸콸 쏟아붓게' 하겠네[月離于畢, 俾'滂沱'矣]."

[황절] 『예기』 : "천지에 '음기가 쌓여[積陰]' 따뜻하면 '비[雨]'가 되고, [추우면 눈이 된다.]"[344]

---

343) '苦雨(고우)'라는 말은 『좌전』 「소공 · 4년」에 처음 나온다. "其藏之也周, 其用之也徧, 則冬無愆陽, 夏無伏陰, 春無凄風, 秋無'苦雨'(얼음을 저장할 때는 주밀하게 하고 그것을 사용할 때는 두루 나눠주면, 겨울에 이상 난동이 없고 여름에 숨은 한기가 없으며, 봄에는 찬바람이 없고 가을에는 '장맛비'가 없다)"가 그것이다. 이에 대해, 두예는 주에서 "장맛비[霖雨]는 사람들이 '싫어하고 고통스러워하는[患苦]' 것이다"라고 했다. 공영달은 소에서 "『모시』(「소아 · 보전」)에 '"단비"를 빈다[以祈"甘雨"]'라고 했는데, 여기서는 '쓴 비[苦雨]'라고 했다. 빗물[雨水]은 하나이고, 그 맛에는 달고 쓴[甘苦] 차이가 없지만, 사물을 길러주면 달고 사물을 해치면 쓸 뿐이다"라고 했다. 『예기』 「월령」에는 "孟夏行秋令, 則'苦雨'數來, 五穀不滋(맹하에 가을 월령을 시행하면, '쓴 비[苦雨]'가 자주 와서 오곡이 번성하지 못한다"라고 했다. 시로는 완우(阮瑀)의 「시(詩)」가 있는데(『예문유취』 권2), 첫 2구가 "'苦雨'滋玄冬, 引日彌且長('장맛비'는 겨울 일기 성하게 하여, 시일을 더욱더 길게 만든다)"이다. 『문선』 권24의 육기 「상서랑 고영(顧榮)에게[贈尙書郞顧彦先]」 2수 중 제1수의 "凄風迕時序, '苦雨'遂成霖(찬바람이 계절의 순서를 어겨, '괴로운 비' 마침내 장마가 되었다)"이라고 했는데, 오신 중 장선(張銑)은 "사람들이 '괴로워하는' 것이어서 '苦'라고 했다. 삼일우(三日雨 : 오래 내리는 비)가 '霖(림 : 장마)'이다"라고 했다.

344) 『태평어람』 권12 「천부(天部)」 '설(雪)' 조에, 『대대예기』를 인용하여 "天地積陰, 溫則爲雨, 寒則爲雪"이라고 했다. 통행본 『예기』와 『대대예기』에는 없다. '滂

『광아』: "'물을 대는 것[澆灌(요관)]'이 '漬(지 : 적시다)'이다."

2 **[전진륜]** 양 원제 『찬요』: "몹시 쏟아지는 비[疾雨]를 '驟雨(취우 : 소나기)'라고 한다."

『이아』「석천(釋天)」: "오래 내리는 비를 '淫(음(霪))'이라고 하고, '淫'을 '霖(림 : 장마)'이라고 한다."

[전중련] 송본에는 '淫(과하다)'이 '望(원망하다)'으로 되어 있다.[345)]

3 **[전진륜]** 『좌전』「희공 · 15년」 '晉戎馬還濘而止(진의 융마는 진창에 빠져 전진할 수 없었다)' 두예 주 : "'濘(녕)'은 진창[泥]이다."

『옥편』: "'晏(안)'은 늦은 것[晩]이다."

4 **[전진륜]** 반악 「회구부(懷舊賦)」: "[이제 9년 만에 한 번 왔더니,] '텅 빈 집'은 적적하여 인적도 없다['空館'闃其無人]."

5 **[전진륜]** '川梁(천량 : 내의 다리)'은 「번거현에 올라서[登翻車峴]」(주석 4)에서 보았다.

좌사 「오도부」: "[드넓게 흐르는 광대무변하면서,] 끝도 없이 넓은 물은 '까마득하다'[澒溺'淼漫']."

6 **[전진륜]** 경방(京房) 『역전(易傳)』: "해와 달은 '탄환(彈丸)'과 같은데, 빛이 비치는 곳은 '밝고[明]', 비치지 않는 곳은 어둡다."[346)]

沱(방타)'는 비가 세차게 쏟아지는 모양을 나타내는 의태어이다.

345) 『예문유취』에는 '淫'으로 되어 있다.

346) 마지막 구의 번역은 왕개운의 견해를 따랐다. Chen도 "공연히 밤새도록 연주를 서두른다(And uselessly urge the music to play through the night)"라고 번역했다(378쪽).

【평설】

[전중련] 왕개운 : '무리 지은 닭群鷄' 구는 '궂은비'의 실제 정경인데, 노련한 필법이 아니고는 묘사할 수 없다. '促明측명'은 '達旦달단 : 날샐 때까지, 밤새도록'과 같다. 『상기루설시』 권6

詠白雪

白珪誠自白, 不如雪光姸. 工隨物動氣, 能逐勢方圓.[1]

無妨玉顔媚, 不奪素繒鮮.[2] 投心障苦節, 隱迹避榮年.[3]

蘭焚石旣斷, 何用恃芳堅.[4]

흰 눈에 부쳐

하얀 옥규玉珪 참으로 절로 희지만

곱디고운 눈빛에는 미칠 수 없네.

사물의 동정動靜을 따를 줄 알고

형세의 방원方圓도 쫓을 줄 아네.

옥안도 그 아름다움 어찌 못하고

흰 비단도 그 고움을 뺏을 수 없네.

마음 다해 고절苦節을 지키느라고

자취 숨겨 꽃피는 철 굳이 피하네.

택란은 타버리고 돌도 이미 깨졌는데

방향과 견고함을 믿어 뭣하리?

【주석】

1 **[황절]** '氣(기 : 기운)'는 '氣(희 : 고요하다)'가 되어야 할 것 같다. 『이아』「석고(釋詁)」에서 "'氣'는 고요한 것[靜]이다"라고 했으니, 아래 구의 '方圓(모남

과 둥긂)'과 대가 된다.[347)]

사혜련 「설부(雪賦)」: "'네모난 것'을 따라서 '옥규'가 되기도 하고, '둥근 것'을 만나면 벽옥이 되기도 한다[旣因'方'而爲'珪', 亦遇'圓'而成璧]."

2 **[전진륜]** 송옥 「신녀부」: "[용모는 풍만하면서도 단정하고 고우며,] 따뜻하고 윤기 있는 '옥 같은 얼굴' 아름답다[抱溫潤之'玉顔']."

『급취편(急就篇)』: "제국(齊國)에서 '흰 명주 비단[素繒帛]'을 헌상했다."

[황절] 사혜련 「설부」: "(백설 앞에서는) 백학도 '고움을 잃고', 백한도 '흰빛을 잃으며', '흰 비단 옷소매'는 아름다움을 부끄러워하고, '옥 같은 얼굴'은 예쁨을 가린다[皓鶴'奪鮮', 白鷴'失素'; '紈袖'慚冶, '玉顔'掩姱]."

3 **[전진륜]** 『삼국지』「위서·무구검전(毋丘儉傳)」: "문흠(文欽) 역시 감격하여 무구검을 옹호하면서, '정성을 다 기울여[投心]' 딴마음을 먹지 않았다."

『주역』「절괘(節卦)·괘사」: "[절제하면 형통하지만,] '절제가 지나치면[苦節]' 마음을 바르고 곧게 할 수 없다."[348)]

[황절] 사혜련 「설부」: "'마음이 가는 대로' 호연하게 처신하니, 무엇을 걱정하고 무엇을 두려워할 것인가['縱心'浩然, 何慮何營]?"

'投心(투심)'이 '縱心(종심)'이다.

사혜련 「설부」: "[달빛이 엉겨도 그 결백 가리지 못하고,] 태양이 밝게 비쳐도 그 '절조' 고수하지 않는다[太陽曜不固其'節']."

---

347) 참고할 만한 견해이다. 번역은 이를 따랐다.

348) 절괘의 괘사에서 '苦節'은 괴로울 정도로 지나치게 절약 절제하는 것이고, 포조 시에서는 어떠한 고난에도 변하지 않고 끝까지 지키는 단단한 절개를 말한다.

『석명』: "'障(장)'은 방어하는 것[衛]이다."

4 **[전진륜]** 『진서(晉書)』「공탄전(孔坦傳)」: "'택란과 쑥을 함께 불태우는 것[蘭艾同焚]'은, 어진 사람이나 어리석은 이가 다 탄식하는 바입니다."

반니 「익주자사 양공후 비문[益州刺史楊恭侯碑]」: "하늘로부터 타고나 변하지 않는 절조를 지니고, '난처럼 향기롭고 돌처럼 견고한 본질[蘭石芳堅之質]'을 몸에 지녔다."

三日

氣暄動思日, 柳靑起春懷.[1] 時艶憐花藥, 服淨俛登臺.[2]

提觴野中飮, 愛心煙未開.[3] 露色染春草, 泉源潔冰苔.

泥泥濡露條, 嫋嫋承風栽.[4] 鳧雛掇苦薺, 黃鳥銜櫻梅.[5]

解衿欣景預, 臨流競覆杯.[6] 美人竟何在, 浮心空自摧.[7]

삼짇날

날씨 따스해져 그리움이 피어나고
버들 푸르러져 봄 감회 일으키네.
시절이 고우니 꽃과 약초 사랑스러워
끼끗하게 차려입고 대에 올라 굽어보네.
술잔 들고 야외에서 마시노라니
안개 아직 안 걷혀서 마음에 드네.
이슬빛은 봄풀에 물을 들이고
샘물은 언 이끼를 깨끗이 하네.
야들야들 이슬에 가지는 흠뻑 젖고
하늘하늘 바람에 나무는 흔들리네.
어린 오리 씀바귀와 냉이를 줍고
꾀꼬리는 앵두와 매실을 쪼네.
옷깃을 풀어놓고 경치 즐기고
흐르는 물가에서 술잔 다투네.

미인은 끝끝내 어디 있는지
뜬 마음은 공연히 절로 괴롭네.

【해제】

[전진륜] ('삼일'은) 「삼짇날 남원을 유람하며三日遊南苑」 해제에서 보았다.

【주석】

1 **[황절]** '日(일 : 날)'은 송본에는 '心(심 : 마음)'으로 되어 있다.[349)]

『관윤자(關尹子)』「삼극(三極)」: "사람 중에서 금(琴)을 잘 연주하는 자가, [슬픈 마음[悲心]이 있으면 소리가 매우 처연하고,] '그리워하는 마음[思心]'이 있으면 소리가 매우 느리다."

2 **[전진륜]** 『당유함』: "송 무제는 삼월 삼짇날 팔공산(八公山) 유안(劉安)의 '옛 대에 올라서[登故臺]' 말했다. '성곽 모양이 명주[匹帛]가 꽃 무더기[叢花]를 에워싸고 있는 것 같다.'"

[황절] 『논어』「선진(先進)」: "[증석(曾晳)이 말했다.] 늦은 봄(삼월)이면 '봄옷[春服]'을 만들어 입고 [어른 대여섯과 아이들 예닐곱과 함께 기수(沂水)에서 목욕하고, 무우대(舞雩臺 : 옛터는 지금의 산동성 곡부시(曲阜市) 남쪽)에

349) 장씨원간본 및 『전송시』도 같다. '心'이 되어야 아래 구의 '懷(회)'와 대가 된다. 오덕풍, 93b쪽 참조. 『초사』「구장·비회풍(悲回風)」에도 "糺'思心'以爲纕兮, 編愁苦以爲膺('시름 마음' 둘러서 허리띠를 만들고, 근심 고통 엮어서 속옷을 만든다)"이라는 표현이 있다.

서 바람을 쐬고 노래를 읊조리며 돌아오겠습니다!"

'淨(정)'은 깨끗한 것[潔]이다.

『속한지(續漢志)』: "이달 '상사(上巳)'에 관리와 백성이 모두 동으로 흐르는 물에서 '몸을 씻으면서[絜]' 말했다. '더러움을 씻고 재앙을 물리치며[洗濯祓除] 묵은 때와 종기를 없애서 "크게 깨끗해지게[大絜]" 할지어다."[350)]

『한서』「한신전(韓信傳)」'俛出跨下(몸을 구푸리고 가랑이 밑을 지나갔다)' 안사고 주: "'俛(부)' 또한 '俯(부 : 구푸린다)' 자이다."[351)]

3 **[황절]** 『예기』「악기(樂記)」: "[비애의 마음이 움직이면 그 소리는 급하면서도 낮고, 쾌락의 마음이 움직이면 그 소리는 빠르면서도 편안하며, 희열의 마음이 움직이면 그 소리는 격앙되면서 흩어지고, 분노의 마음이 움직이면 그 소리는 거칠면서 사나우며, 공경의 마음이 움직이면 그 소리는 바르고 단정하고,] '애모의 마음[愛心]'이 움직이면 그 소리는 온화하면서 부드럽다."

[전중련] '愛心(애심)'은 송본에는 '心愛'로 되어 있다.[352)]

---

350) 『후한서』「예의지(禮儀志)·상」 주에서, '絜'은 '禊(계 : 계제(禊祭))'를 말하는 것이라고 했다. '絜' 자는 '결'로 읽으면 '潔(결 : 깨끗하다, 깨끗이 하다, 몸을 씻다)'과 같고, '혈'로 읽으면 '잰다, 헤아린다'라는 뜻인데, 『대학』의 '絜矩之道(혈구지도 : 자신의 마음으로 남의 마음을 헤아려 주는 배려와 존중의 도리)'가 이 경우이다. 계제를 행하는 것을 '수계(修禊)'라고 하는데, 그 날짜가 본래는 음력 삼월의 '첫 사일(上巳)'이었으나 후에 삼월 '초사흘[三日]' 즉 삼짇날로 고정하게 되었다.

351) 안사고 주는 "'俛'亦'俯'字"로 되어 있다. 「조조전(鼂錯傳)」('俛卬之間'), 「동방삭전(東方朔傳)」('尻益高者, 鶴俛啄也') 등도 같다.

352) 노문초는 '心愛'로 교감했다. 오덕풍은 "心愛煙未開"는 '들판의 안개가 아직 걷히지 않아서 마음속으로 좋아한다'라는 뜻인데, '愛心'이 되면 난해하고 순통(順通)하지 않으므로, '心愛'가 옳다고 했다(93b쪽).

4 **[전진륜]** 『모시』「소아 · 육소(蓼蕭)」 제3장 : "[길게 자란 다북쑥에,] '이슬이 내려 흠뻑 젖었네[零露泥泥].'" 정현 전 : "'泥(니)'는 '濡(유 : 적시다)'이다." '嫋嫋(뇨뇨 : 계속 흔들리는 모양)'는 「마름을 따며」(제4수 주석 2 '褭褭(뇨뇨)')에서 보았다.

5 **[전진륜]** 목화(木華) 「해부(海賦)」 : "'오리의 새끼'는 깃털이 막 생겨난다['鳧雛'離褷]."

『이아』「석초(釋草)」 : "'芍(효)'는 '鳧茈(부자 : 올방개)'이다."353)

『본초』 : "('茈'는) 일명 '烏芙(오요)'라고 하고 별명은 '葧薺(발제 : 남방개)'이다."354)

『설문해자』 : "'鶯(앵)'은 꾀꼬리[黃鸝]인데 일명 '黃鳥(황조)'라고 한다."

『예기』「월령」 '중하지월(仲夏之月)' : "'앵두[含桃]'를 진상하면 [먼저 침묘(寢廟)에 바친다.]" 정현 주 : "'含桃(함도)'는 '앵두[櫻桃]'이다."355)

『여씨춘추』「중하기(仲夏紀)」 고유 주 : "'鸎(앵 : 꾀꼬리)'이 입에 물고[含] 있기에, '含桃(함도)'라고도 하고 '鸎桃(앵도)'라고도 하는 것이다."

[황절] 『모시』「당풍(唐風) · 채령(采苓)」 제2장 : "'씀바귀를 캐고 캐러', 수양산 밑으로 가네['采苦采苦', 首陽之下]." 모전 : "'苦(고)'는 고채(苦菜 : 씀바귀)이다.

---

353) 곽박 주에 "묵정 논[下田]에서 자라는데, 싹[苗]은 용수초(龍鬚草) 비슷하면서 가늘고, 뿌리는 손가락 같으며 흑색인데 식용할 수 있다"라고 하고, 음을 戶(호)와 了(료)의 반절[효]이라고 했다.

354) 통행본에는 없다. 『강희자전』 '茈' 자 풀이에 인용되어 있다.

355) 「흰 모시의 노래」를 본떠[代白紵曲]」 제2수 주석 1 참조.

『모시』「패풍 · 곡풍(谷風)」 제2장 : "누가 '씀바귀가 쓰다고' 했던가, 나에게는 달기가 '냉이'와 같은데[誰謂'荼苦', 其甘如薺]." 모전 : "'荼(도)'는 씀바귀[苦菜]이다."

장형 「남도부(南都賦)」 : "[그 원포(園圃)에는 (…중략…)] 바로 '앵두와 매실'과 돌감, [소귀나무와 배와 밤이] 있다[乃有'櫻梅'山柿]." 이선 주 : "『한서음의』에서 말했다. '"櫻桃"는 "含桃"이다.' 곽박은 『이아』 주에서 말했다. '"梅(매)"는 살구[杏] 비슷한데 열매가 시다.'"

6 **[전진륜]** 소언(蘇彦) 「칠월칠석에 직녀를 읊다[七月七日詠織女詩]」 : "[자미원[紫微] 뜨락에서 말고삐 풀고,] 벽림관 대청에서 '옷깃을 푼다'['解衿'碧琳堂]."

『진서(晉書)』 「속석전(束晳傳)」 : "무제가 일찍이 [지우(摯虞)에게] 삼짇날 유상곡수(流觴曲水)의 의의를 물었다. (…중략…) 속석이 나아가 말했다. '(…중략…) 옛날 주공이 낙읍(洛邑)을 완성하고서 "흐르는 물에 술잔을 띄웠습니다[因流水以泛酒]". 그래서 일시(逸詩)에 "새 모양의 술잔이 물결 따라 흐른다[羽觴隨波]"라고 했습니다. 또 진(秦) 소왕(昭王)은 삼짇날에 황하의 물굽이에 술자리를 준비했는데, 금인(金人)이 수심검(水心劍)을 바치면서 "그대더러 서하(西夏) 지역을 제패하게 할 것입니다"라고 하는 걸 보았습니다. 마침내 제후의 패자가 되었습니다. 그래서 유상곡수를 제정했습니다. 양한(兩漢)은 이를 서로 이어받았으니, 모두 성대한 모임이 되었습니다.'"[356]

7 **[황절]** 『모시』 「소아 · 청청자아(菁菁者莪)」 제4장 : "두둥실 백양나무로 만든 배는, '잠겼다 떴다 하며 출렁거린다'. '군자'를 만나니, '내 마음' 기쁘구나

356) '覆杯(복배)'는 술잔을 기울여 마시는 것이다.

[汎汎楊舟, '載沈載浮'. 既見'君子', '我心'則休]." 모전 : "잠기는 것도 떠 있는 것이요, 뜨는 것도 떠 있는 것이다. '沈浮(침부)'라고 하는 것은 '重輕(중경 : 무거운 것과 가벼운 것)'이라고 하는 것과 같다. 무거운 것도 배는 띄우고, 가벼운 것도 배는 띄운다. 이것으로써 물건의 경중을 따지지 않고 배는 모두 싣는다는 것을 말하여, 재주의 많고 적음에 관계없이 군자는 쓰지 않음이 없음을 비유했다."

'美人(미인)'은 '君子'와 같다. 『모시』의 의미를 암용(暗用)했다.[357)]

357) 「청청자아」 전편의 주제를, 모전에서는 "인재를 기르는 것을 즐기는 것[樂育材]"이라고 했고, 황절은 그런 의미를 취한 것인데, 포조 시와는 맞지 않는다. 「청청자아」에서 전고를 취한 것으로 본다면 차라리 "손님을 맞아 연회를 베푸는 시[燕飲賓客之詩]"라고 한 주희 집전의 견해가 더 어울린다. 포조 시의 '浮心(부심)'은 불안한 마음이다.

詠秋

秋蘭徒晩綠, 流風漸不親.[1] 飆我垂罳幕, 驚此梁上塵.[2]

沈陰安可久, 豐景將遂淪.[3] 何由忽靈化, 暫見別離人.[4]

가을에 부쳐

가을 택란 부질없이 늦도록 푸른데
흐르는 바람 차츰차츰 멀어져간다.
부시에 드리워진 내 휘장을 휘말고
들보에 쌓여 있는 이 먼지를 흩날린다.
쌓여 있는 음기야 어찌 오래리
풍성한 햇볕도 장차 사라질 거라.
어찌하면 홀연히 신령스레 변화하여
헤어진 이 잠시라도 만날 수 있을까?

【주석】

1 **[황절]** 『초사』「구가 · 소사명(少司命)」: "'가을 택란'과 궁궁이가['秋蘭'兮蘼蕪, [제당(祭堂) 아래에 줄지어 자랍니다.]"

『이아』「석언(釋言)」: "'流(류)'는 '覃(담)'이고, '覃'은 뻗어나가는 것[延]이다."

『초사』「초혼」: "비 그친 뒤 부는 바람 패란을 흔들고, 모여 자라는 택란을 일렁이게 한다[光風轉蕙, 氾崇蘭些]."

'패란을 흔들고 택란을 일렁이게 하는 것[轉蕙氾蘭]'이 '바람이 택란과 친한 것[親]'이다.

2 **[전진륜]** 『한서』「문제기」'未央宮東闕罘罳災(미앙궁 동궐의 "부시"가 불탔다)' 안사고 주 : "'罘罳(부시)'는 궁전 앞에 세운, 투각 병풍으로 이어진 두 개의 문루이다. [(…중략…) 일설에는 병풍[屛]이라고 한다.]"

『광아』: "'罘罳'를 병풍[屛]이라고 부른다."[358]

'幕(막)'은 「밤에 앉아 읊조리며'를 본떠[代夜坐吟]」(주석 1)에서 보았다.

'梁塵(량진 : 들보에 쌓인 먼지)'은 「'고시'를 본받아[學古]」(주석 8)에서 보았다.

[황절] 『설문해자』: "'飆(표)'는 회오리바람[扶搖風]이다." 또 '猋(표)로 쓰기도 한다.

『이아』「석천(釋天)」: "회오리바람[扶搖]을 '猋'라고 한다."

『초사』「구가 · 운중군(雲中君)」: "[신령께서 휘황하게 내려오시더니,] '순식간에' 멀리 올라 구름 속으로 사라졌네['猋'遠擧兮雲中]." 왕일 주 : "'猋'는 재빠르게 떠나가는 모양이다."

3 **[전중련]** 송본에는 '逐(축 : 차츰)'이 '遂(수 : 마침내)'로 되어 있다.[359]

4 **[전진륜]** 하후담(夏侯湛) 「뇌부(雷賦)」: "[아 건곤(乾坤)의 신명이여,] 실로 '신령한 조화'가 대단히 밝도다[信'靈化'之誕昭]."

---

358) '垂罳幕(수시막)'은 부시에 쳐놓은 휘장이다. '부시'는 새들이 내려앉지 못하도록 전각(殿閣)의 처마에 둘러치는 철망이다. 이 2구는, 정원의 택란을 일렁이던 바람이 이제는 내 방앞 부시에 쳐놓은 휘장에 휘몰아치고, 마루 위 들보에 쌓인 먼지를 흩날리고 있음을 말했다.

359) 『전송시』와 노문초에도 '遂(수)'로 되어 있다. 번역은 이를 따랐다. '沈陰(침음)'은 구름이 끼어 오래도록 흐린 것이다. '豐景(풍경)'은 따사로운 햇볕이다.

[황절] 「이소」 : "나는 이미 떠나가는 것 어려워하지 않지만, '임금께서 자주 변하시는 것'이 슬플 뿐이다[余既不難夫離別兮, 傷'靈修之數化']." 왕일 주 : "'靈(령)'은 신(神)을 말한다. 이것으로 임금을 비유했다. '化(화)'는 바꾸는 것[變]이다."

'靈化(령화)'는 임금의 마음이 변하는 것을 말한다.

'別離人(별리인)'은 자기를 말한다.360)

【평설】

[전중련] 왕개운 : 섬세하고 정교하다. ["가을 택란 부질없이 늦도록 푸른데, 불어오는 바람도 차츰차츰 멀어져가는" 것은] 쓸쓸하여 사람을 슬프게 한다. 『상기루설시』 권8

360) 황절의 견해를 따르면 마지막 2구는 "어찌하면 홀연히 군주가 마음을 바꾸어, 소외된 자신을 잠시라도 만나게 할 수 있을까?"라는 뜻인데, 지나치게 노골적일 뿐만 아니라 가을의 감상(感傷)에도 어울리지 않는다. '靈化'에는 전진륜 주에 인용한 하후담 「뇌부」의 예처럼 '신령스러운 변화'라는 뜻이 있다. 도연명의 「산해경을 읽고[讀山海經]」 제2수에도 "'靈化'無窮已, 館宇非一山('신령한 변화'는 끝이 없으니, 서왕모의 집은 하나의 산에만 짓지 않았다)"라고 했다. '別離人(별리인)'도 문자대로 헤어진 사람으로 볼 수 있다. "어찌하면 홀연히 신령스러운 변화의 재주를 얻어, 헤어진 그리운 이를 잠시라도 만날 수 있을까?" 가을의 고적감을 표현한 것으로 볼 수 있어서 더 자연스럽다. Chen은 이렇게 풀이했다(380쪽).

秋夕

慮涕擁心用, 夜默發思機.[1] 幽閨溢凉吹, 閒庭滿淸暉.

紫蘭花已歇, 靑梧葉方稀.[2] 江上凄海戾, 漢曲驚朔霏.[3]

鬢班悟壯晩, 物謝知歲微.[4] 臨宵嗟獨對, 撫賞怨情違.

躊躇空明月, 惆悵徒深帷.[5]

가을 저녁

근심의 눈물 속에 마음을 끌어안고

한밤중 고요 속에 깊은 생각에 잠기네.

적막한 규방에는 찬바람이 넘치고

조용한 뜨락에는 맑은 달빛 가득하네.

자줏빛 택란 꽃은 이미 다 시들었고

푸르른 오동잎은 이제 막 떨어지네.

양자강 위에는 바닷바람 매섭고

한수의 굽이에는 북방 눈이 몰아치네.

머리카락 하얘져야 젊음 감을 깨닫고

사물이 시들어야 한 해 감을 알게 되지.

밤이 되어 혼자서 한숨 쉬면서

밤 풍경 바라보며 멀어진 정 원망하네.

밝은 달은 공연히 머뭇거리고

깊은 휘장 부질없이 시름에 겹네.

【주석】

1 **[황절]** 『모시』「소아 · 소변(小弁)」 제6장 : "마음의 '시름'이여, '눈물'이 떨어지네[心之'憂'矣, '涕'既隕之]."

'慮涕(려체)'는 '憂涕(우체 : 시름에 잠겨 흘리는 눈물)'와 같다.

『회남자』「무칭훈(繆稱訓)」: "하늘에는 봄 · 여름 · 가을 · 겨울로 변화하는 사시(四時)가 있고 사람에게는 눈 · 귀 · 입 · 마음의 효용인 '사용(四用)'이 있다. 무엇을 '사용'이라고 하는가? 보아서 형상화하는 것은 눈[目]보다 밝은 것이 없고, 들어서 정밀하게 하는 것은 귀[耳]보다 밝은 것이 없으며, 거듭하여 닫는 것은 입[口]보다 견고한 것이 없고, 머금어 간직하는 것은 '마음[心]'보다 깊은 것이 없다."

『회남자』「원도훈」: "[정신(精神)과 기지(氣志)라는 것은 (…중략…)] 놓아두면 마치 옷을 드리운 것 같고, 사용하면 마치 '쇠뇌를 쏘는 것[發機]' 같다."

『음부경(陰符經)』: "사람의 마음[人心]은 쇠뇌[機]이다."

'思機(사기)'는 '心機(심기 : 마음의 움직임)'와 같다.[361)]

2 **[전진륜]** '紫蘭(자란 : 자줏빛 택란)'은 「봄날 형산에 올라'를 본떠[代陽春登荊山行]」(주석 8 '紫莖(자경)')에서 보았다.

3 **[전진륜]** '漢曲(한곡 : 한수 물굽이)'은 「황학기에 올라[登黃鶴磯]」(주석 6 '漢遊(한유)')에서 보았다.

『설문해자』: "'霏(비)'는 눈이 펄펄 날리는 것[雰]이다."

[황절] '海戾(해려)'는 해풍이다.

---

361) '心用(심용)'도 '心機'와 같다.

좌사(左思)[362] 「촉도부(蜀都賦)」: "[급박한 가락으로 「서음(西音)」을 일으키고,] '「강상」을 맑고 유장하게' 노래 부른다[歌'江上之飂厲']."

'厲(려)'와 '戾(려)'는 고대에는 통용했다.

『전국책』「조책(趙策)·2」: "[진(秦)은 제나라 군대에 의해 효산(殽山)과 함곡관 위에 포위되어 있었고, 10년간 진 땅은 침탈당했다.] 진나라 사람들은 멀리 도망은 갔지만 항복하지는 않았다. 그리하여 제나라는 '주택은 황폐해지고 주민들은 멸절되게[虛戾]' 되었다." 주: "'虛'는 '墟(허)'와 같다. 거택(居宅)에 사람이 없는 것을 '墟'라고 한다. 죽어서 후사가 없는 것을 '厲'라고 한다. 의미상 본래 '戾' 자를 취해야 한다."

장형 「서경부」: "'노래 한 곡 부르기'가 끝나지도 않았는데, 구름이 일어나고 눈보라가 날리는 듯. 처음에는 나부끼는 듯하더니, 나중에는 '눈처럼 펄펄 날린다'['度曲'未終, 雲起雪飛. 初若飄飄, 後遂'霏霏']." 설종(薛綜) 주: "'霏霏(비비)'는 눈이 내리는 모양이다." 이선 주: "반고의 『한서』에 '원제(元帝)는 "스스로 '度曲'을 했다[自度曲]".'"[363]

---

362) 저본에는 '張衡(장형)'으로 되어 있는데 '左思(좌사)'의 잘못이어서 고쳤다. '강상'은 「촉도부」에서는 곡조 이름이고, 포조 시에서는 '강가'라는 뜻이다.

363) 『한서』「원제기·찬(贊)」의 문장이다. 신찬(臣瓚) 주에, "'度曲'은 노래가 끝나고 다시 그다음으로 넘겨주는 것[歌終更授其次]을 '도곡'이라고 한다. 「서경부」에서 '"도곡"도 끝나지 않아서, 구름 일어나고 눈보라 날린다'라고 했다"라고 했다. 한 곡의 노래를 마치는 것이다. 응소의 주는 이와 다르다. 응소는 '自度曲'에 대해 "스스로 살펴 헤아려 새 곡조를 짓는다[自隱度作新曲]"라고 풀이했다. 안사고는 응소의 주를 취하고 '度'의 음을 '탁(大各反)'이라고 했다. 『한서』「원제기·찬」의 '度曲(탁곡)'은 문맥상 작곡한다는 의미가 되어야 한다. 사(詞)에서 사인(詞人)이 직접 곡을 만드는 것을 '自度曲'이라고 하는 것은 여기에서 나온 표현이다. 이 '自度曲'은 본래 '자탁곡(zì duó qǔ)'으로 읽어야 하지만 지금은 통상 '자도곡

4 **[전진륜]** 『예기』 「왕제(王制)」 : "'머리가 희끗희끗한 사람[班白]'은 손에 물건을 들고 다니지 않는다." 정현 주 : "여러 가지 색깔이 뒤섞인 것[雜色]을 '班(반)'이라고 한다."

[황절] 안연지 「사영운 시에 화답하여[和謝靈運詩]」 : "'사물이 시드니 시절 이미 저물고', 한 해가 지나가니 의지도 굳지 않네['物謝時旣晏', 年往志不偕]."

5 **[황절]** 「고시십구수·명월하교교(明月何皎皎)」 : "'밝은 달'은 어찌 저리 맑고 밝은지, 내 침상의 비단 휘장 비추는구나['明月'何皎皎, 照我羅床幃]."[364]

(zì dù qǔ)'으로 읽는다. 「서경부」의 '度曲(도곡)'은 한 곡의 노래를 마치고 다음 곡으로 건너가는 것을 뜻한다. 황절은 '江上'과 '漢曲'을 모두 '곡조 이름'으로 본 것인데, 전진륜이 '漢曲'을 '한수 물굽이'라고 한 것보다 자연스럽지 못하다. 한수는 무한(武漢)에서 양자강과 합류하는데, 포조는 이곳에서 「황학기에 올라[登黃鶴磯]」라는 시를 지은 바 있다.

364) 앞 연의 '臨宵'는 '臨夜(림야 : 밤이 되어)'와 같다. '撫賞(무상)'은 스스로 위무하면서 밤 풍경을 감상하는 것이고, '情違(정위)'는 정이 소원해진 것이다.

秋夜(1)

夜久膏旣竭, 啓明旦未央.[1] 環情倦始復, 空閨起晨裝.[2]

幸承天光轉, 曲影入幽堂.[3] 徘徊集通隙, 宛轉燭迴梁.[4]

帷風自卷舒, 簾露視成行. 歲役急窮晏, 生慮備溫凉.[5]

絲紈夙染濯, 綿綿夜裁張.[6] 冬雪旦夕至, 公子乏衣裳.

華心愛零落, 非直惜容光.[7] 願君翦衆念, 且共覆前觴.

가을밤(1)

밤 깊어 등잔 기름 벌써 다 탔고
동은 터도 아침은 아직 안 됐네.
순환하는 그리움은 사라지면 또 오는데
빈 규방서 일어나 아침 단장한다네.
다행히 하늘빛이 돌고 돌아서
비낀 햇빛 고즈넉한 대청에 들어,
이리저리 창문 틈새 뚫고 들어와
너울너울 대들보를 돌아 비추네.
휘장은 바람에 말렸다 펴졌다
발에는 이슬이 줄줄이 흐르네.
세역歲役은 세밑 되자 더욱 다그치는데
살아오며 걱정 속에 염량세태 다 겪었네.
흰 비단은 아침 일찍 물들이고 빨아서

끝없는 긴긴밤에 펼쳐놓고 말랐다네.
겨울눈은 아침저녁 찾아오는데
공자께선 겨울옷이 모자란다네.
젊은 마음 영락함이 안타까운 것
홍안만을 아끼는 건 결코 아니네.
바라건대 그대는 온갖 생각 다 자르고
앞에 놓인 술잔이나 잠시 함께 드시게.

【해제】

[전진륜] 제2수는 문인담 주를 수록한다.

【주석】

1 **[전진륜]** 『모시』「소아 · 대동(大東)」 제6장 : "새벽에 동쪽에는 '샛별'이 있고[東有'啓明'], [저녁에 서쪽에는 장경(長庚)이 있네.]"365)

2 **[전진륜]** 도연명 「처음 진군참군이 되어 곡아(단도(丹徒))를 지나며 짓다[始作鎭軍參軍經曲阿作]」 시 : "지팡이 던져두고 '새벽 여장' 꾸려서[投策命'晨

365) '啓明(계명)'과 '長庚(장경)'은 같은 별로 '明星(명성 : 금성)'이다. 모전에 "해가 '아침'에 뜨면 명성을 '계명'이라고 하고, 해가 지고 나면 명성을 '장경'이라고 한다[日'旦'出, 謂明星爲'啓明'; 日旣入, 謂明星爲'長庚']"라고 했다. 이 구는 어둑 새벽은 되었으나 해는 아직 뜨지 않은 때를 말한다. '未央(미앙)'은 여기서는 '未半(미반 : 아직 반에도 못 미침)'의 뜻이다.

裝'], [잠시간 전원을 떠나려 한다.]"

[황절] 부현(傅玄) 「원가행－조시편(朝時篇)」: "'그리움은 사물처럼 순환하여서', 시름이 닥쳐오면 막을 수 없네['情思如循環', 憂來不可遏]."

[전중련] 송본에는 '閨(규 : 규방)'가 '闇(암 : 닫힌 문)'으로 되어 있고, 주에 "'閣(각 : 다락집)'으로 된 판본도 있다"라고 했다.366)

3 **[전진륜]** '天光(천광)'은 「금지령의 해제에 감사하는 표[謝解禁止表]」(주석 1)에서 보았다.367)

장협(張協) 「칠명(七命)」: "'그윽한 대청'은 낮에도 심밀하고, 밝은 내실은 밤에도 명랑하다['幽堂'晝密, 明室夜朗]."

[황절] 장형 「동경부」: "[이때 황제의 어가가 일찍 나와, 동쪽 섬돌 아래 멈추어 서서,] 샛별이 희미해지고, 아침놀이 걷혀서, '하늘의 빛(태양)'이 부상에서 떠오르기를[消啓明, 掃朝霞, 登'天光'於扶桑] [기다리고 있다.]"

[전중련] 송본에는 '影(영)'이 '景(경)'으로 되어 있다.368)

4 **[황절]** 『한비자』 「망징(亡徵)」: "나무가 부러지는 것은 반드시 좀[蠹]을 통해

---

366) 『고시기』에는 '閨'로 되어 있다. 오덕풍은 '闇'은 의미가 통하지 않고, '閣'은 '闇'의 형태가 흡사하여 나온 오자로, '閨'가 옳다고 했다(93b쪽). 정복림은 장부본과 『고시기』를 따라 '閨'로 고쳤다. '晨裝(신장)'은 여기서는 아침 단장을 하는 것이다.

367) 「표」에서는 '군왕'의 비유로 쓰였고, 여기서는 '햇빛'을 가리킨다.

368) 사고본과 『고시기』에는 '影'으로 되어 있다. 오덕풍은 '景'이 '影'의 괴자(壞字)일 것이라고 했다(94a쪽). 고대에 '景'이 그림자를 뜻할 때는 '影'과 통용하여 '영'으로 읽혔다. 『강희자전』에 "또 『광운』과 『정운』에 於(어)와 丙(병)의 반절이라고 했고, 『집운』에 於와 境(경)의 반절이라고 했는데, 모두 음이 '影'이다. 사물 그림자[陰影]이다"라고 했다. '曲影(곡영)'은 비스듬히 기울어져 비치는 햇빛이다.

서이고, 담장이 무너지는 것은 반드시 '틈을 통해서[通隙]'이다."[369]

5 **[전진륜]** 사영운 「이웃이 방산까지 전송해주다[隣里相送至方山]」 시 : "여러 해 묵은 병에 '생계 도모' 안 했지만[積疴謝'生慮'], [욕심이 적으니 모자란 것 드물었다.]"[370]

6 **[전진륜]** 『설문해자』 : "'紈(환)'은 흰 비단[素]이다."

[황절] 응거(應璩) 「백일시(百一詩)」[371] : "가을은 낮 짧아서 괴로운 데다, 기나긴 밤 '끝도 없이' 길기만 하다[秋日苦作短, 遙夜邈'綿綿']."

7 **[황절]** 「이소」 : "초목이 '시들어 떨어지는 것' 생각하니, 아름다운 분 늙어가는 것이 저어됩니다[惟草木之'零落'兮, 恐美人之遲暮]."

본 문집 권1 「물시계를 보고[觀漏賦]」 : "[끝없는 탄식은 달려가는 해에 매달고,] '화려한 생각'은 질주하는 달에 묶는다[纓'華思'於奔月]."

'華心(화심)'은 '華思(화사)와 같다.[372]

---

369) 저본에는 '隟(극)'으로 되어 있는데 통행본 『한비자』를 따라 '隙(극)'으로 고쳤다. 『강희자전』에서 송 송상(宋庠)의 『국어보음(國語補音)』을 인용하여 '隟'은 '隙'의 고자(古字)라고 했다.

370) '窮晏(궁안)'은 '窮暮(궁모)' '窮晩(궁만)'과 같다. '밭은 연말'을 뜻한다.

371) 『태평어람』 권25에는 제목이 「雜詩(잡시)」로 되어 있다. 녹흠립의 『위시(魏詩)』에도 「잡시」라는 제목으로 수록하고, 제목 아래 주에서 역시 '百一新詩(백일신시)'가 되어야 할 것이라고 했다.

372) 마지막 구의 '覆(복)'은 「삼짇날[三日]」 시의 '覆杯(복배)'와 같다.

秋夜(2)

遁跡避紛喧, 貨農棲寂寞.[1] 荒徑馳野鼠, 空庭聚山雀.[2]

旣遠人世歡, 還賴泉卉樂.[3] 折柳樊場圃, 貞綆汲潭壑.[4]

霽旦見雲峯, 風夜聞海鶴. 江介早寒來, 白露先秋落.[5]

麻薑方結葉, 瓜田已掃籜.[6] 傾暉忽西下, 廻景思華幕.[7]

攀蘿席中軒, 臨觴不能酌.[8] 終古自多恨, 幽悲共淪鑠.[9]

가을밤(2)

자취를 숨겨서 시끄러움 피하여

농사를 지으면서 고요히 지내려네.

황폐한 오솔길엔 들쥐들이 달리고

텅 빈 정원에는 박새들이 모여 있네.

인간 세상 환락을 멀리했으니

샘과 화초 즐거움에 의지하려네.

버들 꺾어 마당과 텃밭에 울을 치고

두레박줄 메고서 깊은 산골 물을 긷네.

맑은 날 아침이면 운봉雲峰이 보이고

바람 부는 밤이면 해학海鶴 울음 들리네.

강가에는 이른 추위 벌써 찾아와

흰 이슬이 가을 전에 먼저 내리네.

삼밭에는 잎사귀가 말리기 시작하고

외밭에는 마른 잎이 벌써 쓸려 가버렸네.
기우는 빛 홀연히 서쪽으로 넘어가니
석양빛에 찬란한 장막이 생각나네.
담쟁이 붙잡고서 창 앞에 앉았지만
술잔을 들고서는 마시지를 못하네.
아득한 예부터 본래 한이 많았는데
말 못 할 비애는 나와 함께 스러질 터.

【주석】

1 **[문인담]** 동중서(董仲舒)「선비가 때를 만나지 못함 부[士不遇賦]」: "변수(卞隨)와 무광(務光)은 깊은 물에 '자취를 숨겼고[遁跡]',[373] [백이와 숙제는 산에 올라 구주갈퀴덩굴[薇]을 따 먹었다.]"

『항창자(亢倉子)』「농도(農道)」: "농민은 양식을 생산하고, [장인은 기물을 제작하고] '장사치는 재화를 창출한다[農攻食, 賈攻貨]'."

[황절] 본 문집 권1「황폐한 성[蕪城賦]」: "염전에서 '재산을 불린다'['孳貨' 鹽田]."

여기서 '貨農(화농)'은 농사에서 이익을 얻는다는 뜻이다.

방동수 『소매첨언』 권6 : "'貨'는 틀림없이 '貸(대)'의 오자일 것이다. 『모

373) 변수와 무광은 모두 하(夏) 말의 은자요 현인으로, 탕(湯)이 천하를 넘겨주려 하자 치욕스럽게 여겨 물에 빠져 자살했다고 한다. 『장자』「양왕(讓王)」 등에 실려 있다.

시』[374] '代食(대식)'의 의미를 활용한 것이다. '代'와 '貸'는 고문자로 통용했다. 문인담이 『항창자(亢倉子)』의 '농민은 양식을 생산하고, 장사치는 재화를 창출한다'를 인용한 것은 옳지 않다. 그 뒤에 '재화를 창출한다'라는 말의 의미는 전혀 안 나온다."

[전중련] 송본에는 '貨'가 '貿(무)'로 되어 있다.[375]

2 **[문인담]** 『한서』「소무전(蘇武傳)」: "소무는 [바닷가로 가서 공급되던 양식이 오지 않자,] '들쥐(野鼠)'가 감춰둔 식물 열매를 파내어 먹었다."[376]

소백옥(蘇伯玉) 처 「반중시(盤中詩)」: "'빈 곳집 속 참새'는, 언제나 굶주림

374) 「대아·상유(桑柔)」 제6장의 "好是稼穡, 力民代食"의 '代食'을 말한다. 공영달은 소에서, "(예(芮)의 제후인 예양부(芮良夫)가 여왕(厲王)에게) 용인(用人)의 법도를 가르치면서, 마땅히 애호해야 할 사람은 농사의 어려움을 아는 사람과 백성들 삶에 공이 있는 자이니, 그들더러 공 없는 자들을 '대신하여 천록(天祿)을 먹게 하는 것'이라고 한 것"이라고 했다. 주희 『시집전』에서는, "(군자가 여왕 때에는) 은퇴하여 농사를 지으면서, 그 근력(筋力)을 다해 백성들과 같이 일하면서 '봉록을 대신하여 밥을 먹을' 수밖에 없었다"라고 했다. 청 마서진(馬瑞辰)은 『모시전전통석(毛詩傳箋通釋)』에서 "백성들에게 부세(賦稅)를 거두어들이는 것이 '力民(력민)'이다"라고 했다.

375) '貿'는 '貿(무)'의 이체자이다. 노문초에도 '貿'로 되어 있다. 『고시기』에는 '貨'로 되어 있다. 오덕풍은 『광운』에 "'貿'는 바꾸는 것[易]"이라고 한 것을 바탕으로, "貿農棲寂寞"은 벼슬길에 뜻이 없고 농경으로 바꾸어 조용히 살고자 하는 뜻이 되므로, 의미가 딱 들어맞을 뿐만 아니라, 앞 구의 '避(피)' 자와도 대가 매우 정교하므로, '貨'는 '貿'의 오자인 것 같다고 했다(94a쪽). 반면 정복림은 장부본과 『고시기』를 근거로 '貨'로 고치고, 황절의 견해가 옳으니, 이 구의 의미는 농사에서 이익을 얻으면서 적막한 땅에 깃들이겠다는 뜻이라고 했다(『교주』, 429쪽). Chen은 '貿農'으로 보아 'engage in agrculture'로 번역했다. 번역은 '貿'를 취했다.

376) '實草(실초)'는 표점교감본에는 '去屮實(거초실)'로 되어 있고, 안사고는 '去(거)'는 '간직해두는 것[藏之]'이라고 했다. 소림(蘇林)은 "쥐가 숨겨둔 풀 열매를 취하여 먹은 것"이라고 설명했다.

에 괴롭다[‘空倉雀’, 常苦饑].”377)

[황절] 방동수 『소매첨언』 권6 : “‘황폐한 오솔길[荒徑] 2구는 도연명의 ”부드러운 여울에는 아름다운 방어가 달리고[弱湍馳文魴], [조용한 골짜기엔 갈매기 울면서 높이 난다](「사천에 놀러 가서[賀遊斜川]」)를 본떴으니, 전적으로 도연명에서 나온 것이다. 사영운은 이제 털고 날아올라[騫擧]378) 꽉 막혀 어두운 것[滯晦]을 떠났으니, 잘 배운 것이다.”

3 **[문인담]** 『설문해자』 : “‘卉(훼)’는 초본식물의 총칭이다.”

4 **[문인담]** 『모시』 「제풍 · 동방미명(東方未明)」 제3장 : “‘버들가지 꺾어서 남새밭에 울을 치면[折柳樊圃]’, [어리석은 이도 두려워 조심한다.]”379)

『장자』 「지락(至樂)」 : “[공자가 말했다. (…중략…) ‘주머니가 작으면 큰 물건을 넣을 수 없고,] 두레박줄[綆]이 짧으면 깊은 우물을 “길을[汲]” 수 없다.’”

『설문해자』 : “‘綆(경)’은 물을 긷는 밧줄이다.”

[황절] 『모시』 「제풍 · 동방미명」 제3장 ‘折柳樊圃(절류포전)’ 모전 : “‘樊(번)’은 울타리[藩]이다.”

『주례』 「지관사도 · 장인(場人)」 : “장인은 나라의 ‘장포(場圃)’를 관장한다.” 가공언 소 : “‘場圃’를 붙여서 말하면 같은 장소[同地]이다. 봄여름에는 밭[圃]인데, 가을 겨울에는 타작마당[場]이 되는 것이다.”

『주역』 「사괘(師卦) · 단전」 : “‘貞(정)은 바른 것[正]이다.”

377) ‘山雀(산작)’은 박샛과의 텃새인 곤줄박이이다.
378) 저본의 ‘騫(건)’은 ‘騫(건)’의 오자여서 고쳤다.
379) 「동방미명」 시 인용은 「농부가 채소 심는 것을 보고[觀園人藝植]」의 역주 참조.

『주역』「문언전 · 건괘문언」: "'貞'이란 것은 일의 줄거리이다."

『이아』「석고(釋詁)」: "'楨(정)'[·翰(한) · 儀(의)는] 기둥[榦]이다.

『상서』「비서(費誓)」'峙乃楨榦(그대들의 담장 틀을 마련해두라)' 정의 : "사인(舍人)이 말했다. "'楨"은 바른 것이다. 담장을 쌓을 때 세우는 두 개의 나무 즉 기둥이다.'"

여기서 '貞'이라고 한 것은, 두 개의 나무를 세우고 가로나무를 걸어, 두레박줄을 당겨 물을 긷는다는 뜻이다.

[전중련] 송본에는 '貞'이 '負(부 : 짊어지다)'로 되어 있다.[380)]

5 **[문인담]** 조식[381)] 「잡시」(5) : "'양자강 기슭'에는 거센 바람 많이 불고['江介'多悲風], [회수와 사수[淮泗]에는 급한 물결 달려간다.]"

[황절] 『초사』「구장 · 애영(哀郢)」: "[이 고을 땅 평안하고 즐거운 것에 애달파지고,] 남아 전해져온 '강가'의 순박한 풍속에 슬퍼진다[悲'江介'之遺風]."

『초사』「구변(九辯)」: "'흰 이슬'은 이미 온갖 풀에 내려, 저 오동나무와 개오동나무 문득 잎이 진다['白露'旣下降百草兮, 奄離披此梧楸]."

6 **[문인담]** 『운회』: "'壠(롱)'은 전답 가운데의 높은 곳(밭이랑)이다."

조식 「군자행(君子行)」[382)] : "'외밭'을 지날 때는 신이 벗겨져도 고쳐 신지 말고

---

380) 『전송시』도 같다. 오덕풍은 '負' 자가 자형이 '貞' 자와 흡사하여 금본에서 '貞'으로 잘못 쓰게 되었다고 보았다(94a쪽). 정복림도 '負'로 보았다(『교주』, 430쪽). 번역은 이를 따랐다.

381) 저본의 '劉楨(유정)'은 '曹植(조식)'의 잘못이어서 고쳤다. 인용된 시구는 조식 「잡시」 제5수의 제7구이다.

382) 저본에는 '詩'라고 했는데, 인용된 시구는 『예문유취』 권41 「악부(樂部) · 2」 및 정복보의 『전삼국시(全三國詩)』 권2에 조식 '군자행'의 시구로 실려 있는 것을 따라

['瓜田'不納履], [자두나무 아래서는 모자가 비뚤어져도 바로잡지 말 것이라.]"

[황절] 『모시』「왕풍·구중유마(丘中有麻)」 제1장 : "'언덕 위에 삼밭이 있으니[丘中有麻]', [저 유씨(留氏)네 아드님이여, 아!]"

『설문해자』 : "'丘(구)'는 壟(롱 : 무덤 봉분)이다."[383)]

『광아』 : "'結(결)'은 구부러지는 것[曲]이다."

여기서 '結葉(결엽)'이라고 한 것은 잎이 말라서 말려드는 것을 말한다.

7 **[문인담]** 장화 「진 무제 애책문[武帝哀策文]」 : "[생전에 이렇게 유언하셨다.] 장례를 검소하게 치르고 전장(典章) 제도를 따르며,] '호화로운 장막'을 펼치지 말고['華幕'弗陳], [기물은 반드시 소박한 도기(陶器)를 쓰도록 하라.]"

[황절] 방동수 『소매첨언』 권6 : "손작(孫綽 : 자 흥공(興公))의 「수초부(遂初賦)·서」에 '젊어서 노장(老莊)을 사모하여 그 풍류를 우러러, 동산(東山)을 만들고 오묘(五畝)의 땅에 집을 건축했다. 긴 언덕을 두르고 무성한 숲에 기대었다. 누구와 함께 "화려한 장막[華幕]"에 앉았는가, 종과 북을 치는 자는 동방(同榜)인데 즐겁다고 한다'라고 했다. '華幕'은 이것을 활용한 것으로 의미가 매우 절실하게 부합한다. 문인담 주에서 장화를 인용한 것은 무슨 상관이 있

'군자행'으로 적었다. 정복보는 『문선』에는 '고사(古辭)'라고 했으며 『조자건집(曹子建集)』에도 수록되어 있다고 했다. 이 시는 『문선』 육신본 권27 「악부(樂府)」와 『악부시집』 권32 「상화가사·평조곡」에는 '고사'로 분류했으며, 녹흠립도 이를 따라 『한시(漢詩)』 권9 「악부고사」에 수록했다. 『문선』 이선본에는 없다.

383) 금본에는 없다. 금본에는 '壟' 자의 풀이가 "丘壟也(무덤 봉분이다)"로 되어 있다. 단옥재 주는 다음과 같다. "높은 것을 '丘壟'이라고 한다. 『주례』 주에 있다. '冢(총)은 흙을 쌓아서 "丘壟"을 만든 것이다. 『예기』「곡례」에 "무덤[墓]에 가서 '壟'에 오르지 않는다"라고 했는데, 주에서 "그러한 행동이 불경(不敬)하기 때문이다. '壟'은 '冢'이다"라고 했다.'"

는가? 고인의 시를 읽고 그 본사(本事)를 따르지 않으면, 그 본래의 의미를 제대로 파악할 수 없음을 확신하게 되었으니, 어찌 천학(淺學)한 사람이 미칠 수 있는 바이겠는가."

[전중련] 송본에는 '暉(휘 : 빛)'가 '揮(휘 : 휘두르다)'로 되어 있는데, 옳지 않다.[384]

8 **[문인담]** 『수경주』 권10 「탁장수(濁漳水)」: "[또 동류하여 호관현(壺關縣) 북쪽을 지나고, 또 북동류하여 둔류현(屯留縣) 남쪽을 지난다. (…중략…) 여기서 산을 오르려면] 반드시 '담쟁이를 더위잡고[攀蘿]' 칡덩굴을 움켜잡아야, [비로소 산꼭대기에 오를 수 있다.]

좌사 「위도부(魏都賦)」: "'둘러친 회랑'이 하늘에 솟았고['周軒'中天], [붉은 칠을 한 섬돌에는 회오리바람이 일어난다.]" 이주한 주 : "'周軒(주헌)'은 창문이 있으면서 빙 둘러친 긴 회랑이다."

9 **[문인담]** 『박아』: "'淪(륜)'은 물에 빠지는 것[沒]이다."

『초사』 주 : "'鑠(삭)'은 그 찌꺼기를 녹이는 것이다."[385]

【평설】

[황절] 방동수 : '황폐한 오솔길荒徑' 12구는 전원의 풍경을 묘사했는데, 눈에 보이는 것을 직설적으로 그려내어 그림 같은 운치를 완전히

384) 정복림은 장부본과 『고시기』에 근거하여 '暉'로 고쳤다.
385) 「원유」 '質銷鑠以汋約(형체는 녹아서 부드러워지다)'의 '銷鑠(소삭)'에 대한 임운명(林雲銘) 『초사등(楚辭燈)』의 주이다. '淪鑠(륜삭)'은 삭혀 없애는 것이다.

살렸다. 그리고 흥상興象이 미묘美妙하고 문장의 기풍이 너그러우니, 맹교孟郊가 미칠 바가 아니다. '기우는 빛傾暉' 6구는 감정의 표현으로 마무리했다. '찬란한 장막華幕'은 아침에 떠오르는 해를 말하니, 흐르는 햇빛은 신속하여 항상 머물러 있을 수 없다는 뜻이다. '담쟁이 붙잡고攀蘿' 4구는 또 다른 생각으로 전환하여 회포를 기탁했다.『소매첨언』 권6

和王護軍秋夕

散漫秋雲遠, 蕭蕭霜月寒. 驚飆西北起, 孤雁夜往還.
開軒當戶牖, 取琴試一彈.[1] 停歌不能和, 終曲久辛酸.
金氣方勁殺, 隆陽微且單.[2] 泉涸甘井竭, 節徙芳歲殘.[3]
生事各多少, 誰共知易難.[4] 投章心蘊結, 千里途輕紈.[5]
願託孤老暇, 觴思暫開餐.[6]

호군장군 왕승달王僧達의 「가을 저녁」 시에 화답하여

드문드문 가을 구름 멀리 떠 있고
싸륵싸륵 서리 속 달 쌀쌀합니다.
회오리는 북서쪽에 세차게 일고
외기러기 밤을 도와 돌아옵니다.
들창 열고 창문 앞에 자리 잡고서
금을 당겨 한 곡조 튕겨봅니다.
노래를 중단한 채 화답 못 하고
곡 끝나도 한참 동안 시큰합니다.
가을 기운 바야흐로 굳고 매우니
뙤약볕은 쇠미해져 사라집니다.
샘 마르고 단 우물도 말라버리며
철 바뀌어 한창때도 끝나갑니다.
살아갈 일거리는 많건 적건 다 다른데

어려움과 쉬움을 누가 함께 알아줄까?

시를 지어 보내면서 울적해지니

천 리 길이 얇은 사 같았으면 합니다.

고아와 노인들을 위무하는 틈틈이

술과 음식 잠시라도 챙기시길 바랍니다.

【해제】

[전진륜] 『송서』「왕승달전王僧達傳」: "(왕승달이 태자 유소劉劭가 부왕 문제文帝를 시해하고 찬위한 후, 이를 진압하려는) 세조世祖: 효무제(孝武帝) 유준(劉駿)를 작두鵲頭에서 기다리다 맞이하자, 세조는 그를 즉시 장사長史로 임명하면서 정로장군征虜將軍 직을 보태주었다. (…중략…) 임금으로 즉위하여 그를 상서우복야尚書右僕射로 삼았고, [곧 사지절使持節로 남만교위南蠻校尉로 삼고, 정로장군 직을 보태주었다. 당시 형주荊州 자사인 남군왕南郡王 유의선劉義宣이 강릉江陵에 머물기를 원하면서, 남만교위 직을 내놓으려 하지 않았다.] 그래서 '호군장군護軍將軍' 직에 보임했다. [(…중략…) 정로장군과 오군吳郡 태수로 삼았다. 1년 새에 다섯 번 승천했지만, 왕승달은 더욱 마음에 들지 않았다.]"[386)]

---

386) 전중련은 「포조연표」에서 이 시는 계년(繫年)하지 않았다. 정복림은 『송서』의 이 기록과 「효무제기」의 원가 30년 윤유월 "갑오(23)에 남만교위 왕승달을 호군장군으로 임명했다"라는 기록, 그해 8월 "갑오(24)에 호군장군 왕승달을 천직(遷職)했다"라는 기록 및 「왕승달전」과 『통감』의 기록에는 왕승달이 호군장군이었던 것이 이때 한 번뿐이었다는 점 등을 근거로, 원가 30년(453) 음력 7·8월 사이에 지어졌다고 보았다(『교주』, 766~767쪽).

【주석】

1 **[전진륜]** 도연명 「고시를 본떠[擬古]」 제5수 : "[친한 벗이 일부러 마음을 내어,] '금을 당겨 나를 위해 탄주를 한다[取琴爲我彈]'."

2 **[전진륜]** 『한서』 「예악지 · 교사가(郊祀歌)」 : "서방 하늘 호천(顥天)은 새하얘져서, '가을 기운 쌀쌀하고 스산하구나'[西顥沆碭, '秋氣肅殺']."

곽박 「염지 부(鹽池賦)」 : "'작열하는 태양'이 쬐어도 타지를 않고['隆陽'映而不焦], [폭우가 쏟아져도 늘어나지도 않는다.]"

3 **[전진륜]** 『장자』 「산목(山木)」 : "잔가지 없이 곧은 나무[直木]가 목재용으로 먼저 베어지고, '물맛이 좋은 우물이 (사람들이 많이 마셔) 먼저 마른다[甘井先竭]'."

양 원제 『찬요』 : "정월 초봄[孟春]을 '芳歲(방세)'라고도 한다."387)

4 **[전진륜]** '生事(생사 : 생계)'는 「'고시'를 본떠[擬古]」(제4수 주석 2)에서 보았다.

5 **[전진륜]** 『모시』 「회풍(檜風) · 소관(素冠)」 제3장 : "내 마음에 한이 쌓이고 맺히나니[我心蘊結兮], [당신과 더불어 하나 되고 싶다네.]"

『진서(晉書)』 「혜강전」 : "여안(呂安)은 혜강과 벗이 되었는데, 매번 생각날 때마다 번번이 천 리 길을 수레를 몰아 찾아갔다[千里命駕]."388)

'輕紈(경환 : 얇은 사(紗))'은 그것(천 리 길)을 얇게 여기는 것을 말한다.

---

387) '芳歲'는 '芳春(방춘)' '盛年(성년)'과 같다. 십 대 후반에서 20대에 걸치는 인생의 젊은 나이 또는 그런 시절을 뜻한다.

388) 표점교감본의 원문은 "東平呂安服康高致, 每一相思, 輒千里命駕. 康友而善之(동평의 여안이 혜강의 고상한 풍모에 감복하여, 매번 생각날 때마다 번번이 천 리 길을 수레를 몰아 찾아갔다. 혜강은 그를 벗으로 삼아 잘 대해 주었다)"로 되어 있다.

6 **[황절]** 『주례』 「지관사도 · 고인(稾人)」 : "고인은 [외조(外朝)와 내조(內朝)의 당직을 서는 관리에게 음식 제공하는 일을 담당한다.] '전왕을 모신 고인의 부모나 고아 자녀[耆老孤子]' 및 왕궁에서 숙위(宿衛)하는 경 · 대부 · 사(卿大夫士)의 자제에게 음식을 제공한다. [제사용 개를 사육하는 일을 맡는다.]" '바라건대 고아 노인 위무하는 틈틈이[願託孤老暇]'는 호군장군 왕승달이 노인과 고아를 위무하는 여가에 술과 음식도 챙겨 들기를 바란다는 뜻이다.389)

---

389) '觴思(상사)'는 술을 마시는 것이다. '思'는 문중 조사로 실제적인 의미가 없다. '開餐(개찬)'은 음식을 먹는 것이다.

和王義興七夕

宵月向掩扉, 夜霧方當白. 寒機思孀婦, 秋堂泣征客.[1]

匹命無單年, 偶影有雙夕.[2] 暫交金石心, 須臾雲雨隔.[3]

의흥태수 왕승달의 「칠석」 시에 화답하여

밤 달은 닫힌 사립 향해 기울고

밤안개는 하얗게 피어 있군요.

찬 베틀에 과부는 사념에 젖고

가을 대청 나그네는 눈물짓지요.

배필 될 운명은 단 한 해도 없으니

함께 있는 모습은 칠석에만 있지요.

잠시라도 굳은 마음 맺어졌으면

찰나에 구름 비로 헤질 테지요.

【해제】

[전진륜] '王義興왕의흥'은 「도연명의 체를 본받아學陶彭澤體」 해제에서 보았다.

내 견해는 이렇다. 왕승달은 먼저 의흥태수義興太守가 되고, 나중에 호군장군이 되었다. 혹 편집할 때 제목이 유사하다고 보아서 앞뒤를 바꾼 것은 아닌지?

[전중련] 송본의 편차에 의하면, 이 작품이 앞에 있고 「호군장군 왕승달의 '가을 저녁' 시에 화답하여」가 뒤에 있다. 이 시와 「도연명의 체를 본받아」는 아마 원가 29년452 가을에 같이 지은 것 같다.[390] 왕승달의 「칠석에 달 아래서七夕月下」 시는 다음과 같다. "먼 산에는 안개와 햇무리 거두이고, 넓은 뜰엔 달빛 물결 일렁거린다. 기운 가니 바람은 문틈새로 모여들고, 가을 오니 이슬은 가지에서 떨어진다. 계절의 기한 이미 쇠잔해져서, 밤중에 비단옷을 걸쳐야 한다. 기쁨 온들 하룻밤이나 고이 마치랴? 눈물 닦고 은하 밖에서 다시 울리라遠山斂雰祲, 廣庭揚月波. 氣往風集隙, 秋還露泫柯. 節期既已孱, 中宵振綺羅. 來歡詎終夕, 收淚泣分河."

【주석】

1 **[전진륜]** '孀婦(상부 : 과부)'는 「갈 길은 험난하고[擬行路難]」(제13수 주석 7 '孀居(상거)')에서 보았다.

[황절] "孀婦"는 「꿈속의 귀향[夢還鄉]」(주석 4)에서 보았다.

2 **[전진륜]** 사혜련 「칠월칠석에 견우직녀를 읊다[七月七日夜詠牛女]」 시 '雲漢有靈匹, 彌年闕相從(은하수에 신선의 배필 있는데, 한 해가 다 가도록 함께 할 수 없다네)' 이선 주 : "조식(曹植) 「구영(九詠)」 시 주에 있다. '견우직녀[牛女]는 부부인데, 칠석날[七月七日]에만 한 번 만날 수 있다.'"[391]

---

390) 전중련은 「포조연표」에서 이 2수를 원가 29년에 넣었다. 정복림의 견해도 같다(『교주』, 761쪽).

391) '雙夕(쌍석)'은 칠석인데, 앞 구의 '單年(단년 : 한 해)'과 대우를 맞추기 위해, '七月七日'의 월일에 '七' 자가 겹친 점에 착안해, 포조가 창안한 표현이다.

3 **[전진륜]** 『한서』 「한신전(韓信傳)」 : "항우(項王)는 (…중략…) 무섭(武涉)이라는 사람을 보내 한신을 설득했다. '(…중략…) 족하(足下)께서는 스스로 한왕(漢王 : 유방)과 "금석지교[金石交]"라고 여기시겠지만, 끝내는 한왕에게 사로잡히게 될 것이오.'"

송옥 「고당부(高堂賦)」 : "바람이 멎고 '비가 개면', '구름은 갈 곳이 없어진다'[風止'雨霽', '雲無處所']."

[황절] '雲雨(운우 : 이별의 비유)'는 「운양의 구리보에 올라[登雲陽九里埭]」(주석 2)에서 보았다.

【평설】

[황절] 왕부지 : 마음을 쓴 것이 지극하지만 결코 눈물을 줄줄 흘리지는 않았다. 활시위를 잔뜩 당긴 나머지에도 대단히 참는 힘이 있다. "밤 달이 닫힌 사립 향해 기우는宵月向掩扉" 삭막한 풍경이 괴로운데, 두보는 매번 이런 경지에 들어갔다. 이와 같은 말은 다듬어 드러내기가 어렵지만, 개괄하기는 더욱 어렵다. 이것이 두보가 끝내 포조에 못 미치는 점이다. 『고시평선』 권5

冬至

舟遷莊甚笑, 水流孔急歎.[1] 景移風度改, 日至晷廻換.[2]
眇眇負霜鶴, 皎皎帶雲雁.[3] 長河結瓓玕, 層冰如玉岸.[4]
哀哀古老容, 慘顔愁歲晏.[5] 催促時節過, 逼迫聚離散.[6]
美人還未央, 鳴箏誰與彈.[7]

동지

배 옮긴 것 장자는 심하게 비웃었고
흐르는 물 공자는 빠르다고 탄식했지.
경물이 변하니 바람 도수 바뀌고
동지 되니 해그림자 본디 자리 돌아가네.
눈을 진 두루미는 아득히 멀어지고
서리를 인 기러기는 교교히 선명하네.
길게 뻗은 강에는 낭간瓓玕이 맺혀
두껍게 언 얼음이 옥 언덕 같네.
상심으로 용모는 늙어만 가고
슬픈 얼굴 세모에 시름에 겹네.
계절이 지나는 것 촉박한지라
모이고 헤어짐도 다급해지네.
미인은 아직도 돌아오지 않으니
아쟁을 뉘와 함께 켜야 하는지?

【주석】

1 **[전진륜]** 『장자』「대종사(大宗師)」: "대저 '골짜기에 배를 감추고[藏舟於壑]' 못에 산(山)[392]을 감추는 것은 견고하다고 할 만하다. 그러나 밤중에 힘센 사람이 짊어지고 떠나도 어리석은 자들은 알지 못한다."

[황절] 『사기』「공자세가(孔子世家)」: "공자가 '황하에 나가 탄식하여[臨河而歎]' 말했다. '아름답도다! 물이여. 도도하구나[美哉水, 洋洋乎]!'"

사마표(司馬彪) 「산도에게[贈山濤]」: "저 성인 공자의 탄식에 감개하고, 이 목숨 촉급함에 슬퍼한다[感彼孔聖歎, 哀此年命促]."

[전중련] 송본에는 '歎(탄)'이 '難(난: 힐난하다)'으로 되어 있는데 옳지 않다.[393]

『논어』「자한(子罕)」: "공자가 냇가에서 말했다. '흘러가는 것이 이와 같구나! 밤낮으로 쉬지 않는구나[逝者如斯夫, 不舍晝夜]!'"

2 **[전진륜]** 『사기』「천관서(天官書)」: "'동지(冬至)'는 극히 짧은데, 토탄(土炭)을 매단다. 토탄이 움직이고 녹각(鹿角)이 빠지고 택란 뿌리가 나오고 샘물이 솟으면, 대체로 이로써 동지가 되었는지를 알 수 있는데, 중요한 것은 '晷景(구영: 해시계의 그림자)'으로 결정한다."

3 **[전진륜]** 반악 「한거부(閑居賦)」: "[푸른 아욱은 이슬을 머금었고,] 하얀 염교에는 '서리가 덮여있다'[白薤'負霜']."

[전중련] 송본에는 '霜(상)'은 '雪(설)'로 '雲(운)'은 '霜(상)'으로 되어 있다.[394]

---

392) '山'을 유월(兪樾)은 '汕(산: 오구)'으로 보았다. 오구는 굵은 실로 엮어 만든 통발 비슷한 어구(漁具)이다.

393) 정복림은 장부본에 근거하여 '歎'으로 고쳤다.

394) 사고본·『예문유취』·『태평어람』·『고시기』는 모두 장부본과 같다. 오덕풍은

4 **[전진륜]** 『집운』 : "'瓓(란)'은 옥의 광채이다."

『설문해자』 : "'玕(간)'은 낭간(琅玕 : 암녹색 내지 짙은 벽색이 나는 반투명의 옥)이다."

[전중련] 이하(李賀) 「하남부 부시 제목 '열두 달 노래'[河南府試十二月樂詞] · 칠월(七月)」 시의 "夜天如玉砌(밤하늘은 '옥으로 만든 섬돌' 같다)"와 육유(陸游) 「중계(中溪)」 시의 "白雲如玉城(흰 구름은 '옥으로 지은 성'과 같다)"은 모두 포조의 이 구절을 본뜬 것이다.

5 **[전진륜]** 『초사』 「구가 · 산귀(山鬼)」 : "[신령이 즐거워 돌아가지 않기를 바라는데,] '세월이 이미 저물어버리면 누가 나를 아름답게 해주랴[歲既晏兮孰華予]'."[395]

6 **[전진륜]** 「고시-초중경 처를 위해 짓다[古詩爲焦仲卿妻作]」[396] : "'둘이 같이 핍박을 받고 있으니[同是被逼迫]', [그대도 그렇고 저도 그러하군요.]"

7 **[전진륜]** '鳴箏(명쟁 : 아쟁을 켜다)'은 「'소년에서 노쇠하기까지의 노래'를 본떠[代少年時至衰老行]」(주석 3 '彈箏(탄쟁)')에서 보았다.

"문의를 살펴보면 송본이 옳은 것 같다. 대체로 '皎皎(교교)'가 깨끗하고 흰 모양이니, '帶雲雁(구름 진 기러기)'은 '帶霜雁(서리 진 기러기)'이 되어야 '皎皎'와 서로 짝이 된다"라고 했다(94b쪽). '동지'라는 절후로 보면 일리 있는 견해이다. 번역은 송본을 따랐다.

395) 「가을밤(秋夜)」 제1수의 '窮晏'(주석 5의 역주)을 볼 것.

396) 『옥대신영』 권1의 제목이다. 『악부시집』 권73 「잡곡가사」에는 제목이 「초중경의 아내[焦仲卿妻]」로 되어 있다. 흔히 첫 구를 제목으로 삼아 「공작남동비(孔雀東南飛)」라고 한다.

冬日

嚴風亂山起, 白日欲還次.[1] 曛霧蔽窮天, 夕陰晦寒地.[2]

煙霾有氛氳, 精光無明異.[3] 風急野田空, 飢禽稍相棄.[4]

含生共通閉, 懷賢孰爲利.[5] 天窺苟平圓, 寧得已偏媚.[6]

瀉海有歸潮, 衰容不還稚.[7] 君今且安歇, 無念老方至.[8]

겨울날

짙은 구름 군봉群峰 위로 피어오르고

흰 태양은 본디 자리 돌아가려 하는구나.

저녁 안개는 겨울 하늘 가득 뒤덮고

저녁 어스름에 차가운 땅 어두워진다.

어둑한 연무가 자욱이 끼어

밝은 해는 광채를 잃어버렸다.

바람 거세 들판이 텅 비게 되니

주린 새들 차츰차츰 서로 떠난다.

생명 지닌 모든 것이 영고성쇠 있지만

어진 이가 제 이익만 추구했던가?

하늘 살핌 정말로 공평하다면

어찌 그리 편애를 할 수 있는가.

쏟아 내린 바닷물도 밀물 되어 되오는데

노쇠한 얼굴만은 어릴 때로 못 가는가.

그대는 이제 잠시 편안하게 노래하며

늙음이 닥쳐옴은 생각하지 마시게나.

【주석】

1 **[전진륜]** 양 원제 『찬요』 : "겨울을 '玄英(현영)'이라고 한다. (…중략…) 또한 '玄冬(현동)' '三冬(삼동)' '九冬(구동)'이라고도 하며, 바람을 '嚴風(엄풍)'이라고 한다."

[황절] 『예기』「월령」 : "계동(季冬)의 달에 (…중략…) 해는 그 일순(一巡)이 끝나 '원래 머물던 자리[紀]'로 돌아가고, 달은 그 일순이 끝나 원래 만났던 장소[紀]로 돌아간다." 정현 주 : "일월성신(日月星辰)은 여기까지 운행하면 모두 원래 자리로 돌아가 한 바퀴 돈다는 것이다. '次(차)'는 머무는 것[舍]이고, ['紀(기)'는 만나는 것[會]이다.]"[397)]

[전중련] 송본에는 '風(풍)'이 '雲(운)'으로 되어 있다.[398)]

2 **[전진륜]** '曛(훈 : 석양)'은 「경구로 가는 길에 죽리에 이르러[行京口至竹里]」

397) 해가 작년 섣달에 현효(玄枵)의 성차(星次)에 머물렀는데, 지금 다시 그곳에 머물게 되었고, 달은 작년 섣달에 현효의 성차에서 해와 서로 만났는데, 이제 다시 그곳에서 해와 만나게 되었다는 뜻이다. 포조 시에서 '次(차)'는 머무는 장소로 밤에 쉴 곳 즉 서쪽을 말한다.

398) 사고본과 『예문유취』·『고시기』에는 '風'으로 되어 있다. 노문초본은 '雲'으로 교감했다. '嚴雲(엄운)'은 '濃雲(농운 : 짙은 구름, 먹구름)'과 같다. 뒤의 '亂山(란산 : 높낮이가 제각각으로 울퉁불퉁 솟은 여러 산봉우리)'과 더 잘 어울린다. 번역은 이를 취했다. '嚴風'은 겨울의 혹독한 바람이다.

(주석 4)에서 보았다.

3 **[전진륜]**『이아』「석천(釋天)」: "바람이 불어 흙이 비처럼 내리는 것이 '霾(매 : 흙비)'이다."

『초사』 주 : "'氛氳(분온)'은 무성한 모양이다."[399)]

4 **[전진륜]** '野田(야전 : 들판)'은「'황성의 참새'를 본떠[代空城雀]」(주석 2 '野粟(야속)')에서 보았다.

5 **[전진륜]** 조식「대주행(對酒行)」: "'생명 지닌 모든 것이 은택을 입어[含生蒙澤]', [초목이 무성하게 뻗어나간다.]"[400)]

내 견해는 이렇다. '敦(돈 : 도탑다)'은 마땅히 '孰(숙 : 누가)'이 되어야 할 것 같다.[401)]

[전중련] '孰'은 원래 '敦'으로 되어 있었으나, 송본에 근거하여 고쳤다.[402)]

6 **[전진륜]**『주비산경(周髀算經)』: "'하늘이 둥근 것[天圓]'은 산개(傘蓋)를 펼친 것 같고, [땅이 모난 것은 바둑판과 같다.]"

『모시』「대아 · 사제(思齊)」 제1장 '思媚周姜, 京室之婦(시어머니 태강(太

---

399) 사혜련「설부(雪賦)」'氛氳蕭索'의 이선 주에서 '王逸楚辭注'로 인용한 문장이다. 금본『초사』의「구장 · 귤송(橘頌)」에는 '紛縕(분온)'으로 되어 있고("'紛縕'宜脩, 姱而不醜兮 : 무성하게 잘 다듬어져 아름다워 추하지 않다"), 왕일은 '무성한 모양'이라고 주를 달았다.

400)『문선』 권40 임방(任昉)「대사마의 기실참군으로 부임하며 올리는 글[到大司馬記室牋]」의 이선 주에 인용되어 있다. 인용된 "含生蒙澤, 草木茂延" 2구만 남아 있다.

401) 송본과『전송시』에는 '孰'으로 되어 있고, 노문초도 '孰'으로 교감했다. 번역은 이를 따랐다.

402)『포참군시주』에는 '敦'으로 되어 있다. '含生(함생)'은 생명을 지닌 모든 것이라는 뜻으로 주로 인류를 가리킨다. '通閉(통폐)'는 통하는 것과 막히는 것이다. '懷賢(회현)'은 현덕을 지닌 사람 즉 현자(賢者)를 말한다.

姜)을 경애하시어, 왕실의 주부 노릇 하셨네)' 모전 : "'媚(미)'는 사랑하는 것[愛]이다."

7 **[황절]** 『예기』「월령」'맹동지월(孟冬之月)' : "[하늘 기운은 위로 올라가고 땅의 기운은 아래로 내려가서,] 하늘과 땅의 기운이 '통하지 않고[不通]' '닫아 막히어[閉塞]' 겨울이 된다."

이상 8구의 대의는 다음과 같다. 사람이 하늘과 땅 사이에 태어나서 '통하고 막히는[通閉]' 이치를 벗어날 수는 없다. 만약 얼어서 막힐 때 굶주린 새가 서로 버리듯이 한다면, 그것은 이익을 위한 것일 뿐이다. 사람은 금수가 아니니 누가 이처럼 하겠는가? 따라서 옛날의 현자를 그리워하게 되는 것이다. 그러나 서로 버리는 일은 하늘도 면하기 어렵다. 하늘이 정말로 고르게 둥글다면, 어째서 바다를 편애하여 그것더러 되돌아오는 물결[歸潮]이 있게 했는가? 그러면서 왜 사람에게는 어린 시절로 되돌아가는 것을 허락하지 않는가?

'天窺(천규)'는 『상서』에서 말한 '天視(천시)'와 같다.[403)]

8 **[황절]** 『초사』「구가 · 동황태일」 : "가락을 느슨히 하여 '편안히 노래한다'[疏緩節兮'安歌']." 왕일 주 : "천천히 노래하는 것이다."

[전중련] 『좌전』「소공 · 원년」 : "[유정공(劉定公)이 돌아와 왕에게 보고했다.] 속담에서 말한 '늙으면 지혜로워져야 하는데, 오히려 혼몽(昏懜)함이 닥

---

403) 「태서(泰誓) · 중」의 "'天視'自我民視, 天聽自我民德('하늘이 살피는 것'은 우리 백성들이 살피는 것을 통해서 하고, 하늘이 듣는 것은 우리 백성이 듣는 것을 통해서 한다)"의 '天視'를 말한다. '天窺'는 송본에는 '天規(천규 : 하늘의 규율)'로 되어 있다. '平圓(평원)'은 치우침 없이 고르게 둥근 것으로 공평함을 말한다. '穉(치)'는 '稚(치 : 어림)'와 같다.

친다[老將知而耄及之]'[404]라는 것은 [조맹(趙孟)을 두고 한 말이 아닙니까.]"
『논어』「술이(述而)」: "[섭공(葉公)이 자로(子路)더러 공자에 관해 물었는데, 자로가 대답하지 못했다. 공자가 말씀하셨다. '너는 왜 이렇게 말하지 않았느냐? "그는 사람됨이 분발하면 밥 먹는 것도 잊어버리고, 즐거우면 걱정도 잊어버려서,] '늙음이 장차 다가올 것[老將至]'도 알지 못합니다"라고.'"

[전중련] 송본에는 '歇(헐 : 쉬다)'이 '歌(가 : 노래하다)'로 되어 있다.[405]

404) 저본에는 '至(지)'로 되어 있는데 '知(지)'의 오자여서 고쳤다. 두예는 '知'는 음이 '智'라고 했다. '耄(모)'는 늙어서 정신이 흐릿하고 몽롱한 것이다.

405) 『전송시』에도 '歌'로 되어 있다. 오덕풍은 "'歇'은 '歌'의 오자이다. '君今且安"歌", 無念老方至'는, 천도가 이미 편애함이 있어 노쇠한 얼굴이 어릴 때로 돌아갈 수 없다면, 그대는 늙음이 곧 닥치리라는 것은 생각지 말고, 잠시 편안하게 노래하면 된다는 의미이다"라고 했다(95b쪽). 번역은 이를 따랐다. Chen은 '歇(rest)'로 풀이했다(384쪽). '老方至(로방지)'는 『예문유취』에는 '老將至(로장지)'로 되어 있다.

望水

刷鬢垂秋日, 登高觀水長.[1] 千澗無別源, 萬壑共一廣.[2]

流駛巨石轉, 湍廻急沫上.[3] 苕苕嶺岸高, 照照寒洲爽.[4]

東歸難忖測, 日逝誰與賞.[5] 臨川憶古事, 目孱千載想.[6]

河伯自矜大, 海若沈渺莽.[7]

물을 바라보며

머리를 빗고서, 가을날 다가올 제
높은 곳에 올라가서 불어난 물 바라본다.
천 개의 산골 물이 다른 원천 있지 않고
만 개의 골짜기가 하나같이 광대하다.
흐르는 물 내달려서 큰 바위에 굽이치고
여울물 휘감으며 세찬 비말 솟구친다.
우뚝하게 산봉우리 높이 솟았고
또렷하게 차가운 섬 시원스럽다.
동으로 돌아갈 길 짐작조차 어려운데
나날이 흐르는 물 뉘와 함께 감상할까?
냇가에 나오니 지난 옛일 떠올라
천 년 생각에 눈빛은 흐려진다.
황하 신 스스로 위대하다 뽐내지만
바다 신은 조용히 넓은 물에 잠겨 있다.

【주석】

1 **[전진륜]** 혜강 「양생론(養生論)」: "'빗으로 머리카락을 손질하고[勁刷理鬢]', [술을 마셔 안색을 피어나게 하면, 겨우 머리카락을 좀 세우고, 낯빛이 좀 불콰해질 것이다.]"406)

2 **[전진륜]** '萬壑(만학 : 수많은 골짜기)'은 「대뢰안에 올라서 누이에게 부친 편지[登大雷岸與妹書]」(주석 43)에서 보았다.

[황절] 『모시』「소아・유월(六月)」 제3장 '四牡脩廣(네 필 수말 크고 살지다)' 모전 : "'廣(광)'은 큰 것[大]이다."

3 **[전진륜]** 『설문해자』: "'湍(단 : 여울)'은 물이 빠르게 흐르는 것[疾]이다." '沫(말 : 물보라)'은 「대뢰안에 올라서 누이에게 부친 편지」(주석 48)에서 보았다.

4 **[전진륜]** 장형 「서경부」: "[구름을 꿰뚫고 하늘 높이 솟아서,] 그 모습 우뚝하고 '까마득히 높다'[狀亭亭以'苕苕']." 설종 주 : "'苕苕(초초)'는 높은 모양[高貌]이다."407)

5 **[전진륜]** 『설문해자』: "'忖(촌)'은 헤아리는 것[度(탁)]이다."

6 **[전진륜]** 『사기』「장이진여열전(張耳陳餘列傳)」 '孱王(잔약한 군왕)' 배인 집해 : "기주(冀州 : 지금의 북경・천진・하북・하남・산서 일대) 사람들은

---

406) '刷鬢(쇄빈)'은 머리카락을 빗질하는 것이고, '垂(수)'는 '곧 되다[將及]'는 뜻으로 '垂秋(수추)'는 가을이 거의 되었음을 말한다. 두보의 「垂老別(늘그막의 이별)」 시의 '垂老(수로)'와 같은 구조이다. '水長(수장)'의 '長(zhǎng)'은 '漲(창, zhǎng)'과 같은 뜻이다.

407) '照照(조조)'는 밝은 모양이다.

나약(懦弱)한 것을 '孱(잔)'이라고 한다."

[전중련] '臨川(림천 : 냇가에 나감)'은 「동지(冬至)」(주석 1 '수류(水流)' 중 '臨河')에서 보았다.

『대대예기』「증자입사(曾子立事)」: "군자는 널리 배우되 그것을 '조심스럽게 지키고[孱守]', [말은 적게 하되 독실히 실천한다.]" 노변(盧辯) 주 : "'孱'은 소심하게 삼가는 것[小]이다."[408]

7 **[전진륜]** 『장자』「추수」: "가을 빗물이 이때 닥쳐 온갖 냇물이 황하로 흘러들었다. (…중략…) '황하의 신 하백(河伯)'은 매우 기뻐하여, 천하의 아름다움이 온통 자기에게 있다고 여겼다. 흐르는 물을 따라 동쪽으로 가서 북해(北海)에 도착했다. 동쪽을 향하여 바라보니 물의 끝이 보이지 않았다. 그제야 하백은 그 면목을 본래대로 고치고서, 바다를 바라보고 '해신 약(若)'을 향해 한숨을 쉬었다."

---

408) 이 구는 오랜 세월 지녀온 마음에 생각이 미쳐 눈빛이 흐릿해진다는 것을 말했다.

望孤石

江南多暖谷, 雜樹茂寒峯. 朱華抱白雪, 陽條熙朔風.[1]
蚌節流綺藻, 輝石亂煙虹.[2] 泄雲去無極, 馳波往不窮.[3]
嘯歌淸漏畢, 徘徊朝景終. 浮生會當幾, 歡酌忽盈衷.

외로운 바위를 바라보며

강남에는 따뜻한 골짜기 많아
온갖 나무 가을 산에 우거져 있다.
붉은 꽃이 흰 눈에 안겨 있지만
양달의 나뭇가지 북풍 속에 빛난다.
조개와 새우는 마름 속에 흘러가고
알록달록 석벽은 노을 속에 어지럽다.
피어나는 구름은 끝없이 흘러가고
질주하는 물결은 한없이 달려간다.
노래를 읊조리니 물시계 다해가고
이리저리 서성이니 아침이 끝나간다.
덧없는 인생살이 얼마나 이어질까?
즐거운 술 한 잔에 홀연 벅차오른다.

【해제】

[황절] 『수경주』 「여강수廬江水」: "[산 아래에 또 신묘神廟가 있는데, 궁정묘宮亭廟라고 한다. 그래서 팽려호彭蠡湖: 지금의 파양호에 또] 궁정호宮亭湖: 파양호 남반부라는 [이름이 있다. (…중략…)] 호수 가운데에 [(…중략…) 또] '고석孤石'이 있어서, 큰 호수 가운데에 솟아 있는데, [둘레가 1리는 되고, 높이는 백 장은 된다.] 우뚝 솟아서 높고 가팔라 [매우 특이하다.] 위에는 수풀이 자라는데, 나는 새들도 잘 모이지 않는다. 그 위에서 옥고玉膏: 옥 기름. 고대의 선약를 채취할 수 있다고 한다."

[전중련] 이것은 마땅히 원가 16년439 겨울 포조가 강주江州: 치소는 지금의 강서성 구강시(九江市)에 머물 때 지은 것이다.[409]

【주석】

1 **[전진륜]** 조식 「공연시(公讌詩)」: "[가을 택란 긴 비탈을 뒤덮고 있고,] '붉은 꽃'은 푸른 못을 가득 메웠다['朱華'冒綠池]."

---

409) 정복림은, 이 시에는 호수에 대한 언급이 전혀 없으므로, 황절의 주는 의심스러운 점이 있다는 전제하에, '孤石'은 『송서』 「등완전(鄧琬傳)」에 나오는 강주(江州) 심양(尋陽)의 지명 '고석'일 가능성을 제기하고, 그러할 경우 전중련이 제시한 창작 시기가 어느 정도 가능성이 있다고 보았다(『교주』, 591쪽). 강서성 구강시 호구현(湖口縣)에 속하는 파양호 하류 방향 출구 쪽에 길이 약 500m 너비 약 100m 높이 해발 90m 정도 되는 '혜산(鞋山)'이라는 섬이 있는데, 석산(石山)이다. 신발처럼 생겨서 '혜산'이라고 하는 이 섬의 다른 이름이 '대고산(大孤山)'인데, 삼면이 암벽이고 북서쪽만 배의 정박이 가능하다고 한다. 이곳이 혹시 포조가 본 '孤石'이 아닌지 모르겠다. 이 섬은 지금은 혜산풍경구(鞋山風景區)로 지정되어 있다.

2 **[전진륜]** 목화 「해부(海賦)」 : "[모래 여울 어귀에는 아침놀 같은 무늬가 펼쳐졌고,] '소라와 대합의 주름'에는 능라 같은 광채가 덮여있다[綾羅被光於'螺蚌之節']."

'輝石(휘석)'은 「유 중랑을 따라 원산의 석실에 놀러 가서[從庾中郎遊園山石室]」에서 보았다.[410]

3 **[전진륜]** 좌사 「위도부(魏都賦)」[411] : "깊은 산 동굴에서 '구름이 새어 나와[窮岫泄雲]', [해와 달은 언제나 어둑어둑하다.]"

'馳波(치파 : 내닫는 물결)'는 「'호리의 노래'를 본떠[代蒿里行]」(주석 2)에서 보았다.

---

410) 주석 5에 '怪石(괴석)'과 '瑕壁(하벽 : 이끼가 끼어 얼룩무늬를 이룬 석벽)'에 대한 용례만 있는데, 의미상 '輝石'은 '瑕壁'과 같다. 알록달록 화려하게 빛나는 석벽이라는 뜻이다. '蚌節(방절)'은 대합조개 껍데기의 주름 무늬이다. 이 2구는 물속에는 아름다운 물풀 사이로 대합조개 같은 어패류가 떠다니고 노을 속에 적벽(赤壁)은 찬란하게 빛나는 모습을 그렸다.

411) 저본에는 '蜀都賦(촉도부)'로 되어 있는데 '魏都賦'의 잘못이어서 고쳤다.

山行見孤桐

桐生叢石裏, 根孤地寒陰.[1] 上依崩岸勢, 下帶洞阿深.[2]
奔泉冬激射, 霧雨夏霖霪.[3] 未霜葉已肅, 不風條自吟.[4]
昏明積苦思, 晝夜叫哀禽. 棄妾望掩淚, 逐臣對撫心.[5]
雖以慰單危, 悲涼不可任. 幸願見雕斲, 爲君堂上琴.[6]

산길을 가면서 외로운 오동나무를 보고

오동나무 총석叢石 속에 자라고 있는데
뿌리가 외로운데 땅마저도 찬 응달.
위로는 험한 산봉에 기대고 있고
아래로는 깊은 골이 두르고 있다.
달리는 샘 겨울에 세차게 쏟아지고
안개비는 여름에 넘치도록 내린다.
서리도 내리기 전 잎은 먼저 시들고
바람이 안 불어도 가지는 절로 운다.
어두우나 밝으나 괴로움은 쌓이고
밤이나 낮이나 슬픈 새는 우짖는다.
버림받은 첩실은 바라보고 눈물 닦고
쫓겨난 신하는 마주하고 가슴 친다.
외롭고 위험한 것 이것 보고 달래지만
슬픔과 처량함은 감당할 수 없구나.

부디 베어져서 아름답게 조각되어

임금님 대청 위의 금이 되기를.

【주석】

1 **[전진륜]** '根孤(근고)'는 「시랑의 임기 만료를 보고하고 궁문을 떠나며 올리는 소[侍郎報滿辭閤疏]」(주석 14)에서 보았다.

2 **[전진륜]** 『옥편』: "'阿(아)'는 물가[水岸]이다."

[전중련] 송본에는 '岸(안 : 기슭)'이 '峯(봉 : 봉우리)'으로 되어 있다.[412)]

3 **[전진륜]** 『옥편』: "'霪(음)'은 장마[久雨]이다."

[전중련] 송본에는 '霪'이 '淫(음)'으로 되어 있다.[413)]

4 **[전진륜]** 『모시』「빈풍 · 칠월(七月)」 제8장 : "구월에는 '만물을 위축시키는 된서리' 내리고[九月'肅霜'], [시월에는 타작마당 치운다.]"[414)]

『서경잡기』 권5 : "태평한 세상에는 '바람이 가지에서 진동하는 소리가 날 정도로 거세게 불지는 않고[風不鳴條]', 씨앗 껍질을 터뜨려 초목의 싹을 틔울 정도로 불 따름이다."

412) 주응등본과 노문초 교감도 같다. 오덕풍은 '岸' 자는 전편의 시의 뜻과 맞지 않다고 했다(96a쪽). 위로는 무너질 듯 위태하게 솟은 깎아지른 절벽이 옆에 바짝 기대서 있고 아래로는 천 길 낭떠러지가 띠처럼 두르고 있다는 뜻이므로, '崩峯'이 낫다. 번역은 이를 따랐다.

413) 주응등본도 같다. 『이아』「석천(釋天)」에 "장맛비를 '淫'이라고 한다[久雨謂之淫]"라고 했으니, '淫'과 '霪'은 통한다.

414) '肅(숙)'은 '肅殺(숙살 : 가을의 찬 기운이 초목을 시들게 함)'의 뜻이다.

5 **[전진륜]** 예형(禰衡) 「앵무부(鸚鵡賦)」 : "[된서리가 막 내리고, 찬 바람이 쏴쏴 불어오면, 길게 울면서 먼 고향을 생각하고, 구슬피 울면서 동족을 그리는데, 울음소리 처절하게 솟구치고, 용모는 참담하고 초췌해져, (…중략…)] '쫓겨난 신하'는 그 때문에 거듭 한숨 쉬고, '버림받은 아내'는 그 때문에 흐느껴 운다['放臣'爲之屢歎, '棄妻'爲之歔欷]."

6 **[전진륜]** 『초학기』 권16 「악부(樂部) · 하 · 금(琴)」 : "환담의 『신론』에 있다. '신농씨(神農氏)는 복희(宓犧)를 이어 천하의 왕이 되었는데, (…중략…) 이때 비로소 "오동나무를 베어 금을 만들고[削桐爲琴]", 명주실을 꼬아 현을 만들어, [신명(神明)의 덕을 통하게 했다.]'"415)

【평설】

[황절] 진조명 : 처량하여 슬픔이 많다. '바람이 안 불어도不風' 구는 더욱 기이하다. 포조의 시는 대부분이 구절마다 고심하여 읊조려서 이루어낸다. 생각이 어쩌다가 심원한 데에 이르면, 번번이 신기한 정취에 이르게 된다. 예로부터 이러한 사람은 많지 않았다.『채숙당고시선』 권19

415) 원문은 '削桐' 앞에 '始(시)' 자가 있다. 권하 「금도(琴道)」의 글이다. 문집 권3 「'흰머리 될 때까지'를 본떠[代白頭吟]」 주석 1 참조. 『예문유취』 권44 「악부(樂部) · 4 · 금(琴)」에도 실려 있는데, 중략 부분은 없다.

詠雙燕(1)

雙燕戲雲崖, 羽翰始差池.[1] 出入南閨裏, 經過北堂陲.

意欲巢君幕, 層楹不可窺.[2] 沈吟芳歲晚, 徘徊韶景移.[3]

悲歌辭舊愛, 銜淚覓新知.[4]

쌍 제비에 부쳐(1)

쌍 제비가 구름 속에 장난치는데
날개를 치면서 앞서거니 뒤서거니.
남쪽 규방 안으로 들랑거리고
북쪽 대청 구석을 지나간다네.
그대 집에 둥지를 틀고 싶지만
기둥이 첩첩하여 찾을 수 없네.
망설이다 좋은 세월 저물어가고
서성이다 고운 풍경 떠나간다네.
구슬피 노래하며 옛사랑 헤어지고
눈물을 머금고서 새 친구 찾네.

【해제】

[전진륜] 제1수는 『옥대신영』 오조의 주를 수록한다.

【주석】

1 **[전진륜]** '翰(한 : 깃)'은 『옥대신영』에는 '翮(핵 : 깃촉)'으로 되어 있다.[416]

[오조의] 좌사 「잡시(雜詩)」 : "밝은 달 '구름 새'로 얼굴 내밀어[明月出'雲崖'], [교교히 하얀 빛이 흘러내리네.]"[417]

[황절] 『모시』 「패풍 · 연연(燕燕)」 제1장 : "제비들 펄펄 나네, '앞서거니 뒤서거니[差池其羽]'."

2 **[전진륜]** 「고시십구수 · 동성은 높고도 또한 길어서[東城高且長]」 : "짝지어 날아가는 제비나 되어, 진흙 물고 그대 집에 둥지 쳤으면[思爲雙飛燕, 銜泥巢君屋]."

3 **[오조의]** 양 원제 『찬요』 : "정월 맹춘(孟春)은 또한 (…중략…) '芳歲(방세)'라고도 한다. (…중략…) 그 풍경은 (…중략…) '韶景(소경)'이라고도 한다."[418]

4 **[전진륜]** '淚(루 : 눈물)'는 『옥대신영』에는 '泥(니 : 진흙)'로 되어 있다.[419]

---

416) 『전송시』와 『예문유취』도 같다.
417) 이곳의 '雲崖(운애)'는 '雲際(운제 : 구름 낀 높은 하늘)', '雲邊(운변)'과 같다.
418) '沈吟(침음)'은 복잡하거나 해결하기 어려운 일을 만나 망설이거나 주저하면서 낮은 소리로 혼자 중얼거리는 것이다.
419) 송본과 『예문유취』에는 모두 '淚'로 되어 있다. '泥'는 의미가 통하지 않는다. 오덕풍, 96a쪽 참조.

詠雙燕(2)

可憐雲中燕, 旦去暮來歸. 自知羽翅弱, 不與鵠爭飛.[1]

寄聲謝飛鵠, 往事子毛衣.[2] 瑣心誠貧薄, 叵悉節榮衰.[3]

陰山饒苦霧, 危節多勁威.[4] 豈但避霜雪, 當儆野人機.[5]

쌍 제비에 부쳐(2)

가련하다, 구름 속을 나는 제비는
아침에 나갔다가 저물면 돌아오네.
날개가 약한 것을 스스로 알아
황학과는 날기를 겨루지 않네.
한마디 당부하며 황학하고 작별하네
"그대의 나는 일에 힘쓰도록 하시게.
잔다란 내 마음은 천박하고 속되지만
그대 부디 영고성쇠 견뎌내야 한다네.
어둑한 음산에는 짙은 안개 자욱하고
위태로운 계절에는 모진 위협 하고많네.
어찌 다만 서리 눈만 피하면 되겠는가?
사냥꾼의 주살도 경계해야 한다네."

【주석】

1 **[전진륜]** 완적「영회시 · 밝게 빛나는 해 서쪽으로 기울고[灼灼西頹日]」: "차라리 제비 참새와 어울려 날지, 황학을 따르며 날진 않으리[寧與燕雀翔, 不隨黃鵠飛]."

2 **[황절]** '往事(왕사)'는 '가서 종사하다[往而從事]'라는 뜻이다. '子(자)'는 학(鵠)을 말하고, '毛衣(모의)'는 나는 것[飛]을 말한다.

3 **[전진륜]**『설문해자』: "'叵(파)'는 '~해서는 안 된다[不可]'이다."

『광운』: "'吝(린)'은 속자로는 '恡'으로 적는다."

[황절]『이아』「석훈(釋訓)」: "'瑣瑣(쇄쇄)'는 작은 것[小]이다." 곽박 주 : "재기(才器)가 보잘것없고 얕은 것이다."

'瑣心(쇄심 : 잗다란 마음)'은 제비가 큰 계략은 알지 못한다고 스스로 말하는 것이다.

'叵恡節榮衰(파린절영쇠)'는 학에게 진언하는 말로, 영광과 쇠락의 시절에 회한(悔恨)에만 빠져서는 안 된다고 한 것이다.『주역』「절괘(節卦)」의「효사」에 "초구(初九)는 문밖 뜰에 나가지 않는다. 허물이 없을 것이다"라고 했는데,「상사(象辭)」에서 "시기가 통하고 막히는 것을 아는 것이다[知通塞也]"라고 했다. '榮衰'는 '通塞(통색)'과 같다. 가서 높이 나는 일에 종사하는 것이 바로 '榮'이다. 고통스러운 안개와 거친 위세가 '衰'이니, 마땅히 경계해야 할 것이다.

4 **[전진륜]** '陰山(음산)'은「공간 유정의 체를 본받아[學劉公幹體]」(제2수 주석 1)에서 보았다.

[황절] 육기「연연주(演連珠)」제50수 : "굳센 음기가 '죽이는 계절(겨울)'도

'추위를 이기는 나무'인 송백(松柏)의 마음을 시들게 할 수 없다[勁陰'殺節', '不凋寒木'之心].”

'危節(위절)'은 바로 '殺節(살절)'과 같다.

5 **[전진륜]** 『전국책』「초책(楚策)・4」: “[참새가 당한 재난은 작은 것이다.] 황학(黃鵠)도 이와 같다. 그것은 강과 바다로 노닐고 큰 늪지대에 머물면서[淹],[420] 고개 숙여 드렁허리와 잉어를 쪼고, 고개 들어 마름과 족두리풀을 쪼아 먹으며, 그 여섯 날개를 떨쳐 맑은 바람을 타고 훨훨 높이 날면서, 스스로 걱정이 없다고 여기며, 사람들과 아무런 다툼도 없었다. 그러나 사냥꾼이 바야흐로 돌화살촉과 검은 활을 손질하고 주살을 정비하여, 장차 백 길 위의 자신에게 그것을 쏘아 올려, 날카로운 돌화살촉에 맞고 가느다란 주살의 줄에 끌어당겨져, 맑은 바람을 가르고 떨어지게 될 줄은 몰랐다. 그래서 낮에는 강과 호수에 노닐었지만, 저녁에는 가마솥 속으로 가게 되는 것이다.”

[전중련] 송본에는 '當(당)' 자 아래의 주에서 “'復(부)'로 된 판본도 있다”라고 했다.[421]

【평설】

[전중련] 왕개운: [“날개가 약하다는 것을 스스로 알아, 황학과는 나는 것을 겨루지 않는다自知羽翅弱, 不與鵠爭飛.”] 두보杜甫의 사물을 읊은 율시는 전적으로

---

420) 저본의 '掩(엄: 닫다)'은 '淹(엄: 머물다)'의 오자여서 고쳤다.

421) '野人(야인)'은 국도의 교외에 사는 시골 사람인데, 시에서는 사냥꾼을 가리킨다. '機(기)'는 '機弋(기익: 새와 짐승을 잡는 데 사용하는 쇠뇌나 주살)'이다. Chen은 '機巧(기교: 교활함(cunningness))'의 뜻으로 풀이했다(386쪽).

이것을 본떴다. 이런 것此種은 다만 율시의 비조鼻祖가 될 수는 있지만, 고시의 법식古法이 되기에는 부족하다.『상기루설시』 권6[422)]

422) 저본의 '此'는 원문에 '此種(차종)'으로 되어 있고, '古祖(고조)'는 '古法(고법)'으로 되어 있다. 번역은 이를 따랐다.

酒後

晨節無兩淹, 年意不俱處.[1] 自非羽酌飮, 何用慰愁旅.[2]

술 마신 뒤에

때와 계절 둘 다 모두 머물지 않고

나이 포부 둘이 함께 멎지 않는다.

술잔을 기울이는 낙도 없다면

무엇으로 객수를 달랠 것인가.

【주석】

1 **[황절]** 조비 「맹진(孟津)」: "'좋은 때'가 '첫 절기(입춘)'를 열기 시작해['良辰'啓'初節'], [성대한 연회 열어 즐거움이 넘친다.]"

'辰(신)'과 '晨(신)'은 통한다.

도연명 「잡시(雜詩)」: "내 '한창때 즐거움'을 찾아보지만, '회복되는 포부'는 조금도 없다[求我'盛年歡', 一毫無'復意']."

'處(처)'는 멈추는 것[止]이다.[423)]

2 **[전진륜]** '羽酌(우작)'은 「삼짇날[三日]」 주(주석 6 '羽觴(우상)')에서 보았다.

[황절] '用(용)'은 '以(이)'와 같다.

---

423) '晨節(신절, 辰節)'은 12'時辰(시진)'과 24'節氣(절기)'이고, '年意(년의)'는 '年紀(년기 : 나이)'와 '意志(의지)'이다.

[전중련] 송본에는 '飮(음)'이 '歡(환)'으로 되어 있다.424)

424) 주응등본도 같다. 오덕풍은 '飮'은 '歡'의 오자일 것으로 보았다. 그는 『한서』 「외척전」의 "酌羽觴兮銷憂(참새 모양 술잔에 술 따르며 시름 삭인다)" 주에서, "유덕(劉德)은 '술잔이 오가는 것이 새가 날듯 빠른 것[酒行疾如羽]'이라고 했다"라고 한 것을 근거로, '酌(작)' 자에 이미 '飮(마시다)'의 뜻이 들어 있으며, 또 포조의 시는 도연명 「잡시」의 의미를 활용하여, '羽酌'의 '즐거움'이 아니면 어떻게 나의 기려(羈旅)의 시름을 위로할 수 있는가 하는 뜻을 표현한 것이기 때문이라고 했다(96b쪽). 번역은 이를 따랐다.

講易

雲澤翔羽姬, 橫蓋招益人.[1] 賁園無金尚, 履道易書紳.[2]

『주역』을 말함

운몽택엔 선녀가 날고 있으며

수레를 기울이면 일민을 만나리라.

정원을 꾸밈에는 금장식을 하지 말고

도의 실천 쉬 하려면 큰 띠에 적어둬라.

【주석】

1 **[전진륜]** 송옥(宋玉) 「신녀부(神女賦)」: "초(楚) 양왕(襄王)은 송옥(宋玉)과 운몽택(雲夢澤)을 유람하면서 고당(高唐)의 일을 읊도록 했다. 그날 밤 왕이 잠을 자다가 꿈속에서 신녀(神女)를 만났다."

『공자가어』「치사(致思)」: "공자가 섬국(郯國)에 가다가 길에서 정자(程子)를 만나 '수레를 가까이하고 덮개를 기울인 채[傾蓋]' 종일토록 이야기했다."[425)]

『포박자(抱朴子)』「행품(行品)」: "오묘한 이치[精義]에 마음을 단단히 차려 힘쓰고, 촌음을 아껴 덕을 증진하는 자는, '이로운 사람이다[益人]'."

---

425) '郯國'은 지금의 산동성 섬성현(郯城縣) 북쪽에 있던, 서주시대의 제후국이다. 程本(생졸년 미상)은 춘추시대 진(晉)의 공(鞏 : 지금의 하남성 공의시(鞏義市)) 사람으로 후인들이 존경하여 '程子'라고 불렀다. '橫蓋(횡개)'는 수레의 덮개가 기울어지도록 가까이 다가가는 것이다.

[황절] 『주역』「설괘전(說卦傳)」: "태괘(兌卦, ☱)는 '못[澤]'이요 어린 딸[少女]이다."

'雲澤(운몽)' 구는 아마도 '태괘(兌卦)'의 형상을 말하는 것 같다.

간보(干寶) 『주역』「점괘(漸卦, ䷴) · 상구」 "[큰기러기가] 점점 [공중으로] 날아간다. 그 깃을 의식에 쓸 수 있을 것이다[[鴻]漸[于逵], 其羽, 可用爲儀]." 주: "부덕(婦德)이 이미 완성되고 모교(母敎 : 모훈(母訓))가 또 밝으면, 덕을 지니어서 사랑스럽고 법도[儀]가 있어 본받을[象] 만하기에, '그 깃을 의식에 쓸 수 있을 것'이라고 한 것이다."

'羽姬(우희)'는 혹 이 뜻을 취한 것인지 모르겠다.

『주역』「손괘(損卦, ䷨) · 육삼」: "[세 사람이 걸어가면 한 사람을 잃고,] 한 사람이 걸어가면 '그 벗을 얻을 것이다'[一人行則'得其友']."

'橫蓋(횡개)' 구는 아마 '손괘(損卦)'의 형상을 말하는 것 같다.

[전중련] 송본에는 '益(익)'이 '逸(일)'로 되어 있다.[426)]

2 **[전진륜]** 『주역』「비괘(賁卦, ䷕) · 육오」: "동산 즉 전야(田野)를 잘 가꾼다[賁于丘園]."

---

426) 주석찬도 같다. 『고시기』에는 '益'으로 되어 있다. '蓋(개)'는 송본과 주응등본에 모두 '益'으로 되어 있다. 노문초는 '橫蓋招逸人(횡개초일인)'으로 교감했다. 오덕풍은 『공자가어』에 나오는 정자(程子)는 전욱(顓頊)과 중려(重黎 : 전욱의 증손)의 후예로 '은일지사(隱逸之士)'이며, '傾蓋(경개)'는 '橫蓋'와 같으니, '橫蓋招逸人'이라는 말은 『공자가어』의 기록에 바탕을 둔 것이어서, 노문초의 교감이 옳다고 했다(96b쪽). 앞 구 '羽姬'와의 대우를 고려해도, '逸人'이 낫다. 번역은 이를 따랐다. Chen은 그대로 '유익한 친구(beneficial friends)'로 풀이했다(387쪽). 이 시는 각 구에 『주역』 64괘 괘명(卦名)이나 괘명과 유관한 글자를 넣어 지은 시이다.

『주역』「이괘(履卦, ䷉) · 구이」: "'길을 밟는 것'이 평탄하다['履道'坦坦]. [혼자 있는 사람이 마음을 곧게 하면 길하다.]"

[황절] 『주역』「비괘 · 육오」: "'동산 즉 전야를 잘 가꾸니', 묶은 비단 즉 재화가 부족하다['賁于丘園', 束帛戔戔]."

『주역』「정괘(鼎卦, ䷱) · 육오」'鼎黃耳金鉉(솥의 누런 귀이니 구리로 만든 고리 즉 솥귀이다)' 간보(干寶) 주: "무릇 솥을 드는 데 쓰이는 것이 '鉉(현: 솥귀)'이다. 삼공(三公)을 '발탁하는[尙]' 사람이 왕이다. '금(金)'은 귀하여 중앙에 놓아둘 만한 아름다움을 비유한다."

내 견해는 이렇다. '정원을 잘 가꾸고 황금을 숭상하지 않는 것[賁園無金尙]'은, 산림(山林)에 은거하는 인사를 끌어 쓰고 소사(素士: 백의의 선비)의 말을 채용하면서, '솥에서 금을 중시하는 것[鼎之尙金]'으로 대우하지 않는다는 것이니, 대체로 삼공보다도 더 우대한다는 뜻이다.

『논어』「위영공(衛靈公)」: "자장(子張)이 공자의 말을 '큰 띠에 적었다[書諸紳]'."

可愛

風帷閃珠帶, 月幌垂霧羅.1 魏粲縫秋裳, 趙艷習春歌.2

사랑스러운 것

바람 품은 휘장에서 구슬 띠가 반짝이고

달빛 어린 장막에 안개 비단 드리우네.

위나라 아가씨가 가을옷을 재봉하고

조나라 미녀가 봄노래를 익히네.

【주석】

1 **[전진륜]** '帷(유)'와 '幌(황)'은 「'흰 모시의 노래'를 본떠[代白紵曲]」(제2수 주석 5)에서 보았다.

사마상여 「자허부(子虛賦)」: "섬세하고 얇은 비단옷을 섞어 입고, 안개처럼 부드러운 비단옷을 몸에 걸쳤다[雜纖羅, 垂霧縠]."

[전중련] 송본에는 '閃(섬)'이 '關(관)'으로 되어 있다.[427)]

2 **[전진륜]** 『모시』「'위풍(魏風)' · 갈구(葛屨)」 제1장: "갓 시집온 고운 손으로, '바지라도 짓게' 하겠네[摻摻女手, 可以'縫裳']."

427) 주석찬과 노문초도 '關'으로 고쳤으며, 오덕풍은 이에 근거하면서 '關(닫다)'이 되어야 다음 구의 '垂(수: 드리우다)' 자와 대가 된다고 했다(96b쪽). 정복림은 장부본과 『고시기』에 따라 '閃'으로 고쳤다(『교주』, 625~626쪽). '閃(반짝이다)'이 '可愛'라는 제목에 더 부합한다.

'趙艷(조염 : 조의 미녀)'은 「'소년에서 노쇠하기까지의 노래'를 본떠[代少年時至衰老行]」(주석 3 '燕趙人(연조인)')에서 보았다.

[황절] 『모시』 「당풍(唐風) · 주무(綢繆)」 제1장 : "오늘 저녁 얼마나 아름다운 저녁인가, 뜻밖에 이 '아름다운 임'을 만났네[今夕何夕, 見此'粲者']." 모전 : "세 여인을 '粲(찬)'이라고 한다."

내 견해는 이렇다. 진(晉) 헌공(獻公)이 '위(魏)'를 멸하자, 위는 당(唐)에 편입되었기[428] 때문에, (「당풍 · 주무」 시에서 '粲(찬)' 자를 따오면서) '魏粲(위찬)'이라고 한 것이다.

428) 『모시정의』 「당보」 및 『사기』 「진세가」 등의 기록에 의하면, 주(周) 왕조 때 진(晉)은 당요(唐堯)의 옛땅에 봉해졌는데, 처음으로 봉해진 이는 바로 당숙우(唐叔虞)이다. 그래서 당시 '진(晉)'을 '당(唐)'이라고도 불렀다. 『모시』의 「당풍」은 바로 진시(晉詩)이다. 김학주, 『시경』, 189~190쪽 참조.

夜聽聲

辭鄕不覺遠, 歡寡憂自縈.1 何用慰秋望, 淸燭視夜飜.2

밤에 소리를 들으며

고향을 떠날 때는 먼 줄을 몰랐는데

즐거움은 거의 없고 근심만이 넘치네.

무엇으로 가을 소망 달랠 수 있나?

맑은 촛불 보는 새에 밤이 새었네.

【주석】

1 **[전중련]** 송본에는 '縈(영 : 얽히다)'이 '繁(번 : 번다하다)'으로 되어 있다.[429]

2 **[황절]** '夜飜(야번)'은 밤이 다하고 날이 새어 밝아지는 것을 말한다.

육기 「능소부(淩霄賦)」 : "[푸른 하늘 환히 빛나며 운행하고,] 해와 달은 '번드치며 순서를 바꾼다'[日月'翻其代序']."

429) 주석찬도 같다. 오덕풍은 '繁'이 '寡(과)'와 상대되는 것으로, '즐거움이 적으면[歡寡]' '근심은 번다하게[憂繁]' 되므로, 송본을 좇아 '繁'이 되어야 한다고 했다(97a쪽). 압운 면에서도 '繁'이 되어야, 제4구의 '翻(번)'과 같이 '元' 운부의 운각(韻脚)이 된다.

詠老

軟顏收紅蘂, 玄鬢生素華. 冉冉逝將老, 咄咄奈老何.1

늙음에 부쳐

부드러운 얼굴은 붉은 꽃술 거두고

새까만 살쩍에는 하얀 꽃이 피었구나.

차츰차츰 흘러 흘러 늙어가는데

쯧쯧쯧쯧 저 늙음을 어찌할거나!

【해제】

[전진륜] 이하 2수는『육사형집陸士衡集』에도 보인다.

[전중련] 송본에는 없다.[430]

430) 『예문유취』에서도 육기의 작품이라고 했다. 각각 권18「인부(人部)·2」의 '노(老)' 조와 권3「세시부(歲時部)·상」의 '춘(春)' 조에 '晉陸機詩'라고 인용되어 있는데, 전자는 제2구의 '生(생)'이 '吐(토)'로 되어 있고, 후자는 제2구의 '光(광)'이 '氣(기)'로 되어 있다. 정복보의『전진시』권3「육기」시에 2수가 수록되어 있는데(「春詠(춘영)」이 앞에 실려 있다), 원문은『예문유취』와 같고,「春詠」 제목 아래 주에서 "『포명원집』에도 보인다"라고 했다.『전송시』권4「포조」에는 순서와 원문이 장부본과 똑같이 실려 있고,「詠老(영로)」 제목 아래 주에서 "『예문유취』에서는 육기라고 했다. 다음 작품도 같다"라고 했다. 녹흠립의『진시(晉詩)』권5「육기」에는「春詠」만 실려 있고, 제목 아래 주에서 "『시기(詩紀)』에 '『포명원집』에도 보인다'라고 했다"라고 했다.

【주석】

1 **[전진륜]** 『초사』「이소」: "'늙음이 차츰차츰 다가오려 하는구나[老冉冉其將至兮]', [훌륭한 이름을 세우지 못할까 두렵다.]"

『진서(晉書)』「은호전(殷浩傳)」: "[은호는 추방된 뒤에도, 입으로는 원망하는 말을 하지 않았다. (…중략…)] 다만 [종일토록] 공중에다 '咄咄怪事(쯧쯧, 괴이한 일이로다)' 넉 자만 쓰고 있었다."

한 무제(武帝)「추풍사(秋風辭)」: "젊고 건장한 것 얼마나 갈까, '늙음을 어찌하리오'[少壯幾時兮'奈老何']!"

春詠

節運同可悲, 莫若春光甚.[1] 和風未及燠, 遺凉淸且凜.[2]

봄에 부쳐

계절의 운행이란 모두 다 슬프지만
춘광만큼 심한 것은 도무지 없네.
화풍은 아직은 따뜻해지지 않은 데다
남아 있는 한기도 차갑고 싸늘하네.

【해제】

[전중련] 송본에는 없다.

【주석】

1 **[황절]** 진림(陳琳) 「유람(遊覽)」 시 : "'계절이 운행하여' 기후가 펼쳐지니, 추풍은 '서늘하고 또 차갑구나'['節運'時氣舒, 秋風'涼且淸']."

2 **[전진륜]** 『설문해자』 : "'燠(욱)'은 속에 더운 기운이 있는 것[熱在中]이다." 『설문해자』 : "'凜(름)'은 차가운 것[寒]이다."

字謎(1)

二形一體, 四支八頭.[1] 四八一八, 飛泉仰流.[2]

글자수수께끼(1)

두 형태가 한 몸 이루고

네 다리에 여덟 개 머리.

사팔에다 또 일팔이라

나는 샘물이 위로 흐르네.

【해제】

[황절] 『한서』「예문지·시부략詩賦略·잡부雜賦」: "『은서隱書』 18편" 안사고 주: "유향劉向의 『별록別錄』에 있다. '"隱書"라는 것은 그 말을 문제 형식으로 하여 물어서, 대답하는 사람이 생각하게 만드는데, 깨우치지 않는 게 없다고 할 만하다.'"

『설문해자』: "'謎미'는 은어隱語이다."431)

---

431) '은어'는 직설적으로 말하지 않고 다른 말을 빌려 암시하는 말, 즉 수수께끼이다. 「예문지」의 '은서'는 '은어'를 문자로 기록한 것이다. '隱語'의 '隱' 자를 『문심조룡(文心雕龍)』「해은(諧隱)」편 본문에는 '讔'으로 적고, "'讔'이라는 것은 '隱(숨기는 것)'이다. 회피하는 말로 진의를 숨기고, 완곡한 비유로 사물을 가리키는 것이다['讔'者'隱'也. 遁辭以隱意 譎譬以指事也]"라고 했다. 수수께끼를 현대중국어와 우리말 한자어로는 '謎語(미어)'라고 한다. '字謎'는 문자에 대한 수수께끼이다.

【주석】

1 **[전진륜]** 송본에는 '一(일)'이 '二(이)'로 되어 있다.[432)]

2 '井(정)' 자이다.[433)]

[전진륜] '四八一八'은 합하면 '五八'이니 40이다. 40은 '井' 자이다.[434)]

432) 『예문유취』와 『고시기』에는 '一'로 되어 있다. 정복림은 장부본을 따라 '一'로 고쳤다(『교주』, 655쪽).

433) 수수께끼의 답이다. 이 말은 장부본과 『예문유취』, 『고시기』에는 있지만, 송본에는 없다. 오덕풍은 후세의 호사가가 보탠 것으로 보았다(97a쪽). 제1·2구는 '井' 자의 부건(部件)인 '二'와 '| |' 두 형체가 합쳐 한 글자가 되었음을 말하고, 제3구는 그 글자가 '40'을 뜻한다는 의미이고, 제4구는 물을 퍼 올리는 것을 말한다.

434) 십 단위의 수를 한 글자로 표기하는 경우, 20은 '廿(입)', 30은 '卅(삽)', 40은 '卌(십)'으로 적는다. '卌'은 '丼'으로 적기도 했는데, 자형이 '井(정 : 우물)' 자와 같다는 뜻이다.

字謎(2)

頭如刀

尾如鉤

中央橫廣

四角六抽

右面負兩刃

左邊雙屬牛[1]

글자수수께끼(2)

머리는 칼과 같고

꼬리는 갈고리이다

중앙은 가로로 널찍하고

네 모퉁이에 여섯 갈퀴라

우측에는 두 개의 칼날 메었고

좌측에는 두 개의 소띠가 된다

【주석】

1 '龜(귀)' 자이다.[435)]

435) 제1·2구는 '龜' 자 상부(⺈)와 하부(乚)를 말하고, 제3~6구는 중앙부를 말한다. 제3구는 중앙이 좌우로 넓게 퍼져 있다는 것이고, 제4구의 '四角(사각)'은 중앙

이 전체적으로 방형임을 말하고, '六抽(륙추)'는 중앙 좌측의 '丑' 자를 포갠 모양을 말한다. 제5구는 중앙 우측의 '乂' 자 모양을 말하고, 제6구는 중앙 좌측 '丑' 자를 포갠 것의 의미를 말한 것이다. 이 시는 구별 자수가 3·3·4·4·5·5로, 탑 모양을 이루는 보탑시(寶塔詩)의 추형(雛形)이 된다.

字謎(3)

乾之一九, 隻立無偶. 坤之二六, 宛然雙宿.[1]

글자수수께끼(3)

건괘의 양효 하나가

짝없이 혼자 서 있고,

곤괘의 음효 두 개가

완연히 쌍을 이뤘다.

【주석】

1 '土(토)' 자이다.

[전진륜] '乾(건)'은 양이고 '坤(곤)'은 음이다. 앞 2구는 양문(陽文)을 말하는데, 양효는 바로 '一'자이다. 뒤 2구는 음문(陰文)을 말하는데, 두 개의 음효('==')는 가운데가 '十' 자이다. (이 둘을 주역 괘의 효 순서대로 아래에서 위로) 합치면 '土'자가 된다.[436)]

---

436) '九(구)'는 양효이고, '六(륙)'은 음효이다. 『주역』「건괘(乾卦) · 초구(初九)」 공영달 소에 "七(칠)은 소양(少陽)이고 '八(팔)'은 소음(少陰)이니 바탕으로서 변하지 않는다. 그래서 효의 본체가 된다. '九'는 노양(老陽)이고 '六'은 노음(老陰)이니 문채로서 변화한다. 그래서 효의 별명이 된다"라고 했다. 「계사상전」 제9장에서 설명한 설시법(揲蓍法)에 따라, 취하는 수는 '6·7·8·9'의 넷이 되며, 짝수는 음효이고 홀수는 양효인데, 그중 6과 9는 변화하여 음양이 바뀌게 된다. 이 변화를 거쳐 나온 괘가 이른바 '지괘(之卦)'이다. 포조 시의 제1 · 2구에서 말한

것은, 괘(卦)의 '초구(初九)'에 해당하는 '一'이고, 제3·4구에서 말한 것은, '육이(六二)'와 '육삼(六三)'의 두 효(==)로, 이를 합치면 팔괘의 진괘(震卦, ☳)가 된다. 여기서 양효인 초구는 양각 문양으로, 두 개의 음효인 육이와 육삼은 음각 문양으로 간주하고 양각된 부분을 읽어야 한다. 그러면 초구의 '一'은 그대로이고, 음각한 위 두 음효(==)의 양각 부분은 '十'이 된다. 이를 '一' 위에 놓으면 '土' 자가 된다.

贈顧墨曹

昏明易遠, 離會難揆. 雲轍泉分, 西艫東軌.[1]

묵조참군 고 아무개에게

밤이나 낮이나 멀어지기 쉬우니

헤어지고 만나는 것 헤아리기 어렵구려.

구름 같은 수레 자국 샘처럼 나눠지니

서쪽 가는 배에다가 동쪽 가는 수레구려.

【해제】

[전진륜] 『송서』 「백관지百官志·상」: "송 고조유유(劉裕)가 동진의 [상국이 되어] 자의참군諮議參軍 직[만 설치했는데] 규정된 인원 편제가 없었다.[437] 지금 각 조曹에는 녹사錄事·기실記室·호조戶曹·창조倉曹·중직병中直兵·외병外兵·기병騎兵·장류적조長流賊曹·형옥적조刑獄賊曹·성국적조城局賊曹·법조法曹·전조田曹·수조水曹·개조鎧曹·거조車曹·사조士曹·집集·우호右戶·'묵조墨曹' 등 모두 18조曹의 참군參軍이 있다."

[전중련] 송본에는 없다.[438]

---

437) 표점교감본에는 '爲(위)' 자 뒤에 '相止置(상지치)' 3자가 있고, 각 판본에 모두 이 3자가 빠졌는데 『책부원구(冊府元龜)』 권716(「막부부(幕府部)·총서(總序)」)에 근거하여 보완했다고 주를 달았다.

438) 정복보의 『전송시』와 녹흠립의 『송시』에는 모두 수록되어 있다. 『전송시』에는

【주석】

1 **[전진륜]** 『설문해자』: "'轍(철)'은 자취[跡]이다."

『설문해자』: "'軌(궤)'는 수레의 자취[車轍]이다."

[황절] 수레에는 두 개의 바퀴 자국이 있다. '泉分(천분)'은 두 바퀴 자국이 나란히 가지 않는다는 뜻이다.[439]

원문 말미에 '궐문이 있다[闕]'라고 주를 달았다.

439) '雲轍(운철)'은 구름처럼 떠도는 수레 또는 먼 길을 가는 수레라는 뜻이다. '泉分(천분)'은 샘에서 나온 물이 나누어져 흐르는 것, 즉 '分水(분수)'하는 것을 말한다. Chen은 "강의 원천에서 헤어진다(part at the river spring)"는 뜻으로 번역했다(388쪽). 이 2구는 고 묵조와 포조가 각자 다른 방향으로 헤어지는 것을 표현했다.

연구聯句

在荊州與張使君李居士聯句

橋磴支吾轍, 篁路拂輕鞍.[1] 三尹無喜色, 一適或垂竿.[2]

형주에서 장 사군, 이 거사와 지은 연구

돌로 만든 다리는 수레바퀴 받쳐주고

길가의 댓가지는 안장을 스치누나.

세 번의 영윤令尹에도 희색이 없었지만

한 번의 즐거움은 낚시가 아니려나.

【해제】

[전진륜] '荊州형주'는 「강릉에서 세월을 탄식하고 늙음을 슬퍼하며在江陵歎年傷老」 해제에서 보았다.440)

440) 이 시의 창작 시기에 대해, 오비적의 『포조연보』에는 '대명 6년(462)' 조에서, 이 시가 "'이 해 이후[今歲後]'에 지어진 것이 분명하다"라고 했다. 전중련은 「강릉에서 세월을 탄식하고 늙음을 슬퍼하며」 시 '해제'에서 대명 7년(463)이 되어야 한다고 했으며, 「포조연표」에서는 이 시와 함께 대명 7년에 넣었다. 정복림은 포조가 비교적 장기간 형주에 머문 것은, 임천왕 유의경(劉義慶) 왕국의 시랑 시절(436~439)과 임해왕 유자욱(劉自頊)의 참군 재임 시절(462~466) 등 두 번인데, 시의 내용으로는 확정하기 어려우니, 당분간 의문으로 남겨두겠다고 했다(『교주』, 649쪽).

[전중련] 송본에는 '使사'가 '史사'로 되어 있다.[441)]

조익趙翼 『해여총고陔餘叢考』 권23 '연구聯句': "[한 사람이 한 연聯씩 짓는 것이 있는데, 「회합會合 연구」와 「견흥遣興 연구」 등의 작품이 그것이다. 한 사람이 4구씩 짓는 것이 있으니, 「유소사有所思」 등의 작품이 그것이다.[442)] 『어은총화漁隱叢話』에서는 사조謝朓에게 '연구聯句' 7편, 도연명陶淵明에게 '연구聯句' 1편이 있다고 했으니, 육조六朝시대에 이미 있었다.] '聯句'는 마땅히 한 무제의 「백량대 연구柏梁臺聯句」[443)]를 시초로 삼아야 한다."

【주석】

1 **[전진륜]** 『사기』 「항우본기(項羽本紀)」: "[이때 제장(諸將)이 모두 위엄에

---

441) 주응등본도 같다. '使君'은 한 이후 태수나 자사의 존칭으로 사용되었으므로 '使君'이 옳다. '聯'은 송본에는 '連'으로 되어 있다. 다음 작품 제목이 「與謝尙書莊三連句」인 것처럼 '聯句'는 '連句'로도 쓴다. 정복림은 "장부본에는 원래 「在荊州與張'史'君李居士'聯'句」로 되어 있는데, 이제 송본을 따른다"라고 하면서, 「在荊州與張'使'君李居士'連'句」로 적었는데(『교주』, 648쪽), 착각이 있었던 것 같다. 상해중화서국에서 송각본에 따라 교감한 사부비요본 『포씨집(鮑氏集)』에는 「在荊州與張'史'君李居士'連'句」로 되어 있다(권7, 8b쪽).

442) 「회합 연구」는 장적(張籍)·한유(韓愈)·맹교(孟郊)·장철(張徹) 4인이 지은 연구이고, 「견흥 연구」와 「유소사」는 맹교와 한유가 지은 연구이다.

443) 한 무제(武帝) 원봉(元封) 3년(108 B.C.) 백량대(柏梁臺)에서 개최한 연회에서 지었다고 하는 7언시이다. 형식이 무제와 양효왕(梁孝王) 이하 대장군과 승상 등 23명이 관직 순서로 1인 1구씩 지었기 때문에, 연구(聯句)를 '백량체(柏梁體)'라고도 한다. 그러나 관직명 중 대홍려(大鴻臚)·대사농(大司農)·집금오(執金吾)·경조윤(京兆尹) 등은 모두 무제 태초(太初) 원년(104 B.C.)에 설치한 것으로, 원봉 3년에는 아직 없던 관직인 점 등에서, 후세의 위작으로 평가된다. 그러나 동한 시기에 나온 지리서인 『삼진기(三秦記)』에 수록된 점에서 보면, 이 시가 최초의 '聯句詩'일 가능성은 크다.

눌려] 감히 '저항하는' 자가 없었다[莫敢'枝梧']." 신찬(臣瓚) 주: "작은 기둥[小柱]이 '枝(지)'이고, 비스듬한 기둥[斜柱]이 '梧(오)'이다."

『정자통(正字通)』: "'支吾(지오)'는 '枝梧'와 통한다."

'篁(황)'은 「뽕을 따며[採桑]」(주석 3)에서 보았다.

[전중련] 송본에는 '吾'가 '古(고)'로 되어 있다.444)

2 **[전진륜]** 『장자』 「추수(秋水)」: "장자가 복수(濮水)에서 낚시를 하는데, 초왕(楚王)이 대부 두 사람을 먼저 보내어 의견을 타진했다. '국내의 일로 그대에게 폐를 끼치고 싶소.' 장자는 '낚싯대를 잡은 채[持竿]' 돌아보지도 않았다."

[황절] 『논어』 「공야장(公冶長)」: "영윤(令尹) 자문(子文)은 '세 번 벼슬하여 영윤이 되었지만 기뻐하는 기색이 없었고[三仕爲令尹無喜色]', 세 번 그만두어도 노한 기색이 없었다."

---

444) 주응등본도 같다. 『고시기』에는 '吾'로 되어 있다. 오덕풍은, 주에서 『사기』 「항우본기」를 인용하여, '支吾'는 '枝梧'와 통한다고 보아 저항한다[抵拒]는 뜻을 취한 것은 뜻이 통하지 않으므로, '吾'는 '古'의 오자라고 했다(97b쪽). 구법으로 보면 일리 있는 견해이다. '橋磴(교등)'과 '篁路(황로)'는 의미상 각각 '磴橋(돌다리)'와 '路篁(길가의 대)'의 도치로 주어이고, '支(지탱하다)'와 '拂(불: 스치다)'은 동사이며, '吾轍(오철: 나의 수레)'과 '輕鞍(경안: 경쾌한 말안장)'이 편정식 구조인 빈어로, 2구가 대우를 이루고 있어서, '支吾'를 동사로 보는 것은 합리적이지 않기 때문이다. 다만 '吾'를 굳이 '古'의 오자로 보지는 않아도 될 것 같다.

與謝尙書莊三連句

霞暉兮澗朗, 日靜兮川澄. 風輕桃欲開, 露重蘭未勝.

水光溢兮松霧動, 山煙疊兮石露凝. 掩映晨物綵, 連綿夕羽興.

상서 사장謝莊과 지은 세 번째 연구

구름은 빛나누나 골짝 물은 말가며

햇빛은 고요하고 시냇물은 깨끗하다.

바람이 살랑 부니 복사꽃 피려 하고

이슬이 잔뜩 내려 택란은 못 견딘다.

물빛이 넘치누나 솔에 안개 휘감고

산안개 첩첩하고 돌에 이슬 맺힌다.

아침 사물 다채롭게 서로 얼리고

저녁 새는 끊임없이 흥겹게 운다.

【해제】

[전진륜] 『송서』「사장전謝莊傳」: "[사장은] 자가 희일希逸이고 진군陳郡 양하陽夏 사람이다. (…중략…) 효건 원년454에 (…중략…) 이부상서吏部尙書를 배수했다. (…중략…) 3년456에 병이 많아 사임하여 면관되었다. (…중략…) 대명 원년457에 불러서 도관상서都官尙書로 삼았다."[445]

445) 저본의 '大明三年'은 '大明元年'의 잘못이어서 바로잡았다. 이 시의 창작 시기에

[전중련] 『유설類說』 권51에 『악부해제樂府解題』를 인용하여 말했다. "'連句'는 한 무제의 백량대 연회에서 시작되었는데, 한 사람이 한 구씩 지어 연이어 문장을 이루는 것이다."[446]

조익趙翼 『구북시화甌北詩話』 권3 : "'聯句詩'는 (…중략…) 육조 이전에는 '連句'라고 했으니, 『양서梁書』와 『남사南史』에 보인다."

대해, 정복림은 『송서』 「사장전」에 기록된 사장의 '상서(尙書)' 재임 기간과 포조의 중앙 관직이 일치하는 시기인 효건 3년(456)으로 보았다(『교주』, 645~647쪽). 이때는 포조가 태학박사(太學博士)로서 중서사인(中書舍人)을 겸직한 시기이다.

446) 금본 『악부해제』의 '連句' 조에는 인용문 뒤에, "本七言詩. 詩有七言, 始於此也(본래 칠언시이다. 시에는 칠언이 있는데, 여기서 시작되었다)"라는 문장이 더 있다.

月下登樓連句

髴髣蘿月光, 繽紛篁霧陰. 樂來亂憂念, 酒至歇憂心.[1](鮑博士)

露入覺牖高, 螢蜚測苑深. 淸氣澄永夜, 流吹不可臨.[2](王延秀)

密峯集浮碧, 疎瀾道瀛尋. 嗽玉延幽性, 攀桂藉知音.[3](荀原之)

辰意事淪晦, 良歡戒勿祲. 昭景有遺駟, 疏賈無留金.[4](荀中書萬秋)

달빛 아래 누각에 올라서 지은 연구

아련히 등나무 새로 달은 빛나고
자욱이 대숲 뒤덮은 안개 어둡네.
낙이 오면 근심 사념 흩뿌려지고
술 닥치면 근심 마음 사그라지네.(포박사)

이슬 들오니 창 높은 것 느낄 수 있고
반디 날아 동산 깊은 것 헤아린다네.
맑은 공기가 기나긴 밤 맑혀 주는데
퉁소 소리는 다가올 수도 없다네.(왕연수)

빽빽한 산봉 하늘에 모여들었고
성긴 물결 바닷가로 흘러간다네.
옥돌을 씻으면서 그윽한 성품 늘이고
계수나무 붙잡고 지음에 의지하네.(순원지)

삼신의 뜻 인간사엔 어둡기만 할 뿐이니
바르게 즐기면서 요기를 부리지 마세.
연 소왕과 제 경공은 사마를 남겼지만
소광과 육가는 황금을 안 남겼네.(중서 순만추)

【주석】

1 **[전진륜]** '髣髴(방불 : 흐릿한 모양)'은 「물시계를 보고[觀漏賦]」(주석 4)에서 보았다.

『초사』「이소」 '繽紛其繁飾兮(무성하게 화려하게 꾸미다)' 왕일 주 : "'繽紛(빈분)'은 무성한 모양이다."

포조가 박사(博士)가 된 것은 본전에는 실려 있지 않다.

『송서』「백관지 · 상」 : "'박사'에 대해 [반고는 말했다.] '진(秦)대의 관직이다.' (…중략…) 위(魏) 및 서진(西晉)시대에는 19인을 두었다. 동진(東晉) 초에는 9인으로 줄였다. 모두 무슨 경(經)을 관장했는지는 모른다. 원제(元帝, 317~323 재위) 말 『의례(儀禮)』와 『춘추공양전(春秋公羊傳)』의 박사 각 1인을 증원하여 모두 11인이 되었다. 후에 또 16인으로 증원했다. 더는 오경(五經)을 분장하지 않고서, '태학박사(太學博士)'라고 불렀다. 품질(品秩)은 6백석이다. (…중략…) 국자박사(國子博士)는 2인이다."

『송서』「백관지 · 하」 : "[상서승(尙書丞) · 상서랑(尙書郞) (…중략…)] '박

사(博士)' [(…중략…) 이상은] 제6품이다."[447]

[전중련] 송본에는 '蘿(라)'가 '拂(불 : 스치다)'로 되어 있다.[448]

우염(虞炎) 「포조집서(鮑照集序)」 : "효무제(孝武帝 : 453~464 재위) 초에 해우령(海虞令)을 제수받고 태학박사(太學博士)로 전임하여 중서사인(中書舍人)을 겸임했다."

2 **[황절]** 안연지 「삼짇날 곡수유상 시의 서[三月三日曲水詩序]」 : "천자의 수레 옥 방울 울리고, '피리와 퉁소 같은 관악기를 분다'[搖玉鸞, '發流吹']."[449]

[전중련] 송본에는 '螢蜚(형비 : 반디가 날다)'가 '芳深(방심 : 향기가 짙다)'으로 되어 있다.[450]

3 **[전진륜]** '尋(심 : 찾다)'은 아마 '潯(심 : 물가)'이 돼야 할 것 같다. '瀛潯(영심 : 바닷가)'은 '天潯(천심 : 하늘가)', '江潯(강심 : 강가)'과 같은 부류이다.

육기(陸機) 「초은(招隱)」 시 : "[골짝 물은 어찌 저리 졸졸 맑은가,] 나는 샘물 '옥돌을 씻으며 흐른다'[飛泉'漱鳴玉']."

'攀桂(반계 : 계수나무를 부여잡다)'는 「벗 마자교에게[贈故人馬子喬]」(제5수 주석 3)에서 보았다.

[전중련] 송본에는 '尋'이 '潯'으로 되어 있다.[451]

---

447) 전진륜의 『송서』 「백관지」 인용은 혼란한 부분이 있어, 표점교감본에 따라 수정 보완했다.

448) 『고시기』에는 '蘿'로 되어 있다. 오덕풍은 다음 구의 '篁霧(황무)'와 대우가 되기 위해서는 '蘿'가 옳다고 했다(98a쪽). '등나무'로 풀이했다.

449) 『문선』 이주한 주에 "'流吹(류취)'는 '호가와 퉁소[笳簫]' 부류이다"라고 했다.

450) 주응등본도 같다. 『고시기』는 장부본과 같다. 오덕풍은 송본을 따르면 이 구의 의미가 난삽하며, 대우 면에서도 앞 구와 합치되지 않으므로, '螢蜚'가 되어야 하는데, '蜚'는 '飛(비)'와 같다고 했다(98b쪽). 번역은 이를 따랐다.

4 **[전진륜]** '昭(소)'와 '景(경)'은 연(燕) 소왕(昭王)과 제(齊) 경공(景公)을 말한다. 『전국책』「연책(燕策)·1」: "곽외(郭隗)가 연 소왕에게 말했다. '옛 임금이 사자를 파견하여 천금(千金)으로 천리마를 타국에서 샀는데, 도착하기 전에 말이 죽었습니다. 그 뼈를 5백 금에 사서 돌아왔습니다. 천하 사람들이 임금이 좋아한다는 걸 알아서 일 년 사이에 천리마가 온 것이 셋입니다.'"452)

『한서』「소광전(疏廣傳)」: "소광이 이미 고향으로 돌아와서는 매일 아내에게 술과 음식을 갖추어 준비하도록 하여, 일족과 친구들을 초청하여 함께 즐겼다. 자주 그 아내에게 황금이 아직 얼마나 남아 있는지를 물어서, 팔아 연회를 베푸는 데 썼다."

『한서』「육가전(陸賈傳)」: "[아들이 다섯이 있었는데,] 남월(南越)에 사신으로 갔을 때 받은 전대 속의 보물을 꺼내어, 천금(千金)에 팔아 그 아들에게 이

451) 주응등본과 노문초 등에도 '潯'으로 되어 있다.

452) 내용을 개괄한 인용이다. 해당 부분의 원문은 이렇다. "郭隗先生曰: '臣聞古之君人, 有以千金求千里馬者, 三年不能得, 涓人言於君曰: "請求之." 君遣之. 三月得千里馬, 馬已死, 買其首五百金, 反以報君. 君大怒曰: "所求者生馬, 安事死馬而捐五百金?" 涓人對曰: "死馬且買之五百金, 況生馬乎? 天下必以王爲能市馬, 馬今至矣." 於是不能期年, 千里之馬至者三.'(곽외선생이 말했다. '저는 이런 이야기를 들었습니다. 옛 임금 중 천금으로 천리마를 구하는 사람이 있었는데, 삼 년이 되어도 구할 수가 없었습니다. 근신이 임금에게 말했습니다. "제가 구해 오겠습니다." 임금이 그를 파견했습니다. 석 달 만에 천리마를 얻었는데, 말은 이미 죽어버려서, 그 머리를 오백 금에 사서 돌아와 임금에게 보고했습니다. 임금이 대로하여 말했습니다. "내가 구하는 건 산 말인데, 어찌하여 죽은 말을 사는 데 오백 금을 버렸는가?" 근신이 대답했습니다. "죽은 말조차도 오백 금으로 샀는데, 하물며 살아있는 말이겠습니까? 천하 사람들은 틀림없이 왕이 말을 살 줄 안다고 여길 것이니, 말은 곧 오게 될 것입니다." 그리하여 1년도 안 되어 천리마가 온 것이 세 필이나 되었습니다.')"

백 금씩을 나누어 주어 생업에 쓰도록 했다."

『송서』「순백자전(荀伯子傳)」: "백자의 족제(族弟)는 창(昶)이다. (…중략…) 창의 아들은 만추(萬秋)로 자가 원보(元寶)인데 역시 재학(才學)으로 세상에 드러났다."453)

[황절] 『좌전』「환공(桓公)·2년」'三辰(삼신)' 두예 주: "해[日]는 낮을 비추고, 달[月]은 밤을 비추며, 별[星]은 하늘에 운행하면서 어두움과 밝음이 순환하여, 이로써 백성들은 그 시절을 취할 수 있다. 따라서 해와 달과 별 삼자(三者)가 다 '辰'이다."

'辰意(신의)'는 '三辰'이 나타내 보여주는 뜻이다. 이 2구는, 인간사에서 증명해보면 대단히 어려우니, 오직 달 아래에서 참으로 즐기며 요사스러운 기운을 보이지 말도록 해야 할 뿐이라는 것을 말했다.

『좌전』「소공·15년」: '見赤黑之祲(적색과 흑색의 요기(妖氣)가 나타났다)' 두예 주: "'祲(침)'은 요사스러운 기운[妖氣]이다."

[전중련] '遺駟(유사: 사마를 남기다)'는 「'고시'를 본떠[擬古]」 제4수의 보주(주석 6의 [황절])에서 보았다.454)

'荀萬秋(순만추)'는 「황혼 녘 강을 바라보며―순 좌승에게[日落望江贈荀丞]」의 증보(해제의 [전중련])에서 보았다.

---

453) 자세한 것은 「순 중서와 이별하며[與荀中書別]」 해제 참조.

454) '遺(유)'는 송본에는 '遣(견: 보내다)'으로 되어 있고, 다음 구의 '疏(소: 성(姓))'는 송본과 주응등본에 모두 '孤(고: 외롭다)'로 되어 있는데, 옳지 않다. 정복림은 두 곳 모두 장부본에 따라 고쳤다(『교주』, 651쪽).

부첨_포영휘 시鮑令暉詩

[전진륜] 『옥대신영』에서 채록하고, 오조의 주를 수록했다.[455)]

『소명록小名錄』: "포조는 자가 명원이다. 여동생은 자가 영휘令暉인데 재사才思가 있어서 포조에 버금갔다. 『향명부집香茗賦集』을 지어 세상에 통행했다."

『악원樂苑』: "『시품』「하품」에서 말했다. '제 포영휘의 악부와 고시歌詩는 왕왕 뛰어나게 참신하고 수사가 산뜻하고 교묘하다. 의고시가 특히 빼어난데, 다만 "百願백원"은 과도하다淫.[456)] 포조는 일찍이 효무제에게 "제 누이동생의 재주는 좌사左思의 누이동생 좌분左芬에게 버금갑니다만, 저의 재주는 좌사에게 못 미칩니다"라고 대답했다.'"

---

455) 앞 6수는 권4, 마지막 1수는 권10에 수록되어 있다.

456) '百願淫(백원음)'에 대해서, 허문우(許文雨)는 황간(黃侃, 1886~1935)의 "'百願'은 시 제목의 하나인데, 그 시의 대의가 음란함에 가까웠기에 '淫(음)'이라고 했을 것이다"라는 말을 인용한 후, "'백원'이 시의 제목이라면 앞 문장을 이어받은 것이므로 의고시임이 분명하며, 송 안준(顔峻, ?~459. 안연지의 장남)의 '음사고의(淫思古意 : 깊은 생각－고시를 모방함)' 부류일 것"이라고 했다(허문우 『문론강소(文論講疏)』「시품석(詩品釋)」). 고직(古直)도 『종기실시품전(鍾記室詩品箋)』에서 「백음」은 일실(逸失)되었다라고 하여 시 제목으로 보았다(이휘교, 『시품휘주(詩品彙註)』, 대구 : 영남대 출판부, 1983, 226쪽 참조). 안준의 이 시는 '5언 8구'체로 『악부시집』 권74 「잡곡가사」에 실려 있는데, 규중의 아내가 집 떠난 지 오래된 남편을 그리워하는 내용이다. 현존하는 포영휘의 시는 대부분 의고시이고 그 내용은 대부분 규원(閨怨)이다. 따라서 '百願淫'은, 포영휘의 의고시는 '내용 면에서 규원이 지나치게 많다'라는 뜻으로 풀이할 여지가 있다. 차주환 교수도 이런 취지로 보았다(「종영시품교증(鍾嶸詩品校證)」, 『아세아연구(亞細亞研究)』, Ⅳ-1(7), 1961, 224쪽).'百韻淫雜(백운음잡)'으로 된 판본도 있는데, '장편의 고시(1백 운)는 지나치게 번잡하다'라는 뜻이 된다.

[전중련] 포영휘가 포조보다 먼저 죽었다.

포조「휴가를 청하는 계請假啓」제2수 : "천륜의 동기로는 실로 오직 여동생 하나뿐인데, 생사 간에 영원히 결별했습니다. 만날 수 있는 방도도 없이, 땅속에 묻고 영원히 보냈습니다. 사사로운 정회에는 뼈에 사무치는 한이 맺히고, 마음 애통하기는 남보다 배는 깊습니다."

종성鍾惺, 1574~1624. 자 백경(伯敬)의 『명원시귀名媛詩歸』에서는, 『옥대신영』「근대서곡가近代西曲歌」이하 18장[457]을 모두 포영휘가 지은 것으로 넣었는데, 아마도 착오가 있는 것 같다.

457) 이 작품들은 모두 『옥대신영』 권10의 포영휘 「행인에게 부침[寄行人]」 시 다음에 수록되어 있다.

擬靑靑河畔草

裛裛臨窓竹, 藹藹垂門桐.[1] 灼灼靑軒女, 泠泠高臺中.[2]

明志逸秋霜, 玉顔艶春紅.[3] 人生誰不別, 恨君早從戎.

鳴絃慙夜月, 紺黛羞春風.[4]

「푸릇푸릇 물가에 풀은 우거져」를 본떠

창 앞에는 대나무가 한들거리고
문 앞에는 오동나무 우거졌지요.
푸른 난간 여인은 아리땁고요
높은 누대 가운데서 시원하지요.
밝은 뜻은 추상보다 더 뛰어나고
고운 얼굴 봄꽃보다 아름답지요.
인생에 어느 누가 이별 없으리?
그대 종군 이른 것이 한스럽지요.
현 울릴 땐 밤 달에 부끄럽고요
검은 눈썹 봄바람에 수줍어져요.

【해제】

[전진륜] 이것은 매승枚乘의 「잡시雜詩」를 본뜬 것이지, 채옹蔡邕의 작품을 본뜬 것이 아니다.[458)]

【주석】

1 [오조의] 사영운 「의고(擬古)」[459] : "[평탄한 큰길은 길고 곧은데,] 사시나무 참으로 '한들거린다'[白楊信'褭褭']." 이선 주 : "'褭褭(뇨뇨)'는 바람이 나무를 흔드는 모습이다."

---

458) 모두 『옥대신영』 권1에 수록되어 있는데, 전자는 '매승'의 「잡시」 9수 중 제5수인 「青青河'畔'草(청청하'반'초)」로, 『문선』 권29에 「고시십구수」 중 제2수로 수록된 작품이다. 후자는 '채옹'의 「장성의 굴에서 말에게 물 먹이며[飲馬長城窟行]」로, 『문선』 권27에 「악부고사(樂府古辭)」 4수 중 제1수로 실려 있는 「음마장성굴행」과 『악부시집』 권38 「상화가사·슬조곡(瑟調曲)」 제1수인 고사 「음마장성굴행」이다. 첫 구가 『옥대신영』과 『문선』에는 "青青河'邊'草(청청하'변'초)"로 되어 있고, 『악부시집』에는 "青青河'畔'草"로 되어 있다. 두 작품 모두 사실은 매승과 채옹의 작품이 아니라 무명씨 작품이다. 『문선』 권30 '잡의(雜擬)·상' 육기(陸機)의 「의고」 제5수 '擬青青河畔草'는 "정인이 시절의 변화에 감촉되어 먼 길 떠난 사람을 그리워하는 것을 비유한[喻情人感時思遠行]"(이주한(李周翰)) 작품으로 첩어(疊語)를 연속하여 사용했다. 정복림은 포영휘가 직접 모의한 대상은 이 작품이 되어야 한다고 했는데(『교주』, 998쪽), 일리 있는 견해이다. 육기 시의 원문은 다음과 같다.

靡靡江離草　　보들보들 궁궁이는 보드라운데
熠燿生河側　　반딧불이 물가에 날아다니네.
皎皎彼姝女　　교교하게 아름다운 저 아가씨는
阿那當軒織　　곱디곱게 창 앞에서 베를 짠다네.
粲粲妖容姿　　산뜻하게 아리따운 용자에다가
灼灼美顏色　　화사하게 아름다운 안색이라네.
良人游不歸　　낭군께서 집 떠나 돌아오잖아
偏棲獨隻翼　　외날개로 혼자서 깃들인다네.
空房來悲風　　텅 빈 방에 슬픈 바람 불어닥치니
中夜起歎息　　한밤중에 일어나 한숨을 쉬네.

459) 『문선』 권30에 실린, 사영운의 「위태자 조비(曹丕)의 '업중집' 시를 본떠[擬魏太子鄴中集詩]」 8수 중 「평원후 조식[平原侯植]」 편을 말한다. '褭褭'는 육가본과 육신본에는 모두 '嫋嫋(뇨뇨)'로 되어 있다. 이선의 주는 모든 판본이 다 '褭褭'로 되어 있어서 바로잡았다.

[황절] 『모시』 「대아 · 권아(卷阿)」 제7장 : "'풍성하다' 왕에게는 훌륭한 신하 많기도 하다['藹藹'王多吉士]."

『모시』 「대아 · 권아(卷阿)」 제9장 : "'오동나무가 자라네', 그 산의 동쪽 기슭에['梧桐生矣', 于彼朝陽]."

『이아』 「석훈(釋訓)」 : "'藹藹(애애)'[와 '萋萋(처처)']는 신하가 진력(盡力)하는 것이다." 곽박 주 : "오동나무는 무성하고, '어진 인사들 많으며[賢士衆]', [지방이 지극히 교화되고, 신하들은 충성을 다하는 것이다.]"460)

『이아』 「석훈」 '藹藹 · 濟濟, 止也("藹藹"와 "濟濟(제제)"는 행동거지이다)' 곽박 주 : "어진 인사의 풍성한 행동거지[容止]이다."

2 [오조의] '臺(대)'는 '堂(당)'으로 된 판본도 있다.

유송(劉宋) 안측(顔測) 「산석류 부(山石榴賦)」 : "'푸른 난간'을 두르고 횃불을 늘어세웠다[環'青軒'而燧列]."

송옥 「風賦(풍부)」 : "'맑고도 시원하여[清清泠泠]' [병을 낫게 하고 술을 깨게 하며, 귀와 눈을 환하고 밝게 하고, 몸을 편하게 해준다.]"

[황절] 『모시』 「주남 · 도요(桃夭)」 제1장 : "복숭아나무 싱싱하도다. '그 꽃 찬란하고 화려하다'[桃之夭夭, '灼灼其華']." 모전 : "'灼灼(작작)'은 꽃이 무성한 것이다." 공영달 소 : "복숭아가 젊어서 꽃이 무성한 것으로써, 아가씨가 젊

---

460) 곽박 주 인용은 불완전하다. 원문은 "梧桐茂, 賢士衆, 地極化, 臣竭忠"이다. 이상은 「석훈」 제63항의 곽박 주이다. 뒤에 나오는 「석훈」의 곽박 주는 「석훈」 제15항의 주이다. '藹藹'는 포영휘 시에서는 무성한 모양을 나타내는 의태어이다. 도연명의 「곽 주부에 화답하여[和郭主簿]」 제1수의 "'무성하게' 대청 앞엔 숲이 우거져, 여름 내내 시원한 그늘 간직하지요['藹藹'堂前林, 中夏貯清陰]"가 그러한 예이다.

어서 안색이 한창인 것을 비유했다."

육기 「'푸릇푸릇 물가에 우거진 풀은'을 본떠[擬青青河畔草]」: "'화려하고 찬란하다' 아름답고 고운 그 낯빛['灼灼'美顏色]."

3 **[오조의]** '艷(염 : 곱다)'은 '掩(엄 : 가리다)'으로 된 판본도 있다.

[전진륜] 송옥 「신녀부(神女賦)」: "[용모는 풍만하면서도 단정하고 고운데,] 따사롭고 윤기 있는 '옥 같은 얼굴'을 받치고 있다[苞溫潤之'玉顏']."

[황절] 안연지 「추호의 노래[秋胡行]」: "엄준한 절조는 '가을 서리' 꿴 듯하고[峻節貫'秋霜'], [밝고 고운 용모는 아침 해를 닮았다.]"

4 **[오조의]** 도연명 「한정부(閑情賦)」: "바라건대 미인 눈썹에서 '눈썹 먹'이나 되어[願在眉而爲'黛'], [눈 돌려 바라볼 때마다 한가로이 들었으면.]"

『석명(釋名)』 「석채백(釋采帛)」: "'紺(감 : 감색)'은 머금고 있는 것[含]이니 청색에 적색(赤色)[461]을 포함한 것이다."

[황절] '현 울릴 땐 밤 달에 부끄러운' 것은 밤 달이 둥글기 때문이다. '검은 눈썹 봄바람에 수줍어지는' 것은 봄바람이 아름답기 때문이다.

461) 인용문의 '丹(단)'은 '赤(적)'의 오자여서 고쳤다.

擬客從遠方來

客從遠方來, 贈我漆鳴琴. 木有相思文, 絃有別離音.[1]
終身執此調, 歲寒不改心. 願作陽春曲, 宮商長相尋.[2]

「손님께서 먼 곳에서 찾아오셔서」를 본떠

손님께서 먼 곳에서 찾아오셔서
옻칠한 금琴 하나를 내게 주시네.
몸통에는 상사 무늬 아로새겼고
현에서는 이별 노래 울려 퍼지네.
평생토록 이 가락을 간직하고서
추운 겨울 닥쳐도 변치 않으리.
「양춘곡」 노래를 연주하면서
궁상 조화 오래도록 찾으려 하네.

【해제】

[오조의] 상화가사 슬조곡瑟調曲에 속한다. 포조에게도 같은 제목이 1수 있다.[462)]

---

462) 명 매정조(梅鼎祚)의 『고악원(古樂苑)』 권20 「상화가사·슬조곡(瑟調曲)」 조에 '포조의 「客從遠方來(객종원방래)」 1수'가 수록되어 있다. 제목 아래 주에서 제목이 "'擬古(의고)'로 된 판본도 있다"라고 했다. 정복림은 이를 근거로, 오조의가 말한 것이 이 작품이라고 보고, 집보(輯補) 난에 실었다(『교주』, 995~996쪽).

[전진륜] 포조의 본집에는 보이지 않는다.

【주석】

1 **[오조의]** 좌사 「오도부(吳都賦)」: "남류나무와 '상사나무' 등속이[楠榴之木, '相思之樹'], [높은 산 외진 언덕에 종류별로 무성히 자란다.]" 이선 주: "'상사나무[相思]'는 큰키나무이다."463)

『고악원』 권20에는 또 포조 시 바로 뒤에 포영휘의 이 작품이 수록되어 있으며, 제목 아래 주에서 "이것과 앞 작품은 '客從遠方來. 遺我一端綺'를 본뜬 것 같다"라고 했는데, 이는 『문선』 권29에 「잡시·상」 조에 실린 「고시십구수(古詩十九首)」의 제18수이다. 『고악원』에 포조 작품으로 실린 것은, 『옥대신영』 권3에는 '사혜련의 「잡시(雜詩)」 3수 중의 세 번째 작품으로 '代古(대고)'라는 제목으로 실려 있고, 정복보의 『전송시』 권3과 녹흠립의 『송시』 권4에도 '사혜련의 「代古」'로 수록되어 있으며, 제목 아래 주에서 "「擬客從遠方來(의객종원방래)」로 된 판본도 있다"라고 했다. 다만 『송시』에는 제8구의 '不可(불가)'가 '不同(부동)'으로 되어 있는데 오식(誤植)인 것 같다. 전편은 다음과 같다.

客從遠方來　손님께서 먼 곳에서 찾아오셔서
贈我鵠文綾　백조 무늬 능라 비단 내게 주었네.
貯以相思篋　상사죽(相思竹) 상자 속에 넣어두고서
緘以同心繩　동심결 매듭 끈으로 묶어두었네.
裁爲親身服　재단하여 몸에 맞는 옷을 지어서
著以俱寢興　자나 깨나 언제나 입고 있다네.
別來經年歲　이별한 후 세월이 흐르고 나서
歡心不可凌　임의 마음 바뀌면 아니 된다네.
瀉酒置井中　술을 쏟아 우물 속에 섞어버리면
誰能辨斗升　누가 능히 얼마큼씩인지 변별을 하며,
合如杯中水　치수 승[면·민]수 물과 섞어 잔에 합치면
誰能判淄澠　누가 능히 청탁(淸濁)을 판별할 수 있을지.

463) '상사나무'는 학명이 Acacia confusa로 대만상사나무라고도 하는데, 광동·광서·운남·복건성 등 중국 남부와 대만 및 동남아시아 지역에서 자라는 콩과의 낙엽 상록교목이다.

『술이기(述異記)』 권상 : "옛날 전국시대에 위(魏)가 진(秦)으로부터 고난을 겪고 있었다. 백성 중에 종군하여 진의 접경지에 주둔하면서 오래도록 집으로 돌아오지 못한 자가 있었는데, 그의 아내가 그리워하다가 죽었다. 장례를 치른 뒤에 무덤 위에 나무가 자라났는데, 가지와 잎이 모두 남편이 종군한 곳을 향하여 기울어져 있었다. 그래서 그것을 '상사목(相思木)'이라고 불렀다. 지금의 진(秦)과 조(趙) 사이에 '상사초(相思草)'가 있는데, 생김새는 석죽(石竹 : 패랭이) 비슷하면서 마디마디가 서로 이어져 있다. 일명 단장초(斷腸草)[464]라고도 하고, 수부초(愁婦草)라고도 한다."

[전진륜] 양 원제 『찬요』 : "『금조(琴操)』에서 '고대의 금곡(琴曲)에 12조(操)가 있는데, 아홉 번째가 "「별학조(別鶴操)」"이다'라고 했고, 『금력(琴歷)』[465]에서 '금곡에는 「쌍봉(雙鳳)」·「쌍란(雙鸞)」·"「쌍연리(雙燕離)」"가 있다'라고 했다."

2 **[전진륜]** '陽春(양춘)'은 「뽕을 따며[採桑]」(주석 9 '郢中美(영중미)')에서 보았다.

[황절] 『금력』에 「양춘농(陽春弄)」이라는 곡이 있다.

채옹 「금부(琴賦)」 : "[맑은 소리 피어나고 오음(五音)이 일어나니,] '궁음과 상음'이 어울리고 각음과 우음이 움직여[韻'宮商'兮動角羽], [곡조는 흥을 일으켜 흐드러지게 연주한다.]"

---

464) 저본의 '續(속)'은 '斷(단)'의 잘못이어서 고쳤다. '단장초(斷腸草, Gelsemium elegans)'는 구문(鉤吻)이라고도 하며 독초이다.

465) 『수서』 「경적지(經籍志)·경부(經部)」의 '악(樂)' 조에 '「금력두부(琴歷頭簿)」 1권'이 저록(著錄)되어 있다.

題書後寄行人

自君之出矣, 臨軒不解顔.[1] 砧杵夜不發, 高門晝常關.[2]

帳中流熠燿, 庭前華紫蘭.[3] 物枯識節異, 鴻來知客寒.[4]

遊用暮冬盡, 除春待君還.[5]

편지 뒤에 적어 나그네에게 부침

그대가 집 떠나 출타한 뒤로
난간에 기대어도 얼굴 못 펴고,
다듬이질 밤 되어도 하지 못하며
높은 문도 종일토록 닫아 두지요.
휘장 안엔 반딧불이 반짝거리고
뜰 앞에는 대암풀이 꽃 피었지요.
시든 사물이 계절 변화 알려 주고요
기러기로 나그네의 추위 알지요.
유랑으로 늦겨울도 다 끝나가니
봄 되면 그대 귀환 기다려져요.

【해제】

[오조의] 제목은 '寄行人기행인'으로 된 판본도 있다. 『악부시집』 권69에는 제목을 '自君之出矣자군지출의'라고 했는데, 「잡곡가사雜曲歌辭」이다.

[황절] 곽무천 『악부시집』 권69 「잡곡가사 · 자군지출의自君之出矣」 해제 : "한漢 서간徐幹, 170~217에게 「아내의 사념室思詩」 5장章이 있는데, 제3장에서 '그대가 집을 떠난 이후부터는, 거울은 어두운 채 열지도 않죠. 그대 생각 흘러가는 물과 같아서, 끝날 때는 영원히 없을 테지요自君之出矣, 明鏡暗不治. 思君如流水, 無有窮已時'라고 했다. 「자군지출의」는 대체로 여기에서 시작된 것이다."

【주석】

1 **[오조의]** 『열자』 「황제(黃帝)」 : "열자가 노상씨(老商氏)를 스승으로 모시고, [백고자(伯高子)를 벗으로 사귀어, 두 사람의 도술을 다 배우고 바람을 타고 돌아왔다. (…중략…) 열자가 말했다. '(…중략…) 너(윤생(尹生))에게 선생님에게서 배운 것을 알려 주마. (…중략…) 5년이 지난 뒤 [마음은 더욱 시비(是非)를 생각하게 되고, 입으로는 더욱 이해(利害)를 말하게 되었는데,] 선생님께서 비로소 "한 번 얼굴을 풀고 웃으셨다[一解顔而笑]"."'

2 **[오조의]** 도연명 「귀거래혜사(歸去來兮辭)」 : "[정원은 나날이 거닐어 좋은 취미가 되었고,] 대문은 만들어두기는 했으나 항상 잠겨 있다[門雖設而常關]."
[전진륜] 반첩여 「흰 비단 다듬이질 부[擣素賦]」466) : "그리하여 '향기로운 다듬잇방망이'를 휘둘러, '옥 다듬잇돌'을 두드리니[于是投'香杵', 叩'玟砧'], [난조(鸞鳥)의 울음소리 같고, 봉황울음과 소리를 다툰다.]"

---

466) 제목은 『고문원』과 『예문유취』를 따라 고쳤다. 문집 권6 포조의 「옛 체의 시[古辭]」 주 3의 역주 참조. '玫砧(매침)'도 모두 '玟砧(민침)'으로 되어 있어서 고쳤다.

[전중련] 『악부시집』에는 '常(상)'이 '恒(항)'으로 되어 있다.

3 **[오조의]** 『모시』「빈풍 · 동산(東山)」 제2장 '熠燿宵行(습요가 밤에 날아다닌다)' 모전 : "'熠燿(습요)'는 '燐(린 : 도깨비불, 반딧불)'이고 '燐'은 반딧불(螢火)이다."

『초사』「구가 · 소사명(少司命)」 : "'가을 택란'이 푸릇푸릇하구나, 초록색 잎사귀에 '자줏빛 줄기로다'['秋蘭'兮青青, 綠葉兮'紫莖']."

4 **[오조의]** '物(물 : 사물)'은 '楊(양 : 백양나무)'으로 된 판본이 있다.

'識(식 : 알다)'은 '謝(사 : 갈마들다)'로 된 판본이 있다.

『일주서』「시훈(時訓)」 : "백로(白露) 날에 '홍안이 온다[鴻鴈來]'."

[전중련] 『악부시집』에는 '來(래)'가 '歸(귀)'로 되어 있다.[467)]

5 **[오조의]** 앞 구는 '遊暮冬盡月(유모동진월)'로 된 판본도 있다.

[황절] 『일체경음의(一切經音義)』에 『창힐편(蒼頡篇)』을 인용하여 "'用(용)'은 '以(이)'이다"라고 했다.

'除(제)'는 '易(역 : 바꾸다)'이니, '除夕(제석 : 제야(除夜))'의 '除'와 같다. 겨울에서 봄으로 바뀌는 것을 말한다.

[전중련] 『옥대신영』에는 '用(용)'이 '月(월 : 달)'로 되어 있다.[468)]

『악부시집』에는 '遊取暮春盡, 餘思待君還(유랑에다 늦봄을 다 쓰고 있어,

467) 기러기는 가을에 '와서[來]' 봄에 돌아가는데[歸], "나그네의 추위를 안다"라고 했으니 '來'가 옳다.

468) '遊月(유월)'은 의미가 통하지 않는다. 남편이 겨우내 집을 떠나 있다는 의미이니, 전치사 '以'의 역할을 하는 '用'이 낫다. '月'은 자형이 유사한 데서 비롯된 오자인 것 같다.

남은 생각 그대 귀환 기다리지요)'으로 되어 있다.

【평설】

[황절] 왕부지 : 6구를 평담平淡하게 묘사할 뿐 정情에 대한 언급이 전혀 없다. 이 재원才媛은 그래도 풍규風規 : 풍도와 품격가 있어서 유속流俗에 휩쓸리지 않았다.『고시평선』 권5

[전중련] 심덕잠 : '楊枯物枯 : 시든 백양' 10자가 작의作意이다.『고시원』 권11

古意贈今人

寒鄉無異服, 衣氈代文練.[1] 月月望君歸, 年年不解綖.[2]

荊揚春早和, 幽冀猶霜霰. 北寒妾已知, 南心君不見.[3]

誰爲道辛苦, 寄情雙飛燕.[4] 形迫杼煎絲, 顔落風催電.[5]

容華一朝盡, 惟餘心不變.[6]

옛 생각—지금 사람에게 부침

추운 고을 그곳에는 다른 옷 없이
털옷으로 무늬 비단 대신한다네.
달마다 그대 귀환 고대하면서
해마다 이 마음은 풀지 못하네.
형주·양주는 봄이 일러 따뜻하지만
유주·기주는 아직도 눈 내리겠지.
북쪽 추위 이 몸은 이미 알지만
남쪽 마음 그대는 알지 못하리.
어느 누가 이 괴로움 말하여 줄까?
이 심정을 쌍 제비에 실어 보내네.
북에서 실 뽑듯이 몸이 바쁘고
바람이 번개 몰듯 얼굴이 늙네.
고운 얼굴 하루아침 시들더라도
이 마음은 영원토록 변치 않으리.

【해제】

[전중련] 이 시는 여자가 남편에게 귀환을 바라는 마음을 실어 보낸 시이다. 오매원吳邁遠의 시라고 한 판본도 있다.[469)]

【주석】

1 **[오조의]** '衣氈(의전 : 털옷을 입다)'은 '氈褐(전갈 : 털옷)'로 된 판본도 있다. 유곤(劉琨) 「승상에게 올리는 편지[與丞相箋]」 : "초구(焦求)가 비록 '빈한하고 궁벽한 시골[寒鄉]' 출신이기는 하지만, 문무의 담략과 재간을 지니고 있습니다."

[전진륜] 『전국책』 「조책(趙策) · 2」 : "[소진(蘇秦)이 (…중략…) 조왕(趙王)에게 달래어 말했다. '(…중략…) 왕께서 만약 제 말씀을 들으신다면,] 연(燕)은 반드시 "모전[氈]"과 갖옷[裘]과 개와 말을 생산하는 땅을 바칠 것입니다.'"
『급취편(急就篇)』 : "'練(련)'이라고 하는 것은 생 명주를 삶아서 익힌 것이다."

[전중련] '文練(문련)'은 무늬가 있는 숙사(熟絲 : 삶아서 익힌 명주실)의 방직

469) 『악부시집』 권60 「금곡가사(琴曲歌辭)」에 「추풍(秋風)」이라는 제목으로, 제8구 '남쪽 마음[南心]' 구까지 수록하고, 작자를 '송 오매원(宋吳邁遠)'이라고 했다. 정복보의 『전송시』 권5 '오매원' 조 제목 주에 "『옥대신영』에는 포영휘라고 되어 있다"라고 했고, '포영휘' 조 제목 주에서는 "『악부시집』에는 오매원으로 되어 있다"라고 했다. 녹흠립의 『송시』 권9 '포영휘' 조 작품 뒤의 주에 "『옥대신영』 권4, 『시기』 권54에 있다. 또 『예문유취』 권42, 『악부시집』 권60에는 모두 오매원의 「추풍곡(秋風曲)」으로 되어 있으며, '練(련)' · '綖(연)' · '霰(산)' · '見(견)' 4운(韻)을 인용했다"라고 했고, 권10 '오매원' 조 작품 뒤의 주에는 "『옥대신영』 권4에는 포영휘의 「古意贈今人」이라고 했고, 『시기』 권53에는 「古意贈今人」이라고 되어 있다. 또 『예문유취』 권42, 『악부시집』 권60에는 모두 '練(련)' · '綖(연)' · '霰(산)' · '見(견)' 4운(韻)을 인용했다"라고 했다.

물이다.

2 **[전진륜]** 『집운(集韻)』: "'綖(연)'은 私(사, sī)와 箭(전, jiàn)의 반절로 음이 線(선, xiàn)이다. '綫(선 : 실)'은 간혹 '延(연)'을 부건(部件)으로 쓴다."470)

[전중련] 『여씨춘추』「물궁(勿躬)」: "[모든 관원이 직무에 근신하여,] 감히 '해이해진[愉綖]' 이가 없었다." 고유 주 : "'愉(유)'는 게으른 것[解 · 懈]이고, '綖(연)'은 느슨한 것[緩]이다."

내 견해는 이렇다. 이 구는 남편을 기다리는[望夫] 마음이 풀릴 기약이 없다는 것을 말한다.

3 **[전중련]** '南心(남심)'은 남쪽에서 남편을 기다리는 아내의 마음이다.

4 **[전진륜]** 『예기』「월령」: "중춘의 달에, (…중략…) '제비[玄鳥]'가 찾아온다." 『예기』「월령」: "중추의 달에, (…중략…) '제비[玄鳥]'가 돌아간다."

5 **[오조의]** '煎(전)'은 '前(전)'으로 된 판본도 있다.

[전진륜] 『설문해자』: "'杼(저 : 북)'는 베틀에서 씨실[緯]을 넣어두는 기구이다."

[황절] 『방언』: "'煎'은 다하는 것[盡]이다."

『한서』「조충국전(趙充國傳)」'先零豪封煎等通使匈奴(선령국 수령 봉전 등이 흉노에 사신을 보냈다)' 안사고 주 : "'煎(전, jiān)'은 '翦(전, jiǎn)'으로 읽는다."

『춘추좌전』「성공 · 2년」'余姑翦滅此而朝食(나는 잠시 이들을 전멸시키고

470) '綖'은 '연(yán)'과 '선(xiàn)'의 두 음을 지닌 다음자(多音字)로, 전자의 경우 뜻이 '면류관 싸개, 늘이다, 느슨하게 하다'이고, 후자의 경우 '실'로 '線·綫'과 같다. 포영휘 시에서는, 뜻은 '느슨하게 하다'이지만, 협운을 위해 '선(xiàn)'으로 읽어야 한다.

아침밥을 먹겠다)' 두예 주 : "'翦'은 다하는 것[盡]이다."

'杼煎絲(저전사)'의 '煎' 자는 '翦'의 뜻으로 읽어야 한다.[471)]

[전중련] 앞 구에서 황망하고 촉박하여 쉬지도 못한다고 한 것은 남편을 가리키고, 뒤 구에서 얼굴이 빠르게 늙고 추해진다고 한 것은 자신을 가리킨다.

6 **[오조의]** '盡(진)'은 '改(개)'로 된 판본도 있다.

육기 「의고(擬古)·'아득히 먼 견우성'을 본떠[擬迢迢牽牛星]」 시 : "'고운 얼굴' 어찌 저리 아름다운가['華容'一何冶], [손 흔드니 누인 비단 흔들리는 듯.]"[472)]

471) '杼煎絲'는 북에서 실을 다 뽑아낸다는 뜻으로, 이 구는 북에 넣은 실꾸리의 실을 다 뽑아내어 베를 짜듯이 매우 급박하다는 뜻이다.

472) 저본에는 '容華(용화)'로 되어 있는데 『문선』 권30에 '華容(화용)'으로 되어 있어서 고쳤다.

代葛沙門妻郭小玉詩(1)

明月何皎皎, 垂幌照羅茵.[1] 若共相思夜, 知同憂怨晨.

芳華豈矜貌, 霜露不憐人. 君非靑雲逝, 飄迹事咸秦.[2]

妾持一生淚, 經秋復度春.

갈 사문의 아내 곽소옥 대신 짓다(1)

밝은 달은 얼마나 맑고 밝은지

드리운 휘장 통해 방석 비추네.

만약에 상사의 밤 함께 생각한다면

근심과 원망의 낮 같이 알아주겠지.

고운 꽃이 어떻게 용모를 자랑하랴?

서리 이슬은 사람 생각을 하지 않는데.

그대는 청운 타고 떠나지 않고

훌쩍 날아 서울로 일하러 갔지.

이 몸은 한평생의 눈물 지닌 채

가을 가고 또다시 봄을 보내네.

【해제】

[전진륜] '詩시'는 '作작'으로 고친 판본이 있다.[473)]

---

473) 『고시기』에 '作'으로 되어 있다. 정복보의 『전송시』와 녹흠립의 『송시』는 모두

[황절] 『태자서응본기경太子瑞應本起經』: "태자가 북성문北城門을 나가자, 천제天帝는 다시 '사문沙門'으로 화했다. 태자가 말했다. '무엇을 "사문"이라고 합니까?' 대답하여 말했다. '"사문"의 도는 처자를 버리고 애욕을 버리는 것이니라.'"

승조僧肇 『유마경維摩經』 주『유마힐소설경주(維摩詰所說經註)』: "'沙門'은 진언秦言: 중국말으로 의훈義訓을 하면, 부지런히 좋은 일을 행하여 열반涅槃으로 나아간다는 뜻이다."

'葛沙門갈사문'은 아마 아내를 버리고 승려가 된 자일 것이다.[474]

이를 따랐다.

474) 청 모선서(毛先舒)는 『시변지(詩辯坻)』 권2에서 포영휘의 이 2편의 시에 대해 "모두 근심 속에 멀리 있는 사람을 그리워하는[愁思望遠] 시인데, 틀림없이 갈군(葛君)이 아내를 버려두고 불교를 공부하러 갔기에[棄婦學佛], 포영휘가 이 시를 지어 아내 대신 감회를 실었을 것이다. 그 실정은 허매(許邁)와 부합하지만, 사안(事案)이 구마라습(鳩摩羅什)과는 다른데, 읊조릴 만하다"라고 했다. 허매는 진(晉) 때 단양(丹陽) 구용(句容: 지금의 강소성 진강시의 하급 시) 출신의 도사이다. 일찍부터 세사에는 관심이 없었는데, 곽박(郭璞)을 만난 후 고향에서 가까운 여항(餘杭: 지금의 절강성 항주시 여항구)의 현류산(懸霤山)에 정사를 짓고 왕래하다가, 부모 사후에 아내를 친정으로 돌려보내고 완전히 정리한 후 명산을 유력했다고 한다. 현대인 반소룡(潘嘯龍)은 '沙門'은 인명이지 승도(僧徒)가 아니라고 보았다. 그 근거로, 첫째 제2수의 "그대가 머나먼 역사 떠나며"와 "가고 가서 하루하루 멀어질수록" 및 제1수의 "그대는 청운 타고 떠나지 않고, 훌쩍 날아 서울에 일하러 갔지"와 "만약에 상사의 밤 함께 생각한다면, 근심과 원망의 낯 같이 알아주겠지"에 나타난 남편의 신분이 승려와는 무관하고, 둘째 육조시대에는 '사미(沙彌)' '마가(摩訶)'나 '승원(僧遠)' '승정(僧靜)' '승명(僧明)'처럼 불교 용어나 승려를 뜻하는 한자를 이름에 사용한 실존 인물이 존재하는 점을 들었다(왕운희(王運熙) 외, 『한위육조시감상사전(漢魏六朝詩鑑賞辭典)』, 上海辭書出版社, 1992, 799쪽). 포조 시에 등장하는 '왕승달(王僧達)'(「선성 태수 왕승달을 송별하며[送別王宣城]」, 「호군장군 왕승달의 '가을 저녁' 시에 화답하여[奉和王義興秋夕]」)과 '왕승작(王僧綽)'(「왕 비서승의 시에 화답하여[和王丞]」)

【주석】

1 **[오조의]** '幌(황 : 장막)'은 '幌(황 : 휘장)'으로 된 판본도 있다.

『설문해자』: "'幌'은 휘장과 병풍[帷屛] 부류이다. '幌'과 '幌'은 음과 뜻이 같다."

『설문해자』: "'茵(인)'은 수레 안에 겹쳐 까는 자리[車重席]이다."

[전진륜] 「고시십구수 · 명월하교교(明月何皎皎)」: "밝은 달 어찌 저리 맑고 밝은지, 내 침상 비단 휘장 밝게 비추네[明月何皎皎, 照我羅床幃]."

2 **[오조의]** 『금조(琴操)』 권하 '기산조(箕山操)': "허유(許由)가 말했다. "'내 뜻은 높은 하늘 청운에 있는데[吾志在青雲]', 어찌 졸렬하게 구주(九州)의 오장(伍長) 따위나 하겠는가?'"[475]

[전진륜] '咸秦(함진)'은 「'계의 북문을 나서며'를 본떠[代出自薊北門行]」(주석 1 '咸陽(함양)')에서 보았다.

도 승려가 아니다.

475) 허유가 말한 '青雲(청운)'은 은거의 의미이다. 정복림은 『초사』 「원유(遠遊)」의 "'푸른 구름'까지 날아올라 그것을 타고 마음껏 노닐다가, 홀연히 고향 땅을 굽어본다[涉'青雲'以汎濫游兮, 忽臨睨夫舊鄕]"를 출전으로 제시했는데, '높고 푸른 하늘'의 의미이다. 이 경우에는 이 2구의 의미는 남편이 속세로 떠났다는 뜻이 된다. '飄迹(표적)'은 훌쩍 뛰어 높은 곳으로 올라가는 것이고, '事咸秦'은 조정에서 벼슬에 종사하는 것을 말한다. 번역은 오조의 주를 따랐다. 앞의 '芳華(방화)' 2구는 향기로운 꽃이 서리와 이슬에 시들 듯이 청춘도 곧 사라질 것임을 말한다.

代葛沙門妻郭小玉詩(2)

君子將遙役, 遺我雙題錦.[1] 臨當欲去時, 復留相思枕.[2]
題用常著心, 枕以憶同寢. 行行日已遠, 轉覺心彌甚.[3]

갈 사문의 아내 곽소옥 대신 짓다(2)

그대는 머나먼 역사 떠나며
원앙 무늬 비단 안제顔題 내게 주었지.
떠나려 하다가는 다시 돌아와
또다시 원앙침鴛鴦枕을 남겨주었지.
비단 안제 항상 맘을 붙이게 하고
원앙침은 동침할 적 떠올려 주네.
가고 가서 하루하루 멀어질수록
그리움은 더욱더욱 심해진다네.

【주석】

1 **[오조의]** '遙(요 : 멀다)'는 '徭(요 : 부역)'로 된 판본도 있다.

채옹 「경조윤 번릉(樊陵 : 자 덕운(德雲))의 [덕을 기리는] 명문[京兆尹樊德雲銘]」[476) : "[많은 어진 인재들을 사시에 천거하고,] '요역(繇役 · 徭役)'은 오

476) 『고금도서집성(古今圖書集成)』 권383의 인용으로 보인다. 제목이 『예문유취』 권6 「군부(郡部)」 '경조군(京兆郡)' 조에는 「京兆尹樊陵碑(경조윤번릉비)」로,

래도록 중지했다. 다니는 길은 매우 평탄해져서, [백성들이 다니기에 위험하고 힘든 것을 깨끗이 없앴다.]"

「자야가(子夜歌)」 제17수 : "초록 비단으로 좁다랗게 '비단 안제'를 묶었다[綠攬迮'題錦']."

[황절] 사혜련 「다듬이질[搗衣詩]」 : "은은한 향은 두 소매서 피어 나오고, 가벼운 땀은 '두 이마'를 물을 들인다[微芳起兩袖, 輕汗染'雙題']."

『설문해자』 : "'題(제)'는 이마[額]이다."

『속한서』 「여복지(輿服志) · 책(幘)」 : "옛날에는 '冠(관)'은 있고 '幘(책 : 머리띠)'은 없었다. (…중략…) 진(秦)대에 이르러 무장의 머리 장식[首飾]에 진홍색 머리띠[絳袙]를 첨가하여 귀천을 표시했다. 그 뒤로 차츰차츰 '안제(顔題 : 두건의 이마를 덮는 부분)'를 만들었다."477)

왕인지(王引之) : "이마를 장식하는[飾額] 것을 '顔題'라고도 한다."

2 **[오조의]** 『낙신부(洛神賦)』 이선 주478) : "[조자건(曹子建) 「기(記)」에 있다.] 위 동아왕(東阿王 : 조식(曹植))은 한 말에 견일(甄逸)의 딸을 짝으로 구

『전후한문』 권75 「채옹문」에는 「京兆尹樊陵頌碑(경조윤번릉송비)」로 되어 있다. 양자 모두 '徭'는 '繇(요)'로 되어 있는데 뜻은 같다. 또 '道(도)'는 '進(진)'으로 되어 있다.

477) 『후한서』 「여복지」에는 '至秦(지진)'이 '秦雄諸侯(진웅제후 : 진나라가 제후의 패자가 되다)'로 되어 있다.

478) 이 글은 송 순희(淳熙) 연간에 간행한 우무본 『문선(文選)』에만 실려 있다. 호극가는 『문선고이』 권4에서, 이에 대해 "이 207자는 원본(袁本)과 다릉본에는 없는데, 이 두 판본이 옳다. 이는 세상에 전해지는 소설에 「감견기(感甄記)」가 있어서, 그것을 간책(簡策) 속에 끼워두었는데, 우무가 잘못 알고 이선 주로 취했기 때문"이라고 설명했다.

했으나, 이루지 못했다. 태조(太祖 : 조조(曹操))는 돌아와서 그녀를 오관중랑장(五官中郎將 : 조비(曹丕))에게 주었다. 조식은 매우 불평스러워 밤낮으로 그리워하며 침식을 폐했다. 황초(黃初, 220~226) 중에 입조(入朝)했는데, 황제(조비)가 조식에게 견후(甄后)의 '옥루금대침(玉鏤金帶枕)'을 보여주었다. 조식은 그것을 보고 저도 몰래 눈물이 흘렀다. 당시 견후는 이미 곽후(郭后)의 참언으로 죽었다. 황제의 의도도 곧바로 깨우치기를 바라는 것이어서, 태자더러 붙들어 앉혀 연음(宴飮)토록 하고, 그 '베개[枕]'를 조식에게 보내주도록 했다. [조식은 돌아오는 길에 환원관(轘轅關 : 하남성 언사시(偃師市) 남동쪽 환원산 위)을 지나서 잠시 낙수(洛水) 가에서 휴식을 취하면서 견후를 생각했다. 그때 홀연히 한 여인이 오는 게 보였는데, 스스로 말하는 것이었다. '저는 본래 군왕에게 마음을 주었는데, 그 마음을 이루지 못했습니다. 이 "베개[枕]"는 제가 친정에 있을 적에 베던 것인데, 시집오면서 전에 오관중랑장에게 주었습니다만, 이제 군왕에게 드립니다. 마침내 이것으로 침석(枕席)을 모시고 즐거워하는 마음이 번갈아 모였으니, 어찌 평범한 말로 다 갖춰 이를 수 있겠습니까. 곽후에게 쌀겨로 입이 막히고, 이제 머리가 풀어 헤쳐지게 되었으니, 이러한 꼴로 거듭 군왕을 뵙기가 부끄럽습니다.' 말을 마치자 마침내 행방을 알 수 없었다. 사람을 보내어 왕에게 진주를 바치자, 왕은 옥패(玉佩)로 답례했다. 비희(悲喜)를 스스로 억제할 수 없어서, 마침내 「감견부(感甄賦)」를 지었다. 나중에 명제(明帝)가 보고 제목을 「낙신부(洛神賦)」로 바꿨다.]"

3 **[오조의]** '心(심)'은 '思(사)'로 된 판본도 있다.

반악 「과부부(寡婦賦)」 : "[오랜 세월 흘러가서 비애가 줄어들길 바랐지만,]

감정은 비통하여 더욱 심해진다[情惻惻而彌甚]."

[전진륜] 위무제(조조(曹操)) 「고한행(苦寒行)」: "'가고 가서 날 이미 멀어졌으니', 사람과 말 동시에 굶주린다네['行行日已遠', 人馬同時飢]."

【평설】

[황절] 진조명 : 역시 「자야가子夜歌」 부류인데, 제법 빼어난 운치가 있다.『채숙당고시선』 권19

寄行人

桂吐兩三枝, 蘭開四五葉.[1] 是時君不歸, 春風徒笑妾.[2]

나그네에게 부침

계수나무 두세 가지 움터 나오고
택란은 너덧 잎이 피어났어요.
요마적도 그대 아직 오시지 않고
봄바람만 공연히 저를 웃어요.

【주석】

1 **[오조의]** '開(개)'는 '闇(암 : 어둡다)'으로 된 판본도 있다.

2 **[황절]** 『초사』 「초은사(招隱士)」: "'왕손은 놀러 가서 돌아오지 않는구나', '봄풀'은 자라서 무성해졌는데['王孫遊兮不歸', '春草'生兮萋萋]."

【평설】

[황절] 왕부지 : 소시小詩의 본색本色을 갖췄으니, 촉박하다는 혐의가 없다. ["어쩐지 내실이 잠겨 있더니怪來妝閣閉"479)와] "소나무 아래에서

479) 왕유(王維)의 「왕소군(王昭君)」 제3수를 말한다. 전문은 다음과 같다.

怪來妝閣閉	어쩐지 내실이 잠겨 있더니
朝下不相迎	조회가 파하고도 만날 수 없네.
總向春園裏	언제나 봄 동산 정원에서는

동자에게 물으니松下問童子"[480] 등의 작품은 대체로 여기서 나온 것이다.『고시평선』 권3

花間笑語聲　　꽃밭 사이 웃음소리 들렸었는데.

480) 가도(賈島)의 「은자를 찾아갔다가 못 만나다[尋隱者不遇]」를 말한다. 전편은 다음과 같다.

松下問童子　　소나무 아래에서 동자에게 물으니
言師採藥去　　스승은 약초 캐러 가셨다 하네.
只在此山中　　이 산속에 계신 건 분명하지만
雲深不知處　　구름 짙어 어디인지 모른다 하네.

부록

附錄

『송서』 포조전宋書本傳

포조鮑照의 자는 명원明遠이다. 시문에 사용하는 어휘가 아름답고 풍부하며 분방한 기세를 갖추고 있다. 일찍이 고악부를 본뜬 작품을 지었는데, 문장이 매우 힘차면서도 아름다웠다. 원가元嘉, 424~453 연간에 황하黃河와 제수濟水가 동시에 맑아졌는데 당시에 길조로 여겼다. 포조는 「황하가 맑아짐을 기리는 송河清頌」을 지었는데, 그 서가 매우 훌륭하다. (…중략…)[1)]

세조世祖 효무제孝武帝, 454~464 재위가 포조를 중서사인中書舍人에 임명했다. 당시 임금이 문장文章 짓기를 좋아해서, 아무도 자신의 수준에 미치지 못한다고 자부했다. 포조는 그 취지를 알아차리고, 글을 짓는 데 비속하고 결점 많은 표현을 많이 썼다. 당시 사람들이 다 포조의 글재주가 다했다고 말했지만, 사실은 그렇지 않았다. 임해왕臨海王 유자욱劉子頊, 456~466이 형주자사荊州刺史가 되었을 때,[2)] 포조를 그의 전군참군前軍參軍에 임명하고, 서기書記의 임무를 맡겼다. 유자욱의 반란이 실패하자 반란군에게 살해당했다.[3)]

---

1) 「황하가 맑아짐을 기리는 송-서와 함께[河淸頌-幷序]」의 전문이 수록되어 있는데, 권2에 그 역주가 실려 있어 이곳에서는 생략했다.

2) 효무제 유준(劉駿, 430~464)의 일곱째 아들이다. 대명(大明) 5년(461) 임해왕이 되었고, 이듬해(462) 형주 자사가 되었다. 당시 형주(荊州)의 치소는 강릉(江陵)에 있었는데, 강릉은 지금의 형주시 형주구 일대이다.

3) 대명 8년(464) 윤오월 효무제가 죽자, 태자 유자업(劉子業, 449~466)이 즉위했으나(전폐제(前廢帝), 464~465 재위) 이듬해 11월에 시해되고, 상동왕(湘東

【원주】

1 「임천열무왕도규전(臨川烈武王道規傳)」 뒤에 첨부되어 있다.[4)]

王) 유욱(劉彧, 439~472)이 즉위했다(명제(明帝), 465~472 재위). 이해(465) 12월 강주(江州) 자사 진안왕(晉安王) 유자훈(劉子勛, 456~466)이 반란을 일으켰고, 유자욱도 이에 동조했다. 태시 2년(466) 정월 유자훈이 칭제하고, 심양(尋陽 : 지금의 강서성 구강시(九江市) 시상구(柴桑區) 일대)에서 즉위했는데, 그해 8월 유자훈과 유자욱은 모두 주살되었다. 포조는 이 와중에 형주치중(荊州治中) 송경(宋景)과 토인 요검(姚儉) 등에 의해, 전첨(典籤) 완도예(阮道豫) · 유도헌(劉道憲)과 함께 살해되었다.

4) 임천 열무왕 유도규(劉道規)의 아들 유의경(劉義慶)의 전기 후반부에 붙어 있다.

『남사』 포조전南史本傳

포조의 자는 명원明遠이고, 동해東海 사람이다.[5] 시문에 사용하는 어휘가 아름답고 풍부하며 분방한 기세를 갖추고 있다. 일찍이 고악부를 본뜬 작품을 지었는데, 문장이 매우 힘차면서도 아름다웠다. 원가424~453 연간에 황하와 제수가 동시에 맑아졌는데, 당시에 길조로 여겼다. 포조는 「황하가 맑아짐을 기리는 송」을 지었는데, 그 서가 매우 훌륭하다. 포조는 처음에 유의경劉義慶, 403~444을 찾아갔으나 지우를 받지 못했다. 그래서 시를 지어 바쳐 자기의 포부를 피력하려 했다. 사람들이 만류하면서 말했다. "그대 지위가 아직 낮은데 대왕의 심기를 거슬러서는 안 되네." 포조는 발끈 화를 내면서 말했다. "천 년 동안에 빼어난 인재요 특이한 인사로서, 인멸되어 이름이 드러나지 않은 사람이 어찌 셀 수 있을 정도이겠소? 대장부가 어찌 지혜와 재능을 깊숙이 쌓아두고, 택란과 쑥도 구별하지 못하고, 종일토록 용렬하게 제비와 참새를 따르기만 할 수 있겠소?" 그리하여 시를 지어 올렸다. 유의경이 빼어나게 여겨 비단 스무 필을 하사했다. 얼마 후 왕국의 시랑으로 발

---

5) 제 우염(虞炎)의 「포조집서」에는, "본래 상당(上黨) 사람"이라고 했다. 이에 의하면 포조의 조상은 본래 상당에 살았는데, 후에 동해로 옮겼던 것 같다. 포조의 출생지는 경구(京口 : 지금의 강소성 진강시(鎭江市))로 보는 것이 일반적이다. 동해에 대해, Chen은 317년 동진(東晉)이 경구에 설치한 남동해교군(南東海僑郡)으로 보고, 311년 영가(永嘉)의 난 중 포조의 증조부 혹은 조부 때에 이곳으로 이주한 것으로 보았다(19~28쪽). 상당과 동해의 현재 위치에 대해서는 뒤에 실린 「포조 연표」의 「원주」 3과 역주를 볼 것.

탁되었으며, 재능을 매우 인정받았다. 그 뒤 말릉령秣陵 : 치소는 지금의 남경시 강녕구(江寧區) 말릉가도으로 옮겼다. 문제文帝[6]는 그를 중서사인으로 임명했다. 임금이 문장 짓기를 좋아해서 아무도 자신의 수준에 미치지 못한다고 자부했다. 포조는 그 취지를 알아차리고, 글을 짓는 데 비속하고 결점 많은 표현을 많이 썼다. 당시 사람들이 다 포조의 글재주가 다했다고 말했지만, 사실은 그렇지 않았다. 임해왕 유자욱이 형주 자사가 되었을 때, 포조를 그의 전군참군에 임명하고 서기의 임무를 맡겼다. 유자욱의 반란이 실패하자 반란군에게 살해당했다.

【원주】

1 「송임천열무왕도규전(宋臨川烈武王道規傳)」 뒤에 첨부되어 있다.[7]

6) '文帝'는 '孝武帝'의 잘못이다. [책머리]의 「장부제사(張溥題辭)」 역주를 볼 것.
7) 임천 열무왕 유도규의 아들 유의경(劉義慶)의 전기 뒤에 붙어 있다.

포조 연표鮑照年表[8)]

포조[1]는 자가 명원(明遠)이고, 본래 상당(上黨) 사람인데,[2] 동해(東海)로 이사하여, 동해 사람이 되었다.[3] 한문(寒門) 출신이다.[4]

연도		나이	주요 사항	포조 주요 이력	포조 주요 작품
연호	서기				
진(晉) 안제(安帝) 의희(義熙) 10년 갑오(甲午)	414	1[5]			
송(宋) 무제(武帝) 영초(永初) 원년 경신(庚申)	420	7	6월 유유(劉裕)가 유송 황제로 즉위.		
문제(文帝) 원가(元嘉) 4년 정묘(丁卯)	424	14	도연명(陶淵明) 졸.		
원가 10년 계유(癸酉)	433	20	사영운(謝靈運) 졸.		「의행로난(擬行路難)」[6]
원가 16년 기묘(己卯)	439	26	4월 임천왕(臨川王) 유의경(劉義慶) 위군장군(衛軍將軍)·강주자사(江州刺史)로 부임.[7]	포조 임천왕에게 헌시, 왕국 시랑(侍郎)에 발탁됨.[8] 가을에 강주로 부임.[9]	「해갈사시랑표(解褐謝侍郎表)」[10] 「등대뢰안여매서(登大雷岸與妹書)」 「유사부(遊思賦)」[11] 「능연루명(凌煙樓銘)」 「불영송(佛影頌)」 「야아부(野鵝賦)」 「등여산(登廬山)」 「등여산망석문(登廬山望石門)」 「종등향로봉(從登香爐峯)」 「망고석(望孤石)」
원가 17년 경진(庚辰)	440	27	10월 임천왕 유의경 남연주자사(南兗州刺史)로 부임.[12]	포조 임천왕 수행하여 동쪽으로 귀경, 집에 들렀다가 경구를 출발하여[13] 광릉(廣陵)으로 부임.[14]	「상심양환도도중(上潯陽還都道中)」[13] 「환도도중(還都道中)」 「환도지삼산망석두성(還都至三山望石頭城)」[13] 「환도구호(還都口號)」[13] 「발후저(發後渚)」

8) 연표의 연월일은 모두 음력이며, 표에 제시한 작품 제목은 번역하지 않고 독음으로 적었다.

연도		나이	주요 사항	포조 주요 이력	포조 주요 작품
연호	서기				
					13「행경구지죽리(行京口至竹里)」[13]
원가 21년 갑신(甲申)	444	31	정월 임천왕 유의경 졸.[15]	포조 임천왕 세자에게 상서하여 시랑 사직.[16] 4월 복상 만료. 가을에 귀향.[17]	「통세자자해계(通世子自解啓)」「중여세자계(重與世子啓)」16「임천왕복경환전리(臨川王服竟還田里)」[17]
원가 22년 을유(乙酉)	445	32	형양왕(衡陽王) 유의계(劉義季) 예주(豫州) 양군(梁郡) 진독(進督), 서주자사(徐州刺史)로 전임.[18]	포조 형양왕 부름에 응해 양군으로 갔다가, 곧 그를 수행하여 서주로 옮김.[19]	「견매옥기자(見買玉器者)」「종과구궁(從過舊宮)」
원가 23년 병술(丙戌)	446	33			「대고열행(代苦熱行)」[20]
원가 24년 정해(丁亥)	447	34	형양왕 유의계 졸.[21] 시흥왕(始興王) 유준(劉濬) 양주자사(揚州刺史)됨.[22]	시흥왕 유준 포조를 왕국 시랑으로 발탁.[23]	「배시랑상소(拜侍郎上疏)」「하청송(河清頌)」「화왕승(和王丞)」[23]
원가 26년 기축(己丑)	449	36	10월 정북장군(征北將軍) 시흥왕 유준 남서주(南徐州)·연주(兗州)의 자사가 되어 경구로 부임.[24]	포조 시흥왕 수행 경구로 감.	「정북세자탄육상표(征北世子誕育上表)」「봉시흥왕백저무곡(奉始興王白紵舞曲)」[25]「산산피시흥왕명작(蒜山被始興王命作)」
원가 27년 경인(庚寅)	450	37	12월 북위(北魏) 태무제(太武帝) 남침, 과보(瓜步)까지 침입.		「송별왕선성(送別王宣城)」
원가 28년 신묘(辛卯)	451	38	정월 북위군 퇴각, 시흥왕 사람들 인솔하여 과보에 축성하러 감. 3월 남연주 자사 해임.[26]	포조 시흥왕 수행하여 강북으로 감. 시랑 만기 사직. 즉시 강남으로 돌아오지는 않음.[27]	「시랑보만사합소(侍郎報滿辭閤疏)」[27]
원가 29년 임진(壬辰)	452	39		포조 남연주에서 건강(建康)으로 돌아옴.[28]	「과보산갈문(瓜步山楬文)」「화왕의흥(和王義興)」「학도팽택체(學陶彭澤體)」「화왕의흥칠석(和王義興七夕)」
원가 30년 계사(癸巳)	453	40	시흥왕, 태자 유소(劉劭)의 반역에 동조, 5월 주살됨.[29]		「시연복주산(侍宴覆舟山)」
효무제(孝武帝) 효건(孝建) 원년 갑오(甲午)	454	41		해우령(海虞令)에 제수됨.[30]	
효건 3년 병신(丙申)	456	43	안연지(顏延之) 졸.[31]	태학박사(太學博士)로 옮겨 중서사인(中書舍人) 겸임. 말	「위유령양표기표(為柳令讓驃騎表)」「사말릉령표(謝秣陵

연도		나이	주요 사항	포조 주요 이력	포조 주요 작품
연호	서기				
				릉령(秣陵令)으로 나감.[32]	令表)」「대방가행(代放歌行)」[33]「월하등루연구(月下登樓連句)」[34]「완월성서문해중(翫月城西門廨中)」[35]
대명(大明) 2년 무술(戊戌)	458	45		영가령(永嘉令)으로 옮김.[36]	
대명 3년 기해(己亥)	459	46	경릉왕(竟陵王) 유탄(劉誕) 광릉에서 거병. 7월 심경지(沈慶之)가 토평. 성안 사민(士民) 3천여 명 살해.	포조 강북에 객거.[37]	「무성부(蕪城賦)」「일락망강증순승(日落望江贈荀丞)」
대명 6년 임인(壬寅)	462	49	7월 임해왕(臨海王) 유자욱(劉子頊) 형주(荊州) 자사로 부임.[38]	포조 임해왕 전군행참군(前軍行參軍)으로 내명(內命) 관장 업무 맡음. 곧 전군형옥참군사(前軍刑獄參軍事)로 옮김.[39]	「등번거현(登翻車縣)」「종임해왕상형초발신저(「從臨海王上荊初發新渚)」「등황학기(登黃鶴磯)」[40]「기양수풍(岐陽守風)」
대명 7년 계묘(癸卯)	463	50		포조 형주에 체류.	「석범명(石帆銘)」「대양춘등형산행(代陽春登荊山行)」「재강릉탄년상로(在江陵歎年傷老)」「여오시랑별(與伍侍郎別)」「재형주여장사군이거사연구(在荊州與張使君李居士聯句)」
대명 8년 갑진(甲辰)	464	51	윤5월 효무제 졸, 전폐제(前廢帝) 즉위. 임해왕 유자욱 원래 관직으로 형주·상주(湘州)·옹주(雍州)·익주(益州)·양주(梁州)·영주(寧州)·남북진주(秦州) 등 8주의 군사 도독, 자사 직은 전과 같음.[41]		
명제(明帝) 태시(泰始) 원년 을사(乙巳)	465	52	11월 전폐제 시해되고, 명제 즉위. 12월 임해왕 옹주도독 해직. 왕명으로 진군장군(鎭軍將軍)과 서주 자사가 됨.[42]		「대만가(代挽歌)」「대호리행(代蒿里行)」「대문유거마객행(代門有車馬客行)」
태시 2년 병오(丙午)	466	53	정월 강주 자사 진안왕(晉安王) 유자훈(劉子勛) 칭제. 임해왕 형주 자사 본직 재직하면서 거병하여 호응. 8월 유자훈 패하자 임해왕 사사됨.[43]	8월 형주치중(荊州治中) 송경(宋景)과 토인 요검(姚儉) 등이 군사 이끌고 입성, 포조는 전첨(典籤) 완도예(阮道豫)·유도헌(劉道憲)과 함께 피살.[44]	「대동문행(代東門行)」[45]

【원주】

1 송 송기(宋祁) 『송경문공필기(宋景文公筆記)』: "요즘 사람들은 '鮑照(포조)'를 '鮑昭(포소)'라고 잘못 아는 이가 많다. 당 이상은(李商隱) 시에 "'포소"의 아욱을 진하게 끓인다[濃烹"鮑昭"葵]'라고 했다.[9] 금릉(金陵 : 남경시)의 어떤 사람이 땅속에서 석각(石刻)을 하나 발견했는데, 거기에 '鮑照'라는 글자가 새겨져 있었다."

송 반순(潘淳) 『반자진시화(潘子眞詩話)』: "경문(景文 : 송기(宋祁)의 시호)은, 측천무후(則天武后) 때 무후의 이름인 '曌(조)'와 음과 뜻이 같은 '照'를 피하여, 당대(唐代) 사람들이 '昭'로 부른 것임을, 전혀 알지 못했다. 이 일은 포조 「사당기(祠堂記)」에 상세히 밝혀져 있다."[10]

2 제 우염(虞炎)의 「포조집서」에 의거했다. 이 상당은 바로 남조에서 교치(僑置)한 것으로, 『송서』「주군지 · 1」 '서주자사(徐州刺史)' 조의 '회양태수(淮陽太守)' 관할에, '상당령(上黨令)'이 있는데, "(상당현은) 본래 유우군(流寓郡)으로,[11] 통폐합해 (회양군에) 편입했다"라고 했다. 지금의 강소성 숙천시

---

9) 「이상모의 벽에 적다[題李上謩壁]」 시 제6구로 금본 『이상은시집』과 『전당시』 등에는 "肥烹'鮑照'葵('포조'의 아욱을 걸쭉하게 끓이다)"로 되어 있다.

10) 이상 2칙(則)은 송 호자(胡子)의 『초계어은총화(苕溪漁隱叢話)』 권2 「국풍한위육조(國風漢魏六朝) · 하」에 실려 있다.

11) 『진서(晉書)』「지리지(地理志) · 하」에, 효무제 영강(寧康) 2년(374) 이후 상당(上黨 : 산서성 남동부 지역)의 백성들이 남으로 내려오자, '상당군을 교치하여[僑立上黨郡]' 네 개의 현을 두고, 무호(蕪湖 : 지금의 안휘성 무호시)에 기거하도록 했으며, 얼마 후 또 '상당군을 없애고 현으로 만들어[省上黨郡爲縣]' 회남군[淮南 : 동진 때 교치한 군으로, 지금의 안휘성 당도현(當塗縣) 남부 일대]에 귀속시켰다고 했다.

(宿遷市) 지역이다. 본 문집 권1 「시랑 직을 제수하심에 올리는 소[拜侍郎上疏]」에 "신은 북방의 쇠락한 출신[臣北州衰淪]"이라고 했다.

3 『남사』 「임천열무왕도규전」에 첨부된 「포조전」에 의거했다. 이 '동해(東海)'는 남조에 교치한 군으로, 군의 치소는 지금의 강소성 연수현(漣水縣) 북쪽에 있었다.12)

---

12) 정복림은, 포조의 적관(籍貫)이 우염 「포조집서」의 '上黨'과 심약 『송서』의 '東海'으로 다른 점에 대해, 다음과 같이 설명했다(『교주』, 부록 「포조평전(鮑照評傳)」, 1051~1052쪽).

"동진 남북조 시기 북방의 주(州)·군(郡)·현(縣)이 남방에서 분분하게 교치(僑置)된 특수한 상황 때문에, '상당'과 '동해'의 구체적인 지리상의 위치에 대해 학자들은 각자 자기의 주장을 견지하여 주장이 제각각이다. '상당'의 경우, 이전에는 대부분 남조 시기 서주(徐州) 회양군(淮陽郡)에 교치한 상당현(上黨縣 : 지금의 강소성 숙천)으로 보며, '동해'에 대해서는, 동위(東魏)가 설치한 동해 즉 지금의 강소성 관운(灌雲)으로 보는 사람도 있고, 남조 시기 설치한 동해 즉 지금의 강소성 연수(漣水)로 보는 사람도 있다. 이상에서 말한 것은 사실은 정확하지 않다. 필자의 고찰에 의하면, 포조의 원적(原籍)은 진한(秦漢) 시기에 설치한 병주(幷州) 상당군(지금의 산서성 장자(長子))일 가장 가능성이 가장 크다. 포(鮑)씨는 본래 발해군(渤海) 고성현[高城 : 지금의 하북성 염산(鹽山) 현성(縣城) 남동]에 거주했는데, 서한시대 포선(鮑宣) 때부터 상당군 장자현으로 이주하기 시작했다. 그 뒤 포선의 아들 포영(鮑永)은 일찍이 사례교위(司隷校尉)가 되었고 나중에 연주목(兗州牧)이 되었고, 포영의 아들 포욱(鮑昱)은 더욱이 전후하여 사도(司徒)·태위(太尉) 등의 직을 맡았고 모두 두 번이나 삼공(三公)이 되었으며, 포욱의 아들 포덕(鮑德)은 먼저 관직은 남양태수(南陽太守)까지 올랐고 나중에는 대사농(大司農)에까지 초빙되었으니 역시 구경(九卿)의 하나이다. 대대로 경상(卿相)을 지내 성세(聲勢)가 높이 드러나서, 상당(上黨)의 망족(望族)이 되었으며, 상당도 이로부터 포씨 군망(郡望)을 대표하는 지역이 되었다. 그런데 포욱의 아들 포덕 때부터 또 동해(東海)로 이주하기 시작했는데, 이 동해는 바로 한(漢)·진(晉) 시기에 담성(郯城)을 치소로 삼았던 동해(지금의 산동성 담성현)이다. 그러나 포덕이 동해로 이주한 이후부터 포씨는 지위와 임무가 널리 알려진 인물이 나오지 않았다. 그래서 포씨는 비록 동해에 일족이 모여 살기는 했으나 군망은 상당을 높이 표방했으니, 이른바 '동해에 일족이 모여 살면서, 상당

4 우염의 「포조집서」에 "가문이 대대로 빈천하다"라고 했다. 본 문집 권1의 「시랑 직을 제수하심에 올리는 소[拜侍郎上疏]」에서, "신분과 지위가 고단(孤單)하고 미천하다"라고 했고, 「삼베옷을 벗고 시랑이 됨을 감사하는 표[解褐謝侍郎表]」13)에서, "신은 가래를 멘 하급 농민이요, 고삐를 잡은 말단 관리"라고 했으며, 권2의 「영안령 직에서 금지령을 해제하심에 감사하는 계[謝永安令解禁止啓]」에서, "신은 전답의 띠 풀 같은 하등의 가문으로서, 본디 사(謝)씨와 같은 상품의 문벌이 아닙니다"라고 했다. 권1의 「시랑의 임기 만료를 보고하고 궁문을 떠나며 올리는 소[侍郎報滿辭閤疏]」에서는 "신은 어리석고 둔하고 빈궁하고 미천하며, 감정과 기욕(嗜慾)은 상궤(常軌)를 어기고 우매하며, 신분은 실개천의 담벼락보다 미약하고, 처지는 우물 안보다 더 어둡습니다. 본디부터 분수를 지켜, 밭을 일구고 잡초를 베며, 닭을 기르고 돼지를 키워, 나라에 바칠 세금을 충당해야 했습니다"라고 했다. 이에 의하면, 포조는 아마도 한문 출신이며 일찍이 농경에 종사했던 것 같다.

5 포조의 생년은 사서에 기재되어 있지 않다. 오비적(吳丕績)의 『포조연보(鮑

을 군망으로 표방했다[聚族於東海, 標望於上黨]'(청 광서(光緒) 23년 포보영(鮑輔楹) 등이 중수(重修)한 『포씨종보(鮑氏宗譜)』의 서문)라는 것이다. 우염은 제무제 소이(蕭賾)의 황태자 소장무(蕭長懋)의 명을 받들어 포조의 유문(遺文)을 수집하고 아울러 그 문집의 서문을 썼으니, 당연히 그 군망의 소재를 높이 표방했을 것이다. 그러나 포씨가 상당에 거주한 시간은 삼사 세대에 불과하여 시간이 상당히 짧았기에, 일반적인 상황에서는 포씨의 적관을 말할 때 여전히 동해라고 일컬었다. 이것이 바로 우염은 포조를 '상당인'이라고 했는데, 『송서』와 『남제서(南齊書)』에서는 '동해인'이라고 한 진정한 이유이다."

13) 「말릉령 직의 제수에 감사하는 표[謝秣陵令表]」의 잘못이다. 「삼베옷을 벗고 시랑이 됨을 감사하는 표」에서는 "신은 빈한한 가문의 비천한 출신으로 조행에 있어서 빛나는 자취도 없다[臣孤門賤生, 操無炯迹]"라고 했다.

照年譜)』는 진항(陳沆)의 『시비흥전(詩比興箋)』의 견해에 근거하여, 포조의 「'갈 길은 험난하고'를 본떠[擬行路難]」 제8수는 여릉왕(廬陵王) 유의진(劉義眞)을 애도하여 지은 것인데, 그 일이 일어난 해가 원가 원년(424)이고, 「'갈 길은 험난하고'를 본떠」 마지막 작품에서 "나는 지금 스무 살 약관의 때"라고 했으니, 원가 원년에 포조의 나이는 마땅히 20세가 되어야 한다고 보고, 이에 근거하여 포조의 생년을 동진 안제(安帝) 의희(義熙) 원년(405)으로 확정했다. 그리고 뒤로는 명제 태시 2년(466) 형주에서 반란군에게 살해될 때까지 계산하면 향년 62세가 되므로, 우염의 「포조집서」에서 "나이 50여 세"라고 한 것은 '60여 세'의 잘못이라고 했다. 내 견해는 이렇다. 우염은 포조로부터 연대가 멀지 않기 때문에, 그 기재는 마땅히 근거한 바가 있을 것이다. 「'갈 길은 험난하고'를 본떠」 18수는 결코 일시에 지어진 것이 아니다. 제6수에서는 스스로 "관직 버려두고 떠나자"라고 했는데, 포조는 원가 16년(439) 처음으로 임천왕국에 출사(出仕)했으니, 어떻게 그보다 16년 전에 이미 "관직을 버리는" 일이 있을 수 있는가? 하물며 「'갈 길은 험난하고'를 본떠」 제8수를 진항이 유의진의 죽음을 애도한 것이라고 본 것은 견강부회한 억지 주장이어서(상세한 것은 본 문집 권4 「'갈 길은 험난하고'를 본떠」 제8수의 [평설]에 인용한 진항 견해 뒤의 전중련 견해를 볼 것), 전혀 근거로 삼을 수 없는 것이다. 본 문집 권6의 「강릉에서 세월을 한탄하고 늙음을 슬퍼하며[在江陵歎年傷老]」 시의 해제 중 전진륜 주에서, "포조의 생년은 상고(詳考)할 수 없다. 임해왕 유자욱은 대명 5년(461)에 형주(荊州)에 자사로 부임했다. 이 시는 '세월을 한탄하고 늙음을 슬퍼함[歎年傷老]'을 제목으로 했으니, 대략 50세를 노년이라고 불러서 계산하면, 동진 말년에서 유송 초년에 태어난 것 같다"라고 했다. 내 견해는 이렇다. 『송서』「효무제기」에 의하면, 대명 6년 가을 7월 경진(庚辰)에 임해왕 유자욱은 형주 자사가 되었다(우염 「포조집서」에서 '대명 5년'이라고 한 것은 잘못임). 「강릉에서 세월을 한탄하고 늙음을 슬퍼하며」 시에서 묘사한 것은 봄날의 절물(節物)이므로, 작시(作詩) 시기는 대명 7년(463) 봄보다 더 이를 수는 없다. 지금 대명 7년에 포조의 나이가 50세라고 보아 계산하면, 동진 안제(安帝) 의희(義熙) 10년(414)에 태어난 것이 된다. 뒤로 송 명제 태시 2년(466)까지 계산하면 53세가 된다. 이것은 우염의 「포조집서」에서 말한 "나이 50여 세"라고 한 것과 부합한다. 청 육심원(陸心源)의 『삼속의년록(三續疑年錄)』에서 포조의 나이를 '40여 세'라고 한 것[14]은, 변증할 가치도 없을 정도로 잘못되었다.[15]

---

14) 권1에서 "포명원 40여 세(이름 조) : 송 무제 영초(420~422) 중 출생, 명제 태시(465~471) 초 졸[鮑明遠四十餘(照), 生永初中, 卒泰始初]"로 되어 있다.

15) 포조의 생년에 관한 주요한 주장을 생년 순으로 정리하면 대체로 다음과 같다.
① 동진 안제 의희 원년(405)[오비적(吳丕績), 『포조연보(鮑照年譜)』, 臺北 : 臺灣商務印書館, 1974]
② 의희 4~12년(408~416)[이등정문(伊藤正文), 「포조전논고(鮑照傳論稿)」, 『연구(硏究)』 14, 神戶大學文學會, 1957]
③ 의희 5년(409)[Robert Shanmu Chen, *A Study of Bao Zhao and His Poetry : With a Complete English Translation of His Poems*, Ph.D., Canada : The University of British Columbia, 1989]
④ 의희 10년(414)[전중련(錢仲聯), 「포조연표(鮑照年表)」; 오덕풍(吳德風), 「포조연보보증(鮑照年譜補證)」, 『유사학지(幼獅學誌)』 5 : 1, 1966]
⑤ 의희 10년 전후(414?)[조도형(曹道衡), 『중고문학사논문집(中古文學史論文集)』, 北京 : 中華書局, 1986]
⑥ 의희 12년(416)[정복림(丁福林), 「포조생년고색(鮑照生年考索)」, 『남경사대학보(南京師大學報) · 사회과학판(社會科學版)』, 1986]

6 「'갈 길은 험난하고'를 본떠」 제18수에서 "나는 지금 스무 살 약관의 때"라고 했다. 다만 18수는 결코 일시에 지은 것은 아니다. 상세한 것은 권4의 「'갈 길은 험난하고'를 본떠」 해제 중 전중련 견해를 볼 것.

7 『송서』「문제기」에 의거했다.

8 『남사』「임천열무왕도규전」에 첨부된 「포조전」의 기록이다.

9 본 문집 권2의 「대뢰안에 올라서 누이에게 부친 편지[登大雷岸與妹書]」는 틀림없이 강주(江州)로 처음 갈 때 쓴 것이다. "내가 찬비 속에 출발한 뒤 온전히 길만 갈 수 있었던 날은 적었다. 게다가 가을 빗물이 넘실거려 산골 물이 많이 불었다"라는 표현이 있으니, 강주로 갈 때는 이미 가을이 되었다.

10 본 문집 권1을 볼 것. 제목에서 '삼베옷을 벗는다[解褐]'라고 했으니, 처음 출사하면서 지은 것임을 알 수 있다. 마땅히 임천왕 유의경 왕국의 시랑이어야 하지, 시흥왕 유준 왕국의 사랑은 아니다.

11 본 문집 권1을 볼 것. 문장의 의미를 음미해보면, 대체로 「대뢰안에 올라서 누이에게 부친 편지」와 같은 시기에 지은 것이다.

12 『송서』「문제기」에 의거했다.

13 본 문집 권5 「서울로 돌아오는 길에[還都道中]」의 해제를 볼 것.

14 포조가 임천왕을 수행하여 남연주로 갈 때는, 주 치소가 광릉(廣陵 : 지금의

---

①은 포조의 향년이 62세가 되어 우염 「포조집서」의 '나이 50여 세'라는 기록과 맞지 않는다는 점에서 이미 많은 비판을 받았다. ②는 「포조집서」의 '나이 50여 세'에 해당하는 51세에서 59세 사이의 해를 생년으로 취한 것으로, 범위가 너무 넓다. ③은 사실의 고증 면에서 가장 깊이 있는 연구로 참고할 만하다. ④ ~ ⑥은 모두 「포조집서」의 '나이 50여 세'에 부합되며, 특히 ④, ⑤ 그중에서 ⑤가 현재 가장 광범하게 채용되고 있는 견해이다.

강소성 양주시(揚州市))에 있었다.

15 『송서』「문제기」에 의거했다. 내 견해는 이렇다. 임천왕의 전기를 살펴보면, 임천왕은 광릉에서 병이 들어 조정으로 돌아와 서울에서 죽었다. 포조 역시 그와 함께 돌아왔음이 틀림없다.

16 본 문집 권2「세자에게 해직을 간청하는 계[通世子自解啓]」의 해제를 볼 것.

17 시는 본 문집 권6을 볼 것. 이 시 해제에서 상세히 설명했다. 포조는 임천왕을 위해 3개월을 복상했다. 시에 "가을바람 일어난다[秋風生]"라는 표현이 있으니, 고향으로 돌아갈 때는 이미 가을이었다. 이때 포조의 가향(家鄕)은 건업(建業 : 지금의 남경시)에 있었다. 본 문집 권5「서울로 돌아오는 길에 삼산에 이르러 석두성을 바라보며[還都至三山望石頭城]」의 해제를 볼 것.

18 『송서』「문제기」및「형양문왕의계전(衡陽文王義季傳)」에 의거했다.

19 본 문집 권2의「왕국의 제도를 논하는 계[論國制啓]」의 해제에서 전진륜은, 유의경이 죽고 난 뒤 포조는 바로 유의계(劉義季)에게 의탁했다고 했다. 내 견해는 이렇다. 원가 21년(444) 임천왕이 죽은 뒤 포조가 고향으로 돌아갈 때는 이미 가을이었으므로, 반드시 즉시 유의계 막부로 나가지는 않았을 것이다. 그가 형양왕의 부름에 응한 것은 마땅히 원가 22년(445)이 되어야 한다. 양군(梁郡)과 서주(徐州)로 간 것은, 본 문집 권6의「옥기 파는 사람을 보고[見賣玉器者]」(주석 5)와 권5의「시종하여 옛 궁궐에 들러서[從過舊宮]」의 해제를 볼 것.

20 본 문집 권3의 시 해제에 인용된 주건의『악부정의』견해를 볼 것.

21 『송서』「형양문왕의계전」에 의거했다.

22 『자치통감(資治通鑑)』 호삼성(胡三省) 주에, "원가 18년(441) 유준(劉濬)은 양주(揚州) 자사가 되어 경구(京口 : 지금의 강소성 진강시(鎭江市))로 부임했는데, 사서에서는 그 일의 시작을 기록하지 않았다"라고 했다. 내 견해는 이렇다. 『송서』 「문제기」에 의하면, 원가 17년에 양주 자사 은경인(殷景仁)이 죽었다. 호삼성은 아마 이에 근거하여 시흥왕이 양주 자사가 된 것이 원가 18년에 시작된 것으로 추정했을 것이다. 경구로 부임한 것은, 시흥왕이 남서주(南徐州)·연주(兗州) 두 주 자사였을 때의 일이니, 호삼성의 견해는 옳지 않다.

23 우염의 「포조집서」에 "임천왕이 죽자 시흥왕 유준이 또 시랑으로 불러서 썼다"라고 했다. 내 견해는 이렇다. 임천왕이 죽은 후, 포조는 먼저 형양왕을 수행했고, 시흥왕국의 시랑이 된 것은 마땅히 원가 24년(447) 형양왕 유의계가 죽은 뒤여야 한다. 본 문집 권5에 「왕 비서승의 시에 화답하여[和王丞]」 시가 있는데, 왕 비서승은 왕승작(王僧綽)이다. 『송서』 「왕승작전」에 의하면, 왕승작은 처음 시흥왕의 비서승(秘書丞)·사도좌장사(司徒左長史)·태자중서자(太子中庶子)가 되었고, 원가 26년(449)에 상서이부시랑(尙書吏部侍郎)으로 옮겼다. 그렇다면 그가 비서승이 된 것은 아마 원가 25년(448) 이전일 것이다. 포조가 시흥왕의 왕국으로 출사한 뒤 처음 '왕 비서승'과 동료가 되어 서로 창화(唱和)할 수 있었으니, 포조가 시흥왕의 시랑이 된 것은 원가 24년(447)보다 빠를 수도 없고, 원가 25년보다 늦을 수도 없다.

24 『송서』 「문제기」 및 「시흥왕준전(始興王濬傳)」에 의거했다.

25 본 문집 권4를 볼 것. 시 앞에 「시흥왕에게 '흰 모시 춤의 노래'를 바치는 계[奉始興王白紵舞曲啓]」가 있는데, 본 문집 권2를 볼 것.

26 『송서』에 의거했다.

27 문장은 본 문집 권1을 볼 것. 상세한 설명은 해제 및 권2 「과보산 갈문(瓜步山楬文)」의 해제를 볼 것.

28 상세한 설명은 본 문집 권2 「과보산 갈문」의 해제를 볼 것.

29 『송서』 「문제기」 및 「효무제기」에 의거했다.

30 우염의 「포조집서」에 "효무제(453~464 재위) 초에 해우령(海虞令)을 제수(除授)받았다"라고 했다.

31 『남사』 「안연지전(顔延之傳)」에 있다. "안연지가 일찍이 포조에게 자기와 사영운 시의 우열을 물은 적이 있는데, 포조가 대답했다. '사영운의 오언시는 연꽃이 막 피어나듯이 자연스러워 사랑스럽고, 그대의 시는 비단을 펼치고 수를 놓은 듯이 아름다운 색채가 눈에 가득합니다.' 안연지는 평생토록 그 말을 분하게 여겼다."[16)]

32 우염의 「포조집서」에 의하면 대략 이 해이다. 내 견해는 이렇다. 『송서』 「임천열무왕도규전」에 첨부된 「포조전」에서도 말했다. "세조 효무제(454~464 재위)가 포조를 중서사인에 임명했다. 당시 임금이 문장 짓기를 좋아해서, 아무도 자신의 수준에 미치지 못한다고 자부했다. 포조는 그 취지를 알아차리고, 글을 짓는 데 비속하고 결점 많은 표현을 많이 썼다. 당시 사람들이 다 포조의 글재주가 다했다고 말했지만, 사실은 그렇지 않았다." 『남제서(南齊書)』 「행신전(幸臣傳)」에서 말했다. "『진령(晉令)』에 사인(舍人)의 위계는 9품에 놓여 있고, 강좌(江左)에서는 통사랑(通事郞)을 설치하여, 조(詔)・고(誥)를

16) 권5의 「가을날-혜휴 스님에게[秋日示休上人]」 시의 역주 1 참고.

관장하도록 했다. 그 뒤에 통사랑이라는 직함은 시랑(侍郞)으로 바꾸게 되면서, 사인을 통사(通事)로도 불렀다. (…중략…) 효무제 이래로 사족(士族)과 서족(庶族)을 섞어서 선발했다. 예를 들면 동해의 포조는 대대로 재학(才學)으로 이름이 알려졌다." 『송서』와 부합한다. 그런데 『남사』 「송임천열무왕도규전」에서는 "'문제(424~453 재위)'가 그를 중서사인으로 임명했다"라고 했는데, 틀린 것 같다.

33 본 문집 권3의 이 작품 평설 중 전중련 주에 인용된 오여륜(吳汝綸)의 견해를 볼 것.

34 본 문집 권6의 이 작품 중 '포박사(鮑博士)' 시구의 주석 1을 볼 것.

35 본 문집 권6을 볼 것. 『문선』 권30 「잡시·하」 오신주에서 "당시 포조는 말릉령(秣陵令)이었다"라고 했다.

36 우염의 「포조집서」에 "외직으로 나가 말릉령이 되었고, 또 영가령(永嘉令)으로 전임했다"라고 했는데, 그것은 마땅히 강북에 객거하기 전의 일일 것이어서, 우선 이 해에 넣었다. 내 견해는 이렇다. 본 문집에 「영안령 직에서 금지령을 해제하심에 감사하는 계[謝永安令解禁止啓]」가 1편 있는데, 우염 서에서 말한 '영가'가 '영안(永安)'의 잘못은 아닌지, 그렇지 않다면 또 일찍이 영안령을 맡은 적이 있는지 모르겠다.[17]

17) 오비적(吳丕績)은 『포조연보(鮑照年譜)』에서 '영가령'이 '영안령'의 오자일 가능성을 제기했다. 조도형은 포조가 원가 29년에서 30년까지(452~453) '영안령'을 역임했으며, 이 상소문은 효무제 즉위 후 '금지'형을 받았다가 곧 풀리면서 지은 것이라고 보고, 말릉령 이후 영가령을 지낸 것이라고 했다. 정복림은 '영가령'은 '영안령'의 잘못이고, 영안령이 된 것은 효무제 즉위 후 몇 차례의 관직을 옮긴 다음이라고 보았다. 권1 「영안령 직에서 금지령을 해제하심에 감사하는 계

37 상세한 것은 본 문집 권1의 「황폐한 성[蕪城賦]」 및 권5의 「해질 녘 강을 바라보며—순 좌승에게[日落望江贈荀丞]」의 해제를 볼 것. 내 견해는 이렇다. 포조가 영가령 또는 영안령이 되고, 아마도 얼마 안 되어 죄를 지어 해직되고, 곧 이어 금지형에서 풀린 것이 아닌가 여겨진다. 그래서 권1에 「영안령 직에서 금지형을 해제하심에 감사하는 계」가 있고, 권4의 「'갈 길은 험난하고'를 본떠」 제6수에 "그만두자, 벼슬 버리고 떠나자"라는 표현이 있는 것이다. 이 해에 강북 지방을 유랑한 것은 마땅히 관직을 그만둔 뒤의 일이다.

38 『송서』 「효무제기」에 의거했다.

39 『송서』 「임천열무왕전」에 첨부된 「포조전」 및 우염의 「포조집서」에 의거했다.

40 본 문집 권5를 볼 것. 시에 "영(郢 : 지금의 호북성 강릉시)으로 가려 하니 동쪽 가는 수레 없고, 하수(夏水)를 지나면 서쪽 가는 배만 있다"라는 시구가 있으니, 마땅히 형주(荊州)로 가는 도중에 지은 것이다.

41 『송서』 「효무제기」 및 「임해왕자욱전(臨海王子頊傳)」에 의거했다.

42 『송서』 「명제기」에 의하면, 명제가 유자욱을 서주 자사로 임명한 것은 12월 경오(庚午 : 29일)이고, 이듬해 정월 신사(辛巳 : 11일)에는 형주 자사의 본직에 머물라고 명령했으니, 유자욱은 사실은 서주로 가지 못했다.

43 『송서』 「명제기」에 의거했다.

44 우염의 「포조집서」 및 『송서』에 의거했다.

45 본 문집 권3의 이 시 [평설] 중 [황절]에 인용된 오여륜(吳汝綸)의 견해를 볼 것.

[謝永安令解禁止啓]」의 해제 중 전중련 견해에 대한 역주 참조.

제가 평론諸家評論

종영鍾嶸『시품詩品』

그다음으로는 경박한 무리가 있어, 조식曹植과 유정劉楨의 시는 고졸古拙하다고 비웃고, 포조를 복희씨 이전의 상고시대 사람이라고 하며, 사조謝朓를 고금의 독보적인 존재로 여겼다. 그러나 포조를 스승으로 삼았지만, 포조의 "한낮에 번화가가 사람으로 넘쳐난다日中市朝滿"[18] 구에 못 미치고, 사조를 배웠지만, "노오란 꾀꼬리는 푸른 가지 건너간다黃鳥度青枝"[19] 정도의 수준 낮은 시구만 창작했을 뿐이다. 그저 그들 자신이 고명高明함으로부터 멀어지게만 했을 뿐, 문사文士의 부류와는 전혀 연관이 없다.「서(序)」

진사왕陳思王 조식曹植의 '동생에게 주는 시'「백마왕 조표에게(贈白馬王彪)」, 왕찬王粲의 「칠애시七哀詩」, 유정劉楨의 '벗을 생각하는 시'「서간에게(贈徐幹)」, 완적阮籍의 「영회시詠懷詩」, 자경子卿의 '쌍오리雙鳧',[20] 혜강嵇康의 '쌍 난조'

18) 포조의 악부 「'소년 협객들의 노래'를 본떠[代結客少年場行]」 제15구이다.
19) 『포조집』을 편찬한 제 우염(虞炎)의 「옥섬돌에서의 비원[玉階怨]」 시의 제2구이다. 고직(古直)은 『종기실시품전(鍾記室詩品箋)』에서, 우염의 「옥섬돌에서의 비원」 중 "紫藤拂花樹, 黃鳥度青枝(보랏빛 등나무는 꽃나무를 휘감고, 노오란 꾀꼬리는 푸른 가지 건너간다)"가 있고, 이것은 사조의 「옥섬돌에서의 비원」 중 "夕殿下珠簾, 流螢飛復息(저녁 전각 진주발을 내리는데, 반딧불이는 날다가 또 멈춘다)"를 본뜬 것이라고 했다. 사조의 이 시는 『악부시집』 권43 「상화가사」에 실려 있다. 『옥대신영』 권10에는 「그리는 이 있어[有所思]」라는 제목으로 실려 있는데, 해당 구는 "黃鳥開青枝(노랑 꾀꼬리는 푸른 가지에서 한가롭다)"로 되어 있다.

「형님 수재 혜희(嵇喜)의 종군에 부쳐(贈秀才入軍詩)」, 장화張華의 '쌀쌀한 밤' 「잡시(雜詩)」, 하안何晏의 '홑옷', 반악潘岳의 '지겨운 여름' 「회현에서 짓다(在懷縣作)」, 장협張協의 '괴로운 비' 「잡시(雜詩)」, 사영운謝靈運의 「위태자 조비曹丕의 '업중집' 시를 본떠擬魏太子鄴中集詩」, 육기陸機의 「고시를 본떠擬古詩」, 유곤劉琨의 '난세의 감회' 「부풍의 노래(扶風歌)」, 왕미王微의 '풍월風月', 사객謝客의 '산천山泉',[21] 사곤謝琨의 '이별의 연회', 포조鮑照의 '변새시戍邊' 「'계의 북문을 나서'를 본떠(代出自薊北門行)」, 좌사左思의 「영사시詠史詩」, 안연지顏延之의 '낙양으로 들어가는 시「사신으로 낙양에 가며(北使洛詩)」', 도연명陶淵明의 「가난한 선비詠貧士」, 사혜련謝惠連의 「다듬이 소리搗衣詩」 등의 작품은, 모두 오언시 중 '경책警策'[22]이

20) 차주환(車柱環) 교수는 「종영시품교증(鍾嶸詩品校證)」에서 '子卿(소무(蘇武)의 자)'은 '少卿(소경 : 이릉(李陵)의 자)'의 잘못으로 보았다. 그 근거는 『시품』 어디에도 소무의 시에 대한 평가가 없다는 점이다. 또 '쌍오리(雙鳧)'는 '이릉이 소무(蘇武)에게 준 시'라고 보았다(「종영시품교증(鍾嶸詩品校證)」, 『아세아연구(亞細亞硏究)』 III-2(6), 1960, 117~153쪽).

21) 사영운이 산수시의 대표 시인이라는 점에서 사영운으로 보는 것이 일반적인 데 반해, 차주환 교수는, 앞뒤로 모두 한 사람씩만 언급했으므로, '謝客'은 본래 '謝朓'였을 것으로 추측하면서, 그 근거로 사조의 「상주로 전근하느라 선성의 이민(吏民)들과 헤어지며[忝役湘州與宣城吏民別]」 시에 "'山泉'諧所好('산속 샘물' 내 기호와 잘 어울렸다)"라는 구가 있으며, 「중서성에 숙직하며[直中書省]」는 더욱 훌륭하고, 끝에 "聊恣'山泉'賞('산속 샘물' 잠시 실컷 즐기려 한다)" 구가 있으니, "謝朓山泉"의 증거가 충분히 될 만하다고 했다(위의 글).

22) 본래 불교 사찰에서 수행자를 꾸짖기 위하여 사용하는 기구 또는 꾸짖는 행위를 말한다. 또 말이 채찍 때문에 정신을 차리고 잘 달리게 되는 것과 마찬가지로 그 글귀를 보고 정신을 차리게 된다는 의미에서, 시문에서 요점을 지적하여 그 말과 뜻이 넉넉히 사람의 정신을 깨우쳐 줄 만한 글귀나 뛰어난 시구를 말한다. 여기서는 가장 뛰어난 감동적인 작품을 가리킨다. 위첨자로 제시한 작품은 진연걸(陳延傑)의 『시품주(詩品注)』와 고직(古直)의 『종기실시품전(鍾記室詩品箋)』, 허문우(許文雨)의 『시품석(詩品釋)』, 차주환(車柱環) 교수의 「종영시품교증」, 이

다. 편장篇章의 보석이요, 문채文彩의 보고라고 할 수 있는 바이다.「서(序)」

그 근원은 두 장씨張氏에게서 나와서, 사물의 모습을 형상화하고 물체를 묘사하는 표현을 잘 창조했다. 장협張協의 기이하고 괴상한 표현을 습득했고, 장화張華의 화려한 사조를 함유했다. 힘찬 필력은 사혼謝混보다 강하고, 호방한 기세는 안연지顔延之보다 빠르다. 이 네 사람의 시풍을 종합하여 아름다움을 자유자재하게 드러내고, 송宋과 제齊 양대兩代에 걸쳐 홀로 빼어났다.[23] 아, 그는 재주는 빼어났으나 출신이 미천하여, 그 당시에 이미 인멸되어버렸구나. 그러나 매우 흡사하게 묘사하는 것을 귀중히 여겨 숭상하면서, 위태롭고 편벽된 표현도 피하지 않아서 청아한 정조를 상당히 해쳤다. 그래서 험하고 속된 표현을 중시하는 사람들이 대부분 포조에게 귀의한다.「중품(中品)·송참군포조(宋參軍鮑照)」

휘교(李徽教) 교수의 『시품휘주(詩品彙註)』 등에서 제시한 것이다.

23) '양대(兩代)'를 이철리 교수는 '진·송(晉宋)'으로 보았고(『역주시품』, 343~344쪽), 이휘교 교수는 "진(晉)·송(宋)을 말한다"라고 한, 섭장청(葉長青) 『시품집석(詩品集釋)』의 견해를 그대로 인용했다(『시품휘주』, 164쪽). 그런데, '진대(晉代)'에는 완적(阮籍)·육기(陸機)·반악(潘岳)·장협(張協) 4인이 「상품(上品)」에 들어간 반면 포조는 「중품(中品)」에 들어가 있어서, '양대'를 '진·송'으로 보는 것은 내용상 부합하지 않는다. 반면 제대(齊代)의 시인 중에는 「상품」에 들어간 사람이 한 명도 없는 점에서, '송·제(宋齊)'로 보는 것이 타당해 보인다. 조중업(趙仲業)의 『종영시품역주(鍾嶸詩品譯注)』(南寧 : 廣西人民出版社, 1987)에서는 '송·제 양대(宋齊兩代)'로 번역했다.

소자현蕭子顯 『남제서南齊書』 「문학전론文學傳論」

동진東晉의 기풍과 홍취는 도가道家의 주장이 크게 성행했다. 곽박郭璞은 그 신령한 변화를 두드러지게 했고, 허순許詢은 그 명리名理[24]의 변설辯說을 극도로 추구했으며, 은중문殷仲文은 현허玄虛의 기운을 여전히 다 없애지 못했고, 사혼謝混은 정신情新 : 정치(情致)가참신함하지만[25] 명성은 그다지 높지 않았다. 안연지와 사영운이 동시에 굴기하여 마침내 각자 기이함을 뽐내었고, 탕혜휴湯惠休와 포조가 나중에 출현하여 모두 세상에 두각을 나타내었다. 붉은색과 푸른색이 함께 아름다움을 드러내었지만, 서로 조술祖述하지는 않았다.

지금의 문장은 작자가 비록 많지만, 총괄하여 말하자면 대략 세 유형의 체식體式이 있다. 첫째는, 마음을 한가하고 여유롭게 풀어내어, 화려하고 유창한 사조詞藻에 싣는데, 비록 교묘하고 기려綺麗한 점이 있지만 끝내 에두름에 이른다. 이러한 것은 공경公卿과 고관이 베푸는 연회에서 응수應酬의 시로 짓기에는 적합하지만, 본디 표준적인 시가 양식은 아니다. 그리고 소홀 태만하고 유약하고 느린 게 고질적인 단점인데, 전아 단정하여 취할 만한 것도 있지만, 정리情理에는 매우 부합하지 않

24) 이곳의 '名理'는 위진(魏晉) 이후 청담가(淸談家)들이 사물의 명칭과 도리의 시비와 이동(異同)을 변석하는 것을 가리킨다. 『삼국지』 「위서·종회전(鍾會傳)」에 "장성하게 되자 재지(才智)와 기예(技藝)가 있는 데다 박학했으며, '名理'를 정세하게 익혀 밤을 낮 삼아 공부하여 성예(聲譽)를 얻었다"라고 했다.

25) '情新(정신)'은 저본에는 '淸新(청신)'으로 되어 있는데, 표점교감본 『남제서』를 따라 고쳤다.

는다. 이러한 체식의 근원은 사영운謝靈運에게서 나와 형성된 것이다. 그다음으로는, 고사를 수집하여 부류별로 늘어놓아 대우가 아니면 써내지도 않는데, 사물을 널리 모아 묘사한 것은 가상하지만, 대우 면에서 지나친 구속과 견제가 이루어졌다. 어떤 것은 전적으로 옛말을 빌려와서 그것으로 지금의 감정을 토로하는데, 울퉁불퉁 여기저기서 끌어왔지만, 그저 짝을 지어 늘어놓은 말에 불과하다. 단지 사물의 예만 보여줄 뿐으로, 바로 '청신한 문채淸采'[26]를 잃어버린다. 이것은 부함傅咸의 『오경五經』을 읊은 시[27]와 응거應璩의 서사적인 시와 같다. 비록 완전히 같지는 않지만 체식 면에서 이러한 부류에 넣을 수 있다. 그다음은, 노래하는 기세가 놀랄 만큼 힘차고, 시어의 가락이 험하고 급박하며, 사조詞藻를 조탁함이 지나치게 염려艶麗하여, 사람의 영혼을 뒤흔들어 어질하게 만든다. 이는 역시 정색正色인 오색 가운데에 간색間色인 진홍색과 자주색이 섞여 있는 것과 같고, 정성正聲인 팔음八音 가운데에 변성變聲인 정성鄭聲과 위성衛聲이 섞여 있는 것과 같다. 이것은 포조鮑照가 남겨 놓은 뜨거운 풍조이다.

---

26) 저본에는 '精采(정채)'로 되어 있는데, 표점교감본에서 '淸采(청채)'로 교감했다. 번역은 이를 따랐다.

27) 정복보의 『전진시』 권2와 녹흠립의 『진시』 권3에 모두 「효경시(孝經詩)」·「논어시(論語詩)」·「모시시(毛詩詩)」·「주역시(周易詩)」·「주관시(周官詩)」·「좌전시(左傳詩)」가 수록돼 있고, 『춘추정의(春秋正義)』를 인용하여, "부함의 「칠경시(七經詩)」는 왕희지(王羲之)가 필사했는데, 그러나 지금 남아 있는 것은 '육경' 뿐이다"라고 주를 달았다. 이런 시는 모두 해당 경서에서 인용한 말을 늘어놓은 사언시이다. '오경'은 이를 말하는 것으로 보인다.

왕통王通 『중설中說』 「사군事君」

포조와 강엄江淹은 옛날의 '고집 센 사람狷者'이니,[28] 그 문장이 급하고 원한에 차 있다.

유지기劉知幾 『사통史通』 「인물人物」

포조에 대해 말하자면, 문장의 종주宗主요 학술의 보고寶庫로 천하에 이름을 떨쳤으니, 비교하자면 한대漢代의 왕포王褒와 동방삭東方朔 부류와 같다.

석釋 교연皎然 『시식詩式』 「'질탕격' 이품跌宕格二品」

'월속越俗' : 그 도는, 황학黃鶴이 바람을 마주하듯이, 모습은 세속을 벗어나고 정신은 왕성하니 아득하여 제어할 수 없다.

곽박郭璞 「유선시遊仙詩 · 물총새 택란꽃에 장난치는데翡翠戲蘭苕」 : "왼쪽으로 부구공의 옷소매를 당기고, 오른쪽은 홍애 선생 어깨를 두드린다左挹浮丘袂, 右拍洪崖肩."[29]

---

28) 『논어』 「자로(子路)」에 "선생님께서 말씀하셨다. '언행이 중용에 들어맞는 사람을 얻어 함께할 수 없다면 반드시 "과격하거나 고집 센 사람과 함께할 것이다[狂狷]'" 과격한 사람[狂者]은 진취적이고, "고집 센 사람[狷者]"은 하지 않으려는 나쁜 일이 있다'"라고 했다.

29) 『문선』 권21에는 '袂(메)'가 '袖(수)'로 되어 있는데, 뜻은 같다.

포조 「'갈 길은 험난하고'를 본떠擬行路難」 제7수 : "슬픈 생각 홀연히 닥쳐오기에, 말을 타고 북문 밖을 나와보았소. 고개 들어 사방을 바라보아도, 솔과 측백 우거진 무덤뿐이고, 가시나무 빽빽하게 엉겨 있다오. 그 안에 새 한 마리 이름이 두견인데, 그 옛날 촉 임금의 혼백이라 한다오. 소리는 애달프게 쉬지 않고 울어대고, 깃털은 다 빠져서 까까머리 같다 하오. 나무 사이 날아다니며 벌레 개미 쪼아대니, 지난 시절 천자 지존 무슨 수로 알아보겠소? 생사와 변화의 이 덧없는 이치를 생각하면, 마음은 비통해져 말조차 할 수 없소擧頭四顧望, 但見松柏園. 荊棘鬱蹲蹲, 中有一鳥名杜鵑. 言是古時蜀帝魂. 聲音哀苦鳴不息, 羽毛憔顇似人髡. 飛走樹間啄蟲蟻, 豈憶䢐時(一作'日')天子尊. 念此死生變化非常理, 中心惻愴不能言."[30]

진사도陳師道 『후산시화後山詩話』

포조의 시는 화려하지만 유약하지는 않다. [도연명의 시는 정황에 딱 들어맞기는 하지만 문채文彩가 없다.]

30) '顇(췌)'는 장부본 『포참군집』과 송본 『포씨집』에 모두 '悴'로 되어 있는데, 같은 뜻을 지닌 이체자이다. '螘(의)'는 장부본과 송본에 모두 '蟻(의)'로 되어 있는데, 역시 이체자이다. '䢐時(왕시)'는 장부본과 송본에 모두 '往日(왕일)'로 되어 있다. '䢐'은 '往'의 이체자이다. '惻愴'은 장부본에는 '愴惻'으로 되어 있다.

주희朱熹 『주자어류朱子語類』

포조는 재능이 뛰어났는데, 그의 시는 바로 『문선』의 변체變體로 이백李白이 전적으로 배웠다. "허리에 낫을 차고 아욱과 콩을 베고, 지팡이 짚고서 닭과 돼지 키운다오腰鎌刈葵藿, 倚仗牧鷄豚"「'동무의 노래'를 본떠(代東武吟)」 같은 것은, 고집이 세고 체념하려 하지 않는 뜻을 분명히 말하고 있으며, "질풍이 변방 요새 세차게 치고 일어, 모래 자갈 저절로 날아오르네. 말 털은 고슴도치 가시처럼 뻣뻣하고, 각궁도 얼어붙어 당길 수 없게 됐네疾風衝塞起, 沙礫自飄揚. 馬毛縮如蝟, 角弓不可張"「'계의 북문을 나서며'를 본떠(代出自薊北門行)」 같은 것은, 변새 상황을 분명히 말하고 있는데, 시어가 또 매우 준건峻健 : 굳세고 힘참하다.「인물(人物)」

오도손敖陶孫 『시평詩評』

포조는 주린 매가 홀로 창공에 나오듯이 전례 없이 기교奇矯 : 기이하고 웅건함하다.

장계張戒 『세한당시화歲寒堂詩話』

세상 사람들은 두보의 시에 '추속麤俗 : 거칠고 통속적' 한 표현이 많은 것만 보지, 추속한 말이 시에 사용하기가 가장 어렵다는 사실은 모른다. 추속한 것이 아니라면, 바로 지극히 고고高古 : 고상하고 고아함한 것이다. 조식曹植

과 유정劉楨의 사후 지금까지 1천 년 동안 오직 두보 한 사람만이 그럴 수 있었다. 중간에 포조가 비록 이러한 작품이 있기는 하지만, 오히려 '준쾌俊快'[31]하다고 일컬어질 뿐 고고한 데는 이르지 못했다.권상(卷上)

엄우嚴羽 『창랑시화滄浪詩話』

'원가체元嘉體' : 송 문제의 연호이다. 포조·안연지·사영운 등 여러 시인의 시이다.「시체(詩體)」

안연지는 포조보다 못하고 포조는 사영운보다 못한데, 왕통王通이 『문중자文中子』에서 안연지만 취한 것[32]은 옳지 않다.「시평(詩評)」

---

31) '俊快'는 준일(俊逸)하고 쾌속한 것을 말한다. 갈입방(葛立方)의 『운어양추(韻語陽秋)』 권1에 두보와 이백을 비교하여 설명한 대목이 있는데, 여기에 이 말이 나온다. "두보의 시는 구상이 '고통스러우면서[苦]' 시어는 '기특하고[奇]', 이백의 시는 구상이 '빠르면서[疾]' 시어는 '호매하다[豪]'. 두보 문집에는 이백의 시를 평한 곳이 매우 많다. '이백은 술 한 말에 시가 일백 편[李白一斗詩百篇]'(「음중팔선가(飮中八仙歌)」)이라든가, '청신함은 유신과 같고, 준일함은 포조와 같다[清新庾开府, 俊逸鮑參軍]'라든가, '어느 때에 술 한 동이로, 거듭 함께 시문을 논하리[何時一尊酒, 重與細論文]'(이상 「봄날 이백을 그리며[春日憶李白]」) 같은 시구는, 지나치게 '준쾌(俊快)'한 것을 기롱(譏弄)한 것 같다." '준일'에 대해서는 전중련의 '머리말[前言]' 각주 1의 역주를 볼 것.

32) 왕통은 『중설(中說)』 「사군(事君)」에서, "사영운은 소인(小人)이로다. 그 문장은 오만한데[傲], 군자는 삼가야 한다. (…중략…) 포조와 강엄(江淹)은 옛 고집 센 사람[狷者]이니, 그 문장은 급하면서 원망에 차 있다. (…중략…) 안연지와 왕검(王儉)·임방(任昉)은 군자의 마음을 지니고 있으니, 그 문장은 간명하면서 법칙이 있다"라고 했다.

진역증陳繹曾 『시보詩譜』

육조시대에는 문장의 기세가 쇠약하고 완만한데, 오직 유곤劉琨과 포조만이 서한西漢의 기골氣骨 : 기세와 골력이 있으니, '이백과 두보의 시에 보이는 힘찬 필력李骨杜筋'[33]은 이것을 취한 것이다. 포조(鮑照)

육시옹陸時雍 『시경총론詩鏡總論』

포조는 재화才華와 지력智力이 매우 뛰어나 당시에 맹렬한 기세를 떨쳤으니, 오정五丁 : 다섯 장정이 산을 깎아 인간 세상에 없던 것을 개척한 듯하다.[34] 그는 득의할 때는 잽싸게 곧장 전진하는데, 눈앞에는 견고

---

33) 저본에는 '李杜筋(리두근)'으로 되어 있는데, 절강총독채진본(浙江總督採進本) 진역증『문전(文筌)』에는 '李骨杜筋(리골두근)'으로 되어 있어서 고쳤다.

34) '오정(五丁)'은 전설 속 옛 촉나라의 역사이다. 옛 촉나라에는 산도 옮길 만한 다섯 장정이 있었다. 그런데 개명(開明) 왕에 이르러 국력이 쇠약해지고 왕이 황음무도해지자, 진(秦) 혜왕(惠王)은 정벌을 단행하려고 했다. 그러나 산이 험하여 공격할 길이 없었다. 그래서 하나의 방법을 생각했으니, 거대한 석우(石牛) 다섯 마리를 만들고 꼬리 밑에 황금을 놓아두고, 소가 황금 똥을 눈다고 소문을 내었으며, 소를 치는 사람 백여 명을 배치한 것이다. 소문을 들은 촉나라에서 사신을 보내 석우를 달라고 요청했다. 진나라에서 허락하자, 촉나라에서는 다섯 장정을 보내어 이 다섯 마리 석우를 운반하면서, 산을 뚫었다는 것이다. 『화양국지(華陽國志)』「촉지(蜀志)」, 『수경주』「면수주(沔水注)」 등에 있다. 『예문유취』 권7 「산부(山部)·상」 '총재산(總載山)' 조에는, 『촉왕본기(蜀王本紀)』를 인용하여 이렇게 말했다. 하늘이 촉왕에게 오정(五丁)의 역사를 낳게 했는데, 그들은 산도 옮길 수 있었다. 진왕(秦王)이 촉왕에게 미녀를 바치자, 촉왕은 오정을 보내어 맞아 오게 했다. 오는 도중에 큰 뱀이 산 동굴로 들어가는 것을 보고, 오정이 함께 끌어당기자 산이 무너졌다. 진 나라의 다섯 미녀는 모두 산 위로 올라가 돌이 되었다. 『화양국지』「촉지」에도 같은 이야기가 실려 있는데, 마지막 부분의

한 성조차도 없어진다. 준마를 타고 가벼운 담비 꼬리 장식을 한 무사의 모자를 쓰고, 아름다운 무늬 조각을 한 활에 단검으로 무장을 하고, 가을바람이 불고 해가 질 무렵에 평탄한 산등성이를 질주한다. 이로써 이분의 의기意氣가 어디 있는지 상상해볼 수 있다. 포조(鮑照)

왕부지王夫之 『강재시화薑齋詩話』

고시 및 가행체歌行體에서, 환운換韻을 할 때는 반드시 운의韻意: 압운과 의미가 둘 다 바뀌지 않게 해야 한다. 『삼백편』에서 유신庾信·포조의 칠언시에 이르기까지, 모두 구쇄鉤鎖: 연결 고리를 쓸 필요도 없이 자연스럽게 이어져 단절이 없다. 권하(卷下)

왕부지王夫之 『선산고시평선船山古詩評選』

포조의 악부시는 본래 칠언시가 지극하다. 오언 가행체를 살펴보면, 역시 칠언시의 수필手筆: 필치로 지어서, 구격句格: 시구의 짜임새이 성기고 기세가 급박하여, 오언시의 풍도를 잃어버림을 면치 못하고 있다. 그러나 모편謀篇: 한 작품 전체의 구성은 잡스럽지 않다. 예를 들어 「'대문 밖에 수레

기록은 약간 다르다. 즉, 산이 무너질 때 오정은 압사하고 다섯 미녀도 함께 묻혔으며, 산은 다섯 개로 나누어져 오령(五嶺)이 되었고, 정상에는 평석(平石)이 생겼다는 것이다.

탄 손님이 있어'를 본떠代門有車馬客行」·「'동무의 노래'를 본떠代東武吟」·「'소년 협객들의 노래'를 본떠代結客少年場行」 등의 작품은, 일기一氣로 함축하여 오언 가행체의 가장 중요한 위치를 차지하고 있다. 마땅히 대단大段 : 주요한 면에서 착안해 살펴야, 비로소 그 풍도를 알 수 있다. 만약 단지 '준수함俊'만을 찾는다면, 양 오균吳均, 469~520[35]과 그다지 차이가 나지 않게 될 것이다. 원가元嘉, 424~453 말기는 아속雅俗이 교체하는 시기였으니, 듣기 좋은 말로 함부로 서로 칭송해서는 안 된다. 권1 「고악부가행(古樂府歌行)·'소년 협객들의 노래'를 본떠(代結客少年場行)」

두보는 준일俊逸이라는 말로 포조의 시풍을 논평했는데, 그것은 악부만을 대상으로 한 언급이다. 포조의 오언고시는 항상 시어가 심수深秀 : 심원하고 청수함함은 장점이지만, 중삽重澁 : 둔중하고 껄끄러움함이 단점이 되어, 전혀 준일로 자처하지 않으려 한다. (…중략…) 오언고시는 본시 '준俊' 자를 붙여서는 안 되는 것이다. 권5 「오언(五言)2·벗 마자교에게(贈故人馬子喬)3」[36]

35) 허학이(許學夷)가 『시원변체(詩源辯體)』 권9에서, 오균의 오언시는 "성운이 점점 격률에 부합하고 시어는 점점 화려해진다[聲漸入律, 語漸綺靡]"라고 한 것처럼, 오균의 시는 전형적인 제·량 시의 풍격을 지니고 있는데, 다만 당시의 다른 시인에 비해서는 다소 청신하다는 평도 받는다.

36) 문집 권5 「벗 마자교에게[贈故人馬子喬]」 제3수 '평설' 참조.

진조명陳祚明 『채숙당고시선采菽堂古詩選』

포조는 웅혼雄渾한[37] 자태를 품고 있는 데다가, 또 침착하고 진지한 성품을 지니고 있다. 그 성품이 침착하고 진지하므로, 풍경을 대하고 문사를 운용함이, 반드시 깊이 탐색하고 색다른 것을 찾아내어, 남과 같아지지 않으려 했다. 그 자태가 웅혼하기에, 목청껏 감회를 토로하여, 매번 유독 양절亮節 : 우렁찬 가락을 이루고, 스스로 매우 흡족하게 여겼다. 악부는 홍향弘響 : 우렁차게 울림한 것이 많고, 고시는 유심幽尋 : 그윽하고 고요함한 것이 많다. 그러나 우렁차게 울리는 가운데에도 간혹 졸솔拙率 : 거칠고 소략함한 면이 많고, 그윽하고 고요한 중에도 생삽生澁 : 어설프고 껄끄러움한 단점이 있다. 이 두 가지 폐단이 번갈아 드러남으로써, 매번 기격氣格 : 기품과 격조을 해친다. 결점을 통해서 장점을 찾아내야 한다면, 거칠고 소략하지만 천근淺近하지는 않고, 어설프고 껄끄럽지만 범속凡俗하지는 않게 함으로써, 음절音節 : 음률의 절주은 꼭 힘차고, 구조句調 : 시구의 가락는 반드시 굳세다는 것이다. 두보가 도달한 바는, 바로 이 점을 깊이 깨친 데 있으니, 확실히 범속을 초월하는 상편上篇 : 상등의 작품이요, 무리를 뛰어넘는 귀술貴術 : 진귀한 기술이다. 다소 거리껴지는 점은, 포조의 식견과 이해가 깊지 못하여 기탁寄託도 얕은 점이다. 한창때의 세월이 순

---

37) 기세가 웅장하면서 거침없고 드넓어 경계가 없는 시의 경지를 말한다. 사공도(司空圖, 837~908)는 『이십사시품(二十四詩品)』에서 24종 풍격의 첫머리에 '웅혼'을 설명했는데, 후반부에서 다음과 같이 묘사했다. "온갖 물상 다 갖추고, 드넓은 하늘 가로지른다. 드넓어라, 흐르는 구름이여! 고요하여라, 멀리 부는 바람이여[具備萬物 橫絶太空 荒荒油雲 寥寥長風]."

식간에 사라지는 것에 대해 감상感傷하고, 처지가 쓸쓸하고 적막한 것을 슬퍼하는, 이 두 가지 주제가 여러 작품에 널려 있다. 설령 고인이 탁흥託興: 외물을 빌려 감정을 실어냄한 것도 '거칠다率'라는 점에서 마찬가지라 하더라도, 모든 작품이 정감이 같다면, 어찌 다른 풀이를 볼 수 있겠는가? 번거롭게 전석詮釋할 것도 없고, 깊이 생각할 가치도 없을 것이다. 대저 시는 정情: 정감과 사辭: 문사뿐이니, 정과 사가 결합하여 성聲: 성률을 이루는 것이다. 포조의 웅혼雄渾함은 성률에 있고, 침지沈摯함은 문사에 있다. 그러나 정감에서는 오히려 천근한 폐단이 있으니, 유신庾信에게 미치지 못하는 것 역시 이 때문이다. 그러나 그가 마음에 흡족하고 만족할 때는 궁상宮商: 성률을 신중하게 음미하여, 육기陸機와 육운陸雲에게 하직을 고하고, 조조曹操와 조식曹植에게 멀리 부합하여서, 또 유신이 아름다움을 다툴 수 있는 바가 아니다. 요컨대, 유송劉宋 이후 포조와 유신 두 사람은 실로 인걸로 칭송된다. 포조는 '처한 상황境'이 유신과 달라서 정감에 손색이 있고, 유신은 '태어난 시기時'가 포조보다 뒤여서 성률에서 손색이 있다. 이 두 시인의 온축蘊蓄을 궁구하지 않으면, 두보가 어떤 점에서 본받은 것인지 알지 못할 것이다. 고금의 작자는 거슬러 올라가면 연원이 있는데, 격조가 서로 다른 점에서는 처지를 바꾸어 생각하면 마찬가지가 되니, 억지로 우열을 매길 수는 없는 것이다. 권18

왕사진王士禛 『어양시화漁洋詩話』

종영鍾嶸의 『시품』을 나는 소싯적에 매우 좋아했지만, 이제 비로소 착란과 착오가 적지 않음을 알게 되었다. (…중략…) 「중품」의 유곤劉琨·곽박郭璞·도연명陶淵明·포조鮑照·사조謝朓·강엄江淹, 「하품」의 위 무제 조조曹操는 의당 「상품」에 넣어야 한다. (…중략…) 도연명 시가 응거應璩 시에서 나왔고, 곽박 시가 반악潘岳 시에서 나왔으며, 포조 시가 장화張華와 장협張協의 시에서 나왔다고 한 것은, 더더욱 비루한 견해일 뿐이니, 깊이 있는 감별이라고 할 수가 없다. 권하(卷下)

하작何焯 『의문독서기義門讀書記』

포조는 타고난 재능이 풍부하고 아름다운데, 특히 과식夸飾 : 과장된 수식에 뛰어나서 광채가 종이와 먹 밖으로 솟구친다. 권46

시는, 포조에 이르러 남김없이 다 드러내게 되었는데, 이백·두보·한유·백거이는 모두 이에서 나왔다. 권47

섭섭葉燮 『원시原詩』 권4 「외편外篇·하」

육조 시인 중 오직 도연명·사영운·사조 세 사람이 가장 걸출하여 정립鼎立할 수 있고, 좌사左思와 포조가 그다음을 차지한다. 포조와 좌사 역시 각자 독창적인 면모를 개척했으니, 나머지 시인들은 그 뒷모습조차도 바라볼 수 없다.

육조의 여러 명가名家는 각자 하나의 장점은 지니고 있지만 모두 완벽하지는 않다. 포조와 유신庾信의 시는, 두보가 '청신淸新'과 '준일俊逸'로 귀납했는데,[38] 육조의 시인 중에서 출중할 수 있었던 것 같다. 그러나 따져보면, 틀 안에 얽매이고 습벽習癖에 갇혀 변통할 수는 없었다. 당대唐代 시인의 문호를 점차 열어 그들의 손과 눈을 열어준 면에서는, 유신이 그 선구가 되지 않았다고 말할 수 없다.

심덕잠沈德潛『설시수어說詩晬語』권하

포조의 악부는 목청껏 감회를 토로하여, 매번 유독 양절亮節 : 우렁찬 가락을 이루었으니, 「'동문의 노래'를 본떠代東門行」·「'목 놓아 부르는 노래'를 본떠代放歌行」 등의 작품은, 전대 시인이 지은 적이 없었던 것처럼 하려고 했다.

한 고조 유방劉邦의 「큰바람 부니大風歌」와 한 무제 때 지었다는 「백량대에서의 연구柏梁臺聯句」는 칠언시의 기원이다. 이때부터 그 이후로, 위

38) 「봄날 이백을 그리며[春日憶李白]」 시에서 유신의 시를 '淸新'으로 포조의 '俊逸'로 평했다. 역주 31(『세한당시화』의 '준쾌'에 대한 용어 설명) 참조.

문제 조비曹조의 「연 지방의 노래燕歌行」, 진림陳琳의 「장성의 굴에서 말에게 물 먹이며飮馬長城窟行」, 포조의 「'갈 길은 험난하고'를 본떠擬行露難」 등이 모두 걸작으로 일컬어진다.

심덕잠 『고시원古詩源』

포조의 오언고시는 조탁彫琢은 사영운과 비슷하지만, 자연스러운 점은 미치지 못한다. 권11

장혜언張惠言 『칠십가부초서七十家賦鈔序』

'정情 : 정감'을 '안감裏'으로 하고 '물物 : 외물'을 '겉감襮'으로 하여, 구름과 바람을 조각하고 가지와 꽃을 새겨 넣으면, 그 정회情懷가 영원하여 잊을 수가 없다. 그 기운이 솟아오르고 그 꽃이 찬란하게 피었으니, 사장謝莊과 포조가 그렇게 했다. 강엄江淹은 가장 훌륭한데, 그 근원은 굴원屈原의 「구가九歌」에서 나왔다. 그것은 낮게 가라앉아 깊이 원망하기도 하고, 맑고 서늘하며 부드럽기도 하며, 그것은 방종하여 거리낌 없이 경박하고 방탕하기도 하지만, 모두 부를 짓는 대상大常 : 대원칙[39]으로

39) '大常(대상)'은 『장자』 「전자방(田子方)」에 나오는 말로, 본성(本性) 또는 대원칙을 뜻한다. "풀을 먹는 짐승은 풀이 자라는 덤불을 다른 곳으로 바꾸는 것을 싫어하지 않고, 물속에 사는 생물은 물을 다른 곳으로 바꾸는 것을 싫어하지 않는다. 작은 변화를 시행하는 것일 뿐 그들이 살아가는 '대원칙'을 잃는 것이 아니

귀결한다. 포조와 강엄은 그 체體 : 체식는 옳지 않지만, 그 의意 : 내용는 옳다. 권수(卷首)

유희재劉熙載『예개藝槪』 권2 「시개詩槪」

포조의 칠언 가행체歌行體는 비분강개하여 의기를 마음대로 드러내고, 뜻이 크고 거리낌이 없어 재주를 마음껏 부렸으니, 당시에 있어 하나가 없어도 안 되고 둘이 있을 수도 없는 것이었다. 두보의 「설단과 설복이 마련한 술자리에서 설화가 취하여 노래하는 것을 적다薛端薛復筵簡薛華醉歌」 시에 "근래에 국내에서 칠언 가행체를 지음에 있어, 너와 산동의 이백이 가장 훌륭하다. 하손 · 유효작 · 심약 · 사조는 힘이 정교하지 못했는데, 너의 재주는 포조를 겸하여 근심스러운 곳은 사람을 쓰러지게 한다近來海內爲長句, 汝與山東李白好. 何劉沈謝力未工, 才兼鮑照愁絶倒"라고 했다. 이것은 비록 설화薛華를 추켜세우고자 하는 것이지만, 또 포조의 칠언 가행체가 하손何遜 · 유효작劉孝綽 · 심약沈約 · 사조謝脁는 모두 미칠 수 없는 것임을 보여주기도 한다.

"외로운 망초는 절로 날아다니고, 놀란 모래는 까닭 없이 흩날리네孤蓬自振, 驚沙坐飛." 이것은 포조 '부賦' 「황폐한 성(蕪城賦)」의 구절인데, 포조 '시'에 옮겨 넣어도 상당히 그럴듯하다.

기 때문이다(草食之獸不疾易藪, 水生之蟲不疾易水, 行小變而不失其'大常'也)."

장협張協 시가 포조를 열었지만, 포조가 훨씬 굳세다.

방동수方東樹『소매첨언昭昧詹言』권6

고인은 자구字句에는 신경을 쓰지 않았기에, 생각나는 대로 편하게 적고 그냥 말하는 것처럼 보여도 실은 전고典故가 있다. 이것이 일대 법문法門이다. 오직 사영운과 포조 두 시인만이 특히 이 방면에 있어 매우 엄격하다. 후인은 식견이 얕고 비루하여 다시는 이런 것을 알지 못했으니, 다만 솔어率語: 아무렇게나 한 말일 뿐이다.

너무 단련하면 기세를 손상하게 된다. 사영운과 포조 두 시인은, 만약 잘 본받지 못한다면, 아마 촉박하기만 하고 느긋하지 못한 병폐를 면할 수 없게 될 것 같다. 『삼백편三百篇』, 한위漢魏 시인, 완적阮籍 및 두보와 한유가 호연한 일기一氣로 한 덩어리가 된 것이 더 낫다.

사영운과 포조는 원기元氣가 혼연하여 작품 안에 흘러 들어간다. 다만 거칠고 세차게 밖으로 드러나지 않을 뿐이지, 기세가 없는 것이 아니다. 검광劍光을 칼집 속에 숨기고 범과 무소를 우리에 가두는 것처럼, 일부러 응축하고 견고하게 지키고 억눌러 틀어막은 것이다.

사영운·포조·두보·한유는 조어造語가 모두 지극히 기험奇險: 기이하고 험괴함하고 심곡深曲 : 깊이와 곡절이 있음하다. 그러나 오히려 모두 온당하고 노련하게 드러냄으로써, 지나치게 기교奇巧함을 추구하는 폐단에 빠지지는 않았다. 변변치 못한 재주를 지닌 자가 그것을 본뜨면, 온당하지 않거나, 혹은 지나치게 기교함을 추구하여 경박하거나 혹은 회삽晦澁하여 이해하기 어렵게 된다.

사영운·포조·사조를 완상玩賞해보면, 읽은 책이 그렇게 많지는 않다. 그러나 정밀하고 숙련되게 익히고 확실하고 분명하게 알았기에, 온당하고 적절하게 활용할 수 있었으니, 후인들이 남의 글을 마구 찢어 베껴와서 미사여구를 늘어놓은 것과는 다르다.

이백과 두보는 모두 포조를 추복推服하여 '준일俊逸'로 칭송했다. 대체로 그에게 기세가 있어, 장화張華·부현傅玄·이륙二陸 : 육기·육운 형제·삼장三張 : 장협(張協)·장재(張載)·장항(張亢) 형제의 미려靡麗하고 유약함을 씻어버린 점을 취한 것이다. 지금 육기가 본떠 지은 악부 고시를 포조와 비교해보면 알 수 있다.

요범姚範 : 호 강오(薑塢) 선생이 말했다. "음향音響이 초촉峭促 : 가파르고 촉급함함은 맹교孟郊 이후의 시인들이 포조와 흡사하다."[40]

---

40) 요범의 『원순당필기(援鶉堂筆記)』 권40 포조 「동문행(東門行)」 조에 "『문선』에 포조의 악부시는 8수가 실렸는데도, 완정(阮亭 : 왕사정(王士禎))은 3수만 취했

포조의 시는 모든 것이 오로지 자구字句의 강구講究에 있었지만, 일기逸氣 : 빼어난 기상로 실행했기 때문에, 애건騃蹇 : 우둔하고 굼뜸 · 완약緩弱 : 느슨하고 약함 · 평둔平鈍 : 평범하고 둔탁함 · 사구死句 : 평범한 구절 · 해필懈筆 : 결점이 있는 잘못된 표현이 없다. 다른 사람들은 '가볍고 거칠며 매끄럽고 평이하면輕率滑易' 독자를 붙들어두지 못하고, '부화하고 과장되며 사물의 본질에 맞지 않는 허상으로 묘사하면客氣假象' 독자를 감동케 할 진미眞味 : 진실한 의미가 없다. 한유와 두보가 늘 그 구격句格을 스승 삼아서, 백 대에 걸쳐 좋은 영향을 끼친 것이, 어찌 그냥 그랬던 것이겠는가!

포조는 준일하여 기세가 넘치는 점에서는 독보적이지만, 글자마다 단련하고 걸음마다 머물러, 껄끄러움澁이 두터워 한 걸음도 미끄럽지滑 않다. 무릇 지나치게 단련하면 기세를 손상하게 마련이지만, 포조는 유독 준일하면서, 또 때로 기경奇警함을 드러내니, 이것이 바로 천추에 독보적인 까닭이다.

포조의 시를 읽으면 진부한 표현을 배제하는 법이 매우 엄격하여, 단 하나의 익숙한 글자도 쓰지 않았다. 그러나 만약 새로운 것으로 바꾸기만 하고 전아하지 않다면, 공소空疏한 두찬杜撰 : 어떤 일이나 현상에 대하여 근거도 없이 자기 마음대로 조작하여 말하거나 저술하는 행위 또는 그러한 글도 그렇게 할 수

으니, 제대로 알지 못해서 그렇게 된 것이다. '음향이 가파르고 촉급함은 맹교 등의 시인들 역시 그와 근사하다[音響峭促, 孟郊諸人亦近之]'"라고 했다.

있으며, 전고를 쓰기만 하되 실제에 부합하지 않아 참된 경지와 참된 맛이 없다면, 또 마치 맛없는 밀랍을 씹고 매조미쌀로 지은 밥을 먹듯이 무미건조할 것이다. 진경眞境을 취한 데에다가 또 기경奇警을 더한 것이, 지극하게 된 까닭이다.

포조는 한위漢魏 시인과 완적阮籍의 웅혼하고 호대하며 유창하고 순통함에는 못 미친다. 그러나 마치 망아지를 제어하여 굴레에 길이 들어 한 걸음도 제멋대로 풀어지지 않도록 하듯이, 일부러 단속하고 단련했다. 그래서 이 체體를 이룬 것이다. 따라서 사영운과 포조 두 작가는 모두 조사祖師가 될 수 있었다. 두보와 한유의 경우는 한·위로 나아가 힘껏 개척하면서, 또 포조와 사영운을 아울러 지녀서, 고금의 정체正體와 변체變體를 다 망라했으니, 심상한 시가詩家들로써 견줄 바가 아니다.

두보와 한유는 모두 항상 포조 시의 구격句格을 취했는데, 이는 그들의 재력才力이 그것을 겸할 수 있었기 때문이다. 맹교孟郊와 증공曾鞏은 오로지 이곳에 수레를 멈추었으니, 어찌 공교工巧하지 않다고 하겠는가. 그러나 문경門徑 : 일을 처리하는 방법이나 경로 또는 수단이 좁을 뿐이다.

강기姜夔는 독창적 경지를 마음 깊이 고심하여, 일체를 털어 없애고 눈에 보이는 대로 그대로 적음으로써, 실로 독창적 경지를 이루었다.

그러나 결국은 송체宋體 : 송대의 시체요 문체文體 : 산문의 체식로서, 후인들이 그것을 배우면 유행병이 생기게 될까 걱정된다. 전고를 쓰지 않으면서 천근淺近하고 평이하므로, 공소空疏한 사람이라도 농필弄筆을 하면 할 수 있다. 따라서 차라리 포조가 글자마다 전고를 하고, 글자마다 단련하며, 걸음마다 머물러서, 경상境象이 깊고 단단하면서 심오하고 회삽하며, 시어를 배치하는 법식이 엄중하고 치밀하며, 기세가 유동하고, 음조가 침중하고 시구가 준초峻峭 : 필세가 굳세고 힘참하여, 본보기가 될 만한 것이 더 낫다.

사영운과 포조 두 작가는 기구起句에 수천 수백 번 단련을 가하여, 세상에서 빼어나게 훌륭한 것이 많다. 황정견黃庭堅이 늘 그것을 본떴으나 항상 미치지 못했다.

포조의 시를 세심하게 연역하여, 장법章法을 궁구해 보면,[41] 사영운 시가 명확한 것에 훨씬 못 미쳐, 왕왕 구분 없이 한 덩어리를 이루어, 돈속頓束과 이합離合, 단속斷續과 향배向背의 구성 법식이 없다. 비로소 이고李翺 : 자 습지(習之)가 말한, 문법文法 : 글 짓는 법은 몹시 어려워 쉽지 않다는 말을 이해할 수 있다. 후에 오직 한유韓愈만이 제멋대로 하지 않고 가장 정세하게 했으니, 보면 볼수록 더욱 분명해진다.

41) 저본에 "細繹鮑時, '其'交代章法"으로 되어 있는데, '其'는 『방동수평고시선(方東樹評古詩選)』 권8에 '而'로 되어 있다. 번역은 이를 따랐다.

포조는 매양 한 글자에도 생숙生熟[42]을 보이니, 이는 일대 공안公案이다.

시를 짓는 본령本領이 하나의 일이요, 기격氣格과 체세體勢와 문법文法은 별개의 일이며, 구법句法과 자법字法은 또 다른 일이다. 요범姚範 선생이 말했다. "소명태자昭明太子가 『문선』에 골라 수록한 포조 악부가 8수인데, 왕사정王士禛, 호 완정(阮亭)은 3수만 취하면서 「'목 놓아 부르는 노래'를 본떠代放歌行」도 수록하지 않았으니, 제대로 알지 못해서 그렇게 된 것이다." 내 견해로는, 「'목 놓아 부르는 노래'를 본떠」는 그래도 버릴 수 있지만, 「'흰머리 될 때까지'를 본떠代白頭吟」를 취하지 않은 것은, 정말 천하의 미남자 자도子都의 아름다움을 모르는 것이다.[43]

42) '生熟(생숙 : 날것과 익은 것, 서투름과 익숙함)'은 서예의 숙련 정도를 나타내는 말이다. 초학자의 글씨는 서툴지만[生] 오래되면 숙련되게[熟] 된다. 일반적으로 너무 '숙(熟)'하면 시속에 영합하는 것으로 평가받는 데 반해, '숙'하면서도 '생(生)'한 것이 더욱 고아(高雅)한 것으로 평가받는다. 청(淸) 오덕선(吳德旋, 1767~1840)은 『초월루논서수필(初月樓論書隨筆)』에서, "글씨를 쓸 때는 모름지기 '숙중생(熟中生 : 숙련된 가운데 서투른 것이 섞여 있음)'을 추구해야 한다"라고 한, 명(明) 동기창(董其昌, 1555~1636)의 말을 인용한 후, 소식과 황정견의 글씨를 평가하여, "황정견은 '생중숙(生中熟 : 서툰 가운데 숙련된 것이 섞여 있음)'하고, 소식은 '숙중생(熟中生)'하다"라고 평했다.

43) 자도(子都)는 고대의 미남자이다. 『모시』「정풍·산유부소(山有扶蘇)」 제1장에 "자도를 만나지 못하고, 마침내 미치광이를 만나다니[不見子都, 乃見狂且]"라고 했고, 모전에서 "자도는 세상에서 아름다운 자이다[子都, 世之美好者也]"라고 했다. 자도의 아름다움을 모른다는 것은 전혀 안목이 없다는 뜻이다. 『맹자』「고자장구(告子章句)·상」에서, 맹자는 "자도에 대해 말하자면, 천하에 그의 아름다움을 모르는 자는 아무도 없다. '자도의 아름다움을 모르는 자'는 눈이 없는 자이다[至于子都, 天下莫不知其姣也. '不知子都之姣者', 無目者也]"라고 했다. 방동수는 포조의 「'흰머리 될 때까지'를 본떠」 시의 평에서도 "왕사정(王士禛)은 알아서

포조를 배우고 싶다면, 모름지기 '여산廬山' 시 4수[44]에서 시작해야 한다. 또 작시의 문경門徑과 시의 면목을 분명하게 변별하여, '떫은澁' 하나의 길로 끌어들여, 문자를 단련하고鍊字 시구를 단련하고鍊句 의미를 단련하여鍊意,[45] 경창驚創 : 놀랍도록 창의적 · 기경奇警 : 빼어나고 재치 있음 · 생오生奧 : 투박하면서도 심오함하게 하는 일에 전심전력하여, 익숙하게 보아온 상경常境 : 평상의 경계과 관련된 표현은 한 획도 없게 해야 한다. 두보와 한유는 여기에서 역시 법식을 취했다. 그러나 거듭해서 고요히 살피지 않으면 그 맛을 알지 못하니, 그래서 깊은 생각을 끌어내도록 하여, 사람의 신지神智를 증가시키는 것이다.

포조와 사영운 두 영웅은 서로 대치하고 있어서 우열을 나누기가 어렵다. 사영운의 본령이 명리名理와 경계境界가 숙목肅穆 : 엄숙 진중함하고 침

취하지 않았으니, 그것이 무엇을 말한 것인지 전혀 몰랐기 때문이다"라고 했다. 권3 「'흰머리 될 때까지'를 본떠」의 '평설' 중 '전중련' 참조.

44) 여산을 읊은 포조의 시는 문집 권5의 「여산에 올라[登廬山]」, 「여산에 올라 석문을 바라보며[登廬山望石門]」, 「향로봉을 시종하여 오르며[從登香爐峯]」 3수이다. 방동수가 '廬山四詩'라고 한 것은, 바로 뒤의 「유 중랑을 따라 원산의 석실에 놀러 가서[從庾中郎遊園山石室]」도 아울러 말한 것 같다. 그의 『방동수평고시선』 권8에도 이 4수가 장부본과 같은 순서로 수록돼 있다.

45) '의미를 단련한다[鍊意]'라는 것은 자구를 다듬고 전편의 구조를 헤아려 주제가 가장 잘 드러나게 하는 것을 말한다. 왕사정의 『사우시전속록(師友詩傳續錄)』에, 유대근(劉大謹)의 질문에 왕사정이 대답한 내용이 실려 있다. "유대근 질문 : '또 연구(鍊句)가 연자(鍊字)보다 못하고, 연자는 "연의(鍊意)"보다 못하다고 하셨는데, 뜻[意]을 어떻게 단련합니까?' 왕사정 답변 : '연의(鍊意)는 어쩌면 장법(章法 : 한 편의 시문의 구성 방식)을 잘 배치하고 고심하여 구상하는 것, 그것일 것이다.'"

중沈重하여 조금 나은 것 같지만, 준일하고 활발함은 또한 포조에 미칠 수가 없다. 시문을 짓는 자는 이전 작자가 아직 충분히 드러내지 못한 장점을 찾아서, 끌어와 확장하여 나의 단점을 보완할 수 있어야 하는데, 포조와 사영운 두 작가가 그런 작자로 특히 적합하니, 두보를 보면 알 수 있다. 또 포조의 시에는 의미가 불분명한 구절 및 불필요한 군더더기 말이 있는데, 사영운의 시에는 없다.

사조謝朓는 정情 : 정감이 포조보다 우월하여, 독자에게 간혹 직접 그런 상황을 만나는 것처럼 느끼게 한다. 그러나 포조는 기체氣體 : 기세와 풍도가 있어서, 비교하면 또 사조보다 뛰어났다.

위원魏源 『시비흥전詩比興箋』 「서序」

이후에 완적阮籍 · 부함傅含 · 포조 · 도연명 · 강엄 · 진자앙陳子昂 · 이백 · 한유는 모두 비흥比興으로 악부와 금조琴操 : 금곡(琴曲)를 지었으니, 위로 정시正始[46]를 모범으로 한 것이다. 중당中唐 이후를 살펴보면, 순전히 부체賦體로만 지은 것이니, 실로 고금 성쇠의 차이일 것이다.

46) '정시'는 위 폐제 조방(曹芳)의 연호(240~249)인데, '정시문학(正始文学)'은 일반적으로 정시와 이후 서진(西晉)의 건국(265)까지를 포함하는 시기를 가리킨다.

전진륜錢振倫 『강포이가문초江鮑二家文鈔』 「서序」

원래 남조南朝의 능수能手로는 강엄과 포조가 병칭된다. 대체로 포조의 『포참군집』은 만 길 낭떠러지에 유일무이한 사람 자취 같고, 강엄의 『예릉집醴陵集』은 천상의 기화요초가 유달리 신기한 채색을 이룬 것 같다. 위로 한·위와 견주면, 웅혼하고 호대함은 못 미치지만, 지나온 역정은 쉽게 알 수 있다. 아래로 진陳·수隋와 비교하면, 번부繁富하고 아름다운 문채는 아직 열지 않아서, 풍격이 비교적 굳세다 '자막子莫이 중도를 주장한 것子莫執中',[47] 그것과 같을 따름이다.

왕개운王闓運 『팔대시선八代詩選』 『상기루설시』 권6

포조의 시는 기세는 급하고 색채는 짙으며 기험奇險을 힘써 추구하여, 그 품격은 낮아졌지만 스스로 하나의 격조를 이루었으니, 귀착점 없이 떠돌기만 한 것 또한 없다. 알지 못하는 자들은 포조의 풍운風韻: 풍격과 운치이 안연지와 사영운 위에 홀로 빼어났다고 여기지만, 그가 한림翰林의 맹금임을 알지 못하고, 단산丹山의 봉황으로 여기는 것이다.[48]

---

47) 『맹자』 「진심장구(盡心章句)·상」 제26장에서, 맹자가 양자(楊子)의 '위아(爲我)'와 묵자(墨子)의 '겸애(兼愛)'에 이어 말한 대목을 인용했다. 자막은 인명(人名)이다.

48) '翰林'은 반악의 「도망시(悼亡詩)」에 새가 깃들이는 숲으로 나온다. '翰'은 새 깃인데, 붓[筆]의 대칭(代稱)으로도 사용된다. 그래서 '翰林'은 또 문단(文壇)의 뜻으로 사용된다. 양웅(揚雄)의 「장양부(長楊賦)·서」에, "故藉翰林以爲主人, 子墨爲客卿以風(그리하여 '한림(붓)'을 빌려 주인으로 삼고, 자묵(먹)을 객경으로 삼

포조의 시는 탁구琢句 : 시구를 조탁함가 많고, 선사選詞 : 어휘 선택에 정밀하며, 포경布景 : 구도 설정에 정교할 뿐이다. 그래서 격조는 높을 수가 없었지만, 그 경기勁氣 : 굳센 기세가 겨우 용약冗弱 : 너절하게 잡다하고 미약한 폐단을 없앨 수 있었다.

오여륜吳汝綸 『포참군집선鮑參軍集選』

포조는 악부가 최고이다. 다른 시는 대부분 사영운의 시를 본떴는데, 절륜한 조예에 이르지는 못했다. 소명태자 소통蕭統은 『문선』에 그의 악부는 많이 수록했지만, 다른 체재의 시는 신중하게 뽑았으니, 감식력이 실로 정세하다.

포조의 시는 생삽生澁하고 준초峻峭한 하나의 부류가 있어서, 후대의 맹교孟郊와 황정견黃庭堅을 열었다.

아 풍자를 했다)"이라고 했는데, 『한서』 「양웅전」의 위소(韋昭) 주에서는, "'翰'은 붓(筆)이다"라고 했고, 이선의 『문선』 주에서는, "'翰林'은 문한(文翰 : 문사, 문장)이 숲처럼 많은 것이다"라고 했다. 이 부는 자묵객경(子墨客卿)과 한림주인(翰林主人)이 문답하는 형식으로 되어 있다. '丹山'은 『여씨춘추(呂氏春秋)』 「본미(本味)」에 나오는 봉황새가 출현한다는 산이다.

이상李詳 「손덕겸孫德謙에게 보낸 편지與孫隘堪書」[49)]

좌사左思의 「삼도부三都賦」 이후로, 육기陸機와 반악潘岳이 점차로 오늘의 길로 달려왔소. 포조와 강엄이 떨치고 일어나서, 사조詞藻가 찬란히 빛나는 데다가 풍골風骨을 갖춰 높이 솟아올랐으니, 강적이라고 할 만하오.

하경관夏敬觀 『팔대시평八代詩評』

유송 이후의 악부는 음조音調가 점차 변하는데, 칠언과 잡언을 활용한 것이 더욱 심하다. 포조의 「'갈 길은 험난하고'를 본떠擬行路難」는 그 기축機軸: 체재이 진림陳琳의 「장성의 굴에서 말에게 물 먹이며飮馬長城窟行」[50)]

---

49) 손덕겸(1869~1935)의 자 중의 하나가 '익암(益庵)'이고, 만호(晚號)가 '애감거사(隘堪居士)'이다. 편지 제목은 「與孫'益庵'書」로 된 곳도 있다.

50) 「상화가사」 '슬조곡(瑟調曲)'에 속하는 악부시로, 오언에 칠언을 섞은 잡언체이다. 압운은 기본적으로 격구 압운이며, 중간에 환운을 했다. 전편은 다음과 같다.

飮馬長城窟	장성의 굴에서 말에게 물 먹이니
水寒傷馬骨	물 차가워 말뼈를 상하게 하네.
往謂長城吏	장성의 관리에게 가서 말하네.
愼莫稽留太原卒	"태원의 역졸더러 오래 머물지 않게 해주세요."
官作自有程	"관에서 하는 일은 정한 일정 있으니,
擧築諧汝聲	어서 가서 소리 맞춰 흙을 다지게."
男兒寧當格鬪死	"사내라면 차라리 싸우다가 죽어야지,
何能怫鬱築長城	어찌 이리 답답하게 장성이나 쌓는 건지."
長城何連連	장성은 어찌 저리 끝도 없는지,
連連三千里	끝도 없이 삼천 리나 이어져 있네.
邊城多健少	변방 성엔 건장한 젊은이 많고
內舍多寡婦	규방에는 생과부가 많기도 하네.

에서 나왔는데, '매 구 압운'을 '격구 압운'으로 바꾸기에 이르렀으니, 더는 '백량체柏梁體'[51]가 아니다. 사장謝莊의 「회원인懷園引」과 「산야우山夜憂」, 심약沈約의 「팔영八詠」 등의 시[52]는, 특히 음률의 절주音節를 중시했으니, 초당사걸初唐四傑 일파를 열었다.[53] 당대 시인들의 칠언고시는 또 그 음률의 절주를 변화시켰다. 그런데, 칠언시의 격구 압운은 사실은 포조로부터 시작된 것이다. 오균吳均과 비창費昶의 「갈 길은 험난하

作書與內舍	편지 써서 규방으로 부쳐 보내네.
便嫁莫留住	"기다리지 말고 빨리 시집가시오.
善事新姑嫜	시집가서 새 시부모 잘 모시면서,
時時念我故夫子	때때로 옛 남편도 생각해 주시구려."
報書往邊地	답장 편지 변방으로 날아왔는데,
君今出語一何鄙	"그대가 하신 말씀 어찌 그리 비루하오."
身在禍難中	"이 몸이 화난(禍難) 속에 갇혀 있는데,
何爲稽留他家子	뭣 때문에 남의 딸을 머물게 해야 하오.
生男愼莫擧	아들 낳으면 부디 거두지 말고
生女哺用脯	딸 낳으면 고기 먹여 잘 키우시오.
君獨不見長城下	그대 홀로 장성 밑을 보지 못했소,
死人骸骨相撑拄	죽은 사람 해골이 서로 베고 누운 것을?"
結髮行事君	"머리 묶고 그대에게 시집을 와서,
慊慊心意關	한스럽게 마음은 늘 걸렸지요.
明知邊地苦	변방에서 그대 고생 잘 알고 있는데
賤妾何能久自全	저만 혼자 오래도록 잘 살기를 바라겠소?"

51) 매 구 압운한 칠언시를 말한다. 한 무제 때 백량대(柏梁臺) 낙성식에서 무제와 군신(群臣)이 각각 1구씩 지었다고 하는 칠언시 「백량대에서 지은 연구[柏梁臺聯句]」가 매 구 압운한 칠언시인 데서 유래한 용어이다. 앞의 심덕잠(沈德潛) 『설시수어(說詩晬語)』 권하에서 인용한 평론 및 권6 「형주에서 장 사군, 이 거사와 지은 연구[在荊州與張使君李居士聯句]」의 '백량대연구' 역주 참조.

52) 이상의 시는 모두 3·5·7언 구를 섞은 잡언체이다.

53) 초당사걸(왕발(王勃)·양형(楊炯)·노조린(盧照隣)·낙빈왕(駱賓王))이 율시 체재의 성립에 점진적으로 기초를 다진 점을 지적한 것 같다.

고行路難」, 소자현蕭子顯의 「연 지방의 노래燕歌行」 등[54]은 또 대우對偶를 활용하면서도 환운을 하게 되었다. 이 시기의 문사文辭는 그 영향을 상당히 심하게 받았다. 악부로서 한·위의 골기骨氣를 다소 지닐 수 있었던 사람은 포조 한 사람뿐이다.

54) 오균의 시는 4수인데, 앞 2수는 순수한 칠언시이고, 제3수는 6언 2구가 섞인 칠언시이며, 제4수는 8언 1구가 섞인 칠언시이다. 비창의 시는 5언 6구, 8언 1구, 10언 1구가 섞인 칠언시이고, 소자현의 시는 5언이 2구가 섞인 칠언시이다. 모두 대우에 주의했고, 작품마다 3회 이상 환운을 했다.

1. 포조 약전

포조鮑照, 414?~466는 자가 명원明遠이며, 남조 유송劉宋 시기의 대표 시인 중 하나로, 사영운謝靈運, 385~433 · 안연지顏延之, 384~456와 더불어 원가삼대가元嘉三大家로 불린다.

포조의 조상은 본래 상당上黨 : 지금의 산서성 장자현(長子縣)에 살다가, 후한後漢 시기 동해東海 : 지금의 산동성 담성(郯城) 일대로 옮겨 살았다. 서진西晉 말 영가란永嘉亂[55] 때 경구京口 : 지금의 강소성 진강시(鎮江市)로 옮겼고, 다시 수도 건강建康 : 지금의 강소성 남경시으로 이주했다. 포조는 414년을 전후한 시기에 건강에서 태어났다. 집안은 본래 사족士族이었으나 그가 태어날 때는 이미 몰락하여 한문寒門이나 다름없었다. 그의 생후 오래지 않아 부친이 타계하고 병 많은 모친과 여동생 등 세 식구가 서로 의지하면서

55) 서진(西晉) 말기인 회제(懷帝) 영가(307~312) 연간에 흉노(匈奴)가 일으킨 큰 전란을 말한다. 왕실 권력다툼인 팔왕(八王)의 난(300)으로 서진 정국이 혼란해지자, 산서성 일대에 거주하던 흉노 부족의 영수 유연(劉淵)은 304년 한(漢 : 즉 전조(前趙))을 건국한다. 유연의 사후 아들 유총(劉聰)은 영가 5년(311) 거병하여 낙양(洛陽)을 함락시키고 회제(懷帝)를 자신들의 근거지인 평양(平陽 : 산서성)으로 잡아가서 죽이고, 서진의 군사 10여만 명도 학살함으로써 낙양은 폐허가 되었다. 그리하여 서진은 망하고 왕족인 사마씨(司馬氏)는 강남(江南)으로 피하여 남경(南京)에 도읍하고 동진(東晉)을 세우자, 그때부터 중원에는 오호십육국(五胡十六國)시대가 시작되었다. '영가란'은 좁게는 유총의 낙양 함락과 회제의 피살까지(311~313)를 말하고 넓게는 유연의 건국에서 서진 멸망까지(304~317)를 말한다.

어린 시절을 보냈으며, 가세도 매우 빈한했다.

포조는 20대 중반 강주江州 자사 임천왕臨川王 유의경劉義慶, 403~444에게 시를 지어 바쳐 인정을 받고 그의 시랑侍郎으로 발탁되어, 강주의 치소인 심양潯陽 : 지금의 강서성 구강시(九江市)으로 부임함으로써 사도仕途에 정식으로 발을 들였다. 그 후 주로 왕실 제왕諸王의 시랑侍郎 · 참군參軍이나 지방의 현령縣令 등 중·하급 관리 생활을 했다. 임천왕 유의경의 시랑으로는 6년간 재직했으며, 임천왕이 병사하자 3개월간 복상服喪을 한 후 고향으로 돌아와 잠시 한거閑居했다. 그 후 양주揚州 자사 시흥왕始興王 유준劉濬, 429~453의 시랑으로 발탁되어 재임하다가, 시흥왕이 수도 경구로 돌아가자 사직하고 강북江北에 잠시 머물다가 건강으로 돌아왔다. 효무제454~464 재위 즉위 후 해우령海虞令 : 해우는 지금의 강소성 상숙현(常熟縣)을 거친 후, 비로소 중앙관직인 태학박사太學博士가 되어 중서사인中書舍人을 겸직했는데, 품계는 각각 6품과 7품이었다. 곧 말릉령秣陵令 : 말릉은 지금의 강소성 강녕현(江寧縣), 영가령永嘉令 : 영가는 지금의 절강성 온주시(溫州市)을 역임했다. 죽기 몇 해 전에 형주荊州 자사 임해왕臨海王 유자욱劉子頊, 456~466의 전군행참군前軍行參軍과 전군형옥참군사前軍刑獄參軍事가 되었다. 명제 태시泰始 2년466 당시 강주江洲 자사이던 진안왕晉安王 유자훈劉子勛, 456~466이 반란을 일으키자, 포조의 주군 유자욱도 이에 동조했다. 이듬해 진압군이 심양으로 진군해왔을 때 포조는 반란군에게 살해당함으로써 파란 많은 생애를 마감했다.[56)]

56) 포조의 가세와 생애 특히 생년과 관직에 대해서는 다양한 이견이 있는데, 생년에

2. '포조집'의 성립과 『포참군집주』

1)

포조의 문집이 최초로 만들어진 것은 그의 사후 약 30년쯤 지난 후, 제齊 산기시랑散騎侍郎 우염虞炎, 488 전후이 문혜태자文惠太子 소장무蕭長懋, 458~493의 명을 받아 '포조집鮑照集'을 엮은 것이다. 그러나 이 '포조집'은 이미 유실되어 그 면모를 알 수 없다. 당대唐代 초기에 지어진 『수서隋書』의 「경적지經籍志 · 4」 '집부集部'에, "송 정로장군의 기실참군인 포조의 문집 10권宋征虜記室參軍『鮑照集』十卷"으로 저록하고 "양대에는 6권梁六卷"이라는 협주夾註를 달았는데, 이를 통해 우염이 엮은 '포조집'이 본래 권수가 6권이었을 것으로 유추할 수 있다. 권수가 양대梁代의 6권에서 수 · 당대隋唐代에 10권으로 늘어난 것은, 우염이 '포조집'을 엮으면서 "연대가 차츰 멀어져 없어져 버린 것이 많으니, 지금 남아 있는 것은 절반이나 될 수 있을지 모르겠다"라고 탄식했던, 유실된 작품에 대한 수보蒐補가 진陳 · 수隋 시기에 진행되어 성과가 있었던 때문으로 추정된

대한 대표적인 견해는 저본의 부록에 수록된 전중련 「포조 연표」의 역주 8을 볼 것. 주요 관직의 임면 사항은 부록에 실린 전중련의 「포조 연표」 참조. 전중련의 견해와 다른 것으로 Robert Shanmu Chen(진산목, 陳山木)의 「포조 연표」를 번역하여 권말에 첨부했으며, 정복림(丁福林)의 견해는 필요한 경우 본문의 해당 작품 해제 역주에 인용했다.

다. 오대五代 후진後晉, 936~947 시기에 지어진 『구당서舊唐書』의 「경적지 · 하」와 북송北宋의 송기宋祁, 998~1061와 구양수歐陽修, 1007~1072 등이 엮은 『신당서新唐書』의 「예문지 · 4」에도 "포조의 문집 10권『鮑照集』十卷"으로 저록되어 있다.

현재 통행하는 '포조집'은 송본宋本과 명본明本의 두 계통이 있다.[57] 포조 문집은 송대에 적어도 두 차례 간각刊刻되었는데, 북송 신종神宗 원풍元豐, 1078~1085 연간과 남송 고종高宗 소흥紹興, 1131~1162 연간이 그것이다. 이 중 원풍 간본은 이미 망실되었다. 소흥 간본도 원본은 이미 없어졌지만, 영송초본影宋鈔本과 교송본校宋本의 형식으로 전해지고 있다. 이러한 형식은 명대 말기에서 청대 초기에 주로 출현했다. 명 말 모진毛晉, 1599~1659이 급고각汲古閣에서 간행한 영송초본과 모진의 아들 모의毛扆, 1640~1713가 명대 주응등朱應登, 1477~1526의 간본을 가지고 송본宋本을 교감한 교송본이 대표적이다. 모의의 간본은 『사부총간四部叢刊』 초편初編에 들어 있는 『포씨집鮑氏集』이다. 『사고전서四庫全書』본 『포명원집鮑明遠集』과 『사부비요四部備要』 본 『포씨집』도 이 계통이다. 모의 교송본의 체제는 권수는 모두 10권이고 편차는 부권1·2 · 악부권3 · 시권4·5·6·7·8 · 문권9·10의 순서로 되어 있다.[58]

명대 중후기에는 한위육조漢魏六朝의 별집에 대한 정리와 간각刊刻이 크

---

57) 포조 문집의 판각과 관련한 자세한 내용은 안경여(顔慶餘), 「포조집판본고(鮑照集版本考)」, 『도서관잡지(圖書館雜志)』 제5기, 2012, 82~85쪽을 참조할 것.
58) 권7·8에는 악부시도 섞여 수록되어 있다.

게 성행했는데, 이때 최초로 나온 포조의 문집은 정덕正德 5년1510 양주揚州의 주응등朱應登, 1477~1526이 간행한 것으로, 소주蘇州 오현吳縣의 도목都穆, 1458~1525의 가장본家藏本에 바탕을 둔 것이다. 나중에 나온 만력萬曆 연간 왕사현汪士賢 간각 『한위육조제명가집漢魏六朝諸名家集』 본, 정영程榮 간각 『한위총서漢魏叢書』 본, 숭정崇禎 15년 섭소태葉紹泰 간각 『증정한위육조별해增定漢魏六朝別解』 본도 모두 이 계통이다. 명대의 여러 판각본 중에서 가장 널리 통행된 것은 명말 장섭張燮, 1574~1640의 『칠십이가집七十二家集』 본의 '포조집'과 장섭 본에서 파생한 장부張溥, 1602~1641의 『한위육조백삼가집漢魏六朝百三家集』 본이다. 장섭 본은 권수가 6권이고 편차는 부권1 · 악부권2 · 시권3 · 4 · 문권5 · 6의 순서이다. 장부 본은 장섭 본의 권1 · 5 · 6 즉 부와 문장을 1권으로 합쳐 권1에, 권2 · 3 · 4 즉 악부와 시를 하나로 합쳐 권2에 넣어 2권으로 만들었다. '포조집' 최초의 주본注本은 바로 이 장부 본에 청말 전진륜錢振倫, 1816~1879이 주를 단 '포참군집주鮑參軍集注'이다.

2)

『포참군집주』는 세 단계를 거쳐 완성되는데, 전진륜의 '집주'가 제1단계이다. 전진륜은 절강성 귀안현歸安縣 : 지금의 호주시(湖州市) 출신으로, 본명은 복원福元이다. 자는 윤선倫仙 · 능선楞先이고, 호는 시박示樸이다. 도광道光 10년1830 귀안현학歸安縣學에 입학하고, 15년1835 을미은과乙未恩科에 급제하여 거인擧人이 되었다. 18년1838 회시會試에 급제하여 공사貢士

가 되어 한림원翰林院 서길사庶吉士로 발탁되고, 20년1840 한림원翰林院 편수編修에 제수되었다. 24년1844 사천四川 향시鄕試의 정고관正考官이 되었고, 대고大考에서 이등二等으로 국자감國子監 사업司業으로 승진했다. 30년1850 모친상을 당하자 관직을 그만두고 고향으로 돌아간 후 삼년상을 마치고도 나오지 않았다. 그는 평생 영리榮利에 담박했고 세속에 잘 어울리지 못했다고 한다. 장서가藏書家인 체인각대학사體仁閣大學士 옹심존翁心存, 1791~1862의 사위이자, 옹심존의 삼남으로 시인이자 세예가인 옹동화翁同龢, 1830~1904의 자형姊兄이 되었다. 전주한 책으로는 『포참군집주』 외에 『번남문집보편전주樊南文集補編箋注』가 있고, 저서로 『시박재변체문示樸齋駢體文』·『시박재변체문속존示樸齋駢體文續存』·『시박재제의示樸齋制義』·『제의치언制義巵言』·『시박재변체문잉示樸齋駢體文剩』 등을 남겼다. 그중에서도 후세에 비교적 큰 영향을 미친 것이 『번남문집보편전주』와 『포참군집주』이다. 『포참군집주』는, 『문선文選』에 수록된 작품은 이선李善의 주, 『옥대신영玉臺新詠』에 수록된 것은 오조의吳兆宜의 주, 왕사정王士禎의 『고시선古詩選』에 수록된 것은 문인담聞人倓의 주를 인용하고, 나머지 대부분은 이들과 같은 방식으로 직접 주를 달아, 1868년 6권으로 정리한 수고본手稿本이다.

제2단계는 중화민국 초기 황절黃節, 1873~1935이 전진륜의 수고본에서 시에만 주를 보충하고'보주' 작품에 대한 평설을 보태어'집설', 1923년에 『포참군시주집설鮑參軍詩注集說』이라는 서명으로 출판한 것이다. 황절은 광동성 광주부廣州府 순덕현順德縣 : 지금의 불산시(佛山市) 순덕구 출신이다. 그는 청 말에 상해上海에서 장태염章太炎·마서륜馬敍倫 등과 국학보존회國學保存會를 창립하여 『풍우루총서風雨樓叢書』를 발행하고 『국수학보國粹學報』를 창간했다. 1917년에는 북경대학北京大學 문학원文學院: 문과대학 교수로 초빙되어 중국 시학을 강의했는데, 이때 집필한 것이 이 책이다. 황절은 이 책 외에도 『시학詩學』·『시율詩律』·『시지찬사詩旨纂辭』·『변아變雅』·『한위악부풍전漢魏樂府風箋』·『위문제·위무제시주魏文帝魏武帝詩注』·『조자건시주曹子建詩注』·『완보병시주阮步兵詩注』·『사강락시주謝康樂詩注』·『사선성시주謝宣城詩注』·『고정림시설顧亭林詩說』 등 시와 시학에 관한 저서를 남겼다.

마지막으로 전진륜의 손자 전중련錢仲聯, 1908~2003에 의해서 이 책은 완성된다. 그는 황절의 책에 여러 판본과 유서의 인용을 비교 교감하고 여러 학자의 학설을 참고하여, 황절의 방식으로 시에 대한 '증보'와 '보집설', 문에 대한 '보주'와 '집설'을 보태어, 1957년 『포참군집주』라는 서명으로 상해上海 고전문학출판사古典文學出版社에서 출판했다. 전중련은 본명은 악손萼孫이고 호는 몽초夢苕로 강소성 상숙시常熟市 우산진虞山鎭 출신이다. 시인이면서 고전문학 연구자로 국학대사國學大師로 추앙되는 20세기 중국의 대표적 석학 중 한 명이다. 그는 최초 주석자인 전진륜의 손자로, 1926년 무석無錫 국학전수관國學專修館을 졸업하고 대하대학大夏大學·남경중앙대학南京中央大學·남경사범학원南京師範學院 등에서 교수를 역임한 후, 소주대학蘇州大學에서 종신교수로 재직했다. 주요 저서로는 『포참군집주』 외에도, 『한창려시계년집석韓昌黎詩繫年集釋』·『검남시고교주劍南詩稾校注』·『후촌사전주後村詞箋注』·『오매촌시보전吳梅村詩補箋』·『인경려

시초전주人境廬詩草箋注』·『심증식집교주沈曾植集校注』 등 많은 문집의 전주箋註를 남겼다. 또 『청시기사淸詩紀事』·『중국문학가대사전中國文學家大辭典·청대권淸代卷』·『중국문학대사전中國文學大辭典』·『근대시초近代詩鈔』·『광청비전집廣淸碑傳集』·『역대별집서발종록歷代別集序跋綜錄』 등의 편찬에도 주편主編으로 참여했다. 전중련의 『포참군집주』는 1958년에 중화서국中華書局 상해편집소上海編輯所에서 재판을 발행했고, 수정과 증보를 거쳐 1980년에 상해고적출판사上海古籍出版社에서 다시 출간했는데, 본 번역의 저본은 바로 이 1980년 판이다.

3)

『포참군집주』는 주를 달고 평설을 보태면서 본래 2권인 권수를 6권으로 늘였다. 장부 본의 특징으로 주목할 만한 점이 권1에 부賦를 이어 바로 표表·소疏·계啓·서書·송頌·명銘·문文의 산문을 실은 점인데, 『포참군집주』는 주를 달면서 분량이 늘어나자 부·표·소와 계·서·송·명·문으로 권을 나눴다. 장부 본 권2의 시는 각각 악부 2권 고시 2권의 4권으로 나눴다. 권수卷首에는 전중련의 '전언前言', 전진륜의 '전서錢序', 황절의 '황서黃序', 우염의 '우염서虞炎序', 장부의 '제사題辭'「사고전서총목제요四庫全書總目提要」를 실었고, 목차 뒤에는 송본의 목차를 첨부했다. 권6 말미에는 포조의 누이 포영휘鮑令暉의 시 7수를 실었고, 권말에는 부록으로 『송서』와 『남사』의 포조 본전, 전중련의 「포조연표鮑照年表」와 역대의 포조 시 평론을 모은 '제가평론諸家評論'을 실었다.

『포참군집주』의 주석은 대부분 『문선』의 이선 주처럼, 포조의 시문에 사용한 어휘의 출전을 밝힌 것인데, 간혹 오신 주를 인용하거나 전진륜·황절·전중련이 '안어案語'로 자신들의 견해를 밝혀, 구절이나 작품의 대의를 설명하기도 했다. '집설'과 '보집설'은 주로 개별 작품에 대한 명·청대간혹 송·원대 학자들의 평설을 모은 것이고, 권말부록 중 '제가 평설'은 양 종영鍾嶸의 『시품』에서 근대 하경관夏敬觀, 1875~1953의 『팔대시평八代詩評』에 이르기까지 역대 평자들의 비평서에서 포조 시문에 대한 평론을 발췌한 것이다.

3. 포조의 시

현존하는 포조의 시는 모두 204수이다. 이중 악부시가 86수이고 나머지는 일반고시이다. 동시대의 다른 시인에 비해 악부시가 양적으로도 많을 뿐만 아니라 문학적 가치도 뛰어나다. 또 시형별로는 5언시가 166수, 7언시가 32수제언체 10수, 잡언체 22수, 4언시가 4수, 3언시가 1수, 3·4·5언 잡언시가 1수이다. 5언시가 당시 주류를 이루었다는 점에서 이 시형이 많은 것은 지극히 당연한 일이지만, 아직 속체로 여겨졌던 7언시에 많은 관심을 기울인 점은 그가 중국시가 발전에 기여한 큰 성과로 지적할 만하다. 시풍과 수사도 꽤 다양하고 복잡하여, '건안풍골建安風骨'을 보여주는 웅건함과 궁체시적인 완약함, 화려한 수사와 질박한 민요조 등 상반되는 경향이 혼재한다.

1)

청년 시절의 포조는 강렬한 보국報國의 포부를 지녔고 자부심도 대단했는데, 그러한 포부를 실현하려면 당시 한문 출신으로서는 제왕의 지우가 필수적이었다. 그래서 그는 주위의 만류를 뿌리치고 임천왕 유의경을 찾아가 "시를 지어 바쳐 자신의 포부를 피력하여貢詩言志" 시랑에 발탁되었으며, 초임 길에 누이에게 부친 편지인 「대뢰안에 올라서 누이에게 부친 편지登大雷岸與妹書」에서 "'긴 도모와 큰 염원長圖大念'을 가슴 속에 간직한 지 오래"라고 하여 속마음을 토로했다.

유송과 북위北魏 사이에 침략 전쟁이 빈번했던 시대 상황과 맞물려, 포조의 포부는 시에서는 먼저 국가의 혼란과 위기를 구제하려는 방향으로 나타난다. 자신이 직접 전투에 참여하지는 않더라도, 그러한 전쟁은 자신의 포부를 피력하기에 좋은 시적 소재가 되었다. 「'고시'를 본떠擬古」 제3수가 좋은 예이다.

> 유주와 병주에선 기사騎射를 중시하여
> 소싯적에 이미 말 달리기 좋아하네.
> 모전毛氈 요대에는 동개 한 쌍 차고 있고
> 상아 장식 활과 화살 그림 전통에 꽂혀 있네.
> 짐승은 살지고 봄풀은 짧은데

말을 달려 평지를 가로지르네.
아침에는 안문雁門의 산을 달리고
저녁에는 누번樓煩에 돌아와 쉬네.
돌다리엔 넘치는 힘 아직 남았고
놀란 참새는 성한 눈이 온전히 없네.
한족과 오랑캐는 화친하지 못하여
변방 성은 번갈아 뺏고 뺏기네.
나에게 화살 하나 남겨준다면
대나무 부절符節을 나눌 수 있을 텐데.

이런 부류의 시가 바로 종영鍾嶸이 '포조융행鮑照戎行'이라고 표현한 변새시이다. 포조의 변새시에는 포부와 우국지심의 토로 외에도 변방의 기후와 풍경 및 종군 생활의 고통스러움에 대한 묘사가 빈번히 나타난다. 이러한 열악한 종군 환경은 위국헌신의 '장렬한 의지昌志'를 더욱 돋보이게 한다. 「'지독한 무더위의 노래'를 본떠代苦熱行」를 보자.

붉은 비탈이 서쪽에 험히 뻗었고
불 뿜는 산 남쪽에서 맹위 떨친다.
몸에는 신열 나고 두통도 심하며
새들도 추락하여 혼만이 돌아온다.
끓는 샘물 구름 못에 솟아 나오고

타는 연기 돌 절벽서 피어오른다
해와 달도 언제나 흐릴 뿐이고
비와 이슬 일찍이 마른 적 없다.
붉은 뱀은 길이가 백 자를 넘고
검은 벌은 굵기가 열 뼘은 실하다.
물여우는 물에 비친 사람을 쏘고
고蠱 벌레는 행인을 병들게 한다.
습한 장독 한낮에 몸에 스미고
독초 이슬 밤중에 옷을 적신다.

현실은 엄혹하여 그의 포부는 실현하기가 어려웠다. 동료들의 시기와 모함도 있었다. 그래서 그의 시에는 좌절감과 비분강개의 정서를 토로한 것이 많다. 회재불우류의 시에 표현된 정조를 포조 시의 기조로 보는 이가 많은 것도 이 때문이다. 전일專一하고 굳게 한 우물을 팠지만 백 장이나 깊이 들어가도 수원을 찾지 못한다는 형상적인 비유를 통해, 뜻을 펴지 못한 지식인의 답답한 심경을 표현한 「'고시'를 본떠」 제4수와 동료들의 무고에 억울함을 토로하고 염량세태를 풍자한 「흰머리 될 때까지」는 이 부류의 대표작이다.

위아래에서 동시에 가해지는 이중의 고통은 「황폐한 성의 참새代空城雀」에 잘 나타나 있다. 높이 날려고 하면 올빼미와 솔개가 두렵고 낮게 날려고 하면 그물과 덫이 두려운 '황폐한 성의 참새'는 바로 시인 자신이다. 그는 임천왕에게 시를 지어 바칠 때만 해도 스스로 '연작燕雀' 이 될 수 없다고 했지만, 현실은 자신의 처지가 바로 '연작'에 다름 아님을 깨닫게 해준 것이다. 그래서 그는 "타고난 운명은 두터움과 엷음이 있는 법, 길게 탄식한들 어찌할 것인가?"라고 자위할 수밖에 없게 되었다.

유송 사회는 부패와 부조리가 만연했으며 왕실의 권력 투쟁도 치열하여 사회적 안정을 기대하기 어려웠다. 짧은 60년의 왕조 역사에서 문제 재위 30년 중 전반기 15년 남짓이 비교적 안정된 시기였을 뿐이다. 문제 재위 기간을 제외한 30년간 문제 이전에는 무제武帝, 420~422 재위·소제少帝, 423~424 재위, 문제 이후에는 효무제孝武帝, 454~464 재위·전폐제前廢帝, 465 재위·명제明帝, 465~472 재위·후폐제後廢帝, 473~477 재위·순제順帝, 477~479 재위의 일곱 황제가 평균 4년에 한 번꼴로 교체되었는데, 무수히 많은 권력 투쟁이 있었기 때문이다.[59] 또 이러한 사건과 관련하여 제왕을 보좌하는 권신과 관리들도 해를 당한 경우가 많았다.[60] 『송서宋

59) 포조 생존 시기의 대표적인 것만 열거해도 다음과 같이 많은 사건이 있었다. 소제 경평(景平) 2년(424) 여릉왕(廬陵王) 유의진(劉義眞)의 주살, 소제의 폐위, 원가 22년(445) 팽성왕(彭城王) 유의강(劉義康)의 폐서인, 30년(453) 태자 유소(劉劭)의 문제(文帝) 시역(弑逆)과 무릉왕(武陵王) 유준(劉駿 : 나중의 효무제)의 유소 및 시흥왕(始興王) 유준(劉濬) 주살, 효무제 대명 3년(459) 경릉왕(竟陵王) 유탄(劉誕)의 반란과 피살, 5년(461) 해릉왕(海陵王) 유휴무(劉休茂)의 반란과 피살, 전폐제 영광(永光) 원년(465) 강하왕(江夏王) 유의공(劉義恭) 등의 피살, 상동왕(湘東王) 유욱(劉彧 : 나중의 명제)의 전폐제 시역, 진안왕(晉安王) 유자훈(劉子勛)과 임해왕(臨海王) 유자욱(劉子頊)의 반란과 피살 등이다.

60) 포조 생존 당시의 주요 사건들은 다음과 같다. 원가 3년(426) 사공(司空) 서선지(徐羨之)·중서감(中書監) 부량(傅亮)·영군장군(領軍將軍) 사회(謝晦) 등 보정

書』「이흉전二凶傳·논論」은 왕실을 둘러싼 이러한 혼란상에 대하여 다음과 같이 적었다.

> 심하도다, 송 왕실의 집안싸움은. (…중략…) 싸움이 부모 형제 사이에서 일어나고, 추악한 행동이 부녀자들 사이에 유행하여, 사랑하고 공경하는 도리가 일시에 갑자기 없어져 버렸다. 백성들이 오랑캐가 되지 않을 수 있었던 것만 해도 다행이었다.[61]

그뿐만 아니라 권신들의 전횡과 한문 출신의 배제, 일부 한문 영신佞臣의 회뢰賄賂와 매관매직, 신의와 절조를 저버리고 명리만을 추구하는 사도仕道 추락 등 그야말로 목불인견의 상황들이 나타났다. 포조는 이러한 사회상을 그의 시에 담아 풍자와 비판을 가했다. 「'목놓아 부르는 노래'를 본떠代放歌行」는 권귀權貴에 빌붙어 부귀와 영달을 추구하는 관장官場의 부패와 염량세태를 반영한 작품이다.

자(輔政者)들의 주살, 10년(433) 사영운(謝靈運)의 기시(棄市), 13년(436) 강주(江州) 자사 단도제(檀道濟)의 주살, 22년(445) 태자첨사(太子詹士) 범엽(范曄)의 주살, 30년(453) 문제 시해에 가담한 왕승작(王僧綽)의 주살, 대명 2년(458) 중서령(中書令) 왕승달(王僧達)의 옥사, 영광 원년(465) 월기장군(越騎將軍) 대법흥(戴法興)의 사사, 상서령(尚書令) 표기대장군(驃騎大將軍) 유원경(柳元景)의 주살 등이다.

61) 『송서』 권99, 「이흉전(二凶傳)·논(論)」 "甚矣哉, 宋氏之家難也. (…중략…) 難興天屬, 穢流牀第, 愛敬之道, 頓滅一時, 生民得無左衽, 亦爲幸矣."

여뀌 벌레는 아욱과 제비꽃을 피하며
쓴맛에 길이 들어 그르다고 하지 않네.
소인은 본디부터 속이 좁으니
광시曠士의 마음을 어떻게 알리.
낙양성 성안에 새벽닭 울면
대궐 문이 첫새벽에 활짝 열리네.
고관과 대작들이 종횡으로 찾아들고
수레와 말들도 사방에서 몰려드네.
흰 깁 큰 띠는 회오리를 일으키고
화려한 갓끈에는 먼 곳 먼지 묻어 있네.
이 행렬이 한낮에 어찌 그치리
인정人定이 울려도 돌아가지 않는다네.
태평성대는 만나기가 어려운 법
명군께선 실로 재주를 아낀다오.
영명하신 사려는 하늘 같은 판단이라
외부의 혐오 질시 전혀 받지 않는다오.
한마디 말로도 벼슬을 받고
반 토막 선행에도 초야 떠나오.
백벽白璧의 하사만 있진 않을 터
황금대黃金臺도 앞으로 세우신다오.
그런데 그대는 무슨 근심 있기에

길가에서 홀로이 머뭇거리오?

몰락 사족 출신 하급 관리로서의 체험을 통해, 빈천한 일반 백성의 고통을 시에 반영하기도 하고「'고시'를 본떠」 제6수, 「'빈천의 노래'를 본떠(代貧賤苦愁行)」 등, 지조 없는 사대부를 풍자하기도 하며「매화는 지고(梅花落)」, 종군하여 공을 세우고 돌아온 장병에 대한 보상이 적음을 지적하거나「'동무의 노래'를 본떠(代東武吟)」, 「'지독한 무더위의 노래'를 본떠」, 행역의 고달픔을 토로하기도 하고「'동문의 노래'를 본떠(代東門行)」, 「'뱃노래'를 본떠(代櫂歌行)」, 「부풍의 노래(扶風歌)」, 「'갈 길은 험난하고'를 본떠(擬行路難)」 제15수, 순박하기만 한 농부의 입을 빌려, '능란한 장사치善賈'와 '교묘한 벼슬아치巧宦'를 풍자하기도 하는「농부가 채소 심는 것을 보고·觀園人藝植」 등의 방식으로 현실을 풍자했다. 또 기부시棄婦詩나 규원시閨怨詩의 형식을 통해 뜻을 얻지 못한 한사寒士의 비애를 토로하기도 했다. 「'갈 길은 험난하고'를 본떠」 18수에는 이런 작품이 다수 들어 있다. 남편의 행역으로 독수공방하는 젊은 여인의 적막한 심사를 읊은 「'북풍은 쌀쌀하고'를 본떠代北風凉行」를 보자.

북풍은 쌀쌀하고, 눈은 펑펑 내리는데

낙양의 아가씨들 단정하게 치장했네.

아리따운 휘장 속에 나 홀로 슬픔에 젖어

생각에 잠겨 말 없으니 넋 빠진 듯하다네.

"그대는 어데 가며 언제 돌아오는지요?

이 몸을 무척이나 슬프게도 하는군요.
나이 드는 것 걱정되고, 낯 축나는 것 근심되고
정은 쉬이 멀어져도, 한은 쫓기 어렵지요."

이 부류의 시들은 대부분 시인 자신의 개인적인 회재불우를 기조로 하고 있는데, 원元 방회方回, 1227~1306?의 지적은 이를 잘 말해준다.

> 포조는 뜻한 바를 이루지 못한 데 대한 말을 많이 하여, 한사寒士와 하료下僚의 영달하지 못함을 동정하고, 물질과 이익을 좇는 무리의 구차하고 천박하며 후안무치함을 미워했다. 모든 작품이 다 반드시 이 점으로 주제를 집중했다.[62)]

현실에서의 좌절은 진퇴 문제에 대한 심리적 갈등을 일으킨다. 「손님에게 답함答客」은 그러한 갈등이 드러난 작품이다. 이 시는 앞부분은 손님이 찾아와 주인의 근래 심사를 묻는 장면이고, 중간 부분은 주인이 자신의 빈한한 출신과 방종하고 호기심 많은 성격 및 자유롭게 살아온 발자취 등을 손님에게 대답하는 대목이며, 끝부분은 인생무상과 험난한 현실을 말하고 자신의 지나온 생활은 '나아감'과 '물러남'이 모

---

62) 『문선안포사시평(文選顔鮑謝詩評)』 권1 : "明遠多爲不得志之辭, 憫夫寒士下僚之不達, 而惡夫逐物奔利者之苟賤無恥. 每篇必致意於斯." 문집 권5 「역사를 읊다[詠史]」에 대한 평어의 일부이다. 전체 평어는 해당 작품 [평설] 참조.

두 때를 어겼음을 고백한 후, 손님에게 '한 몸 건사할 요결'을 가르쳐 주기를 부탁하는 것으로 마무리하고 있다.

뜬 인생은 번개보다 훨씬 빠르고
세상 이치 현줄처럼 팽팽한데도,
큰 걱정과 무심함이 모두 잘못되어서
진퇴가 모두 다 시기를 어겼소.
이 한 몸 지킬 요결 알려주시면,
후현들의 비웃음은 면할 수가 있겠소.

이러한 갈등은 한편으로 무상감과 급시행락及時行樂의 형태로 발산된다. 무상감은 많은 시에서 드러나지만, 특히 「송백의 노래松柏篇」·「'만가'를 본떠代挽歌」·「'호리의 노래'를 본떠代蒿里行」·「세밑 슬픔歲暮悲」·「'갈길은 험난하고'를 본떠」 제1·5·7·10·11·15·17수 등에서 두드러지게 나타난다. 포조는 "사물의 도리는 활시위보다 험한" 세파에서 "허무한 인생은 번개보다 급한" 무상감을 느끼고, "서리 이슬 갈마들며 적셔 주어서, 풀과 나무 성과 쇠를 되풀이하는" 계절의 순환에서 "오늘 슬픔은 또다시 어제와 같은"이상 「세밑 슬픔」 인생의 비애를 느낀다. 그래서 "인생이란 참으로 비통한 거라, 천도는 누구와 함께하는지? 나는 이제 기나긴 한을 품은 채, 여우와 토끼 굴속 먼지 될"「'호리의 노래'를 본떠」 것이라는 심정이 생기게 되었다. 이것은 "팽월彭越과 한신韓信에다 염파廉頗와 인상여藺相如도, 까마득한 옛적에 이미 재가 되었지. 장사들도 남김없이 죽어 스러졌는데, 나머지 사람들이 남아 있을 수 없는"「'만가'를 본떠」 것처럼, 살아 있을 때의 "원망은 서로 달라 궁과 통이 다르지만, 사라짐은 다 같아서 귀천이 없으니"「'호리의 노래'를 본떠」, 죽음이야말로 살아서 겪은 갈등과 고통을 잊게 해줄 것이라는 체념의 표현이라고 할 수 있다.

그러나 죽음의 세계에는 또한 "큰 저녁은 까마득히 어두울 거고, 긴 밤은 아득하여 끝나지도 않아서, 울적하고 답답한 구천에서는, 번민과 원한조차 하소연할 수 없을" 답답함과 억울함이 있을 것이다. 그뿐만 아니라 "깊은 적막 속에서 편안히 잠들어도, 생전을 그리는 맘 떨치지 못할 거고, 사업은 마무리할 것 남아 있는데, 저술은 아무것도 이룬 것 없으며, 비축된 곡식 한 섬 남기지 못했는데, 아들딸은 모두 아직 철부지 아기인"이상 「송백의 노래」 것에 대한 염려도 뒤따른다. 이처럼 포조의 무상감에는 생명의 덧없음에서 느끼는 처창함 속에 생활의 어려움에서 오는 비통한 오열이 섞여 있다.

다른 한편으로는 자연으로 귀의하거나 선계를 동경하는 방향으로도 나타난다. 「도연명의 체를 본받아學陶彭澤體」는 한가로운 전원생활을 동경한다.

긴 시름은 삶의 의미 전혀 아니고
짧은 소원 많아야 할 필요가 없다.
술동이에 가득히 술이 차 있고

오랜 친구 자주자주 찾으면 된다.
가을바람 불어오는 칠팔월에는
맑은 이슬 비단옷을 촉촉이 적신다.
슬을 당겨 문 앞에 가만 앉아서
한숨 쉬며 은하수를 바라보노라.
이를 지켜 방해받지 않기만 하면
어찌 다시 풍파에 머물겠는가.

유선遊仙에 대한 동경의 마음을 드러낸 「'승천의 노래'를 본떠代昇天行」에서는 "바람을 마시면서 솔숲에 몸을 맡기고, 구름에 드러누워 창공을 맘껏 거니는" 유선 생활 묘사에도, "어찌 그대들과 함께 어울려서, 썩은 고기 쪼아먹고 비린 것 삼키리"라고 하여, 현실의 썩고 비린 무리에 대한 비판을 잊지 않고 있다.

2)

포조의 시에서 자연은 주로 심신의 안식처 역할을 하고 있다. 물론 소수이기는 하지만 「'고시'를 본떠」 제6수와 「농부가 채소 심는 것을 보며」처럼 자연에서 생활하는 사람들의 처지에서 노래한 작품도 있다. 그뿐만 아니라 자연을 제재로 한 시의 경물 묘사 부분에는 인생 행로에서의 실의와 좌절의 심리가 투영되고 있다는 점에서도 자연을 미적으로 관조하려는 관점으로만 보기는 어렵다. 그러한 의미에서 자연을 제재로 한 시는 기본적으로 자연을 관조의 대상으로 보는 관점을 지니면서도 생활의 터전으로 보는 관점도 상당한 정도로 반영한다고 할 수 있다. 이 부류의 시는 자연에서 위안을 구하고자 하는 심리를 보이기도 하고, 경물에 자신의 불우감과 고독감을 투영하기도 한다.

임천왕 유의경 사후, 사직하고 고향에 돌아왔을 때의 감회를 읊은 「임천왕의 복상을 마치고 고향으로 돌아가며臨川王服竟還田里」에서는 "수레를 풀고 관복을 벗어두고, 귀향의 뜻으로 산골짝에 둥지를 치려고 하는" 심정을 피력했다. "괭이를 놓아둔 지 십 년이 다 됐는데, 돌아가서 콩밭을 지킬 수 있겠구나. 대나무 상자에는 도경道經이 가득하고, 먼지 쌓인 집안에는 농서農書가 꽉 차 있으니", "자취 숨겨 힘써 몸소 농사를 지으면서, 늙고 병든 이 몸을 영약靈藥에 맡기면서", 안식을 취하고자 한 것이다. 그런데 이 시의 말미에서 "이[안식]를 위해 사람들을 떠나려는 것이니, 어찌 단지 상락商洛에만 머물 것이랴"라고 하여, 상산사호商山四皓처럼 영원히 속세를 떠나 은둔할 생각은 없음을 언명했다. 그의 '귀거래'는 지친 심신의 안식을 위한 것이다. 「여산에서 동쪽으로 진택을 바라보며自礪山東望震澤」와 「가을밤秋夜」 제2수 등에서도 귀원歸園하고자 마음을 드러내면서도, 그것은 부득이한 선택임을 분명히 드러낸다. 따라서 이 부류의 시에 나타난 전원생활에는 시종 적막하고 황량한 분위기가 감돌고 있다.

눈앞의 경물에 자신의 고독감을 이입하는 점이 사영운과 다른 포조 서경시의 한 특징인데, 귀원歸園을 동경하는 마음을 드러내는 시편에서도 이러한 현상은 쉽게 찾아볼 수 있다. 「운양의 구리보에 올라登雲陽九里埭」·「황혼 녘 강을 바라보며—순 좌승에게日落望江贈荀丞」·「산길을 가면서 외로운 오동나무를 보고山行見孤桐」 같은 시는 자연 경물에 불우감을 기탁한 작품이다. 이 중 생동감 넘치는 비유를 활용하여 자신의 불우감을 잘 그려낸 대표작은 「산길을 가면서 외로운 오동나무를 보고」이다. 이 시에서 포조는 위에는 무너질 듯한 절벽이 있고 아래에는 천 길 낭떠러지인 산비탈 응달진 돌무더기 속에 자라는 한 그루 오동나무에 자신의 불우한 처지를 공감했다.

오동나무 총석叢石 속에 자라고 있는데
뿌리가 외로운데 땅마저도 찬 응달.
위로는 험한 산봉에 기대고 있고
아래로는 깊은 골이 두르고 있다.
달리는 샘 겨울에 세차게 쏟아지고
안개비는 여름에 넘치도록 내린다.
서리도 내리기 전 잎은 먼저 시들고
바람이 안 불어도 가지는 절로 운다.
어두우나 밝으나 괴로움은 쌓이고
밤이나 낮이나 슬픈 새는 우짖는다.
버림받은 첩실은 바라보고 눈물 닦고
쫓겨난 신하는 마주하고 가슴 친다.

외롭고 위험한 것 이것 보고 달래지만
슬픔과 처량함은 감당할 수 없구나.
부디 베어져서 아름답게 조각되어
임금님 대청 위의 금이 되기를.

여정 중에 바라보는 풍경을 읊은 서경시에도 고독감이 짙게 드러난다. 원가 17년440 10월 임천왕 유의경이 남연주 자사가 되었을 때, 그를 수행하며 광릉으로 옮길 무렵 지은「서울로 돌아오는 길에還都道中」 3수에 이미 이러한 고독감이 짙게 드러나 있다. 제1수에서 그는 "기쁘다 귀향의 꿈 이루었으니, 펄쩍 뛰며 닥칠 수고 욕심을 낸다"라고 하여, 임지로 떠날 기대에 부풀어 있으면서도, '외로운 짐승'과 '짝 잃은 기러기'를 통해 고독감을 드러내었다.

급류는 물보라를 높이 튀기고
회오리는 강가에서 거세게 이네.
홀짐승은 짝 부르며 밤새도록 울어대고
외기러기 무리 찾아 서리 속에 우짖네.
뵈는 사물 애처로워 마음은 착잡하고
듣는 소리 애절하여 생각은 어지럽네.
탄식하며 길벗에게 하소연하는데
미인은 소식조차 들리지 않네.

「부 도조와의 이별에 부쳐贈傅都曹別」에서는 부 도조를 '경쾌한 큰기러기'로 비유하고 자신은 '외로운 기러기'로 표현하면서, "날개 짧아 날아오를 도리가 없어, 구름과 안개 속을 떠돌 뿐"이라고 하여 고독감과 함께 불우감도 함께 드러내고 있다.

산수시에는 '진進'과 '퇴退' 사이에서 갈등하는 시인의 모습이 자주 나타난다. 「여산에 올라 석문을 바라보며登廬山望石門」는 첫머리에서 "세속을 찾으면 은둔을 할 수 없고, 산을 좇아봐도 은사와는 다르다"라고 하여, 마음은 은둔하여 선인의 세계를 좇고자 했으나 세속에 얽매여 실천하지 못했는데 지금은 산을 찾아와도 또 선인이 될 수도 없는 갈등 상황을 드러내고 있다. 「임해왕을 시종하고 형주로 가려고 막 신저를 출발하며從臨海王上荊初發新渚」에서는 임지로 떠나면서 "여우와 토끼가 제 살던 굴을 그리는 마음狐兎懷窟志"과 "개와 말이 제 주인을 그리는 정犬馬戀主情"으로 각각 '퇴'와 '진'을 나타내면서, 행동은 '진'하면서 마음은 '퇴'를 향하는 갈등을 드러내었다.

포조에게는 '불나방'과 '자벌레'를 소재로 한 2편의 짧은 부가 있다. 「불나방飛蛾賦」에서는 위험을 무릅쓰고 불을 향하여 나아가는 불나방의 진취적인 자세를 찬양했고, 「자벌레尺蠖賦」에서는, 기미를 보아 움직이며 동정과 진퇴를 모두 사물의 상황과 시기에 따라 행하는 자벌레의 '지혜로운 굴신'에서 '펴기 위한 구부림'을 생각한다. 불나방의 행동처럼 적극적으로 사진仕進을 추구하는 것이 청년 시절의 모습이라면, 자벌레처럼 기미를 보아 임기응변하면서 굴신을 하려는 것은 현실에서의 갖가지 좌절을 겪은 후의 모습이라고 할 수 있다. 이러한 모습은 시에서도 확인할 수 있다. 「경구로 가는 길에 죽리에 이르러行京口至竹里」에서 그는 험준한 산길과 괴로운 여정 속에서, 자신이 남을 위해 힘을 쓰는 소인이 되더라도 황하에 청탁이 함께 흐르듯이 혼탁한 세상에서 견디겠다는 의지를 표명했다.

> 군자는 좋은 명성 세우려 하고
> 소인은 남의 부림 받는다던가.
> 못 봤는가, 기나긴 황하 물에는
> 청탁이 뒤섞여 쉬지 않고 흘러감을.

「고시를 본떠」 제8수에서는 파촉巴蜀과 한중漢中의 기이한 산세를 보고, 한평생 떠돌이 생활로 시름 속에 살아온 자신의 지난 시절을 반추하는 가운데, 단단한 돌의 본성처럼 깨끗한 본심을 잃지 말자고 자신을 다잡는다.

> 촉한에는 기이한 산 많기도 한데
> 쳐다보면 구름 위로 높이 솟았네.
> 응달 벼랑에는 여름 눈이 쌓여 있고
> 양달 골짝에는 가을꽃이 늘려 있네.
> 아침마다 구름이 가는 모습 보이고

밤마다 원숭이가 우는 소리 들리네.
시름겨운 사람은 본래 절로 슬프고
외로운 나그네는 쉽사리 상심하지.
대청에 술 한 동이 갖다두고서
술 따르며 평생을 생각해 보네.
돌은 본래 단단함이 그 본성이니
그대 부디 본디 성품 가벼이 말게.

이러한 정신은, 「공간 유정의 체를 본받아學劉公幹體」 제2수에서도, 송백후조松柏後彫의 태도를 견지하려는 강한 의지로 표현되고 있다.

어둑어둑 찬 들판에 안개가 자욱하고
푸릇푸릇 음산陰山에는 송백이 울창하다.
나무는 우뚝한데 안개 서렸고
산은 차가운데 바람 거세다.
세밑에는 온갖 사물 다 시드는데
꿋꿋하게 누굴 위해 홀로 섰는가.
나무는 저 스스로 올곧을 수 있으니
자취가 쓸쓸한 것 아니 따진다.

3)

포조의 시에서 주목할 만한 또 한 가지는 칠언시이다. 칠언시는 오언시보다 발생은 늦지 않지만, 그 유행과 발전은 많이 늦다. 칠언시가 오언시와 같은 지위를 확립한 것은 수당隋唐 이후의 일이다. 위진남북조 시기 조비曹丕, 187~226 등 일부 문인이 칠언시 창작에 관심을 기울였지만, 포조의 적극적인 창작에는 양이나 질 어느 면에서도 미치지 못한다. 포조는 아직 칠언시가 '시가'로서 제대로 인정받기 전에 이미 제언체 10수 잡언체 22수 등 모두 32수라는, 당시로서는 매우 많은 수량의 작품을 지음으로써 그 가치를 인식했고, 아울러 격구압운을 시도하여 압운 면에서 근체시 발전을 이끌었으며, 구식句式 면에서도 많은 율구律句를 활용함으로써 칠언율시의 형성에 영향을 미쳤다. 종래의 백량체 압운 방식이 아니라 새로운 압운 방식인 격구압운을 시도한 최초의 작품인 「'갈 길은 험난하고'를 본떠擬行路難」 제1수를 보자.

奉君金卮之美酒	그대에게 바칩니다, 황금 잔의 좋은 술과
瑇瑁玉匣之雕琴◯	대모 장식 옥 상자 속 화려한 금琴도,
七綵芙蓉之羽帳	일곱 색 연꽃 수의 새 깃 휘장과
九華蒲萄之錦衾◯	아홉 빛 포도 수의 비단 이불도.
紅顏零落歲將暮	붉은 얼굴 시들며 이 해도 저물고
寒光宛轉時欲沈◯	차가운 빛 아련히 하루도 끝나가오.
願君裁悲且減思	바라건대 그대는 슬픔 자르고 시름 덜고

聽我抵節行路吟◯	북장단에 맞추는 내 「행로난」 노래 들어보오.
不見柏梁銅雀上	못 보았소? 백량대와 동작대 위의
寧聞古時淸吹音◯	그 옛날 맑은 음악 지금 어찌 듣겠소.

짝수 구에만 평성 '侵침' 부로 압운하고, 첫 구에는 압운하지 않은, 격구 압운한 '일운도저一韻到底'체이다. 그뿐만 아니라 내용 면에서도, 특히 「'갈 길은 험난하고'를 본떠擬行路難」 18수를 대표로 하는 칠언가 행체를 활용하여, 현실주의적 색채가 짙은 작품을 남김으로써 그 차원을 한 단계 높이는 데 중요한 역할을 했다. 「'갈 길은 험난하고'를 본떠」 18수는 인생무상, 규원과 행역行役, 회재불우의 불평지명 등을 드러내고 있다. 제9수는 '얼굴 시든 것' 때문에 버림을 받은 여인의 심정을 읊은 기부시棄婦詩이다.

剉檗染黃絲	황벽 베어 누른 실을 물들이는데
黃絲歷亂不可治	누른 실 헝클어져 다듬을 수 없다네.
我昔與君始相値	내가 옛날 그대와 만나기 시작하며
爾時自謂可君意	그때엔 그대 맘에 들 거라 여겼는데.
結帶與君言	띠 묶으며 그대와 언약을 했지,
死生好惡不相置	죽든 살든 좋든 싫든 헤어지지 말자며.
今日見我顔色衰	오늘에는 나의 얼굴 시든 것을 보고서
意中索莫與先異	마음속 삭막해져 전과 달라졌다네.

還君金釵玳瑁簪	금비녀와 대모 비녀 그대에게 돌려주네
不忍見之益愁思	슬픔만 더할 거라 차마 보지 못할 테니.

포조는 내용이나 예술 기교를 막론하고 7언시를 진일보 발전시킴으로써 당대唐代 7언 율시의 물길을 열었다고 할 수 있다. 이런 점에서, 청대 초기의 왕부지王夫之, 1619~1692는, 포조의 오언 악부에 대해서는 전반적으로 '준일'하다고 한 두보杜甫의 평가를 인정하면서도 부분적으로 구격句格이 성기고 기세가 급박하여 오언의 풍격을 잃고 있다고 하고,[63] 오언 고시에 대해서는 심오하고 수려함을 장점으로 하지만 무겁고 난삽함을 단점으로 지적하면서도,[64] 칠언시에 대해서는 극찬을 아끼지 않았다. 청대 후기의 유희재劉熙載, 1813~1881도 포조의 칠언 가행체가 건안建安 시와 같은 비분강개의 기세가 있어 이백李白을 비롯한 당대 시인에 미친 영향을 지적했다.

> 칠언시의 창작은 반드시 포조 시를 본받아야 한다. 왜인가? 이전에 비록 작자가 있다고 하더라도, 바로 어렴풋한 가운데 새나 다니는 길 같은 수준일 뿐이다. 갈참나무와 백유나무 같은 관목을 처음으로 뽑아서 막 평탄한 큰길을 개척했으니, 포조는 이에 있어 실로 이미 천고에 범주를 설정한 것이다.

---

63) 『고시평선(古詩評選)』 권1, 23a쪽 : "五言歌行, (…중략…) 句疏氣迫, 未免失五言風軌."(中國船山學會 · 自由出版社 연합 출판)
64) 위의 책, 권5, 14a쪽 : "鮑五言恒得之深秀而失之重澁."

따라서 칠언시는 포조로부터 나온 것이 아니라면, 모두 벼가 아니라 돌피와 피 같은 잡초일 뿐이다.[65)]

포조의 칠언 가행체歌行體는 비분강개하여 의기를 마음대로 드러내고, 뜻이 크고 거리낌이 없어 재주를 마음껏 부렸으니, 당시에 있어 하나가 없어도 안 되고 둘이 있을 수도 없는 것이었다. 두보의 「설단과 설복이 마련한 술자리에서 설화가 취하여 노래하는 것을 적다薛端薛復筵簡薛華醉歌」 시에 "근래에 국내에서 칠언 가행체를 지음에 있어, 너와 산동의 이백이 가장 훌륭하다. 하손·유효작·심약·사조는 힘이 정교하지 못했는데, 너의 재주는 포조를 겸하여 근심스러운 곳은 사람을 쓰러지게 한다近來海內爲長句, 汝與山東李白好. 何劉沈謝力未工, 才兼鮑照愁絶倒"라고 했다. 이것은 비록 설화薛華를 추켜세우고자 하는 것이지만, 또 포조의 칠언 가행체가 하손何遜·유효작劉孝綽·심약沈約·사조謝朓는 모두 미칠 수 없는 것임을 보여주기도 한다.[66)]

---

65) 위의 책, 권1, 23b쪽: "七言之製, 斷以明遠爲祖何? 前雖有作者, 正荒忽中鳥徑耳. 柞棫初拔, 卽開夷庚, 明遠於此, 實已範圍千古. 故七言不自明遠來, 皆荑稗而已."

66) 『예개(藝概)·시개(詩概)』: "明遠長句, 慷慨任氣, 磊落使才, 在當時不可無一, 不能有二. 杜少陵「簡薛華醉歌」云: '近來海內爲長句, 汝與山東李白好. 何·劉·沈·謝力未工, 才兼鮑照愁絶倒.' 此雖意重推薛, 然亦見鮑之長句, 何·劉·沈·謝均莫及也." (부록의 '제가 평론' 참조)

4. 포조의 산문

1)

문집의 권1 전반부에는 부賦 10편이 수록되어 있는데, 모두 당시에 성행한 변부騈賦이다. 표현 방식 면에서는 「떠도는 생각遊思賦」·「죽은 이를 애도하며傷逝賦」·「황폐한 성蕪城賦」 3편은 서정부이고 나머지 7편은 영물부이다.

「떠도는 생각遊思賦」은 노년이 되어 지나온 고달픈 유환 생활을 회고하며 "인생이라는 끝없는 고달픔이 슬퍼져서" "은거하며 나는 밭을 갈고 그대는 베를 짜는" 생활을 상상하는 작품이다. 「죽은 이를 애도하며」는 죽은 아내를 그리워하며 비애의 정을 토로한 '도망부悼亡賦'이다. "새벽에 남산에 올라가서, 언덕 속에 묻힌 미인을 바라보는데, 이슬이 가을 무궁화에 방울지고, 바람이 차가운 가을 쑥을 말아 올리는" 광경에 마음이 애통해져, 집으로 돌아와 아내의 자취가 담긴 집안의 구석구석을 둘러보면서 한동안 아내 생전을 회상하며 슬픔에 잠기다가, "틈새를 지나는 빛이 대들보에 잠시 머물고, 바람과 이슬이 풀에 잠깐 머무는 것 같은" 것이 인생이라 "일찍이 해로한 이 아무도 없었음을" 생각하고, 그것이 "천도이니 대저 어찌 원망할 수 있으랴"라고 마음을 달랜다.

「황폐한 성」은 북위北魏가 과보瓜步를 점령한 뒤 전란으로 폐허가 된 광릉성廣陵城을 보고 흥망성쇠의 무상함을 토로한 작품이다. 이 부는 기본적으로 광릉성의 위치와 형세, 과거의 번성함, 현재의 황폐함, 마무리 서정의 네 단락으로 나누어진다. 광릉은 양자강 북쪽의 평원에 위치하여, 하류河流가 종횡으로 뻗쳐 흐르고 사통팔달의 큰길이 전국각지로 뻗어 있어서 수륙 교통이 편리하며, 형세가 험요險要하여 역대 병가들이 다투던 땅이었다. 제1단은 광릉의 이러한 특징을 과장된 묘사를 동원하여 묘사했다. 제2단은 한대漢代 오왕吳王 유비劉濞가 이곳을 도읍으로 했던 광릉의 전성기를 상상과 과장을 통하여 묘사했다. 제3단은 견고하기 그지없을 것 같았던 광릉성이 "오이처럼 나뉘고 콩처럼 쪼개져瓜剖而豆分" 버려, 물이끼가 가득하고 칡덩굴과 등나무가 얽히고설키었으며, 독사가 출몰하고 귀호鬼狐가 횡행하며 악금惡禽이 길을 막고 요괴가 울부짖으며, 사나운 야수가 약육강식을 자행하고 음산하고 무서운 싸움을 끝없이 되풀이하게 되어버린 정경을 그렸다.

이끼가 우물가를 가득 메우고, 우거진 칡덩굴이 길을 덮었구나.
제단에는 독사와 물여우가 즐비하고, 섬돌에는 노루와 날다람쥐가 싸운다.
나무 정령과 산도깨비, 들쥐와 성의 여우가,
비바람 불면 울부짖고, 어두워지면 출몰한다.
굶주린 매는 부리를 갈고, 추운 올빼미는 어린 새를 위협한다.
잠복한 백호와 숨은 범은, 피를 빨고 고기를 뜯는다.
넘어진 나무 덤불이 길을 막아, 옛길을 컴컴하게 뒤덮고 있네.
은백양은 일찍 잎이 지고, 성 위의 풀은 먼저 시드네.

서리 기운은 혹독하게 차고, 바람은 씽씽 위세를 떨치네.
외로운 망초는 절로 날아다니고, 놀란 모래는 까닭 없이 흩날리네.
관목 숲은 어둑어둑 끝없이 이어지고, 초목은 우거져서 어지러이 얽혀있네.
해자는 이미 막혀 편편해졌고, 높은 성벽 또한 벌써 무너져버렸네.

이러한 황량하고 괴기스러운 폐허에서, 시인은 일찍이 역대 제왕에게 이목의 즐거움을 제공했던 호화로운 시설과 기악伎樂과 궁녀들이 이미 흔적도 없이 사라져버렸음을 깊은 정을 가지고 탄식하고 안타까워하면서 "변방 바람 급하고 성 위는 쌀쌀하며, 논밭 길은 없어지고 언덕은 무너졌네. 천년이며 만대를 누린다는 일, 모두 다 끝났으니 무슨 말하리邊風急兮城上寒, 井逕滅兮丘隴殘. 千齡兮萬代, 共盡兮何言?"라고 시로 마무리한다.

영물부는 영물의 대상이 되는 소재도 다양한 편이다. 「물시계를 보고－서와 함께觀漏賦－幷序」는 기물器物을 읊었고, 「연꽃芙蓉賦」과 「남새밭 아욱園葵賦」 2편은 식물을 읊었으며, 「춤추는 학舞鶴賦」과 「거위－서와 함께野鵝賦－幷序」 2편은 새를, 「자벌레尺蠖賦」와 「불나방飛蛾賦」 2편은 곤충을 읊었다. 이 7편은 영물과 서정의 결합 방식에 따르면 세 유형으로 나눌 수 있다. 먼저 「연꽃」은 단순한 영물부에 비교적 가깝다. 다음으로 「춤추는 학」·「거위」·「자벌레」·「불나방」 4편은 영물을 통해 서정을 가했으며, 「남새밭 아욱」과 「물시계를 보고」 2편은 영물보다 서정에 더 치중했다.

「물시계를 보고」는 물시계를 소재로 한 영물부이지만, 물시계 자체에 대한 '영물'은 거의 없이 서정에 치중했는데, 물시계의 '누전漏箭'에서 '시위를 떠나 날아가는 화살'을 연상하고, 다시 '시간'의 흐름 속에 태어나 '살아가는 나'를 연상하면서, 세월의 덧없음을 읊은 작품이다. 「연꽃」은 감탕 속에서 피어도 청초함을 지녀 성결聖潔의 상징이 된 연꽃을 찬미하면서, 포부를 실현하지 못한 회재불우懷才不遇의 감개를 담고 있다. 「남새밭 아욱」은 전반 52구에서 아욱의 재배 과정을 묘사한 후, 후반 24구에서 서정으로 전환했는데 벼슬길에서 뜻을 이루지 못한 실의의 감개와 냉소가 드러나고 있다.

「춤추는 학」은 "아침에는 선약 밭에서 놀고, 저녁에는 요지에서 물 마시며", 천상에서 자유롭게 살다가 인간에게 순치되어, "만 리 먼 하늘에 긴 슬픔을 맺게" 된 선학仙鶴의 묘사 속에, 사도仕途에 지쳐 자연에서의 자유로움을 갈구하는 심정을 드러내었다. 「거위」는 묶여 있는 거위를 보고 가련히 여긴 임천왕 세자의 명을 받아 지은 작품으로, 야생인 개리가 인간에게 붙잡혀 순치되고 종속되어 가금인 거위가 되어버린 것을 긍휼히 여기는 마음을 담았다. 「자벌레」와 「불나방」은 편폭이 짧은 점이나 표현 방식 면에서 만명晩明의 소품문小品文에 가깝다. 「자벌레」는 상황에 맞게 굴신을 하는 자벌레의 행동거지가 군자의 출처진퇴出處進退의 전범이 됨을 읊었고, 「불나방」은 죽음도 두려워하지 않고 불을 향해 돌진하는 불나방의 진취적인 자세를 찬양함으로써, 몸을 도사리지 않고 위험을 정면 돌파하려는 의지를 드러내었다. 「불나방」 전문을 보자.

仙鼠伺闇, 飛蛾候明, 均靈舛化, 詭欲齊生. 觀齊生而欲詭, 各會住以憑方. 凌燋煙之浮景, 赴熙焰之明光. 拔身幽草下, 畢命在此堂. 本輕死以邀得, 雖糜爛其何傷. 豈學山南之文豹, 避雲霧而巖藏.

박쥐는 어둠을 찾고, 불나방은 밝음을 찾는다.

목숨 받음은 같지만 사는 방식은 다르고, 추구하는 바는 달라도 목숨 유지함은 같다.

살펴보면 목숨 지님은 같되 바라는 바가 다르니, 각자 본성에 맞게 제 방도를 따르네.

넘실대는 뜨거운 연기를 뛰어넘어, 번쩍이는 밝은 불빛으로 향하네.

외진 풀 섶에서 몸 빼내어 나와서, 목숨을 다하는 곳은 이 집이라네.

본래 죽음을 가벼이 여겨 자초한 것이니, 비록 타서 문드러진들 무엇을 슬퍼하리.

어찌 남산의 붉은 표범처럼, 운무를 피해 바위굴 속에만 숨어 있으리.

2)

문집 권1 후반부와 권2에는 37편의 산문이 수록되어 있는데, 부와 마찬가지로 모두 변문駢文이다. 유형으로 보면 주의류奏議類 산문인 표·소·계가 19편이고, 송찬류頌讚類의 '송'이 2편 잠명류箴銘類의 '명'이 4편이며, 서정성이 강한 증서류贈序類의 서書와 잡기류雜記類의 문이 각 1편이다. 주의류의 문장은 본래 신하가 군주에게 상소하는 것이기에 작가의 개성이나 진정이 드러나기 어려운, 형식적이고 수사적인 글이 될 수밖에 없다. 포조의 주의류 글에는 '표' 6편, '소' 4편, '계' 9편이 있는데, 이 중 「휴가를 청하는 계請假啓」 2편은 사적인 휴가 청원이고 나머지는 모두 벼슬의 제수에 대한 감사나 의전적인 사직 청원, 은전에 대한 감사, 황손 탄생 축하 등 매우 의례적인 글이다. 이 부류의 글은 사환 경력, 징계와 해제 등에 관한 내용이 담겨 있어서 전기 자료로서의 가치가 있다.

송찬류에 속하는 글로는 「황하가 맑아짐을 기리는 송-서와 함께河清頌-幷序」와 「불영을 기리는 송佛影頌」 2편이 있다. 「황하가 맑아짐을 기리는 송」은 『송서』와 『남사』의 포조 본전에 모두 그 전문을 수록하고, 특히 그 서가 매우 뛰어나다고 했을 정도로 찬사를 받았다. 원가 24년447 2월 황하黃河와 제수濟水가 동시에 맑아지자 당시 길조로 여겼는데, 포조는 이를 기리어 이 글을 지은 것이다. 이 글은 서 884자 송 680자의 장문으로, 서에서는 복희伏羲와 황제黃帝 이래의 상서로운 조짐들을 언급한 후, 이때447가 되어 근원이 다른 두 강이 동시에 맑아진 것은 문제424~453 재위 재위 24년간의 치적 때문임을 수많은 전고를 동원하여 극찬했고, 송에서도 수많은 역대의 전고를 인용하여 4언 변체騈體로 이 일을 기렸다. 상서로운 조짐에 대한 찬미인 만큼 많은 관련 전고를 나열하고 화려한 문자를 점철시켜 정교하게 지은 글로, 포조의 학식과 필력을 보여주는 대표적인 산문임에 손색이 없는 글이라고 할 수 있다. 「불영을 기리는 송」은 여산廬山 동림사東林寺에서 혜원慧遠, 334~416이 그린 불영 그림을 본 임천왕 유의경을 위해 지은 것이다. 4

언 14구 합계 56자의 짧은 글에서, 석가모니가 독룡毒龍을 제어하고 석굴의 돌 속으로 사라졌으나 그 상은 돌 위에 남아 있었다고 하는, 『대지도론大智度論』에 실린 이야기를 그린, 불영 그림에 대한 묘사를 위주로 하면서, 육진六塵과 오도五道의 고해 속에 처한 중생을 깨달음으로 이르게 한 부처의 공덕을 간접적으로 기리고 있다.

잠명류에 속하는 글로는 「능연루 명 – 서와 함께凌煙樓銘 – 幷序」·「비백서의 필세 명飛白書勢銘」·「약상자 명藥奩銘」·「석범산 명石帆銘」 4편이 있다. 「능연루 명」은 임천왕 유의경이 강주 자사 시절 강주의 치소 심양 즉 지금의 강서성 구강시에 이 누각을 세우자 그것을 기려 지은 것이다. 서에서 조조曹操, 155~220가 동작대銅雀臺·금호대金虎臺·빙정대冰井臺 등 소위 '업중삼대鄴中三臺'를 세우고 한나라에서도 많은 누각을 세운 것은, 이를 통해 "통달한 뜻을 밝게 드러내고 심원한 정감에서 희열을 느끼게 하기贊生通志, 感悅幽情" 위한 것임을 말하여, 능연루의 건축에 의미를 부여하고 있다. 「비백서의 필세 명」은 후한 채옹蔡邕, 133~192이 창시했다고 하는 비백체가 '영자팔법永字八法'의 해서체나 영지靈芝 모양으로 쓰는 지영서芝英書가 따를 수 없는 신필神筆임을 찬미한 글이다. 전편이 명으로만 이루어져 있어 구체적으로 누구의 서체에 대한 찬미인지는 알 수 없다. 이 글씨체는 주로 궁전의 제서題書로 많이 쓰인다는 점과 앞의 「능연루 명」을 생각하면 능연루의 편액을 보고 쓴 것일 가능성도 있다. 「약상자 명」은 약상자를 소재로 하여, 먼저 덧없는 세월을 말하고 먹으면 신선이 된다는 온갖 선약들을 나열한 후, 이처럼 진귀하면서도 정신을 아찔하게 하고 눈을 어지럽게 하는 이른바 '명현반응'을 보이는 약만이 양약良藥임을 말했다. 큰 병을 앓고 있던 효건 3년456경 지어진 것으로 보인다. 「석범산 명」은 무릉武陵 무양현舞陽縣 : 지금의 호남성 정현(靖縣)의 남쪽에 있는, 수백 폭 돛과 같이 생겼다는 석범산을 소재로 한 작품이다. 먼저 석범산 산세의 묘사를 상하 사방의 풍경과 함께 부賦의 방식으로 포서鋪敍하고, 이어서 석범산이나 다른 험한 산과 관련된 전고를 나열하고 있어서, 부에 가까운 글이다.

잡기류에 속하는 글로는 「과보산 갈문瓜步山楬文」 1편이 있다. 「과보산 갈문」은 과보산이 그 처한 형세가 개활지에 자리하고 있어서 그다지 높지 않으면서도 요충지가 되는 것을 통하여 "재능이 형세보다 못한才不如勢" 당시 현실을 말하면서, 사회의 난맥상에 대한 비판을 가하여, 회재불우의 감개를 강렬하게 드러낸 글로, 포조의 산문 중 서사와 설리說理, 개인적 감정의 토로가 가장 많은 작품이다. 시인은 "양자강 가운데 있는 자그마한 산일뿐이지만, 큰 산에서 멀리 떨어져 있기에 상대적으로 높은 곳이 되어, 맑은 양자강 강물을 넘어 멀리까지 바라볼 수 있고, 기이함을 자랑하고 빼어남을 지닐 수 있는" 과보산에 올라가 멀리 조망하면서, 부패한 사회에 생각이 미치자 다른 글에서 보기 어려운 신랄한 비판과 풍자를 가한다.

> 푸른 하늘이 드리운 것을 우러러보고 땅의 구역을 굽어보니, 강물은 눈물과 콧물처럼 가느다랗게 보이고 산악은 혹과 사마귀같이 나지막하게 보인

다. 비록 거센 바람이 돌을 떠다니게 하고 진동하는 번개가 산을 갈라, 땅이 꺼져 밧줄이 함몰하고 하천이 범람하여 궁실宮室이 허물어져도, 이런 것은 보잘것없는 변화로 여겨 일찍이 주의를 기울인 적이 없었다. 그런데 하물며 황하에 빠지고 바다를 건넌 고상함, 황금을 버리고 백벽白璧을 밀쳐버린 기행, 네 번 좌천되고 여덟 번 부름을 받은 책략, 세 번 쫓겨나고 다섯 번 축출된 하자, 친구를 팔고 명예를 판 천박함, 종기를 빨고 치질을 핥은 비속함 같은 것이, 어찌 그 시비를 논할 만한 가치가 있으리!

증서류에 속하는 「대뢰안에 올라서 누이에게 부친 편지登大雷岸與妹書」는 원가 16년439 가을 강주 자사 임천왕 유의경의 시랑에 발탁되어 임지인 강주의 치소 심양潯陽으로 가는 도중에 안휘성安徽省 망강현望江縣 대뢰수大雷水의 기슭에 올라서 여동생 포영휘鮑令暉에게 써 보낸 편지이다.[67] 모두 146구 650자로 된 이 편지는, 지나온 여정을 간단히 피력한 서두18구 76자, 대뢰안에서 바라보는 산수의 풍경을 묘사한 서경 부분116구 526자, 앞으로의 여정과 누이에 대한 당부로 마무리하는 결미12구 48자의 세 단락으로 이루어져 있다. 편지 구성으로서도 짜임새가 있지만 초사初仕의 부임 길에 쓴 편지답게 그 속에는 설레는 마음과 포부의 피력과 함께 미지의 생활에 대한 막연한 두려움이 서경 속에 녹아들어 있는, 정경교융情景交融이 두드러진 한 편의 산수유기山水遊記이다.

67) 문집 권6의 부록에 포영휘 시 7수가 실려 있고, 종영(鍾嶸)의 『시품』 「하품」에 평론이 실려 있다.

특히 중간 단락인 서경 부분에서 이러한 특징이 잘 드러난다.

남서쪽으로 여산廬山을 바라보니 또한 특별히 경이롭다. 산기슭은 강 물결을 누르고 봉우리는 은하수와 맞닿아 있다. 위에는 늘 구름과 노을이 쌓여 비단에 아름답게 수놓은 듯하다. 약목若木의 꽃 저녁놀은 저녁에 빛나고 산의 바위와 못의 물은 물안개를 통해 서로 이어진다. 밝은 빛을 펼치고 채색을 발산하니 붉게 물든 하늘처럼 붉구나. 좌우로 모여드는 푸른 구름은 자소봉紫霄峰을 안팎으로 감싼다. 산봉우리를 따라 오르면 기운은 금빛을 다하지만, 산 중턱 아래로는 순전히 검은 빛이다. 실로 신선의 거처요 천제의 교외로서, 상수湘水와 한수漢水를 지키고 통제할 만한 곳이다.

작은 여울들이 쌓인 것, 골짜기 물이 쏟아지는 것, 세차게 흐르는 물이 서로 부딪히는 것, 소용돌이가 휘몰아치는 것 등은, 위로는 갈대 우거진 포구에까지 뻗쳤고, 아래로는 멧돼지가 출몰하는 물가에까지 이른다. 남쪽으로는 제비 지류에 다가가고, 북쪽으로는 천둥 못으로 이른다. 긴 것을 덜어 짧은 것에 보태면 수백 리 사방이 될 것이다. 그 가운데서 솟구치는 파도는 하늘에 닿고, 높은 물결은 태양을 적시는구나. 온갖 냇물을 삼키고 토하며 수 없이 많은 골짜기의 물을 쏟아 내린다. 가벼운 안개는 흐르지도 않고 화려한 가마솥 같은 팽려호에는 물이 끓어 넘친다. 약한 풀은 줄기가 물에 잠기고, 큰 물결은 언덕까지 튀어 오른다. 흩어지는 물결은 길게 솟구쳐, 번개처럼 튀어오고 화살처럼 빠르구나. 큰 물결은 삽시에 모였다 흩어지니, 작은 섬처럼 날아가고 산꼭대기처럼 뒤집힌다. 되돌아오는 포말은 산을 뒤덮고, 성난 파도는 골짜기를 텅 비게 한다. 빨래 돌이 그 때문에 부서지고, 물굽이 기슭은 그 때문에 부스러져 내린다. 고개 들어 대화성大火星을 보고 머리 숙여 파도 소리를 들으니, 혼백마저 걱정되어 숨결이 가빠지고 심장은 놀라서 두근거리는구나! 번다하게 화생化生되고 색다르게 길러지며 특이한 바탕과 괴이한 외모로는, 갈매기 · 바다오리 · 어교魚鮫 · 물범의 부류와 돈수豚首 · 상비象鼻 · 망수芒鬚 · 침미針尾의 족속과 석해石蟹 · 토방土蚌 · 연기燕箕 · 작합雀蛤의 무리와 절갑折甲 · 곡아曲牙 · 역린逆鱗 · 반설返舌의 족속들이 있다. 사구沙丘에 몸을 가리고 풀 우거진 물가에 몸을 덮고, 비에 몸을 씻고 나란히 바람을 맞으며 물을 뿜고 깃을 움직이는구나. 저녁 해는 잠기려 하고 새벽안개가 모이려 하는데, 외로운 학은 차갑게 쓸쓸히 울고 떠돌이 기러기는 멀리서 울음을 운다. 나무꾼과 꼴꾼은 한숨을 쉬고 사공도 눈물을 흘린단다. 실로 족히 슬프고 근심스럽지만, 말로 다 표현할 수가 없구나.

비유와 과장, 대우의 기교를 동원하여 여산의 산수를 형상적으로 묘사했다. 전반부의 산을 묘사한 부분은 특히 색채어를 많이 활용하여 검푸른 산자락과 산허리를 감싼 푸른 구름, 붉은 저녁놀을 받아 황금빛으로 보이는 봉우리, 하늘을 붉게 물들인 저녁놀이 색동의 층을 이룬 가운데, 골짜기에서 봉우리로 종으로 이어지는 희뿌연 안개가 어우러진 한 폭의 산수화를 이룬다. 후반부는 골짜기를 흐르는 물에 대한 묘사인데 특히 과장법을 많이 활용하여 냇물의 갖가지 자태를 동적으로 형상화함으로써, 전반부에서 묘사한 정적인 산의 묘사와 묘한 대조를 이루면서 동적인 생동감을 살리고 있다.

시인 포조의 산문가로서의 역량을 잘 드러낸 작품이다. 청 허련許槤, 1787~1862은 이 글을 이렇게 평가했다.

구름과 안개가 변화하고 소멸하는 것을, 남김없이 그려내어 아름다움을 다했으니, 이사훈李思訓이 몇 달을 그려도 그림으로 그려내기가 아마 어려울 것이다. (…중략…) 구절마다 단련하고 조탁하여 찌꺼기가 없으니 진실로 정밀함의 극치이다. (…중략…) 포조의 변체는 동한 · 위 · 진晉 · 송 · 제 · 양 · 진陳 · 수의 여덟 왕조 동안 가장 뛰어났다. 강엄江淹이 조금 뒤에 나와 발을 들여놓고 맞섰으나, 필치가 신기하고 웅건하면서도 아정하고 고결한 면에는 미치지 못했다.[68]

68) 『육조문혈(六朝文絜)』 권7 : "煙雲變滅, 盡態極姸, 卽李思訓數月之功, 亦恐畵所難到. (…중략…) 句句錘鍊無渣滓, 眞是精絶. (…중략…) 明遠駢體, 高視八代. 文通稍後出, 差足頡頏, 而奇峭幽潔不逮也."(문집 권2의 작품 '평설' 참조)

포조 연표鮑照年表

Robert Shanmu Chen(진산목, 陳山木)

기년(紀年)	기사(紀史)	기세(紀歲)	기전(紀傳)	기문(紀文)
409 기유(己酉) 진(晉) 안제(安帝) 의희(義熙) 5 북위(北魏) 명원제(明元帝) 탁발사(拓跋嗣) 영흥(永興) 원년	유유(劉裕) 북벌, 제(齊)를 평정하여 동해군(東海郡) 수복.[69]	1	포조 출생. 선조는 상당(上黨) 사람, 진(晉) 영가(永嘉)의 난 중 유사(流徙)하다가 양자강(揚子江)을 건너 최종적으로 단도현(丹徒縣)에 정착. 원가 8년(431) 단도는 남동해군(南東海郡)에 병속(幷屬)되었기에, 포조는 또 동해 사람이 됨.[70]	
420 경신(庚申) 송(宋) 무제(武帝) 영초(永初) 원년 북위 명원제 태상(泰常) 5	5월 진 공제(恭帝)가 상국(相國) 송왕(宋王 : 유유(劉裕))에게 선위. 6월 유유 황제로 즉위, 공제를 영릉왕(零陵王)에 봉함, 태시력(泰始曆)을 영초력(永初曆)으로 바꿈, 유의부(劉義符)를 태자로 책봉.	12		
421 신유(辛酉) 송 무제 영초 2 북위 명원제 태상 6	9월 유유, 태상(太常) 저수지(褚秀之)를 보내 동진 공제 사사(賜死), 영릉왕이 죽자 진(晉)의 예로 장례.	13		
422 임술(壬戌) 송 무제 영초 3 북위 명원제 태상 7	5월 송 무제 죽고, 태자 유의부 즉위(소제(少帝)). 6월 사공(司空) 서선지(徐羨之), 중서감(中書監) 부량(傅亮), 영군장군(領軍將軍) 사회(謝晦)에게 보정(輔政)케 함.	14		
424 갑자(甲子) 송 소제(少帝) 경평(景平) 2 송 문제(文帝) 원가(元嘉) 원년 북위 태무제(太武帝) 탁발도(拓拔燾) 시광(始光) 원년	2월 보정자들이 여릉왕 유의진(劉義眞)을 폐서인, 신안군(新安郡)으로 보낸 후 주살(誅殺). 5월 서선지·부량·왕홍(王弘)·단도제(檀道濟) 등이 중서사인(中書舍人) 형안태(刑安泰)·반성(潘盛) 등과 황제를 폐하여 오군(吳君)으로 유폐.	16		
425 을축(乙丑) 송 문제 원가 2 북위 태무제 시광 2	정월 서선지·부량이 표(表)를 받들어 귀정(歸政).	17		
426 병인(丙寅)	정월 서선지·부량이 죄로 주살됨. 정북장	18		

기년(紀年)	기사(紀史)	기세(紀歲)	기전(紀傳)	기문(紀文)
송 문제 원가 3 북위 태무제 시광 3	군(征北將軍) 파견, 형주자사(荊州刺史) 사회(謝晦) 토벌. 2월 반성(潘盛) 죄로 주살됨. 사회(謝晦) 체포 서울로 압송 주살.			
427 정묘(丁卯) 송 문제 원가 4 북위 태무제 시광 4	도연명(陶淵明) 졸, 향년 63세.	19		
431 신미(辛未) 송 문제 원가 8 북위 태무제 신가(神䴥) 4	양주(揚州)를 쪼개어 남서주(南徐州) 설치, 치소는 경구(京口). 남동해군을 귀속시켜, 치소를 단도(丹徒)로 함.	23		
432 임신(壬申) 송 문제 원가 9 북위 태무제 연화(延和) 원년	상당현(上黨縣)을 양탄현(襄坦縣)과 병합, 양주(揚州) 회남교군(淮南僑郡)에 귀속. 5월 전장군(前將軍) 임천왕(臨川王) 유의경(劉義慶)을 평서장군(平西將軍)·형주자사(荊州刺史)에 임명, 사지절(使持節)로 형주·옹주(雍州)·익주(益州)·영주(寧州)·양주(梁州)·남북진주(南北秦州) 7주의 제군사도독(諸軍事都督). 정로장군(征虜將軍) 형양왕(衡陽王) 유의계(劉義季)를 서주자사(徐州刺史)에 임명.	24		
433 계유(癸酉) 송 문제 원가 10 북위 태무제 연화 2	사영운(謝靈運) 광주(廣州)에서 기시(棄市), 향년 49세.	25		
434 갑술(甲戌) 송 문제 원가 11 북위 태무제 연화 3		26	포조의 가세(家世)는 왕사(王謝)의 부류는 아니나 후문한사(後門寒士)에 속해, "농사를 폐하고 글공부를 하여(廢耕學文)" 집을 떠나 유환(遊宦)하고, 곧 임천왕부(臨川王府)에 들어가 학간(學幹)과 영사(令史)가 됨.[71]	
436 병자(丙子) 송 문제 원가 13 북위 태무제 태연(太延) 2	3월 사공(司空) 강주자사(江州刺史) 단도제(檀道濟) 죄로 주살. 9월 이황자(二皇子) 유준(劉濬)을 시흥왕(始興王)에, 삼황자(三皇子) 유준(劉駿)을 무릉왕(武陵王)에 책봉.	28		
438 무인(戊寅) 송 문제 원가 15	황태자비 은씨(殷氏)를 맞아, 백관(百官)이 예를 올림.	30	포조는 유의경을 알현한 적 있으나, 인	「해갈사시랑표(解褐謝侍郎表)」

기년(紀年)	기사(紀史)	기세(紀歲)	기전(紀傳)	기문(紀文)
북위 태무제 태연 4			정받지 못하자, "시를 바쳐 뜻을 피력(貢詩言志)", 유의경이 특이하게 여겨 곧 왕국의 시랑(侍郎)으로 발탁, 인정받아 얼마 후 낭중령(郎中令)을 겸직하고 좌상시(左常侍)로 전임.	
439 기묘(己卯) 송 문제 원가 16 북위 태무제 태연 5	정월 임천왕 유의경 위장군(衛將軍)·강주자사(江州刺史)·산기상시(散騎常侍)에 임명, 지절(持節)로 강주 및 예주(豫州)의 서양(西陽)·진희(晉熙)·신채(新蔡) 3군의 제군사 도독.	31	포조 임천왕 유의경 수행하여 강릉(江陵)에서 심양(尋陽)으로 이임.	「불영송(佛影頌)」, 「능연루명(凌煙樓銘)」, 「야아부(野鵝賦)」, 「종등향로봉(從登香爐峰)」, 「등여산(登廬山)」, 「등여산망석문(登廬山望石門)」
440 경진(庚辰) 송 문제 원가 17 북위 태무제 태연 6	10월 위장군 임천왕 유의경 본호(本號 : 본래 봉호(封號))로 남연주자사(南兗州刺史)에 임명, 남연주·서주(徐州)·연주(兗州)·청주(青州)·기주(冀州)·유주(幽州) 6주의 제군사 도독. 12월 남예주자사(南豫州刺史) 시흥왕 유준(劉濬) 양주자사(揚州刺史)에 임명. 상주자사(湘州刺史) 무릉왕 유준(劉駿) 남예주자사에 임명.	32	포조 임천왕 유의경 수행하여 심양에서 광릉(廣陵)으로 이임.	「황손탄육상표(皇孫誕育上表)」, 「전상시상소(轉常侍上疏)」
443 계미(癸未) 송 문제 원가 20 북위 태무제 태평진군(太平眞君) 4	3월 형양왕 유의계(劉義季) 정서대장군(征西大將軍)에 진호(進號), 남만교위(南蠻校尉) 겸임, 산기상시 가관(加官). 육황자(六皇子) 유탄(劉誕)을 광릉왕(廣陵王)에 책봉. 유의경 광릉에서 발병하여 환도 청원, 윤허받고 자사 직 벗고 본호(本號)로 환조(還朝).	35	포조 임천왕 유의경 수행하여 자사 속관직 벗고 환조.	
444 갑신(甲申) 송 문제 원가 21 북위 태무제 태평진군 5	정월 위장군 임천왕 유의경(劉義慶) 졸, 향년 42세. 7월 양주자사 시흥왕 유준(劉濬)에 중군장군(中軍將軍)·산기상시 가관. 남예주자사 무릉왕 유준(劉駿)에 무군장군(撫軍將軍) 가관. 8월 정서대장군(征西大將軍) 형주자사 형양왕 유의계를 정북대장군(征北大將軍)·개부의동삼사(開府儀同三司)·남연주자사(南兗	36	포조 임천왕을 위해 3개월 복상 마치고, 세자에게 사직 상서 올리고 가을에 전리(田里)로 귀환.	「통세자자해계(通世子自解啓)」, 「중여세자계(重與世子啓)」, 「임천왕복경환전리(臨川王服竟還田里)」

기년(紀年)	기사(紀史)	기세(紀歲)	기전(紀傳)	기문(紀文)
	州刺史)에 임명, 지절로 남연주·서주·청주·연주·기주·유주 6주의 제군사 도독.			
445 을유(乙酉) 송 문제 원가 22 북위 태무제 태평진군 6	정월 전(前) 어사중승(御史中丞) 하승천(何承天)의 원가신력(元嘉新曆)으로 개용(改用), 건인(建寅)을 세수(歲首)로 함. 무군장군 남예주자사 무릉왕 유준(劉駿)을 옹주자사(雍州刺史)에 임명. 7월 정북대장군 남연주자사 형양왕 유의계를 서주자사(徐州刺史)에 임명. 12월 태자첨사(太子詹事) 범엽(范曄)의 모반이 당여(黨與)에도 미쳐 모두 복주(伏誅). 대장군(大將軍) 팽성왕(彭城王) 유의강(劉義康)을 폐서인.[72]	37	3월 포조 중군장군 양주자사(揚州刺史) 시흥왕 유준(劉濬)에게 시랑(侍郞)으로 발탁.	「배시랑상소(拜侍郞上疏)」, 「봉시흥왕백저무곡계(奉始興王白紵舞曲啓)」 및 「대백저무가사(代白紵舞歌辭)」, 「관루부(觀漏賦)」
447 정해(丁亥) 송 문제 원가 24 북위 태무제 태평진군 8	2월 황하(黃河)와 제수(濟水)가 모두 맑아짐. 8월 정북대장군 서주자사 형양왕 유의계 팽성(彭城)에서 졸, 향년 23세.	39		「하청송(河淸頌)」, 「화왕승(和王丞)」
449 기축(己丑) 송 문제 원가 26 북위 태무제 태평진군 10	10월 중군장군 양주자사 시흥왕 유준(劉濬)을 정북장군·개부의동삼사 및 남서주·연주 2주의 자사에 임명, 사지절로 남서주·연주 2주의 제군사 도독. 왕승달(王僧達) 상서이부랑(尙書吏部郞)으로 전임.	41	포조 시흥왕 수행하여 건강(建康)에서 경구(京口)로 전임.	「정북세자탄육상표(征北世子誕育上表)」, 「산산피시흥왕명작(蒜山被始興王命作)」
450 경인(庚寅) 송 문제 원가 27 북위 태무제 태평진군 11	2월 군흥(軍興 : 북벌 군비 조달)으로 백관 봉록 3분의 1 삭감. 3월 주 및 군현의 승위(丞尉)도 모두 감봉. 7월 태위(太尉) 강하왕(江夏王) 유의공(劉義恭) 팽성(彭城)으로 출병 주둔, 제군(諸軍) 총령(總領). 12월 북위 태무제 탁발도 남침, 군대가 과보(瓜步)에 이르자 내외에 계엄(戒嚴). 태자 유소(劉劭) 석두(石頭)에 출진(出鎭), 수군(水軍) 총령(總領).	42		「송별왕선성(送別王宣城)」
451 신묘(辛卯) 송 문제 원가 28 북위 태무제 태평진군 12	정월 북위 군대 과보에서 퇴각. 시흥왕 유준(劉濬) 무리를 인솔하여 과보에 축성하러 감. 2월 거가(車駕)가 과보에 행행(行幸), 이날 계엄 해제. 3월 정북장군 시흥왕 유준(劉濬)을 남연주자사에서 해임, 무릉왕 유준(劉駿)을 남연주자사에 임명. 6월 무릉왕 유준(劉駿) 강주자사(江州刺史)	43	정월 포조 시흥왕 유준(劉濬) 수행하여 과보에 감, 3월에 유준(劉濬) 남연주자사 직 벗고 경구(京口)로 귀환, 포조는 「시랑의 임기 만료를 보고하고 궁문을 떠나며 올리는 소(侍郎報滿辭閣疏)」	「시랑보만사합소(侍郞報滿辭閤疏)」

기년(紀年)	기사(紀史)	기세(紀歲)	기전(紀傳)	기문(紀文)
	로 전임. 11월 팽성(彭城)의 유민을 과보로, 회서(淮西)의 유민을 고숙(姑孰)으로 이주, 도합 1만여 가구. 왕승작(王僧綽) 시중(侍中)으로 승천(陞遷). 왕승달 경사(京師)로 입위(入衛)하고, 북위군 퇴각 후 또 선성태수(宣城太守)에 제수.		를 올려 사임하고 강북에 객거(客居).	
452 임진(壬辰) 송 문제 원가 29 북위 태무제 홍안(興安) 원년	2월 북위 탁발도 사망, 손자 탁발준(拓拔濬) 즉위(문성제(文成帝)). 5월 상주(湘州) 폐하여 형주(荊州)에 병합. 6월 무군장군(撫軍將軍) 소사화(蕭思話)가 무리 인솔 북벌. 7월 회양왕(淮陽王) 유욱(劉彧)을 상동왕(湘東王)으로 개봉(改封). 사장(謝莊) 태자중서자(太子中庶子)에 제수. 왕승달 의흥태수(義興太守)로 옮김. 원숙(袁淑)을 태자좌위솔(太子左衛率)에 임명.	44	포조 과보에서 전리(田里)로 귀환.	「과보산갈문(瓜步山楬文)」, 「화왕의흥학도팽택체(和王義興學陶彭澤體)」, 「화왕의흥칠석(和王義興七夕)」
453 계사(癸巳) 송 문제 원가 30 북위 태무제 홍안 2	정월 정북장군 남서주자사 시흥왕 유준(劉濬)을 위장군(衛將軍)·형주자사(荊州刺史)에 임명, 지절로 형주·옹주·익주·양주(梁州)·영주(寧州)·남북진주(南北秦州) 7주의 제군사 도독. 2월 태자 유소(劉劭)의 시역(弑逆)으로 문제 사망, 향년 47세. 태자 유소 즉위. 무릉왕 유준(劉駿)이 무리 인솔하여 유소(劉劭) 토벌, 형주자사(荊州刺史) 남초왕(南譙王) 유의선(劉義宣), 옹주자사(雍州刺史) 장질(臧質)이 모두 의병 일으킴. 3월 왕승작은 앞서 태자 폐위에 간여한 일로 유소에게 주살, 향년 31세. 4월 대장군 강하왕 유의공 내분(來奔), 무릉왕 유준(劉駿)을 옹위하여 신정(新亭)에서 즉위, 신정을 중흥정(中興亭)으로 개칭. 5월 서울을 평정하고, 유소 및 시흥왕 유준(劉濬) 등 모든 반역자 복주(伏誅). 6월 대법흥(戴法興)·대명보(戴明寶)·채한(蔡閑)을 남대시어사(南臺侍御史) 겸 중서통사사인(中書通事舍人)에 봉함. 유원경(劉元景)을 영군장군(領軍將軍)에, 사장(謝莊)을 시중(侍中)에 임명. 왕승달은 오군태수(吳郡太守)로 전임, 연좌되어 면관.[73]	45	4월 이후 포조 해우령(海虞令)에 제수.	「중흥가(中興歌)」, 「시연복주산(侍宴覆舟山)」, 「화왕호군칠석(和王護軍七夕)」
454 갑오(甲午)	정월 황자(皇子) 유자업(劉子業)을 황태자			

기년(紀年)	기사(紀史)	기세(紀歲)	기전(紀傳)	기문(紀文)
송 효무제(孝武帝) 효건(孝建) 원년 북위 태무제 흥광(興光) 원년	로 책봉. 2월 승상 형주자사(荊州刺史) 남군왕(南郡王) 유의선(劉義宣), 거기장군(車騎將軍) 강주자사 장질(臧質), 예주자사(豫州刺史) 노상(魯爽), 연주자사(兗州刺史) 서유보(徐遺寶)가 거병 반역. 6월 남군왕 유의선 강릉(江陵)에서 사사됨. 양주(揚州)를 쪼개어 동양주(東揚州) 설치, 형주(荊州)·상주(湘州)·강주(江州)·예주를 쪼개어 영주(郢州) 설치. 8월 무군대장군(撫軍大將軍) 유원경 다시 영군장군(領軍將軍)에 임명. 왕승달 금고(禁錮)에 처함. 사장(謝莊) 좌위장군(左衛將軍)으로 전임 후 다시 이부상서(吏部尙書)로 전임. 대법흥(戴法興)에 건무장군(建武將軍)·남노군태수(南魯郡太守) 가관, 중서통사사인(中書通事舍人) 직은 벗고 동궁태자(東宮太子)를 입시(入侍). 소상지(巢尙之) 동해왕(東海王)의 시랑(侍郎)이 되고 중서통사사인 겸직.			
455 을미(乙未) 송 효무제 효건 2 북위 태무제 태안(泰安) 원년	정월 관군장군(冠軍將軍) 상동왕(湘東王) 유욱(劉彧)을 중호군(中護軍)에 임명. 8월 옹주자사 무창왕(武昌王) 유혼(劉渾) 죄로 폐서인되자 자살. 10월 태부(太傅) 강하왕 유의공이 양주자사(揚州刺史) 겸임. 표기대장군(驃騎大將軍) 양주자사 경릉왕(竟陵王) 유탄(劉誕)을 사공(司空)·남서주자사·중서감·상서좌복야(尙書左僕射)에 임명. 중군장군 건평왕(建平王) 유굉(劉宏)을 상서령(尙書令)에 임명.	47	포조 태학박사(太學博士) 겸 중서사인(中書舍人)으로 옮김.	「월하등루연구(月下登樓連句)」
456 병신(丙申) 송 효무제 효건 3 북위 태무제 태안 2	10월 영군장군 유원경에게 표기장군(驃騎將軍) 가관. 상서령 건평왕 유굉(劉宏)에게 중서감·위장군(衛將軍) 가관. 안연지(顔延之) 졸, 향년 73세. 사장(謝莊) 질병 많아 면관. 왕승달 태상(太常)에 제수, 표를 올려 사직 요청, 언사 불손하여 면관. 얼마 후 강하왕 유의공의 태부장사(太傅長史)·임회태수(臨淮太守)로 전임, 또 태재장사(太宰長史)로 전임, 태수 직은 유지.	48		

기년(紀年)	기사(紀史)	기세(紀歲)	기전(紀傳)	기문(紀文)
457 정유(丁酉) 송 효무제 대명(大明) 원년 북위 태무제 태안 3	7월 옹주(雍州)의 모든 교군현(僑郡縣)에 토단(土斷) 시행.[74)] 왕승달을 좌위장군(左衛將軍)으로 옮기고 태자중서자(太子中庶子) 겸임, 영릉현오등후(零陵縣五等侯)에 봉함. 사장(謝莊) 도관상서(都官尙書)에 제수됨.	49		「논국제계(論國制啓)」
458 무술(戊戌) 송 효무제 대명 2 북위 태무제 태안 4	정월 군현(郡縣) 백관의 전록(田祿)과 구친(九親)의 녹봉(祿俸)을 회복시킴. 2월 중서감·상서령·위장군 건평왕 유굉에게 본호로 개부의동삼사(開府儀同三司) 임명. 표기장군 유원경을 본호로 개부의동삼사에 임명. 3월 중서감·상서령·위장군 건평왕 유굉 졸. 6월 이부상서(吏部尙書) 1인 증설, 오병상서(五兵尙書) 폐지. 7월 팽성(彭城) 주민 고도(高闍) 등 모반으로 주살. 8월 중서령 왕승달 죄로 하옥 사사, 향년 36세. 사장 우위장군(右衛將軍)으로 옮김, 급사중(給事中) 가관. 대법흥 오창현남(吳昌縣男)에 봉작, 원외산기시랑(員外散騎侍郞)·급사중·태자여분중랑장(太子旅賁中郞將)·남노군태수(南魯郡太守)로 전임.	50	포조 말릉령(秣陵令)으로 나가고 중서통사사인(中書通事舍人)을 겸임.	「사말릉령표(謝秣陵令表)」
459 기해(己亥) 송 효무제 대명 3 북위 태무제 태안 5	정월 표기장군 유원경 상서령(尙書令)에 임명. 2월 양주(揚州)가 통할하는 6군(郡)을 왕기(王畿)로 하고, 동양주(東揚州)를 양주(揚州)로 함. 3월 형주(荊州)에 기근. 태재(太宰) 강하왕 유의공에게 중서감(中書監) 가관. 4월 사공(司空)·남연주자사 경릉왕 유탄(劉誕) 죄로 폄작(貶爵), 유탄 항명하여 광릉(廣陵)에서 반역, 임금이 육사(六師) 인솔하여 친히 정토(征討). 7월 광릉 진압, 유탄 참살, 아울러 성안의 남정(男丁) 모두 주살, 여구(女口)를 군상(軍賞)으로 줌.	51		「무성부(蕪城賦)」, 「일락망강증순승(日落望江贈荀丞)」
460 경자(庚子) 송 효무제 대명 4 북위 태무제 화평(和平) 원년	정월 거가(車駕)가 적전(籍田)에서 친경(親耕). 3월 황후가 서교(西郊)에서 친상(親桑). 4월 남낭야군(南琅邪郡)을 왕기(王畿)에 예속. 8월 진안왕(晉安王) 유자훈(劉子勛)을 남연주자사·정로장군(征虜將軍)에 임명, 남연주	52		「채상(採桑)」

기년(紀年)	기사(紀史)	기세(紀歲)	기전(紀傳)	기문(紀文)
	와 서주(徐州) 동해군(東海郡)의 제군사 도독. 나이 5세. 10월 군현의 관리 녹봉 감봉, 먼저 국고에 충당키로 규정. 역양왕(歷陽王) 유자욱(劉子頊)을 관군장군(冠軍將軍)·오흥태수(吳興太守)에 임명. 나이 5세.			
461 신축(辛丑) 송 효무제 대명 5 북위 태무제 화평 2	4월 옹주자사 해릉왕(海陵王) 유휴무(劉休茂)가 반역, 의성태수(義成太守) 설계고(薛繼考)가 토벌 참살. 윤9월 역양왕(歷陽王) 유자욱(劉子頊)을 임해왕(臨海王)으로 개봉. 치도(馳道)를 건립. 10월 관군장군 임해왕 유자욱을 광주자사(廣州刺史)에 임명. 나이 6세, 부임하지 못함. 사장(謝莊)을 시중(侍中)·전군장군(前軍將軍)에 임명, 유격장군(遊擊將軍)·진안왕 유자훈의 정로장사(征虜長史)와 광릉태수(廣陵太守)로 개임(改任), 관군장군(冠軍將軍) 가관, 곧 강하왕 유의공의 태재장사(太宰長史)로 개임, 장군(將軍) 직은 유지.	53	5월 포조 영안령(永安令) 되어 중서통사사인(中書通事舍人) 겸임.	「사영안령해금지계(謝永安令解禁止啓)」
462 임인(壬寅) 송 효무제 대명 6 북위 태무제 화평 3	2월 백관의 봉록을 회복. 7월 광주자사 임해왕 유자욱을 형주자사(荊州刺史)·정로장군(征虜將軍)에 임명. 나이 7세. 9월 사문(沙門)도 군주에게 궤배례(跪拜禮)를 올리도록 규정. 11월 상서령 유원경을 사공(司空)으로 임명, 상서령 직은 유지. 사장을 이부상서(吏部尙書)에 임명, 국자박사(國子博士) 겸임, 공거령(公車令) 선발 문제에 연루되어 면관, 곧 신안왕(新安王) 유자란(劉子鸞)의 장사(長史)와 임회태수(臨淮太守)에 임명.	54		
463 계묘(癸卯) 송 효무제 대명 7 북위 태무제 화평 4	정월 상서령 유원경을 표기장군(驃騎將軍)·개부의동삼사(開府儀同三司)에 임명. 남연주자사 진안왕 유자훈을 강주자사(江州刺史)·전장군(前將軍)에 임명, 강주와 남예주의 진희(晉熙)·신채(新蔡) 및 영주(郢州)의 서양(西陽) 3군(郡)의 제군사 도독. 나이 8세. 오군(吳郡)을 분할하여 남서주(南徐州)에 귀속.	55		「위유령양표기표(爲柳令讓驃騎表)」

기년(紀年)	기사(紀史)	기세(紀歲)	기전(紀傳)	기문(紀文)
	2월 거가(車駕)가 남예주와 남서주 2주 순행. 4월 상동왕 유욱(劉彧)을 영군장군(領軍將軍)에 임명. 5월 자사·태수·현재(縣宰)가 민력과 병력을 동원하려면 반드시 황제의 친필 조서 통해 시행하도록 규정. 10월 태자 관례(冠禮). 거가가 남예주 순행. 12월 태재(太宰) 강하왕 유의공에게 상서령(尙書令) 가관.			
464 갑진(甲辰) 송 효무제 대명 8 북위 태무제 화평 5	5월 형주자사 임해왕 유자욱(劉子頊)에게 전장군(前將軍) 진호(進號). 윤5월 황제 졸, 향년 35세, 태자 유자업(劉子業) 즉위. 대법흥(戴法興)·대명보(戴明寶) 및 소상지(巢尙之)가 전권(專權). 7월 효건(孝建) 이래 개혁한 제도를 원가(元嘉) 시기의 제도로 환원. 12월 왕기(王畿)의 모든 군(郡)을 양주(揚州)로, 양주를 동양주(東揚州)로 고침.	56	5월 포조 임해왕 유자욱의 전군행참군(前軍行參軍)이 되어 기실(記室) 직책을 맡아, 유자욱 모시고 형주(荊州)로 부임.	「종임해왕상형초발신저(從臨海王上荊初發新渚)」, 「재강릉탄년상로(在江陵歎年傷老)」, 「재형주여장사군이거사연구(在荊州與張使君李居士聯句)」, 「석범명(石帆銘)」
465 을사(乙巳) 송 전폐제(前廢帝) 영광(永光) 원년 송 명제(明帝) 태시(泰始) 원년 북위 태무제 화평 6	정월 영광(永光) 원년으로 개원. 2월 주군현(州郡縣) 관리의 전록(田祿)을 반감(半減). 8월 사장(謝莊)을 좌상방(左尙方)에 구금.[75] 월기교위(越騎校尉) 대법흥은 죄로 사사(賜死). 소상지는 사인(舍人) 직 해임, 무군자의참군(撫軍諮議參軍)·회릉태수(淮陵太守)로 전임. 전폐제 친히 숙위병 이끌고 태재 강하왕 유의공(劉義恭), 상서령 표기대장군 유원경(柳元景), 상서좌복야 안사백(顔師伯), 정위(廷尉) 유덕원(劉德願)을 주살(誅殺). 경화(景和) 원년으로 개원. 9월 무군장군 남서주자사 신안왕 유자란(劉子鸞)을 폐서인하여 사사. 11월 영삭장군(寧朔將軍) 하매(何邁) 옥사(獄死). 남평왕(南平王) 유경유(劉敬猷), 여릉왕(廬陵王) 유경선(劉敬先), 안남후(安南侯) 유경연(劉敬淵) 사사. 상동왕 유욱(劉彧)이 좌우 완전부(阮佃夫)·왕도륭(王道隆)·이도아(李道兒)와 폐제의 좌우 수적지(壽寂之)·강산지(姜産之) 등과 함께 전폐제 시해. 향년 17세.	57	포조 전군형옥참군사(前軍刑獄參軍事)로 전임.	

기년(紀年)	기사(紀史)	기세(紀歲)	기전(紀傳)	기문(紀文)
	12월 상동왕 유욱 즉위, 태시(泰始) 원년으로 개원. 예장왕(豫章王) 유자상(劉子尙) 사사. 소상지(巢尙之)를 재등용, 중서사인·남청하태수(南淸河太守)에 임명. 진군장군(鎭軍將軍) 강주자사 진안왕 유자훈(劉子勛)이 거병 반란. 후장군(後將軍) 영주자사(郢州刺史) 안륙왕(安陸王) 유자수(劉子綏), 우장군(右將軍) 회계태수(會稽太守) 심양왕(尋陽王) 유자방(劉子房), 전장군(前將軍) 형주자사(荊州刺史) 임해왕 유자욱(劉子頊)이 모두 항명 거병 반역.			
466 병오(丙午) 송 명제 태시 2 북위 헌문제(獻文帝) 천안(天安) 원년	정월 강주자사 진안왕 유자훈(劉子勛)이 칭제, 심양(尋陽)에서 즉위, 연호 의가(義嘉). 평북장군(平北將軍) 서주자사 설안도(薛安都), 예주자사(豫州刺史) 은염(殷琰), 청주자사(靑州刺史) 심문수(沈文秀), 기주자사(冀州刺史) 최도고(崔道固), 상주행사(湘州行事) 하혜문(何慧文), 광주자사(廣州刺史) 원담원(袁曇遠), 익주자사 소혜개(蕭惠開), 양주자사(梁州刺史) 유원호(柳元怙), 오군태수(吳郡太守) 고침(顧琛), 오흥태수(吳興太守) 왕담생(王曇生), 의흥태수(義興太守) 유연희(劉延熙), 진릉태수(晉陵太守) 원표(袁摽), 산양태수(山陽太守) 정천조(程天祚)가 함께 거병 반란. 명제(明帝)는 예주자사 산양왕(山陽王) 유휴우(劉休祐)가 중군(衆軍)을 통솔해 서토(西討)하고, 진군장군 파릉왕(巴陵王) 유휴약(劉休若)이 중군을 통솔해 동토(東討)하고, 남서주자사 계양왕(桂陽王) 유휴범(劉休範)이 중군을 통솔해 북토(北討)하도록 함. 8월 사도(司徒) 건안왕(建安王) 유휴인(劉休仁)이 위상서복야(僞尙書僕射) 원의(袁顗)를 참살, 강주·영주·형주·옹주·상주의 5주(州)를 토벌 평정. 진안왕 유자훈, 안륙왕 유자수, 임해왕 유자욱, 소릉왕 유자원은 모두 사사, 동당(同黨)은 모두 복주(伏誅). 10월 영가왕(永嘉王) 유자인(劉子仁), 시안왕(始安王) 유자진(劉子眞), 회남왕(淮南王) 유자맹(劉子孟), 남평왕 유자산(劉子産), 여릉왕 유자여(劉子輿), 송자후(松滋侯) 유자방(劉子房)도 모두 사사. 12월 설안도(薛安都)가 삭로(索虜 : 북위)	58	8월 형주치중(荊州治中) 송경(宋景), 토인(土人) 요검(姚儉) 등과 군대 동원하여 성안으로 공격해 들어와, 포조는 전첨(典籤) 완도예(阮道預), 유도헌(劉道憲)과 함께 살해됨.	

기년(紀年)	기사(紀史)	기세(紀歲)	기전(紀傳)	기문(紀文)
	를 끌어들여, 회북(淮北)의 4주(州) 및 예주(豫州)의 회서(淮西) 지역 뺏김.[76] 사장(謝莊) 졸, 향년 46세. 소상지 중서시랑(中書侍郎)·남청하태수(南淸河太守)로 옮기고 곧 전군장군(前軍將軍)으로 개임, 동궁에서 태자 모심.			

69) 16국 중의 하나인 남연(南燕)의 왕 모용초(慕容超)가 동진(東晉)을 남침하자 유유가 북벌한 일을 말한다. 모용초는 포로로 동진 수도 건강(建康)으로 압송된 후 살해되고 남연은 이듬해 멸망한다.

70) 단도현은 지금의 강소성 진강시(鎭江市) 단도구로, 문제 원가 8년(431) 단도현은 남동해군으로 귀속되었다. 동해군(東海郡)은 진(秦)에서 설치했는데, 치소는 담현(郯縣 : 지금의 산동성 담성현(郯城縣) 북쪽)이었다. 동진 원제(元帝, 317~323 재위) 초에 교군(僑郡)으로 동해군을 설치했는데, 치소는 강소성 상숙현(常熟縣 : 지금의 상숙시) 북쪽이었다가 나중에 경구(京口 : 지금의 진강시)로 옮겼다. 송 문제 원가 8년(431)에 남동해군으로 개칭했다.

71) '학간'과 '영사'는 모두 왕부의 하급 관리이다. '영사'는 진(晉) 이래로 중앙의 상서대(尙書臺)나 왕부 등에서 제조(諸曹)에 설치하여 주로 문서 사무를 담당했고, '학간'은 영사의 하급이다. '후문한사'는 한문(寒門) 출신의 독서인이라는 뜻이다.

72) 범엽은 유의강(劉義康)을 황제로 옹립하려다가, 서담지(徐湛之)의 밀고로 사로잡혀 처형되고, 아들 범애(范藹)·범요(范遙)·범숙위(范叔委) 등도 주살되었다. 유의강은 폐서인된 뒤 안성군(安成郡 : 치소는 평도현(平都縣) 즉 지금의 강서성 암복현(安福縣) 남동)에 안치(安置)되었다가, 원가 28년(451) 북위군이 과보(瓜步)까지 공격하자, 문제는 유의강을 황제로 옹위하려는 세력이 있을까 두려워하여 사람을 보내 암살했다. 이때 나이 43였다. 후작(侯爵)의 예로 안성군에 안장했다.

73) 왕승달은 효무제의 즉위에 공이 있었지만, 자신의 재능에 대한 자부심이 대단해서 고위 관직을 바랐으나 오군태수라는 외직으로 나가게 된 데 대한 불만이 있는 등 효무제의 심기를 건드리는 일이 있어 결국 면직되었다.

74) '토단(土斷)'은 동진(東晉) 남조(南朝) 시기 교치(僑置)한 군현을 폐지하고 그곳에 우거(寓居)하던 유민을 소재지 군현으로 편입한 정책이다.

75) '상방(尙方)'은 진한(秦漢) 시기에 설치한 관서로 황실에서 사용하는 도검(刀劍)과 노리개 등을 제조했다. 서진(西晉) 시기 좌(左)·중(中)·우(右) 세 상방을 두었고, 남조(南朝)에 좌·우 두 상방을 두었으며 모두 병기(兵器)를 제조했다.

76) 설안도는 본래 북위에서 유송(劉宋)으로 귀순한 인물인데, 유자훈의 반란에 동조했다가 명제가 난을 평정하자 편지를 보내 귀순 의사를 피력했고, 명제는 회외(淮外) 지역에 시위(示威)할 필요를 느껴 장영(張永)·심유지(沈攸之)로 하여금 대군을 이끌고 맞이하도록 했다. 그런데 설안도는 그것을 자신을 체포하러 온 것으로 오해하여 북위에 도움을 청한 것이다.